dtv
premium

Danny Leigh

Die Seele des Bösen

Psychothriller

Deutsch von
Sophie Kreutzfeldt

Deutscher Taschenbuch Verlag

FSC
Mix
Produktgruppe aus vorbildlich
bewirtschafteten Wäldern und
anderen kontrollierten Herkünften

Zert.-Nr. GFA-COC-1298
www.fsc.org

Deutsche Erstausgabe
September 2006
Deutscher Taschenbuch Verlag GmbH & Co. KG,
München
www.dtv.de

Titel der englischen Originalausgabe:
›The Monsters of Gramercy Park‹ (faber & faber, London)

Umschlagkonzept: Balk & Brumshagen
Umschlaggestaltung: Stephanie Weischer unter Verwendung
eines Fotos von gettyimages/Ron Chapple
Satz: Fotosatz Reinhard Amann, Aichstetten
Gesetzt aus der Aldus 10,75/13˙
Druck und Bindung: Kösel, Krugzell
Gedruckt auf säurefreiem, chlorfrei gebleichtem Papier
Printed in Germany
ISBN-13: 978-3-423-24544-9
ISBN-10: 3-423-24544-1

1

Sie sind da draußen – wie immer um diese Zeit. Zwei von ihnen laufen mit festen Schritten den Gang hinunter, vorbei an numerierten Türen aus stumpfem Metall. Sie bleiben nur stehen, wenn es nötig ist. Ihre Gesichter sind unbewegt, sie atmen und blinzeln hin und wieder, sonst nichts. Routinierte Tüchtigkeit in Schuhen mit Stahlkappen. Diese Veteranen kennen sich im Umgang mit verängstigten Bestien aus.

Jeden Morgen weiß er unweigerlich eine Sekunde vorher, wann die Morgenglocke läuten wird. Inzwischen kommen sie näher, auch das weiß er mit Sicherheit. Das Frühstück.

Seine Zelle liegt am hinteren Ende des Ganges. Die Aufseher versorgen erst alle anderen, bis sie zu ihm kommen. Die erste der Wiederholungen, die den Tagesablauf markieren – stereotype Routine, Eintönigkeit.

Er dreht sich um, zieht die Knie an die Brust und schließt noch einmal die Augen. Das grelle Zellenlicht an der Decke schmerzt. Daneben ist eine zweite Röhre angebracht, die ein trübes, kränkliches Licht verströmt. Sie ist die ganze Nacht über in Betrieb, bis am Morgen das kalte Zellenlicht flackernd und laut summend angeht. Noch vor der Glocke wird er von dem Summen und dem Licht geweckt.

Das ist das Muster der Dinge hier. Schlaf, dann Licht, dann Lärm, ein Augenblick des Nichts, dann die Glocke. Danach das Frühstück. Es kommt von dort, wo auch alles andere herkommt.

Als er hier ankam, wurde ihm gesagt, Frühstück gebe es um 6.15 Uhr. Und auch wenn er keine Uhr besitzen darf, hat er keinen Grund anzunehmen, daß der Zeitplan geändert wurde. Das bedeutet, daß es um diese Jahreszeit draußen noch dunkel ist.

Nur daß er diesen Gedanken gar nicht an sich heranläßt. Es ist vernünftiger, der Wahrheit ins Gesicht zu sehen: Es gibt nur das Hier und Jetzt, und es hat niemals etwas anderes gegeben. Das Hier und Jetzt heißt *Ad-Seg ESSUSP*. Das bürokratische Kürzel für Einzelhaft im Hochsicherheitstrakt des Bundesgefängnisses von Essenville, Pennsylvania. Die Isolierung, erhoben zur Kunstform.

Sein Fingernagel bleibt an einem Ziehfaden in der Wolldecke hängen, und die trockenen Stellen auf seiner Wange sind immer noch empfindlich. Widerwillig öffnet er die Augen.

Er muß pinkeln, aber die Zelle ist eiskalt. Er wartet lieber, bis er ohnehin aufstehen muß, um sein Frühstück zu holen.

Also erträgt er den Druck auf die Blase, wälzt sich herum und starrt auf die Klappe im unteren Teil der Tür, wartet, daß sie sich öffnet und ein Aufseher ein Metalltablett hindurchschiebt. Dabei sagen sie kein Wort. Wenn sie überhaupt sprechen, dann später. In Form eines heruntergeleierten Befehls, ohne daß dabei sein Name genannt wird.

Sein Name ist Wilson Ulysses Velez. Das weiß er.

Irgendwo im Bauch dieses Gebäudes gibt es eine dicke Akte, zwischen deren Pappdeckeln das Leben eines Wilson Ulysses Velez dokumentiert wird. Vor dem Hier. Bis zu dem Jetzt. Bilder von einem schmalen Mann mit sepiabrauner Haut und strahlenden Augen. Aber auch das sollte er lieber vergessen. Viel schlauer ist es, liegenzubleiben und auszuharren, bis das Essen kommt.

Er kann sich sowieso nicht mehr gut daran erinnern. An jenes Leben.

Die Kamera oben in der Ecke dreht sich langsam von links nach rechts. Überträgt alles in den Kontrollraum mit den Monitoren und den Aufsehern.

Man sollte meinen, sie wäre stumm, die Kamera. Eine stille Beobachterin, ein wortloser Spitzel. Weit gefehlt. Vor seiner Zellentür könnte eine Bombe detonieren, ohne daß er es merken würde, aber hier drinnen macht jede Drehung der Kamera einen Höllenlärm.

Die Zelle mißt genau 2,5 mal 3,5 Meter. Die durchschnittliche Größe des Badezimmers in einem Einfamilienhaus. Das Bett ist aus demselben grauen Beton gegossen, aus dem auch die Wände und der Boden bestehen. Es ragt hervor wie ein Sektionstisch. Eine durchgelegene Matratze. Kein Laken. Eine abgewetzte grobe Wolldecke, die den Ausschlag auf seiner Brust verursacht. (Inzwischen schläft er in seiner Gefängniskleidung, in dem orangefarbenen Overall, der am Hals einen Klettverschluß hat.) Fünfmal hat er vergeblich nach einer Salbe gegen den Ausschlag verlangt, und jetzt kratzt er sich mit geschlossenen Augen die Brust, bis ihn ein lärmender Wasserfall am anderen Ende der Zelle in die Gegenwart zurückbringt.

Die Toilette spült automatisch alle drei Stunden. Mit gleicher Präzision schaltet sich die Dusche jeden Sonntag, Mittwoch und Freitag um 11 Uhr für drei Minuten ein. Der Duschkopf hängt in einem Drahtkorb über einer schmalen Kabine, Teil der Einheit aus geformtem Stahl, zu der auch ein Waschbecken und die Toilette gehören. Das Wasser ist natürlich kalt.

Das Waschbecken hat keinen Stöpsel. Sollte er versuchen, die Zelle zu überschwemmen, indem er das Waschbecken, die Toilette oder den Abfluß der Dusche verstopft, dreht ein Spezialventil das Wasser ab. Ebensowenig wie die Toilette eine Vorrichtung zum Spülen besitzt, hat das Waschbecken einen Hahn. Man bedient es mit einem Druckknopf von der Größe einer Münze. Es gibt nichts, was man abschrauben und als Werkzeug benutzen könnte.

Zwischen dem Bett und der Sanitäreinheit gibt es einen

Streifen Fußboden, auf dem er stehen kann, wenn er die Arme eng anlegt.

Die Zellentür besteht aus zwei separaten Türen, beide so dick wie der Zugang zu einem Banktresor. Die innere Tür ist mit der Klappe für das Tablett und einem Bullauge aus Plexiglas ausgestattet. Von der Zelle aus kann man durch dieses kleine Fenster nur den Stahl der äußeren Tür erkennen. Es gibt kein Tageslicht.

Er weiß, daß die hintere Mauer seiner Zelle an einen Zaun grenzt; dahinter liegt ein kahler Hof aus Zement, in dem er sich montags, donnerstags und samstags dreißig Minuten lang aufhalten darf. Die Aufseher nennen diesen Ort den Hundezwinger.

Und das ist auch schon alles. Beton und Metall. Die reine Funktionalität. Aber die nüchterne Auflistung von Abmessungen kann das Wesen dieses Raumes nicht erfassen. Das *Nada* in seinem Herzen. Als wäre –

Wie soll man das ausdrücken?

Man betritt einen Raum, und da ist eine Aura, eine Atmosphäre. Die Spur von Ereignissen, die sich hier zugetragen haben. Ein psychischer Niederschlag gelebten Lebens.

Hier gibt es so etwas nicht. Keine menschlichen Schwingungen. Nur ein Vakuum. Ein Bunker für die Verdammten, irgendwo zwischen dieser Welt und dem, was folgt.

Also sieht er sich so, wie sie es tun, nämlich von oben. Wie ein tauber, regloser Käfer in einer Schuhschachtel.

Das Essen müßte inzwischen angekommen sein. Den Blick immer noch auf die Klappe gerichtet, überlegt er, was die Verzögerung verursacht haben könnte. Möglich, daß sich der Schnürsenkel eines Aufsehers gelockert hat. Es kann aber auch eine globale Katastrophe sein.

Das Frühstück, wenn es kommt, ist nicht nur eine Mahlzeit. Es ist auch eine Interaktion. Diese Doppelfunktion ist wichtig. Entsprechend den Bundesrichtlinien zur Erhaltung der geistigen Gesundheit von Gefangenen muß selbst ein Insasse in Isolationshaft täglich an sechs Interaktionen teilhaben.

In Essenville wird eine Interaktion als jede Form von Kontakt mit einem anderen Menschen definiert. Das heißt, die Ausgabe eines Tabletts und das spätere Einsammeln – zusammen mit allen benutzten Utensilien – gelten als zwei Interaktionen. Die Richtlinien werden daher eingehalten, wenn der Prozeß der Essensausgabe dreimal am Tag erfolgt. An den vier Tagen, an denen er die Zelle verlassen darf – wobei er vorher in Ketten gelegt und nachher einer Leibesvisitation unterzogen wird –, kommen zwei weitere Interaktionen hinzu. Und wenn ihn sonntags und mittwochs ein Aufseher beim Rasieren überwacht, zählt das ebenfalls als Interaktion.

Heute jedoch ist Dienstag. Und ohne den Hundezwinger, ohne die Rasur oder die Dusche – welche natürlich die Übergabe eines Handtuchs und seine Rückgabe erforderlich macht – liegen nur die sechs Kerninteraktionen vor ihm.

Das ist alles, was er hat.

Das hier ist kein normales Gefängnis. In seiner Zeit in Essenville hat er nie einen sogenannten *Shank* oder *Banger* oder eine andere improvisierte Hieb- oder Stichwaffe zu Gesicht bekommen, hat nie einen solchen Gegenstand in der Hand gehalten oder ist gar damit verwundet worden. Er ist weder Opfer eines sexuellen Übergriffs geworden, noch hat er selbst eine solche Tat verübt. Er mußte nie einen Kampf mit einem anderen Insassen in der Gefängniskantine austragen. (Es gibt keine Kantine im Bundesgefängnis Essenville, kurz ESSUSP.) Niemals hat er ein Insekt als Haustier gehalten oder sich mit einem abgeklärten Lebenslänglichen oder einem gütigen Aufseher angefreundet. Auch einen Ausbruch hat er nie geplant oder versucht.

Seine Wirklichkeit ist eine andere. Sie ist, was übrigbleibt, wenn man den Gefängnisalltag abzieht. Da sind nur er, Wilson Velez, und seine Zelle. Er in ihr, und sie in ihm.

Die Decke rutscht ihm von den Beinen, und die Luft beißt seine Haut wie eine zuschnappende Falle.

Welcher Aufseher wird es heute sein? Wer wird sich bücken und das Tablett durch die Klappe schieben? Es hat eine Zeit gegeben, da ist er zur Tür gestürzt, um es herauszufinden. Hat einen Plan aufgestellt, um die Tage zu markieren. Ist auf die Knie gefallen und hat geschnüffelt, um einen Hauch Rasierwasser oder den Geruch einer vor kurzem gerauchten Zigarette zu erspüren. Hat ausgestreckt vor der Klappe gelegen, um die Farbe der Härchen auf den Fingern der Aufseher zu erspähen. Oder aber er verbrachte ganze Tage damit, seinen Kopf gegen den Beton zu stoßen, und eine ganze Woche lang hat er geschrien. Er hat sich das Gefühl der Einsamkeit und der Verlassenheit aus dem Leib gebrüllt.

All das ist so lange her. All das vergeht. Irgendwann schreit man nicht mehr. Man liegt nur da und wartet. Hält noch einen Augenblick still, bis das Essen kommt.

Scharren und Poltern vor seiner Zelle. Sind sie das? Mit dem Frühstück? Sie müssen es sein. Zwangsläufig. Also sind sie da? Sind sie endlich da? Sind sie das?

Ja?

Sie sind da draußen – wie immer um diese Zeit. 6.15 Uhr. Als hätten sie einen inneren Wecker. Sie tapsen und trappeln, sie scharren an der Tür und geben rührselige Jammerlaute von sich. Natürlich ist Tork der Anführer. Sie hört, daß Nes und Dolenz sich von ihm anstecken lassen.

Also schlägt sie die Decke zurück und steht auf, zieht einen Bademantel über und läuft zur Tür. Sobald sie die Klinke berührt, spürt sie den vertrauten Druck auf der anderen Seite, die helle Aufregung, wenn sich die Tür öffnet, das Gewimmel aus Bewegung, Atem, Geschiebe. Von ihnen umringt und bedrängt, bewegt sie sich nach unten, wobei sie erst springen, dann an ihr schnüffeln und gleich wieder von vorn anfangen.

Das ist das Schicksal aller, die Bullmastiffs besitzen. Jeden Morgen eine Kostprobe ihrer überschwenglichen Treue. Chaos, bis man sich der Bedürfnisse ihrer Mägen annimmt.

Tork ist acht, eine *force majeure* unter den Hunden. Nes ist sechs und Dolenz drei. Die Hunde pressen sich mit aller Kraft an sie, so daß sich am Ende des Flurs der Teppich unter ihren Füßen verschiebt und den Blick auf den Schieferboden freigibt. Bei der Größe des Hauses dauert der Weg mit den Hunden unendlich lange. Durch die Küche, weiter in den Wirtschaftsraum, wo vor dem Gefrierschrank riesige Schüsseln warten – die Futternäpfe.

Dann die Fütterung. Hundekuchen aus großen Säcken, gemischt mit Dosenfleisch. Ein gemeinsamer Trog für das Wasser. Der Raum füllt sich mit einer lautstarken dreistimmigen Melodie aus Schlecken und Schlabbern.

Lizbeth Greene tritt drei Schritte zurück und sieht ihnen beim Fressen zu. Sie sehen albern aus, sind aber unbeirrbar. Sie versucht sich daran zu erinnern, wann sie das letzte Mal so zielgerichtet gehandelt hat. Und worum es dabei ging.

Squirrel.

Das Wort steht in schwarzer Farbe auf ihrem Handrücken, das ›S‹ schlingt sich um die Vene, die zu ihrem Mittelfinger führt. Sie hat keine Ahnung, was dieser Verweis auf Eichhörnchen soll.

Immer hat man von Lizbeth gesagt, sie habe eine unglaubliche Fantasie. Schon als Kind ließ sie ihre Gedanken an merkwürdige Orte reisen oder mit zufälligen Ideen und Vorstellungen spielen. Nach all diesen erfüllten Jahren muß sie immer noch streunende Formulierungen oder nächtliche Visionen festhalten, um sie vielleicht irgendwann einmal zu verwenden. Unvermutet wacht sie um zwei oder drei oder vier Uhr nachts auf und kritzelt etwas auf die nächste zur Verfügung stehende Fläche. Seit ihrer Jugend ist das ihr linker Handrükken.

Normalerweise ist er voller Notizen. In Zeiten besonderer Kreativität erstrecken sich die Wörter über das Handgelenk hinaus und kriechen den Unterarm hoch. Nur dumm, wenn sie sich nicht daran erinnern kann, warum sie etwas aufgeschrieben hat, wenn sich das Stichwort als Luftnummer erweist.

In letzter Zeit ist das jedes Mal passiert. Sie schaut auf die Worte und versucht, die Vorstellung heraufzubeschwören, von der sie mitten in der Nacht geweckt wurde. Aber die Idee verschwimmt und verschwindet, bevor Lizbeth ihr auf die Spur kommen kann.

Squirrel.

Sie geht zur Vorderseite des Hauses und tritt hinaus, und sofort läßt sich im Dunkeln der Nieselregen auf ihrer Haut nieder. Sie holt ihre Post und die Zeitung, die von den vielen Beilagen ganz aufgebläht ist.

In die Küche zurückgekehrt, macht sie Tee, sucht nach ihrer Lesebrille und genießt die Beschaulichkeit des frühen Morgens, bis die Hunde zurückkommen. Sie sind jetzt zufrieden, und solange dieser Zustand anhält, bevor die große Aufregung vor dem Spaziergang einsetzt, bereitet sie ihr eigenes Frühstück zu. Ausgewogen und nicht zu üppig. Eine Schale Bran-Chips, Apfel- und Birnenschnitze. Über das ganze kommt Naturjoghurt. Dazu Saft und Tee mit Honig.

Sie stellt die Schale auf den Tisch, links daneben den Saft, rechts den Tee. Der Löffel steckt in einem Winkel von 45° in der Schale. Es müssen 45° sein. Alles andere sieht falsch aus.

Die erste Seite der Zeitung berichtet von einem unbewaffneten Mann, der in Corona, Queens, von einem Polizisten außerhalb der Dienstzeit erschossen wurde; der Kongreßabgeordnete Mitchell Rieber fordert, daß Angehörigen von Drogenhändlern die kostenlose medizinische Notversorgung verweigert wird. Es gibt unzählige Sparten, die sie durchforstet, aber die von ihr gesuchte heißt *Cultural Review*. Sie ist auf Glanzpapier gedruckt. Auf dem Titel prangt Angelina

Jolie. Sie zieht die Beilage heraus und blättert sie durch, bis sie auf die Mittelseiten stößt, wo ihr über die ganze Breite einer Seite ihr eigenes Gesicht entgegenblickt – ausdruckslos.

DER TOD STEHT IHR GUT, lautet die Überschrift. Sie betrachtet das Foto, erwägt die Wirkung.

»Kümmern Sie sich nicht um die Hunde«, sagt Lizbeth Greene, während ich auf Zehenspitzen an drei riesigen furchterregenden Bestien vorbeischleiche, die sie als Bullmastiffs bezeichnet. »Sie sind sehr lieb. Nur

So beginnt der Artikel über Lizbeth, der auf einem Interview basiert, das sie vor drei Monaten im Wohnzimmer dieses Hauses gegeben hat. Ihre Augen messen den Raum ab, der ihr gewidmet ist – ihrem Bild und dem Text über sie –, bevor sie an den Anfang zurückkehren.

ein bißchen ausgelassen.« Aber nachdem ich Platz genommen habe, sehen sie immer noch gräßlich aus. Sie sind genau das, was man von Greene erwartet – von einer Frau, die sich seit anderthalb Jahrzehnten dem Morden verschrieben hat. Ihre Morde sind grausig und geheimnisvoll, werden mit den bizarrsten Methoden verübt und von Frederick Enschell, dem stets stoischen

Der Löffel ist in der Schale nach unten gerutscht. Der Stiel versinkt fast im Joghurt. Sie richtet ihn wieder auf, bringt ihn in die gewünschte Position und führt ihn zum Mund. Kaut kräftig auf Kleie und Obst. Überfliegt die nächsten paar Zeilen. Die Einleitung. Sie ist immer gleich.

Lizbeth Greene schreibt Kriminalromane. Von den Kritikern wird sie gepriesen, von ihrer großen begeisterten Fangemeinde verehrt. Ihre Geschichten werden auf sonnenüberfluteten Yachten gelesen und in feuchtkalten ratternden

U-Bahn-Waggons. Sie hat fünfzehn Bücher geschrieben und ist in zweiunddreißig Sprachen übersetzt worden. Die Worte, mit denen die Zeitung ihre Romane beschreibt – raffiniert, grausam –, sind ebenso abgenutzt wie jene, die man für sie selbst verwendet: eine äußerst produktive Erfolgsautorin. Seit ihrem ersten Buch, *Mit Zähnen und Klauen*, ist Frederick Enschell der Held ihrer Romane geblieben. Ein zwergenhaft kleiner Polizist halb schweizerischer Abstammung. Führer und Begleiter des Lesers durch die Unterwelt, durch die Düsternis menschlicher Irrwege.

In einer Woche kommt ihr neuestes Buch heraus. *Elegie der Schwarzen Wasser.* Die Erwartungen sind hoch. Die Publicity für den Roman ist enorm und fein abgestimmt. Den *Großen Push*, so nennt ihre Agentin die Kampagne.

Lizbeth schaut in die Zeitung und blickt auf ihre Karriere, als überprüfe sie einen Kassenzettel im Supermarkt, zügig und distanziert, nur darauf bedacht, Sachfehler zu entdecken (bis jetzt hat sie keine gefunden – bemerkenswert). Sie denkt weniger über die eigentlichen Worte nach als über die Person, die sie geschrieben hat. Eine junge Frau, die etwas selbstzufrieden wirkte und immer wieder nickte, während sie zuhörte oder zumindest so tat.

Allerdings hat sie einen Großteil der Zeit mit dem Studium der Einrichtung verbracht, wie es scheint. Immer wieder gibt es Exkurse: die Gardinen und ihr Arrangement, der Kamin und seine Gestaltung. Lizbeth erinnert sich, daß sie das Interview lieber nicht in ihrem Haus geben wollte. Warum können wir keine Suite im *Four Seasons* mieten wie üblich? Aber ihre Agentin war unnachgiebig. Sie wollen in die Tiefe gehen, sagte sie. Das gibt dem Artikel Atmosphäre.

Ich frage sie, ob sie mit ihrem neuen Buch zufrieden ist, und sie schaut über das dunkel glänzende Holz ihres Couchtisches zu mir herüber. »Ich denke schon. Soweit das möglich ist.«

Sie spricht leise, fast unhörbar. Man muß sich vorbeugen, um sie zu verstehen.

»Ich glaube, in gewisser Hinsicht ist der Roman eine Weiterentwicklung meiner Themen. Obgleich ich natürlich hoffe, daß meine Arbeit ihre animalische Qualität nicht verloren hat.«

Sie braucht sich keine Sorgen zu machen. Wenn nichts anderes, so ist die Elegie der Schwarzen Wasser *zumindest nicht weniger schaurig als alles andere, was sie geschrieben hat – und das soll bei einer so notorisch blutrünstigen Autorin etwas heißen. Schließlich waren Schießereien und Messerstechereien für sie stets öde Routine, und wenn möglich, hat sie extravagantere Mordmethoden bevorzugt: etwa das Erschlagen mit exotischen Gegenständen oder das Aufspießen; unvergessen auch die Passage, in der einem Opfer auf dem Operationstisch in epischer Grausamkeit die Wirbelsäule entfernt wird. Und jetzt*

Lizbeths Augen gehen zum Anfang des Absatzes zurück, wo eine Formulierung ihre Aufmerksamkeit erregt.

Wenn nichts anderes

Ganz beiläufig sind die Worte eingeflochten worden.

Weitere Beschreibungen des Hauses. Man könnte glauben, diese Frau hätte noch nie eine Stehlampe gesehen. Oder sie war eine geklonte Immobilienmaklerin. In sämtlichen modernisierten Räumen hohe Decken, Designergegenstände, großartige Ausblicke auf die einzigartig üppigen Wälder von Quince Hill, das am besten gehütete Geheimnis im Herzen Connecticuts.

»Ich glaube«, sagt Greene, wobei sie die Achseln zuckt und sich auf dem weichen braunen Leder ihrer eleganten Couch zurücklehnt, »wenn ich schreibe, lebe ich in Wirklichkeit mein Interesse für Konsequenzen aus. Vielleicht schreibe ich des-

halb so schnell. Ich schaffe Situationen, die mich faszinieren, damit ich die erste bin, die das Ende erfährt.« Sie lacht. Ein unwirkliches Kichern.

Diese Bemerkungen, erinnert sich Lizbeth, hat sie in drei verschiedenen Zusammenhängen geäußert. Sie glaubt, daß die letzte sehr frei zitiert ist. Möglicherweise sogar erfunden. Sie kann sich auch nicht daran erinnern, gekichert zu haben. Sie kichert nie.

Erstaunt stelle ich fest, wie entspannt ich bin – obwohl sich das schnell ändert, als ich mir die stattliche Reihe von Themen vor Augen führe, die ich auf keinen Fall anschneiden darf, wie mir ihre Agentin eingeschärft hat. Ihr Reichtum ist einer dieser Punkte, die drei belanglosen Verfilmungen ihrer Romane ein anderer. Außerdem wurde mir bedeutet, daß sie es gar nicht schätzt, gefragt zu werden, woran sie gerade arbeitet oder was in Zukunft auf Enschell zukommen wird.

Dann bezeichnet die Journalistin sie als »elfenhaft«. Spricht davon, wie unvereinbar ihre *Reputation als Kratzbürste mit ihrer offensichtlich guten Laune* zu sein scheint, und fährt dann fort:

Ich komme zu dem Schluß, daß das Wort elfenhaft am besten zu ihr paßt. Auf Fotos wirkt sie zierlich, aber wenn sie mit ihrer zarten Stimme spricht und sich zwischen den riesigen weißen Wänden ihres Hauses verliert, scheint sie noch winziger zu sein – eine Porzellanpuppe mit Stilettos. Ihr Image – die modische schwarze Kleidung, der dunkle Bubikopf, beides auch bei dieser Gelegenheit unübersehbar – ist so klar definiert wie das eines beliebigen Rockstars. Aber trotzdem ist man überrascht von ihren kleinen Händen und Füßen, die fast wie Miniaturen wirken, und von ihrer Gestalt, die an ein

Vögelchen erinnert. Irgendwann sage ich, ich wünschte, ich hätte eine Figur wie sie; zum ersten Mal schaut sie zur Seite, wird rot, bedankt sich, bevor sie ihren festen Blick wieder auf mich richtet.

Spätestens hier würde ihren Lesern eine Parallele zu dem ansonsten fraglos handfesteren Inspektor Enschell auffallen. Auch bei ihm verbirgt sich hinter der stahlharten Fassade eine unvermutete Schüchternheit. Aber die Ähnlichkeit geht noch weiter. Da gibt es zum Beispiel den beruflichen Perfektionismus, der beiden eigen ist, oder die überraschende Vorliebe für den Reggae – eine lang währende Leidenschaft Greenes, die sie vermutlich nicht leichtfertig auf ihren Helden übertragen hat (nicht daß ihr Musikgeschmack immer so exotisch gewesen wäre; so sind die drei massigen Hunde nach Mitgliedern der Gruppe The Monkees *benannt, ein Tribut an »die unübertroffene Begeisterung meiner Kindheit«).*

Aber es gibt eine dunklere und tiefere Gemeinsamkeit zwischen den beiden – nämlich das Kindheitstrauma, das sie erleiden mußten und das in ihrem Erwachsenenleben nachwirkt.

Ich sage, daß ich es verstehe, wenn sie nicht darüber sprechen möchte. Sie starrt mich besonders nachhaltig an. Zum ersten Mal spüre ich eine gewisse Kälte. »Warum sollte ich nicht darüber sprechen wollen?« sagt sie. Eine vernünftige Frage. Gibt sie doch selbst zu, daß sie seit Jahren darüber spricht (und schreibt).

Sie schiebt die Brille nach oben und reibt sich die Augen, bis sie Sterne wirbeln sieht. Gräbt ihren Löffel in die Schale mit der Kleie und den Früchten und ißt, während die Hunde in der Küche hin- und herlaufen.

Er hätte schwören können, daß sie da waren. Die Aufseher. Ihre schweren Schritte und das Klappern des Essenswagens. Aber jetzt ist es wieder still. Ist nichts gewesen.

(Die Phantomgeräusche, die ihn früher heimgesucht haben – der schreiende Säugling, der Flipperautomat – quälen ihn schon lange nicht mehr. Über diese glühenden Kohlen ist er gelaufen.)

Unter den zahllosen Einrichtungen mit Hochsicherheitstrakt setzt das Bundesgefängnis Essenville einen besonderen Maßstab. Denn der Hauptteil des Gebäudes beherbergt 1086 Insassen unter Bedingungen, die von Kontrollgremien als »durchgängig inhuman« bezeichnet werden. Die Isolationszellen, die ein Gefängnis innerhalb des Gefängnisses bilden, sind noch schlimmer. Sie sind eine Art Quarantänestation für die größten Störenfriede, die gefährlichsten Insassen: identische Zellen auf einem langen Flur.

Wilson Velez ist in diesem Trakt die Hauptattraktion. Sagen die Aufseher.

Er hat Einzelhaft. Alle zwei Wochen darf er seinen Anwalt maximal eine Stunde lang sprechen. Er darf keine Briefe schreiben oder empfangen und niemanden sehen, ausgenommen die Aufseher und engste Familienangehörige. (Er hat keine Angehörigen, jedenfalls keine, die ihn besuchen würden.)

Außer einer Bibel und einer Brille, die ihm für seine Kurzsichtigkeit verschrieben wurde, darf er nichts besitzen. Er darf keine Bilder oder Fotos in seiner Zelle aufhängen.

Das sind die Bedingungen. Man kann sie auflisten, aber das Ausmaß der Grausamkeit nicht ermessen. Die Einsamkeit unter der ewigen Lampe.

Alle anderen Gefangenen in Isolationshaft sitzen für eine bestimmte Zeitspanne hier ein und verbüßen den Rest der Strafe im Hauptteil des Gebäudes. Die meisten sind nach einer Woche wieder weg.

Wilson Velez ist seit mehr als fünf Jahren in Einzelhaft.

Seine Blase setzt ihm zu, er kapituliert, streckt sich und steht auf. Setzt die nackten Füße auf den kalten grauen Boden.

Seine Fußsohlen machen klatschende Geräusche auf dem

Zement, als er durch die Zelle läuft, um zu pinkeln. Dann kehrt die Stille zurück.

Eine solche Stille findet man nicht oft. Nicht jenseits dieser dreißig Zellen. Da draußen in der Welt findet selbst der leiseste Atemzug eines einsamen Eingeborenen in der Wüste schließlich einen Partner, ein zweites winziges Geräusch, mit dem er sich vereinen kann, das seinerseits in einem dritten widerhallt, und so weiter, bis alles eins ist und zu einem komplizierten Wirbel aus undeutlichem Getöse wird. Anders hier. Wenn nicht die Aufseher draußen sind oder die Kamera sich bewegt oder das dünne Metall der Duschkabine klappert, verschlucken Beton und Stahl jedes Geräusch. Nichts kommt herein, nichts dringt hinaus. Totenstille.

Deshalb hat der Säugling geschrien, deshalb hat der Flipperautomat gejault. Um die Stille zu füllen. Es gab auch Geisterstimmen, die willkürliche Zahlenfolgen intoniert haben.

Bei langfristiger Einzelhaft werden die akustischen Halluzinationen nur von den optischen übertroffen. Es gab eine Zeit, da versammelte sich jeden Tag eine Menschenmenge in der Zelle, Bekannte und Unbekannte, längst verstorbene Vorfahren und Gestalten aus Filmen. Sie lümmelten auf seinem Bett herum oder lehnten sich an die Wand. Das war ein Spaß, damals war wirklich etwas los in seiner Zelle.

Bis alles vorbei war und nur die verdammte Leere übrigblieb.

Mit der Leere kommt die Panik. Erst verliert man die Beherrschung und hyperventiliert. Dann kommt der Schmerz. Er setzt sich fest und nagt. Wochenlang, monatelang, jahrelang, bis etwas bricht.

Wilson Velez weiß nicht mehr, woher die Narbe auf seiner Stirn stammt, die rote Kerbe, die vom Haaransatz bis zum Nasensattel reicht, das Zeichen seiner wachsenden Verzweiflung.

Danach wird das System heruntergefahren. Es gibt nur noch die äußere Hülle eines Körpers, ein paar Erinnerungen.

Und die verblassen und werden zu Erfindungen, zu Halbwahrheiten.

Es heißt, wenn man stirbt, sieht man sein Leben nicht als Rückblende, als linearen Fluß von Anfang bis Ende, man sieht vielmehr alles auf einmal. Und genauso sieht Wilson Velez inzwischen die Dinge: simultan laufende, endlose Fernsehbilder in den Fenstern eines Wolkenkratzers.

Seine Pisse bleibt in der Toilette, bis automatisch gespült wird. Er läßt sich wieder auf das Bett fallen. Kratzt seinen Ausschlag. Kratzt seine Eier. Hustet.

Wo in Gottes Namen bleibt sein Frühstück? Das Licht bedeutet Frühstück. So war es immer. Also, wo sind die Aufseher mit ihren Schlüsseln und ihren Schlagstöcken?

Wenn es nichts anderes gibt als die tägliche Routine, klammert man sich daran. Deshalb will er jetzt nur eines: seine beiden Pfannkuchen auf dem fettigen Tablett, seine Portion Getreideflocken (sie sind grau, und es gibt keine Milch), das winzige Würstchen und den Papierbecher mit wäßrigem Fruchtsaft.

Der Speiseplan kann variieren. Manchmal gibt es Orangensaft, manchmal etwas Undefinierbares. Jeden zweiten Tag bekommt er Waffeln statt Pfannkuchen. Montags und freitags gibt es eine Frikadelle statt des Würstchens. Gelegentlich bleiben die Tabletts nach dem Transport aus dem Haupttrakt so lange unbedeckt, daß das Essen kalt wird. Manchmal ist es von Anfang an kalt.

Er kriecht wieder unter die Decke und zieht sie sich über den Kopf. Schließt die Augen und döst. Läßt sich von Erinnerungen forttragen.

Zu einem schwülen Nachmittag in einem Dorf; zu strohgedeckten Hütten in einer unregelmäßigen Reihe; zu Frauen, die spanisch sprechen. Er ist jung. Ein Kind. Auf dem Rücken spürt er die Hitze, seine Arme sind dünn und unbehaart, Schweißperlen bedecken seine Oberlippe und die Stirn; die

Hitze verstärkt sich noch, als er über einen holprigen Feldweg läuft und seine Kinderschritte auf dem trockenen Laub immer größer werden.

Er kommt an einen Ort, an dem es Limonen gibt. Zu Dutzenden hängen sie prall und rund an den sperrigen Ästen nach unten, ihr Grün leuchtet hell im Sonnenlicht. Er bleibt stehen. Geht auf die Zehenspitzen. Versucht, eine Frucht zu erwischen. Jetzt ist er nicht mehr in der Nähe der Stimmen, der Frauen. Aber plötzlich hört er ein anderes Geräusch: ein Wimmern. Und gleich darauf einen dumpfen Knall.

Sein Gesicht wird von etwas Feuchtem getroffen. Warm und plötzlich, von oben. Er wischt sich über die Wange und sieht Blut. Das Blut eines anderen. Aber als er aufsieht, nimmt er nur das Grün der Limonen und ein blendendes Weiß wahr. Alles andere verschwindet im Gleißen der Sonne. Nur das Blut tropft immer noch nach unten und versickert in der Erde.

Er hört ein Poltern, das sich nähert, so laut, daß er sich umdreht und erschrocken zwischen den Limonenbäumen wegrennt. Er rennt, bis er von dem kratzenden Geräusch aufwacht, das seine Hand an den Bartstoppeln macht, die sich auch über den Hals erstrecken. Aber es dauert noch zwei Tage, bis er sich rasieren darf.

Noch einmal einzuschlafen, ist das Dümmste, was einem in Isolationshaft passieren kann. Es bedeutet nämlich, daß man zweimal dort aufwacht.

Wilson Velez erlaubt seinen Augen ein weiteres Mal, sich auf das Zellenlicht einzustellen. Dann richtet er den Blick auf seinen Arm und läßt ihn zum Handgelenk wandern. Zu der weichen Haut auf der Innenseite. Er ist am ganzen Körper tätowiert, aber jetzt starrt er auf die Zahlen, die unauslöschlich dort eingeschrieben sind:

1.18.4.9.12.12.1.

Gerade war es 6.25 Uhr. Sagt die Wanduhr über dem Küchentisch. So früh am Morgen scheinen die Minuten langsamer zu vergehen. Draußen ist es immer noch nicht hell.

Sie hätte die Bran Flakes nehmen sollen, die sie normalerweise kauft. Nicht die Bran Chips. Die schmecken komisch: irgendwie pappig. Sie hat die Werbung gesehen und wollte sie ausprobieren. Aber sie sind ein Reinfall.

Die Hunde wuseln um sie herum, Lizbeth stößt sie leicht mit dem Fuß an, und sie trollen sich sofort. Eine wirksame Maßnahme, an die sie die Tiere von klein auf gewöhnt hat. Sie nimmt nicht einmal den Blick von der Zeitung.

Während sie noch über die Antwort nachdenkt, kommt ihre Assistentin herein, eine sympathische Frau, ein paar Jahre jünger als Greene und – so unwahrscheinlich es klingt – noch blasser. »Tee«, verkündet sie und stellt eine Keramikkanne Milch und einen Honigtopf auf den Tisch. Greene süßt ihren Tee mit Honig.

»Ich betrachte mich nicht als traumatisiert«, sagt sie leichthin, als wir wieder allein sind. Aber gerade die Nonchalance dieser Worte macht es schwer, die Spitze zu überhören. »Ich hoffe doch, ich bin mehr als nur das Produkt eines Ereignisses, das über dreißig Jahre zurückliegt.« Als Schriftstellerin oder als Mensch? »Beides.«

Doch auch wenn sie es bestreitet, es ist und bleibt eine Tatsache, daß sie viel zu früh mit Gewalt und Tod konfrontiert wurde und daß dieser Umstand sie geprägt hat. Es ist tragisch, aber man könnte sogar argumentieren, daß sie dazu bestimmt war, die Bücher zu schreiben, die sie schreibt, daß sie dazu verurteilt ist, für ihre Leser die schlimmsten Verbrechen des Menschen zu ergründen.

Bei ihrer ersten Begegnung mit dem Verbrechen, dem Mord an ihrer Mutter, war sie erst acht Jahre alt. Bis zu diesem Ereignis war ihr Leben, wie sie sagt, von einer fast grotes-

ken Perfektion gewesen: ein ›Stück Himmel‹ in einem Vorort von Danbury. Bis eines Tages ihr Vater, ein leitender Angestellter der Pharmaindustrie, auf Geschäftsreise war und ein Unbekannter in den frühen Morgenstunden in das Haus der Familie einbrach, in den ersten Stock vordrang und die schlafende Marion Greene erschlug. Lizbeth, die sich mit ihrer älteren Schwester in einem Zimmer im Dachgeschoß verbarg, mußte dem grausigen Geschehen zuhören, gefangen in einem Alptraum, bis der Mörder die Flucht ergriff. Der Täter wurde nie gefaßt.

Eine Zeitlang machte der Fall Schlagzeilen. Später fiel sein Schatten auf den Großteil von Greenes Geschichten, nicht zuletzt auf Die Werke der Engel, *das Buch, das viele Fans für ihr bestes halten. Hier gesteht der normalerweise so wortkarge Frederick Enschell, daß sein Interesse für die Detektivarbeit in seiner Kindheit begonnen habe, nämlich mit dem grausigen Mord an seiner Mutter.*

Aber das Schicksal Marion Greenes sollte nicht die einzige Begegnung ihrer Tochter mit dem verabscheuungswürdigsten aller Verbrechen bleiben. Elf Jahre später, als Studienanfängerin an der Columbia Universität, war sie nach dem Besuch bei einer Freundin auf dem Heimweg, als ihr ein unbekannter Mann eine Waffe in die Rippen stieß und sie bewußtlos schlug. Dann verfrachtete er sie in seinen Transporter. Der Mann war Richard Cazet – der Serienmörder und Vergewaltiger, der zu diesem Zeitpunkt im Stadtgebiet von New York bereits fünf grausige Morde verübt hatte.

Cazet fuhr nach Queens, dort parkte er den Wagen für ungefähr zehn Minuten auf einem unbebauten Grundstück. Während dieser Zeitspanne kam Greene zu sich und konnte sich befreien. Immer noch benommen, rief sie die Polizei – die allerdings nur konstatieren konnte, daß der Transporter inzwischen verschwunden war. Nun jedoch griff das Schicksal ein. Am folgenden Abend hatte Cazet eine heftige Auseinan-

dersetzung mit dem Angestellten einer Spirituosenhandlung in Brooklyn. Als ein Polizist dazukam und ihn zu verhaften drohte, erschoß er sich selbst. Greene kam mit einer Gehirnerschütterung davon. Es hätte viel schlimmer ausgehen können.

Aus diesen schrecklichen Erlebnissen erwuchs die Inspiration. Aus diesen Erinnerungen entstand eine Karriere – sie fand ihre Berufung. Der Durchbruch gelang ihr aber erst nach dem Roman Mit Zähnen und Klauen, *einem bescheidenen Debüt, das sich kaum von der landläufigen Kriminalliteratur unterscheidet. Ihr nächstes Buch jedoch war ein Phänomen: die auf Tatsachen basierende Geschichte der Untaten Richard Cazets unter dem Titel* City Slicker, *dem Spitznamen, den die Presse dem stets piekfein gekleideten Mörder gegeben hatte. Der Bericht besitzt eine ganz eigene Dynamik, nicht zuletzt, weil die Autorin beinahe sein letztes Opfer geworden wäre. Mehr noch, ihr Portrait Cazets ist durchzogen von bewegenden persönlichen Betrachtungen sowohl über jene entsetzliche Nacht als auch den unaufgeklärten Mord an ihrer Mutter.*

Das Buch war ein Riesenerfolg. Und als Greene sich von der Reportage wieder der Literatur zuwandte, nahm sie schnell ihren Platz unter den beliebtesten Kriminalschriftstellern der Nation ein: härter und nüchterner als ihre männlichen Kollegen, aber mit der klassischen weiblichen Einsicht in das Innenleben ihrer Charaktere. Ihr eigenes Leben und ihr eigener Schmerz waren ihre Plattform. Ich betrachte sie, wie sie jetzt auf der Kante der Couch mit den üppigen Kissen hockt und

Sie weiß nicht, ob sie nicht lieber aufhören sollte. Mit dem Essen. Unentschlossen stochert sie in den Bran Chips herum, pickt die Früchte heraus – ein Stückchen Birne, einen Schnitz Apfel – und sieht sich um. Sie betrachtet die Dinge, die ihre Geschichten ihr eingebracht haben. Dieses schöne Haus in seiner vollkommenen Abgeschiedenheit. Das Ergebnis langer einsamer Arbeitsstunden.

Damals hatte sie eine Schreibmaschine. Am Anfang, als ihr Kopf noch klar war. Eine klapprige Schreibmaschine, die nach genügend gutem Zureden die endlosen Seiten ausspuckte, die sie in einer bestimmten Ecke ihrer Einzimmerwohnung zu stapeln pflegte. Der Laptop, den sie heutzutage benutzt, ist so dünn wie ein Schachbrett und steht in einem Arbeitszimmer mit Blick auf den Wald.

Das Telefon am anderen Ende der Küche läutet.

»Ich wollte mich vergewissern, daß du die Zeitung hast«, sagt eine Frauenstimme. »Ich habe den Artikel noch nicht gelesen, aber die Fotos sind hervorragend.«

Es ist Nancy Bonchurch, seit acht Jahren Lizbeths Assistentin. Zu Beginn war sie eine Leserin, deren begeisterte Briefe zu einer Korrespondenz führten; nach einer Weile wurde ein Job daraus. Sie ist eine Person mit vielen Talenten, solide, wie es typisch für die Leute in Connecticut ist, gut bezahlt für das, was sie tut. An Wochenenden muß sie nicht arbeiten, und Lizbeth hat eine großzügige Krankenversicherung für sie abgeschlossen. Aber entscheidend ist, daß sie ihre Arbeit gern macht, daß sie stolz darauf ist.

»Ich lese ihn gerade. Er ist gut.«

»Tatsächlich?«

»Nehme ich mal an.«

»Du nimmst es an?«

»Nein, wirklich. Er ist gut.«

»In Ordnung. Soll ich so gegen elf vorbeikommen?«

»Lieber um zwölf. Ich muß arbeiten.«

An einem normalen Tag fängt sie um sieben an zu schreiben. Eine Pause am späten Vormittag, in der sie mit Nancy spricht und zu Mittag ißt. Manchmal schwimmt sie vorher in dem Pool hinter ihrem Haus. Um zwei kehrt sie an den Schreibtisch zurück und arbeitet bis fünf.

»Soll ich irgend etwas mitbringen?«

»Ach ja. Könntest du ein paar Frühstücksflocken besorgen? Die, die ich immer nehme. Die Bran Flakes?«

»Natürlich. Die Bran Flakes.«

Lizbeth legt den Hörer auf. Nimmt ihn wieder in die Hand, hält ihn ans Ohr und lauscht. Sie weiß nicht, warum. Sie hört einfach dem Signalton zu.

Die Hunde winseln und kratzen an der Tür, sie wollen raus. Der Nieselregen ist inzwischen zu Regen geworden. Sie läßt sie in den Garten, sie springen auf den Rasen. Der Trick funktioniert nur so lange, bis sie braucht, um sich hinzusetzen. Schon stürmen sie wieder herein, machen sich bemerkbar, schnüffeln und bellen, legen die Pfoten auf den Küchentisch. Sie verlangen ihren Spaziergang.

»Kommt schon, ihr Stromer! Hört auf. Laßt mich wenigstens mein Frühstück aufessen.«

Sie hebt den Löffel und versucht es noch einmal mit den Bran Chips.

Squirrel.

Das Wort steht immer noch auf ihrem Handrücken. Ein geheimer Code, dessen Bedeutung sie nicht entschlüsseln kann.

S-q-u-i-r-r-e-l.

1.18.4.9.12.12.1.

Wilson Ulysses Velez starrt auf die Tätowierung, die um sein Handgelenk verläuft. Eingestochen in gotischer Schrift. Um den Hals trägt er eine eintätowierte Kette aus dreizackigen goldenen Kronen, verziert mit Rubinen und Diamanten. Seine anderen Tattoos allerdings sind unter seinem Overall versteckt: das Wandgemälde aus Daten und Gesichtern, das sich über seine Brust und seinen Bauch erstreckt, die Litanei von Namen, die beide Arme bedeckt, das Gewimmel von Inkakriegern vor der Skyline von New York, das seinen ganzen Rücken einnimmt. Nur seine Füße zeigen noch die schmucklose Haut, in der er geboren wurde. Alles andere ist mit Inschriften und den Relikten seiner blutigen Vergangenheit übersät.

1.18.4.9.12.12.1. Er setzt seine Brille auf, aber selbst mit der Brille, selbst in diesem gnadenlosen Licht verschwimmen die Zahlen an den Rändern. Sein Sehvermögen hat sich in der Isolation Monat für Monat verschlechtert. Als hätten seine Augen sich aufgegeben, weil es nichts zu sehen gibt.

Fünf Jahre Isolationshaft haben ihn verändert. Zuerst war er ein Tier, ein fleischgewordener Schrei. Später ist er verstummt. Wurde zum Büßer, dessen schmutzige Seele sich ausgebrannt hatte. Aber Gott ignorierte sein Flehen um Gnade. Jetzt liegt er nur noch da und wartet. Hält noch ein bißchen länger still und noch ein bißchen.

Vielleicht geben sie ihm den Klumpen. Das würde es erklären. Aber es gibt keinen Grund. Natürlich brauchen sie keinen Grund, aber er hat überhaupt nichts getan.

Der Klumpen ist eine Strafe. In der Isolation braucht man viel Fantasie, denn es gibt unzählige Regeln. Und unzählige Regelverletzungen, so viele, daß die Sanktionen – zumindest die genehmigten – sie kaum erfassen können. Und wenn ein Mensch bereits in einem fensterlosen Raum von achteinhalb Quadratmetern vegetiert, steckt sein Wärter in einem Dilemma: Was kommt als nächstes?

Als nächstes kommt der Klumpen. Das sind die drei regulären Mahlzeiten des Gefangenen, zusammengepreßt zu einem hellbraunen länglichen Körper. Er liefert das gesetzlich vorgeschriebene Minimum an Vitaminen und Mineralien.

Im Unterschied zu den regulären Mahlzeiten hat der Klumpen immer dieselbe Temperatur: Er ist kalt. Aber er kann nicht zum Klumpen verdonnert worden sein. Es gibt keinen Grund. Also was?

Wo, wo, wo verdammt noch mal bleibt das Essen, und wie oft soll er eigentlich noch um eine Salbe für den beschissenen Ausschlag bitten? Am liebsten würde er sich seine Scheißbrust vollständig aufkratzen. Außerdem hat er das Gefühl, daß sich der Ausschlag ausbreitet. Und wenn es nur ein Symptom ist? Das erste Anzeichen von etwas unsagbar Schlimmerem?

Die Zellen des Isolationstraktes von Essenville sollen an allen sieben Tagen der Woche von medizinischem Personal betreut werden. In der Praxis erscheinen sie einmal wöchentlich. Ein Arzt kommt nur im Notfall. (Die Kosten der Behandlung werden dem Haftkonto des Gefangenen in Rechnung gestellt.) Ansonsten sind da nur die Aufseher.

Wenn seine Zelle ein Fenster hätte, könnte er jetzt den Regen sehen. Auf dem Boden des Hundezwingers bilden sich Pfützen. Aber er braucht gar kein Fenster, denn seine Hüfte sagt ihm, daß es regnet. Das tut sie immer. Eine Folgeerscheinung seiner Haft in Essenville.

Früher lief er hin und her. Er flitzte vom Bett zur Tür und wieder zurück, so schnell er konnte. Vier Schritte in jede Richtung. Dreißigmal pro Minute, bis er nicht mehr konnte. An einem Dienstag vor zwei Jahren ist er sechzehn Stunden lang hin- und hergelaufen.

Schließlich machte seine Hüfte nicht mehr mit. Die Knorpel waren verschlissen. Jetzt humpelt er, wenn es regnet.

Draußen ertönen Geräusche – echte Geräusche –, und er setzt sich ruckhaft auf. Die erste Tür öffnet sich.

Endlich. Die Aufseher sind da. Sie stehen direkt vor der Zelle.

Aber als sich die Klappe für das Tablett öffnet, erscheint überhaupt nichts. Nur eine Stimme:

»Gefangener. Fertig machen zur Extrahierung.«

Zwei Augen funkeln ihn durch das Bullauge an.

Insassen in Isolationshaft *verlassen* ihre Zellen nie. Wenn sie die beiden Stahltüren hinter sich lassen, heißt das, sie werden *extrahiert*. Sollten die Aufseher zu der Auffassung gelangen, daß sich ein Insasse nicht kooperativ verhält, stürmen sie die Zelle, um die Extrahierung zu erzwingen. In diesem Fall kommt es zu gebrüllten Befehlen und ersticktem Protest. Zu Schreien.

Bislang wurde Wilson Velez sechsundfünfzig Mal als unkooperativ eingestuft. Normalerweise lassen die Aufseher zwischen den einzelnen Episoden einen Monat verstreichen, damit er sich erholen kann. Er ist davon überzeugt, daß das Ende so aussehen wird: Sein lebloser und blutüberströmter Körper bleibt in der Zelle zurück, das angeblich selbstverschuldete Resultat seines aggressiven Verhaltens.

Aber in den Augen im Fenster sieht er genügend säuerliche Ungeduld, um zu erkennen, daß es sich nicht um einen Vorwand handelt. Heute wollen sie tatsächlich nur, daß er die Zelle verläßt.

Es ergibt keinen Sinn. Aber das ist auch nicht nötig. Er steht auf, zuckt zusammen, weil die Hüfte schmerzt, öffnet den Klettverschluß an seinem Hals. Er zieht den Overall bis zur Taille herunter, in einem zweiten Ruck bis zu den Füßen. Dann stellt er sich nackt vor die Tür.

Die restliche Prozedur wird ohne große Umstände vollzogen.

Wilson Ulysses Velez hebt seinen Schwanz und seine Eier an. Wartet fünf Sekunden. Ohne weitere Aufforderung dreht er sich um, beugt sich nach vorn, spreizt die Beine. Wartet fünf Sekunden. Er zeigt seine Fußsohlen vor, seine Achselhöhlen, die Mundhöhle. Jetzt öffnet sich quietschend die Klappe. Er stopft seinen Overall in die Öffnung und schiebt ihn auf die andere Seite. Wartet, bis das Kleidungsstück inspiziert worden ist. Es wird zurückgeschoben, und er zieht sich wieder an. Dann schiebt er seine Schuhe nach draußen. Weiche weiße Turnschuhe, die das Gefängnis ausgibt. (Sie haben keine Schnürsenkel. Schnürsenkel könnten als Schlinge benutzt werden.) Er erhält sie zurück und zieht sie an. Hockt sich auf den Boden und schiebt seine Hände durch die Öffnung. Spürt, wie sich die Fesseln um seine Handgelenke legen, wie sie geschlossen werden.

1.18.4.9.12.12.1. Er erhebt sich.

Die Zellentür öffnet sich, und da sind sie. Es sind drei. Alle tragen dieselbe quasi militärische Kluft, schwarze Stiefel und Uniformjacken, dick ausgepolstert zum Schutz vor Stichwaffen, dazu überdimensionale Schutzbrillen, die ihr halbes Gesicht bedecken.

Die beiden ganz vorne sind Johnson und Abernabi. Einer ist weiß, der andere schwarz. Die Namen stehen auf Schildchen aus Plastik, die mit Klettverschlüssen an ihren Jacken befestigt sind. Das ist die Vorschrift. (Aber Namensschilder werden verlegt – so wie Kinder manchmal ihre Hausaufgaben vergessen.) Er kennt beide. Doch der dritte ist neu. Jünger. Er heißt Kolin. Kolin ist pummelig und blaß und steht hinter seinen Kollegen.

Kolin hat die Videokamera. Alle physischen Interaktionen mit den Aufsehern müssen aufgenommen werden, damit eventuelle Gewalttätigkeiten dokumentiert werden können. Zum rechtlichen Schutz aller beteiligten Parteien. (Aber Kameras funktionieren zuweilen nicht, Videobänder können verlorengehen.)

Abernabi hält die Kette in die Höhe.

»Gefangener, in die Tür treten.«

Es wird nicht erwartet, daß Wilson antwortet. Das wäre eine Regelverletzung. Er macht lediglich ein paar schlurfende Schritte nach vorn. Sieht den Korridor hinter den Aufsehern. Auch hier keine Fenster. Das gleiche gespenstische Neonlicht wie in der Zelle. Er zuckt zusammen, bevor Abernabi ihn auch nur berührt. Zwangsläufig muß er den Geruch des Aufsehers einatmen, als dieser ihm die Kette um die Taille legt und schließt.

Zwei weitere Ketten hängen daran. Abernabi befestigt die kürzere an Wilsons Handschellen. Die längere baumelt zwischen seinen Schenkeln, bis Johnson sich hinkniet, um die Fußeisen zu befestigen und mit der Kette zu verbinden. Wilsons Hände sind fest vor dem Bauch gefesselt, die Schultern krümmen sich, seine Füße sind keine vierzig Zentimeter voneinander entfernt. Dann ergreift Abernabi die Kette an seiner Taille und zieht ihn in den Korridor hinaus. Dreht ihn auf die Seite. Nimmt seine Position hinter der rechten Schulter ein, während Johnson sich hinter die linke stellt, bevor beide eine Hand auf seinen Rücken pressen, Schlagstöcke in Bereitschaft.

Ein plötzlicher kleiner Schauder in seiner Wade entwickelt sich zu einem Zittern, und innerhalb einer Sekunde verkrampft sich sein ganzer Körper. Jeder Muskel zuckt, die Nerven liegen blank. Er versucht, das Zucken zu kontrollieren. Es gelingt ihm nicht.

»Was zum Teufel macht der denn da? Guckt ihn euch an. So ein Spast!«

Kolin hinter seiner Kamera ist entgeistert.

»Macht er immer«, sagt Abernabi. »Laß ihn einfach in Ruhe.«

Sein Körper zittert immer noch, und sein Kopf wackelt wie ein Punchingball. Es dauert eine Ewigkeit, bis es vorbeigeht. Zuerst läßt es an den Füßen nach, dann weiter oben.

Johnson stellt sich vor ihm auf und sieht ihm ins Gesicht.

»Glaubst du, er ist fertig?«

»Besser wird's nicht.«

Seine Zelle wird hinter ihm verschlossen, und die Hände legen sich wieder auf seinen Rücken.

Der Korridor ist breit genug, so daß sie sich in einer Dreierreihe vorwärtsbewegen können. Mit den Fußeisen kann er nur ganz kleine, fast zierliche Schritte machen. Kolin ist das Schlußlicht, vor ihnen erstrecken sich die Zellen. Ein Schild über ihren Köpfen verkündet, daß keine Warnschüsse abgegeben werden, sollte ein Insasse ohne Aufseher auf dem Korridor angetroffen werden.

Der Essensgeruch ist durchdringend. Also waren die Geräusche vorhin doch echt. Alle anderen essen jetzt. Die Aufseher schieben ihn voran.

»Ich-ch-ch – . . . hhhabe nichtsss . . . «

Abernabi und Johnson seufzen.

». . . gggetan . . . – . . . ich-ch-ch . . . hhhabe . . . nnnur –«

»Scheiße. Redet der immer so?«

Kolin ist fasziniert. Er überholt seine Kollegen und hält Wilson die Kamera vor das Gesicht.

»Das ist also der Star hier? Der Erzgangster? Ein Halbidiot. Mit *Zuck-zuck-zuck-ungen*. Scheiße. Das ist ein Ding.«

»Laß uns die Sache hinter uns bringen, Kolin.«

Johnson greift nach vorn und schiebt die Kamera zur Seite.

»Wenn schon. Glaubst du etwa, er wird Vollzugsbeamte wegen Belästigung verklagen?«

So nennen sich die Aufseher, und so wollen sie genannt werden. Vollzugsbeamte. Sie hassen das Wort Aufseher. Jeder Insasse, der es benutzt, macht sich einer Regelverletzung schuldig.

Hinter der letzten Zelle kommt das erste Tor. Dann der nächste Korridor.

Auf jedem Gang, den sie passieren, ist an der Decke eine Kamera angebracht, die Bilder in den Kontrollraum überträgt. Wilson Velez schaut zu allen hinauf, während er sich voranmüht.

Hinter dem vierten Tor wartet Brink.

Brink ist der Oberaufseher im Isolationstrakt. Er herrscht über alles, Tag für Tag. Brink gibt der Gruppe ein Zeichen, daß sie weitergehen sollen. Geht ihnen voran. Gertenschlank. Geschniegelt und dampfgebügelt.

Die fünf Männer gehen weitere Gänge hinunter, passieren weitere Tore. Wilson hat immer noch keine Ahnung, wohin er geht und was ihn erwartet. Also macht er einfach seine

Schritte, präzise wie ein Uhrwerk, heftet den Blick auf Brinks Hinterkopf und die kreisrunde kahle Stelle. Die Fußeisen graben sich in seine Fesseln ein, die Handschellen reiben sich an seinen Handgelenken.

Brink bleibt plötzlich vor einer Tür stehen. Es ist keine Zellentür.

»Warten Sie«, sagt er und verschwindet. Eine Sekunde später ist er wieder da und führt die Männer in den Raum.

Er flüstert Kolin zu: »Schalten Sie die Kamera aus, Officer.«

Im Inneren des Raumes steht ein quadratischer Metalltisch, der im Boden verankert ist. Auf dem einzigen Stuhl sitzt Michael Sosa, der Gefängnisdirektor. Bei der Ausbildung zum Aufseher wurde er von seinen Kollegen »Trauerweide« genannt. Es folgten zweiundzwanzig Jahre in der Vollzugsbehörde. Jetzt sieht er Wilson an, mit Augen, die beinahe in den Tränensäcken verschwinden.

»Wir haben etwas für Sie.«

Seine Hand greift in die Hemdtasche und zieht ein Stück Papier hervor.

»Ihr Anwalt hat seit gestern immer wieder angerufen. Der gesprächige Mr Ossery. Er klang ziemlich aufgeregt, als er mich endlich am Apparat hatte. Nun, ich habe mit ihm gesprochen. Er ist der Meinung, daß Sie etwas erfahren sollten. Ich habe mich entschlossen, die Information an Sie weiterzugeben.«

Gefängnisdirektor Sosa wendet sich an Brink.

»Versteht er mich?«

»Schwer zu sagen, Sir.«

Er sieht wieder auf Wilson.

»Dieser Vorgang ist sehr ungewöhnlich. Ich hoffe nur, Sie wissen, was für ein Glück Sie haben.«

Und er legt das Stück Papier auf den Tisch. Einen langen Moment bleibt es dort liegen. Dann lockern die Aufseher ihren Griff gerade genug, um Wilson zu erlauben, sich nach vorne zu beugen und sein Gesicht dem Papier so weit zu nähern, daß seine schwachen Augen die Schrift ausmachen können. Als sie endlich Gestalt annimmt, sieht er, was da steht. Die Botschaft. Drei handgeschriebene Worte.

GOTT IST TOT

Squirrel.

Bestimmt wäre es einfacher, wenn sie ein Notizbuch benutzen würde. Lizbeth weiß das. Sie hat es probiert, immer wieder. Hat jede Menge erste Seiten beschrieben. Aber jedes Mal fühlt sie sich am Ende eingeengt. Sie denkt daran, wie sich diese Notizen auf ihrem Schreibtisch stapeln würden und was passieren würde, wenn sie bei einem Flugzeugabsturz oder einem Bootsunfall unerwartet ums Leben käme. Sie würde die Notizen hinterlassen, zukünftige Literaturwissenschaftler würden sich darüber hermachen, und ihre Reputation würde leiden, wenn sie diesen Rohstoff ausschlachteten. Nein, lieber riskiert sie Hautkrebs und benutzt weiterhin ihre Hand. Und vergißt dann, was sie eigentlich festhalten wollte.

Squirrel.

Noch einmal versucht sie, dem Gedankengang zu folgen: nichts. Keine Spur.

Der Zeitungsartikel über sie kommt jetzt zu dem, was als ihr Privatleben bezeichnet wird. Auf der dritten Seite gibt es die übliche Anspielung darauf, daß

sie – ungeachtet ihrer beruflichen Triumphe – im Privatleben selten ungetrübtes Glück genossen hat. Ihre Ehe mit einem Professor, einem Sprachwissenschaftler aus Yale, dauerte nicht einmal ein Jahr. In ihrem letzten Kommentar dazu – jede Erwähnung dieser Ehe ist bei unserem Interview natürlich strengstens verboten – beschrieb sie sich als »glücklich unverheiratet«. Sie hat keine Kinder.

Unterdessen wurde sie ein weiteres Mal von Schwierigkeiten heimgesucht, und zwar in Gestalt von Leon Slocomb, einem Swimmingpool-Reiniger, der ihr drei Jahre lang Drohbriefe schickte, bis er während eines Reggaekonzerts versuchte, sie anzugreifen. Die Erfahrung lastete schwer auf Greene. Völlig erschüttert, zog sie sich ganz aus dem öffentlichen Leben zurück. (Slocomb verbüßt derzeit eine Haftstrafe in Fairton, New Jersey.)

»Ob ich menschenscheu bin?« Sie überlegt. »Nein. Mir genügt meine eigene Gesellschaft. Ist das etwas Schlechtes?« Aus der Art und Weise, wie sie die Augenbrauen hochzieht, schließe ich, daß es sich um eine rhetorische Frage handelt. Aber obwohl sie es nicht zugeben will, genießt sie den Ruf einer Person, die irgendwo zwischen ungesellig und Howard Hughes angesiedelt ist.

Das hält Lizbeth für absurd. Sie sieht täglich ihre Assistentin. Spricht regelmäßig mit ihrer Agentin und – wenn auch inzwischen nicht mehr so häufig – mit ihrer Schwester Mame. Und sie hat Freunde. Etliche. Wenn sie sie eine Weile nicht gesehen hat, nicht von Angesicht zu Angesicht, heißt das noch lange nicht, daß sie keine Freunde hat. Oder?

Sie gibt ja zu, daß es in ihrem Leben nur noch wenige unbekannte Größen gibt. Aber gerade das mag sie. Wenn man alle Unsicherheiten sorgsam ausmerzt, tritt eine Art Frieden ein. Hier jedoch, schwarz auf weiß, ist sie lediglich

eine komplizierte Frau, die sich bewußt von der Welt da draußen zurückzieht und sich in Quince Hill versteckt. Mit ihren erlesenen Möbeln und ihren rüpelhaften Hunden lebt sie in einem riesigen Haus, in dem, wie sie einräumt, mehrere Zimmer des oberen Stockwerks leer stehen.

Und jetzt versteht Lizbeth. So sollte sich die Geschichte von Anfang an anhören. Die junge Frau hatte den Artikel praktisch fertig, bevor sie hier ankam. Sie brauchte nur noch die Stellen zwischen den Anführungszeichen zu füllen.

Ihr Mund ist voller Bran Chips. Sie kaut und kaut, aber es scheinen nicht weniger zu werden. Es ist, als würden sie sich ausdehnen, anschwellen, bis sie alles ausfüllen und ihre Zunge nach unten drücken. Einen Moment lang nimmt sie ihre Augen von der Zeitung und konzentriert sich auf das Schlucken Würgt in einer mächtigen Anstrengung alles hinunter.

Die Hunde spielen verrückt und versuchen, der Küche zu entkommen. Ihre Stimme überschlägt sich, als sie ruft: »Hört sofort damit auf! Alle drei! Ihr kommt raus, wenn ich gegessen habe! Wie immer! Was ist heute mit euch los?«

Eine etwas peinliche Stille macht sich breit. Die Bullmastiffs liegen ihr zu Füßen, und ihr zufriedenes Dösen steht in merkwürdigem Kontrast zu der eisigen Atmosphäre. Ich beginne mich zu fragen, ob sie die Hunde auf mich hetzt, wenn ich das nächste Mal etwas sage, das ihr nicht gefällt. Aber dann frage ich, wie es ist, wenn man so viel Zeit mit dem Ersinnen von Morden verbringt. Ist das nicht eine psychische Belastung?

»Damit kommt man zurecht. Aber man hat eine Verantwortung, geradezu eine Verpflichtung, ehrlich zu sein, auch wenn man Unterhaltungsliteratur schreibt. Die Geschichte muß wahrhaftig sein. Mord darf man nicht bagatellisieren.«

Ich setze zu einer weiteren Frage an, aber sie ist in Fahrt gekommen. »Alle Kriminellen überschreiten eine Grenze ... ein Mörder jedoch überschreitet sie auf eine solche Weise, daß er vielleicht niemals zurückkehren kann.«

Ich äußere die Überlegung, wieviel Einsicht in die Psyche von Mördern sie zu haben glaubt. »Oh, ich bin mir ganz sicher, daß wir alle schon mal jene Wut empfunden haben, die zum Mord führen kann. Der Unterschied ist nur, daß Sie und ich davor zurückschrecken.« Also kann sie ihn verstehen, den Drang zu töten? Die Augenbrauen werden erneut in die Höhe gezogen. »Könnte ich sonst darüber schreiben?« Aber könnte sie ihn in die Tat umsetzen? »Nein. natürlich nicht. Ich verstehe auch das Prinzip der Osmose, aber das bedeutet nicht, daß ich dazu fähig bin.«

Sie legt eine Porzellanpuppenhand vor den Mund und hüstelt diskret – wie auch anders? Die Stille, die folgt, ist die längste bis jetzt. Trotz des Wohlstands, den ihr Beruf ihr eingebracht hat, scheint die Thematik, mit der sie sich befaßt, einen hohen Preis zu fordern. Verständlich, daß eine Person leicht reizbar ist, wenn sie sich immerzu neue Methoden ausdenken muß, mit denen sich die Leute gegenseitig um die Ecke bringen.

»Nein«, sagt sie, als die Hunde unruhig werden. »Ich bin nur gereizt, wenn die Leute zu absurden Urteilen über mich kommen. Das Schreiben ist nie ein Problem gewesen.«

Dem bloßen Umfang ihrer literarischen Produktion nach zu urteilen, wobei in der Folge von City Slicker *jeder Titel ein kommerzieller Erfolg war (auch wenn die Verkaufszahlen nicht mehr ganz dieselben sind, falls man dem Klatsch der Branche Glauben schenken darf), sagt sie bestimmt die Wahrheit. Aber bevor*

Sie weiß, was jetzt kommt. Erkennt, daß alles andere darauf hinausgelaufen ist. Ihre Ohren beginnen zu klingen.

eine von uns etwas sagen kann, erscheint ihre Assistentin. Sie teilt mir mit, daß die Zeit nur noch für eine weitere Frage reicht. Also frage ich Greene, wie lange sie glaubt, so weitermachen zu können. Ein Buch pro Jahr, und das Jahr für Jahr? »Solange ich Ideen habe«, sagt sie. »Entschuldigung, darf ich Sie etwas fragen? Gefiel Ihnen eigentlich mein letztes Buch?«

Ich frage mich, ob ihr in diesem Augenblick zum ersten Mal der Gedanke gekommen ist, daß irgend jemand den Roman nicht gut finden könnte. Sie fixiert mich mit diesem furchterregenden Blick. Zu meiner ewigen Schande muß ich gestehen, nicht die Wahrheit gesagt zu haben: daß ich die meisten Charaktere hölzern fand, daß mir die Handlung trotz des vorgeblichen Realismus wenig glaubhaft erschien und – schlimmer noch – trotz des ausgiebigen Blutvergießens recht langweilig. Statt dessen murmele ich vor mich hin, daß es mir Spaß gemacht hat, mehr über Enschells Angst vor Fahrstühlen zu erfahren. Sie sieht mich mit ausdruckslosem Blick an. In die Enge getrieben, gebe ich zu, daß mir Elegie der Schwarzen Wasser *nicht ganz so gut gefallen hat wie ihre anderen Bücher.*

»Oh«, sagt sie. »Wie schade.«

In diesem Augenblick erscheint die Assistentin, um mich endgültig hinauszubegleiten. Als ich meine Siebensachen zusammensuche, zaubert sie ein Exemplar der Elegie der Schwarzen Wasser *hervor und fragt, ob ich möchte, daß die Autorin es für mich signiert. Wohlerzogen bis zum letzten, schlägt Greene vor, mir das Buch zuzusenden, weil ich so viel zu tragen habe.*

An der Tür drehe ich mich um und winke. Ich weiß genau, daß sie mich sieht, aber sie winkt nicht zurück.

Das ist es? Das kann doch nicht sein. Sie war auf das Übliche gefaßt gewesen. Ihre Mutter, Cazet. Aber dieser Artikel ist anders. Gehässig. Womit hat sie das verdient? Schließlich hat sie diese junge Frau in ihrem Haus empfangen, sie hat geduldig auf ihre Fragen geantwortet, sie hat ihr sogar Tee angeboten.

Das Telefon läutet. Es ist wieder Nancy Bonchurch.

»Ich habe den Artikel gelesen. Willst du, daß ich jemanden anrufe?«

»Nein. Alles in Ordnung. Es ist nur –«

»Ja. Diese gemeine Hexe. Aber das hat nichts zu bedeuten. Das weißt du doch?«

»Ja.«

»Ist wirklich alles in Ordnung?«

»Absolut.«

»Sag einfach, wenn es dir nicht gut geht.«

»Das würde ich tun.«

»Okay. Bist du sicher?«

»Ja, bin ich.«

Lizbeth ist schwindlig. Die Hunde machen immer noch Krawall. Aber das ist in Ordnung. Alles ist in Ordnung. Sie wird mit ihnen spazierengehen, und dann wird sie arbeiten. Sie hat alles unter Kontrolle.

Ohne darauf zu achten, was sie tut, liest sie den Artikel noch einmal. Fixiert sich auf ihren Namen. Lizbeth Greene. Lizbeth. Greene. Je länger sie ihn anstarrt, desto weniger scheint er auszusagen. Die Buchstaben verschwimmen und verlieren ihre Bedeutung. Verlieren den Bezug zu ihrer Person. Und wenn dieser Grünschnabel von Journalistin recht hat? Wenn Lizbeth wirklich die Person ist, die in dem Artikel geschildert wird? Sie wendet sich ab. Starrt auf ihren Handrücken.

Squirrel.

Ach was. Es ist nichts. Ohne Bedeutung. Alles ist bestens. Sie wird noch eine Weile in der Küche sitzen bleiben, den Morgen heraufdämmern sehen und zu Ende frühstücken, dann wird sie mit den Hunden rausgehen, und wenn sie wieder da ist, wird sie ins Arbeitszimmer gehen und anfangen zu schreiben und immer weiter schreiben, die Ideen werden fließen und Gestalt annehmen, und die Worte werden die Seiten füllen, wie sie es immer getan haben. Alles bestens.

Sie taucht den Löffel in die Früchte und die Bran Chips. Hebt ihn zum Mund, öffnet den Mund und beißt zu.

In diesem Augenblick hört alles auf.

Ein gigantischer Schmerz durchfährt sie. Sie schreit auf, und ihr rechtes Auge zuckt. Ihre Hände fliegen zum Mund. Ihr Körper beginnt zu zittern.

Ist sie angeschossen worden? So hat sie sich das immer vorgestellt. Der Atem versagt, das Leben verströmt.

Aber da ist kein Blut. Nur ein Schmerz, wie sie ihn noch nie erlebt hat.

Der ganze Schmerz der Welt zerreißt sie.

Schließlich lokalisiert sie ihn in ihrem rechten Vorderzahn. Und jetzt merkt sie auch, daß sie etwas im Mund hat: einen Fremdkörper. Hart und scharfkantig. Sie muß darauf gebissen haben.

Sie öffnet den Mund, und er fällt auf den Tisch.

Ein Superheld aus Plastik.

Zweieinhalb Zentimeter groß.

Sein Cape bläht sich steif in seinem Rücken, als die Hunde erscheinen, um zu sehen, was los ist.

2

»Captain Frosto. Genau. Das ist er.«

Nancy Bonchurch steht in der Küche und betrachtet die klebrige kleine Plastikfigur voller Joghurt und Speichel. Sie hält den Superhelden in der Hand und dreht ihn ins Licht.

»Es sind Sammelfiguren. Normalerweise stecken sie in den Packungen mit den Frostums. Die kennst du doch? Die mit dem O in der Mitte? *Nur Milch und ein O und sooo viele Frostums!* Das war der Werbespruch. Mein kleiner Bruder hat sie immer wahnsinnig gerne gegessen.«

Sie verlagert ihr Gewicht auf den anderen Fuß.

»Ich auch.«

Lizbeth sitzt am Tisch und befühlt ganz vorsichtig ihren Vorderzahn. Sie stöhnt vor Schmerz auf, als der Finger den Zahn streift.

»Laß mich mal sehen.«

»Hast du doch schon.«

»Ich möchte es noch einmal sehen.«

Lizbeth hebt die Hand ein paar Zentimeter.

»Da ist ein Riß.«

»Das weiß ich.«

»Der Zahn hier vorne hat einen Riß, einen ganz feinen. Du mußt zum Zahnarzt. Ich rufe an und mache einen Termin.«

»Nein«, sagt Lizbeth. »Wirklich nicht. Nein.«

»Du mußt damit aber zum Zahnarzt.«

»Nein, das gibt sich. Ganz bestimmt.«

Ihr Leben lang hat Lizbeth Greene eine panische Angst vor dem Zahnarzt gehabt. Allein der Gedanke an den Zahnarztstuhl verursacht ihr Schwindel und Übelkeit. Keine spezielle Erfahrung hat diese Angst ausgelöst, nicht die stümperhafte Behandlung eines Wurzelkanals oder das blutige Ziehen eines Zahnes. Sie gehört einfach zu ihren Eigenheiten. Diesen Ausdruck benutzt sie gerne: Eigenheiten. Der korrekte Winkel für den Löffel in der Schale ist eine Eigenheit, das Beschriften ihrer Hand mit Notizen eine andere. Mit militärischer Präzision putzt sie sich die Zähne und benutzt regelmäßig Zahnseide, damit sie niemals die Dienste eines Zahnmediziners in Anspruch nehmen muß.

»Ich wüßte nicht, wie. Das wächst doch nicht wieder zusammen.«

»Ehrlich, ich brauche nur etwas gegen den Schmerz.«

»Ach so ... du meinst ... ?«

»Ich brauche nur ein Paracetamol.«

Nancy läßt Captain Frosto mit seiner vorgewölbten Brust und dem stocksteifen Rücken auf dem Tisch liegen. Lizbeth betrachtet ihn ratlos und voller Abscheu.

»Ich verstehe einfach nicht, wie das passieren konnte.«

Nancy kehrt mit einem Paracetamol in der einen und einem Glas Wasser in der anderen Hand zurück. Lizbeth nimmt beides in Empfang.

»Vermutlich verpacken sie die Bran Chips und die Frostums an ein- und demselben Ort. Lizbeth, du mußt die Firma verklagen. Versprich mir, daß du sie verklagst.«

Aber Lizbeth sagt nein. Der Wirbel um ihre Person ist ohnehin viel zu groß.

Während des Großteils des Jahres beschränkt sich Nancys Rolle auf Hilfstätigkeiten: Sie unterstützt Lizbeth bei dem täglichen Kleinkram, kauft für sie ein, sortiert ihre Fanpost. Jetzt jedoch – wie immer, wenn ein neues Buch erscheint – wächst sich ihre Arbeit zu ungeahnter Vielfalt aus. Sie macht Termine und organisiert, sie schmeichelt und vermittelt.

Sie begeben sich ins Wohnzimmer, wo sie noch einmal

durchgehen, wann und wo Lizbeth ihre Bücher signieren wird, wie sie an die betreffenden Orte gelangt, wer sie dort abholt, welche Hotels und welche Mahlzeiten vorgesehen sind, welche Interviews anstehen, welche Flüge sie nehmen wird und wie die Hunde während ihrer Abwesenheit betreut werden. Kurz gesagt: die Modalitäten ihres jährlichen Abstechers in die Welt.

In den folgenden zwei Stunden gibt es Momente, in denen sie ihren verletzten Zahn beinahe vergißt, in denen sie sich für wunderbare Bruchteile von Sekunden ganz in die anstehenden Fragen vertieft. Aber völlig überraschend – auch für sie – zuckt sie immer wieder zusammen und krümmt sich vor Schmerzen.

Sie läßt das Mittagessen aus. Sieht nur zu, wie Nancy Pasta ißt und immer weiterredet. Als sie endlich fertig sind, ist es schon nach zwei.

»Dann sehe ich dich also –«

»Morgen.«

»Bist du sicher, daß ich nicht wiederkommen und mit den Hunden rausgehen soll?«

»Das muß ich selbst tun. Sie waren den ganzen Tag über aufgedreht. Und du mußt dich jetzt um dich selbst kümmern. Also zieh Leine.«

»Aber du rufst mich an, wenn die Schmerzen schlimmer werden?«

»Ich fühle mich schon viel besser. Wirklich.«

Sobald Nancy gegangen ist, bricht sie beinahe zusammen. Der Zahn fühlt sich wie ein rostiger Metallsplitter an, der sich in ihre Nerven gräbt. Zum x-ten Mal seit dem Frühstück schaut sie in den Spiegel ihrer Puderdose und sieht ihn – den Riß, wie er sich hauchfein durch den Zahnschmelz zieht.

Noch mehr Tee. Ein weiteres Paracetamol. Captain Frosto starrt sie unbeeindruckt an, bis sie ihn ins Regal stellt. Mit dem Gesicht zur Wand.

Oben in ihrem Arbeitszimmer, wo man sieht, wie sich die Bäume bis zum fernsten Horizont erstrecken, steht ihr Laptop, aufgeklappt und angeschaltet.

Der Raum ist leer bis auf eine Schneiderpuppe in der Ecke, ihren Stuhl und ihren Schreibtisch mit dem Laptop und dem Telefon. Darüber hängt eine Karteikarte, ein weißes Viereck, auf dem steht: Eine Seite pro Tag. Das ist das Versprechen, das sie sich selbst gegeben hat. Produktiv zu sein.

Aber gestern hat sie nichts geschrieben, und den Tag davor auch nicht. In den letzten drei Monaten hat sie überhaupt nichts geschrieben.

Bislang hat ihr neuer Roman lediglich einen Titel: *Der Schuldner*. Vielleicht aber auch: *Der Marktwert des Todes*. Ja, das ist es. Im Spätsommer, als sie ausgeruht und voller Energie war, gab es die Beschreibung einer Leiche, die im Müllcontainer der Zentrale einer großen Bank gefunden wurde. Der Leichenfund vereinsamte jedoch auf dem Bildschirm ihres Computers, bis er gelöscht wurde. Und jetzt ist da – wieder einmal – nichts.

Sie schließt die Augen und versucht, sich zu konzentrieren, den Schmerz auszuschalten. Hebt die Finger über der Tastatur wie eine Konzertpianistin.

Und zögert. Die Finger starr in der Luft. Bis ihr Zahn sich wieder bemerkbar macht und sie ihn gedankenlos mit dem Daumen berührt. Es folgt Chaos. Sie sieht doppelt und schreit, und die Hunde kommen angerannt.

Es dauert eine Stunde, bis sie einen erneuten Versuch wagt.

Dieses Mal tippt sie einfach drauflos. Denkt nicht weiter nach. Läßt es fließen.

Draußen herrschten 5 Grad unter Null, als Enschell in die Nacht trat. In dieser Kälte, dachte er, kann ein Mensch ohne weiteres erfrieren.

Ihre Finger verlangsamen sich, dann halten sie ein, sie wartet auf die nächste Idee. Eine Amsel läßt sich vor dem Fenster nieder, ein Windstoß bringt die Bäume in Schwingung, und sie wartet auf die nächste Idee. Wartet geduldig.

Dann löscht sie alles. Fängt von vorne an.

Draußen herrschten 38 Grad, als Enschell in den Nachmittag trat. In dieser Hitze, dachte er, kann ein Mensch ohne weiteres tot umfallen.

Wieviel Paracetamol kann man eigentlich pro Tag nehmen?

Die Amsel hüpft vor dem Fenster herum. Zwitschert vor sich hin. Lizbeth liest, was sie geschrieben hat. Klopft mit dem Fuß auf den Boden.

Führt sich die Grundprinzipien des Schreibens vor Augen. Also:

Ein Mord ist geschehen. Das ist immer der erste Schritt. Und zu dem Mord gehört ein Toter, eine Leiche. Voller Geheimnisse. Das ist der Ausgangspunkt. Damit fängst du an. Du identifizierst das Opfer. Die Waffe. Dann enthüllst du auf raffinierte Weise das Motiv und – zu gegebener Zeit – den Mörder. Das sind deine Regeln. Zeitlose, unwandelbare Richtlinien.

Sie macht sich an die Arbeit. Ein Zoowärter ist im Reptilienhaus erschlagen worden. Nein, im Bärengehege. Nein, kein Zoowärter. Ein Croupier. Er liegt mit einer Kugel im Kopf in einem Motel. Besser noch im Kasino. Neben dem Roulettetisch. Ein Spieler hat ihn getötet. Meint man. *In Wirklichkeit* waren es die Besitzer des Kasinos, die dem Spieler den Mord in die Schuhe schieben wollen. Einem Spieler mit viel zuviel Glück, doch nachdem seine Unschuld erwiesen ist, wird auch er getötet. Seine Finger sind in den Taschen festgenäht.

Es erscheint ihr alles so vertraut. Unangenehm vertraut. Dann fällt ihr ein, warum. Es ist das Grundmuster von *Schlechte Karten*. Enschells fünftem Fall.

Das passiert ihr jetzt immer wieder. Alte Handlungsmuster

erheben sich aus dem Grab und verleiten sie dazu, sie als neu zu begrüßen. Eine solche Periode der Unfruchtbarkeit hat sie noch nie erlebt. Fünfzehn Jahre lang hat irgend etwas – ein obskurer, aber zuverlässiger Geist – sie zum Schreiben gebracht, und die Worte haben sich präzise aneinandergereiht. Jetzt sitzt sie nur da. Blickt über die Baumwipfel und wartet. Und so vergehen die Tage.

Ein Schriftsteller ist tot an seinem Schreibtisch gefunden worden. Er litt unter Schreibblockade. Brachte nichts zu Papier, als er versuchte, über einen Schriftsteller mit Schreibblockade zu schreiben.

O Gott. Ist es wirklich so weit gekommen? Sie starrt auf ihre Hand: *Squirrel*.

Nagetier. Schädling. Ratte.

Nach weniger als einer halben Stunde gibt sie auf. Kehrt ins Erdgeschoß zurück. Enttäuscht stellt sie fest, daß es nichts mehr zu putzen gibt. Sie hat schon alles geputzt.

Also stellt sie die Flaschen mit den Fertigsoßen in eine Reihe und ordnet sie nach dem Verfallsdatum.

An den meisten Tagen durchsiebt sie die Zeitung nach Ideen. Heute allerdings hat sie sich nach dem bewußten Artikel und der Sache mit Captain Frosto noch nicht dazu aufraffen können. Jetzt betrachtet sie noch einmal die Titelseite und liest mehr über den Kongreßabgeordneten Rieber und seine Pläne, »jenen, die vom Verbrechen profitieren, nicht die Unterstützung der Gesellschaft zukommen zu lassen«. So etwas taugt jedoch höchstens für den Hintergrund. Als Nebenhandlung. Der Mann in Queens, erschossen von einem Polizisten außerhalb seiner Dienstzeit, ist viel besser. Ein Hausmeister namens Ramon Carvajal, der anscheinend nichts Böses im Schilde führte und beim Verlassen einer Bodega von zwei Kugeln getroffen wurde. Das wirft viele Fragen auf. Das macht neugierig.

Aber schon beim Lesen merkt sie, daß es sinnlos ist. Es ähnelt *Fehlanzeige* allzusehr. (Ihrem achten Roman. Veröffentlicht zwischen *Böses Blut* und *Stumpfe Gegenstände*.) Und während ihr Zahn in ihrem Mund wütet, legt sie den Hauptteil der Zeitung beiseite und stößt auf die *Cultural Review*, die sich von alleine auf der Seite mit ihrem Bild öffnet. Sie zerreißt sie zu Konfetti.

Die Anstrengung erschöpft sie. Sie legt sich für einen Augenblick auf das Sofa und schläft ein. Wieder wecken sie die Hunde, die sich beschweren und ihren Ellenbogen streifen. Sie brauchen ihren Nachmittagsspaziergang. Heute morgen hatten sie nicht genügend Bewegung. Jetzt müssen sie sich austoben.

Im Wald klärt sich ihr Kopf. Sie beobachtet die Hunde, die umherstreifen und hingebungsvoll an den nassen Blättern schnüffeln. Nur die Bewegungen der Tiere und ihre eigenen Schritte sind zu hören, als sie unter den Bäumen entlanglaufen. Der Regen läßt nach und wird wieder zum Nieselregen, während die Sonne in ihrem Rücken untergeht.

Als sie nach Hause zurückkehrt, läutet das Telefon. Die Hunde laufen ihr zwischen die Füße, und sie schafft es nicht, bevor sich der Anrufbeantworter einschaltet. Wer immer der Anrufer ist, er hängt auf.

Einen Augenblick später klingelt es erneut.

»Hallo?«

Lizbeth preßt das Telefon ans Ohr. Als Antwort hört sie ein »Hallo?«.

In diesem Moment wird es ihr eng im Hals. »Hallo?« sagt sie. »Wer ist da?«

Keine Antwort. Aber gerade, als sie noch einmal fragen will –

»*Hallo.*«

Derselbe fragende Tonfall. Sie kriegt immer noch keine Luft. Denn Lizbeth weiß, wessen Stimme das ist. Sie wußte es schon beim ersten Mal.

Es ist ihre eigene. Unverkennbar.

Noch einmal: »*Hallo.*«

Dann ist die Leitung tot.

Sie hält das Telefon ein Stück von sich weg und starrt es an. Legt es zurück, nimmt es wieder auf. Wählt * und 69, aber die Nummer ist nicht zu erreichen.

Sie überprüft die Leitung noch dreimal.

Ganz sicher. Sie war es. Niemand sonst.

Das beunruhigt sie für den Rest des Tages. Es ergibt keinen Sinn. Die Dinge scheinen aus den Fugen zu geraten.

Dann verdrängt ihr Zahn auch diesen Gedanken.

Am Abend erweist sich das Paracetamol als wirkungslos. Der Schmerz bohrt sich durch alles. Sie braucht etwas anderes. Beginnt, die Nummer ihrer Assistentin zu wählen, erinnert sich aber daran, daß Nancy heute abend ihren Freund besucht.

Der nächste Laden ist in Simsbury. Zwölf Meilen entfernt.

Nachdem sie die Hunde gefüttert hat, sitzt sie im Wagen. Sie ist allein, alles ist still, abgesehen von dem monotonen Geräusch der Scheibenwischer, als der Regen wieder einsetzt. Mit einer Hand sucht sie nach einer CD, schiebt sie ein und drückt auf PLAY (I-Roy: *Sidewalk Killer*), dann biegt sie auf die Schnellstraße ein.

Der Verkäufer starrt auf ihren Zahn. Eine Frau, die Lose für die Lotterie kauft, bittet sie um ein Autogramm. Lizbeth verlangt nach dem stärksten Schmerzmittel, das zu haben ist.

Noch bevor sie wieder im Wagen sitzt, hat sie die Packung aufgerissen.

Zu Hause müssen die Hunde noch einmal ins Freie. Sie tappen auf der Vorderseite des Hauses herum, bis es Zeit wird, sie wieder einzufangen.

Auf ihrem Anrufbeantworter gibt es eine neue Nachricht. Sie schaut auf die blinkende rote ›1‹ und hat Angst davor, die Nachricht abzuhören. Wenn sie es nun wieder selber ist?

Doch es ist ihre Agentin. Sie spricht über das neue Buch. Sie habe die Zeitung gelesen, und Lizbeth solle sich keine Gedanken machen. Diese Scheißtypen von der Zeitung.

Lizbeth ist um zehn im Bett, nachdem sie wie immer die Kissen kräftig aufgeschüttelt und an der Bettdecke gezerrt und gezogen hat, bis jede letzte kleine Falte beseitigt ist. Nur so kann sie schlafen.

Sie liegt im Dunkeln auf dem Rücken, während der Regen an das Fenster schlägt. Aller Konkurrenz beraubt, wird der Zahn zum Angelpunkt ihres Denkens. Behutsam läßt sie ihre Zunge über den Riß gleiten, erforscht die veränderte Beschaffenheit der Oberfläche, die nicht mehr glatt ist, wie sie sein sollte. Der Schmerz unterbindet diese Übung.

Als sie sich auf die Seite dreht, wird es schlimmer. Auch die Bauchlage bringt keine Erleichterung. Der Werbespruch für die Frostums kommt ihr in den Sinn und kreist in ihrem Kopf. Auch die neuen Tabletten wirken nicht. Sie schaut auf die Uhr: 12.40 Uhr. Dann 1.21 Uhr. 2.16 Uhr. 2.48 Uhr. 3.00 Uhr.

Im Fernsehen gibt es schlechte Filme und lahme Wiederholungen. Sie sieht *Quincy* und nickt dabei ein, aber als sie den Fernseher ausschaltet, ist sie augenblicklich wieder hellwach.

Nur Milch und ein O und sooo viele Frostums! Nur Milch und ein O –

Und so weiter. Sie denkt an ihre Stimme am anderen Ende einer Telefonleitung. Ein Dutzend Mal schläft sie fast ein, schafft es aber niemals ganz. Dreht sich auf die Seite, dann wieder auf den Rücken.

Es ist fast fünf.

Und wenn der Tag, an dem sie sich selbst erkennt, der Tag ist, an dem sie feststellt, daß da nichts ist?

Der Regen hat aufgehört. Die Welt ist still.

Ganz plötzlich gibt der Zahn Ruhe. Die Verspannung weicht aus ihren Muskeln. Sie wird schwerelos, die Augen schließen sich, sie versinkt, und jetzt ist ihr warm. Tiefer, wärmer, tiefer, wärmer. Schlaf.

Am Mittwoch morgen um genau 6.15 Uhr beginnen die Hunde, an der Tür zu rumoren.

Zwischen der Fütterung und dem Spaziergang – ihr Zahn schmerzt schlimmer denn je – ruft sie Nancy an.

»Ich brauche einen Spaziergang am Strand«, sagt sie beiläufig.

Als ihre Assistentin mittags kommt, hält sie eine Papiertüte in der Hand. Darin steckt noch eine Tüte. Kleiner. Sie nimmt sie heraus und übergibt sie Lizbeth.

»Danke ... hör zu, Nancy ... es klingt vielleicht komisch, aber ... «

Lizbeth erzählt von dem Telefonanruf. Von dem mehrfach wiederholten »Hallo«.

»Ich weiß nicht, aber es war vielleicht ... ich glaube ... es war ein Streich ...«

Nancy jedoch meint, schon mal etwas Ähnliches gehört zu haben. Einem Freund in Winstead ist das gleiche passiert. Sie sagt, es wären wahrscheinlich elektromagnetische Schwingungen. Eine Störung der Leitung. Ein Echoeffekt. Merkwürdig, aber harmlos.

»Eine Störung«, sagt Lizbeth, nicht ganz überzeugt. »Ach so. Ich habe nur geglaubt ... ich weiß nicht ... ich weiß nicht, was ich geglaubt habe ... «

Ihr Blick fällt auf die Papiertüte. Nancys Augen folgen.

»Brauchst du –«

»Hm. Du gehst. Ich schaffe das jetzt allein.«

Oben setzt sich Lizbeth auf das Fußende des Bettes. Vollzieht das Ritual. Bereitet die Spritze vor. Legt ein Bein über das andere und zieht die Zehen auseinander. Woanders spritzt sie nie. Findet die Vene. Und endlich treibt sie wieder frei dahin, ihre Erschöpfung löst sich in Glückseligkeit auf. Dieses Mal wird das Zuckerwattenglück nicht unterbrochen werden. Sie ist so fest darin gewickelt wie ein Baby. Dankbar läßt sie ihren Kopf auf die Schulter fallen.

Ihren Dealer hat sie nie getroffen. Sie weiß nicht einmal mehr, wer er ist. Aber sie kennt das Verlangen. Es ändert sich nie. Und das High auch nicht. Nicht, wenn es gut ist. Wenn jeder schwarze Pfeil des Schmerzes sofort herausgezogen wird, wenn sich die Seele mit einem so reinen Glück füllt, daß man sich fragt, wie man es je ohne das geschafft hat.

Vor neunzehn Jahren hat sie zum ersten Mal Heroin genommen. Sie ließ sich den Schuß von ihrem Freund in dem winzigen Badezimmer seiner Mutter setzen. Kurz vorher hatte er versucht, sie zu vögeln, und keinen hochgekriegt: Das war sein Trost. Er grinste, als er sah, wie sie die Augen verdrehte und ihr Unterkiefer herunterfiel, als sie neben ihm saß, und nickte.

Seither hat sie es immer wieder gemacht. Ab und zu. Eine gelegentliche Freude. Wenn das Leben zuviel wird. Einige Leute angeln, andere knüpfen. Sie hat dies. Es ist eine Eigenheit.

Wenn sie clean ist, nimmt sie nicht einmal etwas gegen Erkältung. Jetzt liegt ihr Kinn auf der Brust, ihre Arme hängen leblos herunter, und das letzte, was sie sieht, bevor sich ihre Augen schließen, ist ihr Handrücken, und darauf steht nichts, überhaupt nichts.

Aus dem Nichts heraus fängt sie an zu murmeln, so leise, daß es unverständlich ist. Dann wird es lauter, artikulierter.

»Oben ist Licht an … O Gott … Oben ist Licht an.«

Mit einem Ruck kommt Lizbeth zu sich, ihre eigene Stimme hat sie geweckt. Die Dunkelheit des Schlafzimmers wird nur von dem schwachen Leuchten ihres Digitalweckers durchbrochen. Ihr Atem kommt stoßweise. Neben ihr streckt sich ein Arm aus und legt sich auf ihren Bauch.

»Welches Licht? Wo?«

Der Mann neben ihr spricht mit geschlossenen Augen. Er ist blond und liegt wie hingegossen da.

»Schlaf weiter, Ed«, sagt sie. »Es war nichts.«

»Ist es dein Zahn –?«

»Mein Zahn ist in Ordnung.«

Aber die dämpfende Wirkung des Opiats läßt nach. Gestern abend hat sie ihren Vorrat aufgebraucht. Drei Tage nach Captain Frosto war sie immer noch nicht beim Zahnarzt. Sie hat die schmerzfreie Alternative gewählt: den permanenten Drogenrausch. Sie hat sich in seinen köstlichen Nebeln verloren, war unerreichbar.

Nun versucht sie, wieder einzuschlafen, bevor der Zahn das verhindert.

Aber jetzt läutet das Telefon am Ende des Flurs. In ihrem Arbeitszimmer.

Sie verspannt sich, als sie das Läuten hört. Ein Unbehagen beschleicht sie. Aber trotzdem läuft sie auf wackligen Füßen den Flur hinunter. Dieses Mal hört sie ein Atmen, als sie den Hörer aufnimmt.

Es ist nicht ihr Atmen, das weiß sie sofort.

»Hallo ...?«

Nur das Atmen.

»... Steven? Bist du das?«

Steven Easter ist Lizbeths Ex-Ehemann. Bei der Hochzeit vor vier Jahren trug sie elfenbeinfarbene Seide, er eine Orchidee im Knopfloch (ihre Lieblingsblume). Nach zehn Wochen trennten sie sich. Die Scheidung war einvernehmlich. Es gab keine Verbitterung. Beide waren schon vor der Ehe finanziell abgesichert gewesen. Kurz nach der Scheidung erlitt er einen »verheerenden« Nervenzusammenbruch, wie sein Arzt sagte. In der Folge rief er unentwegt verzweifelt bei ihr an: nächtliche Ausbrüche einer unerklärlichen Panik, und immer begann es wie dieser Anruf, nur mit dem Geräusch seines Atmens. Aber wie lange hat er nicht mehr angerufen? Seit einem Jahr? Inzwischen lebt er zurückgezogen auf einer ländlichen Kooperative in Massachusetts. Er hat keinen Grund mehr, sie anzurufen.

Sie wartet auf Antwort. Nichts. Dann: »Ich verstehe«, sagt sie, wobei ihre Stimme plötzlich ätzend wird. »*Du* bist es?«

Das Atmen am anderen Ende der Leitung ist ebenso regelmäßig wie ihres abgehackt ist.

»*Du*. Das hätte ich mir denken können. Dann warst du das also neulich, die ... ihre Scherze mit mir getrieben hat.«

Keine Antwort.

»Das wollten wir doch nicht mehr machen, Jessica. Ich dachte, das wäre vorbei.«

Es hat eine Zeit gegeben, zu der die Frau, mit der Lizbeth zu sprechen glaubt, die ganze Nacht lang anrief, jede Nacht. Und Anschuldigungen erhob, Drohungen ausstieß. Der Name dieser Frau lautet Jessica Brokenburr-Schaffer. Schaffer wie Ed Schaffer, der Mann, der in diesem Augenblick in Lizbeths Bett wieder einschläft. Brokenburr wie die Katalogleute, die Giganten des Versandhandels.

Die beiden waren acht Jahre verheiratet. Weitere zwei Jahre lebten sie offiziell getrennt. Gegen Ende dieser Zeitspanne lernte Lizbeth ihn kennen. Es gab keine Überschneidung der Beziehungen. Die Scheidung war bitter und dauerte ewig, ganz im Gegensatz zu Lizbeths und Stevens zivilisierter Trennung. Jessica behielt seinen Namen.

Die Anrufe begannen wenige Stunden nach Lizbeths und Eds erstem gemeinsamen Abendessen. Sie waren sentimental oder aggressiv oder beides. Lizbeths Telefon läutete Tag und Nacht – das Echo zweier gescheiterter Ehen –, und die verwundeten Seelen Steven Easters und Jessica Brokenburr-Schaffers geisterten durch die Kabel, die unter Quince Hill verlaufen.

Einen Monat nach Stevens letztem Anruf hörten auch Jessicas Anrufe auf. Sie hörten einfach auf.

Ed sagte, sie habe jemand anderen gefunden. Jetzt hätten er und Lizbeth eine echte Zukunft. Nur daß Lizbeth immer noch nicht weiß, ob sie eine echte Zukunft will. Seine Unterwäsche in ihrer antiken Kommode, Abendessen für seine Geschäftsfreunde.

Er weiß nichts von dem Rauschgift. Sie erzählt ihm ständig, daß sie arbeiten muß und Zeit für sich braucht.

Immer noch hört sie keine Stimme am anderen Ende der Leitung.

»Okay, Jessica. Ich hoffe, es geht dir gut. Aber ich möchte nicht, daß du noch einmal hier anrufst.«

Erst als sie wieder im Schlafzimmer ist, merkt sie, daß sie zittert. Ed liegt auf dem Bauch, das Gesicht ins Kissen vergraben, einen Arm immer noch auf ihre Bettseite ausgestreckt.

»Das war Jessica.«

Als hätte man glühende Asche auf seinen Rücken geschaufelt, dreht er sich um und setzt sich auf.

»Warte ... Scheiße ... Ich verstehe das nicht ... Mann ... Scheiße ... Was wollte sie?«

»Das hat sie nicht gesagt. Sie hat gar nichts gesagt, um genau zu sein.«

»Aber du bist sicher, daß sie es war?«

»Ed, wenn irgend jemand das weiß, dann bin ich es.«

Lizbeth hört, wie er sich den Kopf kratzt. Der vertraute Gedanke kommt ihr. Und wenn der Tag, an dem sie sich selbst erkennt, der Tag ist, an dem sie feststellt, daß da nichts ist?

Er geht, als sie zum Spaziergang mit den Hunden aufbricht. Von den kurzen Begegnungen am Morgen nach einer gemeinsamen Nacht abgesehen, treffen sie sich selten bei Tageslicht. Wenn sie zusammen verreisen – spontane Wochenenden in alten europäischen Städten, weiße Strände im Winter –, ist sie um neun Uhr morgens verwundert, daß er immer noch da ist.

Er schiebt ihr eine Haarsträhne hinters Ohr, sie will ihn mit einer Dringlichkeit küssen, die sie selbst erstaunt, zieht ihn an sich, bevor er geht, schließt die Augen und lehnt sich an ihn. Wieder beginnt der Zahn zu wüten.

Als sie aus dem Wald zurückkehrt, zittert sie. Der Schmerz ist so schlimm, daß sie ihn beinahe greifen kann. Sie könnte ihn zusammen mit den beiden Hälften ihres Zahnes ausreißen und in der Hand halten.

Statt dessen läuft sie ins Badezimmer, wo sie sich übergibt. Sie schmeckt das Mundwasser noch, als Nancy an der Tür erscheint. Um Stunden zu früh.

Oder?

Bis Lizbeth sich in Schüben erinnert. Heute ist Freitag. Und da heute Freitag ist, werden sie nach New York gefahren. Manhattan. Ein Interview. Im Radio. Seit Wochen geplant. Eine Etappe im Großen Push.

Sie läßt Nancy herein, und dann sagt sie:

»Ich brauche noch einen Strandspaziergang.«

»Heute? Aber heute sind wir in der Stadt. Der Mann, den ich –«

»Dann soll er in die Stadt kommen. Du kannst dich irgendwo mit ihm treffen. Zahl ihm, was er verlangt.«

»Lizbeth, meinst du wirklich ... daß es richtig ist?«

»Ich habe so starke Schmerzen, Nancy. Das kannst du dir gar nicht vorstellen.«

»Ich sehe doch deinen Zahn. Ich kann mir das gut vorstellen. Es ist nur... daß du im Moment so viel auf dem Programm hast.«

»Genau. Das ist es.«

»Und wenn du einfach –«

»Nancy, ich gehe nicht zum Zahnarzt. Das kann ich nicht, und das weißt du.«

Also gibt Nancy nach, macht den Anruf, vereinbart eine Zeit und einen Ort, und dann ist das erledigt, und sie machen weiter, als wäre nichts passiert. Sie gehen noch einmal den Zeitplan für heute durch, dann sprechen sie über die Tage, die vor ihnen liegen. Einer ist länger als der andere, voller Werbetermine mit Buchhändlern und Radio-Talkshows, die an mehrere Sender verkauft werden. All das verschwimmt zu einem einzigen großen Auftritt.

Sie nutzt die Zeit, bevor die Limousine kommt, um sich fertigzumachen, sich in jene Lizbeth Greene zu verwandeln, die sie in der Vorstellung der Öffentlichkeit ist. Ein hautenger schwarzer Rock und ein einreihiger schwarzer Mantel, Pumps von Prada, eine hochgeschlossene weiße Bluse. Diskretes, aber makelloses Make-up. Ihre Haare, die sich von jeher allzu leicht kräuseln, bändigt sie mit den Fingern und viel Haarwachs. Nichts bleibt dem Zufall überlassen.

Sie wählt Musik für die Fahrt aus, dann schließt sie die Haustür ab, schließt sie noch einmal auf und wieder ab. So ist es immer, wenn sie fortgeht. Gleich darauf dasselbe noch einmal.

Auf der Fahrt in die Stadt gleiten sie durch die Landschaft. Der Berufsverkehr ist vorbei, die Autobahn ist leer. Im rückwärtigen Teil der Limousine singt sie ein Lied mit (Yabby U: *Conquering the Lion*), dreht die Lautstärke voll auf. Sie bewegt rhythmisch den Kopf, etwas zu steif vielleicht, ein bißchen nervös, aber genug, um ihre Assistentin zum Lächeln zu bringen. Auch Nancy wippt mit dem Kopf.

Als Lizbeth aus dem Fenster schaut und eine triste Reihe von mitgenommenen Fabrikgebäuden erblickt, sagt sie: »Weißt du was, ich habe mal in einer Geflügelfabrik gearbeitet. In der Nachtschicht.«

»Tatsächlich?«

»Nur ein paar Wochen lang. In den Sommerferien nach meinem ersten Studienjahr.«

»Das wußte ich gar nicht.«

»Gleich am ersten Tag wurde ich Vegetarierin.«

Der Verkehr stockt nur über dem Bronx Kill, auf der Triboro Bridge. Sie kriechen in die Stadt, in der Lizbeth ein ganzes Jahrzehnt gelebt hat und die sie jetzt so selten besucht, wie sie betet. Aber ihre Reaktion ist immer dieselbe, sie spürt sie auch jetzt, wenngleich abgeschwächt: ein Adrenalinschub beim Anblick der Taxis und Reklameflächen und der endlosen DNA-Reihen von Fremden mit ihren unbekannten Leben.

In Midtown Manhattan bittet sie Nancy, den Dealer anzurufen, um die Verabredung zu bestätigen. Er antwortet nicht. Lizbeth verkrampft sich innerlich, während der Zahn sie quält.

Als sie beim Radiosender ankommen, wird ihr klar, daß sie schon mal hier gewesen ist. Sie erkennt sowohl das kompakte Gebäude neben einer Wäscherei als auch den Aufnahmeleiter mit dem ernsthaften Bart.

Im Fahrstuhl lächeln sie sich an.

»Ich versuche, mich zu erinnern, wann Sie das letzte Mal hier waren.«

»Genau dasselbe habe ich auch gerade gedacht.«

»Wir sind jedenfalls alle noch da. Die ganze alte Crew.«

Im Büro des Aufnahmeleiters plaudern sie ein wenig bei Kaffee und Gebäck, das Lizbeth nicht anrührt. Sie reden über Lizbeths bevorstehende Lesereise, und dann versichert der Aufnahmeleiter ihr, wie erfreut alle seien, sie hier zu haben, und fragt, ob ihr Verlag sie über die Einzelheiten informiert habe. Daß das Interview heute aufgenommen und am Sonntag gesendet würde? Dann:

»Ich muß Sie etwas fragen. Es scheint, daß Sie irgend etwas am ... Mund haben?«

Also erklärt Lizbeth die Sache mit den Bran Chips und Captain Frosto und erwähnt ihre lähmende Angst vor dem Zahnarzt. Und der Aufnahmeleiter zieht fasziniert die Luft ein und hält einen Vortrag über die Phobien literarischer Größen: Tennessee Williams' lebenslange Furcht vor Rindern, Kafkas Angst vor Schnee.

Am anderen Ende des Raumes hält Nancy ihr Handy ans Ohr. Sie sieht herüber. Schüttelt den Kopf, zuckt die Schultern und sagt lautlos: Keine Antwort.

Im Studio liegen übergroße Kopfhörer vor Lizbeth. Ein Techniker mit einem Textmarker um den Hals saust vorbei und gibt empörte kleine Laute von sich, auf die sie sich keinen Reim machen kann.

»Ich wußte gar nicht, daß Sie heute hier sind.«

»Wie bitte?«

»Sie sagen mir nie, wer kommt. Wenn ich gewußt hätte, daß Sie es sind, hätte ich dieses Buch mitgebracht, damit Sie es signieren. *City Slicker.* Das war gut.«

Aber als sie ihm dankt, ist er schon verschwunden, und die Moderatorin ist da. Lizbeth kennt sie. Eine Frau in ihrem Alter, tüchtig, professionell. Sie setzt sich auf den Platz gegenüber.

Hinter dem Glas der Studiotrennwand steht Nancy und schüttelt noch einmal den Kopf. Der Techniker kommt zurück, hebt die Hand. Zählt mit den Fingern von drei abwärts.

»Willkommen bei *The Written Word.*«

Die Stimme der Moderatorin ist wohltönend und fest, als sie sagt, es sei eine große Ehre, eine wahre Meisterin der Kriminalliteratur zu Gast zu haben. Im Schnelldurchlauf faßt sie Lizbeths Karriere zusammen: die Geburt Enschells, jene Romane, welche die Gattung geprägt haben, das neue Buch *Elegie der Schwarzen Wasser,* das vor dem Erscheinen steht. Dann sieht sie auf und sagt: »Ihre Karriere ist wirklich außergewöhnlich, Lizbeth – und das veranlaßt mich zu der Frage, was Sie dazu motiviert, weiterzuschreiben?«

Lizbeth setzt zu einer Antwort an. Öffnet den Mund und hebt die Zunge. Aber kein Ton kommt heraus. Plötzlich wird ihr klar, daß ihr nichts dazu einfällt. Daß sie nichts zu sagen hat.

Sekunden verstreichen. Die Moderatorin lächelt ermutigend. Weitere Sekunden verstreichen.

»Entschuldigung … könnte ich ein Glas Wasser haben? Mein Mund ist sehr trocken.«

Sie hört, wie das Tonband abgeschaltet wird. Der Aufnahmeleiter eilt ins Aufnahmestudio. Der Techniker beugt sich zu

Lizbeth herüber und bittet sie, lauter zu sprechen, wenn sie weitermachen.

Als sie soweit sind, wiederholt die Moderatorin ihre Frage. Lizbeth schaut auf den Styroporbecher, der vor ihr steht, sie schaut in das Wasser. Ihr Gesichtsausdruck ist absolut leer, während die Moderatorin recht verwirrt ist.

»Ich werde mich anders ausdrücken. Was ist es, das Sie jeden Morgen an den Schreibtisch treibt?«

Sie hört die Worte. Sie versteht sie auch, jedes für sich allein. Aber sie hat die Fähigkeit verloren, ihre Bedeutung im Zusammenhang zu entschlüsseln. Ihre Ratlosigkeit wird zur abgrundtiefen Panik der völligen Orientierungslosigkeit, während die Stimme der Moderatorin in ihrem Kopfhörer dröhnt.

»Ist alles in Ordnung? Können wir etwas für Sie tun?«

»Nein, alles in Ordnung. Tut mir leid ... mein Zahn ... ich habe Schwierigkeiten ... mich zu konzentrieren.«

»Lassen Sie mich eines fragen«, sagt die Moderatorin. »Was lieben Sie am Schreiben?«

Lizbeth hat das Gefühl, geschmort zu werden. Und ihr Zahn ist der grausamste Peiniger. Sie sitzt eine Ewigkeit stumm da, bevor sie sagt: »Es tut mir leid ... aber ich glaube, ich kann das nicht.«

Sie zieht die Kopfhörer ab und steht auf. Augenblicklich erscheint der Aufnahmeleiter. Versichert ihr eindringlich, daß sie es nur sagen müsse, wenn sie *irgend* etwas brauche. Aber sie sagt, nein. Nett von Ihnen, aber nein, danke. Und schließlich nicken der Aufnahmeleiter und die Moderatorin resigniert.

Als sie gegangen sind, bleiben nur Lizbeth und der Techniker zurück. Er schaltet das Mikrofon aus.

»Yeah, wie gesagt, wenn ich gewußt hätte, daß Sie kommen, hätte ich das Buch mitgebracht. Das war gut. Auch die ersten Enschell-Romane. Die hab ich gern gelesen.«

»Danke«, sagt sie, »das freut mich.«

»Dann habe ich wohl das Interesse verloren«, sagt er in völlig unverändertem Tonfall. »Also, meine Frau liest Ihre Bücher noch, aber sie sagt, in den letzten paar Jahren war es irgendwie immer dasselbe.«

Lizbeth greift nach ihrer Tasche, und zum ersten Mal, seit sie ins Studio gekommen ist – zum ersten Mal seit Wochen –, weiß sie genau, was sie sagen will.

»Wissen Sie was? Lecken Sie mich.«

Als sie zum Wagen zurückgekehrt sind, bricht sie in Tränen aus, und nichts, was Nancy sagt, kann sie trösten. Danach fahren sie eine halbe Stunde lang im Kreis herum. Warten immer noch auf den Stoff. An einer Ampel auf der East 58th Street klingelt Nancys Telefon.

»Es ist da«, sagt sie und dirigiert den Fahrer zu einem Hotel bei der Carnegie Hall. Dort springt sie in die Lobby, während Lizbeth im Wagen bleibt. Unsichtbar hinter den getönten Scheiben, folgt sie umherwandernden Touristen mit den Augen und betrachtet die Portiers in ihrer Fransenpracht.

Als Nancy endlich wiederkommt, liegt Lizbeth zusammengerollt wie ein Embryo auf dem Rücksitz.

Noch während sie sich in den Verkehr einordnen, zieht sie den Schuh aus und bereitet eine Vene neben ihrem großen Zeh vor. Aus der Tiefe ihrer Ohnmacht hört sie, wie Nancy einen Anruf von ihrer Agentin entgegennimmt. Die amtliche Untersuchung des vormittäglichen Fiaskos.

Es sehe ihr, darin würde Lizbeth ihr doch zustimmen, überhaupt nicht ähnlich.

Aber Lizbeths Augen haben sich geschlossen, lange bevor sie die Triboro Bridge erreichen.

Nach Quince Hill zurückgekehrt, bringt Nancy sie ins Haus. Lizbeth bedankt sich überschwenglich und wünscht ihr ein schönes Wochenende.

Allein geblieben, zieht sie sich um, macht Tee und landet auf dem Sofa, wo sie sich ausstreckt und genießt. Als die Dämmerung einsetzt und die Freude zu schwinden beginnt, greift sie noch einmal zur Tüte, begibt sich hinauf ins Badezimmer und läßt sich von der Wärme durchströmen. Alles ist in Ordnung. Für immer.

Es ist dunkel, als sie zu sich kommt. Die Hunde laufen schnaufend und sabbernd um sie herum. Sie kann sich nicht erinnern, sie hereingelassen zu haben. Beharrlich läutet das Telefon am Ende des Flurs, aber obwohl ihr Anrufbeantworter nicht zu funktionieren scheint, hat sie nicht das Bedürfnis, an den Apparat zu gehen.

Sie hat keine Ahnung, wie spät es ist, kann die Zahlen auf ihrem Wecker nicht entziffern. Aber irgendwo brennt ein Licht. Sie sieht es unter ihrer Tür hindurchscheinen. Sie kann nur nicht sagen, woher es kommt.

Benommen kommt sie auf die Füße und kontrolliert jedes Zimmer im oberen Stockwerk. Keines ist beleuchtet. Unten macht sie dasselbe und kommt der Lösung auch nicht näher. Die Luft fühlt sich statisch aufgeladen an, und ihr Blick verschwimmt. Sie sieht Sterne und Farbkleckse. Die Wärme ist inzwischen vergangen, statt dessen spürt sie unregelmäßige Wellen von Hitze und Kälte. Sie steht in der Diele, ohne sich zu bewegen, und ihr Kopf füllt sich mit Bildern ihrer selbst an anderen Stellen des Hauses. Sie hockt in der Dusche, sie bummelt durch den Garten. Und das Telefon läutet immer noch, und das Licht wird heller, und es klingt, als würde in der Ferne eine Mariachi-Band spielen, als sie endlich merkt, daß das Licht von draußen kommt. Deshalb öffnet sie die Haustür, und als sie das tut, wird die Musik von einem kreischenden Zischen übertönt, das aus einer Fabrik zu kommen scheint. Jetzt blendet sie das Licht, aber dann erstirbt es fauchend, als schalte man einen alten Fernseher aus. Nichts bleibt zurück, nur absolute Dunkelheit.

Dann Nancy. Nancys Gesicht mit der durchscheinenden Haut. Über ihr. Es schaut auf sie herab.

Es ist Tag. Ein geschäftiger Morgen in Quince Hill.

Lizbeth liegt auf dem Rücken. Mitten in der Küche. Sie wendet den Kopf zur Seite und sieht in den Wirtschaftsraum, wo die Schranktüren aufgerissen sind. Davor liegen Unmengen von Hundekuchen verstreut. Die Hunde starren sie an, schuldbewußt und verwirrt. Dann wieder Nancy.

»Lizbeth? O Gott. Was ist los? Geht es dir gut?«

»Ich glaube ja.«

»Warte, Lizbeth. Was ist mit deinem Zahn passiert?«

Instinktiv fährt ihre Hand zum Mund und findet ein ungewohntes Nichts. Nur der halbe Vorderzahn ist noch da. Die andere Hälfte liegt neben ihr wie ein kleines weißes Tic-Tac.

Und der Schmerz, den sie jetzt verspürt, läßt den Schmerz von vorher lächerlich erscheinen.

»Nancy ... warum bist du hier? Was ist los? Ist irgend etwas passiert? Warum bist du am Wochenende gekommen?«

Nancy starrt ihre Arbeitgeberin ratlos an.

»Lizbeth«, sagt sie, »es ist Montag. O Gott, Lizbeth. Wieviel von dem Zeugs hast du dir reingezogen?«

Aber daran kann Lizbeth sich nicht erinnern.

3

Wilson Ulysses Velez hört, daß der Motor beim ersten Versuch anspringt.

Frierend sitzt er in dem Käfig eines Gefangenentransporters. Der Drahtverschlag ist nach vorn und nach hinten durch Metallwände abgesichert, die jeweils mit einem viereckigen Sichtfenster aus Plexiglas ausgestattet sind. Es ist mitten in der Nacht, als sie durch die Tore des Bundesgefängnisses Essenville rollen.

Seine Lage hat sich nicht gebessert. Da seine Füße und Hände in Ketten gelegt sind, rutscht er bei der kleinsten Erschütterung von der Bank im Mittelteil des Käfigs. Zwei Aufseher sitzen vorne, einer von ihnen fährt. Ein dritter befindet sich in einem separaten Abteil zwischen dem Führerhaus und dem Käfig, im Puffer, wie sie es nennen.

Im Käfig gibt es keine frische Luft und auch kein Fenster, aber wenn er sich aufrichtet und nach vorne schaut – durch das Plexiglas, über die Aufseher hinweg –, kann er die Straße sehen. Mit weit aufgerissenen Augen blickt er auf Amerika. Er hat es lange nicht gesehen und fast vergessen.

Ein Schlagloch schleudert ihn in die Seitenwand des Käfigs.

Einen Augenblick später findet der Wagen seinen Rhythmus, ein ungleichmäßiges Schlingern, das er halb erahnen und dem er sich anpassen kann, während ESSUSP hinter ihm verschwindet. Am Fuße des Hügels vor ihnen kann er die Stadt Essenville sehen. Das Gefängnis ist nach ihr benannt, und sie beherbergt eine ganze Kolonie von Aufsehern.

Die Straßenlaternen leuchten im Tal, sternenweiße und

orangefarbene Nadelstiche. Er beginnt, sie zu zählen. Bis der Aufseher im Pufferabteil mit seinem Knüppel gegen das Plexiglas klopft und Wilson bedeutet, seinen Blick auf den Boden zu richten.

Der Wagen erreicht siebzig Meilen die Stunde und bleibt bei dieser Geschwindigkeit. Ein einsames Pünktchen, das durch eine Welt ohne Gott fährt und Wilson nach Hause bringt.

Niemand Spezielles erwartet sie, als der Wagen seine langsame Tour durch Manhattan beendet und in der Pearl Street ankommt. Das Bezirksgericht. Sie rollen auf den Parkplatz, der unter dem Gebäude liegt, in den Schein künstlichen Lichts.

Nach Stunden des Rodeos fühlen sich Wilsons Hände in ihren Handschellen taub an, und auf dem rechten Schenkel hat er eine Prellung. Er hört die Aufseher reden, sie steigen aus und rauchen neben dem Wagen eine Zigarette.

Als sie die Seitentür zurückschieben, beginnt er zu zittern.

»Fang jetzt nicht mit diesem Scheißspiel an, Velez. Dazu haben wir keine Lust.«

Der Aufseher aus dem Pufferabteil steigt hinauf, um den Käfig zu öffnen. Zusammen mit dem Fahrer zieht er den Gefangenen heraus. Wilsons Füße berühren zivilen Boden.

Auf dem Weg ins Gebäude stolpert er, und die Aufseher flüstern ihm Verwünschungen ins Ohr. Sie führen ihn in einen spärlich möblierten Raum, in dem ein adretter Mann mit rundem Gesicht auf ihn wartet. Er schickt die Aufseher umgehend nach draußen. Sein Name ist Alan Ossery. In einem bestimmten Licht hält man ihn für jünger, als er ist, aber das passiert nicht mehr so oft wie früher. Jetzt trinkt er Kaffee und schnalzt mit den Lippen.

»Sie haben meine Nachricht erhalten?« fragt er. »Sie wissen das mit Gott?«

»... Hhhhabe ich-ch-ch ... jjja.«

»Gut. Ich habe einen ganzen Tag lang versucht, diesen Bastard Sosa zu erreichen ... und dann ruft er um sechs Uhr morgens zurück. Aber vergessen Sie das. Er hat es Ihnen gesagt. Das ist die Hauptsache. Also ... wie geht's Ihnen? Ganz allgemein?«

»Mmmein Bbbein ... tttut weh ... ich-ch-ch hhhabe mmmich gggestoßen. Im ... Wwwagen ... Uuund ddder Ausschlllag ist auch nnnoch nnnicht bbbesser. Abbber sssonst – bbbin ich-ch-ch o-o-okay.«

Seit neun Jahren ist Alan Ossery Wilsons Anwalt. Sein Vertrauter und Bevollmächtigter.

»Freut mich zu hören, Wilson.«

»Wwwie gggeht'sss ... Ihnen? Issst die Grrrippe wwweg?«

»Die Grippe? Ach so. Vor einem Monat. Ja, danke. Die ist ganz weg.«

Er zieht einen Stuhl für Wilson Velez und einen für sich selbst heran.

»Wilson, ich möchte mich vergewissern, daß Ihnen klar ist, was heute passiert. Der heutige Tag könnte der wichtigste in Ihrem Leben werden. Verstehen Sie das?«

»Jjja.«

»Gut. Ich würde gerne die Argumente, die ich vorbringen will, mit Ihnen durchsprechen und erläutern, was ich damit erreichen möchte. Wenn Ihnen irgend etwas nicht klar ist, fragen Sie mich jetzt. Wenn wir im Gerichtssaal sind, ist es zu spät. Okay?«

Wilson sagt nichts, und dann sieht er seinem Anwalt zum ersten Mal ins Gesicht.

»Wwwie isst es ... pppassiert?«

»Wie ist was passiert, Wilson?«

»Gggott ... Wwwie issst errr gggestorben?«

Unter den Augen der Presse wird die Hauptattraktion in den Gerichtssaal geführt. Die Reporter öffnen ihre Laptops, während sie ihn betrachten: eine schlurfende Gestalt im orangefarbenen Overall. In Ketten wird er hinter einen niedrigen Tisch gesteuert, wo seine Bewacher ihn auf einen Stuhl manövrieren. Die Reporter verfassen ihre Einleitungssätze:

Er nannte ihn Gott, aber heute beginnt Wilson Velez ein Leben ohne den Richter, der ihn zu einer einsamen Hölle verdammt hat.

Am Vorabend haben sie ihre eigenen archivierten Artikel noch einmal gelesen und sich mit den Ereignissen vertraut gemacht, die sich vor sechseinhalb Jahren zugetragen haben:

Wilson Velez, der berüchtigte Anführer der Sacred Incan Royals, *einer Latino-Gang, wurde heute wegen Bandenkriminalität zu einer lebenslangen Haftstrafe verurteilt. Das Urteil verspricht, »eine regelrechte Terrorherrschaft« in der Stadt zu beenden, wie der Staatsanwalt sich ausdrückte.*

Der siebenundzwanzigjährige Velez wird an seinem zukünftigen Aufenthaltsort kaum einen Kulturschock erleiden, denn während diverser früherer Haftstrafen hat er miterlebt, wie die Royals sich zu einer der meistgefürchteten Gangs im Strafvollzugssystem entwickelten, obgleich die meisten neuen Mitglieder von jeher auf den Straßen New Yorks rekrutiert wurden. Seit ihrer Entstehung zu Beginn der achtziger Jahre hat sich die Gang beständig von einem heruntergekommenen Stadtviertel zum anderen ausgebreitet und den Schwerpunkt ihrer stets wachsenden kriminellen Aktivitäten auf den Drogenhandel gelegt.

Skrupellos und gewalttätig im Umgang mit seinen eigenen Leuten und rivalisierenden Banden, hat Velez die Mitglieder seiner Gang stets dazu angehalten, stolz auf ihre lateinamerikanische Herkunft zu sein, eine Taktik, die von den Anführern anderer Latino-Gangs als fauler Trick abgetan wird, ihm selbst allerdings eine enorme Gefolgschaft sicherte. Seine Be-

fehle finden sich in einem Manifest, das allen Rekruten übergeben wird – einem fotokopierten Pamphlet, das weniger als Anleitung zur Lebensführung verstanden wird, sondern vielmehr als Zeugnis einer religiösen Ikone. Es enthält genaue Anweisungen, wie die Mitglieder der Gang sich zu kleiden haben, wie sie sprechen und mit Feinden verfahren sollen, darüber hinaus die dringende Aufforderung, stolz auf ihre Herkunft zu sein. Für Velez war es eine Methode, die Kontrolle über eine Gang zu behalten, deren Reichweite sich von ihrem Ursprung in Corona, Queens, im Laufe der Zeit bis nach Chicago ausgebreitet hat.

Aber selbst der schlimmste Tyrann kommt irgendwann zu Fall – und für Velez kam dieser Tag im vergangenen September, als einer der soldados *(Soldaten) gegen seinen vormaligen Anführer aussagte. Neun Monate später hatten die Behörden genügend Beweise gesammelt, um ihn zu verurteilen. Die Geschworenen brauchten lediglich fünfzehn Minuten, um ihn in allen Anklagepunkten schuldig zu sprechen.*

Als Velez abgeführt wurde, salutierte er vor den Mitgliedern seiner Gang, die den gesamten Prozeß auf der Besuchertribüne verfolgt hatten. In diesem Augenblick weinten viele von ihnen oder beschimpften lautstark den Richter und die Geschworenen.

»Wir sind hocherfreut«, sagte dagegen der Stellvertretende Bezirksstaatsanwalt Mitchell Rieber. »Es steht zu erwarten, daß die Stadt jetzt für alle ihre Bewohner sicherer ist.«

Velez' Anwalt Alan Ossery – der neben seinem Mandanten stand und ihm die Hand auf die Schulter legte, als das Urteil verkündet wurde – sieht die Sache anders: »Wilson Velez ist von einem System verurteilt worden, das nichts mehr haßt als einen jungen Mann, der sich für seine Gemeinschaft einsetzt. Heute ist ein schwarzer Tag für die amerikanische Justiz.«

Jetzt drehen sich die Reporter um und blicken auf Ossery, der seinem Mandanten mit federnden Schritten in den Gerichtssaal folgt. Er nimmt seine Position direkt neben Wilson ein. Wilson schaut zu Boden.

Zuletzt kommen die Richter. Es sind drei. In Roben, die wie Krähenflügel flattern, treten sie nacheinander durch eine Tür hinter der Richterbank. Eine füllige Frau in den Fünfzigern mit skeptischen Augen, die zwischen ihren beiden Kollegen sitzt, beginnt zu sprechen und teilt den Anwesenden unvermittelt mit, daß das Gericht zu einer Berufungsverhandlung zusammengekommen sei, um den Einspruch des Wilson Ulysses Velez gegen seine Haftbedingungen zu prüfen, wie sie vom Bezirksgericht New York Süd unter Richter John P. Aspera festgelegt worden seien.

Ossery räuspert sich, bevor er spricht. Ein trockenes »Hm«, das dazu dient, die Aufmerksamkeit der Anwesenden zu erlangen. Er fragt die Richter, ob er den Fall noch einmal rekapitulieren solle.

Aber sie kennen den Fall. Sie wissen, daß Wilson Ulysses Velez auch nach seiner Inhaftierung der geistige Angelpunkt der *Sacred Incan Royals* blieb. Daß er sich mit Hilfe einer umfangreichen Korrespondenz an die Welt klammerte: Er schrieb ganze Stapel von Briefen – Botschaften, die sich über so viele Seiten erstreckten, wie ihm zur Verfügung standen. Er predigte und gab seinen Gefühlen Ausdruck, wobei sein Tonfall sich in einem einzigen Satz von dem eines Stammesfürsten in den einer Briefkastentante verwandeln konnte.

Die Richter wissen auch, was in seiner Abwesenheit vor sich ging. Sie wissen von den selbstzerstörerischen Ausbrüchen, welche die Gang zu zerreißen drohten. Von den betrügerischen Machenschaften, den blutigen Auseinandersetzungen um Mädchen und Reviere. Von dem Zusammenbruch jeglicher Disziplin.

Von den Morden.

Unter vorgehaltener Hand teilten Kriminalbeamte der Presse mit, daß Wilson trotz seiner Inhaftierung als Drahtzieher in mehr als dreißig Auftragsmorde verwickelt sein sollte. Und doch kamen nur zwei davon vor Gericht: der mißlungene Versuch, einen Mann namens Felix Cruz zu erstechen, und eine Schießerei, bei der zwei Wochen später sowohl besagter Cruz als auch sein verhinderter Mörder, ein gewisser Horace Gampas, getötet wurden.

Die Reporter hatten sich am Vorabend ebenfalls ins Gedächtnis gerufen, was in der Folge dieser Ereignisse vor fünf Jahren geschehen war:

In einem Gerichtssaal in Manhattan drängten sich seine Anhänger, als Wilson Velez, der inhaftierte Anführer ihrer Gang, zu der härtesten Einzelhaft verurteilt wurde, die jemals in der modernen Strafgeschichte verhängt wurde.

Der langjährige Kopf der Sacred Incan Royals *wurde für schuldig befunden, aus seiner Zelle im Gefängnis Moxanie im Staat New York heraus die Morde an zweien seiner Gefolgsleute befohlen zu haben. Seine Befehle, so befand das Gericht, wurden in kodierter Form in scheinbar harmlosen Briefen erteilt.*

Velez erhielt jetzt zusätzlich zu seiner Verurteilung wegen Bandenkriminalität zwei lebenslängliche Freiheitsstrafen, die hintereinander zu verbüßen sind.

Es sind jedoch die von Richter John P. Aspera festgelegten Haftbedingungen, die alle Beobachter schockiert haben, werden sie doch selbst von Staatsanwälten als »beispiellos in ihrer Härte« bezeichnet.

Da eine vorzeitige Haftentlassung ausgeschlossen ist, wird Velez den Rest seiner Strafe im Bundesgefängnis Essenville, Pennsylvania, verbüßen; dabei handelt es sich um ein kürzlich erbautes Hochsicherheitsgefängnis südlich von Pittsburgh, wo er auf Dauer von den anderen Insassen isoliert wird. Das ist jedoch nicht alles: Er wird keinen Besuch empfangen dürfen und mit niemandem korrespondieren oder telefonieren können; ausgenommen von dieser Regel ist nur sein Anwalt.

Darüber hinaus wird jede Lockerung der Haftbedingungen einzig und allein im Ermessen von Richter Aspera liegen. Daß ein Richter eine so absolute Kontrolle über einen Verurteilten erhält, wird für einen juristischen Präzedenzfall gehalten. Doch Aspera teilte dem Gericht mit, sein Urteil habe nicht das Ziel, Velez zu bestrafen, sondern seine zukünftigen Opfer zu schützen.

Zu einem weiteren Kommentar war er beim Verlassen des Richterzimmers nicht bereit.

Eine Ewigkeit in Einzelhaft.

Es wurde versucht, die Härte zu mildern. Wilson bat um die Erlaubnis, mit Gedichten und Zeichnungen an Wettbewerben in Zeitschriften teilnehmen oder Kontakt zu religiösen Gruppen aufnehmen zu dürfen. Aber John Aspera sagte nein. Er sagte immer nein. Schließlich nannte Wilson Velez ihn Gott, eine Bezeichnung, die keineswegs ironisch gemeint war, sondern lediglich den Sachverhalt beschrieb.

Es gab Gesuche an andere Richter. Sie wurden an John Aspera zurückverwiesen. Wilsons Gespräche mit Ossery – die einzigen, die er führen durfte – wurden immer verzweifelter. Mit krankhafter Besessenheit wünschte er seinen eigenen Tod herbei.

Aber Gott starb zuerst. Im Bett neben der Frau, die er immer geliebt hatte, erlitt John Aspera eine schwere Blutung der hinteren Hirnschlagader. Der Tod trat unmittelbar ein und war schmerzlos.

Jetzt wird Wilson Velez' jüngster Einspruch gegen seine Haftbedingungen ohne Richter Aspera verhandelt.

Alan Ossery streicht mit den Händen über seine Notizen,

als wolle er sie mit Zauberkräften erfüllen. Dann sieht er zu den Richtern auf.

»Wenn das so ist, komme ich direkt zum Kern der Sache.«

»Das wäre hilfreich, Mr Ossery.«

Die Richterin in der Mitte schürzt die Lippen, und Ossery tritt neben seinen Tisch. Er spricht davon, daß sein Mandant schon vor langer Zeit zu der Überzeugung gelangt sei, seine Zeit bei den *Sacred Incan Royals* sei ein tragischer Irrtum gewesen, und die Gang selbst habe ihren ehemaligen Anführer so gut wie vergessen.

»Betrachten Sie«, sagt er, »die leere Zuschauertribüne.«

»Wir haben die leere Zuschauertribüne betrachtet, Mr Ossery. Gibt es weitere Teile des Gerichtssaals, die wir inspizieren sollen, bevor wir fortfahren?«

»Nein, Euer Ehren. Ich möchte vielmehr den seit langer Zeit vordringlichsten Aspekt des Falles anführen, und das ist die physische und psychische Gesundheit meines Mandanten. Diese nämlich, Euer Ehren, ist durch die Bedingungen, unter denen er leben muß, beständig unterhöhlt worden. Vor fast einem Jahr wurde die Situation für Mr Velez absolut unerträglich.«

Mit Zeige- und Mittelfinger schiebt Wilson seine Brille hoch.

»Nachdem Richter Aspera ihm untersagt hatte, am Weihnachtstag mit einem Priester zu sprechen, befand sich mein Mandant in einem Zustand tiefster Verzweiflung. Aber trotz seiner Erregung wurde kein Arzt hinzugezogen. Am folgenden Morgen fand man ihn bewußtlos in seiner Zelle. Beide Handgelenke sowie ein Fußknöchel und mehrere Rippen waren gebrochen, auch die Knie und Ellenbogen hatten Verletzungen davongetragen. Darüber hinaus hatte er sich die Zungenspitze abgebissen, und ein blutiger Spalt von fast einem Zoll Breite verlief senkrecht über seine Stirn. Ein Laie hätte vermutet, daß er im Laufe der Nacht tätlich angegriffen worden wäre. Und doch hatte er sich jede dieser Verletzungen selbst zugefügt. Die Wunde auf seiner Stirn zum Beispiel rührt daher, daß mein Mandant seinen Kopf gegen die Zellenwand schlug, bis er ohnmächtig wurde. Sie hinterließ eine Narbe, die Sie heute noch sehen können. Nach dem Vorfall stellte man fest, daß Mr Velez aufgrund der jahrelangen Einzelhaft einen völligen Zusammenbruch erlitten hatte –«

»Wir sind mit den Vorgängen vom letzten Dezember vertraut, Mr Ossery. Ich denke, es führt zu nichts, wenn Sie das heute alles noch einmal durchkauen.«

»Tut mir leid, Euer Ehren, ich hätte schneller auf den Punkt kommen sollen.«

»Dazu ist es nie zu spät, Mr Ossery.«

»Vielen Dank, Euer Ehren. Der entscheidende Punkt ist, daß mein Mandant nach diesem schrecklichen Vorfall gerade lange genug im Krankenhaus behandelt wurde, bis seine körperlichen Verletzungen zu heilen begannen, um sofort wieder in Einzelhaft verbracht zu werden. Von diesem Zeitpunkt an erhielt er keine Behandlung mehr. Mein Punkt ist, Euer Ehren, daß mein Mandant nie genesen ist. Eine Genesung wurde ihm nicht gestattet. Statt dessen wurde er sowohl physisch als auch psychisch weiterhin von Symptomen gequält, die direkt auf seine Haftbedingungen zurückzuführen sind.«

Mit der Beredsamkeit eines Oberkellners listet Alan Ossery die physischen Leiden seines Mandanten auf. Er holt kaum Luft, während er in die Einzelheiten geht.

»Aber natürlich«, sagt er schließlich, »ist der Körper immer nur die eine Seite der Medaille. Die andere Seite ist die Psyche dieses Mannes, deren Zerstörung ich aus eigener Anschauung bezeugen kann. Wenn er berührt wird, zuckt er völlig verstört zusammen, weil er panische Angst vor dem hat, was auf ihn zukommt. Er ist ein Mensch, der viele Wochen lang im Zustand der Katatonie verharrt, der in der Einzelhaft von den grausamsten Halluzinationen heimgesucht wird. Wenn er überhaupt spricht, so ist seine Sprache kaum noch verständlich. Ein einziges Mal durfte ein Psychologe meinen Mandanten kurz untersuchen; er stellte fest, daß die Sprache lediglich eine Spiegelung seiner Denkprozesse ist, daß sein Kopf – ich zitiere – ›zu Matsch‹ wird. Ohne menschlichen Kontakt, ohne Anregung von außen stirbt sein Geist langsam ab. Für ihn ist das Bundesgefängnis Essenville nichts anderes als ein riesiges Folterinstrument –«

»Haben Sie noch etwas anderes auf Lager als die rhetorische Figur der Übertreibung, Mr Ossery?«

Die Richterin betrachtet ihn mit gespielter Müdigkeit.

»Entschuldigen Sie, Euer Ehren. Alles, was ich angeführt habe, wird in den ärztlichen Gutachten erläutert, die Ihnen übergeben wurden.«

»Wir haben die ärztlichen Gutachten gelesen, Mr Ossery. Ich kann mich nicht entsinnen, daß von riesigen Folterinstrumenten die Rede war. Sollen wir fortfahren?«

Aber Ossery ist beinahe fertig. Er beginnt mit seiner Zusammenfassung und sagt schließlich: »Wenn also das Gericht meint, ausreichend informiert zu sein, schließe ich meine Ausführungen. Allerdings würde ich gerne noch eines sagen –«

»Nur eines, Mr Ossery?«

»Nur eines, Euer Ehren. Wir sind heute zusammengekommen, um eine Entscheidung auf der Grundlage des Gesetzes zu fällen –«

»Wir, Mr Ossery? Schließen Sie sich uns an?«

»– aber der Fall meines Mandanten berührt noch einen weiteren Aspekt. Und das ist die Humanität. Die Humanität meines Mandanten und unsere eigene. Denn obgleich wir bei der Bestrafung von kriminellen Delikten niemals Kompromisse schließen dürfen, gehören wir auch einer Nation an, die das Mitgefühl hochhält. Wie abstoßend sein Verhalten in der Vergangenheit gewesen sein mag, wir müssen bedenken, daß

Wilson Velez ein Mensch ist. Ein Mensch, der beinahe völlig gebrochen ist durch ein Urteil, das bei allem Respekt für den verstorbenen Richter Aspera kaum anders als barbarisch genannt werden kann. Deshalb appelliere ich an Sie, ihn nicht aus der Haft, aber aus dem Elend zu entlassen, das andernfalls langsam, aber gnadenlos mit seinem Zerstörungswerk fortfahren wird.«

Im Geiste hört Alan Ossery den Gerichtssaal applaudieren. Alle anderen hören nur den Gerichtsstenographen husten und das Quietschen eines Stuhls, der zu schnell zurückgeschoben wird. Wilson verlagert sein Gewicht. Sein Oberschenkel schmerzt noch von der Fahrt im Gefangenentransporter.

Als sich die Richter zur Beratung zurückziehen, hört er Osserys Stimme. Er dreht sich um und sieht das besorgte Gesicht seines Anwalts.

»Hören Sie, Sie dürfen das nicht allzu schwer nehmen. Wichtig ist, daß wir die Grundlagen gelegt haben. Das nächste Mal haben wir es mit anderen Richtern zu tun, das ist wichtig. Diese Ziege wird bestimmt nicht auf mich hören ... aber ich denke, es kommt auf den Versuch an.«

»Esss issst ... Okay ... Alllan. Ich ... fffand ... Sssie ... grrr ... grrroßartig.«

Er starrt auf seine Turnschuhe, deren Weiß auf dem Boden des Gerichtssaals leuchtet. Sein Blick bleibt dort hängen, bis alles andere verschwindet. Bis es nur noch das Weiß gibt. Ein makelloses Weiß. Ein Weiß, das alles verschluckt:

Eine blendende Sonne füllt den Himmel, als er wegrennt und die Limonen hinter sich läßt, wobei ihm das Blut über das Gesicht rinnt und seine Beine so hektisch aufstampfen, daß er beinahe stolpert und einen, zwei, drei, vier, fünf verzweifelte Schritte auf den Fußballen rutscht. Er ist kurz vor dem Fallen, aber irgendwie bleibt er aufrecht und in Bewegung. Doch er ist immer noch in Gefahr.

»Wer hätte das gedacht!«

Ossery. Er flüstert, ist baß erstaunt.

»Wilson?« sagt er. »Wilson, haben Sie das gehört?«

»Gibt es ein Problem, Mr Ossery?«

»Entschuldigung, Euer Ehren. Ich glaube, mein Mandant hat Sie nicht gehört.«

Die Richter sind zurückgekehrt.

»Gut, Mr Ossery. Ich wiederhole mich also, und Sie versuchen sicherzustellen, daß Ihr Mandant dieses Mal aufpaßt. Das Gericht ist zu folgendem Urteil gelangt: Im gegenwärtigen Zustand des Berufungsklägers stellt er eine erheblich reduzierte Bedrohung für die Außenwelt dar. Aus diesem Grunde wird seiner Berufung stattgegeben. Nach Ermessen der Vollzugsbehörde und des Direktors des Bundesgefängnisses Essenville, Michael Sosa, darf Wilson Velez in den Haupttrakt des Gebäudes zurückverlegt werden und eine begrenzte Anzahl von Besuchern empfangen. Außerdem darf er unter strenger Kontrolle Briefe angemessenen Inhalts schreiben und erhalten, wenn Direktor Sosa und die Vollzugsbehörde das befürworten. Ich betone jedoch, daß die Änderungen des von Richter Aspera gefällten Urteils einer ständigen Überprüfung unterliegen, das heißt, jedes Anzeichen eines Mißbrauchs führt zu ihrem sofortigen Widerruf. Eine offizielle Überprüfung dieses Urteils wird zu einem noch festzulegenden Termin erfolgen, und bei dieser Gelegenheit wird entschieden, ob der Gefangene wieder in Einzelhaft überstellt wird.«

Und dann: »Das ist alles.«

Unauffällig hebt Ossery eine Siegesfaust. Als die Reporter auf Wilson schauen, starrt er immer noch auf den Fußboden, und keiner von ihnen sieht seinen Gesichtsausdruck.

4

Beim Zahnarzt läuft Musik im Hintergrund. Liebliche Weisen, die die Stimmung aufhellen, wenn man sich in den Stuhl setzt. Alles ist weiß oder pastellfarben, Kräuter- und Blumendüfte erfüllen den Raum. Ein Zimmerspringbrunnen plätschert neben dem Fenster.

Lizbeth klammert sich so fest an die Armlehnen, daß das Leder quietscht. Ihre Augen quellen hervor, ihre Haut überzieht sich mit Schweiß. Sie hofft, daß sie nicht aufschreien muß oder sich übergeben oder beides.

Bei ihrem letzten Zahnarztbesuch glitzerte ein Rollwagen voller bösartiger Instrumente auf der Höhe ihrer Augen, und die einzige Musik war *Baba O'Riley*, das aus einem geparkten Auto von der Straße in die Praxisräume drang. Jetzt wird sie von lieblichen Weisen eingehüllt, und in der Ecke gibt es einen Bildschirm, auf dem mutige und wißbegierige Patienten ihre Behandlung verfolgen können.

Lizbeth ist weder mutig noch wißbegierig.

Bevor sie auf dem Stuhl landete, brauchten der Zahnarzt, eine Helferin und Nancy eine geschlagene Stunde, um sie zum Eintreten zu bewegen. Schließlich wurde ein gewisses Maß an Gewalt angewendet. Wie sie jetzt feststellt, haben die drei sich so im Raum postiert, daß sie Lizbeth an der Tür abfangen können, sollte sie einen Fluchtversuch unternehmen.

Die Untersuchung hat bereits stattgefunden. Der einsame Zahnrest in ihrem Mund wird – *muß* – gezogen werden. Bei einem zweiten Termin in den nächsten Tagen werden entweder die beiden Zähne neben der Lücke für eine Brücke abgeschliffen, oder ein Metallimplantat wird in den Kiefer geschraubt (Lizbeth hat die Wahl).

Aber fürs erste bekommt sie einen falschen Zahn, einen »Flipper«, wie ihn der Zahnarzt nennt. Vor Ort geformt. In zwei Stunden fertig. Eine rein – und das wurde betont und dann noch einmal betont –, eine rein vorläufige Maßnahme.

Um den Vorgang weniger qualvoll zu gestalten, hat man sie an einen Tropf gehängt, der ein Beruhigungsmittel in ihren Kreislauf abgibt. Binnen kurzem wird sie, so hat ihr die Helferin versichert, von einer fantastischen Gelassenheit ergriffen werden. Sie wird sich überhaupt nicht dafür interessieren, wo sie ist oder was mit ihr gemacht wird, sondern sorglose Ruhe und, eventuell, lebhafte Tagträume genießen.

Noch allerdings graben sich ihre Fingernägel in die Armlehnen, und ihr Herz arbeitet wie ein Preßlufthammer. Es ist erbärmlich, das weiß sie. Ein solches Klischee. Warum fürchtet sie sich nicht vor etwas weniger Abgedroschenem? Weil sie keine Fantasie hat. Das, sagt sie sich, ist das Problem. War es schon immer.

Aber das macht die Sache natürlich nicht leichter.

Der Zahnarzt macht einen Schritt auf sie zu.

Lizbeth windet sich im Stuhl, aber gerade, als sie glaubt, ohnmächtig oder verrückt zu werden oder auszurasten, herrscht eitel Sonnenschein. Eine Riesenwelle des Glücks überkommt sie. Ein vierwöchiger Urlaub, komprimiert zu einer Sekunde.

Der Zahnarzt beugt sich über sie – so nah, daß sie die Poren auf seiner Wange erkennen kann – und zaubert einen schmalen Metallstab hervor, der in einem Haken endet.

»Jetzt wollen wir hier erst mal aufräumen.«

Sie ist auf glückselige Weise entspannt. Ihre Hände sind völlig ruhig, die Handflächen zeigen nach oben. Der Zahnarzt hält ihr den Mund auf und schiebt den Haken hinein. Ein

Schlagen, dann ein Kratzen. Metall schiebt sich unter das Zahnfleisch.

Ihr Blick wandert an ihm vorbei und fällt auf die Helferin, die ermutigend lächelt, und auf Nancy, die dasselbe macht, und Lizbeth versucht, zurückzulächeln, so gut es geht mit diesem Haken im Mund und dem Holzspatel, der ihre Zunge nach unten drückt. Es ist, so meint sie, das mindeste, was sie tun kann. Als Dank dafür, daß die beiden sie so glücklich gemacht haben.

Der Zahnarzt unterbricht sein Tun und greift nach einem zweiten, einem größeren Haken.

»In Ordnung, halten Sie durch ... es wird ein bißchen schwieriger, als ich gedacht habe.«

Lizbeth starrt an die Decke, hört nichts als das hübsche Murmeln des Zimmerspringbrunnens und weiß, daß sie den schönsten Ort auf Erden gefunden hat.

Das Beruhigungsmittel, hat die Helferin quasi im nachhinein gesagt, könne sich eventuell auf Lizbeths Koordinationsgefühl auswirken.

An der Tür des Behandlungszimmers schlingert sie prompt auf die eine Seite, taumelt zurück, versucht, ihr Gleichgewicht zu finden, und läuft mit voller Wucht in den Türrahmen.

»O Mann, Miss Greene.«

Der Zahnarzt und Nancy ergreifen je eine Schulter. Ihr Kopf fühlt sich an, als hätte man ihn in warmen Kaugummi getaucht. Theoretisch ist ihr klar, was mit ihr gemacht wurde. Sie kann es nur nicht mit dem Gefühl in ihrem Mund zusammenbringen. Ihre Zunge gleitet über die Stelle, wo der Riß war, und findet eine vollkommen glatte Fläche.

»Also«, sagt der Zahnarzt, »wir sehen uns dann in ein paar Tagen wieder. Ich habe Ihrer Assistentin Broschüren über Brücken und Implantate aus Titan mitgegeben, damit Sie sich über die verschiedenen Optionen informieren können. Überlegen Sie sich, was Sie haben möchten, und das nächste Mal nehmen wir den Flipper raus und verpassen Ihnen etwas Dauerhafteres ...«

Er macht eine Pause, als wäre er noch nicht fertig. Steht in der Tür und blickt hingerissen auf Lizbeth, die vor ihm steht und schwankt.

»Miss Greene, ich möchte noch sagen, was für eine Ehre es ist, Sie behandeln zu dürfen. Ich bin nämlich ein totaler Fan von Ihnen. Schon seit *City Slicker*. Hoffentlich halten Sie mich nicht für aufdringlich, aber ich wollte Sie auf keinen Fall gehen lassen, ohne das gesagt zu haben.«

Lizbeth starrt ihn ausdruckslos an wie ein Neugeborenes, bis Nancy ihm ein signiertes Exemplar der *Elegie der Schwarzen Wasser* verspricht.

Draußen sitzen sie einen Augenblick in Nancys Wagen.

»Wie fühlst du dich?«

»Ich bin –«

Nancy läßt den Wagen an und legt den Rückwärtsgang ein.

»– benebelt.«

»Ich fahre dich nach Hause, und du schläfst dich aus. Ach, das hätte ich beinahe vergessen. Das haben sie mir mitgegeben.«

Mit der freien Hand hält Nancy ein Schraubglas in die Höhe, in dem sich die Reste von Lizbeths Vorderzahn befinden.

»Jetzt haben wir beide Hälften. Du weißt schon – für deine Klage.«

Wegen der Zahnbehandlung sind ihre Agentin und ihr Verlag übereingekommen, ihr Programm zu kürzen. Bestimmte Interviews sind abgesagt, andere in telefonische Interviews umgewandelt worden.

Am nächsten Morgen geht sie mit den Hunden spazieren, danach legt sie sich wieder ins Bett und schläft bis Mittag. Am Nachmittag läuft sie durch das ganze Haus, durch alle Zimmer, und genießt das Gefühl, keine Schmerzen zu haben.

An der Tür zum Arbeitszimmer macht sie halt. Dann geht sie hinein.

Ein schaler Geruch hängt in der Luft, so daß sie das Fenster öffnet. Sie rückt ihren Stuhl zurecht. Schaltet den Laptop ein. Eine Seite pro Tag.

Tee: Sie braucht Tee. Sie geht nach unten, um ihn zu machen. Das Glas vom Zahnarzt steht auf dem Regal neben Captain Frosto. Sie träufelt den Honig in die Tasse. Zum ersten Mal spürt sie, daß ihr falscher Zahn hitzeempfindlich ist.

Vor dem Spiegel im Wohnzimmer betrachtet sie ihn. Er hat genau das gleiche Weiß wie ihre anderen Zähne, und die Oberfläche ist ein wenig gefurcht. Man muß ihn schon mit der Lupe betrachten, um herauszufinden, daß er falsch ist. Aber sie weiß es natürlich.

Sie nimmt ihn heraus. Grinst, damit sie die Lücke sehen kann. Ein schwarzes Viereck wie in einem Comic. Sie setzt ihn wieder ein, als schöbe sie ein Video in den Rekorder. Nimmt ihn raus, setzt ihn ein, nimmt ihn raus, setzt ihn wieder ein. Kehrt zu ihrem Schreibtisch zurück. Dreht sich auf ihrem Stuhl im Kreis.

Dann blättert sie die Broschüren des Zahnarztes durch. Informiert sich über das Abschleifen der Nachbarzähne für eine Brücke und nimmt zur Kenntnis, wie lange es dauert, bis das Zahnfleisch nach dem Einsetzen eines Implantats heilt.

Das Heroin, das sie übrig hat, liegt in einem Schmuckkasten im Schlafzimmer. Jetzt holt sie es und trägt es ins Badezimmer – in der festen Absicht, es die Toilette hinunterzuspülen.

Dort bleibt sie längere Zeit mit der Tüte in der Hand stehen, bevor sie alles ins Schlafzimmer zurückträgt.

Ins Arbeitszimmer zurückgekehrt, leuchtet der Bildschirm ihres Laptops auf, als sie schreibt:

Enschell

Inspektor Frederick Timonon Enschell (sein zweiter Vorname wurde erst in *Die Werke der Engel* preisgegeben, und ihre Fans werden nicht müde, seine Bedeutung zu diskutieren). Wo bist du, alter Freund? Sie schließt die Augen, um ihn zu lokalisieren. Er ist –

Auf einem Schiff. Er reitet. Ist beim Friseur. Bei einer Beerdigung. Bei einem Treffen der Weight Watchers. Unter der Dusche. Auf dem Operationstisch, wo sein Blinddarm entfernt wird. Beim Zahnarzt.

Vergiß Enschell. Ein Bild ist viel besser. Es muß nicht Enschell sein. Enschell kann dich mal. Finde einfach ein Bild. Einen Aufhänger:

Eine Plastikfigur aus einer Packung mit Frühstücksflocken. Ein zerbrochener Zahn in einem Schraubglas.

Na gut, hol Enschell zurück.

Sie sieht ihn vor sich wie immer. Ein zuverlässiger Gefährte seit fünfzehn Jahren. Seine Gesichtszüge sind ihr so vertraut wie ihre eigenen. Nein, noch vertrauter. Und dann verschwindet er, wie er es neuerdings immer tut. Er löst sich auf. Wird gesichtslos.

Sie atmet tief und tippt.

enschellenschellenschellenschellenschellenschellenschellen-schellenschellenschellenschellenschellenschellenschellen-schellenschellenschellenschellenschellenschellenschellen-schellenschellensche

Sie tippt immer weiter, bis die ganze Seite voll ist.

»Guck mal, ich schnipse ihn raus ... und schiebe ihn wieder rein. So.«

»Mein Gott. Das ist ... scharf.«

Lizbeth sitzt neben Ed Schaffer auf der größten Couch in ihrem Wohnzimmer. Ein letztes Mal demonstriert sie das Entfernen und Wiedereinsetzen ihres Zahnes.

»Das findest du also auch?«

»Absolut.«

Sie nimmt ihr Weinglas vom Tisch, dreht sich, bis ihr Rükken an seiner Brust liegt, und lehnt sich an ihn. Er legt den Arm um sie. Mit der Fernbedienung schaltet sie die Stereoanlage ein (Jacob Miller: *Who Say Jah No Dread*).

»Ich glaube, ich werde klagen.«

»Gegen den Zahnarzt?«

»Gegen die Frostums-Leute. Nancy sagt, so etwas darf man ihnen nicht durchgehen lassen.«

Er trinkt einen Schluck, dann legt er ihr die Hand auf die Schultern und massiert sie.

»Ich bin immer noch erstaunt, daß sie dich in den Zahnarztstuhl bekommen haben.«

»Sie haben mir fast den Arm gebrochen. Und dann haben sie mich unter Drogen gesetzt.«

»Tatsächlich?«

»Jawohl. Ich hing am Tropf. Midazolam.«

»Wirklich? Das haben sie Tom Zwick auch gegeben. Bei seiner Wurzelkanalbehandlung. Er sagt, er hat an der Decke geschwebt.«

»Ich erinnere mich an gar nichts mehr. Nur, daß ich in die Praxis gekommen und wieder gegangen bin. Alles andere ist weg. Nancy sagt, die meiste Zeit habe ich ihr zugewinkt.«

Sie lehnt sich zurück, ihr Kopf liegt an seiner Schulter, ihr Mund ist an seinem Ohr.

»Ich weiß nur, daß ich feucht war, als ich zu mir kam.«

Mit den Fingern an ihrem Unterkiefer holt er ihren Kopf zu sich heran, um sie zu küssen.

»Also schreckt er dich nicht ab?« sagt sie. »Der Zahn?«

»Nein. Wieso? Ich ... ich finde ihn richtig schräg. Er macht mich an. Vielleicht könntest du ihn für eine Weile rausnehmen?«

»Meinst du das im Ernst?«

»Ich glaube ja.«

Also nimmt sie ihren Zahn heraus, und fünf Minuten später liegen seine Hände auf ihrem Bauch und sein Kopf liegt zwischen ihren Beinen. Sie sieht nach unten und entdeckt mitten auf ihrem Oberschenkel einen faustgroßen blauen Fleck. Er stammt von der Tür des Behandlungszimmers, in die sie hineingelaufen ist. Irgend etwas daran verunsichert sie. Sie muß immer wieder hingucken. Bis sie in seine Haare greift und aufschreit und alles andere vergißt.

Ed Schaffer ist Gastronom. Manchmal stellt sie sich vor, wie er an exotischen Orten exotische Zutaten probiert, obwohl er eigentlich für Finanzierungen zuständig ist und das Probieren anderen überläßt.

Bevor er einschläft, sagt er *Sweetheart* zu ihr, und seine Stimme ist kaum mehr als ein Hauch. Sie wendet das Wort eine Weile im Kopf hin und her und fragt sich, wie er darauf gekommen ist. Er nennt sie jetzt immer so, nicht *Darling* oder *Honey, Baby, Sugar* oder *Angel*. Während sich ihre Augen an die Dunkelheit gewöhnen, denkt sie über ihn nach. Sie betrachtet den gelassenen Schwung seiner Stirn und seine liebenswürdig breite Hundenase. Ihr eigener Atem wird langsamer und tiefer –

Am Ende des Flurs läutet das Telefon.

Endlich am Arbeitszimmer angelangt, trappeln die Hunde schon im Kreis vor der Tür herum. Benommen bahnt sie sich einen Weg.

Als sie den Hörer aufnimmt, ist niemand am Apparat. Sie hört auch kein Atmen.

Dreimal hintereinander sagt sie »Hallo«, immer gereizter.

»Jessica, wenn du das bist, dann …«

Lizbeth verstummt und sieht sich um. Die Vorhänge sind nicht zugezogen, und der Mondschein dringt durchs Fenster.

»Warum machst du das? Wenn du mir etwas zu sagen hast …«

Offensichtlich ist das nicht der Fall.

»In Ordnung. Hör zu, Jessica. Ich gehe jetzt wieder ins Bett.«

Sie legt auf, aber sobald sie das tut, läutet es wieder. Und als sie jetzt aufnimmt, spricht eine Männerstimme, schnell und leise:

»*Anoche soñé contigo. Es verdad! Como hago todas las noches.*« Dann eine Frau: »*Soy débil! Tú me haces débil!*«

Lizbeths Spanischkenntnisse sind gering. Sie versteht kein Wort.

Wieder der Mann: »*Soñarás tú conmigo también?*«

Dann wird das Gespräch unterbrochen.

Die Nummer ist nicht zu erreichen. Wie erwartet.

Im Schlafzimmer sitzt Ed mit verquollenen Augen und besorgter Miene aufrecht im Bett.

»Es war nicht Jessica«, sagt Lizbeth, als sie sich wieder neben ihn legt.

Am nächsten Tag versucht sie, die Sache einfach zu vergessen. Ein Fehler in der Telefonleitung. Man hört ein fremdes Gespräch. Das passiert. (Oder etwa nicht?) Viel wichtiger ist es, sich auf die Reihe von Telefoninterviews zu konzentrieren, die sie heute vormittag geben soll.

Die Fragen sind harmlos. Wie würde sie einen typischen Arbeitstag beschreiben? Auf welches ihrer Bücher ist sie besonders stolz? Ihre Antworten kommen wie geschmiert.

Am Ende des letzten Interviews sagt der Journalist: »Ich wollte Ihnen nur sagen, daß mir das Buch wirklich gut gefallen hat –«

Lizbeth dankt ihm, bevor sie ihre Aufmerksamkeit dem Fenster zuwendet. Ein mageres graues Eichhörnchen sitzt auf dem Sims und putzt sich, langsam und sorgfältig. Eine Sekunde später sieht es auf. Bemerkt, daß es beobachtet wird, und starrt zurück. Seine Pfoten zucken, als ihre Blicke sich treffen, und für einen Augenblick bewegen beide sich nicht, unmittelbar darauf verschwindet es in den Bäumen.

»– und außerdem«, sagt der Journalist, »fand ich die Kritiken einfach unfair.«

Eine Pause, denn Lizbeth hat das Eichhörnchen betrachtet. Eine weitere, als ihr klar wird, was er gerade gesagt hat.

»Oh«, sagt sie, »... nun, ich lese keine Kritiken. Nie. Also weiß ich es nicht.«

Das stimmt. Eine ihrer Eigenheiten: eine Präventivmaßnahme zum Schutz ihrer dünnen Haut. Sie läßt sich informieren. Nancy sammelt die Besprechungen und faßt sie für Lizbeth zusammen, von Bosheiten bereinigt. Nicht, daß sie je viel auslassen muß. Selbst die weniger enthusiastischen Kritiken sind unweigerlich höflich.

Nancy bringt Tee, nachdem das Interview beendet ist, Lizbeth dreht sich um und sagt, als wäre ihr der Gedanke gerade erst gekommen: »Gibt es eigentlich schon irgendwelche Kritiken?«

»Kritiken? Nein. Also, ich meine ... nichts von Bedeutung.«

»Nichts von Bedeutung?«

»Genau. Nur Zeitungen aus Städten, von denen man noch nie gehört hat. Völlig belanglos.«

Lizbeth nimmt ihren Tee und steht auf.

»Ich denke, ich werde noch ein wenig arbeiten.«

Oben wartet sie darauf, daß die Haustür ins Schloß fällt. Daß sie alleine ist. Das einzige Licht im Zimmer ist ihre Schreibtischlampe.

Sie öffnet ihren Laptop, und ein Modem verbindet sie mit einer Welt jenseits von Quince Hill. Sie gibt ihren eigenen Namen und die Worte *Elegie der Schwarzen Wasser* ein.

Abgesoffen, sagt das erste Suchergebnis aus Dutzenden von Treffern. Alles Kritiken. Diese hier stammt aus der zweitgrößten Zeitung der nördlichen Pazifikküste und ist vor drei Tagen erschienen.

Sie beugt sich nah an den Bildschirm und liest.

Manche Männer tragen keine Krawatte, sondern eine Fliege. Das mag todschick sein, aber niemand würde eine solche Schleife als absolut tödliches Accessoire ansehen. Nicht so Lizbeth Greene: Für sie scheint sie ein düsteres, mörderisches Potential zu besitzen. Denn ihr neuester Thriller, Elegie der Schwarzen Wasser, *beginnt damit, daß das fragliche Kleidungsstück dazu benutzt wird, ein Opfer zu strangulieren.*

Bald darauf werden die Dinge noch viel unangenehmer. Aber leider ist der nüchterne Realismus, der früher Greenes Stärke war, nirgends zu finden. Statt dessen muß sich der Leser mit absurden Wendungen der Handlung und blutigen Exzessen abfinden: eine Kombination, die ihr wenig neue Leser gewinnen und die alten eventuell abschrecken wird.

Und so weiter.

Sie starrt die Worte an, ihre Haut überzieht sich mit feuchtem Schweiß, als würde sie überall von kalten Händen berührt.

Dann liest sie die anderen Artikel. Alle. So viel Galle. Gnadenlos. Jede Kritik ist eine Bombe, die ihr Ego trifft, ein Messer, das sich in ihr Herz bohrt.

Zuletzt liest sie die *Times*.

Der Kritiker beginnt mit einer weitschweifigen Anekdote über eine namenlose Verwandte, die von seiner Familie für eine ausgesprochene Schönheit gehalten wurde, so daß sich alle wunderten, warum sie es nicht zum Model oder Hollywood-Starlet gebracht hatte. Erst im nachhinein wurde ihm klar, was sie in Wirklichkeit war:

eine biedere Hausfrau aus dem Mittleren Westen, zudem im fortgeschrittenen Alter.

Wir hatten ihre vermeintlich atemberaubende Schönheit so oft beschworen, daß sie zur Tatsache wurde – bis ein kleiner Neffe vor dem gesamten Clan damit herausplatzte, daß un-

sere hinreißende Verwandte eigentlich ganz normal sei. Und das war die Wahrheit. Damit war der Bann gebrochen: Die Vorstellung, daß wir diese Frau jemals als Kleinstadt-Venus angesehen hatten, erschien nur noch bizarr.

Bedauerlicherweise kommen einem solche Geschichten in den Sinn, wenn man *Elegie der Schwarzen Wasser* liest, den jüngsten Kriminalroman von Lizbeth Greene, in dem Inspektor Enschell einen neuen Fall zu lösen hat. Im Geiste haben ihre Bücher vielleicht immer zu jener Sorte Literatur gehört, die man überall im Land auf Drehständern in Supermärkten findet – und nur die Medien und der Literaturbetrieb waren so vernarrt in sie, daß sich die Autorin mit den zarten Gesichtszügen und dem rabenschwarzen Haar einen Ruf als *die* moderne Kriminalschriftstellerin schlechthin erwerben konnte, den Ruf einer Autorin, deren Bücher überdies auch für Leute mit einem verfeinerten literarischen Geschmack als Bettlektüre taugen. Ein ziemlich dreister Publicitytrick.

In ihrem neuen Buch jedoch steht diese Pose in einem gänzlich unpassenden Gegensatz zu der von ihr geschilderten Metzelei. Darüber hinaus ist das Authentische in Ms Greenes Tableau auf traurige Weise abwesend. Während es bekanntermaßen die wirkliche Tragödie des Mordes an ihrer Mutter und ihre eigene Entführung durch den berüchtigten Richard Cazet waren, die ihren Durchbruch mit *City Slicker* markierten, ist es schlichtweg ironisch, daß ihre Romane sich zunehmend auf immer unrealistischere Serienmörder mit immer absonderlicheren Handschriften stützen, so daß sie eine langsame Entwicklung vom Abgedroschenen zum total Lächerlichen nehmen. Zu einer Zeit, in der eine neue, jüngere Generation von Kriminalschriftstellern die Gattung in die harte amerikanische Realität des einundzwanzigsten Jahrhunderts holt, scheint ihre Parade von unheimlich kichernden Psychopathen inzwischen jegliches Gespür für die Dinge verloren zu haben.

Bei der Lektüre dieses Buches kommt man nicht umhin, sich zu fragen, wann Ms Greene zuletzt einen Kriminellen gesehen *hat, ganz zu schweigen davon, welche Einsichten in kriminelle Handlungsweisen sie gewonnen hat. Nein, die Versatzstücke aus dem Kasperletheater und die aufgedonnerte Prosa, die ihre Mängel kaschieren sollen, führen nicht an der traurigen Wahrheit vorbei, daß ihr nichts mehr einfällt, auch wenn ihr das selbst nicht klar ist, weil sie eifrig neue blutige Variationen von unglaubwürdigen Themen ersinnt. In der Mitte von* Elegie der Schwarzen Wasser *verkündet der langmütige Enschell: »Ich habe das schon so lange gemacht, daß ich kaum noch einen Sinn darin sehe.« Offengestanden kann der Leser an diesem Punkt nur zustimmen und sagen: »Ich auch nicht.«*

In den nächsten drei Tagen verläßt sie das Haus nicht. Sie verläßt selbst das Schlafzimmer kaum. Nancy kümmert sich um die Dinge, die erledigt werden müssen. Immer wieder entschuldigt sie sich dafür, daß sie bezüglich der Kritiken gelogen hat. Es tut ihr wirklich leid. Aber Lizbeth ist gar nicht böse. Was hätte Nancy sonst tun sollen?

Der Regen prasselt endlos gegen die Fenster und Oberlichter. Lizbeth rollt sich im Bett zusammen und fragt sich, was passieren würde, wenn es nie aufhörte. Wenn es für immer regnete. Welche Städte in der Nähe würden zuerst überflutet? Wie schnell würde das Wasser den Waldboden sättigen, über den Quince Hill steigen und kleine Tiere und Autos mitnehmen, während das Land seine Markierungen aufgäbe, so wie sich Lizbeth jetzt der Serenade ihrer Neurose hingibt?

Ihre letzte Handlung am Abend ist es, auf den Knien jede einzelne Steckdose im Haus zu kontrollieren. Dann überprüft sie die Schlösser.

Das restliche Heroin wird aufgebraucht, danach kauft sie mehr. Sie vergräbt sich unter der Decke, bis überhaupt kein

Licht mehr zu ihr vordringt, und dann stopft sie sich Stöpsel in die Ohren.

Die Tage verschläft sie.

Sie betrachtet sich prüfend ein letztes Mal. Benutzt noch einmal den Lippenstift, um die Farbe zu vertiefen. Malt die Mundwinkel aus.

In einer Suite des *Four Seasons* in Manhattan steht Lizbeths Agentin hinter ihr und schaut sich in demselben Spiegel an. Sie ist größer als Lizbeth, älter, sorgfältig zurechtgemacht wie ein geschliffenes Messer. Ihr Name ist Inchy Burden.

»Du machst es ganz prima, Honey. Du bist Inchys bestes Pferd im Stall.«

Sie tritt zwei Schritte zurück in die Mitte des Raumes.

»Ehrlich gesagt, ich habe mir Sorgen um dich gemacht.«

»Ich weiß.«

»Aber du brauchst nur noch den heutigen Abend zu überstehen. Den letzten großen *Push.*«

»Ich weiß. Wie spät ist es?«

»Sieben.«

»O Gott –«

»Reg dich nicht auf. Es ist *deine* Präsentation. Die kleinen Fische können warten.«

Lizbeth fährt sich mit dem Finger über die Augenbrauen, dann dreht sie sich um, und ihre Agentin ergreift ihre Arme.

»Du hast es schwergenommen, Honey, stimmt's? Die letzten Tage waren hart. Aber glaub mir, sie haben dich auch gestärkt.«

»Oh, ich bin Atlas höchstpersönlich und kann die Welt auf meinen Schultern tragen.«

»Das ist gut.«

»Hör zu, Inchy ... wenn der heutige Abend überstanden ist, möchte ich mit dir über das nächste Buch sprechen ...«

»Was gibt es da zu besprechen, Honey?«

»Die Tatsache, daß es nicht existiert. Ich weiß nicht einmal, ob es ein nächstes Buch geben wird.«

Inchy Burden führt sie zum Spiegel zurück und spricht zu Lizbeths Spiegelbild.

»Ich sage dir, was passieren wird. Heute abend gehst du zu deiner Party und amüsierst dich. Morgen wird das Buch erscheinen und dein bislang größter Bestseller werden. Die Leute werden es lesen und mögen, tausendmal mehr Leute als überhaupt wissen, daß dieser Arsch von der *Times* existiert. Dann ruhst du dich aus, und wenn du soweit bist, wirst du ein *weiteres* erstaunliches Buch schreiben, das die Leute noch lieber mögen als *Elegie der Schwarzen Wasser*. Denn das, Lizbeth Greene, ist dein Beruf.«

Inchys Blick ist gewandert. Zu Lizbeths Ohrringen.

»Sind die von Cartier?«

Jetzt kommt Nancy aus dem Badezimmer und sagt, daß sie gehen müssen.

»Ich muß nur noch einen Anruf machen«, sagt Inchy Burden, und Nancy sagt: »Hör zu, Lizbeth ... deine Schwester hat angerufen. Sie schafft es heute abend nicht. Sie hat irgendein Problem mit ihrem Jüngsten.«

»Wirklich? Irgend etwas kommt immer dazwischen.«

»Außerdem läßt sie dir ausrichten, daß sie nächste Woche euren Dad zu seinem Geburtstag besucht ...«

»Aha.«

»Und sie schickt dir herzliche Grüße.«

Nancys entschuldigender Ton verstärkt sich noch, als sie auf Lizbeths Mund deutet.

»Du hast ... Lippenstift ... am Zahn. An dem falschen.«

Im Fahrstuhl nehmen Inchy und Nancy sie in die Mitte, flankieren sie, als wäre sie ein Preisboxer auf dem Weg in den Ring. Draußen wartet die Limousine.

Die Party findet in unauffälliger Pracht in der West 75th Street statt. Gleichgültige junge Kellner in Uniformen mit

Stehkragen schlängeln sich unter sanfter Beleuchtung durch den Raum und bieten den Gästen raffinierte Kanapees an. Grüppchen formieren sich, werden größer, werden zu groß, verkleinern sich, brechen auseinander, bilden sich neu. Ein Klavier wetteifert mit den Geräuschen im Raum: Glas an Glas und zweihundert Stimmen.

Als sie eintritt, wenden sich alle Köpfe ihr zu. Leute, die stolz auf sich sind und Anerkennung von der Welt erwarten.

Inchy und Nancy weichen nicht von ihrer Seite, aber Lizbeth scheucht sie weg. Sie muß es alleine tun. Und sie kann das. Ihr Charme, ein wenig freundliche Aufmerksamkeit – es ist ein Kinderspiel. Sie verteilt beides an alle, die es nötig haben. An die überschwenglichen Frauen, an die salbungsvollen Männer, die sie beim Sprechen mit Speicheltröpfchen besprühen, während sich der nächste Kandidat bereits anschleicht. Nie kommt jemand direkt auf sie zu.

Niemand außer Nancy. Sehr diskret und geschickt bedeutet sie Lizbeth, sie müsse sich nicht gezwungen fühlen zu bleiben. Nach allem, was passiert sei, solle sie sich auf keinen Fall überanstrengen. Außerdem habe sie am nächsten Tag den Zahnarzttermin. Aber Lizbeth sagt, es gehe ihr gut.

Sie müsse nur kurz die Damentoilette aufsuchen.

Als sie dort ankommt, lehnt ein Mädchen in einem Minikleid an der Wand bei den Waschbecken. Höchstens neunzehn. Teigige Haut, versteckt unter Make-up. Sie nicken sich zu, als Lizbeth sich die Hände wäscht.

»Tut mir leid«, sagt das Mädchen. »Ich bin quasi betrunken.«

Es stimmt. Sie ist betrunken, lallt sogar ein wenig.

»Das macht nichts«, sagt Lizbeth. »Als ich so alt war wie Sie, war ich auch manchmal quasi betrunken.«

Das Mädchen verlagert sein Gewicht. Sieht hinüber.

»Wie ist es«, sagt sie, »... kennen Sie Lizbeth Greene?«

»Wie bitte?«

»Lizbeth Greene. Die Frau, für die diese Party veranstaltet wird. Kennen Sie sie?«

Lizbeth erwägt die Frage.

»Nein«, sagt sie. »Eigentlich nicht. Und Sie?«

»Ich? Ich kenne überhaupt niemanden hier. Heute ist mein erster Tag als Volontärin im Verlag.«

Lizbeth trocknet sich die Hände ab. Wartet auf den Moment.

»Und ... lesen Sie ihre Bücher?«

»Lizbeth Greenes Bücher? O Gott, nein. Ich kann solche blöden Detektivgeschichten nicht ausstehen. Ich meine ... warum soll man ein ganzes Buch lesen, nur um herauszufinden, wer eine Person umgebracht hat, die einen sowieso nicht interessiert? Und am Schluß ist die Lösung entweder total banal oder ergibt überhaupt keinen Sinn. Das ist echt lahm. Haben Sie vielleicht eine Zigarette?«

»Ich bin Nichtraucherin.«

»Ach so. Na ja, in Wirklichkeit tut sie mir irgendwie leid.«

»Tatsächlich?«

»Hm.«

Sie beugt sich vor und senkt die Stimme, obwohl außer ihnen niemand im Raum ist.

»Kurz bevor ich hergekommen bin, hat sich das ganze Lektorat darüber ausgelassen, wie schlecht ihr neues Buch ist. Ich meine, buchstäblich *alle*. Anscheinend findet es sogar ihre Agentin einfach ätzend. Sie hat mit der Vertriebsabteilung telefoniert und gemeint, es würde sich nur verkaufen, wenn Lizbeth Greene sich noch einmal entführen ließe. Damit hat sie angefangen, habe ich recht? Und heute abend sind dieselben Leute hier und kriechen ihr in den Hintern. Gräßlich, was?«

Lizbeth antwortet nicht. Sie dreht sich um und geht.

Sie lächelt, als sie durch die Menge der Gäste läuft. Ihr Mund ist zu einem glänzenden U geformt, halb aus Gewohnheit, halb, weil sie keine Aufmerksamkeit erregen will. Denn das hier ist ihr Abgang.

Hinaus in die Lobby. Auf die Straße.

Ihre Absätze schlagen hart auf den Bürgersteig auf, und als sie die Limousine findet, klopft sie mit den Fingerknöcheln an das Fenster auf der Fahrerseite.

Im Wagen schnappt sie nach Luft und legt sich die Hand auf die Brust. Sie mißt ihre Atemzüge ab, während die Stadt mit ihren Wogen aus Licht und Bewegung hinter ihr zurückfällt.

Als sie den Bruckner Expressway erreichen, ruft sie Nancy an. Sagt, es täte ihr leid, aber sie habe ohne Vorwarnung gehen müssen, denn sie sei plötzlich müde geworden. Sei völlig erschöpft. Nancy solle die Suite im Four Seasons nehmen. Sich amüsieren. Etwas Extravagantes beim Zimmerservice bestellen und dem Verlag in Rechnung stellen. Der Verlag solle auch ihr eine zweite Limousine für den Heimweg am nächsten Tag bestellen.

»Ich fahre selbst zum Zahnarzt«, sagt sie. »Das schaffe ich.«

Und damit beendet sie das Gespräch. Schaltet das Telefon ab. Betrachtet den Hinterkopf des Chauffeurs. Er endet in einem Fettwulst, der wie ein Gummiring aussieht. Bis ihre Augen von dem monotonen Brummen des Motors schwer werden.

Auf der Autobahn wacht sie auf, vierzig Meilen von zu Hause entfernt. Die Straße ist dunkel und leer. Sie schaltet ihr Telefon wieder ein, und innerhalb von Sekunden ruft Nancy an. Also erzählt Lizbeth ihr noch einmal, daß sie völlig geschafft sei. Ehrlich, das ist alles; und nein, da ist nichts, was sie verschweigt.

Aber Nancy kennt sie besser. Und schließlich gibt Lizbeth nach. Erzählt von dem Mädchen in der Damentoilette, und dabei hört sie die Wut in ihrer Stimme. Der Klang beunruhigt sie. Gefühle zu zeigen, ist ihr nie leichtgefallen. (Bilder von ihr als Kind zeigen ein rundes, glattes Pokerface, das unverbindlich in die Kamera blickt.) Jetzt aber ist da plötzlich Wut, und ihr Mund spricht ungewohnte Worte: Kriecher und Schwanzlutscher.

»Und weißt du was? Sie hat recht. Es *ist* lahm. Wen interessiert schon, wer einen Toten umgebracht hat, der unweigerlich auf Seite fünf gefunden wird, oder was Frederick Enschell darüber denkt? Er ist nicht wirklich. Ich habe ihn erfunden. Alles ist erfunden, und ich weiß gar nicht mehr, warum ich das überhaupt schreibe.«

Nancy antwortet, und Lizbeth stellt sich vor, daß ihre Worte klug und aufbauend sind, aber die Verbindung ist schlecht, und Nancys Stimme ist sehr weit weg und abgehackt.

Sie legt auf, und es klingelt wieder. Dieses Mal jedoch ist die Verbindung noch schlechter.

»Hallo?«

Während sie versucht, in dem Rauschen etwas zu verstehen, fährt ein Mann in einem hellblauen Nissan auf dem Seitenstreifen der Autobahn an.

Er ist Geschäftsführer einer Firma für Datenübertragung, und als er an diesem Tag von der Arbeit nach Hause kam, hat er sich am Telefon heftig mit seiner alten Mutter über seine Gewichtsprobleme gestritten. Die Folge war, daß er voller Selbstekel unmittelbar vor einer lange ersehnten Verabredung mit einer Kollegin ein ganzes Brathähnchen verschlungen hat. Der Abend war ein Mißerfolg auf der ganzen Linie. Vor einer Stunde hat er die Kollegin vor ihrer Haustür abgesetzt. Und dann ist er auf dem Seitenstreifen stehengeblieben und hat sich in einem depressiven Nebel verloren. Jetzt fährt er los, drückt das Gaspedal nach unten, will nur noch nach Hause und ins Bett und ist so beschäftigt mit dem eigenen Unglück, daß er vergißt, in den Spiegel zu gucken, als er die Spur wechselt. Und deshalb sieht er den einzigen anderen Wagen auf der Straße nicht.

»Nancy?«

Der blaue Nissan hat 58 Meilen pro Stunde erreicht, als er auf die Limousine trifft. Die Limousine fährt 77 Meilen pro Stunde. Im Augenblick des Aufpralls verlieren beide Fahrer die Kontrolle über ihre Fahrzeuge.

Die Wagen kreischen über den Asphalt wie Billardkugeln, die auf dasselbe Loch zusteuern, Wracks aus Metall in einem Regen aus weißen Funken.

Der Nissan kippt auf die Seite, bevor er anhält. Die Limousine kommt mit weit geöffneter Motorhaube und eingedrückter Beifahrerseite in der Mitte der Straße zum Stehen.

Die Stille wird nur von der plärrenden Hupe des Nissan unterbrochen, die eingeklemmt wurde.

Lizbeth zittert auf dem Rücksitz der Limousine, ihre Beine sind mit getönten Glasscherben übersät. Sie riecht verbranntes Gummi. Benzin. Prüfend beugt und streckt sie Arme und Beine, um festzustellen, ob sie noch dazu in der Lage ist. Sie richtet sich auf und öffnet die Tür. Geht zum Vorderteil des Wagens.

Der Chauffeur sitzt aufrecht und blickt nach vorne. Die Hände liegen am Lenkrad. Er dreht sich um, und sie sieht eine blutige Stelle auf seinem Kopf. Er läßt das Fenster herunter und sagt: »Mein Kopf tut weh.«

»Das wird wieder gut«, sagt Lizbeth. »Bleiben Sie ... wo Sie sind.«

Der Nissan liegt keuchend auf der Seite. Sie geht darauf zu.

Die Fahrertür steht offen wie ein großes schwarzes Auge, das den Himmel ansieht. Zwei Füße erscheinen und verschwinden wieder, an ihrer Stelle wird eine Hand sichtbar.

Der Fahrer des Nissan zieht sich mit einem Arm aus dem Wagen und schreit dabei vor Schmerzen. Er plumpst auf die Straße, und sein anderer Arm baumelt nach hinten, als wäre der Ellenbogen verkehrt eingesetzt. Der Knochen ragt heraus.

Er taumelt auf sie zu, und einen Augenblick lang stehen sie nebeneinander. Aber keiner spricht.

Eine Radkappe der Limousine kreiselt auf der Kante die Straße hinunter, schnell und ungleichmäßig, ohne umzukippen.

Ein Motorrad kommt in Sicht.

Lizbeth und der Fahrer des Nissan sehen schweigend zu, wie es auf sie zurast, der Radkappe ausweichen will und ins Schleudern gerät, wobei der Fahrer abgeworfen wird.

Der Motorradfahrer stürzt zu Boden und dreht sich dreimal um die eigene Achse, bevor er liegenbleibt.

Das Motorrad schießt davon.

Es trifft den Fahrer des Nissan unterhalb der Taille, dann kracht es in Lizbeth hinein. Als wären sie Kegel auf einer Bowlingbahn.

Und nichts bewegt sich. Für den Augenblick.

5

Der Chauffeur der Limousine hat eine Gehirnerschütterung erlitten. Dem Motorradfahrer wurde das Becken zertrümmert. Der Fahrer des Nissan hat sich einen Arm, ein Handgelenk, das Schlüsselbein und fünf Rippen gebrochen.

Lizbeth sitzt in ihrem Krankenhausbett, gestützt von einer Menge Kissen. Sie hat Schnitte und Prellungen davongetragen, die behandelt worden sind. Ihr linker Fußknöchel ist gebrochen. In diesem Augenblick steckt er trübselig in einem leichten Gips und hängt vor ihr in einer Halterung.

Das ist alles.

Der Arzt hat gesagt, sie habe Glück gehabt. Sie müsse Krükken benutzen, aber nicht länger als einen Monat, danach für ein paar Wochen einen Stock. Der Bruch sei so sauber, sagte er, daß man davon essen könne. Ein Hühnchen zum Beispiel.

Nancy steht am Fuße des Bettes und ordnet Blumensträuße. Aber selbst die üppigsten werden von dem Strauß weißer Orchideen in den Schatten gestellt, den Ed gestern abend gebracht hat. Sie stehen in der Ecke, unübersehbar und dramatisch.

Er ist sehr lange geblieben.

»Diese hier kommen von Eileen Deschler«, sagt Nancy und kämpft mit einem Nelkenstrauß.

»Wer ist Eileen Deschler?«

»Keine Ahnung. Ich dachte, du kennst sie. Ich stelle sie ans Fenster.«

Als nächstes kommt ein prächtiges Arrangement von Gladiolen. Nancy wirft einen Blick auf die Karte.

»Sie sind von Inchy Burden.«

»Ich will sie nicht.«

»Wirklich nicht? Du liebst doch Gladiolen.«

»Willst du sie haben?«

»Nein ... Sie gehören dir.«

»Wenn du sie haben willst, nimm sie.«

Aber Nancy hält schon den nächsten Strauß in die Höhe.

»Der ist von deiner Schwester.«

»Ach, laß mich raten ...«

»Ich soll dir etwas ausrichten ... Sie hat angerufen, als du mit dem Arzt gesprochen hast. Sie glaubt nicht, daß sie es heute schafft. Sie meinte, sie könne am Sonntag kommen.«

»Sonntag bin ich nicht mehr hier.«

»Ich weiß. Das habe ich ihr gesagt.«

Lizbeth greift nach dem Eßstäbchen, das sie benutzt, um sich unter dem Gips zu kratzen. Sagt leise: »Also, wenn das nicht typisch Mame ist ...«

»Und dann«, sagt Nancy, »habe ich vereinbart, daß du heute nachmittag mit Jeff telefonierst –«

»Mit dem Tierarzt? Warum? O Gott! Was ist passiert?«

»Nein, nicht mit Jeff, dem Tierarzt. Mit Jeff, dem Anwalt. Er will dir vom Stand der Dinge mit den Frostums-Leuten berichten ... und er möchte mit dir sprechen, bevor er den Fahrer des Nissan verklagt.«

»Jeff, der Anwalt. Natürlich.«

»Ach, weißt du, Lizbeth, das tut mir alles so leid. Du hast so viel einstecken müssen –«

Aber die Wahrheit ist, daß sich Lizbeth – trotz ihres Knöchels – gut fühlt. Seit sie gestern hier aufgewacht ist, hat sie Distanz gewonnen. Einen dringend benötigten neuen Blickwinkel. Und ihr ist etwas klargeworden.

Das Problem ist, daß sie keine Geschichten mehr hat. Ihr Vorrat an Erfindungen ist aufgebraucht. Sie hat ihre Fantasie wie eine Melone ausgehöhlt. Jedes grausige Szenario ist immer wieder aufbereitet worden, jeder unwahrscheinliche *deus ex machina* aufs neue belebt worden, so lange, bis alles zu einem einzigen Brei aus Leichen, Mördern, Tatmotiven, Waffen, Leichen und Mördern und Tatmotiven und Waffen und –

Damit wird sie nicht weitermachen.

»Ich habe daran gedacht, mir eine Arbeit zu suchen.«

Nancy schneidet einige Tulpenstengel an.

»Wirklich?« sagt sie vorsichtig. »Das ist deine Absicht?«

»Ich könnte zum Beispiel in einer Buchhandlung arbeiten. Oder in einer Bibliothek. Ich könnte mir einen anderen Namen zulegen. Ich könnte unterrichten. Vielleicht wäre es genau das Richtige. Ich könnte einen Job finden, und das würde mich inspirieren. Etwas Authentisches. Etwas Reales. In meinem Arbeitszimmer finde ich das nicht.«

Sie setzt sich so gerade auf, wie es mit dem Bein in der Schlinge möglich ist.

»Wie viele Fingerzeige brauche ich noch, Nancy? Seit der Sache mit dem Zahn habe ich das Gefühl, daß mir jemand auf die Schulter klopft und sagt: Die Dinge müssen sich ändern. Und jetzt das hier. Was kommt als nächstes? Vielleicht sollte ich den Hinweis ernst nehmen und an den Anfang zurückkehren. An den Punkt, an dem ich noch stolz auf meine Arbeit war. Kannst du das verstehen, Nancy?«

»Natürlich«, sagt sie. Und dann: »Ich muß nur kurz eine Vase suchen gehen.«

Als sie das Zimmer verläßt, fällt Lizbeth in die Kissen zurück. Jetzt liegt das Problem auf dem Tisch, und sie hat Frieden. Endlich kann sie nach vorn gehen. Unbelastet.

Sie hört ein Klopfen. Kaum hat sie den Kopf gewendet, steht der Arzt auch schon im Zimmer. Er lächelt, dann schließt er die Tür hinter sich.

6

Sie hat geübt, auf Krücken zu gehen, und hat es nach den ersten komischen Versuchen schnell zu einer klappernden Fertigkeit gebracht, die zwar nicht anmutig genannt werden kann, die sie aber dorthin bringt, wo sie hinwill. Sie hat sich an das fehlende Gleichgewicht gewöhnt und reagiert richtig darauf. Sie hat gemerkt, daß alles langsamer geht und schwerfällig ist. Daß *sie* schwerfällig ist.

Lizbeth sitzt in ihrem Krankenhauszimmer, die Krücken griffbereit, die gepackten Taschen zu ihren Füßen. Heute wird sie entlassen. Nancy wird sie abholen.

Sie blättert in *Time*, während sie wartet, und stößt auf die Literaturseiten, die einen Überblick über die Neuerscheinungen geben. *Elegie der Schwarzen Wasser* ist auch dabei. Sie schreckt zurück, blättert schnell um, sucht irgend etwas anderes, um sich abzulenken.

Seite 19. Das Bild eines Strafgefangenen. Ein schmächtiger Latino. Vor Gericht, ein Anwalt an seiner Seite. Runde Schultern, die sich in einem Gefängnisoverall verlieren. Tätowierungen auf Hals und Armen. Dicke Brillengläser und merkwürdige kahle Stellen auf dem Kopf. Eine auffällige Narbe auf der Stirn. Eine Kette um die Taille, Handschellen, Fußeisen. Sein Blick ist auf einen Punkt hinter der Kamera gerichtet.

Für manche ist er der einzig wahre King Three Vee, *Oberhaupt des Volkes der* Sacred Incan Royals, *Protektor und Herrscher des Stammes von New York. Andere kennen die*

Bedeutung der Chiffren, die an seinem Handgelenk eintätowiert sind: 1.18.4.9.12.12.1 – ein Zahlencode, hinter dem sich sein Spitzname aus Kindertagen verbirgt: Ardilla *oder* Squirrel.

Ardilla. Oder *Squirrel*. Eichhörnchen.

Jetzt versteht sie. Das ist es. Sie sollte es entdecken. Darauf lief es hinaus.

Die Antwort. Endlich. Gott sei Dank.

Für die Justiz jedoch, in deren Obhut er den größten Teil seines Lebens verbracht hat, ist er einfach Wilson Ulysses Velez, ein extrem gewalttätiger Bandenführer und moderner Graf von Monte Cristo.

Sie versucht, nicht in Begeisterungsschreie auszubrechen, und liest statt dessen von seinen fünf Jahren in Einzelhaft und von der Berufung, die dem ein Ende gesetzt hat. Sie vertieft sich in die Geschichte. Die Anfänge. Das Gefängnis von Essenville. Seine Zerstörung. Und jetzt:

Von den Sacred Incan Royals, *die ihren verlorenen Anführer noch immer verehren, wurde seine Entlassung aus solch unmenschlichen Haftbedingungen als Rehabilitierung angesehen. Nachdem Velez seine Haft angetreten hatte, hat sein Nachfolger, José »Hurricane« Almanza, versucht, die Gang in eine gemeinsinnige Jugendgruppe umzuwandeln – eine Maßnahme, die den* Royals *zufolge bereits von Velez eingeleitet worden war und die ohne seinen Segen unmöglich gewesen wäre.*

»Alle positiven Aktivitäten der Royals *sind Wilsons Werk«, sagt Vater Raymond Peres, inoffizieller Sprecher der Gang und Pfarrer aus Corona, Queens, dem ehemaligem Wohnviertel von Velez. »Trotz aller Rückschläge und seiner unge-*

rechten Bestrafung hat sein Beispiel die Jugend in die richtige Richtung geführt.«

Andere glauben weder an die Wandlung der Gang, noch überzeugt sie die Entscheidung, Wilson aus der Einzelhaft zu entlassen.

Da ist zum Beispiel der prominente Kongreßabgeordnete Mitchell Rieber, der auf seinem ehemaligen Posten als Stellvertretender Bezirksstaatsanwalt sowohl an Velez' ursprünglicher Verurteilung als auch an der Strafverschärfung wegen der kodierten Briefe mitwirkte. Für ihn ist das Urteil im Berufungsverfahren ein gravierender Fehlgriff:

»Wilson Velez ist ein in der Wolle gefärbter Krimineller«, sagt der als Hardliner bekannte Rieber. »Er wird bis zu seinem letzten Atemzug ein Verbrecher bleiben und eine mörderische Gefahr für seine eigenen Anhänger sowie für die Gesellschaft im allgemeinen darstellen.«

Erwartungsgemäß findet diese Ansicht keine Zustimmung bei Alan Ossery, dem engagierten Anwalt, für den sein Mandant ein »zutiefst in sich gekehrter Mensch« ist, »der für niemanden eine Gefahr darstellt«. Osserys Aufgabe ist es jetzt, die Berufungsrichter von dieser Auffassung zu überzeugen, bevor das Gericht erneut zusammentritt, um das Urteil zu überprüfen.

Velez dagegen wird demnächst die 1100 Mitgefangenen kennenlernen, die ebenfalls im Bundesgefängnis Essenville einsitzen. Danach wird er die Besucher treffen, denen Direktor Michael Sosa den Zutritt zum Gefängnis gestattet. Nachdem Velez eine Einzelhaft unter den härtesten Bedingungen, die das Strafvollzugssystem je festgelegt hat, verbüßt hat, werden diese Begegnungen bestimmt von allergrößtem Interesse sein.

»Bist du fertig?«

Lizbeth sieht auf, Nancy steht in der Tür. Unter einer weißen Wollkappe ist ihr Gesicht glänzend gerötet.

»Du mußt dich warm einpacken. Es ist eiskalt draußen.«

»Ich habe es gefunden.«

»Was denn?«

»Das Eichhörnchen. Das, worauf alles hinausgelaufen ist. Das Zeichen.«

Sie greift nach den Krücken.

»Ich verstehe nicht, was du meinst, Lizbeth.«

Aber es ist ganz einfach. Sie meint, eine Plattform gefunden zu haben, von der aus sie ihre Glaubwürdigkeit zurückgewinnen kann. Sie wird die Geschichte von Wilson Velez erzählen. Die Geschichte seiner Verbrechen und seiner Strafe. Und dabei wird sie zu ganz neuen Einsichten finden. Zu dauerhafter Wahrheit. Die Erzählung wird alles haben, was *City Slicker* einst auszeichnete, und mehr. Die Geschichte eines Lebens, eines amerikanischen Schicksals, das scheinbar außergewöhnlich ist, aber unter gewissen Umständen jeden hätte treffen können.

»Ich erkläre es dir im Auto«, sagt sie.

In den folgenden Tagen legt sie beim Sitzen ihr Bein auf einen Kissenberg, oder sie streift auf Krücken durch das Haus, und mit jeder Stunde, die vergeht, ist sie überzeugter von ihrem Vorhaben.

Im Arbeitszimmer ersetzt sie die Karte, auf der »Eine Seite pro Tag« steht, durch das Bild von Wilson Velez aus *Time*. Es hängt dort, während sie recherchiert und alte Zeitungsberichte über ihn liest, die alle Ähnliches zu berichten haben, ihren Gegenstand aber dennoch in einem irritierenden Dunkel belassen.

Sie bittet Nancy, das Badezimmer zu vermessen, erläutert aber diese Bitte nicht weiter, sondern wartet vor der geöffneten Tür.

»Glaubst du wirklich, daß es eine gute Idee ist?« fragt Lizbeth.

»Ich halte es für eine ausgezeichnete Idee.«

»Ich will einfach immer mehr erfahren ... über die Briefe ... den Kode ... was an einem solchen Ort mit einem Menschen passiert. Ich habe sogar schon einen Titel: *Gottes einsamster Mann.*«

Nancy legt das Maßband um den Fuß des Waschbeckens.

»Ich kann dir gar nicht sagen, wie sehr es mich freut, dich so voller... neuer *Energie* zu sehen, Lizbeth.«

»Ja. Ich spüre diese Energie auch. Sie regt mich an.«

Es ist eine Wohltat, ein Ziel zu haben. Etwas außerhalb ihrer eigenen Person, an dem sie all die zufälligen und merkwürdigen Gedanken messen kann, die ihr durch den Kopf schießen.

»So«, sagt Nancy. »Viereinhalb mal fünfeinhalb Meter.«

»Ach. Wirklich? Das ist viel zu groß.«

»Wofür?«

Lizbeth betritt das Badezimmer, dreht sich langsam um, dann läßt sie sich vorsichtig auf dem Rand der Badewanne nieder.

»Es muß reichen«, sagt sie zu sich selbst und zu Nancy: »Könnte ich bitte ein Glas Wasser haben?«

Sie stellt das Glas neben sich.

»Nun mußt du mich einschließen.«

»Was? Wo?«

»Hier. Im Badezimmer. Du mußt mich über Nacht einschließen.«

»Aber... warum?«

»Ich muß wissen, wie es ist.«

Lizbeth versteht den Ausdruck auf Nancys Gesicht. Sie weiß, wie absurd dieser Test im Badezimmer im Vergleich zu Wilson Velez' verschärften Haftbedingungen ist. Aber etwas anderes hat sie nicht.

Sie vergewissert sich, daß sie mit den Krücken zurechtkommt, und bittet Nancy, sie am nächsten Morgen herauszulassen.

Nancy ist nicht leicht für den Plan zu gewinnen. Kompromisse werden geschlossen, Versprechen gegeben. Lizbeth behält ihr Mobiltelefon; in die Badewanne wird richtiges Bettzeug gelegt.

Nancy arrangiert die Kissen und deponiert einen Eisbeutel im Waschbecken. Aber immer noch hat sie große Bedenken.

»Du bist verletzt«, sagt sie mehr als einmal. »Du kannst dich nicht richtig bewegen.«

Endlich geht sie. Lizbeth hört, wie sie die Badezimmertür abschließt, Sekunden später fällt die Haustür ins Schloß.

Sofort verspürt sie ein heftiges Unbehagen. Ein Kribbeln auf der Haut. Den Urinstinkt, sich mit Händen und Füßen einen Weg nach draußen zu bahnen. Aber das geht vorbei.

Zurück bleibt eine wohlige Zufriedenheit. Es funktioniert. Sie macht Erfahrungen.

Dann fühlt sie sich nur noch allein.

Draußen ist es dunkel. Die Jalousien sind heruntergelassen. Sie wird die ganze Nacht über das Licht anlassen, wie es in Essenville üblich ist. Das hat sie gelesen.

Auf dem Rand der Badewanne sitzend, kann sie die obere Hälfte ihres Gesichts im Spiegel über dem Waschbecken sehen. Aber mehr nicht. Nur die obere Hälfte: ihre Haare und ihre Augen.

Sie spielt mit ihrem Zahn, verbringt ein paar Sekunden damit, ihn herauszunehmen und wieder einzusetzen. Einer der Hunde läuft an der Tür vorbei und schnüffelt. Dann ist er verschwunden.

Im Arbeitszimmer läutet das Telefon. Sie wartet auf die gedämpfte Ansage ihres Anrufbeantworters, aber die bleibt aus. Wer immer der Anrufer war, er legt auf.

Sie ist nervös und trommelt einen Rhythmus auf ihren Gips.

Wieviel Zeit ist inzwischen vergangen? Zwei Minuten? Fünf? Ihre Armbanduhr liegt im Schlafzimmer, damit es authentisch ist. Ihr Telefon hat eine Uhr, aber es ist ausgeschaltet. Auf dem harten Badewannenrand werden ihre Oberschenkel taub. Sie streckt sich. Angelt sich ihre Krücken und humpelt zur Tür. Schlägt heftig dagegen.

Nur zur Kontrolle.

Als sie wieder auf dem Badewannenrand sitzt, zieht sie ihre Ärmel über die Hände. Beugt sich nach vorn, verschränkt die Arme über der Brust. Sie schaut in den Spiegel über dem Waschbecken und sieht sich selbst zurückstarren.

Nancy macht Frühstück in der Küche. Die Hunde lümmeln sich auf dem Fußboden herum, als nähmen sie ein Sonnenbad. Der frische Morgen vor den Fenstern unterstreicht die Wärme im Raum. Lizbeth sitzt am Tisch und fühlt sich wie ein Eindringling: eine kleine, nachdenkliche Frau mit einem gebrochenen Fußknöchel und einem falschen Zahn, die die Nacht im Badezimmer verbracht hat.

Der Tee ist fertig, dann das Frühstück. Spiegeleier und Toast. Nancy setzt sich, schenkt den Tee ein und streicht Butter auf den Toast. Lizbeth nimmt ein Ei, schneidet um das Eigelb herum und schiebt den Rest an den Rand des Tellers.

»Du hast also gut geschlafen?«

»Ich habe durchgeschlafen, bis du mich geweckt hast.«

Lizbeth starrt auf ihren Teller.

»Entschuldige bitte, Nancy … aber mir ist schlecht.«

Nancy fragt besorgt nach, aber Lizbeth schwört Stein und Bein, daß es ihr – bis auf den Fuß und den Zahn, bis auf die leichte Übelkeit – gut gehe.

»Möchtest du dich hinlegen?«

»Alles in Ordnung. Das geht vorbei.«

»Bist du sicher?«

»Ja.«

Nancy steht auf und räumt den Teller weg.

»Sag mal, warst du eigentlich in Versuchung, bei mir anzurufen, damit ich dich befreie? Sei ehrlich.«

»Nur einmal. Ungefähr um … ich habe nur … es wurde

mir etwas eng … es kommen einem so merkwürdige Gedanken …«

Sie überlegt, ob sie mehr sagen soll. Entscheidet sich dagegen. Als Nancy jedoch fragt, ob sie den Versuch wiederholen würde, ist ihr »Nein« ganz entschieden.

Am Nachmittag sitzt sie in ihrem Arbeitszimmer und widmet sich Wilson Velez. Sie rekapituliert, was sie über ihn weiß, stellt fest, welche Informationen ihr fehlen. Formuliert Fragen.

Am Abend ruft sie ein Taxi, um zu Ed zu fahren. Sie hat ihn vor einer halben Stunde angerufen, aber nicht erreicht. Sie muß das sofort erledigen. Es geht nicht anders.

Ed wohnt nur zehn Minuten entfernt, er lebt allein in einem weißen Doppelhaus. Sie läßt das Taxi warten. Für alle Fälle.

Als sie läutet, kommt niemand an die Tür, aber im Inneren des Hauses brennt Licht. Musik ist zu hören. Ein alter Popsong, den sie kennt, aber im Augenblick nicht identifizieren kann.

Hinter dem Haus gibt es einen Swimmingpool. Sie umrundet das Gebäude und sieht das Licht auf dem Wasser spielen.

Jeder könnte auf diese Weise in den Garten eindringen. Mit welchen Absichten auch immer. Ed sollte vorsichtiger sein. Das wird sie ihm sagen.

Sie folgt dem Licht zu einem Fenster im Erdgeschoß. Dann sieht sie ihn.

Nackt. Mit einer Frau. Auch sie ist nackt. Er vögelt sie auf dem Fußboden zu einem Hit aus einem vergangenen Jahrzehnt. Die Adern in seinem Hals sind wie Drähte unter der Haut, und seine Augen quellen hervor. Die Frau ist halb verdeckt. Sie hat schulterlanges blondes Haar; ihre Beine umschlingen seine Taille, und ihre Füße bewegen sich im Takt mit seinen Stößen. Er wird schneller, und plötzlich ist ihr Gesicht zu sehen:

Jessica.

Je heftiger er wird, desto stiller ist sie. Sie schaut ausdruckslos in die Höhe, ein Arm liegt unbewegt an ihrer Seite, der andere legt sich kraftlos um seinen Hals.

Die Musik ist voll aufgedreht. Er beugt sich nach unten, um ihr etwas ins Ohr zu flüstern, und dann lacht er. Er lacht, wie Lizbeth ihn nie hat lachen sehen: mit zurückgeworfenem Kopf und weit offenem Mund. Fieberhaft. Verzückt. Er hört nicht auf zu lachen, solange sie dort draußen steht.

Sie wartet darauf, entrüstet oder untröstlich zu sein. Aber sie ist nur verwirrt. Fragt sich, wie ihr das entgehen konnte.

Das Taxi bringt sie nach Quince Hill zurück, und dort ruft sie ihn noch einmal an. Wieder geht er nicht an den Apparat. Völlig sachlich teilt sie dem Anrufbeantworter die entscheidenden Fakten mit.

»Ich bin vorhin bei dir vorbeigekommen. Ich habe dich gesehen. Und sie ... Wie dem auch sei, ich war da, weil ich dir etwas sagen muß. Also mache ich das jetzt.«

Sie sei, sagt sie, in der siebten Woche schwanger.

»Es ist von dir. Eindeutig.«

Der Arzt hat es ihr im Krankenhaus mitgeteilt. Dann hat er sofort über die Übungen gesprochen, die sie regelmäßig machen muß, wenn der Gips entfernt wird.

Sie hat zum ersten Mal davon gesprochen; bis jetzt hat sie das Wissen für sich behalten. Als wäre das, was da geschieht, nicht Wirklichkeit, solange sie es nicht ausspricht. Aber wie bei den Kritiken, die sie nie gelesen hat, ist jetzt der Bann gebrochen.

Und nun fühlt sie sich schwach, die Luft bleibt ihr weg, sie hat Angst.

Ed ruft im Laufe des Abends dreimal an. Hinterläßt drei Nachrichten auf dem Anrufbeantworter. Jede ist aufgeregter als die vorhergehende. Sie nimmt den Hörer nicht ab.

Die Hunde formieren einen Kordon um ihr Bett, als sie sich

hinlegt. Sie erlaubt ihnen zu bleiben, und ihr Benehmen ist tadellos. Das Zimmer füllt sich mit ihrem Schnarchen.

Erst um 4.33 Uhr wachen sie auf.

Um 4.33 Uhr läutet das Telefon im Arbeitszimmer, und sie öffnet ruckartig die Augen. Sie geht nicht an den Apparat, aber das Läuten geht weiter und immer weiter, bis sie fluchend nach ihren Krücken greift, unter lautem Geklapper über den Flur humpelt und sagt: »Ich kann jetzt nicht mit dir sprechen, Ed. Vielleicht morgen.«

Aber sie bekommt keine Antwort.

»Ed, im Moment gibt es nichts, was ich dir zu sagen hätte.«

Immer noch keine Antwort. Jetzt ist ihr alles klar.

»Ich fasse es nicht.«

Die Verbindung wird beendet, aber unmittelbar darauf klingelt es wieder.

»Was soll das, Jessica? Warum machst du das? Ausgerechnet jetzt?«

–

»Ich hätte gedacht, du wärest endlich zufrieden. Bist du etwa nicht zufrieden?«

–

»Ich lege jetzt auf, Jessica.«

Und eine Stimme am anderen Ende der Leitung sagt: »Hier ist nicht Jessica.«

Lizbeth läßt das Telefon fallen und zieht die Schnur aus der Wand. Dann steckt sie den Stecker gerade lange genug wieder ein, um die Polizei zu rufen.

»Und Sie sind ganz sicher, daß es ...«

Der Polizist in Lizbeths Küche trinkt einen Schluck Kaffee und blättert in seinen Notizen.

»... Leon Slocomb war?«

»Ganz sicher.«

Lizbeth schaut ihm prüfend ins Gesicht, um festzustellen,

ob er sein Interesse nur heuchelt oder gar genervt ist. Nichts dergleichen. Er ist einfach jung. Sitzt am Ende einer ermüdenden Nachtschicht in ihrer Küche. Und es ist Jahre her, das weiß sie.

Also erzählt sie ihm von Leon Slocomb. Es begann mit Briefen. *Er* begann mit Briefen: mit drastischen Drohungen und gemeinen Beschimpfungen, ordentlich getippt, gelegentlich mit einem handschriftlichen Postskriptum versehen. Bevor er ihre Privatadresse herausfand, wurden die Briefe an ihren Verlag geschickt. Dann kamen die Briefe zusammen mit Paketen: Tierleichen und Schlimmeres. Und er schickte Tonbandkassetten, auf denen er seine Absichten erläuterte.

Die Leute – Inchy Burden, die Polizei – vermuteten, er hätte sich wahllos an ihre Fersen geheftet. Aber es stellte sich heraus, daß sein Groll eine bestimmte Ursache hatte. Eine Figur im sechsten Enschell-Roman, *Nicht in Versuchung*, basiere auf seiner Person, so behauptete er. Die Anerkennung dafür sei überfällig.

Sie war bei einem Konzert von Augustus Pablo im *Roxy* in der 18th Street. Leon Slocomb hatte ein Steakmesser in der Hand. Er wurde überwältigt, bevor er es benutzen konnte.

»Ich fasse es nicht, daß mir niemand gesagt hat, daß er aus dem Gefängnis entlassen wurde«, sagt sie.

»Sie haben recht, Miss Greene. Ich kann auch nicht verstehen, warum man Sie nicht informiert hat.«

Sie schweigen, während er seinen Kaffee austrinkt.

»Eines muß ich noch sagen, Miss Greene. Mein Schwager wird total neidisch sein, wenn er hört, daß ich Sie kennengelernt habe. Er ist nämlich ein großer, ein wirklich großer Fan von Ihnen.«

Der Polizist verläßt das Haus mit der Anzeige, die sie erstattet hat, und einem signierten Exemplar der *Elegie der Schwarzen Wasser*.

Mittags trägt derselbe Taxifahrer, der Lizbeth zu Eds Haus

gefahren hat, zwei Koffer zu seinem Taxi. Nancy hebt eine kleinere Tasche in den Kofferraum.

»Ich habe noch einmal mit der Polizei gesprochen, Lizbeth. Du kannst zwei Streifenwagen haben, die das Haus bewachen. Dieser Bastard wird nicht in deine Nähe kommen.«

»Ich tue das nicht wegen Leon Slocomb.«

Sie setzt sich auf den Rücksitz und hievt ihr Bein und die Krücken in den Wagen.

»Ich tue es wegen Wilson Velez.«

Ihr Flug nach Pittsburgh geht am Nachmittag. Er wurde vor einer halben Stunde gebucht. Wenn sie dort ist, wird sie einen Besuch im Gefängnis arrangieren. Sie hat sich erkundigt: Es liegt nur fünfundvierzig Autominuten entfernt.

Und dort wird sie den einzig wahren *King Three Vee* treffen: Squirrel.

Nancy wird sich um die Hunde und das Haus kümmern. Das ist alles, was Lizbeth bis jetzt geplant hat.

Das Taxi ist startbereit, aber Nancy ist noch nicht fertig. Durch das offene Fenster fragt sie: »Was sage ich, wenn jemand anruft?«

»Sag, daß ich verreist bin. Daß ich zurückrufe, sobald es mir möglich ist.«

»Soll ich das auch zu Ed sagen?«

»Auch zu Ed.«

»Was ist mit dem Zahnarzttermin?«

»Der wird warten müssen.«

»Und deine Schwester? Wirst du sie anrufen, oder soll ich das tun? Sie lebt ganz in der Nähe, Lizbeth. Ich denke, du solltest sie besuchen.«

»Nancy… alles ist Okay… bestens. Ich rufe an, wenn ich ankomme.«

Der Taxifahrer wirft einen Blick über die Schulter nach hinten, und Lizbeth sagt, daß er losfahren soll. Auf ihrem Handrücken steht in frischer schwarzer Tinte: Essenville.

Der Boden ist glatt, aber es wurde nicht gestreut, ein schmuddeliger Belag aus Eis zieht sich kreisförmig über den Beton.

Wilson Velez steht in einer Ecke des Hofes, umgeben von den normalen Insassen des Bundesgefängnisses Essenville. Eine gewaltige Menge orangefarbener Overalls. Zwei Drittel von ihnen sind schwarz, Mitglieder der islamischen Five-Percent-Nation, eifrige Anhänger von Clarence 13X; dazwischen versprengte Weiße mit Gefängnistätowierungen, Hakenkreuze auf den Handrücken.

Aber selbst jetzt ist er allein. Sein Kopf ist gesenkt, damit er nichts anschauen, nichts sehen muß.

Niemand kommt ihm nahe genug, um das Geräusch zu hören, das er von sich gibt. Ein unbestimmtes Grollen mit niedriger Frequenz, das aus seinem Hals kommt. Würde sich jemand direkt neben ihn stellen, könnte er ihn vielleicht verstehen:

»Kkkeime ... dddie sssind allle vvvoll ... vvvon Kkkeimen ... überalll Kkkeime ...«

Ein rostiger Reifen hängt über seinem Kopf, aber niemand hat einen Ball. An beiden Enden des Hofes gibt es jeweils eine niedrige Bank und eine Hantel; diese Geräte werden von den riesigsten Insassen in Beschlag genommen.

Die Kälte wirkt beruhigend auf die Gemüter. All denen, die keine Gewichte heben können, bleibt nichts anderes übrig, als mechanisch von einem Fuß auf den anderen zu hüpfen und sich kostbare Wärme in die Hände zu blasen.

Wilson Velez bewegt sich überhaupt nicht.

Er ist fix und fertig von dem Gang nach draußen. Das Gehen ohne Fesseln erschöpft ihn. Sein Körper weiß nicht mehr, wie es funktioniert. Alle paar Schritte gerät er ins Schlingern und droht zu stolpern. Jetzt lehnt er sich an die Wand und starrt zu Boden.

»... wwwill dddie nnnicht abbbekkkommen ... Kkkeime ...«

Seit seiner Berufungsverhandlung verbringt er täglich eine Stunde auf dem Hof. (Sofern der Insasse nicht verletzt ist, muß er am Hofgang teilnehmen. Eine Weigerung zieht Einzelhaft nach sich.)

Die Aufseher stehen in regelmäßigen Abständen und tragen pelzbesetzte Mützen und Handschuhe. In den Wachtürmen gibt es weitere bewaffnete Posten. Die Aufseher für die regulären Gefangenen unterscheiden sich von ihren Kollegen im Isolationstrakt. Dort trifft man auf geballte Fäuste im Kampfanzug, immer bereit – nein, *begierig* – zuzuschlagen. Diese Männer hier haben gelernt, mit ihren Kräften hauszuhalten. Sie sind schmallippig, zerbrechen sich den Kopf darüber, wie sie ihre Rechnungen bezahlen sollen, und zählen die Stunden, bis sie endlich ein Bier trinken, in der Badewanne liegen, einen freien Tag nehmen, in Rente gehen können.

Ein Gespenst schreit auf. In Essenville gibt es viele Gespenster. So nennt man die Geisteskranken. Wilson sieht auf, kann den Mann aber nicht entdecken. Hört ihn nur.

»Ich dürfte gar nicht im Gefängnis sein«, schreit er. »Ich bin ein Ehrenmann.«

Als Wilson seinen Blick abwendet, sieht er die Latinos. Mindestens zweihundert. Nicht einmal vier Meter entfernt drängen sie sich zusammen. Alle sehen ihn an. Er versucht, durch sie hindurchzusehen, aber einer von ihnen kommt näher.

Ein Jugendlicher. Er trägt einen flaumigen Schnurrbart und eine Tätowierung am Hals: eine prächtige Krone in einer goldenen Sonne. Wilson fragt sich, was er von ihm will. Er kann seinen Gesichtsausdruck nicht entschlüsseln. Diese Fähigkeit hat er verlernt. Die Gesichter sprechen eine Sprache, die er vergessen hat. Er fühlt sich hilflos, alt. Und ausgerechnet hier – an einem Ort, an dem man schnell und grausam sein muß, will man überleben.

In der Art und Weise, wie ihm der Jugendliche zunickt, liegt etwas Drängendes, soviel erkennt er. Er möchte, daß Wilson nach unten blickt.

Das tut er.

Die Hände des Jungen liegen an den Hüften. Er hält drei Finger der linken und zwei der rechten Hand hoch, kreuzt sie.

WV. Oder dreimal V für *King Three Vee*.

Es ist die Ehrfurchtsbezeugung, die alle Mitglieder der Sacred Incan Royals lernen müssen.

Wilsons Blick trifft den des Jungen. Bestätigt den Gruß. Dann senkt er wieder den Kopf, der Jugendliche tritt zurück und vergräbt die Hände in den Taschen. (In Essenville wird das offene Bezeugen der Zugehörigkeit zu einer Gang mit Einzelhaft bestraft.)

Aber die Aufseher gucken nicht in diese Richtung. Sie warten lediglich, daß die Stunde vergeht. Sie kauen Kaugummi, lassen ihre Gedanken schweifen, sind der Kälte und ihrer beruhigenden Wirkung dankbar. Nichts läuft aus dem Ruder. Man könnte fast von Ordnung sprechen.

Wilson hebt den Kopf, und im selben Augenblick bricht auf der anderen Seite des Hofes das Chaos aus.

Rennen und Brüllen. Gefangene flüchten in alle Richtungen. Die Quelle der Panik: Ein Gefangener brennt. Steht von der Taille aufwärts in Flammen.

Wilson starrt den Mann an, wie er über den Hof irrt, schwankend wie ein Betrunkener. Die Hälfte der Insassen versucht zu flüchten, die anderen recken die Hälse, um besser sehen zu können. Der Mann wedelt wie rasend mit den Armen, während eine dicke Rauchsäule von seinem Körper aufsteigt.

Erst jetzt hört Wilson ihn schreien.

Die Aufseher brüllen Befehle, die ungehört verhallen; die Panik hat auch sie ergriffen, so daß sie ihre Gewehre wahllos in die Menge richten. Aber gleich darauf übernehmen sie wieder die Kontrolle und ziehen die Schlagstöcke.

Wilson verspürt einen Schlag zwischen die Schulterblätter, der ihn in den engen Gang Richtung Hof drängt. Dort ist der Lärm verheerend. Zu viele Menschen auf zu engem Raum, und unentwegt werden neue hereingetrieben. Wie erschreckte Tiere im Schlachthof. Er umklammert seine Ohren mit den Händen, aber dadurch wird das Getöse noch lauter, es lebt, es schwillt an, es wird überwältigend. Noch mehr Männer werden in den Gang geschoben, und er wird an die Wand gequetscht, als zwei Aufseher mit Feuerlöschern hinausstürmen.

Es gelingt ihm, den Kopf zu drehen und durch den Tumult einen Blick nach draußen zu werfen. Der Gefangene liegt jetzt am Boden, bewegungslos und mit dem Gesicht nach unten. Die Flammen züngeln immer noch in die Höhe, und der Rauch wird über den Zaun getrieben.

7

Die Türen des Fahrstuhls stottern beim Öffnen und drohen zu klemmen. Eine unerwartete Störung in dem luxuriösen Ambiente des Hotels. Neben der Bedienungstafel stehen zwei stämmige Männer, deren Hinterköpfe im Spiegel zu sehen sind; in ihren legeren Hosen und pastellfarbenen Hemden wirken sie wie Zwillinge. Sie lächeln Lizbeth an, während diese mit Krücken und Gips manövriert.

Seit sie im *Pittsburgh Airport Plaza* abgestiegen ist, hat sie sich von neuem mit dem Gefühl fremder Blicke vertraut gemacht. Die Leute starren sie ein wenig länger an als notwendig. In den meisten Fällen sind es ihre Krücken, die Aufmerksamkeit erregen, aber etwa jeder zwölfte Gast – mit Koffein vollgepumpte Geschäftsreisende, die einen Zwischenstop einlegen und nach dem Gratis-Duschgel des Hotels riechen – kommt auf sie zu und sagt: »Helfen Sie mir. Woher kenne ich Sie?«

Die beiden stämmigen Männer jedoch treten lediglich zurück und lassen Lizbeth den Vortritt, als sie im Erdgeschoß ankommen. Und die Portiers wetteifern darum, ein Taxi für sie zu finden, während der Eisregen niederprasselt.

»Ganz schön kalt, was?« sagt der Fahrer.

Heute beginnt alles.

Seit ihrer Ankunft war sie beschäftigt. Sie hat Anrufe getätigt und Treffen vereinbart. Ihr Name hat einiges Gewicht, wie sie erneut feststellen konnte. Sie hat sich nur selten in die Stadt mit den steilen Hügeln und den freundlichen Menschen gewagt, um durch die Straßen zu humpeln. Statt dessen ist sie im *Airport Plaza* in einem Zimmer mit Aussicht auf den Flughafen in Klausur gegangen. Sie hat den Zimmerservice in Anspruch genommen, den Wellnessbereich aufgesucht und im Bett gesessen, um verschiedene Eröffnungskapitel zu entwerfen.

Jetzt ist sie auf dem Weg zu Michael Sosa, dem Direktor des Bundesgefängnisses Essenville. Vor dem Termin mit ihm wird sie die Stadt besichtigen. Wenn alles glattläuft, braucht sie eine Unterkunft dort. Eine Bleibe.

Sie umfahren Pittsburgh in Richtung Süden. Die Straße führt sie durch betoniertes Nichts und einen schmalen Streifen abgelegener Vorstädte, bis sich plötzlich ringsum die ausgedehnten Alleghenies erheben und die Autobahn nur noch eine grauschwarze Furche zwischen beeindruckenden Hängen ist, die dicht mit Ahorn, Eichen, Hemlocktannen und Walnußbäumen bewachsen sind. Das Tal weitet sich am Ufer des Monongahela, der nordwärts Richtung Stadt zurückfließt. Aber dann biegen sie auf eine ausgefahrene Fernstraße ab, die vom Fluß wegführt und sich wieder durch Wälder und wahnwitzige Hügel windet. Sie ist weniger eine Straße als ein Tunnel. Lizbeth späht durch die Bäume und entdeckt unbenutzte Schornsteine und Loren, die Umrisse von stillgelegten Minen, gespenstische Spuren einer Zeit, in der hier Stahl und Kohle gewonnen wurden und all das eine einzige gewaltige Fabrik war, deren Trümmer wie die Überreste einer vergangenen Epoche zwischen den Bäumen liegen, wo Wild und Jäger darauf stoßen.

Das Radio sagt Temperaturen um 20° unter Null für die kommende Nacht voraus.

Sie fahren an einem trüben Gewässer vorbei, dann stoßen sie auf eine Abzweigung. Sie nehmen den Weg nach links, und nach einer halben Meile verkündet ein Schild:

Willkommen in Essenville, Pennsylvania: Die Perle des Strafvollzugs
(33.057 Einwohner)

Nach der nächsten Kurve taucht ein kleines Einkaufszentrum auf. Ein Kino. Die größte Bowlingbahn, die Lizbeth je gesehen hat. Jede Menge Kirchen, ein Golfplatz, eine Oberschule, ein paar Wohnblöcke und schließlich eine adrette Siedlung. Neue Einfamilienhäuser mit properen Gärten und großzügigen Garagen, in denen sich mit Sicherheit die Gerätschaften für alle notwendigen Arbeiten im Hause befinden.

Sie fahren weiter ins Zentrum der Stadt. In jede Himmelsrichtung erstrecken sich drei oder vier Blocks, alle Gebäude sind von robuster Regelmäßigkeit, die Bürgersteige sind breit und sauber, und vor der Feuerwache weht die amerikanische Flagge.

Sie braucht eine Toilette. Läßt das Taxi anhalten und warten.

Die Straße ist voller Einheimischer, die mit Mützen und Schals vermummelt sind. In einem Kasten liegt ein Stapel Zeitungen zum Verkauf aus. Der *Essenville Expositor.*

Dumpingpreise: Geldstrafe gegen Pizzeria verhängt lautet die Schlagzeile auf der ersten Seite. Kurz darunter: *Zusätzliche Bahnen für das Bowlodrome?*

Als sie ihre Handschuhe anzieht und den Mantel zuknöpft, stützt sie sich auf die Krücke.

Ein Laden mit Geschenkartikeln befindet sich zwischen einer Apotheke und einer Videothek. Im Schaufenster sind Becher mit einem Muster aus Gitterstäben und T-Shirts ausgestellt. Auf ihnen steht (zum Beispiel):

Essenville – Wo die Profis auf Experten treffen.

Sie schleppt sich in den Laden und findet eine leere Ladentheke vor. Auf Regalen und Tischen liegen noch mehr Becher und T-Shirts, dazu Baseballkappen, Mauspads und Autoaufkleber mit Gefängnismotiven.

»O Gott.«

Lizbeth dreht sich um, als sie den Ausruf hört. Hinter ihr steht ein Mann, der aus dem Nebenraum gekommen ist. Er ist etwa so alt wie sie, hat ein rundliches Gesicht und braune Haare wie Stahlwolle, die sich allerdings auf einem ungeordneten Rückzug befinden. Er ist groß und in seiner Wollweste etwas unförmig.

»O Gott«, sagt er noch einmal und steht wie angewurzelt da. »Kann denn das wahr sein?«

»Entschuldigung ... aber ich habe eine Bitte ... gibt es hier vielleicht eine Toilette, die ich benutzen könnte?«

»Sie sind Lizbeth Greene.«

»Ja, das stimmt«, sagt sie. »Hallo.«

»Ich kann es gar nicht fassen. Lizbeth Greene. Es ist nämlich so ... ich bin ein Fan. Ein Riesenfan. Seit Jahren. Da. Ich habe es gesagt.«

»Das ist ... wunderbar. Danke.«

»Tut mir leid. Ich bin ein bißchen verwirrt. Ich ... also ... ich verstehe einfach nicht, warum Sie hier sind ... in Essenville ... in meinem Laden ...«

Also erklärt Lizbeth es. Sie sei bei den Vorarbeiten für ein neues Projekt, sagt sie. Sie fahre herum. Recherchiere. Der Ladenbesitzer nickt aufgeregt, dann fällt sein Blick auf ihre Krücken. Also erklärt sie auch die Krücken. Dann erwähnt sie noch einmal die Toilette.

»Hm. Ich fürchte, die ist nur für Kunden.«

»Ach wirklich? Gibt es vielleicht irgendwo –«

»Das war ein Witz! Ein Witz! ... Entschuldigung. Ich wollte nur ... tut mir leid. Sie ist gleich da drüben.«

Als sie zurückkommt, steht der Ladenbesitzer in Parka und Skimütze an der Tür. Er wirkt aufgeregt, aber merkwürdig erwartungsvoll. Sie kann sich keinen Reim darauf machen.

»Haben Sie fünf Minuten für mich übrig?« fragt er. »Keine Sekunde länger, das verspreche ich Ihnen.«

»Ich weiß nicht so recht. Ich –«

Enttäuschung breitet sich auf seinem Gesicht aus, als er sagt: »Sie müssen irgendwohin. Natürlich.«

Aber ihre Neugier wächst, während er sich immer noch an der Tür herumdrückt, und ohne weiter darüber nachzudenken, sagt sie: »Ich muß eigentlich nirgendwohin. Das heißt, später schon. Aber fünf Minuten Zeit habe ich, denke ich.«

»Wirklich. Ach, das ist unglaublich. Danke. Vielen Dank! Warten Sie –«

Er beugt sich zu einem Schalter an der Ladentheke und macht das Licht aus, dann dreht er ohne weiteren Kommentar das Schild an der Tür um, so daß von außen *Geschlossen* zu lesen ist, und hastet davon. Er sprintet zu einem zerbeulten roten Wagen, der auf der anderen Straßenseite parkt, und fährt davon.

Sie bleibt allein im Halbdunkel zurück. Geht an die Tür, sieht hinaus und stellt fest, daß das Taxi immer noch wartet. Dann sieht sie sich im Laden um. Von draußen fällt genug Licht herein, so daß sie die Aufschriften auf den ordentlichen Stapeln mit T-Shirts lesen kann – *Essenville, Pennsylvania: Das Jailhouse rockt* –, aber die Lichtquelle reicht nicht, um den Hintergrund des Ladens zu erhellen.

Vor der Ladentheke steht ein Ständer mit Plänen, Landkarten und Büchern über die Geschichte Pennsylvanias, neben der Kasse eine flache Schale für das Kleingeld. Draußen hastet alle paar Sekunden jemand mit einem Schal vor dem Gesicht vorbei, die Schritte von der Kälte befeuert.

Sie nimmt eines der Geschichtsbücher in die Hand. Liest, daß *nach mehreren Wellen von deutschen Einwanderern, die aus dem Rheinland nach Pennsylvania strömten, im Jahre 1726 nur die äußersten Randgebiete im Südwesten noch unbesiedelt waren.*

Und genau fünf Minuten nach seiner Abfahrt erscheint das rote Auto wieder auf der anderen Straßenseite.

»Danke schön!« sagt der Ladenbesitzer. »Tausend Dank, daß Sie gewartet haben.«

Er hat zwei Ledertaschen mitgebracht, in denen sich die gebundenen Ausgaben aller Bücher befinden, die sie je geschrieben hat. Nachdem er das Licht wieder angeschaltet hat, hievt er sie auf die Ladentheke.

»Ich mußte sie von zu Hause holen«, sagt er. »Eine solche Chance kann ich mir doch nicht entgehen lassen. Aber ... ist es in Ordnung? Wenn es zuviel verlangt ist, sagen Sie es einfach.«

Aber sie sagt, nein, natürlich ist es nicht zuviel verlangt. Sie durfte die Toilette benutzen. Das ist nicht zu verachten. Also packt er strahlend die Bücher aus und reicht ihr einen Stift, aber als sie das erste Buch aufschlägt, zögert sie. Sieht ihn an.

»O Mann«, sagt er. »Ich habe mich gar nicht vorgestellt. Ich bin George Finer.«

Für den wohltätigen George Finer, schreibt sie. *Retter der Frauen.*

Als er die Widmung liest, scheinen seine Augen feucht zu werden. Er dankt ihr mit solcher Aufrichtigkeit, daß auch sie am liebsten weinen würde.

In die anderen Bücher schreibt sie nur: *Für George.*

Als sie zu dem letzten kommt, fragt sie, welche Landkarte er ihr empfehlen würde. Eine ganz einfache, elementare, sagt sie. Aber er beugt sich bereits über die Auslage und erklärt hektisch jede einzelne. Diese hier richtet sich mehr an die Jäger. Jene ist für die Bürgerkriegsfreaks. Bis sie – eigentlich mehr, um ihn zu unterbrechen – sagt: »Daraus schließe ich, daß Sie aus Essenville ... stammen?«

»So ist es. Hier geboren und aufgewachsen. Zwischendurch habe ich ein paar Jahre an einer Oberschule in Portland unterrichtet, aber Sie wissen ja, wie das ist ... Beziehungen gehen kaputt, Herzen zerbrechen. Na ja. Dann wurde meine Mutter krank, und ich bin zurückgekommen, um sie zu pflegen.

Nachdem sie gestorben war, wollte ich eigentlich wieder fortgehen, aber… ich bin immer noch hier.«

Schließlich zieht er eine Karte aus dem Ständer. Eine einfache Faltkarte.

»Diese hier«, sagt er, »müßte vollkommen genügen.«

Er macht eine Pause. Dann: »Miss Greene … ich weiß, daß Sie eigentlich nicht darüber sprechen, woran Sie gerade arbeiten … aber ich frage mich natürlich … könnte es vielleicht sein, daß Inspektor Enschell endlich die Alleghenies besucht? Sind Sie deshalb hier?«

Lizbeth zuckt die Schultern. Schneidet eine kleine Grimasse. George Finer schlägt sich mit der Hand auf die Stirn.

»Ach, Entschuldigung. Du meine Güte. Das konnte auch nur mir passieren. Lizbeth Greene kennenzulernen und sie etwas zu fragen, worüber sie nie spricht –«

»Das ist in Ordnung«, sagt sie. »Kein Problem. Wirklich nicht.«

»Wirklich nicht?«

»Nein, absolut nicht.«

»Ein Glück! Ich bin manchmal so ein Idiot. Es ist nur so, daß die Geschichte des Staates … eines meiner Hobbys ist. Nicht besonders hip, ich weiß, aber so ist es nun mal. Also, wenn Sie jemals in dieser Richtung Forschungen anstellen wollen … wäre es mir eine Ehre, Ihnen zu helfen … und dem großen Inspektor Enschell natürlich auch … sozusagen.«

»Das ist ein sehr freundliches Angebot. Also … wieviel schulde ich Ihnen für die Karte?«

Aber natürlich will er ihr Geld nicht annehmen und bringt sie statt dessen zum Taxi.

Nachdem sie ihr Gipsbein quer über den Rücksitz gelegt hat, sagt sie dem Fahrer, sie wolle zum Gefängnis.

»Zu welchem?«

»Wie bitte?«

»Es gibt vier. Sehen Sie –«

Er bedeutet ihr, ihm die Karte zu geben, die er entfaltet und auf die er mit dem Finger piekt.

»Hier ist Essenville, sehen Sie? Da, eine Meile östlich, ist das ESSFDC. Frauengefängnis, mittlere Sicherheitsstufe. Dieses hier liegt zwei Meilen südlich und heißt ESSFCI – für Männer, niedrige Sicherheitsstufe. Dann haben wir noch das ESSFCC im Westen. Männer, mittlere Sicherheit. Und fünf Meilen nordöstlich von hier befindet sich die Krönung. ESSUSP.«

»ESSUSP. Da will ich hin.«

»Also, auf nach ESSUSP.«

Sie hatte keine Ahnung, daß es in Essenville mehrere Gefängnisse gibt. Dann dreht sie sich um und sieht George Finer, der ihr nachwinkt, als das Taxi anfährt.

Sie nehmen denselben Weg zurück, den sie gekommen sind, bis sie zu den Einfamilienhäusern gelangen, dann biegen sie nach rechts ab. Jetzt fallen die Gebäude zurück, und wieder taucht Wald auf, aber er ist weniger dicht, weniger beeindrukkend. Nach und nach lichtet er sich, und dann gibt es nur noch eine Reihe von Hochspannungsmasten, bevor die Straße unvermittelt ansteigt.

Kein anderes Auto ist zu sehen. Alles ist leer und verlassen.

Das Taxi quält sich nach oben. Und Lizbeth muß schon wieder auf die Toilette.

Und dann, auf dem Kamm des Hügels, sieht sie ihn: einen bedrohlichen beigefarbenen Kasten, fast dreißig Meter hoch.

Das Bundesgefängnis Essenville.

Der Fahrer fährt um das Gelände herum. Zwei Maschendrahtzäune mit Nato-Draht sichern es. Beide Zäune sind, wie ein Schild verkündet, elektrisch geladen. In exakten Abständen erheben sich Wachtürme, dazwischen sind Flutlichter angebracht.

Der Besucherparkplatz befindet sich am äußersten Ende des Komplexes. Sie fragt sich, ob damit den Besuchern die gigantische Gleichförmigkeit des Gebäudes eindringlich vor Augen geführt werden soll. Wenn ja, so funktioniert es.

Schließlich endet der Zaun, und ein Kontrollpunkt taucht auf: eine Anordnung von dreißig Zentimeter dicken Barrieren, die von einem Wächter in hellgrauer Uniform betätigt werden. Er bittet sowohl Lizbeth als auch den Fahrer, sich auszuweisen.

»Paß oder Führerschein. Irgend etwas mit Lichtbild und Unterschrift.«

Der Parkplatz ist so gut wie leer. Als sie sich aus dem Taxi quält, frischt der Wind auf und bläst ihr heftig ins Gesicht. Sie stützt sich auf die Krücken und geht auf den Besuchereingang zu, ein Stahltor in der Mitte des inneren Zaunes.

An dem Tor befindet sich ein weiterer Kontrollpunkt. Als Lizbeth dem Wächter sagt, sie habe eine Verabredung mit dem Gefängnisdirektor, bittet er sie keineswegs durch einen verborgenen Privateingang herein, sie muß sich vielmehr noch einmal ausweisen. Er kontrolliert den Ausweis, greift nach dem Telefon und sagt: »Sie ist da.«

Nachdem sie endlich das Tor passiert hat, ist sie immer noch hundert Meter vom eigentlichen Gefängnis entfernt, dem sie sich durch einen rundum vergitterten Gang nähert. Dieser führt zu der Stahltür des Gebäudes, aber zuerst muß sie an einem halb offenen Bereich mit einem festen Dach vorbei, in dem ein paar Aufseher an einem Metalltisch sitzen. Hinter ihnen stehen drei weitere Kollegen mit Gewehren.

Noch einmal ist ihr Führerschein gefragt. Sie kämpft mit den Krücken, als sie versucht, ihn in die Höhe zu halten, aber der Wächter notiert nur ihre Personalien, greift nach einer Kamera und fotografiert sie. Dann schickt er sie an das Ende des Tisches, wo ihr – zum ersten Mal in ihrem Leben – Fingerabdrücke abgenommen werden.

Sie macht sich Sorgen, daß die Abdrücke verschmieren, weil ihre Fingerspitzen hin- und hergerollt und nicht einfach nach unten gepreßt werden, aber dem Wächter scheint das egal zu sein. Die Farbe auf ihren Fingern ist noch feucht, als er auf einen Metalldetektor zeigt. Dort hält ihr ein dritter Wächter eine Tupperware-Schale hin, in die sie ihre Schlüssel, ihre Ohrringe, ihr Kleingeld und ihre Armbanduhr legen soll.

»Auch die Ringe, Madam«, sagt er.

Zu ihrer Rechten befindet sich eine große Kabine, die mit blauem Segeltuch verhängt ist. Daran befestigt sind die Bundesrichtlinien für die Durchführung von Leibesvisitationen und die Kontrolle von Körperöffnungen.

Lizbeth geht durch den Metalldetektor. Die Klammern ihres falschen Zahnes lösen keinen Alarm aus. Auf der anderen Seite werden ihre Handtasche und deren Inhalt einer genauen Überprüfung unterzogen. Der Wächter, der ihren Schmuck in Empfang genommen hat, zieht seine Handschuhe aus und klopft Lizbeth ab, routiniert fahren seine Hände über ihre Rippen und Schenkel.

»Wir müssen die Krücken untersuchen«, sagt er und führt sie zu einem Stuhl. Sie überreicht ihm erst eine, dann die andere und wartet schweigend, während er die Krücken von allen Seiten betrachtet und prüfend hineinschaut.

»Wir müssen auch Ihre Schuhe kontrollieren, Madam.«

Also zieht sie die Schuhe aus, und sie werden gedreht und gewendet, inspiziert und geschüttelt. Endlich gibt der Wächter sie zurück und sagt: »Bitte, folgen Sie mir.«

Hastig sammelt sie ihre Sachen zusammen, während er schon an seinen bewaffneten Kollegen vorbeigeht. Er bleibt vor der Stahltür stehen und tippt eine Zahlenfolge ein.

Die Tür öffnet sich ruckhaft. Er tritt zurück und läßt ihr den Vortritt.

»Ich möchte Sie bitten«, sagt er, »jetzt das Schild zu Ihrer Rechten zu lesen.«

Auf dem Schild zu ihrer Rechten steht: *Wir weisen Sie auf*

folgendes hin: Im Falle einer Geiselnahme verhandelt dieses Gefängnis nicht mit Insassen.

»Bitte, folgen Sie mir.«

Sie laufen einen Korridor entlang, bis sie an ein deckenhohes Tor gelangen, das ebenfalls mit einer Tastatur versehen ist. Auch hier tippt er eine Zahlenfolge ein. Dann betreten sie einen zweiten Korridor, kontrolliert von einer Überwachungskamera. Zwei weitere Korridore.

Überall herrscht eine so vollkommene Stille, als befänden sie sich im Weltraum. Sie sieht zu dem Aufseher hinüber, aber der läuft immer weiter.

»Bitte, folgen Sie mir«, sagt er an dem nächsten Tor, das sie passieren. Jetzt betreten sie keinen Korridor, sondern befinden sich ohne Vorwarnung: mitten im Gefängnis.

Sie sieht nach oben und verliert fast die Besinnung. Es ist, als stünde sie am Grunde eines tiefen Brunnens. Fünf Stockwerke mit Laufstegen erheben sich auf allen Seiten in schwindelnde Höhen, jeder Laufsteg eine endlose Abfolge von geschlossenen Stahltüren: Zelle um Zelle um Zelle um Zelle um Zelle um Zelle um Zelle.

Aber kein einziger Insasse ist zu sehen. Keine winzige Figur dort oben auf dem hohen Gerüst, kein flüchtiger Schatten hier unten.

Und immer noch herrscht Stille. Sie hört ihren eigenen Atem und den des Aufsehers. Das ist alles. Neben den endlosen Gängen gibt es nur ein Indiz dafür, daß dieser Ort ist, was er ist. Und das ist der Geruch. Überlagert von Reinigungsmitteln, die offensichtlich in großen Mengen verwendet werden, ist er unverkennbar da: sauer und aufdringlich. Er hüllt die Fasern ihrer Kleidung ein und läßt sich in ihren Haaren nieder, aber obgleich er ihre Sinne angreift, versucht sie ihn – um der geplanten Reportage willen – aufzuschlüsseln: schlechtes Essen, abgestandener Rauch, Schweiß, Urin, Kot, Sperma. All das liegt unbeweglich in der Luft.

Das nächste Tor bringt sie wieder in einen Korridor, aber von diesem und allen folgenden gehen Räume ab, und überall hört man Menschen, das eifrige Summen der Verwaltungsangestellten. Am Ende des längsten Korridors gelangen sie ans Ziel: das Büro des Gefängnisdirektors.

Michael Sosas Schreibtisch ist eine Studie in präziser Ordnung. Ein Ablagekorb für die eingehende Post, ein Ablagekorb für die ausgehende Post, ein gerahmtes Familienfoto, zwei Untersetzer mit dem Logo der Vollzugsbehörde. Sie sind für seinen Kaffee und ihren Tee bestimmt. Das gefällt ihr. Das Arrangement könnte von ihr stammen.

Sein Händedruck erreicht fast die Schmerzgrenze. Ein Gesicht, das nicht zum Lächeln gemacht ist.

»Gut«, sagt er, »Sie haben es geschafft. Manche Besucher lehnen den Bereich für die Gefangenen ab. Sie finden es unangenehm, unter den Abteilungen entlangzulaufen –«

Er bemerkt ihre Verwirrung.

»Jede Einheit von zwölf Zellen ist eine Abteilung, Miss Greene. Wie dem auch sei, es tut mir leid, wenn Sie es *beklemmend* fanden. Aber das ist nun einmal die Architektur des Gebäudes.«

»Es ging. Ich habe vielleicht … mehr Geräusche erwartet. Und ich fand es merkwürdig, daß ich niemanden gesehen habe.«

»Mich dagegen beruhigt diese Tatsache. Freizeit gibt es erst mittags.«

»Ach so. Ich habe mich nur gefragt …«

»Was denn, Miss Greene?«

»Ob es vielleicht etwas zu tun hat mit … dem Mann, der sich angezündet hat.«

Direktor Sosas Lippen werden schmal.

»Oh, das haben Sie gelesen? Nun, es war eine unschöne Sache. Aber das hier ist ein Gefängnis. Mit unangenehmen Vorfällen ist immer zu rechnen.«

Er zieht die Schreibtischschublade auf und holt einen kleinen weißen Plastiklöffel heraus, in den Gabelzinken integriert sind.

»Dieser Gegenstand«, sagt er, »ist ein Göffel. Die Insassen essen damit. Im letzten August hat ein Insasse einen Göffel in den Hof geschmuggelt. Dann hat er ihn dazu benutzt, sich öffentlich zu kastrieren. Wie soll man darauf reagieren? Wir räumen den Dreck weg. Wir erhöhen die Sicherheit. Und dann machen wir weiter.«

»Es tut mir leid. Ich wollte nicht ...«

»Das weiß ich. Ich erkläre Ihnen nur, daß in Gefängnissen schreckliche Dinge vorfallen. Weil unsere Sicherheitsstandards besonders hoch sind, fallen bei uns weniger schreckliche Dinge vor als anderswo. Aber ich habe hier 1 100 Männer, von denen keiner weniger als sechsundzwanzig Jahre einsitzt. Und wir sind keine Zauberer. Aber ich denke, Sie sind hier, um über einen bestimmten Gefangenen zu sprechen.«

Also beginnt Lizbeth mit ihrer Rede. Sie beabsichtige, sagt sie, die Geschichte des Wilson Velez zu schreiben. Dabei ziele sie darauf ab – sie *strebe* danach –, seine Psyche zu erhellen. Ihn zu enträtseln. Herauszubekommen, warum er geworden ist, was er ist. Es solle eine ernsthafte Arbeit werden. Gehaltvoll. Das betont sie. Eine Warnung. Heilsame Lektüre für jene, die den Gegenstand der Erzählung möglicherweise bewundernswert finden.

Um dieses Vorhaben zu verwirklichen – *auf die skizzierte Weise* zu verwirklichen –, müsse sie seinen Charakter jedoch gründlich kennenlernen. Durch und durch. Zu diesem Zwecke müsse sie mit ihm zusammentreffen. Oft und für längere Zeit.

Und darum bitte sie den Gefängnisdirektor.

Aus derselben Schublade, aus der er den Göffel geholt hat, nimmt Direktor Sosa eine Schachtel mit Pfefferminzbonbons und bietet Lizbeth einen an. Sie lehnt dankend ab. Er greift zu.

»Eines muß ich in aller Deutlichkeit sagen«, sagt er und lutscht dabei auf seinem Bonbon. »Ich kann Ihnen nicht jedes Mal, wenn Sie zufällig vorbeikommen und mit meinem Gefangenen plaudern wollen, einen Bodyguard zur Verfügung stellen.«

»Das ist mir klar.«

»Wenn dieses ... dieses *Projekt* stattfinden sollte, werde ich den zeitlichen Rahmen setzen.«

»Natürlich.«

»Angesichts der Tatsache, daß Sie in dem geplanten Szenario die Dienste der Angestellten und die Mittel dieser Strafanstalt in Anspruch nehmen würden, hielte ich es für angemessen, wenn Sie oder Ihr Verlag darüber nachdächten, sich mit einem gewissen Beitrag an unseren Unkosten zu beteiligen.«

»Natürlich«, sagt sie. »Das ist vollkommen berechtigt.«

Ein Augenblick vergeht.

»Wieviel Schutz würde ich denn benötigen? Ich meine, ich habe gelesen, daß seine Fähigkeiten sozusagen ... vermindert sind.«

»Er würde vermutlich ein Stinktier nicht von einem Revuegirl unterscheiden können. Trotzdem nehme ich an, daß Sie gerne einen Vollzugsbeamten in der Nähe hätten, solange Sie sich in der Gesellschaft eines Mannes befinden, bei dem keinerlei Chance auf Haftentlassung besteht.«

Dann erörtern sie die Frage der Überprüfung des Manuskripts. Er würde gerne einen Blick auf die erste Fassung werfen, das sei das mindeste. Sie dürfe nicht übertreiben, sagt er. Und als sie fragend den Kopf hebt, erläutert er, daß er ihr nicht erlauben könne, etwas zu schreiben, was ihn, die Strafanstalt oder die Vollzugsbehörde nachlässig oder inkompetent erscheinen ließe.

»Das verstehe ich«, sagt sie. »Aber das ist auch nicht meine Absicht. Ich habe großen Respekt vor dem Druck, unter dem Sie und Ihre Mitarbeiter stehen ...«

Er nickt, einmal nur. Teilt ihr mit, daß seine Institution die Anweisungen des Berufungsurteils langsam und vorsichtig umsetze. Was nicht weiter begründet werden müsse. Die Presse mache ihr übliches Trara, aber der Alltag des Strafvollzugs sei etwas anderes. Die Berufungsrichter hätten ihm eine große Verantwortung übertragen, und das nehme er nicht auf die leichte Schulter.

»Durfte er denn schon irgendwelche Besucher empfangen?«

»Nein, Miss Greene, das durfte er nicht. Was Kontakte außerhalb der Strafanstalt betrifft, haben wir bislang lediglich der Bitte der *Christian Ladies of Western Arizona* entsprochen, die ihm schreiben wollten. Es handelt sich dabei um eine sehr seriöse Frauenvereinigung. Sehr fromm. Sie korrespondieren zum Beispiel mit Insassen im Todestrakt, verfolgen also derartige ... Aktivitäten.«

Stille tritt ein. Dann sagt Lizbeth: »Ich wohne im Airport Plaza. Könnten Sie mich eventuell dort anrufen, wenn Sie zu einer Entscheidung gekommen sind ...?«

»Was Sie betrifft? Oh, ich habe mich bereits entschieden. Das geht in Ordnung.«

»Wirklich?«

»Natürlich. Eine sachliche Darstellung der Art, wie Sie sie planen, eine Lektion, welche die Sinnlosigkeit eines kriminellen Lebens veranschaulicht, geschrieben von einer Autorin Ihres *Ranges* ... das kann nur eine gute Sache sein.«

»Das ist ... großartig! Das ... wirft mich um! Ich danke Ihnen ganz herzlich. Also ... wann kann ich anfangen?«

»Das kann ich keinesfalls entscheiden.«

»Aber ... ich verstehe nicht ...«

»Ich kann Ihnen erlauben, mit Velez zu sprechen, Miss Greene. Aber ich kann ihn nicht zwingen, mit Ihnen zu sprechen. Sie müssen den Anwalt fragen. Ossery. Und ich muß mich mit der Behörde beraten.«

»Aber wenn die Behörde zustimmt ... und wenn der Anwalt zustimmt ...?«

»Miss Greene, ich bin kein Mensch, der Risiken eingeht. Das entspricht nicht meinem Charakter. Sie reden mit dem Anwalt, ich rede mit der Behörde ... und dann werden wir sehen, ob wir nicht zumindest einen Besuch für Sie arrangieren können ...«

Seine Stimme knirscht ein wenig, als er versucht, einen Ton anzuschlagen, der, so vermutet sie, herzlich sein soll.

»Ich hatte gehofft, daß Sie ... mir einen kleinen Gefallen tun würden, bevor Sie gehen ...«

Er schiebt seinen Stuhl zurück, und neben seinem Schreibtisch erblickt sie schon wieder einen Stapel ihrer Bücher: gebundene Ausgaben in tadellosem Zustand und Strandgut in Form von etwas mitgenommenen Taschenbüchern.

»Meine Frau ist eine leidenschaftliche Leserin Ihrer Romane. Sie fand es sehr aufregend, daß Sie heute hier sind ...«

Er reicht Lizbeth einen silbernen Kugelschreiber und sagt, der Name seiner Frau sei Joan.

Als Lizbeth mit dem Signieren fertig ist, gibt er ihr die Hand und bringt sie zur Tür.

»Ich muß sagen«, sagt er, »daß ich zunächst verblüfft war, als Sie mir Ihre Idee erläuterten. Aber ich glaube, ich verstehe, worum es geht. Neulich habe ich mit einem Freund von der Kriminalpolizei gesprochen ... er hat mir erzählt, daß derzeit sechs von zehn Tötungsdelikten nicht aufgeklärt werden. Sechs von zehn. Und bei den aufgeklärten Fällen wird die Tat im *gleichen* Verhältnis von einem Täter verübt, den das Opfer nicht kennt. Das ist schlecht für Sie, habe ich recht? Als Schriftstellerin? Ein Büroangestellter wird in seinem Auto an einer Ampel von einem Unbekannten mit Skimaske überfallen, oder derselbe Unbekannte kommt vollgepumpt mit Crack aus einer Gasse und ersticht einen Passanten. Nicht gerade der Stoff für einen klassischen Kriminalroman, habe ich recht?

Kein Motiv, keine Beziehung zwischen Täter und Opfer, keine überraschende Lösung. Nein, ich verstehe sehr gut, warum Sie eine wahre Geschichte schreiben wollen. Für Ihre Branche sind das schwere Zeiten. Die Tage der Zufallsopfer und der unaufgeklärten Fälle.«

Und er ruft nach einem Aufseher, der sie aus dem Gefängnis hinausbegleiten soll.

Sie starrt ihre Krücken an und wünscht sich, daß die nächsten drei Tage schon vorbei wären.

An diesem Nachmittag hat sie das Airport Plaza verlassen und ein Taxi in die Stadt genommen, wo sie am Fuße der massiven Hügel einen Arzt aufgesucht hat, einen Spezialisten für Verstauchungen und Brüche. Er hat ihr gesagt, daß ihr Knöchel so gut wie geheilt sei. Noch drei Tage, dann wird der Gips abgenommen, und sie ist die Krücken los. Noch drei Tage, und sie läuft mit einem Stock. Kann wieder Auto fahren.

In Hochstimmung hat sie die Praxis verlassen und sich von dem Taxi durch geschäftige Straßen mit vereisten Bürgersteigen zu einer anderen Adresse am Duquesne Incline fahren lassen. Eine Entbindungsklinik. Die erste Vorsorgeuntersuchung.

Jetzt liegt sie auf einer Liege, an der ihre Krücken lehnen; sie ist eins mit ihrem Körper, und gleichzeitig ist sie seine aufmerksamste Betrachterin.

Die Kälte im Raum verschafft ihr eine Gänsehaut auf den Oberarmen, als die Ärztin fragt, ob sie längere Zeit in Pennsylvania bleiben werde. Sie ist eine Asiatin in den Fünfzigern und spricht noch leiser als Lizbeth. Lizbeth sagt: Ja, vermutlich. Hoffentlich.

Sie gehen ihre Krankengeschichte durch. Ihren Zyklus. Vorangegangene Operationen. Sie sprechen über Lizbeths Alter und die daraus resultierenden Risiken. Die Ärztin ist beruhigend sachlich. Es werde Untersuchungen geben, sagt sie, viele

Untersuchungen, sowohl jetzt als auch in Zukunft. So wenig wie möglich solle dem Zufall überlassen werden.

Ein Klemmbrett tritt in Erscheinung, eine ganze Latte von Symptomen wird aufgelistet, und Lizbeth soll sagen, welche sie hat und welche nicht. (Ja zu Hautausschlägen, nein – vorerst – zu übermäßiger Speichelbildung.) Angst gehört nicht zu den Symptomen. Aber sie hat Angst. Und als die Ärztin fragt, ob es noch etwas gebe, das sie wissen müsse, richtet Lizbeth sich auf und sucht nach den Worten, die sie den ganzen Tag geübt hat. Trotzdem schaut sie beim Sprechen ein paar Zentimeter an den Augen der Ärztin vorbei.

»Ich habe neunzehn Jahre lang Heroin genommen«, sagt sie. »Zuletzt vor vier Wochen.«

Der Tonfall der Ärztin ist unerschrocken neutral.

»Okay. Aber jetzt nehmen Sie –«

»O Gott, nein. *Nein.*«

»Okay. Das ist gut, Miss Greene.«

Dann kommt der Ultraschall. Eine aufgekratzte Helferin mit Pferdeschwanz betätigt eine Reihe von Schaltern, bestätigt, daß Lizbeths Harnblase gefüllt ist, und reibt ein farbloses Gel auf ihre Haut. Als sie den Schallkopf gegen Lizbeths Bauch drückt, sagt sie, sie solle auf den Bildschirm schauen.

Ein daumengroßer weißer Flaum. Winzig und geheimnisvoll.

Ihre Stimme zittert: »Ist es … in Ordnung?«

»Wir schauen uns die Ergebnisse später genauer an«, sagt die Helferin. »Aber sicher … bis jetzt sieht alles prima aus.«

Im Taxi glaubt sie, weinen zu müssen. Aber die Tränen kommen nicht. Dann spürt sie ein gewaltiges Lachen in sich aufsteigen. Auch das bleibt aus.

Zurück im *Airport Plaza* steht sie bewegungslos am Fenster. Die Rollbahnen verlaufen am Horizont, in der Dämmerung blinken Lichter. Ein Flugzeug setzt zur Landung an, ein anderes startet.

Auf dem Bett liegt ein Exemplar der *Times*. Das Hotel stellt die Zeitung kostenlos zur Verfügung. Der Kongreßabgeordnete Rieber fordert, einen dreizehnjährigen Ecstasy-Dealer in ein Gefängnis für Erwachsene zu stecken. Der Polizist, der den Hausmeister aus Queens erschossen hat, ist von einem internen Untersuchungsausschuß vernommen worden. Er glaubte, einen Raubüberfall zu verhindern, wie er angibt. Möglicherweise wird er nicht einmal vor Gericht gestellt.

Über der Frisierkommode hat sie die Fotografie von Wilson Velez befestigt.

Auf ihrem Handrücken steht: Ossery. Daneben: Unaufgeklärte Fälle/Zufallsopfer.

Sie dreht sich um und sieht in den Spiegel. Zieht den Pullover aus, hakt den Büstenhalter auf und legt die beschriftete Hand auf ihren Bauch.

Am Abend telefoniert sie. Läßt sich von Nancy über die laufenden Verfahren und Leon Slocomb informieren. Die nächtlichen Anrufe wurden mit einem gestohlenen Handy gemacht, sagt die Polizei. Man vermutet, daß es inzwischen beseitigt wurde. Keine Beweise. Die Polizei hat ihm jedoch einen Besuch abgestattet. Ihn an die Bedingungen seiner Haftentlassung erinnert. Er wird Lizbeth nicht mehr belästigen.

Sie kommen auf das Buch zu sprechen. Auf Wilson.

»Ich habe ihn noch nicht gesehen«, sagt sie. »Ich muß erst mit seinem Anwalt sprechen. Genau ... hm ... Genau ... Also, wie geht es den Hunden? ... Ja, das wäre schön ...«

Damit beginnt das Ritual – wie jedesmal, wenn sie verreist. Nancy hält den Hunden den Hörer ans Ohr, und Lizbeth sagt jedem von ihnen einzeln guten Tag. Erzählt, wie sehr sie die Tiere vermisse und daß sie bald zurückkommen werde. Hört sie keuchen, während sie spricht. An ihr Ohr dringt die reinste Trauer.

Als Nancy wieder am Telefon ist, fragt sie, ob Lizbeth ihre Schwester gesehen habe.

»Wir treffen uns am Wochenende. Wir gehen einkaufen.«

Sie atmet durch, und dann sagt sie: »Nancy... vor meiner Abreise... es gibt da etwas, das ich dir nicht gesagt habe.«

Unvermittelt erzählt sie Nancy von ihrer Schwangerschaft, und als Nancy mit den Fragen beginnt, entschuldigt sie sich und hängt auf.

Sie kann keine Fragen gebrauchen. Denn sie hat bis jetzt noch keine Antworten. Sie weiß nur, daß er/sie gewollt ist, egal wie unerwartet, ungelegen, möglicherweise traumatisch diese Schwangerschaft auch sein mag. In der Theorie hätten die Dinge vielleicht anders ausgesehen; aber die Theorie ist jetzt nicht mehr wichtig.

Und alles andere... wer weiß?

Nancy zufolge hat Inchy Burden fünfmal pro Tag in Quince Hill angerufen. Lizbeth ruft sie auf ihrer Privatnummer zurück. Sie weiß, daß sie nicht dasein wird. Sie hinterläßt eine Nachricht und sagt, daß sie weggegangen sei, um an einer Idee zu arbeiten, daß sie sich melde, wenn sie etwas zu Papier gebracht habe. Das Baby erwähnt sie nicht.

Zum Schluß ruft sie Ed an. Er hebt schon beim ersten Läuten ab, und im selben Augenblick verläßt sie die glasklare Neutralität, die sie ihm entgegenbringen wollte. Statt dessen klingt sie nervös. Unnatürlich. Wie er.

»Wo bist du denn?« fragt er.

»In Pittsburgh.«

»In Pittsburgh. Ach so. Und geht es dir gut?«

»Ja, gut. Ich bin die Krücken bald los. Ich bekomme einen Stock.«

»Statt vier Beinen also drei.«

»Ich hoffe auf zwei. In absehbarer Zeit.«

»Sei dankbar für alles, was über eins hinausgeht.«

Die Verbindung ist schlecht. Es hallt und knackt zwischen ihnen.

»Tut mir leid, daß ich nicht früher angerufen habe.«

»Schon gut. Aber das Baby ...? Ist es –«

»Ich war bei der ersten Vorsorgeuntersuchung. Ich muß noch mehrere Tests machen lassen, aber ... soweit ist alles in Ordnung.«

Und er sagt: Gott sei Dank. Erzählt ihr, daß er am Vortag ein Buch gekauft habe. *Schwangere Väter*. Inzwischen klingt es irgendwie blöd, sagt er.

»Weißt du, wann du zurückkommst?«

»Noch nicht.«

»Okay.«

»Also. Du und Jessica, seid ihr –«

»Es gibt kein ich und ... wir sind nicht ... Es ist nur ... Lizbeth, ich wollte es dir sagen. Ich habe nur ... sie hat immer angerufen und ... sie sagt Dinge, die ...«

»Ed, laß uns nicht davon sprechen. Besser ... nicht.«

»Lizbeth, es tut mir leid.«

Das ist die Wahrheit, und sie weiß es. Es hilft nichts. Sobald sie den Hörer aufgelegt hat, scheint es ohnehin ganz weit weg zu sein. Als könne nichts davon sie berühren. Sie ist jetzt ganz woanders.

Sie nimmt ein Bad, wobei sie ihr verletztes Bein auf den Rand der Badewanne legt. Danach kuschelt sie sich in den Bademantel des Hotels, setzt die Kopfhörer auf (Jah Stitch: *Bury the Barber*) und dreht die Bässe voll auf.

Ihr Abendessen bestellt sie sich beim Zimmerservice. Sie sitzt im Bett, den Bademantel bis zum Kinn geschlossen, und ißt Mousse au Chocolat, während sie sich durch die Kanäle zappt. Sie weiß, daß sie Schokolade am Mund hat, und ihr Löffel rutscht in die Schale, bis er fast in der Mousse versinkt, aber sie hat kein Bedürfnis, daran etwas zu ändern.

Sie ißt einfach weiter, und ihre Augen werden schwer.

Als der letzte morgendliche Frost schwindet, öffnet sie die Autotür und greift nach ihrem Gehstock. Er ist aus schönem dunklen Walnußholz und hat einen Silbergriff. Sie hat ihn seit zwei Tagen. Wenn sie ihn benutzt, freut sie sich immer noch, daß sie die Krücken los ist.

Der Wagen wurde gestern geliefert. Nachdem sie ausgestiegen ist – allein, ohne Hilfe –, läßt sie die Hand über die Wölbung des Kofferraums gleiten.

Sie hätte natürlich ein weniger auffälliges Modell wählen können. Aber der Händler war nur eine Meile vom Flughafen entfernt, und sie ist jedes Mal daran vorbeigekommen, wenn sie das Hotel verließ. Im Verkaufsraum stand auf einem runden Podest das, was sie wirklich wollte. Ein silberner Porsche. Glatt wie ein Otter und glänzend. Das genaue Gegenteil des panzergleichen Geländewagens, den sie in Quince Hill fährt und wegen der Hunde gekauft hat.

Hier aber muß sie nichts transportieren. Also hat sie jetzt einen Sportwagen. Die Erfüllung eines Wunsches, von dem sie bis zu dieser Woche keine Ahnung hatte. Mit Automatik, damit sie mit einem Bein fahren kann. Sie hatte das Bedürfnis, sich zu verwöhnen, und hat es in die Tat umgesetzt.

Das Resultat parkt zwischen zerkratzten Dodges und bejahrten Mitsubishis vor dem *Venus Restaurant Diner* auf der Hauptstraße von Essenville. Sie dreht sich um und geht hinein.

Die Wände sind mit Bowling-Motiven geschmückt: eingerahmte T-Shirts, alte Fotografien. Das Restaurant ist voller Leute, die früh zu Mittag essen. Eine Art Treffpunkt. Zwei Kellnerinnen drehen ihre Runden. Lizbeth studiert die Speisekarte, bestellt, setzt sich hin. Sitzt eine Weile.

»Ms. Greene?«

Eine Stimme über ihr. Dann gegenüber. Eine Gestalt gleitet auf die Sitzbank.

»Alan Ossery«, sagt er und streckt die Hand aus.

Er ist so braungebrannt im Winter, wie sie das ganze Jahr über blaß ist, und trägt eine Brille mit Drahtgestell, die auf dem Bild mit Wilson in *Time* nicht zu sehen war. Er ruft nach Kaffee. Dreht an seinem Ehering und redet schnell über die gräßliche Fahrt hierher. Er sei geradezu ein Magnet für schleppenden Verkehr, behauptet er.

Sie fragt, ob er heute morgen mit dem Auto aus Manhattan gekommen sei.

»Nein, nur von der anderen Seite der Stadt«, sagt er und erzählt, daß er seit Wilsons Inhaftierung in ESSUSP als Alternative zu den Hotels in Pittsburgh eine Wohnung nördlich von Essenville gemietet habe. Wo er sein müdes Haupt betten könne, wenn es nötig sei. Immobilien, sagt er, seien spottbillig hier.

»Wie dem auch sei«, fährt er fort, »ich muß Ihnen sagen, daß ich das ganz schön spannend finde. Ich hatte richtig ein flaues Gefühl im Magen. Wirklich. Jemanden von Ihrem Format zu treffen. Das ist ... das ist wirklich aufregend.«

Seine Augen blitzen sie über den Tisch hinweg an.

»Ich wußte gar nicht, daß Sie einen Stock benutzen.«

»Ich hatte einen Autounfall ... Genauer gesagt, ich saß in einem Auto, und *dann* gab es einen Unfall.«

»Aber ... es geht Ihnen gut?«

»Immer besser.«

Die Kellnerin kommt. Vor Ossery stellt sie eine Tasse Kaffee, auf Lizbeths Seite des Tisches arrangiert sie verschiedene Teller mit Rösti und Eiern, Toast, diversem Grünzeug, Pfannkuchen und Gelee, Melonenscheiben und Krautsalat.

»Ihr laßt mich wissen, wenn ihr noch was braucht, jau?«

Ossery beugt sich zu Lizbeth und senkt die Stimme.

»Der Dialekt hier ... ist etwas gewöhnungsbedürftig.«

Lizbeth hört sie am Tresen, wo sie einer ungepflegten Gestalt hinter dem Koch etwas zuruft.

»Brian ... dau kannz schon mal mittem Abwasch anfangn.«

»Es macht mir nichts aus«, sagt Lizbeth. »Ich habe Verwandte hier.«

»Ach wirklich?«

»Meine Schwester wohnt in Altoona. Seit ein paar Jahren.«

»Also, wenn sie jemals Geld braucht, kann sie als Übersetzerin für mich arbeiten ...«

Lizbeth starrt auf die Vielfalt der Teller, die vor ihr stehen. Einen Augenblick fragt sie sich, was Ossery davon halten muß. Dann überwältigt sie der Geruch des Essens.

Sie ißt, und zwischen den Bissen stellt sie ihre Idee vor. Erklärt, wie bewegt sie war, als sie Wilsons Geschichte zum ersten Mal hörte. Wie schockiert von der Gnadenlosigkeit seiner Zeit in Einzelhaft. Daß sie die Ereignisse sofort dokumentieren wollte. Vielmehr die ganze Geschichte: Sie wolle sein Leben aufzeichnen und den Leser den ganzen Menschen kennenlernen lassen, bevor sie darstellt, was die Justiz aus ihm gemacht hat.

»Also«, sagt Ossery, »das klingt ... faszinierend.«

»Ich kann Ihnen gar nicht sagen, wie gerne ich das Buch schreiben möchte.«

»Soviel habe ich verstanden, Ms Greene. Lassen Sie mich skizzieren, wo wir stehen. Wie Sie wissen, ist Wilsons Entlassung aus der Einzelhaft vorläufig. Unterliegt einer abschließenden Prüfung. Deshalb ist es meine *vordringlichste* Aufgabe, bis zu diesem Prüfungstermin die Richter davon zu überzeugen, daß von meinem Mandanten keinerlei Bedrohung ausgeht, und zwar a) gegenüber anderen Insassen, b) gegenüber dem Personal der Strafanstalt, c) gegenüber jedem Mann, jeder Frau, jedem Kind zwischen Westküste und Ostküste. Daß er in der Lage ist, Besuch zu empfangen und Briefe zu schreiben und zu telefonieren, ohne daß etwas Nachteiliges passiert, jetzt und in Zukunft. Aber ich möchte die Richter nicht zu dieser Ansicht überreden. Ich möchte, daß sie nicht anders können, als rückhaltlos davon überzeugt zu sein.«

Er ruft die Kellnerin, damit sie ihm Kaffee nachschenkt. Und dann, sagt er, wenn sich alles so entwickle, wie er hoffe, gebe es weitere Ziele. Nämlich Wilson in ein Gefängnis in New York zurückverlegen zu lassen. Oder auch in New Jersey. Irgendwohin jedenfalls, wo er seine Zelle für länger als eine Stunde pro Tag verlassen könne.

Ossery macht eine Pause, während ihm nachgeschenkt wird.

»Ich will auf folgendes hinaus: Obwohl es sehr ermutigend ist, daß jemand wie Sie auf Wilsons Lage aufmerksam geworden ist, muß ich fragen, wie ihm mit Ihrem Projekt geholfen werden kann?«

Und sie berichtet ihm, wie viele Exemplare von *City Slicker* bis dato verkauft worden sind.

Er stößt den leisen Pfiff aus, den alle Leute von sich geben, wenn sie diese Zahl erwähnt, was selten genug vorkommt.

»Nun«, sagt sie, »wenn alles gut läuft, kann das Buch ein Sprungbrett werden. Und wenn nicht... wird zumindest diese Anzahl von Lesern Wilsons Fall kennen. Und jeder Leser hat einen Kongreßabgeordneten und einen Senator in Washington. Jeder Leser wird ebenso empört sein, wie ich es jetzt bin.«

Sie nennt die Zahl noch einmal.

»Ich schätze«, sagt er, »daß das meine Frage beantwortet.«

Sie wischt sich den Mund mit der Serviette ab.

»Darf ich Sie auch etwas fragen?«

»Natürlich.«

»Es ist nur, als Sie eben über Ihre Ziele für Wilson sprachen ... in den Berichten, die ich über seinen ursprünglichen Prozeß gelesen habe, schienen Sie doch ziemlich verbittert über das Verfahren gewesen zu sein und –«

»Oh, es war ein entsetzliches Verfahren. Fadenscheinig wie sonstwas. Lauter Mutmaßungen. Und ein Kronzeuge, der sich kaum an seinen Text erinnern konnte. Aber Mitchell Rieber, müssen Sie wissen ... der Kerl konnte die Presse schon immer für sich einspannen. Um die Leute in den Vororten glauben zu machen, er sei höchstpersönlich aus dem Nachthimmel herabgesaust, um die bösen Buben hinter Gitter zu bringen. So macht er es immer noch. Aber wenn Sie wissen wollen, ob wir jemals versuchen werden, den Prozeß wieder aufzurollen, so lautet die Antwort: nein. Wir haben verloren. Nach Strich und Faden. Das ist die Realität. Alles andere ist Illusion.«

Er zuckt die Achseln, bevor er fortfährt.

»Ich meine, eine Zeitlang haben wir natürlich gehofft, daß etwas auftaucht ... Beweise, Zeugenaussagen, irgendwelche neuen Anhaltspunkte. Aber nichts dergleichen. Dann sind ihnen die Briefe in die Hände gefallen. Das war es. Inzwischen will ich, wie gesagt, nur noch, daß er nicht mehr in Einzelhaft kommt. Denn das würde mir richtig Angst machen.«

Er trinkt ein paar Schlucke Kaffee und spricht schneller.

»Wissen Sie, wir haben nie behauptet, daß Wilson ein untadeliges Leben geführt hat. Das wäre auch absurd. Die Royals waren keine Leute, die Sie oder ich gerne getroffen hätten. Aber eines müssen Sie mir glauben, Ms Greene – mein Mandant ist reumütig. Es ist wichtig, daß Sie das wissen. Damit will ich sagen, ich möchte nicht, daß er der nächste Hannibal Lecter in einem *New York Times*-Bestseller wird. Erstens wäre das keine zutreffende Darstellung. Zweitens wäre es nicht hilfreich für meine Ziele.«

»Nein. Natürlich nicht. Aber das will ich auch gar nicht. Ich habe keinerlei Veranlassung dazu.«

Er ruft nach der Kellnerin, um sich Kaffee nachschenken zu lassen.

»Also gut«, sagt er. »Dann würde ich gerne einen Ansatz skizzieren, der für uns beide funktionieren könnte. Ganz offensichtlich muß der Schwerpunkt auf der Grausamkeit der Einzelhaft liegen. Um die Leute auf den Schaden aufmerksam zu machen, den Wilson erlitten hat ... aber es scheint, als seien wir uns in diesem Punkt bereits einig. Also, davon einmal abgesehen, Ms Greene, Ihr Buch müßte betonen, daß sich Wilson seiner Fehler deutlich bewußt ist. Deshalb eignet er sich so gut als Muster für die Jugendlichen, die heute gefährdet sind. Um ihnen zu sagen: ›Das ist der Weg, den ich gewählt habe, und es war der falsche Weg.‹ Ich weiß genau, daß ihm eine solche Rolle am Herzen läge. Machen Sie das Projekt zu einer Sache, der wir *potentiell* zustimmen können.«

Die Kellnerin füllt seine Tasse bis zum Rand auf.

»Um diesen Ansatz zu realisieren, ist eine gewisse Offenheit notwendig, das ist mir klar. Und das geht in Ordnung. Das ist sogar gut. Aber – und das ist der springende Punkt – wenn sich Wilson einem solchen Projekt verschreiben sollte, dann darf das, was er Ihnen erzählt, nicht manipuliert werden ... umformuliert ... interpretiert ...«

»Ich will einfach seine Geschichte erzählen«, sagt sie. »So ehrlich wie möglich.«

»Das weiß ich«, sagt er.

»Ich meine, um wieviel ... Offenheit ... geht es?«

»Ms Greene, wir sind beide nicht auf den Kopf gefallen. Wir wissen, daß es wenig Zweck hat, etwas herauszubringen, das keiner glauben kann. Mir ist klar, daß Sie einen gewissen ... Touch ... anstreben. Ich sage nur, solange wir ein bestimmtes Maß an Einfluß über diesen Prozeß behalten, ist es in Ordnung. Die Leute sollen erfahren, daß Wilson sich geändert hat. Daß er seine Schuld bereut. Daß er sein früheres Handeln im richtigen Licht sieht. Und um das zu erreichen, muß er der Wahrheit offen und ehrlich ins Auge sehen. Obwohl ich natürlich nicht zulassen kann, daß er sich wegen nichtiger Dinge, die vor Jahren passiert oder auch nicht passiert sind, selbst belastet.«

»Also soll er offen über die Vergangenheit sprechen ... aber sich nicht selbst belasten.«

»Sie klingen skeptisch, Ms Greene.«

»Nein … ich kann mir nur nicht genau vorstellen, wie das funktionieren soll …«

»Gut. Wenn Sie jemand anderen in petto haben, dessen Geschichte ebenso gut ist und der bereit ist, sich selbst zu belasten, dann –«

»Das habe ich nicht gemeint … Es ist in Ordnung. Ich verstehe. Alles … bestens.«

Er macht eine Pause, um Kaffee zu trinken.

»*Meine* größte Sorge ist, ob er ein solches Unternehmen durchhalten würde … gesundheitlich, meine ich.«

»Geht es ihm immer noch so schlecht …? Ich dachte –«

Ossery greift nach seiner Brieftasche und nimmt ein Blatt Papier heraus, auf das jemand ein Strichmännchen gezeichnet hat. Die Figur steht in einem Kreis aus weiteren Strichen, die Bäume, aber ebensogut Straßenlaternen oder Mikrofonständer darstellen könnten.

»Das hat er mir gestern gegeben. Früher hat er unentwegt gezeichnet. Aber dann verfügte Richter Aspera, alles zu vernichten, was er zu Papier brachte. Danach bekam er keine Stifte und kein Papier mehr. Dies ist die erste Zeichnung, die er seitdem gemacht hat.«

»Sie ist sehr karg. Aber ausdrucksstark.«

»Sie ist ätzend. Er hat absolut kein Talent. Aber wenigstens hat das Zeichnen ihm immer Erleichterung verschafft. Und wenn er wieder damit anfängt, ist das ein gutes Zeichen.«

»Also geht es ihm gut?«

»Er ist ein Wrack. Physisch und psychisch. Er kann keinen Lärm ertragen. Seine Augen sind schlecht. Er ist ein waschechter Hypochonder. Er kann sich nicht konzentrieren und sich an nichts erinnern. Seine Sprache ist … beeinträchtigt. Die Einzelhaft hat ihn ruiniert. Aber er erholt sich. Glaube ich.«

Er starrt in seine Tasse, die inzwischen leer ist. Dann sieht er auf.

»Natürlich«, sagt er, »wäre es problematisch, wenn Wilson von einer solchen Unternehmung profitieren würde. Aber ich denke, irgendeine Form der finanziellen … *Anerkennung* wäre trotzdem angebracht. Es ist seine Geschichte. Das dürfen wir nicht vergessen.«

»Es ist mir ein Bedürfnis, das fair zu handhaben, Mr Ossery.«

»In diesem Fall würden wir vielleicht darum bitten, daß einer oder mehreren Wohltätigkeitsorganisationen eine bestimmte Summe gespendet wird. Das scheint mir angemessen. Aber darüber brauchen wir jetzt nicht zu sprechen.«

Er beugt sich vor und senkt die Stimme.

»Erzählen Sie mal … wieviel sahnt eigentlich Sosa für die Vollzugsbehörde ab?«

»Darüber haben wir noch nicht gesprochen … nicht im Detail.«

»Keine Angst«, sagt er. »Sie brauchen es mir nicht zu sagen. Ich war lediglich neugierig.«

Er sieht auf die Uhr, dann steht er auf. Reicht ihr wieder die Hand.

»Okay!« sagt er. »Ich melde mich bei Ihnen.«

»Das ist es?«

»Das ist es.«

»Ist das ein Ja?«

»Es ist kein Ja. Es ist kein Nein. Es ist ein Wenn ich mit Wilson gesprochen habe, melde ich mich. Ich kann ihn beraten, Ms Greene, aber die Entscheidung liegt bei ihm.«

Er ist bereits halb aus der Tür.

»Wenn Sie ihn wohlwollend stimmen wollen, schicken Sie ihm etwas. Er hat fünf Jahre lang keine Post bekommen, so daß er sich bestimmt freuen würde. Bitten Sie Sosa darum, vielleicht spielt er mit.«

»Was soll ich ihm schicken?«

»Versuchen Sie es mit einer Zeitschrift. Nichts Aufregendes. *National Geographic* zum Beispiel. Ansonsten ist er ein Süßmaul. Mounds-Schokoriegel mag er besonders gerne. Jedenfalls –«

Lizbeth schaut nach unten, auf den Tisch, und bemerkt, daß er fünf Dollar für die Rechnung zurückgelassen hat. Als sie aufsieht, ist er fort. Sie ißt ihren letzten Pfannkuchen auf. Guckt aus dem Fenster, sieht ihren Porsche. Der Anblick macht sie etwas verlegen.

Als sie das Restaurant verläßt, starren zwei Jungen hingerissen auf ihren Wagen. Sie sind nicht älter als zehn und tragen zwei identische rote Parkas, die sie riesig erscheinen lassen. Beim Geräusch ihres Stocks fahren sie zusammen und flitzen davon.

Versunken steht sie mit den Autoschlüsseln in der Hand am Randstein, bis sie merkt, daß sie jedes Zeitgefühl verloren hat.

»Sagen Sie mir, wenn ich eine Nervensäge bin.«

Eine Stimme, neben ihr. Jetzt fährt sie zusammen. Sie sieht auf, aber das Gesicht sagt ihr nichts.

»Letzte Woche ... im Geschenkartikelladen ... Der wohltätige George Finer.«

»Natürlich!« sagt sie. »Wo ist mein Gedächtnis geblieben? Der wohltätige George Finer. Wie geht es Ihnen?«

»Danke, sehr gut. Ich wollte gerade zum Mittagessen gehen, und da habe ich Sie hier stehen sehen. Ich wußte nicht, ob ich Sie begrüßen sollte oder nicht ... und dann habe ich mir ein Herz gefaßt ... aber ich will keine Nervensäge sein.«

»Das ist in Ordnung«, sagt sie. »Wirklich. Wie geht es Ihnen?«

»Gut. Ich frage Sie jetzt ganz bestimmt nicht, wie Ihre Recherchen vorangehen – aber mir fällt natürlich auf, daß Sie keine Krücken mehr brauchen.«

»Pst«, flüstert sie. »Sieht man das so deutlich?«

Er errötet, weil sie mit ihm scherzt, und sie beugt sich vor, um den Wagen aufzuschließen.

»O Mann«, sagt George. »Gehört der Ihnen?«

»Ich habe ihn gerade gekauft«, sagt sie, als wolle sie sich entschuldigen. »Normalerweise fahre ich keinen so …«

Sie verstummt, als zwei Aufseher von ESSUSP vorbeigehen.

»O Gott«, sagt sie. »Ich habe die Lenkradsperre vergessen.«

»Machen Sie sich keine Sorgen«, sagt George Finer. »Verbrechen werden hier streng geahndet.«

Und als sie losfährt, winkt er ihr schon wieder nach.

Sie marschieren wie Eroberer durch das strahlende Herz der *Bemer Valley Mall*. Mame Urkoff vorneweg, wie sie es immer getan hat, einen halben Schritt vor ihrer kleinen Schwester, gerade weit genug, um ihnen die unabänderlichen Unterschiede bewußt zu machen: die fünf Zentimeter, die Mame größer ist, ihre strammen Waden. Das Ergebnis eines richtigen Lebens, bedeutungsvoller Jahre, wie jeder energische Schritt nahelegt.

Lizbeth wurde einen Tag vor Mames drittem Geburtstag geboren. Ein halber Schritt Abstand: auf dem Weg zur Schule, zur Kirche oder zu Halloween, wenn sie durch die Straßen gelaufen sind.

Das Einkaufszentrum ist zwölf Meilen von Mames Haus in Altoona entfernt, fünfundneunzig vom *Airport Plaza Hotel*. Lizbeth und ihre Schwester haben sich vor zehn Minuten auf dem Parkplatz getroffen. Seither haben sie die meiste Zeit geschwiegen; Mame – in makellosen Blue jeans und mit akkurater Frisur – bleibt gelegentlich stehen, um bei *Trade Secret* oder *J. Jill* ins Schaufenster zu gucken; Lizbeth wartet, bis ihre Schwester ihre Neugier gestillt hat und weitergeht.

Während sie laufen, toben parallele Monologe in ihren Köpfen. Eine heftige Demonstration des Übertrumpfens, ein bitteres Abreagieren von Geschwisterrivalität.

»Meinst du«, sagt Mame, indem sie sich vor *Payless Shoe-*

Source zu ihrer Schwester umdreht, »hier könnten wir mal reingehen?«

Im Laden möchte Mame eine Lederpantolette anprobieren, und die Verkäuferin verschwindet im Lager.

Mame zeigt Lizbeth einen schwarzen Schuh mit Pfennigabsatz.

»Kommt dir der bekannt vor?«

Sie hält ihn in die Höhe, er steht auf ihrer Handfläche.

»Solche hatte ich, als ich ... achtzehn ... war. Du mußt fünfzehn gewesen sein. Eine deiner kleinen Freundinnen hat eine Party gegeben, und du wolltest sie ausleihen, um diesem Jungen zu imponieren, in den du verknallt warst, obwohl deine Füße zwei Nummern kleiner waren als meine. Dad hat es dir nicht erlaubt, die Schuhe zu tragen, und deshalb hast du sie dir heimlich genommen, und er hat dich erwischt, und du durftest eine Woche lang nicht aus dem Haus.«

»Ich erinnere mich. Aber er hat mich nicht erwischt. Du hast mich verpetzt.«

»Nein, Lizbeth, das stimmt nicht. Das hätte ich nie getan. Wenn ich daran denke, wie oft ich dich gedeckt habe, damit Dad nichts mitkriegt ... mein Gott. Aber du warst ja sowieso lieber allein in deinem Zimmer mit deiner Musik und deinen schwarzen Klamotten.«

Lizbeth beherrscht sich. Betrachtet den schwarzen Schuh genauer.

»Es ist wirklich genau der gleiche, oder?«

Als die Verkäuferin mit den Pantoletten zurückkehrt, passen sie perfekt. Mame entschließt sich, sie nicht zu kaufen.

Und so laufen sie weiter durch das Einkaufszentrum. Sie sprechen in energischen Hauptsätzen: über das Erscheinen der *Elegie der Schwarzen Wasser* – Mame dankt ihrer Schwester für das übliche Belegexemplar und sagt, daß sie es noch nicht gelesen hat –, über Mames Job bei einer Public-Relations-Firma in Harrisburg, über ihren Ehemann Dave, der

Leiter der Abteilung für Personaltraining bei Sheetz ist, der größten regionalen Supermarktkette in Pennsylvania. Die Entwicklung der Urkoff-Kinder – Joshua (siebzehn), Melissa (dreizehn), Kyle (neun) – wird auf den neuesten Stand gebracht. Eine Flut von Worten, nichts wird gesagt.

»Und«, sagt Mame, »magst du Essenville? Muß dir komisch vorkommen hier bei uns Hinterwäldlern.«

»Mame, du warst doch bei mir in Quince Hill. Ich lebe in einer Kleinstadt mit tausend Einwohnern.«

»Ach Lizbeth! Wie viele von ihnen kennst du eigentlich mit Namen? Du läßt dir deine Lebensmittel liefern, und Nancy macht deine Besorgungen. Guck nicht so sauer. Ich habe dich anderthalb Jahre nicht gesehen, und du weißt nicht, was du zu mir sagen sollst. Ich versuche ja nur, eine Unterhaltung in Gang zu bringen.«

Ich werde einfach ausgeblendet, wenn ich mit dir zusammen bin. Du stehst neben mir, und das schiebt mich ans Ende der Welt. Du füllst den Raum aus, der für uns beide bestimmt war.

Lizbeth hört im Geiste ihre Antwort. Aber sie sagt kein Wort, sondern folgt ihrer Schwester ins *Old Navy*.

»Du weißt doch«, sagt Lizbeth, »daß ihr jederzeit willkommen seid. Du, Dave, die Kinder. Das weißt du.«

»Lizbeth, wir laden dich jedes Jahr zu Thanksgiving und zu Weihnachten ein. Wie oft bist du gekommen? Aber… okay… lassen wir das. Laß uns einfach einen schönen Nachmittag verbringen.«

»Mehr will ich gar nicht.«

Sie schlängeln sich zwischen den Röcken und Oberteilen hindurch. Lizbeth bleibt stehen, um ein Top mit Spaghettiträgern zu betrachten. Sie hält es sich an den Körper. Sieht, wie Mame das Gesicht verzieht.

»Was ist?«

»Nichts. Es ist nur… ich weiß nicht, ob es dir steht. Du siehst inzwischen ein bißchen … *strammer* aus.«

Lizbeth versucht, leise zu sprechen, verliert aber die Kontrolle über ihre Stimme.

»Weißt du was? Bestimmte Leute hätten das Recht, so etwas zu sagen. Bestimmte Leute könnten es sagen, und es würde nicht wie eine billige Gemeinheit klingen. Zum Beispiel jemand, der zu der Präsentation meines neuen Buches gekommen ist. Zu irgendeiner Präsentation meiner Bücher. Oder jemand, der mich im Krankenhaus besucht hat, als ich den *Autounfall* hatte.«

»Lizbeth«, sagt Mame, und ihre Stimme hebt sich, um mit der ihrer Schwester gleichzuziehen, »wenn du jemals an einen anderen Menschen als an dich selber denken würdest, würde dir einfallen, daß Kyle unter einem Aufmerksamkeits-Defizit-Syndrom leidet, und das bedeutet, daß ich nicht immer wegkann, vor allem nicht, wenn es sich in Wirklichkeit – letzten Endes – um eine kleinere Verletzung handelt. Wenn du einem meiner Kinder oder auch nur meinem Mann jemals ein Minimum an Aufmerksamkeit geschenkt hättest, würdest du dich daran erinnern. Und die Präsentation deiner Bücher solltest du mir gegenüber schon überhaupt nicht erwähnen. Ich weiß nämlich, daß du mich nur aus Herablassung zu solchen Veranstaltungen einlädst. Willst du mich und Dave und die Kinder wirklich dabeihaben? Persönlich? Meine Güte, Lizbeth, guck mal in den Spiegel. Du tauchst in einem bescheuerten Porsche hier auf. Und tust so, als würdest du deine Kleider bei *Old Navy* kaufen. Was ist bloß los mir dir?«

Die Verkäuferin sieht besorgt aus. Auch ein Wachmann ist aufmerksam geworden.

»Mame, du müßtest dich mal hören. Das ist doch Irrsinn. Das spielt sich alles nur in deiner Fantasie ab.«

»In meiner Fantasie? Ach wirklich?«

»Was willst du eigentlich? Hast du mich in die *Bemer Valley Mall* geschleppt, um mir zu beweisen, wie normal du bist und was für eine eingebildete Ziege ich bin? Was soll das?

Wenn du mit deinem Leben unzufrieden bist, Mame, ist das nicht meine Schuld.«

Mame lächelt, süß und mit weit aufgerissenen Augen.

»Sag mal, Lizbeth – nimmst du eigentlich immer noch Heroin?«

Lizbeth dreht sich um und verschwindet, so schnell es der Stock erlaubt. Sie eilt an Geschäften vorbei und sucht verzweifelt nach einem Ausgang. Sie findet jedoch nur eine Rolltreppe, die in die untere Ebene führt.

Inzwischen ist sie außer Atem, aber da sind nur unzählige Rolltreppen und – hinter einer nicht gekennzeichneten Doppeltür – ein Korridor, der zum Personaleingang von *Radio Shack* führt. Sie verlangsamt ihr Tempo. Kämpft sich an einem Dschungel von Topfpflanzen vorbei. Kommt bei den Schnellrestaurants raus. Am Schalter von *Taco Bell*.

Dort bleibt sie erschöpft stehen. Fett liegt in der Luft.

»Hier bist du also.«

Mame ist aus der anderen Richtung gekommen.

»Ich konnte den Ausgang nicht finden«, sagt Lizbeth, und in einer flüchtigen Halbsekunde breitet sich auf beiden Gesichtern ein Grinsen aus.

»Unglaublich, daß wir uns immer noch so benehmen.«

»Ich weiß.«

»Wenn ich nur wüßte, warum du mich haßt.«

»Ich hasse dich nicht. Das ist Quatsch. Ich habe nur ...«

»Ja. Ich weiß. Ich auch.«

Das Mädchen hinter dem Tresen hat ein leeres Gesicht und starrt sie an. Sie beschließen zu bleiben und etwas zu trinken. Als sich das Mädchen umdreht, senken sie die Stimmen.

»Was du mich eben gefragt hast ...«, sagt Lizbeth.

»Betty, es tut mir leid. Ich hätte das nicht sagen sollen.«

»In Ordnung. Aber ich nehme nichts mehr. Weil –«

Und als das Mädchen mit den Getränken zurückkommt, erzählt sie ihrer Schwester von dem Baby. Lizbeth greift nach ihrem Glas und steuert auf einen Tisch zu, bevor Mame reagieren kann.

Als diese sie einholt: »Und du bist sicher? Du hast nicht nur –«

»Ich bin in der elften Woche.«

»Ach so. Ist es von –?«

»Ed? Ja.«

»Und werdet ihr –?«

»Wir haben uns getrennt.«

»*Oh* ... ich wollte nur ... ich weiß gar nicht, wo ich anfangen soll ... das ist total ...«

»Ich weiß.«

»Ich habe gleich gesehen, daß du zugenommen hast.«

»Wenn ich mir vorstelle, wie ich in sechs Monaten aussehe! Schon jetzt besteht mein Leben aus Essen und Pinkeln.«

»Aber ist alles –?«

»Ich habe gerade die Ergebnisse der ersten Untersuchungen bekommen. Alles ist prima.«

»Wunderbar. Hör zu ... du *weißt,* wenn du irgend etwas brauchst ... praktische Ratschläge ... wenn du Fragen hast ... ich kenne mich aus.«

»Ich weiß.«

Lizbeth beugt sich vor und zieht die Oberlippe zwischen zwei Fingern nach oben.

»Guck mal. Ich habe einen falschen Zahn. Den echten habe ich mir an einer Sammelfigur in meinen Bran Chips ausgebissen.«

»O mein Gott! Lizbeth! Warum hast du mir das nicht erzählt? Wann ist das passiert?«

»Vor dem Unfall. Aber jetzt ist alles in Ordnung.«

Zum Beweis trinkt sie einen großen Schluck.

»Übrigens mag ich deine Kinder. Nur für das Protokoll. Und Dave finde ich großartig.«

Beide schlagen die Beine übereinander, bevor Mame spricht.

»Hast du inzwischen mal Moms Grab besucht?«

»Ich war an meinem Geburtstag da.«

»Wir sind am Labor Day hingefahren.«

»Wirklich? Warum hast du nicht angerufen? Ihr hättet zu mir kommen und ein paar Tage bleiben können.«

»Es war eine spontane Unternehmung ... die Kinder wollten zurück ... du weißt, wie das ist ...«

»Klar.«

»Ist die Sache mit den Blumen inzwischen geregelt?«

»Hm. Ich habe mit der Friedhofsverwaltung gesprochen.«

Ein halbwüchsiger Junge mit einem Burrito in der Hand kommt an ihnen vorbei. Er beißt hinein, ein dicker Klecks Sauerrahm quillt hervor, sammelt sich am Rand der Papierhülle und droht auf Lizbeths Arm zu tropfen. Lizbeth blickt in die andere Richtung, aber Mame sieht es. Sie beugt sich hinüber und hält den Tropfen mit dem Finger auf. Weder Lizbeth noch der Junge merken etwas davon.

»Letzte Woche habe ich Dad besucht«, sagt Mame.

»Wie geht es ihm?«

»Die Schwestern sagen, es geht ihm gut. Aber ich weiß nicht so recht. Mir schien er ziemlich durch den Wind zu sein. Vielleicht sind es die Medikamente.«

»Hat er dich erkannt?«

»Nicht die Spur. Aber er hat nicht ... wie soll ich sagen?... gelitten.«

»Ich muß ihn unbedingt besuchen.«

»Also dem kann ich nicht widersprechen. Wenigstens, solange du in der Gegend bist ... es ist nur eine Stunde Fahrt von hier.«

»Hör mal, Mame, wenn du meinst, ich soll mich mehr kümmern, sag es einfach. Es ist nur ...«

»Ja«, sagt Mame. »Ich weiß.«

Später, als sie wieder im *Airport Plaza* ist, schaut sie den Flugzeugen zu und spürt die Anwesenheit jedes einzelnen

Gastes, der je in ihrem Zimmer gewohnt hat. Die Vergänglichkeit hat sich in den Fasern der Vorhänge und des Teppichs niedergeschlagen.

Das Telefon läutet, als sie zu Bett gehen will. Sie nimmt auf, und der Anrufer sagt: »Ms Greene? Hier ist Alan Ossery. Entschuldigen Sie bitte, daß ich so spät noch anrufe, aber der heutige Tag wollte kein Ende nehmen. Jedenfalls ... ich habe mit Wilson gesprochen. Und wenn Sie grünes Licht von Sosa und der Vollzugsbehörde bekommen, habe ich gute Nachrichten. Er ist damit einverstanden, Sie zu sehen. Er will noch diese Woche mit Ihnen sprechen.«

Eine Stimme im Radio sagt:

Die Dinge, auf die wir ein Leben lang warten, gehen so schnell vorbei, daß wir sie gar nicht richtig wahrnehmen.

Obwohl sie unter einer klaren Wintersonne nach Essenville aufbricht, ist der Himmel bedeckt, als sie das Gefängnis erreicht. Eine Wolke wie ein Kissen, das die Welt erstickt.

Der Wächter auf dem Besucherparkplatz beäugt den Porsche. Sie passiert die Ausweiskontrollen, und ein neuer Wächter hebt das Telefon ab und spricht die Worte: »Sie ist da.«

Der Weg durch das Gefängnis ist derselbe, nur daß sie im Verwaltungstrakt die entgegengesetzte Richtung einschlagen und einem anderen Korridor folgen, bis sie einen Raum mit einer Stahltür erreichen. In den oberen Teil der Tür ist ein Sichtfenster eingelassen.

Der Aufseher sagt, es handele sich um das Anwaltszimmer. Bedeutet ihr einzutreten.

In der Mitte des Raumes erblickt sie einen niedrigen Tisch aus Metall, zu dessen Seiten zwei Stühle im Boden verschraubt sind. Wände aus Beton. Eine Kamera an der Decke.

Das ist alles. Kein Fenster und auch keine dicke Trennwand

aus Plexiglas, wie sie feststellt. Nichts zwischen der einen Seite des Tisches und der anderen.

Sie nimmt mit dem Rücken zur Tür Platz. Der Aufseher wartet daneben: ein Bild unzugänglicher Gleichgültigkeit. Sie wirft einen Blick über die Schulter, lächelt ein höfliches halbes Lächeln, während er sie mit verschränkten Armen anstarrt und mit dem Fuß auf das mattglänzende Linoleum pocht. Sie greift in ihre Tasche. Nimmt ein Notizbuch und einen Stift heraus. Führt sich das Bild von Wilson Ulysses Velez vor Augen, das immer noch in ihrem Hotelzimmer hängt.

Am Abend zuvor hat sie mit Ossery ihre einleitenden Fragen für Wilson durchgesprochen, um herauszufinden, was sie sagen kann und was vorerst besser unerwähnt bleibt. Sie hat sogar gefragt, ob sie bestimmte Farben tragen oder vermeiden solle. Sie könne tragen, was sie wolle, lautete die Antwort.

»Könnte es passieren«, hat sie gefragt, »... daß er aggressiv wird? Daß er mich angreift?«

»Die Gefahr wäre beim Dalai Lama wesentlich größer.«

»Wie soll ich ihn denn nennen? Squirrel? Three Vee?«

»Nennen Sie ihn einfach Wilson.«

Sie blickt zur Kamera hinauf.

Ossery hat ihr davon erzählt. Wo immer er heutzutage mit einem Mandanten spricht, gibt es eine Kamera. Manchmal läuft sie, manchmal nicht. Möglicherweise verfolgt ein Aufseher in einem engen, dunklen Raum das Geschehen. Möglicherweise hat er schon Feierabend gemacht. Vielleicht ist ihm alles völlig egal. Vielleicht paßt er höllisch auf. Man kann es nicht wissen.

Ihr verletztes Bein wird taub, während ihre Finger auf die Tischplatte trommeln. Es ist zu kalt, um den Mantel auszuziehen. Ihr Magen verkrampft sich und scheint sich aufzulösen, beides gleichzeitig. Sie blickt noch einmal hinter sich und weiß plötzlich nicht mehr, warum sie eigentlich hier ist.

Der große Zeiger ihrer Uhr rückt voran, nähert sich der vollen Minute, ist fast da. Jetzt.

Vorbei. Sie saugt an ihrer Unterlippe und blickt zum Aufseher hinüber. Er starrt nach vorne. Bläst die Backen auf.

Und jetzt hört sie Geräusche hinter der Tür. Sie sind ganz plötzlich da und werden lauter. Gedämpfte Worte. Schritte. Direkt da draußen und –

Sie wirbelt herum, als sich jaulend die Tür öffnet.

Der Raum füllt sich, und ihre Augen brauchen einen Augenblick, um das Bild zu ordnen.

Er ist da. In diesem Raum, bei ihr. Wilson Velez. Gekleidet in einen weit geschnittenen, orangefarbenen Overall. Angekettet an Händen und Füßen, trippelt er zur anderen Seite des Tisches. Rechts und links von ihm je ein Aufseher.

Sie schätzt, daß er nicht größer als 1,65 m ist. Die einzelnen Haarbüschel auf seinem Kopf, die auf dem Foto zu sehen waren, sind geschnitten worden, so daß er fast gleichmäßig kahl ist. Seine Haut hat trockene Stellen und sieht fleckig aus. Sein Gesicht wirkt aufgedunsen, die Konturen sind verschwommen. Es wird dominiert von der grausamen Narbe auf seiner Stirn. Unter dem Overall hängen seine Schultern herunter, um die Taille hat er Fett angesetzt.

Eines seiner Brillengläser hat einen Sprung.

Die Aufseher führen ihn an den Tisch, legen die Hände auf seine Schultern, drücken ihn auf den Stuhl. Sie sieht, wie er zusammenzuckt.

Ohne sich dessen bewußt zu werden, weicht sie zurück. Bis sie merkt, daß sich der Metallrahmen des Stuhls in ihre Nieren gräbt.

Alle drei Aufseher verlassen den Raum. Der Mann, der Lizbeth hergebracht hat, bleibt einen Augenblick an der Tür stehen.

»Ich bin direkt da draußen«, sagt er, aber sie weiß nicht, ob das eine Warnung oder eine Bestärkung sein soll.

Dann ist er weg.

Zurück bleiben er und sie.

Wilson Velez sitzt unbeweglich mit den Händen im Schoß da; die Knie sind gespreizt, die Knöchel geschlossen, so daß seine Beine die Form einer Raute bilden. Das Licht bricht sich in seinen Ketten. Sie hört ihn atmen, ein abgehacktes Keuchen. Wie weit ist er von ihr entfernt? Sechzig Zentimeter? Siebzig? Jedenfalls so nahe, daß sie ihn berühren könnte.

Die Ärmel seines Overalls reichen bis zu den Ellenbogen, und sie kann die Tattoos auf seinen Unterarmen sehen. Eines davon zieht ihren Blick auf sich: ein barockes Arrangement von Totenschädeln und Pistolen und in der Mitte ein flammendes Herz, in dem steht:

100% La Realeza.

Und rings ums Handgelenk:

1.18.4.9.12.12.1.

Sie betrachtet die Haut unter den Tätowierungen, sie ist haarlos und pergamentartig. Das Handgelenk ist knochig und dünn. Wie bei einer alten Dame, denkt sie.

Als sie aufsieht, betrachtet er ihr Gesicht, weicht ihrem Blick aber sofort aus.

»Danke, daß ich Sie besuchen darf«, sagt sie. »Ich weiß nicht genau, was Ihr Anwalt über mich erzählt hat. Oder über das, worüber ich mit Ihnen sprechen möchte.«

Er sagt nichts. Starrt nach unten.

»Haben Sie mein Paket bekommen?«

Er sagt nichts.

»Der Direktor hat es erlaubt. Eine Zeitschrift. Ein paar Mounds-Riegel. Ihr Anwalt sagt, die mögen Sie.«

Er starrt nach unten.

»Mein Name ist Lizbeth Greene. Hat er Ihnen wenigstens das gesagt?«

»Ich-ch-ch ... hhhabe ... dddasss ... Pppaket bbbekkkommen.«

Als die Aufseher kamen, hat Wilson Ulysses Velez in seiner Zelle geschlafen. Und von den Limonenbäumen und dem Blut geträumt, wie er es jetzt immer tut. Dann öffnete sich die Zellentür und ein Schlagstock hämmerte gegen die Zellenwand; er hatte sich mühsam aufgerichtet, damit sie ihn durchsuchen und anketten konnten. Sie hatten die Abteilung verlassen und waren über die Laufstege marschiert, bis die Laufstege zu Korridoren wurden und er schließlich hier angekommen war.

Die Kette um seine Taille fühlt sich leichter an als sonst. Er hebt den Kopf, als hinge der an einem Flaschenzug. Starrt zu der Frau hinüber. Dunkle Haare. Vielleicht gefärbt. Blasse Haut – Haut, die gepflegt wird. Nervosität in ihrem Blick. Braune Augen. Volle Lippen. Sie ist klein, soviel ist sicher, aber der Mantel verhüllt alles andere. Sie trägt Hosen, keinen Rock, wie er feststellt. Schade.

Er bemerkt den Stock, der an ihrem Stuhl lehnt.

»Wwwas … issst mmmit … Ihrem Bbbein lllos?«

»Ich hatte einen Autounfall. Es wird –«

»Mmmeine Hüfffte … issst … dddie Hölllle. Immmerrr … bbbevor esss … rrregnettt, *sssabes*? Tttut … fffurchtbarrr wwweh. Wwwenn ich-ch-ch sssitze … wwwenn ich-ch-ch st-stehe. Immmerrr.«

»Waren Sie beim Arzt?«

Aber er sieht wieder nach unten und sagt nichts. Endlich:

»Wwwie lllange … bbbin ich-ch-ch … jjjetzt hhhier? Zwei St-stunden? … Dr-drei?«

Lizbeth sieht ihn über den Tisch hinweg an. Die Frage ist ernst gemeint, das merkt sie.

»Weniger als fünf Minuten.«

Sie sollte es jetzt hinter sich bringen.

»Wilson … ich möchte Ihnen gerne selber sagen, warum ich Sie kennenlernen wollte.«

Sie wolle, sagt sie, ein Buch über ihn schreiben. *Mit* ihm.

Sein Leben, sagt sie, sei wichtig. Sie sei zutiefst bewegt von dem, was sie über seine furchtbaren Jahre in Einzelhaft gelesen habe, und sie wolle mehr darüber erfahren. Müsse mehr darüber erfahren. Seine Geschichte berühre sie als Schriftstellerin, aber auch als Mensch. Sie wolle wissen, wer er vorher gewesen sei. Wer er jetzt sei. In welchen Welten er gelebt habe. Es sei an der Zeit, sagt sie, daß seine Erfahrungen dokumentiert würden. Verstanden würden. Um seinetwillen, aber auch um seiner Leute willen.

Sie wolle, sagt sie, ihm die Stimme verleihen, die man ihm immer versagt habe.

Er hebt noch einmal den Kopf, aber dieses Mal huscht sein Blick durch den Raum und landet überall – auf den Wänden, der Decke, der Kamera, der Tür – nur nicht auf ihr. Er scheint die Lippen zu bewegen, aber kein Ton kommt heraus. Dann sieht er wieder nach unten, und sein Oberkörper sinkt in sich zusammen.

Das ist nicht die Reaktion, auf die sie gehofft hat.

»Natürlich«, sagt sie, »würden wir zusammenarbeiten. Es ist Ihre Geschichte, Wilson. Das würde ich nie vergessen.«

Sie glaubt, daß er etwas sagt, aber es könnte auch sein, daß er sich räuspert.

»Ich habe sogar schon einen Titel. *Gottes einsamster Mann.* Aber das ist nur eine Idee.«

Mit unendlicher Langsamkeit erhebt Wilson sich von seinem Stuhl. Watschelt zur Tür.

»Dddannke ... fffür ... dddas Pppakettt.«

Er ruft nach den Aufsehern.

»Ich-ch-ch bbbin fffertig ... Lllaßt mmmich ... rrrausss.«

»Wilson? ... Was ist los? Habe ich etwas Falsches gesagt?«

Die Aufseher haben seinen Ruf gehört und schließen die Tür auf.

»Wilson, wenn ich Sie irgendwie beleidigt habe, entschuldigen Sie bitte.«

»Ich-ch-ch … wwwill … kkkein … Bbbuch.«

Sie stützt sich auf ihren Stock, kommt auf die Füße.

»Wilson, denken Sie darüber nach. Bitte, denken Sie darüber nach.«

Die drei Aufseher kommen im Gänsemarsch in den Raum. Zwei nehmen wieder ihre Position rechts und links von ihm ein und führen ihn hinaus.

»Wilson! Ich will Ihnen doch nichts Böses!«

Aber er ist schon aus der Tür. Der dritte Aufseher stellt sich vor Lizbeth und hebt die Hand. NICHT WEITER, heißt das.

Sie hat nicht einmal ihr Notizbuch aufgeschlagen.

Wilson Ulysses Velez schiebt sich über den Korridor. Er merkt, daß die Aufseher böse auf ihn sind. Ihr Unmut teilt sich ihren Schritten, ihrem Atem mit. Sie waren auf eine lange Pause vor dem Anwaltszimmer eingestellt, auf Klatschen und Klagen unter Kollegen. Jetzt müssen sie zurück an die Arbeit.

Das Bundesgefängnis Essenville mit seinen Abteilungen, seinen Laufstegen und den verschlossenen Stahltüren, hinter denen die Männer sitzen, nimmt sie wieder auf und verschluckt sie.

In seiner Zelle lösen sie die Ketten. Nur die Handschellen bleiben. Sie gehen und schließen die Tür ab. Er muß sich mit dem Rücken zur Essensklappe auf den Boden setzen und seine Arme nach hinten strecken, damit sie ihm die Handschellen abnehmen können. Dann steht er auf, und sie kontrollieren, wie er sich auszieht, nach vorne beugt, seine Achselhöhlen und seine Fußsohlen zeigt.

»Schönen Abend noch«, sagt einer von ihnen zum Abschied.

Wilson zieht seinen Overall wieder an. Läßt sich auf das Bett fallen und breitet die Arme aus. Im Liegen kann er beinahe beide Wände berühren.

Seine neue Zelle hat die gleichen Abmessungen wie die alte:

2,5 mal 3,5 Meter. Aber es gibt auch Unterschiede. In der Ecke befinden sich eine Toilette und ein Waschbecken, keine Dusche. (Jetzt duscht er dreimal die Woche mit fünf anderen Insassen in einem Duschraum.) Es gibt nur eine Tür. Keine Kamera.

Ein schwacher senkrechter Strahl natürlichen Lichts sickert durch einen schmalen Plexiglasstreifen an der Decke, der niemals geputzt wird.

In die Wand über dem Bett ist ein Regal eingebaut, auf dem fünf Blätter Papier, ein Filzstift, sein Brief von den *Christian Ladies of Western Arizona* und die Zeitschrift liegen. *National Geographic.* Natürlich zensiert. Es fehlen ganze Seiten, einzelne Bilder wurden herausgeschnitten, bestimmte Textstellen sind mit Filzstift geschwärzt worden.

Er hebt die Hand, und ein Blatt Papier flattert herunter. Eine Zeichnung. Eine Gestalt zwischen Limonenbäumen.

Die Stille ist trügerisch. Da liegt er und spürt jedes Zucken des Elends in ESSUSP. Es dringt durch die Wände, als wären sie nicht aus Beton, sondern aus Gipskarton. Neuerdings ist die Atmosphäre im Gefängnis überhitzt. Die Geister sind überreizt. Und die Aufseher stoßen den Gefangenen im Hof die Gewehrkolben in die Rippen.

Er zieht die Zeitschrift heraus und liest

die tätigen Vulkane unter dem Vatnajökull, dem größten Gletscher Islands, drohen seit geraumer Zeit

Aber die beiden folgenden Zeilen sind durchgestrichen worden.

Seine Gedanken schweifen ab. Zu Lizbeth Greene. Ihrem Hals. Ihren Haaren. Er stellt sich vor, wie sie sich anfühlen. Wie sie seine Haut streifen, wenn ihr Kopf über seinen Bauch gleitet.

Er schiebt die Hand zwischen die Beine:

Nichts.

Das ist nichts Neues. Nach seinem ersten Jahr in Einzelhaft hat sich da unten nichts mehr getan. Aber neuerdings versucht er es wieder. Anderswo hat es schließlich Besserung gegeben. Der Ausschlag geht langsam zurück. Die ständige Beklemmung in der Brust läßt nach.

Er zieht die Hand heraus, und sein Arm liegt bewegungslos neben ihm.

An diesem Abend, dem kältesten bislang, fährt Lizbeth zu den exklusiven Häusern, die im Norden Essenvilles am Golfplatz stehen. Sie erstrahlen im Licht von Außenleuchten. Lizbeth hat keine Schwierigkeiten, das Haus des Gefängnisdirektors Michael Sosa zu finden.

Die Einladung zum Abendessen war nicht verhandelbar. Das war ihr klar. Mrs Sosa, hatte der Direktor gesagt, bestehe darauf, für Lizbeth zu kochen. Als Dank für das Signieren der Bücher. Sie und ihre Freunde wollten Lizbeth unbedingt kennenlernen.

Außer den Sosas sind drei weitere Ehepaare da. Sosas Stellvertreter, der Direktor des Bundesgefängnisses mit niedriger Sicherheitsstufe, der Sheriff von Essenville. Ihre Gattinnen. Allesamt Hausfrauen. Gepflegte Damen mit erwachsenen Kindern, die sich fit halten und ehrenamtlichen Tätigkeiten nachgehen.

Der Sheriff und seine Frau, sagt Joan Sosa, seien ihre ersten Freunde gewesen, als das Gefängnis gebaut wurde und sie und Michael nach Essenville gezogen seien.

»Und jetzt versuchen wir immer noch, sie loszuwerden«, sagt der Direktor, als er Getränke anbietet. Der Sheriff und seine Frau lachen.

Joan ist genauso aufgeregt, wie ihr Mann vorhergesagt hat. Sie redet ununterbrochen auf Lizbeth ein, gesteht errötend, wie sehr sie ihre Bücher liebe, greift zur Bekräftigung nach Lizbeths Arm. Dann verschwindet sie wieder in der Küche.

In einer Vitrine im Wohnzimmer liegt eine leuchtend rote Bowlingkugel, in die mit goldenen Buchstaben der Name des

Direktors eingeschrieben ist. Ein Geschenk des Bowlodromes. Lizbeth betrachtet sie gerade, als er auf sie zukommt. Zu Hause ist sein Benehmen locker, fast onkelhaft.

»Unter uns gesagt«, sagt er, »ich bowle ungefähr so gut wie eine durchschnittliche Pfadfinderin. Aber ich versuche, das Gefängnis in der Gemeinschaft zu verankern ...«

Er starrt in die Vitrine.

»Die Stadt war ziemlich runtergekommen, bevor die Gefängnisse gebaut wurden. Wie die ganze Gegend hier. Als Joan und ich hier anfingen, war die Lage verzweifelt. Die wirtschaftlichen Grundlagen waren weg, und nur die Menschen waren übrig. Das Bowlen war immer wichtig für die Stadt, und deshalb habe ich meine Vollzugsbeamten zu dieser Aktivität ermuntert. Und sie sind eingestiegen. Sie haben T-Shirts entworfen, es gibt Mannschaften und Turniere. Es gibt sogar verschiedene Ligen. Das Bowlen ist wieder zum Dreh- und Angelpunkt der Stadt geworden. Ich glaube, es hat die alten und die neuen Bewohner Essenvilles zusammengebracht. Jedenfalls habe ich dem Bowlodrome so viel Kundschaft verschafft, daß sie glaubten, sie schulden mir eine Kugel ...«

Joan Sosa bittet die Gäste zu Tisch und bringt aus der Küche eine üppige Fleischpastete, mit der sie in ihrem Heimatort zweimal die Bezirksmeisterschaft im Backen gewonnen hat, wie ihr Ehemann versichert.

Also essen sie, loben die Mahlzeit und wenden sich wie auf Kommando Lizbeth zu. Sie wollen ihre Meinung zu allen möglichen Themen hören und fragen sie nach allen Regeln der Kunst aus: wann sie gemerkt habe, daß sie schreiben wolle, woher sie ihre Inspiration beziehe. Zweimal greift Joan Sosa über den Tisch und nimmt ihre Hand, als hätte sie Angst, Lizbeth würde sich unversehens in Luft auflösen.

Lizbeth tut ihr Bestes, alle Fragen zu beantworten. Aber ihre Gedanken sind bei Wilson Velez. Sie will wissen, was sie falsch gemacht hat.

Und was jetzt?

Beim Kaffee nach dem Essen zaubern die anderen Gäste ihre Bücher hervor, damit Lizbeth sie signiert. Dann bringt Michael Sosa sie zu ihrem Wagen.

»Er hat nein gesagt.«

»Das habe ich gehört.«

»Das war es dann wohl. Aus der Traum.«

»Ach, das bezweifle ich. Er ziert sich. Spielt mit Ihnen. Offen gesagt, Miss Greene, der Mann hat fünf Jahre in einer Stahlkammer verbracht. Bis jetzt bekommt er nur Besuch von Ossery. Ich kann mir nicht vorstellen, daß er eine weitere Kandidatin zurückweist.«

Er beugt sich in das Fenster auf der Fahrerseite. Fröstelt.

»Solche Typen ... haben gern Publikum. Aufmerksamkeit. Nehmen Sie das und multiplizieren Sie es mit der Tatsache, daß dieses Publikum aus einer Persönlichkeit wie Ihnen besteht. Glauben Sie mir. Er wird es sich anders überlegen.«

Er dankt ihr für ihren Besuch. Sagt, er habe Joan seit Jahren nicht mehr so strahlen sehen.

Am nächsten Tag ruft sie ihn an und fragt, ob sie Wilson noch ein Paket schicken dürfe.

City Slicker gestattet er nicht – eine wahre Geschichte sei ungeeignet, sagt er –, aber drei ihrer Romane bekommen grünes Licht. Sie fügt die Kurzbiographie bei, die ihr Verlag immer an die Journalisten gibt. Sie ruft Ossery an und ruft ihn danach noch einmal an, und jedes Mal sagt er, er würde mit seinem Mandanten sprechen und sehen, was sich machen ließe.

Dann wartet sie auf Nachricht. Schlägt die Zeit im *Airport Plaza* tot. Bestellt Mahlzeiten beim Zimmerservice und guckt fern. Inspiziert ihre Koffer und läßt ihre Kleider vom Wäscheservice bügeln. Liegt auf dem Bett, schließt die Augen und hört den Flugzeugen zu.

So vergeht eine Woche.

Es ist acht Uhr morgens, als die Rezeption anruft. Ossery ist unten in der Halle.

»Er denkt immer noch darüber nach«, sagt er. »Aber ich soll Ihnen das geben.«

Er gibt ihr eine Jiffy-Tasche.

»Da ist ein Brief an Sie drin. Und etwas aus der Zeit vor Richter Aspera. Ich würde ja gerne noch bleiben und mit Ihnen plaudern, aber ich habe einen enorm langen Tag vor mir.«

»Heißt das, er hat es sich anders überlegt?«

»Das weiß ich nicht, Ms Greene. Und ich sage das nicht, um Sie hinzuhalten. Ich weiß es wirklich nicht.«

In ihrem Zimmer öffnet sie das Päckchen.

Wie versprochen findet sie einen Brief. Seine Handschrift ist ebenso abgehackt wie seine Sprechweise.

Sehr geehrte Miss Greene,

danke für die Bücher und für die Information über Ihre Person. Ich kannte Ihren Namen, bevor Sie mich letzte Woche besucht haben, aber ich muß gestehen, daß ich nie eines Ihrer Bücher gelesen habe. Sie sollen wissen, daß ich sehr beeindruckt bin. Einige Worte und Passagen sind vom Gefängniszensor geschwärzt worden (damit ich nicht auf Abwege gerate), aber trotzdem hat die Geschichte mich fasziniert, und Inspektor Enschell ist ein sehr gewinnender Charakter.

Ich erinnere mich an den ›City Slicker‹ und war sehr erschrocken, als ich las, daß Sie von Richard Cazet angegriffen wurden. (Auch der Verlust Ihrer Mutter tut mir aufrichtig leid.) Die Cousine eines Freundes wurde von Cazet umgebracht. Vielleicht kennen Sie den Namen – Gabriela Linares? Persönlich kannte ich sie nicht besonders gut, aber ich erinnere mich an den Kummer ihrer Familie, als wäre es gestern gewesen.

Nun, ich habe meinen Rechtsbeistand gebeten, Ihnen ei-

nige Schriftstücke zu übergeben, die Sie möglicherweise als Autorin interessieren.

Im übrigen hoffe ich, daß Ihr Bein Ihnen nicht allzu große Beschwerden macht.

Trotz der unsicheren Schrift ist die Unterschrift ausgesprochen kunstvoll: Das W und das V überragen die anderen Buchstaben. Dann findet sie ein Foto. Einen unscharfen Schnappschuß. Zuerst erkennt sie ihn gar nicht. Sieht nur einen lachenden jungen Latino, der sich an einen Zaun lehnt. Es scheint im Flushing Meadows Corona Park aufgenommen worden zu sein. Er trägt ein rot-goldenes Fußballtrikot mit einer weißen Drei. Dann bemerkt sie sein Kinn, den Schnitt seiner Augen. Und die tiefe Kluft zwischen diesem Bild und dem Mann im Anwaltszimmer von ESSUSP.

»O Mann ... Scheiße!« sagt sie laut.

In dem Umschlag befinden sich weitere Papiere.

Ganz oben liegt ein sechsseitiges Pamphlet, ordentlich getippt und geheftet.

Das immerdar geltende Manifest der Sacred Incan Royals, heißt es auf dem Deckblatt.

Im Inneren befindet sich die rituelle Begrüßungsformel:

Ich lege die rechte Hand auf mein Herz, um meine Liebe für alle Abkömmlinge der Inka zu bezeugen, und balle mit der linken eine Faust, um meine Ehre zu beweisen.

Dann ein Eid.

Von allen angehenden Königlichen Kriegern zu lesen:

Allmächtiger Vater, gestatte mir, die stolzen Tugenden des Volksbundes der Heiligen Inkakrieger zu verkörpern, damit ich in der Geschichte und der Weisheit dieses Volkes Zuflucht finde. Möge ich meinem Kapitel, meinem Stamm und mei-

nem Volk zum Ruhm gereichen. Möge das Weiß, das die Heiligkeit dieses Eides repräsentiert, meine Treue bewahren. Möge das Gold meines Inka-Erbes mich nähren. Möge das Rot, das mein Blut und das Blut aller anderen Abkömmlinge der Inka symbolisiert, mir in allen Kämpfen und Versuchungen Stärke geben.

Ich will stets daran denken, daß die Abkömmlinge der Inka die ersten und wahren Anwärter meines Glaubens sind und daß das Wort des Sapa das eine und einzige Wort ist, dem widerspruchslos Folge zu leisten ist, sein Befehl der Befehl, der über allen anderen steht.

Das eigentliche Manifest beginnt auf der nächsten Seite. Lange, blumige Passagen, in denen immer wieder dieselben zentralen Themen nachdrücklich dargelegt werden. Die Hierarchie muß respektiert werden. Die Opferbereitschaft steht über allem. Körperliche Auseinandersetzungen sollen von Mann zu Mann ausgetragen werden, es sei denn, die Gang (die niemals so bezeichnet wird) wäre insgesamt beleidigt oder angegriffen worden, in diesem Falle würde

über den Täter der heilige Zorn jedes Königlichen Kriegers des Bundes kommen.

In der hinteren Umschlagklappe steckt ein loses Blatt. Darauf steht:

Offizielles Gesuch um Mitgliedschaft bei den Sacred Incan Royals.

Alle Angaben, die in dieser Bewerbung gemacht werden, werden überprüft und eventuelle Lügen werden aufgedeckt und GEAHNDET.

Aber in der Jiffy-Tasche steckt noch mehr. Ein Bündel loser Blätter erweist sich als Tagebuch. Es stammt aus den anderthalb Jahren, die er im Bundesgefängnis Moxanie verbracht hat, und enthält ausführliche Dokumentationen seiner Stimmungen und seines Gesundheitszustands, pointierte Beobachtungen auf dem Gefängnishof oder in der Kantine, böse kleine Satiren über bestimmte Aufseher. Es gibt freie Assoziationen und Ausbrüche von Poesie. Einen kurzen Aufsatz mit dem Titel »Das Blut der Inka«. Einen anderen: »Amerikanische Ungerechtigkeit«.

Zu guter Letzt eine Sammlung von Filmkritiken, die er anscheinend aus dem Gedächtnis geschrieben hat. Mit *The Lost Boys* macht er kurzen Prozeß, von *At Close Range* ist er begeistert, und *Freebie and the Bean* läßt ihn kalt.

Alles jedoch – die Kritiken, die Tagebucheinträge – zeichnet sich durch eine ausgezeichnete Rechtschreibung aus. Der Satzbau ist korrekt, die Grammatik stimmt.

Wilson Ulysses Velez blickt von der Wand über der Frisierkommode herab.

Am Nachmittag ruft Ossery an. Will wissen, was Lizbeth von den Schriften hält.

»Ich bin überrascht«, sagt sie. »Ehrlich überrascht.«

»Nun, er war nicht immer so, wie er jetzt ist. Früher hatte er einen guten Kopf. Lebendige Gedanken. Er hat unentwegt gelesen. Hatte ständig Ideen.«

»Ich bin wirklich sehr beeindruckt.«

»Wenn das so ist, dürfen Sie sich freuen. Ich habe mit Wilson gesprochen, und er ist zu einem weiteren Versuch bereit. Er legt sich nicht fest, was das Buch betrifft, aber er wird mit Ihnen reden.«

»Wirklich?«

»Ja.«

»O Gott. Vielen Dank. Das ist ... großartig.«

»Sagen wir mal, es ist eine vielversprechende Entwicklung.«

»Ich bin so erleichtert. Ich bin …«

Sie macht eine Pause.

»Was ist, wenn mir seine Sachen nicht gefallen hätten?«

»Aber sie haben Ihnen gefallen. Also machen Sie sich keine Gedanken. Etwas anderes: Wir haben uns gefragt, ob Sie in dem einen oder anderen Punkt etwas für ihn tun könnten. Er braucht ein neues Brillenglas. Und dann hat er um weitere Zeitschriften gebeten. Wenn es die Sache erleichtert, könnte ich Ihnen einfach eine Liste zuschicken.«

Drei Tage später sitzt sie wieder im Anwaltszimmer des Bundesgefängnisses Essenville, ihr Stock lehnt am Tisch, und ein anderer Aufseher klopft mit dem Fuß auf das Linoleum.

Inzwischen kennt sie das Ritual. Die Tatsache, daß sie abgeklopft wird und ihren Schmuck ablegen muß, daß sogar ihre Schuhe kontrolliert werden, kann sie nicht mehr aufregen. Sie hat in aller Ruhe zugesehen, als der Wächter ihre Handtasche ausgeschüttet und ihre Puderdose, ihr Portemonnaie, ihr Notizbuch und ihr Telefon genauestens inspiziert hat.

Sie hört die Männer erst kommen, als die Tür schon halb offen ist.

Wieder wird Wilson Velez an Händen und Füßen gefesselt zum Tisch geführt und hingesetzt. Wieder fallen seine Beine an den Knien auseinander, liegen seine Hände im Schoß.

Und wieder sind sie allein.

»Danke«, sagt Lizbeth, »daß Sie mir einen weiteren Besuch erlaubt haben.«

Er sieht auf, und sie stellt fest, daß das zerbrochene Brillenglas ersetzt worden ist.

»Kkkein … Pr-problem.«

»Haben Sie die Zeitschriften bekommen?«

»Hm-hm-hm … dddanke.«

»Keine Ursache. Also, wie geht es Ihnen?«

Er zuckt die Achseln. Schaut eine Ewigkeit an die Decke, aber dann richtet er plötzlich den Blick wieder auf sie.

»Alllso ... wwwisssen Sssie ... wwwer ... wer ... Gabriellla Linares ... warrr?«

»Natürlich. Sie war Richard Cazets drittes Opfer. Ich habe mit ihrer Mutter gesprochen, als ich das Buch schrieb. Nach unserem letzten Treffen habe ich versucht, Ihnen ein Exemplar von *City Slicker* zu schicken, aber der Direktor hat es nicht erlaubt.«

Er sieht wieder weg. Läßt seinen Blick im Raum wandern.

»Wwwisssen ... Sssie viellleicht ... obbb Meningitttis immmer ... mittt ... einem ... st-st-steifen ... Hhhals bbbeginnt?«

»Hirnhautentzündung?«

»Gggenau.«

»Ich glaube ja ... Haben Sie einen steifen Hals?«

»Nnnein ... Aberrr ich-ch-ch ... hattte einen.«

Dann scheint er das Interesse an dem Thema zu verlieren.

»Nun«, sagt Lizbeth, »ich habe gelesen, was Sie mir geschickt haben. Und ich fand es erstaunlich.«

»Er-st-st-staunlich. Gut.«

»Das Manifest ... Sie haben es an Ihre Mitglieder gegeben, vermute ich?«

»An dddie ... *soldddados*. Hhhabe ihnen ... allles gegesagt. Wwwas ... sssie essen solllen. Wwwas sssie ... tr-trtrinken solllen. Wwwie sie aufff ... der St-st-straße lllaufen sollen.«

»Sicher. Ich meine ... die anderen Sachen waren auch gut. Die Gedichte. Die Filmkritiken. Ich wußte gar nicht –«

»Dddaß ich-ch-ch ... mmmeinen Nnnamen ... schreiben kannn?«

»Nein ... das habe ich nicht gemeint.«

Aber genau das hat sie gemeint. Natürlich.

»Ich hhhabe ... immmer geschriebbben. Schonnn alsss ... Kkkind. Ich-ch-ch ... mmmochte Wwworte ... wwwasss sie bewirken.«

Zum ersten Mal bleibt sein Blick an ihr hängen, als sie ihm in die Augen schaut.

»Ich-ch-ch hhhatte ... vvviel Zeittt ... ummm Wwworte zu ... st-st-studieren. Mmmittt ... zehn wwwar ich-ch-ch zummm ... ersten Mmmal immm Gefängnisss. Mmmein hhhalbes Llleben ... hhhabe ich-ch-ch innn einer Zellle verbracht. Allein mmmit ... Wwworten. Ich wwweiß, dasss kl-klingt bl-blöd ... allls ich-ch nnnnoch sprechen konnnte, kl-klang dasss auch schon bl-blöd ... aberrr mittt Pppapier und St-st-stiffft ... kkkonnnte ich-ch-ch bbbeweisen ... daß ich-ch-ch nnnicht dddumm bbbin.«

»Ich habe Sie nie für dumm gehalten«, sagt sie. »Was Sie schreiben, hat echte Kraft. Und das soll nicht gönnerhaft klingen. Ich spreche als Person, die Wörter mag, zu einer anderen Person, die auch Wörter mag.«

»Abbber ... dddieser Ttteil ... vonnn mmmir issst jjjetzt nnnnicht mmmehr ddda.«

Er schließt die Augen, und sein Kopf sackt nach unten.

»Wilson, um so wichtiger ist es, daß das Projekt vorangeht. Ich möchte den Leuten von Ihrer Kreativität erzählen. Ihnen Ihr Innenleben zeigen.«

Sie glaubt, daß er einfach eingeschlafen ist auf seinem Stuhl, bis er mit einem Ruck wieder aufsieht.

»Ich-ch-ch habe ... dddarüber nnnachgedacht.«

»Wirklich?«

»Jjja. Vvviele ... Gggedanken ... sssind mmmir ... durch den ... Kopf gegangen. Ein pppaar schlechte, abbber ... auch vvviele gggute.«

»Ich gebe Ihnen mein Wort. Wenn Sie irgendwelche Fragen dazu haben, was ich mit meiner Geschichte beabsichtige, fragen Sie nur.«

Wilson Ulysses Velez verlagert sein Gewicht, damit seine Beine nicht einschlafen. Er bemerkt, daß sie ihn erwartungsvoll ansieht, wie es ihre Art ist. An wen erinnert sie ihn? Irgend jemand kommt ihm jedes Mal in den Sinn, wenn sein Blick auf sie fällt. Aber wer? Welche weißen Mädchen hat er gekannt? Keine war so alt wie sie. Keine war so förmlich. Er sieht sie an, und der Gedanke läßt ihn nicht los.

Lizbeth Greene betrachtet ihn, wie er sie beobachtet. Er wirkt völlig ruhig, fast unbeteiligt. Als wisse er etwas über sie. Sie fragt sich, wie viele Leute er schon so angesehen hat. Was aus ihnen geworden ist. Was er zu wissen glaubt.

Und dann muß sie ohne Vorwarnung niesen.

Wilson weicht zurück. Mit solcher Kraft, daß er beinahe vom Stuhl fällt. Sofort müht er sich auf die Füße. Versucht, den Kopf in der Brust zu vergraben.

Bewegt sich in seinen Fußeisen zur Tür.

»Wilson? Was tun Sie?«

»Me vvvoy. Mmme vvvoy. Ich-ch-ch … kkkannn … nnnicht … hhhier bl-bl-bleiben. Sssie … sssind … kr-krank.«

»Ich bin nicht krank. Es war nur ein Staubkörnchen.«

»Nnnein. Sssie … sssind … kr-krank.«

Er ruft nach den Aufsehern.

»Lllaßt … mmmich … rrrausss! Laßt … mmmich rrrausss!«

Und als sie die Tür öffnen, bettelt er: »He, *jarabe!* Lllaßt … mich … hier … rrrausss! Schnellll … rrrausss hhhier!«

»Wilson«, sagt sie. »Es tut mir leid. Kann ich Sie wiedersehen?«

Sie glaubt, daß er nickt, als sie ihn nach draußen schieben, aber sein Kopf ist abgewandt, so daß sie sich nicht sicher ist.

8

Um sieben Uhr in der Frühe wartet Ossery in der Hotelhalle auf sie. Er sitzt in einem Sessel und hält eine neue, größere Jiffy-Tasche in der Hand. Lizbeth ist erst vor fünf Minuten aufgewacht, wurde vielmehr durch den Anruf der Rezeption geweckt, und hat eine verstopfte Nase und rote Augen.

»Ich weiß gar nicht, was passiert ist«, sagt sie. »Mit Wilson, meine ich.«

»Ehrlich gesagt, er war ziemlich sauer. Er fand es egoistisch von Ihnen zu kommen, obwohl Sie eine Erkältung hatten.«

»Das ist Quatsch. Ich hatte gar keine Erkältung.«

»Aber jetzt haben Sie eine.«

»Als ich im Gefängnis war, hatte ich keine. Zumindest habe ich nichts davon gewußt.«

»Ist doch egal. Machen Sie sich keine Gedanken. Er ist auf solche Sachen fixiert. Das wird sich regeln. Jedenfalls soll ich Ihnen das hier geben.«

Oben angekommen, bestellt sie erst einmal Frühstück, bevor sie das Päckchen öffnet. French Toast und Ahornsirup. Sie ißt ihren Teller leer, und sofort überkommt sie heftige Übelkeit.

Dieses Mal fehlt ein Brief. Statt dessen findet sie ein Rezept für eine Medizin gegen Erkältung. Glaubt sie wenigstens. Man mischt Zucker und Wasser, fügt Whisky hinzu und brennt den Alkohol ab. Dann wird die Mischung mit Zitronenschale versetzt, und zum Schluß werden Zwiebeln untergerührt. Beim bloßen Lesen zieht sich ihr der Hals zusammen.

Unter dem Rezept liegt ein Bündel Papier, das von Gummibändern zusammengehalten wird. Die Seiten sind einzeilig getippt.

Sie legt es zur Seite und streckt sich auf dem Bett aus. Zwei Kissen stützen ihren Kopf, drei weitere liegen unter ihrem Knöchel. Ihr Bauch ist noch vom Frühstück voll. Sie starrt ihn an. Malt sich aus, wie er in einem Monat aussehen wird. In drei Monaten.

Der Kontrollverlust, das ist es, was sie fertigmacht. In Wirklichkeit ist es kein Verlust, sondern ein *Raub*. Hier liegt sie in einer Suite im Flughafenhotel und ist die Gefangene eines blödsinnigen natürlichen Vorgangs, der eingesetzt hat, ohne daß sie davon wußte, geschweige denn ihre Zustimmung gegeben hat. Wenn auch widerwillig, hatte sie sich bereits mit dem langsamen Prozeß des Alterns abgefunden, mit seiner Unumkehrbarkeit, den sich mehrenden kleinen Widrigkeiten. Das war auf sie zugekommen, und sie war bereit gewesen. Aber statt dessen – nein, nicht statt dessen, *darüber hinaus, zusätzlich, auch noch* – jetzt das. Ihr Körper wird Gott weiß was für merkwürdigen, schmerzhaften Demütigungen ausgesetzt, die alle auf etwas hinauslaufen, das sie sich kaum –

Nein. Sie kann es sich überhaupt nicht vorstellen.

Wilsons Papiere liegen mit der Schrift nach unten auf dem Nachttisch, neben dem Telefon und ihrer Schlüsselkarte. Sie greift danach. Setzt ihre Brille auf.

Die bösen Geister von Gramercy Park, steht da. *Von Wilson Ulysses Velez.* Sie legt das Titelblatt beiseite. Beginnt mit der Lektüre.

An dem Abend, als alles schiefging, schauten Hector und Edmond zufrieden über die Stadt und träumten von Weh und Leid. Das sollte euch nicht weiter überraschen. So verbrachten sie nämlich ihre Tage – sie hockten nebeneinander in luftiger Höhe und heckten finstere Pläne aus. Solche Pläne konnten sie nur nachts in die Tat umsetzen. So ist das Leben von Ungeheuern seit jeher gewesen.

Aber halt. Zunächst sollt ihr erfahren, wo sie überhaupt waren, diese Ungeheuer. Vielleicht solltet ihr es sogar notieren und an einem sicheren Ort verwahren, falls ihr es vergeßt. Sie lebten direkt über der Eingangstür eines alten Gebäudes an einer windigen Ecke von Gramercy Park in New York. Dort waren sie in den schönen grauen Stein geschnitten worden. Und wenn die feinen Leute der Stadt vorbeikamen, sagten sie: »Schau dir nur einmal diese grauenhaft häßlichen Ungeheuer an!« oder »Du meine Güte, was für schreckliche Monster!«

Vielleicht hätten sie sich anders ausgedrückt, wenn sie gewußt hätten, daß Hector und Edmond jedes Wort verstanden. Aber woher hätten sie wissen sollen, was diese Wasserspeier in Wirklichkeit waren.

Denn in Wirklichkeit sind solche Wasserspeier uralte böse Geister, die unerkannt unter uns leben. Ihr müßt wissen, daß diese Geister sterben, wenn sie kein Versteck in der Welt der Dinge finden – aber wenn sie eines haben, verbringen sie den ganzen Tag damit, sich von den bösen Gedanken der Menschen, von ihrer Wut und ihrem Neid und ihrem Egoismus zu nähren. Und in der Nacht fliegen sie frei umher und richten Unheil an.

In dieser Beziehung waren Hector und Edmond nicht anders als alle anderen, obwohl sie die schlimmsten aller Ungeheuer waren, die boshaftesten aller Ungeheuer, die größten Quälgeister. Ja, wären sie nicht so böse und raffiniert gewesen, hätten sie nie einen so prächtigen Unterschlupf gefunden.

Denn der Architekt, der dieses Gebäude vor 156 Jahren entworfen hatte, um selbst darin zu wohnen, hatte nicht den geringsten Wunsch nach Wasserspeiern verspürt. Im Gegenteil – er wollte eine schlichte Fassade, er dachte höchstens an einen goldenen Türklopfer. Aber Hector und Edmond hatten andere Pläne (nebenbei gesagt: so haben sie sich selbst vor ein paar Jahrhunderten genannt, und wir halten uns lieber daran, weil es viel zu gefährlich ist, ihre ursprünglichen Namen aufzuschreiben). Lange Zeit waren sie ohne Zuhause gewesen, und ihre Kräfte begannen zu schwinden. Sie waren sehr schwach.

Dann hörten sie in einer schwarzen, stürmischen Nacht einen gräßlichen Streit – der Architekt und seine Frau zankten sich. Die Ursache war der goldene Türklopfer, den er anbringen wollte. Und als die beiden in der Wohnung des Ehepaares vorbeischauten, um den Streit so richtig zu genießen, sahen sie die Baupläne. Hector und Edmond wußten sofort, daß sie gerettet waren.

Als der Architekt schlafen gegangen war, sammelten die beiden bösen Geister jedes Tröpfchen Niederträchtigkeit, das sie noch in sich hatten. Sie flüsterten dem Architekten Dinge ins Ohr. Sie zupften an seinen Augenlidern. Oh, die Alpträume, die er davon bekam! Sie waren so schrecklich, daß der arme Mann wimmerte und in Schweiß gebadet war.

Doch als der Morgen anbrach, konnte er sich an nichts mehr erinnern. Er stand sogar besonders früh auf, ging nach unten zu seinen Plänen und veränderte sie wie in Trance. Er fügte seinem Entwurf Wasserspeier hinzu: schreckliche Ungeheuer, elende Ungeheuer, abstoßende Ungeheuer mit Fledermausohren und Rattenaugen und kleinen spitzen Zähnen. Und als der Bau fertig war, schlüpften – wie nicht anders zu erwarten – hundert Geister hinein und ließen sich häuslich nieder.

Den besten Platz bekamen natürlich Hector und Edmond. Sie saßen jetzt für immer direkt über der Eingangstür auf ihrem persönlichen Sims. Als sich die Geschichte unter den Geistern herumsprach und jedes neue Gebäude in der Gegend bald seine eigenen scheußlichen Wasserspeier hatte, erwiesen sie alle den ersten und bösartigsten Ungeheuern von Gramercy Park ihre Reverenz.

Seht ihr, so war es. Und das bringt uns an den Anfang zurück – zu Hector und Edmond, die über die Stadt schauten und von Weh und Leid träumten. Bis es endlich Nacht wurde. Eine Nacht, wie Ungeheuer sie lieben: dunkel und kalt und feucht. Die Leute wollten schnell nach Hause und eilten hierhin und dorthin. Einige fluchten. Andere schrien. Alle hatten schlechte Laune.

Das erfreute Hector und Edmond über die Maßen.

»Weißt du was, Edmond?« sagte Hector. »Ich liebe diese Stadt.«

»Ich auch, alter Freund«, erwiderte Edmond. »Die Leute sind so unbeschreiblich scheußlich.«

In diesem Moment bemerkte ein vorbeihastender dünner Mann in einem langen Mantel die beiden.

»Igitt!« sagte er vor sich hin. »Abstoßend!« Und mit dem nächsten Schritt, den er machte, rannte er direkt in eine Straßenlaterne und verlor beinahe das Bewußtsein. Blut tropfte aus seiner Nase, und auf seiner Stirn wuchs eine Beule von der Größe eines Hühnereis. Hector und Edmond mußten so lachen, daß sie Angst hatten, von ihrem Sims herunterzufallen. Dann begannen sie, weiteren Schabernack auszuhecken.

Das Telefon neben ihr läutet. Zweimal. Dann erst kann sie das Geräusch einordnen. Nach dem dritten Läuten nimmt sie ab.

»O Gott. Du klingst furchtbar. Hast du die Grippe?«

Inchy Burden.

»Tu nicht so, als wärst du nicht da. Lizbeth, ich kann dich schniefen hören.«

Die Unterhaltung, die jetzt folgt, kreist um zwei Themen: wie Inchy herausbekommen hat, wo Lizbeth ist (Inchy gibt zu, daß sie Nancy unter Druck gesetzt hat), und was Lizbeth dort anstellt.

»Ich höre, du arbeitest an einer neuen Idee. Dürfte ich vielleicht fragen, worum es sich dabei handelt?«

Aber Lizbeth sagt, sie wolle nicht darüber reden. Inchy ist verwirrt. Gekränkt.

»Wenn du unzufrieden damit bist, wie ich dich vertreten habe, Lizbeth, kann ich mich nur entschuldigen. Ich weiß, daß beim letzten Mal nicht alles so gelaufen ist, wie wir es uns erhofft haben, aber das mußt du einfach hinter dir lassen. Alles.«

»Das habe ich bereits getan«, sagt Lizbeth.

Und sobald sie aufgehängt hat, liest sie weiter.

Überall um sie herum war aufgeregtes Lärmen zu hören. Auf dem Land läßt das Geschwätz der bösen Geister die Bäume in der Dunkelheit rascheln. In Gramercy Park war es eher wie ein leises Summen, das unter dem Lärm der Stadt brodelte.

Dann schlug die alte Standuhr in der Halle des Gebäudes endlich zehn – das war das Signal für Hector, Edmond und hundert häßliche, teuflische Ungeheuer, ihre steinernen Behausungen zu verlassen und sich in die Lüfte zu schwingen. Wer sie zu Gesicht bekam, mochte glauben, es wäre ein riesiger Schwarm schwarzer Vögel – dabei können sie so schnell fliegen, daß man sie vermutlich gar nicht bemerkt.

Hector und Edmond flogen voran, prachtvoll in ihrer Bosheit. Inzwischen war der Regen noch heftiger geworden, und unter ihnen auf der Straße waren lauter Regenschirme aufgetaucht. Aber der Wind blies so kräftig, daß die meisten von ihnen nach außen geklappt wurden.

»Sieh nur«, sagte Hector zu Edmond, »was für eine schöne Nacht!«

Über der Penn Station trennten sich die Ungeheuer – sie verteilten sich auf alle fünf Stadtbezirke. Alle wollten dasselbe: Leute finden, die Böses im Schilde führten, damit sie sich von ihrer Schlechtigkeit nähren und in ihrem Kielwasser Unfug anstellen konnten. Einige flogen nach Brooklyn, ei-

nige nach Queens, einige in die Bronx und einige flogen sogar nach Staten Island. Aber keines der Ungeheuer mußte lange warten.

Hector und Edmond blieben in Manhattan. Hoch über dem Times Square entdeckten sie den ersten schlechten Menschen. Ältere Ungeheuer, Ungeheuer mit Lebenserfahrung, erkennen eine solche Person auf den ersten Blick. Sie irren sich nie.

Dieser erste schlechte Mensch war ein Mann, der einen teuren Regenmantel anhatte. Auch sein Anzug, sein Hemd und sein Schlips waren teuer. Aber seine Armbanduhr war noch teurer als alles andere zusammen. Er war sehr zufrieden mit sich, dieser Mann. Den ganzen Tag über hatte er in der Wall Street Geld verdient, um noch mehr teure Sachen zu kaufen – nur für sich allein.

Hector und Edmond sahen ihn in einen Laden gehen, wo er eine Packung Kaugummi kaufte und mit einem Fünf-Dollar-Schein bezahlte. Der Ladenbesitzer (der seit vier Uhr morgens gearbeitet hatte) war so müde und durcheinander, daß er dem Mann auf zwanzig Dollar herausgab.

Der Mann bemerkte das Versehen, aber anstatt das Geld zurückzugeben, nahm er es blitzschnell an sich und verließ den Laden. Draußen steckte er die Scheine in seine Brieftasche und grinste.

Hector und Edmond waren fasziniert von soviel Schlechtigkeit!

Genauso schnell, wie der Mann das Geld genommen hatte, flogen sie zum Laden hinab, vor dem die Waren auslagen. Blitzschnell hielt Edmond die Taschen des teuren Regenmantels auf, und Hector füllte sie randvoll mit Äpfeln, Grapefruits, Passionsfrüchten und zwei Melonen (es war nämlich ein sehr großer Regenmantel).

Der Sohn des Ladenbesitzers hatte gerade Orangen nach draußen gebracht. In diesem Augenblick sah er auf. Der Sohn des Ladenbesitzers war über zwei Meter groß und zufällig ein

Ringer, der mit Bären zu trainieren pflegte. Er entdeckte eine Ananas, die aus der Manteltasche des Mannes schaute.

»He, Sie!« rief er. »Haben Sie dafür bezahlt?«

Bevor der Mann wußte, wie ihm geschah, hatte der Sohn des Ladenbesitzers ihn an dem teuren Kragen gepackt, in die Höhe gehoben und in den Laden geschleppt. Dann schüttelte er ihn.

»Was ist denn das?« brüllte er, als Stück um Stück aus der Manteltasche kullerte. »Ein Ladendieb! Ich werde dir zeigen, was wir mit denen machen!«

Den Mann immer noch in die Höhe stemmend, zog der Riese die Brieftasche aus dem Mantel des Übeltäters und leerte sie auf dem Ladentisch aus. Scheine – Fünf-, Zehn-, Zwanzig-, Hundert-Dollar-Scheine – fielen heraus. Genug Geld, um halb New York zu kaufen!

»Das«, sagte der Sohn des Ladenbesitzers, »müßte die Kosten decken.«

Er steckte die leere Brieftasche in die Manteltasche zurück und kickte den Mann wie einen Fußball die halbe Straße hinunter. Als der auf dem Boden aufschlug, stand er auf und rannte um sein Leben, wobei er heulte und jammerte, was Hector und Edmond mit der reinsten Freude erfüllte!

»Davon kann ich nie genug kriegen«, sagte Hector zu Edmond, als sie sich in die Nacht schwangen.

»Ich auch nicht«, sagte Edmond. »Ich mag das immer noch so gern wie 1923.«

Dann flogen sie quer über die Stadt, den ganzen Weg nach Harlem, wo sie hinter den Fenstern einer Bar den nächsten schlechten Menschen entdeckten. Der Mann hatte ein Glas vor sich stehen und versuchte, mit allen Frauen anzubändeln, die an seinem Tisch vorbeikamen. Er pfiff ihnen nach und sagte ihnen, wie schön sie seien. Er warf ihnen Kußhände zu und bat sie um ihre Telefonnummer. Nichts klappte.

Für dich und mich hätte dieser Mann vielleicht gar nicht wie ein schlechter Mensch ausgesehen – wir hätten ihn ver-

mutlich ein bißchen traurig gefunden. Hector und Edmond wußten es besser.

Und siehe da, sobald er die Bar verlassen hatte, griff er in die Hosentasche und steckte sich seinen Ehering wieder an. Er trottete die Straße hinunter. Hector und Edmond folgten ihm. Als sie an einer Drogerie vorbeikamen, die nachts geöffnet hatte, flitzte Hector hinein – und als er zurückkam, trug er leuchtend roten Lippenstift! Die Wirkung war dermaßen gräßlich, daß sich sogar Edmond ekelte!

Dann schlich sich Hector von hinten an und verteilte Küsse auf dem Kragen des makellos weißen Hemdes – schneller als ein hungriger Gepard. Überall war leuchtend roter Lippenstift, ohne daß der Mann es überhaupt gemerkt hatte.

»Mal sehen, was seine Frau dazu sagt«, meinte Hector.

Die dritte nichtsnutzige Person des Abends fanden sie auf der Amsterdam Avenue. Zwei Freundinnen kamen gerade aus dem Kino – die eine war an diesem Tag gerade erst beim Frisör gewesen. Ihr frisch geschnittenes Haar sah wirklich gut aus! Aber die Ungeheuer merkten auch, daß ihre Freundin eifersüchtig war. Denn deren Haar war fettig und glänzte überhaupt nicht.

»O nein!« sagte die erste. »Ich hab meinen Schirm vergessen. Meine Frisur!«

»Laß nur«, sagte ihre Freundin, »komm einfach unter meinen Schirm.«

Also schmiegten sie sich aneinander und gingen los. Aber Hector und Edmond merkten, daß die eifersüchtige Freundin den Schirm immer wieder ein kleines Stückchen zur Seite schob, so daß das Haar der anderen naß wurde, ohne daß sie es merkte. Als die junge Frau mit den schönen Haaren zu Hause ankam, war ihre Frisur ruiniert.

Sie sah traurig aus, als sie ins Haus ging. Nicht so ihre eifersüchtige Freundin: Sie pfiff eine kleine Melodie vor sich hin und schlug die Hacken zusammen.

»Donnerwetter!« sagte Hector. »Die ist ja noch verdorbener als wir.«

Die beiden Geister folgten der eifersüchtigen Freundin bis zu ihrer Wohnung. Dann schlichen sie sich hinein und versteckten sich, als sie ihre nassen Kleider auszog, ein Bad nahm, sich etwas zu essen machte und sich vor den Fernseher setzte.

Erst als sie im Bett lag, hörte sie das gurgelnde Geräusch. Sie öffnete die Augen, als das Wasserrohr platzte, und ehe sie sich's versah, strömte literweise Wasser aus der Zimmerdecke, und ihr Bett begann zu schwimmen.

Hector und Edmond flogen davon. Man hätte nicht sagen können, was lauter war – die Schreie der jungen Frau oder das Gelächter der Ungeheuer.

Die ganze Nacht über machten die Quälgeister weiter, bis schließlich die Sonne aufzugehen begann. Da war es Zeit, nach Gramercy Park zurückzukehren. Auf dem Rückweg lächelten Hector und Edmond sich niederträchtig zu, zwei alte Freunde, die ihr nächtliches Pensum erfolgreich (und das heißt böse!) absolviert hatten.

Am Times Square stießen all die anderen Ungeheuer, die ihrerseits Unfug getrieben hatten, wieder dazu und formierten sich hinter ihnen. Der Anblick ihres Gebäudes, ihres Zuhauses, machte sie alle froh.

Aber gerade als sie Gramercy Park erreicht hatten, hielt Hector inne. Ein Mann namens Louis Fung, der in der Woche zuvor in das Haus mit den Ungeheuern eingezogen war, stand draußen vor der Tür. Mit seinem kahlen Kopf und der langen, mit Warzen bedeckten Nase sah Louis Fung fast so gräßlich aus wie Hector selbst. Gerade heftete er ein Stück Papier an die Wand neben der Eingangstür. Dann ging er wieder ins Haus.

Hector und Edmond flogen auf die Ankündigung zu.

»Petition zur Verschönerung unseres Gebäudes und unse-

rer Nachbarschaft«, hieß es da. Angst ergriff die Ungeheuer, als sie sich vor der Wand drängten, um den Rest zu lesen.

»Haben Sie es satt, mit der Häßlichkeit zu leben?« hieß es weiter. »Haben Sie den Ärger in der Nachbarschaft satt? Wenn das so ist, unterschreiben Sie – und werden die Ungeheuer von Gramercy Park für immer los!«

Ohne den Blick zu heben, schlägt sie die Seite um und beginnt mit dem nächsten Kapitel.

Am Telefon klingt Ossery, als säße er auf einem Pferd. Jedes seiner Worte wird von gedämpftem Schnauben und dem Geräusch scharrender Hufe begleitet.

»O ja«, sagt er, »an dem Teil hat er monatelang geschrieben und ist fast ausgeflippt vor Angst, daß die Aufseher es auf den Müll werfen oder verbrennen würden. Unmittelbar vor seiner Einzelhaft hat er es mir zur sicheren Verwahrung übergeben.«

»Ich bin sprachlos. Eine Geschichte für Kinder! Und sie ist gut. Ich meine, sie könnte hier und da etwas geglättet werden ... aber sie hat ... Pep.«

»Nun, wie gesagt, er hat sich ziemlich reingekniet.«

»Wo sind Sie? Ich glaube dauernd, ich höre Pferde.«

»Ich bin in einem Stall in Poughkeepsie. Wie schauen uns einen Wallach für meine Töchter an.«

In seine Stimme schleicht sich Wehmut.

»Eines Tages muß ich mir die Zeit nehmen und auch etwas schreiben, wissen Sie. Einen Justizthriller vielleicht.«

»Ich wußte gar nicht, daß Sie ... das anstreben.«

»Doch, sicher. Ich würde mich gerne in etwas vertiefen und ganz darin aufgehen. Das ist der besondere Reiz des Schreibens, stimmt's?«

Er klingt regelrecht niedergeschlagen. Sie hört ein Wiehern im Hintergrund.

»Jedenfalls hoffe ich, daß er bald einem weiteren Besuch zustimmt. Er ist nicht mehr böse über das Niesen. Also machen wir ... einen neuen Anlauf.«

Ein bösartiger Wind peitscht gegen die fast dreißig Meter hohen Mauern des Bundesgefängnisses Essenville. Aber Lizbeth sitzt schon im Anwaltszimmer und fragt sich, wie lange das noch so weitergeht. Diese ungeklärte Situation. Die Neonröhre über ihr summt. Die Tür wird geöffnet.

Wilson Velez setzt sich. Sieht ihr in die Augen und zuckt mit keiner Wimper.

»Wwwas ... mmmacht die Erkältung? Hhhaben Sssie ... die Mmmedizin gggenommen, zu ddder ... ich-ch-ch ... Ihnen gggeraten ... hhhabe?«

»Ach wissen Sie, am Ende habe ich sie gar nicht gebraucht. Die Erkältung ist von alleine weggegangen. Aber vielen Dank. Sie sollen wissen, von jetzt an ...«

»Von ... jjjetzt an ... Klar.«

»Nun ... wie geht es Ihnen?«

Eine Sekunde vergeht. Dann wirft er sich in ihre Richtung. Er knickt in der Taille ein, so daß er mit der Brust auf dem Tisch liegt, wirft den Kopf zurück, reißt den Mund auf, starrt sie an. Er liegt auf dem Tisch wie ein Seebarsch auf Eis.

Sie merkt, daß einer der Aufseher vor dem Sichtfenster steht und aufpaßt.

»Ggguсken Sssie ... sich dddas an«, sagt Wilson.

Vorsichtig beugt sich Lizbeth näher heran. Späht in seinen Mund, vorbei an der zerklüfteten Zahnreihe. Seine Zunge hängt unansehnlich heraus. Er öffnet den Mund noch weiter. Hinter der Zunge und dem Zäpfchen ist sein Rachen rot, gereizt, gesprenkelt mit kleinen Pünktchen.

»Sieht entzündet aus.«

»Und wwwie! Ich-ch-ch erzähle dddenen dddas seit ... dddrei Tagen.«

Endlich schließt er den Mund.

»Ich glaube, esss issst ... eine Mandelentzündung. Ich-ch-ch kkkann ... nicht schlucken. Sch-sch-scheiße. Dddie ... ggucken einfach zzzu ... und ich-ch-ch bbbin krank. Das ist nicht in Ordnung.«

Er richtet sich auf, lehnt sich zurück.

»Ich-ch-ch hhhabe einen Hustensaft. Nur ... man bb-braucht ... Honig. Glauben Sie, Sie kkkönnten ... mir etwas Honig besorgen?«

»Ich werde es versuchen. Ich spreche mit Sosa. Vielleicht erlaubt er es.«

Sie hält das Stöhnen, das er von sich gibt, für Enttäuschung. Könnte auch Verärgerung sein. Weil er sie für seinen Zustand verantwortlich macht. »Es tut mir leid«, sagt sie, »wenn Sie sich bei mir angesteckt haben.«

»Bei Ihnen? Nnnee. Sie – haben mmmich nicht angesteckt. Dddas war ... ein haitianisches Schwein. Errr hhhat mmmir direkt ins Gggesicht gehustet ... auf dem Hhhof.«

Er schluckt und zuckt zusammen.

»Also ... sssagen Sie mmmir ... wwwie fanden Sie meine Geschichte?«

»Ich fand sie bemerkenswert«, sagt sie. »Die Sprache. Die Erzählweise. Wirklich sehr beachtlich, Wilson.«

Er nickt, als hätte er das schon gewußt.

»Wwwelchen Teil ... mmmochten Sie am liebsten?«

»Okay ... also, besonders mochte ich die Beschreibung der ersten Nacht, nachdem Louis Fung seine Kampagne zur Entfernung der Wasserspeier gestartet hat ... als Hector und Edmond wieder nach Norden fliegen und versuchen, Unfug anzustellen, aber –«

»Aber dddieses Mmmal ... versagen ihre Kkkräfte!«

»Genau. Als wären sie auf mysteriöse Weise geschwächt worden. Und auch die anderen Ungeheuer haben dieselbe Erfahrung gemacht.«

»Unddd … als sssie wwwieder da sind, hhhat Louis Fung schon … hhhundert Nnnamen auf seiner Liste.«

»Genau. Dieser Teil hat mich so gefesselt, daß ich einfach weiterlesen mußte.«

Wilson Velez genießt die Komplimente.

»Und das Ende … das Ende ist großartig. Obwohl ich glaube, daß es für Kinder vielleicht ein wenig zu –«

»Kinder«, sagt er, »lieben ssso … was. Sie würden … das Ende mmmögen.«

Sie spürt, daß er nicht bereit ist, über diesen Punkt zu diskutieren.

»Also … woher kennen Sie Gramercy Park? Haben Sie die echten Wasserspeier auf den Häusern dort gesehen?«

»Natürlich. Mmit neun vvielleicht. M-m-ir ggef-fielen die in den Sunnyside Gardens, *sabess*? Dann ssagt dieser … Junge, da sind wwelche in Manhattan, ddie ssind noch schöner … Allso bbin ich mmit der 7 gganz bis Grand Central ggefahren … und hhab sie mmir angeguckt. Dder Junge hhatte recht. Und ich-ch hhabe ssie … nie vergessen.«

»Nun, wie gesagt, ich fand Ihre Geschichte bemerkenswert.«

»Be-mer-kens-wert«, sagt er. »Also Lizbeth … ich schätze mal, wir ssind bbeide bemerkenswert.«

Er hat sie zum ersten Mal Lizbeth genannt. Sie fragt sich, warum sie das verunsichert. Es kommt ihr wie ein Übergriff vor.

»Jjedenfalls hhabe ich … darrüber nnachgedacht. Und ddie Antwort isst … ja.«

»Ja, wozu?«

Seine Augen werden glasig. Er starrt an ihr vorbei. Eine, zwei, drei, vier, fünf Sekunden vergehen. Dann: »Zzu ddem Buch … natürlich.«

Euphorie erfüllt sie. Überschäumende Freude. Sie versucht, das nicht allzu offensichtlich werden zu lassen, aber sie schreit fast auf.

»Das ist fantastisch«, sagt sie. »Das ist wundervoll.«

»Ich-ch … wwürde Ihnen die Hand geben«, sagt er. »Aber … Sie wissen ja …«

Er hebt seine Hände in die Höhe, so weit es die Kette an seiner Taille erlaubt.

»Sie haben die richtige Entscheidung getroffen«, sagt sie.

»Ich … weiß. Ddarum … habe ich ssie getroffen. Aber esss gibt ein ppaar … Ddinge, die Sie tun müssen. Bbedingungen.«

Lizbeths Lächeln erstirbt. Hätte sie sich nicht einen Moment länger an dem einfachen »Ja« erfreuen dürfen?

»Erstens: Wwenn wir ddas tun … ssind wwir ehrlich. Uns ggegenüber … und im Bbuch. Keinen Schwachsinn. Keine Lügen. *Verdad.* Hundert Prozent. Wwenn Sie wwollen, daß ich ehrlich zzu Ihnen bin … dann ssind Ssie ehrlich zzu mir. In … alllem.«

»Das geht in Ordnung. Natürlich. Das ist genau das, was ich auch will.«

»Okay. Wwenn ddas so ist … hier issst ddie andere Bbedingung. Meine Geschichte … ich will, daß sie veröffentlicht wirdddd.«

»Ihre Geschichte? *Die bösen Geister von Gramercy Park?*«

Sie blinzelt ihn an, und er nickt.

»Ggenau. Ich-ch-ch habe sehr llange daran geschrieben … und ich bbin stolz ddarauf … und wwill, daß sie veröffentlicht wwird.«

»Wilson …«, sagt sie, »ich kann Ihnen gar nicht sagen, wie sehr es mich freut, daß wir zusammenarbeiten werden. Und ich finde Ihre Geschichte wunderbar. Aber ich bin keine Verlegerin. Ich kann nichts veröffentlichen.«

»Abber … gganz bestimmt wwird die Empfehlung einer Frau, ddie so vielle … Bücher vverkauft hattt wie Sie … ernst genommen … bbesonders, wwenn ihr nächstes Bbuch davon abhängt. Und bbesonders, wwenn dasss … wasss sie empfiehlt … so be-mer-kens-wert isst.«

Er beugt sich nach vorn und gibt sich große Mühe mit der Artikulation.

»Ich wwar so lange vvon dieser Welt ausgeschlossen ... und nnichts vvon mir hat in ihr weitergelebt. Das ssoll anders werden. Ssolange bei irgendeinem Trödler für zwanzig Cent ein zerfetztes Exemplar vvon der Geschichte ... zzu hhaben ist ... bbin ich ein Teil der Wwelt. Ddas verstehen Sie doch, Lizbeth? Ich ssage nnur, ich helfe Ihnen, in der Wwelt zzu sein, und Sie helfen mmir.«

Sie ist sprachlos. Aber dann sagt sie: »Ich kann natürlich mit ein paar Leuten darüber reden. Aber ich kann nichts versprechen.«

»Mmachen Sie das. Aber ich ... wwill nicht, daß es unter mmeinem Namen rauskommt. Wenn Wilson Velez auf einem Kinderbuch steht, wwill keiner... daß ddie Kinder es lesen. Also mmuß esss unter einem anderen Nnamen veröffentlicht wwerden ... *sabes*?«

Er steht auf.

»Ddas issst ... die Bedingung.«

Seine Augen trüben sich, als wäre ein Schalter umgelegt worden. Bevor sie überhaupt etwas sagen kann, sind die Aufseher im Raum und legen ihm die Hände auf den Rücken. Er schlurft in den Korridor wie ein Mönch.

»Bbis zum nächsten Mal«, sagt er. »Wenn diese ... Herren ... mmich nnicht vorher ... sterben lassen.«

Draußen hat der Wind nachgelassen.

Aus ihrem Zimmer im Airport Plaza ruft Lizbeth das Büro von Inchy Burden an und setzt damit alles in Gang.

In den folgenden Tagen gibt es hektische Verhandlungen. Inchy verhandelt mit Ossery, Inchy verhandelt mit dem Verlag. Im Hotel herrscht Stille. Inchy ruft an, als Lizbeth halb schlafend im Bett liegt.

Alles geregelt, sagt sie.

»Für beide Bücher?«

»Für beide.«

Ein Vertrag für *Gottes einsamster Mann* ist aufgesetzt worden, ein anderer für *Die bösen Geister von Gramercy Park*. Eine Zahlung wurde an das Gefängnis geleistet, eine andere – in Wilsons Namen – an verschiedene Wohltätigkeitsorganisationen. Ihrem Verlag sind bereits erhebliche Kosten entstanden.

»Aber das macht nichts, sie wissen nämlich, was sie bekommen. Sieh es als Investition in die Zukunft an. Das betrifft auch das Publizieren der *Bösen Geister*. Keine große Sache.«

Die Kinderbuchlektorin, sagt sie, sei voll darauf abgefahren. Ist das nicht putzig?

Sie sagt, daß Lizbeth sich nicht schlecht fühlen müsse, weil sie einem Mann wie Velez helfe. Große Kunst, sagt sie, erfordere persönliche Kompromisse.

»Ich weiß«, sagt Lizbeth.

Sie bestellt Champagner beim Zimmerservice. Füllt ein Glas und taucht kurz ihren Finger ein, dann führt sie diesen einzelnen Tropfen an die Lippen.

In Essenville gibt es ein perfektes Haus zu mieten. Es wird im *Expositor* angeboten und liegt zwischen den ersten Häusern, an denen man vorbeikommt, wenn man in die Stadt fährt.

Am nächsten Tag fährt sie hin und nimmt es.

Corona, Queens

Die Übertragungswagen treffen ein. Kameraleute stecken ihr Territorium am Randstein ab, Fernsehreporter überprüfen ein letztes Mal die Fakten und ihre Haare.

Die Zeitungsleute haben die Geschichte schon. Sie hängen an ihren Telefonen, um sie zu diktieren, warten nur darauf, daß jemand abnimmt.

Ein gelbes Band sperrt den Tatort ab und flattert in dem Wind, der von Manhattan herüberfegt. Müde Sanitäter pakken Geräte in den Krankenwagen. Für den Mann auf dem Boden können sie nichts mehr tun. Eine Decke liegt über seinem Gesicht.

Alle anderen sind Polizisten und Passanten. Noch keine Familienangehörigen.

Endlich kommen die Zeitungsleute durch:

Heute abend gab es in Corona, Queens, *erneut einen Ausbruch von Gewalt, als ein Mann vor einem durchgehend geöffneten Supermarkt auf der Roosevelt Avenue erschossen wurde. Oscar Manzanares, 22, wurde von einem unbekannten Angreifer niedergemetzelt, als er kurz nach 22 Uhr das Fair Price Food Center verließ.*

Polizeiangaben zufolge wurden drei Schüsse auf das Opfer abgegeben; dem Täter gelang jedoch die Flucht.

Innerhalb der letzten achtundvierzig Stunden ist der Mord bereits der zweite in dieser Gegend; der erste geschah am Dienstag nur einen Block entfernt auf dem Junction Boulevard. Das Opfer war der dreiundzwanzigjährige Julio Diaz. Auch in diesem Fall konnte der Täter nicht ergriffen werden.

Gewalttaten in Corona waren in diesem Winter bereits mehrfach in den Schlagzeilen. Erst gestern wurde der Polizeibeamte Alan Managan durch eine interne Untersuchung offiziell entlastet, nachdem er im Oktober den unbewaffneten Hausmeister Ramon Carvajal vor einem Laden auf der 53rd Avenue erschossen hatte.

Die Anwohner hoffen nun, daß ihr Wohngebiet von weiteren Bluttaten verschont bleibt.

9

Auf dem Tresen in der Küche steht frisch gekochter Tee. Wie ein wärmendes Feuer zur Wiederbelebung des gemieteten Hauses in Essenville. Nach wer weiß wie vielen Wochen des Leerstands ist es noch kalt. Es wirkt wie ein Musterhaus, schmuck wie aus dem Katalog.

Heute morgen ist sie aus dem Airport Plaza ausgezogen. Auf dem Weg hierher hat sie im Einkaufszentrum die wichtigsten Dinge besorgt: eine Badematte, einen Wasserkocher, Verlängerungskabel. Ein Paar feste braune Stiefel, um für den Schnee gewappnet zu sein, der jetzt jeden Tag fallen wird, wie die Meteorologen sagen.

Aber sie hat Tassen vergessen. Oder Becher. Irgend etwas, aus dem man trinken kann. Sie denkt an das Einkaufszentrum, an die Lichter dort, die Musikberieselung. Zieht sich den Mantel wieder an und fährt ins Zentrum. Inzwischen kennt sie die Stadt besser und weiß, welche Kirchen am beliebtesten sind, wo die Jugendlichen hingehen, um zu rauchen, und wo das Handy den besten Empfang hat. Sie hat auch die ausgeweideten Fabrikgebäude gesehen, die gleich hinter »Old Essenville« liegen.

Sie parkt vor dem Geschenkartikelladen.

Der wohltätige George Finer ist mit einem Kunden beschäftigt. Einem knochigen Mann mittleren Alters in einer wattierten Jacke, auf deren Rücken ESSUSP steht. Er hält eine Straßenkarte von Illinois in der Hand.

»Ich sage lediglich, daß meine Reise in den fraglichen Staat aufgrund diverser … hm … Faktoren, die ich jetzt nicht weiter erläutern möchte, abgesagt wurde, George. Also brauche ich die Karte nicht mehr. Und hätte gerne mein Geld zurück.«

»Aber Don, ich habe sie extra für dich bestellt. Niemand sonst kauft sie mir ab.«

Das Hin und Her dauert an, aber sobald er Lizbeth erblickt, breitet sich auf Georges müdem Gesicht ein Lächeln aus. Sie betrachtet den Aufseher des Bundesgefängnisses. Fragt sich, wie er die Insassen behandelt.

Die Aufseher der verschiedenen Strafanstalten sind eine konstante Größe. Ein beständiger Strom wälzt sich auf dem Weg zur Arbeit oder auf dem Nachhauseweg durch die Stadt, wo sie sich einen Kaffee besorgen oder eine Zeitung kaufen. Lizbeth hört, daß George nachgibt. Er wird den vollen Kaufpreis zurückerstatten.

Als der Aufseher verschwunden ist, kauft sie drei Becher. Zwei haben keine Aufschrift, nur Gefängnisstreifen, auf dem dritten steht: *Essenville, Pennsylvania – Ihr verknackt sie, wir lochen sie ein.*

Er gibt einen Freudenschrei von sich, als sie erzählt, daß sie voll und ganz in die Stadt gezogen ist. Schreibt ihr seine Adresse und Telefonnummer auf.

»Wenn Sie etwas brauchen«, sagt er. »Immer. Egal was.«

Und dann macht er eine Pause. Ihm scheint etwas im Hals zu stecken.

»Miss Greene, hoffentlich mache ich keinen Patzer, aber wenn Sie heute noch nicht zu Mittag gegessen haben, würden Sie vielleicht mit mir kommen? Die ›Übergeschnappten Eier‹ im Venus sind legendär...«

Er bewegt sich nicht. Lizbeth betrachtet ihn. Sucht in seinem Gesicht nach einem Hinweis auf das Raubtier. Nach dem Ausdruck eines Mannes, den die Leidenschaft quält. Sie lächelt ihn an, er lächelt zurück, und sie weiß, daß er sie nicht anbaggern wird.

Kaum hat sie zugestimmt, breitet sich auf seinem Gesicht

ein glückliches Festtagslächeln aus, und er kommt hinter dem Ladentisch vor. Dreht das Schild an der Tür um: Geschlossen.

Draußen hat sich am Ende der Straße ein halbes Dutzend Gefangener auf dem Grünstreifen versammelt. Drei Aufseher mit Gewehren in der Hand beaufsichtigen sie. ESSFCI steht auf ihren Jacken. Jeder Gefangene hat einen Müllsack. Dann ertönt ein Befehl, sie schwärmen aus und heben Abfall auf. Einer von ihnen ist bestimmt noch nicht zwanzig, ein anderer sieht wie ein Großvater aus. Innerhalb von Sekunden beugen sich alle sechs nach unten, sehen nicht auf, füllen die Säcke.

»Einmal in der Woche kümmern sie sich um die Gärten der Leute«, sagt George.

Ein Bus fährt vorbei, in jedem Fenster ist ein Fahrgast zu sehen. Sie fahren zum ESSUSP.

»Machen sie jemals halt in der Stadt?«

»Die Besucher? Kaum. Also bestimmt kommen einige hier durch, aber ich vermute, daß sie nicht über den Grund ihres Besuchs sprechen.«

Lizbeth sieht zu, wie der Bus weiterfährt. Die Augen der Fahrgäste sind stur nach vorn gerichtet, während sich die Insassen des ESSFCI eifrig mit dem Müll beschäftigen.

Als sie beim *Venus Restaurant Diner* ankommen, ist es bereits gut gefüllt. Aber George findet einen Platz am Fenster. Sie betrachtet sein Gesicht, als er sich auf die Bank ihr gegenüber setzt. Wenn er alt ist, werden seine Gesichtszüge besser wirken, denkt sie. Dann wird er weise aussehen.

Als habe er ihre Gedanken erraten, sagt er würdevoll: »Bitte vertrauen Sie mir die Wahl des Essens an. Sie werden es nicht bereuen. Ganz bestimmt.«

Und er ruft der nächsten Kellnerin zu: »Linda, meine Liebe, bringst du uns bitte Übergeschnappte Eier? Zweimal.«

»Und wenn ich nun allergisch gegen Eier wäre?« fragt Lizbeth.

»Dann würden Sie etwas Einmaliges verpassen.«

Er schüttelt den Kopf. Atmet ein, atmet aus.

»Also, hier sind wir. Ich und Lizbeth Greene.«

Er senkt die Stimme.

»Die Leute schauen alle her. Sie wissen, wer Sie sind.«

»Bestimmt verwechseln sie mich.«

»Aber nein.«

»Wirklich, ich bin nur halb so berühmt, wie ich gedacht habe. Als ich heute morgen meinen Schlüssel an der Hotelrezeption abgab, kam ein Mann auf mich zu ... und fragte, wie es mir gehe. Dann sagte er, wie komisch, ausgerechnet hier auf mich zu treffen ... ich stellte mich schon darauf ein, ein Buch zu signieren oder ein Autogramm zu geben, als er plötzlich böse guckte und sagte, Ken vermisse mich immer noch und ob ich eigentlich wisse, was für eine Nummer ich damals abgezogen habe. Es stellte sich heraus, daß er mich für die Frau hielt, mit der sein Bruder in Scranton vor fünfzehn Jahren zusammen war.«

»Oh, wie schrecklich! Hoffentlich glauben Sie nicht, daß alle hier so dumm sind. Das würde mich wirklich bekümmern. Obwohl ich der Mann bin, der T-Shirts verkauft, auf denen steht: *Alcatraz ist für Waschlappen.*«

Lizbeth beugt sich vor und betrachtet Georges Hemd und was er darunter trägt.

»Ich glaube sogar, Sie haben eins davon an.«

Er schaut nach, dann stöhnt er.

»Waschtag. Und das ist meine letzte Reserve. Obwohl ich als Ortsansässiger natürlich jederzeit behaupten kann, daß ich Gemeinsinn zeige.«

Sie fängt seinen Blick auf.

»Also, ich habe gehört, daß es ziemlich hart war, bevor die Gefängnisse ...«

»Ach, das Schlimmste habe ich verpaßt ...«

Aber er sieht, daß sie ein wirkliches Interesse hat. Also seufzt er und beugt sich vor: »Als ich klein war, drehte sich alles um Gummi. Das kam von hier. Dafür waren wir da. In den sechs Nachbarbezirken gab es Bergwerke, aber wir waren anders. Also, in Wirklichkeit bestand die Hälfte unserer Produktion aus Förderbändern für die Kohle und Reifen für die Loren ... aber wir *glaubten*, wir wären anders. Ich ging 1982 fort und kam 1991 wieder, und in der Zwischenzeit war alles vorbei. Geschlossen. Die letzte Fabrik verschwunden. Die Hälfte der Geschäfte in der Hauptstraße mit Brettern vernagelt. Direkt gegenüber gab es eine Bowlingbahn, das *Double J Strike-O-Rama* ... es war das Zentrum des Universums gewesen. Inzwischen war es niedergebrannt. Versicherungsbetrug. Als ich fort war, wußte ich natürlich, daß es schlecht lief, daß die Zechen stillgelegt wurden, aber ich glaubte, wir wären nicht davon betroffen. Wir machten ja Gummi. Blöd, ich weiß. Also ... ich selber bin kein Bowler, aber ich kann es am besten so erklären: Manchmal sieht man, wie die Kugel über die Bahn saust und direkt in die Pins trifft, und alle fallen um außer einem ... es sieht so aus, als wäre dieser eine okay ... aber dann fängt er an zu wackeln ... und dann wackelt er ein bißchen heftiger ... und schließlich kippt er um. Das war Essenville. Wir haben noch eine Weile gewackelt, und dann sind wir auch zu Boden gegangen –«

Er macht eine Pause, als die Kellnerin kommt und zwei Teller mit Spiegeleiern, Buchweizenpfannkuchen und hausgemachten Pommes frites vor sie hinstellt.

»Zweimal Übergeschnappte Eier«, sagt sie. »Guten Appetit.«

Die pure Skepsis im Blick, taucht Lizbeth ihre Gabel in das Eigelb. Führt sie an den Mund.

»*O mein Gott*«, sagt sie. »Das ist ja köstlich.«

»Nicht wahr?«

»O mein Gott ... das ist unglaublich.«

Sie sagt es nicht aus Höflichkeit. Eifrig häuft sie Kartoffeln und Ei auf die Gabel. George lächelt. Dann nimmt er seine Geschichte wieder auf.

»Natürlich haben sie alles mögliche probiert. Eine Million Firmen sagten, sie würden sich hier ansiedeln und Privatjets bauen oder Monster Trucks. Es sollte einen Kasinokomplex, eine Brauerei, eine Rennbahn geben. Alles Windeier. Immer mehr Leute zogen weg. Was jetzt mein Geschenkeladen ist, war damals die Chemische Reinigung meiner Mutter und ungefähr sechs Monate von der Pleite entfernt. Dann hörten wir, daß die Vollzugsbehörde ein Gelände für ein neues Hochsicherheitsgefängnis suchte.«

Er nimmt einen Schluck Wasser.

»Wir konkurrierten mit elf Städten in ganz Pennsylvania. Also organisierten wir eine Finanzierungskampagne. Dann kauften wir fünf Meilen nordöstlich von Essenville 750 Morgen Land aus privatem Besitz. Dieses Land stellten wir der Vollzugsbehörde zur Verfügung. Wir bekamen den Vertrag. Dort befindet sich jetzt das Bundesgefängnis. Anderthalb Jahre später wurden die anderen Haftanstalten gebaut. Und das Ergebnis ist die lebendige Stadt, die Sie vor sich sehen. Es war wie Magie. Plötzlich gab es Arbeit ... am Bau, in der Verwaltung, im Vollzug. Es gab jede Menge Jobs als Aufseher. Täglich ziehen mehr junge Familien in die Stadt. Kaufen brandneue Häuser. Eigentumswohnungen. Eigentumswohnungen gab es hier nie. Jeden Morgen wachen wir von dem wunderbaren Geräusch der Bulldozer und Preßlufthämmer auf. Jetzt gibt es den Golfplatz, das Einkaufszentrum, das Bowlodrome. Hier im Zentrum gibt es Geschäfte, und die Besucher kommen zu mir und kaufen einen Becher und ein T-Shirt oder essen diese köstlichen Eier –«

»George, alles in Ordnung bei euch, jau?«

Die Kellnerin strahlt auf sie herab. Er runzelt die Stirn, als müsse er ernsthaft über die Frage nachdenken. Dann: »Ja, Linda«, sagt er, »ich denke schon.«

Sie hat den Dienstag, den Donnerstag und den Freitag.

An diesen Tagen hat Direktor Sosa eine Stunde festgelegt, in der Lizbeth Wilson Ulysses Velez befragen kann. Er habe sich, sagt er, auf höchster Ebene in der Vollzugsbehörde für sie verbürgt. Er hoffe, sagt er, sie verstehe, was das bedeute.

Ja, sagt sie, das verstehe sie.

Jetzt sitzt sie im Anwaltszimmer und wartet auf Wilson Velez. Neben ihrem Notizbuch liegt ein Kassettenrekorder im Walkmanformat. Durch ein Kunststoffsichtfenster sieht sie das Band. Tonbänder sind ein Relikt. Aber zuverlässig. Greifbar.

Die Tür öffnet sich.

Als er hereingeführt wird, nickt er ihr zu. Setzt sich. Hände zusammen, Beine auseinander.

Sie weiß gar nicht, wie lange sie ihn einfach nur ansieht.

»Wie geht es Ihrem Hals?«

»Besserr. Danke für … den Honig … ich glaube, der Direktor mmag Sie wirklich.«

Lizbeth greift nach dem Kassettenrekorder.

»Macht es Ihnen etwas aus, wenn ich das anschalte?«

»Dddarum … geht es doch.«

»Genau«, sagt sie, aber bevor sie auf den Knopf drückt, macht sie eine Pause. »Ach so. Ich soll Sie etwas fragen. Haben Sie einen Namen gefunden, unter dem Sie das Buch veröffentlichen wollen? Die *Bösen Geister*?«

»Ja. Ich habe mmich für … Jim Rockford entschieden.«

»Wie in *Detektiv Rockford – Anruf genügt*?«

»Sehrr gut.«

»Haben Sie die Serie gesehen?«

»Wenn ich kkonnte. James Garner war ein … wwitziger Typ.«

»Das stimmt. Meine Schwester und ich mochten die Serie auch sehr gern …«

»Also«, sagt er, »es mmuß … eine Serie für be-mer-kens-wer-te Leute gewesen sssein.«

»Vermutlich. Okay, Wilson ... ich gebe Ihren Wunsch weiter.«

Dann zögert sie.

»Es freut mich, daß es mit dem Buch geklappt hat. Mit Ihrem Buch. Sie sind sicher froh darüber. Oder?«

»Klar. Ich bin ... ffroh.«

»Gut. Dann sind wir beide froh. Okay –«

Sie drückt auf RECORD.

»Nun, ich würde gerne versuchen, die wesentlichen Fakten auf Band festzuhalten ... so stelle ich mir jedenfalls unsere Zusammenkünfte vor ... zumindest am Anfang. Wir verschaffen uns einen Überblick über Ihr Leben und kehren später zu bestimmten Ereignissen zurück ... wenn das in Ordnung ist?«

»Kklar.«

»Gut. Nun, ich glaube, Sie kommen aus –«

»Ich wwurde in Panama geboren. Mein Ddorf hieß ... Nolteros. Bei Penonomé.«

Er verstummt. Läßt den Blick im Raum wandern.

»Und erinnern Sie sich an –«

»Nolteros. Am Rrrande der Stadt. Es gab ... kein Wasser. Keine Elektrrrizität. Wir wohnten in einer *bohio*. Einer Hütte. Es war komisch. Auf der einen Ssseite gab es Kornfelder und Gras ... aber auf derrr anderen konnte man vom Hügel hinunterblicken und sah die ... Tankstellen und die Busse auf der *Interamericana* ... irrgendwie zwischen zwei Welten.«

Er verstummt wieder. Dann: »Aber ich gging fort, alsss ich ... noch ganz klein war. Ich erinnere mich nicht gut. Das mmmeiste hat ... man mir vermutlich späterrr erzählt.«

»Und Ihre Familie? Ihre Eltern?«

»Wasss möchten ... Sie wissen?«

»Ihre Namen?«

»Mmmein Vater hieß ... Julio Velez. Er war ein Säufer ... und *cabrón*. Brutal. Faul. Wenn er nüchtern war, ffuhr er seinen beschissenen Lastwagen. Mmanchmal kriegte er in einer Bbbar in Penonomé einen Job ... und fuhr nach El Valle oder Colón oder Panama City. Dann war er tagelang wweg, und wwenn er zurückkam, war vielleicht noch etwass Geld übrig. Meine Mutter... hieß Nina. Sie hat auch ggetrunken. Mein Bbruder hieß ... Eduardo. Er war zwei Jahre ... älterr als ich.«

»*War* zwei Jahre älter?«

»Er ist tot.«

»Das tut mir leid. Das wußte ich nicht.«

»Kein Pr-problem.«

»Ich habe gelesen, daß Sie in Queens aufgewachsen sind? In Corona?«

»Stimmt. Aber zuerrrst wohnten wir in Flushing. 1976 gingen wir aus ... Panama fort. Ich war gerade fffünf geworden. Wir ffandden eine Wohnung ... in Flushing.«

»Wie kam es dazu?«

»Soweit ich-ch weiß ... hatte mmein Vater in Colón getrunken, als er diesen Kerl aus Queens kennenlernte. René irgendwas. Er hatte einen Sweatshop auf der 39th Avenue. So einen Bbetrieb, von dem nnur die Angestellten wwwissen ... Sie nähten Hemden und Bettlaken. Tischtücher fffür die italienischen ... Restaurants in der Ggegend. Jedenfalls haben sie abgemacht, dddaß die Familie nach New York kommt und dort arbeitett ... und dafür kriegten wir ... diese Wohnung am Linneaus Place.«

»Ich weiß nicht, wo das ist.«

»Das weiß keiner, nicht mal in Flushing. Es ist eine Gasse wwwie ein Hufeisen ... die vvon der Prince abgeht. Wir hatten ein Zimmer und eine Küche auf der Hinterseite von einem ... Reihenhaus. Ich weiß noch, daß die Straße voller Schlaglöcher wwar ... und daß es keine Beleuchtung gggab ... so daß man sich den Fuß verstauchte, wenn man abends rrrausging. Es gab auch kkeine Gullys ... und immerzu Überschwemmungen. Unsere Wohnung wwwar auch nicht ... ordentlich geheizt, und die Wasserleitungen waren immm Eimer. Als wir ankamen, hhhat meine Mutter meinen Vater angeschrien, weil ess genauso war wie in Nolteros, nur eiskalt. Aber außerhalb dieser Wohnung wwwar alles ganz anders. Ich-ch-ch hätte das nie für möglich gehalten. Aber ich gewöhnte mich bald daran. Kinder lernen schnell.«

»Konnten Sie Englisch?«

»Klar. Unser Vater sprach gut Englisch. Errr war ganz verrückt nach Amerika, *sabes*? Wenn er mit seinem Lastwagen unterwegs war, hat er uns aus Panama City oder Colón immer amerikanische Zeitschriften mitgebracht. Ich habe mir die Bbilder angeguckt und dann die Worte ... und so habe ich lesen gelernt.«

»Haben Ihre Eltern beide in dem Sweatshop gearbeitet?«

»Ja. Mmmein Vater fuhr einen Lieferwagen, und meine Mutter ... arbeitete an der Nähmaschine ... und mein Bruder und ich, wir haben auch da gearbeitet.«

»Aber Sie waren doch erst –«

»Wir fingen sofort mmmit der Arbeit an. Ich glaube, dddas war von Anfang an so abgemacht. Vier Paar Hände als Gegenleistung für ein beschissenes Zimmer mit Küche.«

»Mein Gott! Was mußten Sie tun?«

»Wir haben mmmeistens nachts gearbeitet. Wenn ein großer Auftrag zu erledigen war, mmmußten wir den Frauen an den Nähmaschinen Kaffee bringen. Die arbeiteten dann nämlich 24-Stunden-Schichten und durften nicht einnicken ... wenn ihnen die Finger unter die Nadel geraten wären, hätten die Stoffe Blutflecken abbekommen. Sonst waren wir nur da, wenn alles leer war. Wwwir packten die Bettlaken und die Tischtücher ein. Sammelten kleine Fäden auf. Machten die Maschinen sauber. Dazu br-braucht man kleine Finger. Wir waren ... zwei unsichtbare Kinder in einem Betrieb, den es offiziell gar nicht gab ...«

»Und geschlafen haben Sie tagsüber?«

»Genau. Wwir hatten ein ... Bett in einer Ecke der Küche. Mein Bruder war wütend auf mich, wenn ich nachts aufstand und einfach in die Ecke pinkelte. Wwie ein Tier. Einmal hat er da, wo ich hingepißt hatte, den Bodenbelag hochgezogen, der war aus bbbilligem grünem ... Vinyl und nicht mal festgemacht. Der gganze Boden darunter war mit ... Zeitungen und Comics und herausgerissenen Ssseiten aus Büchern ausgelegt. Das war die Isolierung. Wir zogen sie raus und lasen, was wir konnten ... am Anfang nur ein paar Worte ... aber trotzdem führten wir die Geschichten fort ... und mmachten etwas Eigenes daraus.«

»Was waren das für Geschichten?«

»Oh, alles mögliche. Ich erinnere mich noch an die ersten sechs Seiten einer Science-fiction-Geschichte mit Raumschiffen und solchem Kram. Dann gab es so etwas wie ein Geschichtsbuch ffffür... die dritte Klasse über die Inka. Da waren eine Menge Bilder drin. Das hattt uns gefallen. Wir glaubten, wir *wären* Inka, *sabes*? Und eine Spionagegeschichte. Über Russsen. Darin stand etwas über Codes, und deshalb fingen wir an, selbst Codes zu erfinden ... Zahlen fffür Wörter einzusetzen ... Sie wissen schon. Damit konnten wwir uns ggegenseitig warnen, wenn unsere Mutter besofffen nach Hause kam oder unser Vater seine Wut an jemandem auslassen mußte ...«

»Passierte das häufig?«

»O ja. Eine Woche, nachdem wir in New York angekommen waren, hat er mir den Kiefer gebrochen ...«

Er sieht an ihr vorbei, seine Augen werden glasig; und sie versucht, ihn zurückzuholen.

»Besuchten Sie zu dieser Zeit eine Schule?«

»... Die Grundschule auf der Roosevelt Avenue. Aber richtig gingen wir erst zur Schule ... als mein Vater fortging.«

»Und wann war das?«

»Vielleicht ein Jahr nnnach unserer Ankunft ... anderthalb

Jahre … ich weiß nicht genau … jedenfalls kam er schon lange kaum noch zur Arbeit oder in unsere Wohnung. Mein Bruder und ich sahen ihn manchmal in der Nachbarschaft … und er war immer betrrrunken und hatte jedes Mal neue Freundinnen. Eines Tages war er verschwunden. Irgendwie wußten wir, daß er nicht wieder zurückkommen würde. Meine Mutter hat nie davon gesprochen, aber einige Leute sagten, er wäre mmmmit einer Frau nach Kalifornien gegangen. Andere behaupteten, er hätte der Frau eines anderen ein Kind gemacht und sie hätten ihm die Eier abgeschnitten und ihn an der Triboro Bridge in den Fl-fluß geworfen. Jjjedenfalls haben wir ihn nie wiedergesehen. Kkkurz darauf sind wir von Flushing nach Corona gezogen. Xenia Street. Die Wohnung gehörte auch René, aber sie warrr besser. Klein, aber eine richtige Wohnung, *sabes*? Mein Bruder und ich-ch hatten … ein eigenes Zimmer. Meine Mutter war inzwischen … eingebürgert worden. René hatte nämlich Freunde in derrr Einwanderungsbehörde. Damit waren auch … mein Bruder und ich US-Bürger.«

»Wilson, ich hoffe, Sie finden die Frage nicht indiskret, aber waren Ihre Mutter und René …«

»Klar. Warum hätte René uns sonst so behandelt? Aber das war gut. Denn jetzt hatten wir warmes Wasser, und wir mußten die Nächte nicht mehr innn dddem Sweatshop auf der 39th Avenue verbringen. Nach einer Weile zog sie mmmehr oder weniger ganz zu ihm, und wir wohnten … alleine dort …«

»Sie und Ihr Bruder? In der Xenia Street?«

Wieder werden seine Augen glasig. Sie fragt fünfmal: »In der Xenia Street?« Plötzlich: »Genau. Nur er und ich.«

»Wie alt waren Sie da?«

»Ich schätze mal … acht oder neun.«

»Aber wie haben Sie das geschafft?«

»Esss ging. Meine Mutter kam vorbei und … gggab uns ein paar Dollar. Wenn irgendwas repariert werden mußte … sagten wir ihr Bescheid, und es wurde erledigt. Sie wollte einfach nnnicht ... daß wir bei ihr wohnten. Aber dasss war in Ordnung. Denn so konnten wir Corona erobern.«

Er schaut sie über den Tisch hinweg an.

»Kennen Sie ... Corona?«

»Nun, ich bin durchgefahren, natürlich. Aber ich war niemals zu Fuß dort.«

»Also kennen Sie es nicht. Okay. Damals fuhr ich mit der U-Bahn durch die ganze Stadt. Ich war ein abenteuerlustiges Kind. Ich mochte natürlich Coney Island ... und Manhattan. Da war es so lebendig. Dessshalb spielen auch die *Bösen Geister* dort, *sabes*? Aber am bessten war... Corona. Ich kam mit der Linie 7 nach Hause... das *Unisphere* wachte über mich, und sogar die *Luft* war besser. Weil es meine Luft war. Ich hörte die Flugzeuge im Landeanflug auf *LaGuardia*, und es war wie Himmelsgesang. Damals war es etwas Besonderes ... dort aufzuwachsen. Die Italiener zogen fort, und an ihrer Stelle kkkamen ... Leute aus Dominica, San Salvador, Ecuador, Puerto Rico ... alle Häuser hatten *santos* im Fenster und Plastikblumen und Kerzen ... und die älteren Jungen heizten uns ein. Sie verfolgten und schlugen uns ... aber wir Kkkinder hielten ... zusammen und halfen uns gegenseitig. Sie nannten uns *perros perdidos*. Streunende Hunde. Und wenn mein Bruder und ich Hunger hatten, gggab uns Vater Raymond Peres Obst ... und Kondensmilch. Weil er ein gggutes Herz hatte, Okay? Er war nicht pervers, Okay? Das dürfen Sie nicht denken.«

»Natürlich nicht.«

Lizbeth läßt einen Moment verstreichen, bevor sie weitermacht.

»Darf ich Sie etwas fragen? Diese Kinder, mit denen Sie durch die Gegend zogen, hatten die denn auch kein Zuhause? Keine Familie?«

»Sie hattten ... alle Familien. Trotzdem hingen wir auf den Straßen rum. Die Bullen haßten uns, schikanierten uns.«

»Aber haben Sie –«

»Geklaut? Also ... manchmal reichten das Geld unserer Mutter und Vater Peres' Freundlichkeit nicht ... und wir brauchten etwas zu essen ... und manchmal brauchten wir Kleidung oder etwas zu trinken oder ... Comics.«

»Also haben Sie die Sachen in den Läden gestohlen?«

»Manchmal. Manchmal fuhren aber auch ... fünfff von uns mit der U-Bahn und klauten den Leuten das Geld aus der Tasche. So habe ich meinen ... Spitznamen bekkkommen. Ardilla. Das heißt Eichhörnchen.«

»Ich weiß.«

»Ach, das wissen Sie«, sagt er. »Ich war klein fffür ... mein Alter. Aber beweglich! Also, wenn jemand auf dem Bbbahnsteig oder ein Bulle etwas mitkriegte ... dddann rannte ich blitzschnell auf dem Treppengeländer zur Straße zurück und schlüpfte unter der Absperrung durch. Deshalb nannten sie mich Ardilla.«

Sie beugt sich vor und prüft, ob die Kassette noch läuft.

»Hatten Sie früher auch einen ... Spitznamen, Lizbeth?«

»Nein. Eigentlich nicht.«

»Eigentlich ... nicht?«

»Nicht so einen wie Sie. Keinen, den alle benutzten.«

»Aber Sie ... hattten einen?«

»Meine Schwester nannte mich Albino, weil ich immer so blaß war.«

»Aha! Das paßt ja gut. Ardilla und ... Albino. Und wie heißt sie? Ihre Schwester?«

»Mame.«

»Mame. Und stehen Sie sich ... nahe?«

»Ach, wissen Sie ... wir sind Schwestern.«

»Sie kommen ausss ... Danbury, stimmt's?«

»Nun, wir haben eine Zeitlang dort gelebt, weil die Firma meines Vaters dorthin verlegt wurde.«

»Also wurden sie nicht dort geboren? In Connecticut?«

»Doch. Aber in Bristol. Dort haben wir gelebt, bis ich sechs war.«

Wilson Velez nickt, und das Tonband läuft.

»Und so«, sagt Lizbeth, »ist die Gang entstanden? Durch Taschendiebstahl in der U-Bahn?«

»Neee. Damals gab es keine ... *clica*. Wir waren Kinder. Wir kannten auch keinen *cholo*, keinen Gangster. Nur Luis Palomo. Und der war nichts Besonderes. Ein kleiner Dealer, der seine Geschäfte an einer Ecke am Apex Place abwickelte. Aber er war cool angezogen, und wir wußten, dddaß wir uns nicht mit ihm anlegen durften. Eines Tages im Frühling ruft er mich heran und sagt: ›He! Ardilla! Willst du dir etwas verdienen? Du mußt nur diese Tüte zur Elmhurst Avenue bringen.‹ Eine braune Tüte aus Packpapier ... verstehen Sie? Also mach ich dasss. Und er gibt mir zehn Dollar. Am nächsten Tag bring ich eine Tüte zum Junction Boulevard, und dieses Mal gibt er mir zwanzig. Vonnn da an hab ich den ganzen Sommer für ihn gearbeitet. Ich brachte Tüten an einen Ort ... und holte an einem anderen welche ab.«

»Und wie fanden Sie das?«

»Machen Sie ... Wwwitze? Ich fand es großartig.«

»Weil Sie eine Bezugsperson hatten?«

»Weilll ich Geld hatte. Ich konnte trinken und Comics kaufen und Zigaretten, außerdem gab Luis mir genug *yerba* ... wenn ich high sein wollte, war ich eben high. Aber das beste wwwar ... er besorgte mir ein Fahrrad für die Lieferungen. Ich-ch ... hatte noch nie ein Rad gehabt, und dddas von Luis war erstklassig. Schön. Außerdem begann ich ... mmmich gerade für Muschis zu interessieren.«

Er läßt die Worte auf sie wirken.

»Mit neun?«

»Zehn. Inzwischen war ich zehn. Ich wwußte natürlich nicht ... wwwie ich es anstellen sollte. Ich wwußte nur, daß ich es wollte. Und dann war ich so klein, wissen Sie, keine *hina* hätte sich mit mir eingelassen. Aber mit Luis gggab es jeden Abend ... Partys –«

»Partys?«

»Klar. *Bailes*. In seiner Wohnung auf der Radcliff Avenue.«

Er beugt sich zu ihr hinüber.

»Mögen Sie ... Partys, Lizbeth?«

»Früher, als ich jünger war. Klar. Ich war natürlich nicht so jung wie Sie damals.«

»Wwwas für ... Musik mögen Sie?«

»Reggae.«

»Ah ... Reggae. Wie der Mann in Ihren ... Büchern. Okay.«

Er räuspert sich, ein langwieriger und lauter Vorgang.

»Und wie lange ging das so?«

»Oh, ein paar ... Mmmonate, *sabes*?«

»Hat Ihr Bruder auch für diesen Luis gearbeitet?«

»Ein bißchen. Aber mein Bruder wurde langsammm ... zum Spinner.«

»Gingen Sie zur Schule?«

»Manchmal. Es war ... kkkomisch. Denn in der Schule war ich mit gleichaltrigen Kindern zusammen ... und abends mit Leuten, die zehn Jahre älter waren.«

Er räuspert sich noch einmal.

»Wissen Sie, daß die erssste Person, auf die ich geschossen habe ... achtzehn war?«

»Nein, das wußte ich nicht.«

»Er wurde Boost genannt und schuldete Luis 200 Dollar. Seit einem Monat. Alle redeten darüber, und eines Abends meint einer ... Boost blamiert Luis, also muß er auch blamiert werden, oder? Und ein anderer sagt: ›Was ist mit dem Baby? Ardilla?‹ Und alle lachen ... aber Luis drückt mir eine Waffe in die Hand. Kaliber 38. Ich weiß noch, daß sie so gggroß war ... daß ich sie mit beiden Händen halten mußte. Am nächsten Tag fährt er mich zur 95th Street – wwwo Boost rumhing. Allein. Also hält Luis an ... und ich steige aus und gehe auf Boost zzzu. Meine Hände zittern so schlimm, daß ich bbbeinahe die Waffe fallen lasse, *sabes*? Er dreht sich ummm ... und sieht mich ... und fängt an zu lachen. Ich schätze mal, ich sah ziemlich ... albern aus mmmit dieser Riesenkanone. Dann schoß ich ihm in den Bauch.«

»Was haben Sie dabei empfunden?«

»Ich weiß noch, daß die Waffe sich ... danach so heiß angefühlt hat ... ich konnte nur daran denken, daß ich sie nicht fallen lassen durfte, um Luis nicht wütend zu machen. Und Boost mmmuß vor Schmerzen gebrüllt haben ... aber daran erinnere ich mich nicht mehr.«

»Und wie war es danach? Als Sie allein waren?«

»Danach habe ich mich übergeben. Abbber ... ich war auch stolz. Boost mußte für einen Monat ins Krankenhaus. An diesem Abend gab Luis eine Party, und alle sagten, Ardilla ist jetzt ein Mann. Und seine *hina* ... Annette Muniz ... sie war siebzehn ... ggging mit mir ins Badezimmer ... und wwwir amüsierten uns.«

Er macht eine Pause.

»In den nächsten Tagen ... wwwurde ich wie ein König behandelt. Dann wwwollte Luis ... daß ich noch einmal dasselbe mache ... mit einem Kerl, der in North Beach *chiva* verkaufffte. Heroin, verstehen Sie? Und das wwwar ein echter Gangster. Aber Luis meinte, wir gggreifen ihn uns, wenn er allein ist. Also ... fffahren wir am Morgen hin und warten, und dann kommt der richtige Moment. Außer ihm ist niemand zu sehen. Aber als ich ... mit der Kanone ausss dem Wagen steige, kommen fünf Leute aus seiner beschissenen *clica* um die Ecke. Alllso dreh ich mich um, aber Luis ist schon angefahren. Fuß aufs Gas ... und wwweg.«

»O mein Gott. Haben sie –«

»Sie hhhaben mich erwischt. Ich haute natürlich ab, kriegte aber eine Kugel in den Oberschenkel und wwwachte ... im Krankenhaus wieder auf. Solche Schmerzen hatte ich noch nie gehabt. Später kamen die Bullen. Sie wwwußten, daß ich Boost angeschossen hatte. Ich kam vom Krankenhaus ... dirrrekt ins Jugendgefängnis. Nach Spofford. In der Bronx, *sabes*? November 1981. Das erste Mal im Bau. Aber ich lebte noch. Wwwar also nicht so schlimm, was?«

Er steht auf.

»Das reicht fffür einen ... Tag. Mein Hals ist noch ... rauh.«

»Tut mir leid. Das wußte ich nicht.«

»Solche Geschichten wollen Sie doch hören, oder?«

»Ja. Ich meine, es war ... hochinteressant.«

Er nickt, dann schlurft er zur Tür und ruft den Aufsehern zu, daß er fertig ist. Zum Abschied blickt er auf sie herab.

»Haben Sie je ... an eine andere Haarfarbe gedacht, Lizbeth?«

Sie blickt auf, völlig überrumpelt.

»Eigentlich nicht. Warum fragen Sie?«

»Ich hhhabe nur gedacht ... daß Ihnen ein hellerer Farbton vielleicht besser stehen würde. Etwas Weicheres. Sie tragen soviel Schwarz ... Sie sehen irgendwie streng aus.«

Als sie den Kassettenrekorder abstellt, ruft er ihr noch zu: »Sie können ja mal ... darüber nachdenken.«

Das nächste Mal kommt sie zusammen mit den normalen Besuchern. Bevor sie mit Wilson spricht, will sie den Besucherraum sehen. Dann wird sie einen Rundgang durch das Gefängnis machen. Sie hat den Direktor nach einem weiteren Abendessen (diesmal in Anwesenheit von Joan Sosas Eltern) darum gebeten, weil sie ohne diese Erfahrung ihr Buch nicht schreiben könne.

Der dienstälteste Vollzugsbeamte, Officer Brink, wird ihr Führer sein. Er schüttelt ihr am Besuchereingang die Hand.

Nachdem sie die übliche Prozedur hinter sich hat, beobachtet sie die Besucher, vielmehr die Besucherinnen. Denn in der Hauptsache sind es Frauen. Einige sind mit dem Auto gekommen, mit zerbeulten Rostlauben, andere mit dem Bus. Ihre Fahrt hat vor zwei oder drei Tagen in weit entfernten Bundesstaaten begonnen. Sie ziehen ihre Eheringe ab, bevor sie den Metalldetektor passieren. Neben den Ehefrauen gibt es Freundinnen, aber nicht viele. Die halten nicht so lange durch. Und dann die Mütter. Viele Mütter.

Nach zwei Minuten wird eine verhärmte Fünfzigjährige in einer Windjacke und Jeans herausgewunken und zwecks Leibesvisitation in die Kabine aus blauem Segeltuch gebracht.

Die anderen warten barfuß darauf, daß ihre Schuhe inspiziert werden.

»Sie würden sich wundern, was die Leute reinzuschmuggeln versuchen«, sagt Brink.

Zweimal pro Woche gibt es jeweils eine Stunde Besuchszeit. Es dauert durchschnittlich vierzehn Wochen, bis ein Besuch genehmigt wird. Der Besucherraum sieht aus wie die Turnhalle einer Oberschule. In fünf Reihen mit sechs Plätzen stehen sich jeweils zwei Stühle gegenüber, dazwischen eine deckenhohe Abtrennung aus Plexiglas. Sie ist perforiert, um Gespräche zu ermöglichen. Zwanzig Aufseher in voller Schutzkleidung sind bereits an den Wänden postiert. Schließlich sitzen alle, und Stille tritt ein. Dann werden die Häftlinge hereingeführt.

Lizbeth mustert sie, als sie im Gänsemarsch vorbeikommen, alle mit Handschellen gefesselt, eine wogende Reihe von orangefarbenen Overalls. Auf drei von ihnen kommt ein Aufseher. Noch mehr Schlagstöcke und Gewehre. Einige versuchen, erhobenen Hauptes zu gehen, andere wirken gekrümmt und gebrochen. Aber alle haben denselben gequälten Blick.

Sie versinken im Treibsand. Sind fast verschwunden.

Ihre Hand wandert auf den Bauch, und sie läßt sie dort liegen.

Die Aufseher postieren sich jeweils am Ende der Reihe, die

Insassen setzen sich zu ihren Besuchern. Manche sprechen überhaupt nicht. Oder beide sprechen zur selben Zeit, und ihre aufgeregten Worte überlagern sich. Manche Frau preßt einfach ihre Hand gegen das Plexiglas, ein stummes Versprechen. Aber die Handschellen der Gefangenen hindern sie daran, die Geste zu erwidern.

Lizbeth wendet sich an Brink und gibt sich große Mühe, neutral zu klingen, als sie sagt, sie sei jetzt bereit, den Rest der Strafanstalt zu besichtigen.

Wilson Ulysses Velez starrt sie über den Tisch hinweg an. Das Tonband läuft bereits.

»Das letzte Mal sind wir bis zu Ihrer ersten Haftstrafe in –«

»Spofford. Genau. Sie verknackten mich zu zwei Jahren. Ich saß vierzehn Monate ab. Dddas war ein Loch, kann ich Ihnen sagen. Bestimmt hundert Jahre alt. Ich war überzeugt, daß ich dort sterben würde. Alle anderen Jugendlichen waren älter allls ... ich. Größer als ... ich. Jeden Tag gab es Krieg. Aber das machte nichts. Ich konnte kämpfen. Ich war heimtückisch, wenn es nötig war. Das Problem war ... ich hatte niemanden zum Reden. Und wenn dddie Metalltür hinter mir zuschlug, machte mich das fertig. Trotzdem habe ich nie geweint, nicht ein einziges Mal ... ich wwweinte nur innerlich.«

»Hat jemand Sie besucht? Ihr Bruder oder –«

»Klar. Und Vater Peres auch. Er kam einmal die Woche mit Büchern. Keine religiösen Sachen ... Sachen für die Schule oder welche, die Spaß mmmachten. In Spofford war so gut wie alles erlaubt. Die glaubten wahrscheinlich, daß sowieso keiner lesen konnte.«

Sein Blick verengt sich.

»Lizbeth, ich muß Sie um etwas ... bbbitten. Es ist sehr wichtig. Könnten Sie mit Direktor Sosa sprechen, damit er mir erlaubt, Vater Peres zu sehen? Oder ihm zu schreiben? Esss würde mir so viel bedeuten. Nur ein einziger Brief.«

»Ich … ich könnte es erwähnen. Ich meine … hat Ihr Anwalt nicht mit ihm darüber gesprochen?«

»Natürlich. Aber ich dddarf keinen Kontakt mit irgend jemandem aus … Corona haben. Aber wenn Sie ihn darum bittten, Lizbeth … das wäre so wichtig für mich.«

»Ich glaube nicht, daß ich etwas erreiche. Aber … sicher … ich kann fragen …«

Sie starrt zurück.

»Haben Sie Post bekommen –«

»Von den *Christian Ladies of Westttern Arizona*? Ja. Ich will nicht undankbar sein, aber ich weiß nicht … schreiben sie eigentlich an mich oder … annn einen Kerl aus Panama, der lebenslang in Essenville einsitzt, *sabes*?«

»Und Ihre Mutter?«

»Hä?«

»Hat Ihre Mutter Sie in Spofford besucht?«

»Nee. Meine Mutter und René waren inzwischen … oft in Flllorida. Er hatte ein Haus in Miami. Klar, sie hat mit den Sozialarbeitern über mich geredet und natürlich so getan, als würde sie bei uns wohnen, und gesagt, daß sie sich um mich kümmern würde … aber dann fuhr sie wieder in die Sonne …«

»Und Sie kehrten in die Xenia Street zurück?«

»Richtig. Nur … mein Bruder traf sich mit seiner Freundin in Jackson Heights und war nachts so gut wie nie da. Aber das war Okay. Denn inzwischen glaubte ich, ein Mann zu sein … Und dann stellte ich fest, daß ich wirklich einer war.«

»Ich verstehe nicht, was Sie meinen.«

»Das Mädchen, mit dem ich zusammen war, bevorrr ich … angeschossen wurde … Annette … sie war schwanger geworden. Mein errrstes Mal … und … *peng*.«

Er verlagert sein Gewicht.

»Aber sie verlor das Kind. Es sollte nicht … sssein. Allerdings sagten einige Leute, daß Luis Palomo eifersüchtig war … und daß er mich deshalb in den Tod schicken wollte.«

»Und stimmt das?«

»Wer weiß? Issst … auf jeden Fall eine gute Geschichte. Ich persönlich glaube, daß er den anderen loswerden, aber kein Risiko … eingehen wwwollte. Wenn's nicht geklappt hätte, wäre bloß der kleine Ardilla draufgegangen. Nicht weiter schlimm, *sabes*? Aber das war Okay. Er hat sein … Geschäft bald darauf verloren.«

»Was soll das heißen?«

»Er kam zu Schaden. Unddd er … verlor sein Geschäft.«

»Sie haben ihn angegriffen?«

»Er kam zu Schaden. So würde ich mmmich ausdrücken. Er kam zu Schaden durch ein Bleirohr. Und dann verlor er sein Geschäft. … Und kkkeiner seiner Freunde hielt zu ihm. Er hatte nicht einen einzigen wirklichen *camarada*.«

»Was war das für ein Gefühl, ihn zusammenzuschlagen?«

»Die meisten Llleute hätten ihm einfach … einen Fausthieb versetzt. Oder sie hätten einen Baseballschläger, vielleicht sogar ein Bleirohr genommen … und ein paar Mal zugeschlagen. Ddddann … wäre ihre Wut verraucht, und sie wären zur Vernunft gekommen. Aber es gggibt auch Menschen, die denken an all die Scheiße, die sie schon erlebt haben … und die hören nicht mehr auf. Auch wenn das Gesicht des anderen völlig zermatscht ist und … wenn alle Leute schreien … schlagen sie mmmit dem Bleirohr zu … und schlagen und schlagen und schlagen …«

»Wie schwer haben Sie ihn verletzt?«

Er antwortet nicht.

»Wie schwer wurde er verletzt?«

»Er überlebte. Aber er brauchte einen Rollstuhl. Er warrr ziemlich … hinüber. Er hattte … einen Gehirnschaden. Ein paar Monate später hat er Selbstmord begangen.«

Das Tonband läuft.

»Und dann übernahmen Sie sein Geschäft …«

»Richtig. Ich übernahm seine Stelle an der Ecke vom

Apex Place. Ich verkaufte ... etwas *yerba*, etwas Pot. Etwas *chiva*.«

»Aha.«

»Aber ich habe dddas Zeugs nie genommen. Ich brauchte die Junkies nur anzugucken, um die Finger davon zu lassen. Auch kein Crack. Ich hhhab nur *yerba* geraucht.«

Er reckt den Hals.

»Rauchen Sie *yerba*, Lizbeth? Wenn Sie Reggae hören?«

Blitzschnell wandert ihr Blick nach oben, zur Kamera.

»Nein, Wilson. Früher habe ich es gemacht ... manchmal ... als ich jünger war. Aber jetzt nicht mehr.«

»Aha, jetzt nicht mehr. Verstehe. Jedenfalls ... kkkönnte man sagen ... das war der Anfang der *clica*. Inzwischen hatte ich einen Ruf in Corona ... aber mir fehlte nnnoch die Schlagkraft. Die *perros perdidos* waren auch älter geworden, fähiger. Ich suchte mir die aus, auf die ich mmmich verlassen konnte.«

»Und woher wußten Sie, welche das waren?«

»Dddas weiß man einfach. Darüber muß man nicht nachdenken. Also, da warrr Hurricane – José Almanza. Er war so breit wie groß. Nicht fett. Nur stark, *sabes*? Und dann Ignacio Solis aus der 59th Avenue. Ich nannte ihn *Ojos*. Augen. Er wußte über alles Bescheid, was passierte – überall, jederzeit ...«

»Warten Sie ... Ojos ist –«

»Richtig. Ojos ist der, an den ich die Briefe geschrieben habe. Die Briefe, die mich hierher gebracht haben. Wollen Sie jetzt mittt mir über diesen Scheiß reden, oder soll ich mit der ersten Frage weitermachen?«

»Tut mir leid. Ich wollte mich nur vergewissern, daß ich die richtigen Informationen habe.«

Er atmet durch.

»Und da war natürlich mein Bruder. Errr ... konnte eine Nervensäge sein, aber wir wären füreinander gestorrrben.

Ich benutzte den Namen *Sacred Incan Royals*, weil wir uns damals am Linneaus Place so genannt hatten, *sabes*? Also am Anfang waren wir zu viert – unddd dann kamen sechs weitere Jungen hinzu, von denen wir wußten, daß man sich in jeder Situation auf sie verlassen konnte. Hundertprozentig. Das war die ersten … Royals. Andere Jungen wollten beitreten, aberrr wir blieben unter uns.«

»Und dann?«

»Wir paßten aufeinander auf. Hielten uns den Rücken frei.«

»Aber Sie verkauften immer noch –«

»Wir verkauften, was wir verkauften, und machten die Ecke zu unserer Ecke. Dazu mußten manchmal die Fäuste benutzt werrrden. Aberrr ich wollte mehr als dasss.«

Er blickt auf das Tonband, während er spricht.

»Ich erinnere mich noch an den Tag, als unsere Tattoos gemacht wurden. Wir gingen alle zehn zu diesem … Tätowierer, der im Hinterzimmer von einem Elektronik-Discounter auf der 104th Street arbeitete. Alle kriegten dasselbe auf die Brust tätowiert … eine Krone innn einer Sonne mit den Zahlen 19.9.18 darrrunter. Das war der Code, den mein Bruder und ich früher benutzt hatten, *sabes? 19.9.18* für *S.I.R.* für *Sacred Incan Royals*. Als wir da rauskamen, haben wir gelacht und gelacht, weil es wie verrrückt weh tat, aber keiner wollte es zugeben. Am Abend schütteten wir Whisky auf unsere Tattoos und tranken den Rest und sahen uns die Übertragung eines Boxkampfs aus dem Madison Square Garden an. Roberto Duran. *Manos de piedra*. Fäuste aus Stein, wissen Sie? Und genauso haben sie mich genannt, denn obwohl ich so klein warrr, konnte ich jeden Gegner mit einem Schlag umhauen …«

Sie will gerade sprechen, als sie merkt, daß seine Augen sich mit Tränen gefüllt haben.

»Entschuldigung«, sagt er.

»Aber nein. Brauchen Sie irgend etwas?«

»Nein«, sagt er und blinzelt, bis seine Augen wieder klar sind. »Esss ist nur schwer, sssich daran zu erinnern. Es tut weh. Jedenfalls sprühte ich den Namen der Royals überall in Corona auf die Mauern und sorgte dafür, daß uns niemand nehmen würde, was uns gehörte.«

»Das Geschäft?«

»Nicht nur das. Nicht nnnur das. Aber ehrlich gesagt, auch dasss. Geld zu haben, ist angenehm. Wir ließen uns sogar von einem Kerl namens Ruben in seinem 58er Impala durch Queens fahren. Allls wäre es ein Taxi. Das war ein Spaß.«

Er starrt über den Tisch.

»Was für einen Wagen fahren Sie, Lizbeth?«

»Zuhause habe ich einen Geländewagen. Ich habe Hunde und brauche ein großes Auto für sie. Aber hier...«

Sie macht eine Pause. Die Worte liegen ihr schwer auf der Zunge.

»Hier fahre ich einen Porsche.«

»Einen Porsche? Dddas ... hätte ich nicht gedacht ...«

»Nein? Warum nicht?«

»Ehrliche Antwort? Für mich ist das ein Wagen, den einnn Geschäftsmann aus Westchester fährt, um sich zu beweisen, daß er noch Eier hattt. Irgendwie paßt das nicht zu Ihnen. *Sabes*?«

»Ich war einfach neugierig, wie sich so ein Auto fährt.«

»Ach so. Sie waren neugierig. Okay.«

Sekunden vergehen.

»Allles, worüber wir geredet haben ... passierte zur selben Zeit wie *City Slicker*.«

»Das stimmt. Natürlich.«

»Wirrr kannten Freddy Linares aus der Saultell Avenue. Es wwwar seine Cousine, die umgebracht wurde. Gabriela. Sie war ein paar Jahre älter als wir... ich wwweiß nicht mehr, wie sie aussah. Aber ich erinnere mich an den Kummer der Familie.«

Er fängt ihren Blick auf.

»Sssagen Sie, Lizbeth, wie ist es dort, wo Sie wohnen? Wie heißt der Ort noch mal?«

»Quince Hill.«

»Richtig. Quince Hill. Erzählen Sie mir ... davon.«

»Es ist hübsch. Ich lebe ungefähr eine Meile außerhalb der Stadt. Dort ist fast alles Wald. Es ist nicht weit entfernt von dem Ort, an dem ich aufgewachsen bin.«

»Bristol? Oder ... Danbury?«

»Bristol. Wissen Sie, wir waren nicht sehr lange in Danbury. Wir zogen weg, nachdem Mutter gestorben war.«

»Entschuldigung. Esss war dumm ... daß ich es erwähnt habe.«

»Das macht nichts.«

»Zzzogen Sie wieder nach –«

»Bristol? Ja, für eine Weile. Dann bekam mein Vater eine neue Stellung, und wir zogen nach New Haven. Ein paar Jahre später hat er eine Frau kennengelernt und wieder geheiratet.«

»Muß schwer fffür Sie ... gewesen sein.«

»Eigentlich nicht. Ich war etwas verkorkst als Kind, aber diese Frau meinte es wirklich gut mit uns. Vor zwölf Jahren ist sie gestorben. Krebs.«

»Aber Ihr Vater ... lllebt noch?«

»Ja. Er hat Alzheimer. Er ist in einem Pflegeheim.«

»Das tuttt mir leid, Lizbeth.«

»Meine Schwester hat die größere Last getragen. Er lebt in ihrer Nähe. Für sie war es viel schwerer.«

»Lizbeth, darfff ich Sie etwas fragen?«

»Sicher.«

»Denken Sie noch annn Ihre Mutter?«

»Natürlich. Jeden Tag.«

Ein Herzschlag.

»Nur möglicherweise nicht so, wie die Leute glauben.«

»Oh? Wie denn?«

»Ich weiß nicht ... Ich stelle mir nur vor, die Leute denken, es ist unerträglich, daß ich nie herausgefunden habe, wer es war. Und das war es auch. Das stimmt. Lange Zeit war es so. Aber wenn man etwas sehr lange betrachtet, dann verschwimmt es. Und je älter ich wurde, desto stärker wurde das Gefühl, daß es egal ist. Welchen Unterschied würde es denn machen, zu wissen, wer sie getötet hat? Sie wäre trotzdem verschwunden. Wenn ich jetzt an sie denke, denke ich überhaupt nicht an einen ungelösten Mordfall. Ich denke an meine Mutter.«

»Aber trotzdem leben Sie gerne in der Gegend? Dort, wo es passiert ist –«

»Es geht mir gut. Ich habe das Gefühl, dorthin zu gehören.«

Sie beugt sich nach vorn, um die Kassette zu überprüfen.

»Nun ... Sie haben mir gerade von den ersten Jahren der Gang erzählt.«

»Genau. Und in mancher Hinsichttt ... waren es die besten. Wir hatten viel Spaß. Aber dann mmmußte ich wieder nach Spofford. Und die Dinge bewegten sich auf eine völlig neue Ebene zu.«

Sobald er aufhörte zu sprechen, schien er den Faden verloren zu haben. Bewegungslos und stumm saß er da und starrte an mir vorbei. Sein Mund stand offen. Das passierte immer noch alle paar Minuten, merkwürdige und beunruhigende Unterbrechungen unserer Gespräche. Nach einer gewissen Zeit lernte ich, daß eine Wiederholung meiner Frage wenig sinnvoll war. Man mußte einfach warten, bis er in die Gegenwart zurückkehrte, ob das nun eine Sekunde dauerte oder fünf oder zehn oder sechzig.

Lizbeth liest, was sie geschrieben hat.

Das Haus fühlt sich nicht mehr so fremd an. Es ist endlich warm geworden. Neben ihr auf dem Küchentisch, an dem sie arbeitet, stehen Tee und Obst.

Es ist der Abend nach dem vierten Interview. Sie ist schon fast zwei Wochen in Essenville.

Es ist spät, und sie hat den ganzen Abend geschrieben, will aber jetzt nicht aufhören. Sie ist wie im Flug. Eine Routine hat sich eingestellt. Abends geht sie ihre Notizen durch, fertigt Transkripte der Interviews an, fügt sie auf dem Bildschirm zusammen – Textblöcke, die geordnet, bearbeitet, geformt werden müssen. Sie blättert die Seiten durch, die auf dem Tisch liegen, konzentriert sich auf die markierten Stellen, trinkt ihren Tee, und schon eilen ihre Finger wieder über die Tasten.

Schließlich fand er wieder zu sich und sprach lange darüber, wie er seine zweite Inhaftierung in Spofford dazu nutzte, seine Vorstellung von der Gang – der clica *– mit Leben zu erfüllen. Sie sollte mehr sein als ein Vehikel für Straßenkriminalität und Rowdytum.*

Er verbüßte eine einjährige Haftstrafe wegen Körperverletzung, nachdem ein dominikanischer Kokaindealer versucht hatte, seine Ecke am Apex Place zu übernehmen. Dieses Mal, sagte er, »weinte ich nicht einmal innerlich. Ich ließ mich widerstandslos in meine Zelle sperren, kämpfte nur, wenn ich kämpfen mußte, und verbrachte so viel Zeit wie möglich mit dem Schreiben.«

Mit Papier und Stiften, die Vater Peres ihm gebracht hatte, machte sich Wilson an die Arbeit. Aber er schlug nicht einfach nur die Zeit tot. Sein Projekt war so ernsthaft wie jedes andere literarische Vorhaben. Wenn die unerfahrenen Sacred Incan Royals überleben sollten, mußte die Sache überaus clever angegangen werden – indem ihre Zahl vergrößert und seine eigene Autorität gefestigt wurde.

Und so entstand sein Manifest. Es sei, so sagte er mir, nur ein Entwurf gewesen. Schlampig. Aber es enthielt bereits die zentralen Themen und war geeignet, eine Gruppe von straffälligen Jugendlichen, die Black Tar Heroin in einer Gasse in

Queens verkauften, in die am schnellsten expandierende Gang des Landes zu verwandeln.

In der übertriebenen Sprache der Comics hielt das Manifest seine Leser dazu an, auf ihr Erbe »als geistige Abkömmlinge der mächtigen Inka« stolz zu sein, Stärke aus ihrer kollektiven Macht zu gewinnen und »über jene zu siegen«, die einen Keil zwischen die Royals treiben wollten. Für viele junge Latinos in Corona war die Botschaft außerordentlich verführerisch. Denn in den frühen Achtzigern wurden sie häufig schikaniert, und zwar von italienischen Jugendlichen, die in der Gegend geblieben waren und ihrerseits nach einer Identität suchten.

Bei seiner Entlassung jedoch mußte er sich zunächst um etwas viel Profaneres kümmern, denn als er in die Xenia Street zurückkehrte, fand er die Wohnung mit Brettern vernagelt vor. René hatte verkauft. Wilson erfuhr, daß er auch seine eigene Wohnung und den Sweatshop aufgegeben hatte, um sich für immer in Miami niederzulassen. Nina Velez war mit ihm gegangen.

Da sein Bruder Eduardo bei einer Freundin in Flushing wohnte, mußte Wilson in den folgenden Tagen auf Sofas oder auf dem Fußboden bei Freunden schlafen, bis der Mieter einer beengten Wohnung über einer Tierhandlung in der 47th Avenue endlich dazu überredet werden konnte, ihm ein Zimmer unterzuvermieten.

Aber am Apex Place kamen die Dinge unmittelbar ins Rollen. Wilson nahm seinen alten Platz wieder ein – der zusammen mit seiner Drogen-Connection von José »Hurricane« Almanza gesichert worden war – und ließ verlauten, daß die Gang neue Mitglieder aufnehme. Am folgenden Morgen bildete sich eine regelrechte Prozession. Die Bewerber überquerten den Long Island Expressway, um zu der schäbigen Ecke zu gelangen, wo ihr neuer Führer ihnen ein Manifest übergab, das er gerade erst im Copy Shop in der Calloway Street ko-

piert hatte. Kommt morgen wieder, sagte er. Lest euch das hier genau durch. Seid zu allem bereit.

Und das waren sie. In den kommenden Monaten wurde aus der Prozession eine Explosion. Der heranwachsende Wilson besaß ein Talent für Marketing, das ihm in einer der Werbeagenturen aus Chrom und Glas auf der Madison Avenue sehr zugute gekommen wäre.

Identifikation und Ritual waren alles. Ein Farbcode wurde geschaffen – rot, weiß, gold – und mit emotionaler und spiritueller Bedeutung erfüllt. Es gab öffentliche Vereidigungen, und Tattoos wurden obligatorisch. Bei ihrer Gestaltung spielten Zahlen eine große Rolle: 19.9.18 für den Namen der Gang, besondere Daten und sogar die Postleitzahl von Corona. Oft waren sie in größere Entwürfe eingebettet, die jeweils von Wilson genehmigt werden mußten. Bei einigen handelte es sich um unspezifische Motive (zum Beispiel die Theatermasken, die »glücklich« und »unglücklich« symbolisieren und lange Zeit für das Leben in einer Gang standen); andere waren auf die Royals beschränkt (Variationen der Krone innerhalb einer Sonne). Wieder andere waren beides – die drei schwarzen Punkte, die Wilson auf der Hand trug, repräsentierten sowohl die traditionelle Maxime Ma Vida Loca *als auch die U-Bahn-Station auf der 111th Street in Corona. Unter den neuen Mitgliedern wurde es Mode, die Loyalität zu den Royals durch mindestens ein Tattoo im Gesicht zu beweisen.*

Derweil wurde das Manifest gelesen, verinnerlicht, kopiert, weitergegeben. Und bald prangten die Slogans und Motive, welche die Körper einer ständig wachsenden Zahl junger Latinos bedeckten, auch auf den Hauswänden in Corona und den Wagen der Linie 7.

Sie waren sowohl Reklame als auch Kommuniqué, abgefaßt in einer eigenen Sprache. Alltäglichere Botschaften dagegen wurden per Handzeichen übermittelt, mit Hilfe von komplexen Anordnungen gekreuzter, gestreckter oder ver-

steckter Finger. Erst bei meinem dritten Interview konnte ich Wilson dazu bewegen, mir ein Handzeichen der Royals zu zeigen, wobei er sich merkwürdig verrenkte, damit seine Hände nicht von der Kamera, die uns beide beobachtete, erfaßt wurden. Im Gefängnis führte das Benutzen solcher Zeichen der Gang-Zugehörigkeit zu Einzelhaft, und das war der Grund für seine Angst.

Auch die Sprache der Gang, der sich stets neu erfindende Straßenslang, war mit Codes durchsetzt. Die Verwirrung, die mich überkam, wenn er von soplons *(Informanten) oder* claveros *(Dieben) sprach, machte mir auf sehr direkte Weise deutlich, wie unterschiedlich unser kultureller Hintergrund war. Einmal schlug ich ihm halb im Scherz vor, er solle mir zusätzlich zu dem spanischen Sprachführer, den ich benutzte, ein Slang-Wörterbuch schreiben; er teilte mir niedergeschlagen mit, daß seine Kenntnisse inzwischen hoffnungslos überholt seien.*

In den meisten Fällen signalisierten die verschiedenen Codes natürlich Gewalt. Eine Stelle im Manifest über das »Einchecken« verwirrte mich zum Beispiel, bis ich erfuhr, daß es sich um den Initiationsritus der Gang handelte. Jeder neue Royal wurde gefesselt, um dann von drei etablierten Mitgliedern der Gang sechsundvierzig Sekunden lang [19+9+18] geschlagen zu werden. Dabei ging es darum, die Entschlossenheit des Kandidaten zu prüfen, wie Wilson erklärte.

Gewalt war an der Tagesordnung. An einem Treffen nicht teilzunehmen, wurde mit Prügeln bestraft, ebenso das respektlose Verhalten gegenüber einem älteren Mitglied. Die größte Härte allerdings war für jene Royals vorgesehen, welche eine Todsünde begingen und darum baten, die Gang verlassen zu dürfen. Das »Auschecken« ließ das »Einchecken« wie einen Sonntagsspaziergang erscheinen. Statt drei Angreifern gab es bis zu zehn, und das einzige Zeitlimit war Wilson, der sagte, wann er genug hatte.

Wenige Royals checkten aus. Im Gegenteil, die Zahl der Mitglieder stieg beständig. Bevor Wilson die Sache in die Hand nahm, waren die meisten hispanischen clicas *in Queens nur Ortsgruppen von Gangs gewesen, die im fernen Kalifornien beheimatet waren. Jetzt aber hatte Wilsons geniale Verbindung von Identität und Brutalität eine rot-weiß-goldene Flutwelle in Corona ausgelöst, die ganz Queens überschwemmte und bald auch den East River überquerte und die Bronx, Teile von Manhattan und Brooklyn erreichte. Ihre Ausdehnung wurde von der gesprühten Aufforderung* Dé el Amor al Real *(Liebt die Royals) markiert.*

Wenn der Aufstieg der Royals die Werbefeldzüge der Madison Avenue imitiert hatte, so schienen die feindseligen Übernahmen konkurrierender Organisationen im Verlaufe der achtziger Jahre unmittelbar von der Wall Street inspiriert zu sein. »Akquirieren« war das Wort, das Wilson benutzte, obwohl er es »akwi-ri-eren« aussprach. Mir wurde klar, daß er das Wort in einem Buch oder einer Zeitschrift gelesen haben mußte, aber nie gehört hatte, wie es jemand benutzte.

Sie hört auf zu tippen. Liest den letzten Absatz. Drückt CAPS LOCK. Schreibt: KLINGT DAS ZU SEHR NACH JACK HENRY ABBOTT? BIN FAST SICHER, IN *Mitteilungen aus dem bauch der hölle* DASSELBE GELESEN ZU HABEN – NACHGUCKEN!!! Dann kehrt sie zu ihrem Text zurück:

Die Royals allerdings praktizierten nicht die metaphorische Brutalität der Börse. Die Unbarmherzigkeit, mit der sie ihre Gegner überrollten, war um so schockierender, als die Beteiligten zu jung waren, um legal Zigaretten kaufen zu dürfen. Allein ihre zahlenmäßige Überlegenheit siegte. »Niemand bezeichnete uns mehr als perros perdidos*«, sagte er. »Jetzt nannten sie uns* las hormigas *– die Ameisen.«*

Angriffe mit Bleirohren oder Baseballschlägern waren der

erste Schritt, danach kamen ein Rasiermesser oder eine Kugel ins Knie; bei weiterem Widerstand wurde zu noch scheußlicheren Mitteln gegriffen. Ungerührt berichtete Wilson, wie dem Mitglied einer konkurrierenden Gang ein fünf Zentimeter langer Nagel in den Schädel geschlagen wurde. Einem anderen wurde die Kehle durchgeschnitten und die Zunge durch die Wunde gezogen.

Wieder hört sie auf zu tippen. Läßt die Fingerknöchel knakken. Liest noch einmal. Vielleicht ist es zu dick aufgetragen? Das macht nichts. Alles Geschriebene kann überarbeitet werden. Sie trinkt etwas Tee und sieht die Worte LEMON ICE KING auf ihrem Handrücken.

Aber auch wenn er seinen Aufstieg ganz zielgerichtet betrieb, glich sein Leben doch in weiten Teilen dem jedes anderen Jugendlichen in Queens. Im Sommer bewunderte man alte Chevys, nahm ein Sonnenbad im Park von Flushing Meadows mit dem Unisphere, spielte Frisbee und trank frías *(kaltes Bier) oder besuchte den Lemon Ice King von Corona (sein Lieblingseis war die Sorte Erdnußbutter). Die unwiderstehlichen Rhythmen von Salsa und Hip-Hop lagen in der Luft, überall gab es Mädchen. Es gab, erzählte er mir, viele Mädchen.*

Im Laufe der Zeit überließ die Gang – oder zumindest Wilson – die gefährlichen oder beschwerlichen Aufgaben mehr und mehr den soldados. *Zweifellos gab es genügend von ihnen. Zu Beginn der neunziger Jahre trugen Tausende von jungen Latinos in ganz New York irgendwo auf ihrem Körper eine Krone in einer Sonne und hatten einer zierlichen Gestalt in Basketballschuhen und weiten Jeans Treue geschworen.*

Ohne Frage galt ihm *ihre Loyalität, denn ohne Wilson Velez gab es keine Gang. Er* verkörperte *die Royals. So war* es, und so blieb es. Während die Außenbeziehungen der clica dem Beispiel der Firmentempel von Manhattan folgten, gingen ihre strikte Hierarchie und der absolute Respekt für den Anführer eindeutig auf die Paläste der Inka in Cuzco zurück.

Umgeben von seinen anfänglichen Gefährten – seinem Bruder Eduardo, Hurricane, Ojos und anderen – blieb Wilson bei seinen Anhängern der Gegenstand der Verehrung, ja sogar von Gebeten. Und während ein Großteil der Drecksarbeit delegiert worden war, blieb die Disziplin im Inneren seine alleinige Domäne. Die Höchststrafe der Royals zum Beispiel konnte nur durch den unmittelbaren Befehl von King Three Vee verhängt werden.

»Wenn ein Royal die clica verraten hatte«, erzählte er mir, »wurde ihm die Tätowierung aus der Haut geschnitten. Er hatte sich als unwürdig erwiesen, sie zu tragen. Das aber konnte niemand anderer als ich befehlen.«

Ich betrachtete den Mann, der mir gegenübersaß – der nicht viel größer war als ich –, und fragte mich, wie er in seiner Welt eine solche Macht hatte ausüben können. Es ist nicht zu leugnen, daß sich zuweilen ein flüchtiges Charisma zeigte – vor seinen Jahren in Einzelhaft muß es beträchtlich gewesen sein. Wenn es ihm gelang, zusammenhängend zu sprechen und Blickkontakt zu halten, gab es einen winzigen Anflug hypnotischer Kräfte. Trotzdem –

Eine Frage lauerte bei jedem unserer Treffen im Hintergrund. Bis ich sie schließlich stellte. Wann hatte er zum ersten Mal jemanden getötet?

Fast eine Minute lang schwieg er.

»Ich erinnere mich an etwas«, sagte er schließlich. »Es war vielleicht 85 oder 86. Wir hatten Ärger mit anderen clicas. Sie versuchten, uns unsere Mitglieder abspenstig zu machen. Und dann sehe ich, wie ein vato, der in die Geschichte verwickelt war, durch den Flushing Meadows Corona Park läuft. Es war in der Abenddämmerung, draußen am See. Er trug *hellblaue All Stars, sie waren brandneu. Ich folgte ihm eine Weile, bis er an den Imbißwagen und an den Picknicktischen vorbei war und an die Unterführung kam ... und ich sah ihn hineingehen ... ich sah jeden seiner Schritte in diesen hellblauen All Stars ... und ich fragte mich, ob er auf der anderen Seite herauskommen würde –«*

Er überließ es mir, sein Schweigen zu unterbrechen. Und – kam er heraus?

»Wissen Sie ... wenn ich darüber nachdenke ... vielleicht trügt mich meine Erinnerung. Ich glaube, ich habe diese Szene mal in einem Film gesehen. Also kann ich Ihre Frage ... nicht beantworten.«

Meistens schienen seine Gedächtnislücken nur allzu echt zu sein, und wenn er sich nicht an einen Namen oder ein Datum erinnern konnte, fluchte er. Bei anderen Gelegenheiten fragte ich mich, ob er mir etwas vormachte. Ich musterte ihn genau, während er erzählte. Manchmal sah ich seine Augen leuchten, wenn er eine Gewalttat beschrieb, bemerkte ein genüßliches Aufblitzen bei der Schilderung einer besonders blutigen Einzelheit. Da war es. Da war es wieder. Aber einen Augenblick später wirkte er so bekümmert, daß ich meine Wahrnehmung auf das Neonlicht zurückführte, das auf seine Brille fiel. Die Beschämung in seiner Stimme klang echt, seine Vergangenheit quälte ihn.

»Wissen Sie«, sagte er, »jedes Mal, wenn ich das Blut eines Menschen vergossen hatte ... habe ich mir hinterher die Eingeweide aus dem Leib gekotzt ... genau wie beim ersten Mal.«

Im Verlauf unserer Treffen hatte sich das platte Mißtrauen der ersten Begegnung in ein ganzes Spektrum von Stimmungen verwandelt. Sie überkamen ihn ohne Vorwarnung und blieben gerade lange genug, um sich bemerkbar zu machen, bevor eine neue Stimmung sie ablöste. Die Erwähnung eines Aufsehers, der ihn am Morgen beleidigt hatte, führte zu ei-

nem Wutausbruch, aber einen Augenblick später wirkte er beinahe verspielt.

Egal ob er nun wütend oder ironisch, angeregt oder traurig war – sobald er ins Erzählen kam, wußte er, wie man einen Zuhörer in den Bann schlägt. Er konnte aus den banalsten Ereignissen fesselnde Geschichten machen.

Sein ganzes Leben lang hatte er, wie er mir erzählte, seine Ideen in zerfetzten Notizbüchern festgehalten und ausgearbeitet. Mit vierzehn, als er seine Schullaufbahn längst abgebrochen hatte, schrieb er »in der Zeit, die man braucht, um einen Joint zu rauchen«, eine Geschichte und gab sie einem Royal, der die elfte Klasse der Highschool besuchte. Auf Wilsons Wunsch gab der Schüler die Arbeit als seine eigene aus. Sie erhielt eine Belobigung durch den Schulleiter, nachdem sie den Englischlehrer zu Tränen gerührt hatte.

Er las auch – viel und regelmäßig. Sein Idol war Edgar Allan Poe, der dunkle Poet der Bronx. Ihm zu Ehren schrieb er kurze Schauergeschichten. Auf seiner Schulter, sagte er, trüge er die Tätowierung eines Raben.

Er glaubte, mich mit diesen Enthüllungen zu schockieren, zumindest zu erstaunen. In diesem Punkt irrte er sich. Ich verstand ihn genau, obwohl ich das für mich behielt. Kinder wissen sehr gut, daß Geschichten einem bedrohlichen Universum Sinn geben können, und sie ziehen die Sagas in ihrem Kopf dem Chaos außerhalb ihrer Gedankenwelt vor. Später erfinden sie ihre eigene Sprache, um eine Welt zu erschaffen, in der sie die Ereignisse bestimmen, die Charaktere beherrschen können. Das alles war mir nicht fremd.

Es gab noch mehr, von dem er annahm, daß es über meinen Horizont ging. Trotz all der Stunden, die wir miteinander verbrachten, glaubte Wilson, ich würde nie voll und ganz verstehen können, wie er zu dem geworden war, was er war. Er sagte, er möge meine Bücher. Er wisse, daß ich unter dem Mord an meiner Mutter und Richard Cazet gelitten habe.

Trotzdem könne eine Person »wie ich« – ich vermute, er bezog sich dabei auf meine Herkunft – eine Person »wie ihn« niemals wirklich erfassen. Ich könne lediglich sein Leben dokumentieren und müsse den Rest dem Leser überlassen.

Vielleicht hatte er recht. Es war nicht zu leugnen: Wenn die Stunde um war, verließ ich das Anwaltszimmer und fuhr nach Essenville – Wilson jedoch ging in seine Zelle zurück.

Lizbeths Finger werden schneller, versuchen, mit den Gedanken Schritt zu halten.

ESSUSP *war nicht nur der Schauplatz unserer Gespräche, sondern auch eine beständige Botschaft. Letztlich hörte ich mir seine Geschichte vom Ende her an.*

Allerdings waren es die Gefängnisse, die den Royals in der anscheinend grenzenlosen Rekrutierungskampagne die größten Erfolge verschafften. Als Erwachsener verbüßte Wilson zwei weitere Haftstrafen: die erste wegen des Besitzes von Marihuana in einem Gefängnis in der Bronx, die zweite in Auborn wegen unerlaubten Waffenbesitzes. Und beide Male stellte er fest, daß das Manifest, welches er in Spofford geschrieben hatte, so häufig gelesen wurde wie die Bibel oder der Hustler. *Die Latinos in den Gefängnissen der Ostküste übernahmen dankbar das Konzept der Stärke durch zahlenmäßige Überlegenheit. In allen Strafanstalten gab es florierende Abteilungen der Royals, und Wilson wurde behandelt wie ein Gott auf Besuch.*

Solche Unterabteilungen der Gang innerhalb der Gefängnisse sorgten für einen beständigen Zustrom neuer Mitglieder, die nach ihrer Entlassung ihre Loyalität auf die Straßen trugen. Mitte der 1990er verfügte die Gang über ein weit gefächertes Portfolio von kriminellen Aktivitäten, die sich über ein Dutzend Bundesstaaten erstreckten, während die Mitgliederzahl auf fast 60000 angewachsen war, so daß

Mitgliedsnummern ausgegeben wurden, damit man den Überblick behielt. Die Hierarchie blieb intakt, aber der schwindelerregende Anstieg neuer soldados, reinas *(Frauen) und sogar Kinder unter fünfzehn machte die Etablierung einer Führung auf mittlerer Ebene notwendig. Und das war nicht die einzige Veränderung – nach dem Einchecken erwartete man jetzt von jedem Royal, abhängig von seinem Alter zwischen 20 und 150 Dollar Aufnahmegebühr zu zahlen. Weitere Beiträge waren monatlich fällig.*

Irgendwo hier hätte der Höhenflug zu Ende sein sollen: Die Achterbahn war auf dem höchsten Punkt angelangt. Unter den wachsamen Augen der Spezialeinheiten zur Aufklärung von Bandenkriminalität zu leben, bedeutete eine erhebliche Einschränkung seines alltäglichen Lebens. Es gab immer noch Mädchen, aber die meisten von ihnen wollten nur an kostenlose Drogen kommen, sagte Wilson. Es gab mehr Geld als jemals zuvor, aber der Großteil ging für Anwaltsgebühren für verdiente Royals drauf. Weit davon entfernt, das ultimative vida loca *zu führen, verbrachte er viel Zeit damit, in seiner spärlich möblierten Zweizimmerwohnung in der 47*th *Avenue mit Raymond Peres Domino zu spielen.*

Und trotzdem wuchs die Gang weiter. Die Zugehörigkeit zu la raza *(hispanische Herkunft) war längst kein Aufnahmekriterium mehr – in Buffalo bewarben sich vietnamesische Jugendliche, in Jersey weiße Teenager. Die Wurzeln jedoch blieben in Corona, dort, wo auch Wilson immer blieb. Für ihn war das keine Frage:* »Leute, die ich kannte und liebte, starrrben dort für die Royals. Wie hätte ich Corona verlassen können? Dddas … stand nie zur Debatte.«

Lizbeth beugt sich vor und hält den Kassettenrekorder an.

»Tut mir leid. Aber ich muß auf die Toilette.«

Sie stützt sich auf den Stock und steht auf.

»Ihre … Bl-blase … ist nnnicht in Ordnung.«

»Ich weiß. Tut mir leid.«

In der Toilette am Ende des Korridors kann sie die Aufseher vor der Tür hören.

»Der Junge ist eine tickende Zeitbombe«, sagt einer.

»Solange ich nicht da bin, wenn sie losgeht«, sagt der andere.

Sie treten zur Seite, um sie durchzulassen.

Wilson sieht sie an.

»Wissen Sie eigentlich … daß ich über dddas meiste, was ich Ihnen erzählt habe, noch nie mit jemandem gesprochen habe?«

»Es freut mich, wenn Sie glauben, es mir erzählen zu können.«

»Aber wir haben so viel … über mmmich geredet. Können wir über Sie sprechen? Ich mmmuß … meine Stimme schonen.«

»Natürlich«, sagt sie. »Wenn Sie wollen.«

Er zögert.

»Alllso … wie haben Sie sich in Essenville … eingellebt?«

»Ganz gut. Bis jetzt war alles einfach.«

»Ja? Ich persönlich könnte nicht in einer Stadt voller *jarabes* leben.«

Jarabe heißt Sirup. Und das bedeutet Aufseher, wie sie inzwischen erfahren hat. Auch wenn sie dir in den Kopf treten, hat Wilson gesagt, sind sie so langsam, daß du sie am liebsten anschreien möchtest. Damit sie sich beeilen.

»Und hhhaben Sie schon Llleute kennengelernt? Irgend jemanden, mit dem Sie etwas unternehmen können?«

»Ach nein … eigentlich nicht. Es gibt ein paar Leute, mit denen ich hin und wieder spreche. Aber das ist alles.«

»Alllso … sind Sie nur meinetwegen hier?«

»Natürlich. Wegen unseres Projekts.«

»Und … hat Ihr Mann Sie schon besucht?«

»Ich bin nicht verheiratet, Wilson.«

»Mist. Ich habe das geglaubt. Haben Sie Kinder?«

»Keine Kinder.«

»Einen ... Freund?«

»Keinen Freund. Keinen Mann. Keine Kinder.«

»Und waren Sie mmmal verheiratet?«

»Ja. Einmal.«

»Wie hieß ... er?«

»Er hieß Steven. Heißt er immer noch.«

Wilson nickt, sagt aber nichts. Läßt die Stille wachsen.

»Er hatte Probleme – psychischer Art.«

»Und deshalb haben Sie ... sich getrennt?«

»Nein. Wir hatten uns schon getrennt.«

»Ach so. Alllso ... was ging schief?«

»Es war nur ... Es hat nicht funktioniert. Das ist alles.«

»Alllso haben Sie sich getrennt ... und deshalb wurde er krank?«

»Nein. So war es nicht.«

»Dann verstehe ich nicht, warum Sie so klingen, als fühlen Sie sssich schuldig.«

»Ich fühle mich nicht schuldig.«

Ihre Finger schließen sich um den Griff ihres Stocks.

»Ich weiß nicht. Vielleicht doch.«

»Warum? Wasss ... haben Sie ... ihm getan?«

»Ich habe ihm gar nichts getan. Ich habe ihn nur nicht glücklich gemacht.«

Sie läßt ihren Daumen über den Silbergriff gleiten. Merkt, daß er sie über den Tisch hinweg anschaut und darauf wartet, daß sie fortfährt. Einen Moment zögert sie, und dann: »Einmal waren wir im Theater. Eines dieser seltsamen Off-Broadway-Stücke. Nach ungefähr zehn Minuten wurde etwas halbwegs Witziges gesagt, und Steven fing an zu lachen. Laut zu lachen. Also, in Wirklichkeit brüllte er vor Lachen. Aber das war in Ordnung, alle lachten. Nur daß er weiterlachte. Alle anderen hatten inzwischen aufgehört, und die Schauspieler fühlten sich gestört. Die Leute waren peinlich berührt, fingen an zu reden, guckten ihn böse an. Er aber lachte immer weiter. Er lachte und lachte. Bis die Schauspieler schließlich aufhörten und der Regisseur erschien – er war ein ziemlich großer Kerl – und alles irgendwie unangenehm wurde. Ich schämte mich dermaßen, daß ich aufstand und wegging. Ich ließ ihn einfach zurück. Jetzt weiß ich, daß es der Anfang war. Damals wollte ich nur, daß sich jemand anders darum kümmert.«

»Und dddeshalb machen ... Sie sich Vorwürfe? Das ist doch dumm.«

»Vielleicht.«

»Wollen Sie wieder über mich sprechen?«

Das will sie. Sie beugt sich vor und stellt das Tonband an.

»Okay. Eines ist mir aufgefallen, Wilson. Je länger wir über die Gang gesprochen haben, je größer sie wurde, desto weniger *enthusiastisch* haben Sie geklungen ...«

»Ach, Sie wissen doch ... wie es ist. Wenn etwas gggut aussieht, heißt das noch lange nicht, daß man es mag. *Sabes?*«

»Richtig.«

»Ich war einfach müde. Ich war siebenundzwanzig und wollte nur... schlafen. Klllar... unsere Leute liebten uns, aber da war immer jemand, der uns runterziehen wollte. In den Zeitungen taten sie so, als wären wir... die einzige *clica* in New York ... aber in Wirklichkeit gggibt es immer neue Gruppen ... neue Leute. Und alle paar Wochen gggab es eine Beerdigung. Der Tod mmmeines Bruders brachte mich zum Nachdenken.«

»War das der Grund seines Todes? Eine andere Gang?«

»Nein. Mein Bruder war schon lllange von *chiva* abhängig. Alles andere interessierte ihn nicht. Eines Nachts hat er im Spaghetti Park eine Überdosis genommen. Man fand ihn am nächsten Mmmorgen ... mit dem Gesicht auf dem Boden.«

»Das tut mir leid.«

Er zuckt die Achseln.

»*Tecatos* sterben. Es war keine Überraschung. Aber ich mmmußte an den Anfang denken. Wwwas die Royals eigentlich sein sollten. Und wwwie weit wir uns davon entfernt hatten. Inzwischen nahmen wir einem Pakistani in Michigan 20 Dollar Aufnahmegebühr ab und … erzählten ihm, er gggehöre dem großen Volk der Inka an. Ich-ch … wollte den Leuten in Corona die ursprüngliche Idee zurückgeben. Damit esss ihnen besser ging. Ich glaubte nämlich an das, was ich in dem Manifest geschrieben hatte. Daß wir zusammenstehen sollten. Also redete ich mit Vater Peres, unnnd wir entwickelten ein Programm … für die Gemeinde. Ich sehe Ihren Blick, Lizbeth. Das ist … in Ordnung. Ich kann Sie verstehen. Aber mein Anwalt sssoll Sie mit Hurricane und Vater Peres … zusammenbringen. Gggehen Sie nach Corona. Sie werden ihnen zeigen, was die Royals … gggetan haben. Ich möchte, daß Sie das sehen.«

»Übrigens«, sagt sie, »habe ich den Direktor gefragt, ob Sie Vater Peres schreiben dürfen. Aber er ist nicht zu erweichen.«

»Das ist Okay. Esss … war nett von Ihnen zu fragen.«

Er verlagert sein Gewicht auf dem Stuhl.

»Jedenfalls … einen Monat nnnach dem Tod meines Bruders wurde ich verhaftet. Das FBI kam mit zwölf Leuten; sie traten meine Tttür ein und sagten, ich wäre ein Gangster.«

Beide spüren, daß die Stunde verstrichen ist und daß die Aufseher bald kommen. Wilson wird unruhig.

»Ich habe diesen … furchtbaren Traum. Jede Nacht. Aber es ist nicht nnnur ein Traum. Ich sehe es immer. Wenn ich die Augen schließe … oder an die Wwand gucke.«

Und er erzählt ihr von den Limonenbäumen. Von dem holprigen Feldweg, über den er als Kind gelaufen ist. Von der Hitze auf seiner Haut. Von den Zweigen des Baumes und dem Blut, das auf sein Gesicht spritzt. Manchmal, sagt er, fühlt es sich so real an, daß er die Hand hebt, um es wegzuwischen.

»Und dann ... sehe ich nach oben«, sagt er. »Aber die Sonne blendet mich. Ich kann nnnichts erkennen.«

Die Aufseher kommen in den Raum und heben ihn vom Stuhl.

»Ich sehe das ... immer wieder«, sagt er. »Aber ich habe keine Ahnung, was es bedeutet.«

George Finer steht in Lizbeths Küche und macht einen Lärm, als ginge die Welt unter.

Heute mittag haben sie sich im Venus Restaurant Diner zum Essen getroffen. Lizbeth erwähnte beiläufig, daß sie gerne Shakes für einen Gast machen würde. Das reichte. Er habe das perfekte Gerät, meinte er, einen erstklassigen Mixer, mit dem sie die köstlichsten Shakes herstellen könne. Dann wartete er. Wartete darauf, daß sie sagen würde: »Das klingt ja großartig. Könnten Sie ihn mir vielleicht ausleihen?«

Jetzt steht er an ihrer Spüle und erklärt alle Funktionen und Zubehörteile, und der Krach läßt ihr die Augen in den Höhlen tanzen. Er drückt auf einen Knopf und ruft etwas durch den Raum.

»Was?« sagt sie. »Ich kann Sie nicht verstehen.«

Er nickt und hebt den Daumen in die Höhe. Dann drückt er einen zweiten Knopf, und der Lärm hört auf.

»Also«, sagt er, »alles klar?«

»Absolut«, sagt sie.

Seit er durch die Haustür getreten ist, hat ihn eine kaum zu bändigende Begeisterung gepackt. Allein der Anblick ihres Laptops brachte ihn zum Flattern.

»Das«, sagte er, »ist einfach unglaublich. Hier zu sein. Bei Ihnen.«

Aber jetzt teilt er ihr mit fast greifbarem Bedauern mit, daß er gehen müsse. Heute abend, erklärt er, werde er im Johnstown Community College seinen Kurs im kreativen Schreiben für Erwachsene geben. Das Unterrichten mache ihm immer noch viel Spaß, sagt er.

»Unterrichten Sie auch in den Gefängnissen?«

»O nein. Das gibt es dort nicht. Aber die Vollzugsbehörde unterstützt das College mit berufsbildenden Kursen für die Aufseher. Das ist doch etwas.«

Als sie ihn zur Tür bringt, fährt draußen ein Jeep vor. Das Fenster auf der Fahrerseite wird heruntergelassen. Nancy Bonchurch in grüner Mütze und passendem Schal beugt sich heraus und fragt: »Kann ich den Wagen hier stehen lassen?«

Sie ist aus Quince Hill gekommen, um Lizbeth ein paar Sachen zu bringen, die sie unbedingt braucht. Ihr Bettzeug, einen Koffer voller CDs, ihr Lexikon.

Nancy und George werden einander vorgestellt und laden den Wagen aus.

Bevor er geht, warnt er sie. Heute abend werde eindeutig der erste Schnee fallen. In den Läden gebe es kaum noch Brot und Milch. Ein ganz sicheres Zeichen, sagt er.

Als sie allein sind, umarmen sich Lizbeth und Nancy ein wenig unsicher.

»Du siehst großartig aus«, sagt Nancy. »Ehrlich. Du siehst so gut aus.«

»Ich bin fett. Ich mußte mir lauter neue Unterwäsche kaufen.«

»Lizbeth, du siehst wirklich großartig aus.«

Und dann sagt sie: »Komm schon ... zeig mir den Wagen.«

In der Garage wird ihr Blick ungläubig.

»Wo ist der Porsche?«

»Ich habe ihn gestern zurückgebracht«, sagt Lizbeth.

Vor ihnen steht ein dunkelbrauner Volvo.

»Ich verstehe das nicht«, sagt Nancy.

»Ach weißt du ... im Schnee hätte er mir nicht viel genützt ... und ich fühlte mich auch komisch. Ausgerechnet ein Porsche ... hier in der Gegend ... beim Gefängnis.«

Sie steuert Nancy ins Haus zurück. Macht Tee. Setzt sich ins Wohnzimmer und fragt nach den Fotos, die Nancy anstelle der Hunde mitgebracht hat.

»Dann ist also alles in Ordnung?« fragt sie. »Torks Ohr hat sich nicht entzündet?«

»Tork geht es gut. Den anderen auch. Natürlich vermissen sie dich ... aber es geht ihnen gut.«

Sie macht eine Handbewegung zum Fenster.

»Und dieser Mann ...? Der gerade hier war ...?«

»George? Er ist ein Fan. Er hat einen Laden in der Stadt.«

Sie bemerkt Nancys Blick.

»O nein. Es ist nicht so etwas. *Wirklich* nicht. Ich glaube, ich bin nicht mal sein *Typ*.«

»Ach so? Soll das heißen –«

»Ich bin mir nicht sicher. Auf jeden Fall ist er süß. Ich mag ihn. Und gerade neulich ist mir aufgefallen, daß ich hier nur den Gefängnisdirektor und seine Frau kenne. Und sie können ... also ... ich habe dir ja schon von diesen Einladungen zum Abendessen erzählt, oder? Ich habe immer das Gefühl, ich müßte dabei einen Fes tragen und die Zimbeln schlagen.«

»Aber die Leute hier benehmen sich anständig? Sie haben dich nicht belästigt?«

Lizbeth steht auf und reicht Nancy ein Exemplar des *Essenville Expositor*. Auf der ersten Seite, gleich neben der Schlagzeile BENTLEYVILLE IM BOWLODROME IN DIE ECKE GESTELLT findet sich eine zweite, die lautet:

BESTSELLER-AUTORIN ZIEHT NACH ESSENVILLE!

»Der Herausgeber wohnt gleich gegenüber. Er hat mich noch am Tag meines Einzugs besucht.«

Nancy liest laut vor:

»Obgleich Miss Greene bislang noch nicht plant, ihr Haus in Connecticut ganz aufzugeben, ist sie ausgesprochen gerne hier in Essenville, wo sie Ideen für ihr nächstes Buch entwikkelt.«

»Weißt du, das hat mich wirklich auf die Palme gebracht. Ich hatte den Gefängnisdirektor ausdrücklich darum gebeten, dafür zu sorgen, daß die Aufseher, mit denen ich zu tun habe, den Mund halten ... Aber nein, sobald der Herausgeber hier auftaucht, redet er immerzu von dem ›berüchtigten Wilson Velez‹ ... Ich mußte ihm versprechen, daß ich ihm ein Exklusivinterview gebe, wenn das Buch herauskommt, damit er darüber nichts schreibt ...«

Nancys Blick fällt auf das Bild neben dem Text.

»Du siehst etwas schläfrig aus.«

»Ich hatte mich gerade auf das Sofa gelegt, als er klingelte.«

Lizbeths Ton ist plötzlich drängend.

»Also, hast du die Geschichte gelesen? *Die bösen Geister*?«

»Natürlich. Gestern abend.«

»Und? Gefiel sie dir?«

»Sehr. Kaum zu glauben, daß jemand ... wie *er* so etwas schreibt. Aber weißt du, was komisch war? Ich lag im Bett und las und kam an das Kapitel, in dem Hector und Edmond herausfinden, daß Louis Fung fünfhundert Namen auf seiner Liste hat, und dann entdecken sie, daß er es war, der sie daran gehindert hat, Ärger zu machen –«

»Mit einem Fluch, um die bösen Menschen zu beschützen ...«

»Genau! Und daß auch er ein uralter Geist ist ... und dann kommt diese Szene, in der Hector sagt: ›Er will alles an sich reißen! Die ganze Stadt! Er will alles für sich haben!‹ Und in Panik reißt er sich das eine struppige Haar aus, das er noch auf dem Kopf hat. Das fand ich wirklich witzig.«

»Und wie gefällt dir das Ende?«

»Das Ende? Ich mochte es. Es ist schrecklich, aber gut. Warum, findest du –«

»Ich frage mich nur, ob es für Kinder vielleicht zuviel ist. Ein bißchen stark, weißt du?«

»O nein. Kinder mögen so etwas.«

Nancy trinkt ihren Tee und fragt: »Also, wie findest du es? ... Ihn?«

Lizbeth öffnet den Mund, aber die Worte kommen nicht gleich.

»In Wirklichkeit ist es ein bißchen hektisch. Ja. Wenn er spricht, sehe ich schon die Worte auf der Seite stehen, und das ist unglaublich. Jedes Mal, wenn ich dort bin, bekomme ich mehr aus ihm heraus. Ich glaube, es geht ihm langsam besser. Also, er ist immer noch völlig kaputt ... aber trotzdem ist er ziemlich redselig ...«

»Nun, du bringst das offensichtlich aus ihm heraus.«

»Da bin ich mir nicht sicher. Vielleicht mag er auch einfach gerne über sich sprechen.«

Am Abend kocht Lizbeth Nudeln mit Auberginen. Früher mochte sie keine Auberginen. Sie kommen überein, daß es die Hormone sein müssen.

»Und«, sagt Nancy, »hast du schon Namen ausgesucht?«

»Keinen, den ich einem Kind guten Gewissens geben könnte.«

»Mir gefällt Mackenzie. Für ein Mädchen.«

»Klingt zu sehr nach Privatschule.«

Lizbeth schüttet die Nudeln in ein Sieb.

»Hör mal, ich wollte dich etwas fragen.«

»Ja?«

»Findest du, daß mein Haar ... streng aussieht?«

»Streng?«

»Genau. Ich meine, soll ich es vielleicht färben? Heller?«

»Lizbeth, ich habe dir doch gesagt, daß du großartig aussiehst. Du solltest überhaupt nichts an dir verändern.«

Das Essen ist fertig, und draußen hat es angefangen zu schneien.

10

»Wo ist denn Ihr . . . Stock?«

Wilson Ulysses Velez starrt über den Tisch.

»Ich brauche ihn nicht mehr«, sagt Lizbeth.

Nach dem nächtlichen Schnee kamen die Räumfahrzeuge, danach ist sie nach Pittsburgh gefahren und hat grünes Licht bekommen. Seit gestern genießt sie die wiedergewonnene Freiheit. In den CD-Player für 90 Dollar, der aus der Mall von Essenville stammt, hat sie *Jack Ruby and the Black Disciples* gelegt und im Wohnzimmer danach getanzt. In Wahrheit ist sie später im Schlafzimmer sogar ein wenig herumgehüpft.

»Herrrzlichen Glückwunsch.«

»Danke.«

»Ich wünschte, mirrr ginge es auch besser.«

»Waren Sie beim Arzt?«

»Nein.«

»Sind Sie krank?«

»Könnte sein. Ich fühle mmmich benebelt. Hatte gestern abend furrrchtbares Kopfweh.«

»Hören Sie zu. Wenn Sie krank werden und nicht zum Arzt dürfen, lassen Sie es mich wissen. Okay?«

»Das mache ich. Danke, Lizbeth.«

Sie drückt auf RECORD.

»Nun, beim letzten Mal haben wir angefangen, über Ihre Verhaftung zu sprechen. Können wir dort fortfahren?«

»Klllar. Okay.«

»Ich möchte meine Informationen überprüfen. Die Anklage lautete auf –«

»Kriminelle ... Machenschaften.«

»Und im einzelnen –«

»Im einzelnen – Kreditwucher. Schutzgelderpressung. Besitz ... und Weitergabe vvvon ... Drogen. Raub. Hehlerei. Behinderung der Justiz. Körperverletzung in siebenundzwanzig Fällen. Anstiftung zum Mord.«

»Richtig«, sagt sie. »Könnten Sie mir etwas über die Umstände der Verhaftung erzählen?«

»Was gibt es da zu erzählen? Sie warfen mmmich zu Boden ... mit dem Gesicht nach unten. Jemand trrrat mir auf den Rücken, als sie die Handschellen anlegten ... die waren so eng, daß meine Hände drei Tage danach noch taub waren. Was sssoll ich Ihnen noch erzählen?«

»Nun, welche Beweise hatten sie?«

»Einer meiner *soldados* war übergelaufen. Er hieß Mauricio Jiminez, aber alle nannten ihn Slinky. Ich kkkannte ihn kaum.«

»Und Sie haben keine Ahnung, warum er gegen Sie ausgesagt hat?«

»Warum macht man so wasss? Wahrscheinlich ist er geschnappt worden und wollte seinen Verräterarsch mmmit Märchen retten.«

»Märchen?«

»Klar. Wwwas ich angeblich zu ihm gesagt habe, was ich befohlen oder getan haben soll. Lauter Schwachsinn. Also, dddas eine oder andere mag passiert sein. Aber nicht so, wie er es gesagt hat. Ich hätte diesen kleinen Wichser nie in meine Nähe kommen lassen. Er hat irgendwelche Gerüchte weitergegeben.«

»Wollen Sie damit sagen, daß Sie nicht in derartige Aktivitäten verwickelt waren?«

»Ich mache Ihnen nichts vor, *dulzura*. Zu bestimmten Zeiten meines Lebens habe ich viele dieser Dddinge getan. Aber was dieser Slinky ausgesagt hat, war Schwachsinn. Er wußte nnnichts. Ich wwwar vielleicht schuldig. Allerdings nicht im Sinne der Anklage, verstehen Sie?«

»Ich denke schon.«

Sie räuspert sich, und er zuckt zusammen.

»Wir haben Mitchell Rieber einen Deal angeboten, *sabes*? Aber er war nicht interessiert, weil Slinky der Staatsanwaltschaft Sachen erzählte, von dddenen sie immer geträumt hatte. Neun Monate später kam es zum Prozeß. Jjjeden Tag gab es Aufruhr. Ich saß auf der Anklagebank und hörte, wie die Leute draußen riefen: *Justicia Para Three Vee!* Einmal haben sie eine Puppe verbrannt, die Mitchell Rieber darstellen sollte. Esss war das reine Chaos. In dem Tumult hat die Polizei einen Jungen erschossen. Er war erst fünfzehn. An dem Tag hat Vater Peres für mmmich ausgesagt. Er bezeichnete mich als Propheten. Hat nichts genützt. Sie haben mich verurteilt. Lebenslänglich ... ohne Chance auf Begnadigung. Noch am selben Abend wurde ich nach Moxanie gebracht.«

Seine Augen werden glasig, aber er fängt sich.

»Aber trotzdem hatte ich noch Hoffnung. Ich wußte ja, daß Slinkys Geschichten Blödsinn waren, und eines Tages würde das rauskommen. Aber dann ... tauchte errr wieder auf.«

»Wie das?«

»Gleich nach dem Prozeß war er verschwunden. Ein Jahr später ... fffand man ihn in einem Motel in Idaho. Er lag in der ... Badewanne. Ohne Kopf.«

»O Gott.«

»Der wurde in einem Abfalleimer im Nebenzimmer gefunden. Errr war angezündet worden.«

Er beugt sich vor, so weit er kann.

»Lizbeth ... dddamit hatte ich nichts zu tun.«

»Nein?«

»Nein. Sie können mich das tausendmal fragen ... und die Antwort wird immer dieselbe sein. Ich wwwollte ihn lebend.

Ich wwwollte, daß er seine Aussage zurücknimmt. Aber die Gang war außer Rand und Band. Hurricane war inzwischen der Boß, doch Royals von überall versuchten, ihn zu entmachten. Ich schätze mal, irgend so ein Idiot hat geglaubt, er täte mir einen Gefallen, wenn er Slinky erledigt.«

Er starrt sie an und klopft mit dem Fuß auf den Boden.

»Lizbeth, es gibt in dieser Welt nichts Gemeineres als einen *soplón*. Nichts. Wenn ich den Befehl gegeben hätte, hätte man ihm die Zunge rausgerissen und die Lippen weggeschnitten. *Danach* hätten sie meinetwegen mit dem Kopf machen können … was sie wollten.«

Er streckt den Rücken.

»Damals. Jetzt bbbin ich ein anderer Mensch. Aber wollen Sie wirklich behaupten, Sie hätten nicht auch einmal so etwas tun wollen?«

»Ich könnte niemanden umbringen, Wilson.«

»Dasss können Sie nicht wissen.«

Stille.

»Nun … heute morgen habe ich den Umschlagentwurf für mein Buch bbbekommen.«

»Ist er nicht wunderbar? Ich finde, die Ungeheuer sehen fantastisch aus … wie sie so über der Stadt hocken.«

»Wie kommt es, daß Sie ihn gesehen haben?«

»Inchy hat mir vor ein paar Tagen eine E-Mail geschickt.«

»Ach so. Dann wissen Sie vermutlich auch, daß man mmmich gebeten hat … noch etwas zu schreiben. Eine Fortsetzung.«

»Wirklich? Nein, das wußte ich nicht.«

»Ach, das hat Inchy Ihnen nicht erzählt? Jedenfalls ist Jim Rockford jjjetzt wohl ein richtiger Autor, was?«

»Vermutlich.«

Erneute Stille.

»Und haben Sie schon irgendwelche Vorstellungen?«

»Ich glaube ja. Ich habe mit ein pppaar Ideen gespielt.«

»Das ist der angenehme Teil«, sagt sie und bemerkt, daß sein Fuß ruhig geworden ist. »Lassen Sie Ihrer Fantasie freien Lauf.«

Bei der nächsten Vorsorgeuntersuchung erinnert die Ärztin sie an ihre Beckenbodenübungen. Versierte Hände legen sich auf ihren Bauch. Sie muß an Wilson denken, empfindet ein plötzliches Unbehagen und schreckt auf.

Sie hat sich vor den Kontrolluntersuchungen gefürchtet. Vor dem Eindringen in ihre Privatsphäre. Aber in Wirklichkeit ist die Erfahrung beruhigend. Die neuesten Verwandlungen und Marotten ihres Körpers werden ganz gelassen registriert. Schlafstörungen sind zu erwarten. Und daß sie seit einer Woche so vergeßlich ist – den Toast anbrennen läßt und ihr Portemonnaie verlegt –, ist auch nicht ungewöhnlich. Alles ganz normal, sagt die Ärztin.

»Ich habe noch keine Bewegung gespürt«, sagt Lizbeth. »Überhaupt nichts.«

»Das wird noch eine Weile dauern«, sagt die Ärztin.

Dann fragt Lizbeth, ob sie sich die Haare färben kann, ob die Chemikalien schädlich für das Kind seien.

»Das ist Okay. Sie müssen die Farbe nicht rauswachsen lassen.«

»Rauswachsen? Aber... meine Haare sind gar nicht gefärbt.«

»Ach nein? Entschuldigung. Wie gesagt, Färben ist erlaubt.«

Zu Hause ruft sie Ed an. Sie muß ihm eine Unmenge mitteilen: plötzliche, tiefgreifende Einsichten über die Zukunft, ihre Beziehung, dieses Kind. Sobald er den Hörer abhebt, hat sie vergessen, was sie sagen wollte. Aber das ist in Ordnung. Er spricht genug für sie beide. Bittet sie, nach Quince Hill zu kommen. Ihn zu treffen. Persönlich. Er möchte, daß sie noch einmal von vorn anfangen.

Daran will sie nicht einmal denken. Und sie wird Essenville nicht verlassen. Noch nicht. Aber sie wird wieder anrufen. Bald.

An diesem Abend steht sie in der Videothek vor endlosen bunten Reihen von DVDs.

»Also, wonach steht Ihnen der Sinn?«

George Finer steht neben ihr und zeigt mit dem Finger auf einen Film.

»O Gott, nein«, sagt sie. »Auf gar keinen Fall.«

»Aber er hatte so gute Kritiken.«

»Ich weiß. Aber... nein. George, hören Sie zu, suchen Sie etwas aus. Wir gehen schließlich zu Ihnen.«

Es dauert zehn Minuten, bis sie einem seiner Vorschläge zustimmt. Sie wartet draußen, während er die Formalitäten erledigt. In der Dämmerung zeichnet sich Essenville schwarz wie Holzkohle ab. Dunkle Hemlocktannen bedecken die Hügel zu beiden Seiten der Straße. Ein gelber Bus fährt vorbei. Das Orchester der Highschool fährt zu einem Konzert außerhalb der Stadt. Im Mittelgang des Busses stehen Blasinstrumente und Cellos in ihren Kästen.

»Sie haben kein Popcorn mehr«, sagt George. »Das gehört dazu. Wir müssen zu *Foodline*.«

Also gehen sie zusammen zum *Foodline Savers Mart* am Ende der Main Street. Vor dem Supermarkt drückt sich ein Betrunkener herum. Ein ungewöhnlicher Anblick in Essenville.

Als sie an ihm vorbeikommen, sagt er zu Lizbeth: »Du existierst gar nicht.«

Dann stolpert er davon.

Drinnen ist die Heizung kaputt. Der Geschäftsführer ist völlig fertig und redet auf einen Techniker ein, während zwei ausgesprochen gelangweilte junge Frauen an den Kassen bibbern und über die Lautsprecher *La Isla Bonita* ertönt.

Lizbeth und George stellen sich in die Schlange. Ein Aufseher aus ESSUSP steht in einem Gang vor den Regalen und sieht zu ihr herüber. Unangenehm lange steht er da und starrt sie an, bis er endlich weitergeht.

Georges Haus hat die gleiche Größe wie ihres und eine sehr ähnliche Aufteilung, aber es wirkt bewohnt und gepflegt. Wo sie einen Vorratsraum hat, hat er ein kleines Zimmer voller Bücherregale. Dort findet sie die Namen all ihrer Kollegen und Vorgänger: eine umfangreiche Bibliothek der Kriminalliteratur. Massenvergiftungen im London Edwards VII., blutige Morde im modernen Skandinavien, Scharfschützen in den Straßen von Los Angeles, jede Menge makabre Rituale in zahllosen Blockhütten. Attentate und Kindermorde und Verbrechen aus Leidenschaft – Regal um Regal um Regal.

»Keine Sorge. Enschell ist immer noch mein Favorit.«

George steht neben ihr.

»Danke, George. Er wäre sehr gerührt.«

»Ich meine es ehrlich. Ich komme immer auf ihn zurück. Er hat so eine sagenhafte … Unerbittlichkeit.«

Sie entdeckt ihre Bücher, die sie im Laden für ihn signiert hat. Dann wandert ihr Blick zu der Reihe darunter:

Siedler im Nebel: Eine Geschichte der Städte
in den südlichen Alleghenies
George MacDougall Finer

»Mein Gott, George. Warum haben Sie keinen Ton davon gesagt?«

Sie zieht den schmalen Band aus dem Regal.

»Ach das … wirklich, es ist nur … ich habe es vor Jahren geschrieben. Es ist völlig überholt. Bitte. Daß ausgerechnet Sie das finden …«

Sie dreht sich um und sieht, daß er rot geworden ist. Aber sie kann nicht widerstehen und blättert zur Fotografie des Autors.

»Ah«, sagt sie, »damals hatten Sie noch mehr Haare. Und was bedeutet ›MacDougall‹?«

»Meine Mutter war eine MacDougall. Ich fand, irgendwie klang das mehr … nach einem richtigen Autor.«

Sie blättert das Buch durch.

»Und warum haben Sie es nicht im Laden?«

»Ich fände es nicht richtig, den Leuten Geld dafür abzunehmen … es gibt auch bessere Bücher … und die habe ich vorrätig.«

»Das ist das Blödeste, was ich je gehört habe.«

Dann sagt sie, sie werde es ausleihen, keine Widerrede; er zuckt zusammen, aber er reißt ihr das Buch nicht aus der Hand.

An der Wand des Wohnzimmers hängt ein gerahmtes Foto, das aus dem *Expositor* ausgeschnitten wurde. George steht inmitten einer Gruppe von sechs Männern in Hemd und Krawatte. Hinter ihnen versammeln sich etwa hundert weitere Menschen. Sie stehen vor dem Bundesgefängnis.

»Das war der Abend der offenen Tür«, sagt er. »Eine Woche, bevor die ersten Gefangenen eintrafen. Ganz Essenville ist gekommen. Die Kinder hatten einen Mordsspaß. Es gab ein Festbuffet, und die Leute kamen in Verkleidung. In Uniformen oder gestreiften Anzügen. Der Bezirksrichter war auch da und hat Gefängnislieder gesungen. Für 200 Dollar pro Person konnte man die Nacht in einer Zelle verbringen.«

»Die Männer, mit denen Sie da stehen, waren das die Spender?«

»Hm. Alle haben natürlich gegeben, was sie konnten, aber die Geschäftswelt ging mit gutem Beispiel voran. Damals bestand die Geschäftswelt mehr oder weniger aus uns sechs.«

Die Männer auf dem Bild strahlen stolz in die Kamera. Einer jedoch steht am Rande und lächelt nicht. Er ist spindeldürr und hält die Arme verschränkt.

»Der hier sieht nicht so glücklich aus«, sagt sie.

»Ach, das ist Lloyd Dreiz. Ihm gehört das Fotostudio auf der Hudurden Street. Ein Bowler. Er ist auch hier aufgewachsen.«

»George, verspüre ich da eine gewisse Kälte? Gibt es eine Vorgeschichte?«

»Vorgeschichte? Mit Lloyd Dreiz? Er ist nicht besonders nett, das ist alles. Man braucht doch nur das Bild anzugukken.«

In der Küche kümmern sie sich um das Popcorn. George singt dabei immer wieder dieselben zwei Zeilen aus *La Isla Bonita.*

»Das ist ein richtiger Ohrwurm. Ich werde ihn nicht mehr los.«

»George«, sagt Lizbeth, »ich möchte Ihnen etwas sagen. Aber es muß unter uns bleiben.«

Er dreht sich um, aufmerksam wie ein Schüler. Und sie erzählt ihm, warum sie in Essenville ist. Welches Projekt sie verfolgt. Erzählt ihm von Wilson Velez: *Gottes einsamster Mann.*

»Wahnsinn«, sagt George.

Ein Blick auf ihn genügt. »Sie wußten es schon, habe ich recht?«

»Ich habe so etwas gehört. Wissen Sie, hier sprechen sich die Dinge schnell rum. Aber danke Ihnen für Ihr Vertrauen. Ich fühle mich wirklich geschmeichelt.«

»Keine Ursache«, sagt sie. »Auch wenn die Enthüllung vor zehn Sekunden bedeutsamer zu sein schien.«

Im Wohnzimmer setzt sich jeder auf ein Sofa, zwischen ihnen steht der Fernseher. Die Beleuchtung ist gedämpft. Aus den Heizkörpern kommt trockene Wärme. Durch einen Spalt im Vorhang sieht sie, daß es wieder zu schneien anfängt. Nach einer halben Stunde liegt sie zusammengerollt auf ihrem Sofa, ein Polster unter dem Kopf.

George hält den Film an, legt eine Wolldecke über sie und holt frisches Popcorn aus der Küche.

Sie ruft ihm nach. Fragt, ob er glaube, sie solle ihr Haar heller färben.

»Vielleicht«, sagt er, als er zurückkommt. »Aber dann wären Sie nicht mehr Lizbeth Greene, oder?«

Er stellt den Film wieder an, und das Zimmer füllt sich mit Ton und Farbe.

»Legen Sie das Papier auf den Tisch.«

Der Aufseher links von Wilson Velez hält seinen Schlagstock in Bereitschaft, während der rechts von ihm spricht. Wilson tut wie geheißen und legt das Stück Papier vor Lizbeth hin.

»Esss ist für Sie. Sie erinnern mich an sie.«

Eine Bleistiftzeichnung. Unbeholfen, aber der Gegenstand ist unmittelbar zu erkennen.

»Frankensteins Braut?«

»Ja. Natürlich nicht das Haar. Aber das Gesicht.«

»Und so sehe ich aus?«

»Sicher. Ich fffand sie immer sehr schön.«

Sekunden verstreichen, bevor Lizbeth ihre Antwort findet. Schließlich: »Danke, Wilson.«

»Dasss ist in Ordnung, Lizbeth. Wie ist es Ihnen ergangen?«

»Gut. Und Ihnen? Das letzte Mal hatten Sie Kopfschmerzen.«

»Ich habe das Paracetamol bekommen, das Sie geschickt haben, und es hat geholfen. Alllso ... ich lebe noch. Und ich habe mich auf unser Treffen gefreut.«

»Schön.«

»Haben Sie sich auch ... gefreut?«

»Natürlich.«

»Sagen Sie mir eines, Lizbeth. Wenn wir uns im normalen Leben kennengelernt hätten, würden wir dann auch so miteinander reden wie ... jetzt?«

»Das weiß ich nicht, Wilson. Wir haben sehr verschiedene Leben gelebt.«

»Ich weiß. Ich meine ja nnnnnnur –«

Sie beugt sich über den Tisch und überprüft die Batterien ihres Kassettenrekorders.

»Oh, tut mir lllllleid«, sagt er. »Ich-ch-ch-ch-ch höre mit dem Reden auf ... ddddamit Sie mir die ... rrrrrrrrichtigen Fragen stellen können.«

»Ich wollte nur das Gerät kontrollieren. Wir können über alles sprechen, was Sie möchten.«

»Essssss ist Okay. Wirrrrrrklich. Ich weiß, warum ... wir hier sind.«

»Ehrlich, Wilson. Ich wollte nicht unhöflich sein –«

Er starrt sie an. Beide Füße beginnen wie wild auf den Boden zu klopfen. Dann wendet er den Blick ab.

»Es ist Okay. Kein ... Pr-problem. Wwisssen Sie noch, wo wir ... stehengeblieben waren?«

Sie versucht, seinen Ton abzuschätzen.

»Nun, das letzte Mal haben wir über Ihren Prozeß gesprochen, über Ihre Verurteilung.«

»Genau. Als ich nnnach ... Moxanie kam.«

»Ihre Erfahrungen im Gefängnis sind noch nicht richtig zur Sprache gekommen, obwohl –«

»Obwohl es dasss ist ... was Sie hören wollten.«

»Nein. Das ist nicht –«

»Ist Okay, *dulzura*. Ich gggebe Ihnen, was Sie ... brauchen.«

Er sieht sie wieder an. Streckt den Rücken.

»Sie kkkommen ja nun eine ganze Weile her. Haben Sie schon ... bemerkt, wasss in der Luft liegt?«

»Ich verstehe Sie nicht.«

»Tote Zeit. Ziellose Zeit. Traurige Zeit ... Und jeden Tttag wird sie mehr ...«

Tote Zeit. Für Wilson war sie etwas Alltägliches. Die Stille, die mich jedes Mal beunruhigte, mochte in ESSUSP *auf gründliche Schalldämmung zurückzuführen sein, sagte er, aber es wäre falsch zu glauben, die Insassen würden in ihren Zellen wüten. Nein, die meisten Männer schliefen einfach. Die Abteilungen glichen einem Friedhof, sagte er, auf dem man reihenweise Stahlmausoleen passierte. Schlaf sei die beste, schmerzloseste Art, um über die Zeit zu kommen. Je höher die Sicherheit in einem Gefängnis, desto wichtiger sei der Schlaf. Ein puertoricanischer Royal hatte während einer siebenjährigen Haftstrafe in Attica mindestens achtzehn Stunden pro Tag geschlafen. Sechs Monate nach seiner Entlassung habe er einen Schlaganfall erlitten und sei gestorben, erzählte Wilson.*

Lizbeth nimmt die Finger von der Tastatur, steht auf und geht ans Fenster. Es ist spät. Sie sieht, daß in den anderen Häusern keine Lichter mehr brennen. Dann setzt sie sich auf den Boden und macht ihre Übungen. Hebt abwechselnd die Arme über den Kopf und kreuzt die Beine. Das macht sie zehn Minuten, bevor sie zum Laptop zurückkehrt. Der Tisch ist über und über mit getippten Seiten bedeckt.

Wilsons Bedürfnis, im Gefängnis sein Leben zu verschlafen, wurde allerdings von seiner Leidenschaft für die Sprache noch übertroffen. Seit seiner Zeit in Spofford war sein Lesehunger unersättlich: Lehrbücher, Zeitschriften, Schundliteratur. Wenn er nicht las, schrieb er – eigene Geschichten und zahllose Briefe an Freunde und Anhänger in Queens. Obwohl José Almanza erneut die Leitung der Gang übernommen hatte, blieb Wilson der Sapa, der einzig wahre König: sein Exil konnte seiner Position nichts anhaben. Und deshalb wandten die Royals sich weiterhin an ihn, wenn sie Rat oder eine Anleitung brauchten.

Neben Ratschlägen in Liebesdingen oder Bekleidungsfra-

gen enthielten seine Briefe aus dem Gefängnis eine fortlaufende Schilderung des Lebens hinter Gittern. Die Alltagsroutine war von den beiden Faktoren Handel und Schmuggel geprägt, wobei letzterer in den meisten Fällen durch »Hooping« (Transport im After) bewerkstelligt wurde. »Im Gefängnis«, sagte er, »ist alles käuflich« – selbst wenn das Angebot allein darin bestehe, jemanden nicht zu schlagen oder zu erstechen. Als er das erste Mal in Spofford einsaß, verscherbelte er »Schweinkram«. Die Masturbation sei ein so wesentlicher Bestandteil des Gefängnislebens wie der Zählappell und das Gewichtheben. »Es ist ein Zeitvertreib, wenn man nicht schlafen kann«, sagte er. »Die Kerle wichsen, bis der Schwanz blutet.«

Er schüttelte den Kopf, als ich fragte, ob er je Zeuge einer Vergewaltigung geworden sei. Er habe so etwas nie gesehen, sei jedoch einige Male Ohrenzeuge gewesen. In Haftanstalten für Erwachsene seien allerdings einvernehmliche Arrangements gebräuchlicher, bei denen der eine Häftling die »Frau« eines anderen würde. Hat er *jemals eine »Frau« gehabt? »Solchen Scheiß mach ich nicht«, sagte er schroff. Dann schwand der Machismo aus seiner Stimme. »Ich hätte Angst, Blickey (AIDS) zu kriegen.«*

Wenn Tauschhandel und Sex an der Tagesordnung waren, so war die Gewalt unausweichlich. Ein Blick, der falsch gedeutet wurde, Eßgewohnheiten, an denen ein anderer Gefangener Anstoß nahm – mehr war nicht nötig, um im Krankenhaus oder in der Leichenhalle zu landen. Falls es überhaupt einen Grund für eine Gewalttat gab. Für jeden Insassen, der auf seine Sicherheit bedacht war, bestand die Lösung des Problems natürlich in dem Beistand, den eine Gang bieten konnte – und für Latinos in den Gefängnissen von New York und Umgebung hieß das nur eines.

Die Loyalität, die den Royals in den Gefängnissen abverlangt wurde, war noch größer als die auf der Straße. Wilson erzählte von einem Häftling, der dem Anführer seiner Gruppe gebeichtet hatte, einer rivalisierenden Gang Geheimnisse verraten zu haben. Er hatte sechsundvierzig Einstiche im Rücken, als er den Aufsehern mitteilte, er habe sich die Verletzungen selbst beigebracht. Das waren seine letzten Worte.

Aber in Moxanie, wo Wilson als verurteilter Gangster einsaß, lagen die Dinge anders. Es war ein Hochsicherheitsgefängnis, gewiß nicht auf dem neuesten Stand der Technik, sogar baufällig. Die hier praktizierte Methode des »permanenten Einschlusses« indessen war hochmodern. In anderen Haftanstalten wurde der Einschluß – das Einsperren aller Gefangenen in ihre Zellen für dreiundzwanzig Stunden pro Tag – nur bei Gefahr im Verzug oder angesichts einer Krise angeordnet. In Moxanie war er die Norm.

Da die Insassen lediglich eine Stunde pro Tag zusammenkamen und dabei von Dutzenden von Aufsehern bewacht wurden, konnte man die Zugehörigkeit zu einer Gang kaum ausleben. Dazu kam, daß unter den Eingeschlossenen die Anzahl junger Drogenabhängiger und psychisch Kranker beständig wuchs, so daß es Woche für Woche zu Selbstmorden kam. Dieses düstere Reservoir des Unglücks und der Enttäuschung führte zu einem erbitterten Zermürbungskrieg mit den Aufsehern.

Wilson hatte für diesen Berufsstand nur Verachtung übrig. Die meisten, sagte er, »hassen die Insassen rundheraus. Bei den Aufsehern in Moxanie war das überhaupt nicht zu verkennen. Für alles, was ihnen nicht paßte, ließen sie uns bezahlen.«

Und der Preis war hoch. Wilson zufolge wurden Insassen, die sich den Zorn der Aufseher zugezogen hatten, mit Handschellen gefesselt, mit dem Gesicht nach unten auf den Betonboden geworfen und in die »Rippen, die Nieren, die Eier, den Kopf« getreten. Ich fragte, ob ihm das auch passiert wäre. »Natürlich«, sagte er.

Er habe in Moxanie noch andere Mißhandlungen erlitten.

Die Aufseher hätten brennendes Papier in seine Zelle geworfen, als Vorwand, um ihn mit Feuerlöschern anzugreifen. Sie seien mit Elektroschockpistolen über ihn hergefallen oder hätten ihn gezwungen, in eine Wanne mit heißem Wasser zu steigen, wo er untergetaucht worden sei, bis er das Bewußtsein verlor. Sein Essen sei mit Körperausscheidungen verunreinigt worden.

Einen positiven Aspekt habe seine Zeit dort allerdings gehabt. »Mir wurden«, sagte er, »die Augen geöffnet.«

Der Strafvollzug strebe die Resozialisierung der Häftlinge überhaupt nicht mehr an – das sei allgemein bekannt. Für Wilson jedoch hatten sich die Ziele über die reine Verwahrung von Straftätern hinaus auf weitaus unheilvollere Weise verschoben. Neben den Jugendlichen und psychisch Kranken gab es in Moxanie Männer, die sich durch ihren Radikalismus auszeichneten: Anführer von Gruppen, die für die Rechte der amerikanischen Ureinwohner kämpften, Gründungsmitglieder von militanten afroamerikanischen Organisationen. Die Behandlung, der sie unterworfen wurden, diente im wesentlichen einer Verhaltensänderung – Strafe und Gewalt wurden eingesetzt, um ihren Willen zu brechen.

»Alles paßte zusammen«, sagte er. »Als ich nach Moxanie kam, hielt ich es für einen beschissenen Witz, ausgerechnet in dem Augenblick eingelocht zu werden, in dem ich mein früheres Leben hinter mir lassen wollte. Dann wurde mir klar, daß das wunderbar ins System paßte. Sie wollten gar nicht, daß jemand wie ich seinen Leuten ein friedliches Rollenbild vorlebte. Ich sollte vielmehr genau der Idiot sein, der ich gewesen war. Die Leute an der Macht sehen es gerne, wenn sich die Besitzlosen jeden Tag zudröhnen und ihren Frust aneinander auslassen statt an den Bankern und Politikern. So daß sie sich nicht auflehnen, wenn die Bullen das nächste Mal kommen und sie ins Gefängnis sperren, wo sie billige Arbeit leisten oder verrecken.«

Zuweilen war sein Ton melodramatisch. Zuweilen klang er paranoid. Er versicherte mir, daß unter dem Gebäude von ESSUSP die Leichen von Häftlingen begraben wären. Aufseher hätten sie ermordet. Mehr als einmal sagte er, daß auch er auf diese Weise ums Leben kommen würde. »Eines Nachts schalten sie die Kameras ab und holen mich. Das wird das Ende meiner Geschichte sein.«

Aber für jeden Augenblick der Übertreibung gab es einen der Klarsicht. Was sollte ich entgegnen, wenn er den derzeitigen Boom bedauerte, der Gefängnisse für eine Generation baute, die noch nicht einmal geboren war? Oder wenn er seine Erfahrung als Latino in Amerika beschrieb: »Eine Randexistenz, in der keine Straße oder Schule, kein öffentliches Gebäude je nach einem deiner Leute benannt wird. Keine Selbstachtung, nur das Wissen, daß du dein Leben damit verbringen wirst, bei den Weißen den Rasen zu pflegen.«

Vor meinem geistigen Auge sah ich die Insassen des ESSFCI, die Müll aufsammelten und die Gärten von Essenville verschönerten.

Während seine Briefe sich mit dem Alltagsleben befaßten, ermutigte er die Adressaten auch, José Almanza dabei zu helfen, die Gang in eine positive Kraft zu verwandeln. Auf die Bilder seiner Kindheit am Linneaus Place zurückgreifend, sprach er mit grandiosen Worten davon, daß die ›neuen‹ Royals sich nicht von den Städtebauern der Inka unterschieden, welche die Steinblöcke für ihre Tempel so exakt zusammengefügt hätten, daß keine Rasierklinge dazwischenpasse. Die Gang solle ihre Stärke mit ihren guten Taten in Corona unter Beweis stellen.

Wenn Wilson in Fahrt war, konnte man seine blutige Vergangenheit beinahe vergessen. Leidenschaftlich übernahm er seine neue Rolle: die eines politischen Gefangenen, eines standhaften und furchtlosen Revolutionärs. Es war nicht zu verkennen, wie sehr ihm diese Version seiner selbst gefiel.

»Aber es ist komisch ... ich weiß nicht, ob die *Bösen Geister* ohne das Gefängnis so gut geworden wären.«

Wilson schaukelt auf dem Stuhl vor und zurück.

»Und warum nicht?«

»Weil mmmir jede letzte Macht über mein Leben genommen worden war. Also lllegte ich alles in die Geschichte. Das verstehen Sie doch, Lizbeth?«

»Natürlich«, sagt sie.

»Dddas habe ich mir gedacht. Also ... erzählen Sie mir etwas von der Welt.«

»Irgend etwas Bestimmtes?«

»Nein. Nur etwas von da draußen. Was Sie gedacht haben, als Sie gestern ... nnnacht das Licht ausgeschaltet haben. Wie Ihr Kaffee heute morgen geschmeckt hat.«

»Ich trinke morgens keinen Kaffee. Ich trinke Tee.«

»Und ... wie war er?«

»Mein Tee war gut, Wilson.«

»Und die Fahrt ... hierher. Wie war die?«

»Die Fahrt war in Ordnung.«

»Freuen Sie sich über Ihren ... Porsche?«

»Nun. Ich habe ihn nicht mehr.«

»Was? *Hijole*. Wwwarum das?«

»Ach, wissen Sie, der Schnee und alles ... er war unpraktisch. Ich habe jetzt einen Volvo.«

»Einen Volvo? Mann. Ich hab nie einen gefahren. Kann ich ... ihn mal ausleihen?«

»Sie wollen meinen Volvo ausleihen?«

»Klar. Sie holen mich hier rrraus ... und ich mache eine Spritztour nach Essenville.«

»Okay. Aber tanken Sie, bevor Sie ihn zurückbringen.«

»Vielleicht gehe ich ja ins Kino. Haben Sie in llletzter Zeit einen guten Film gesehen?«

»Nein, eigentlich nicht. Neulich habe ich einen ausgeliehen. Verflucht, ich kann mich nicht an den Titel erinnern.«

Sein Fuß schlägt auf den Boden auf, ein einziges Mal nur.

»Haben Sie ihn ... allein gesehen?«

»Nein, mit jemandem zusammen.«

»Ach so. Und wwwwer war das?«

»Jemand, den ich kenne. Hat einen Laden in Essenville.«

»Oh? Also kennen Sie doch jemanden hier, was?«

Sie antwortet nicht, und einen Augenblick später gibt er nach.

»Ddddann war er ätzend? Der Film, meine ich?«

»Ziemlich.«

Er wartet, bis er ihren Blick auffängt.

»Wissen Sie, welcher Film gut ist? *Out of the Blue*. Linda Manz. Dennis ... Hopper. Das issst ein toller Film. Haben Sie ihn gesehen?«

»Ja, mit sechzehn. In der Mitternachtsvorstellung im *Cinema Village*. Damals hielt ich mich für unglaublich cool.«

»Um Mitternacht im Kino? Mit sechzehn? Hat Ihr Vater das denn ... erlaubt?«

»Eigentlich nicht. Ich habe Ihnen ja schon erzählt, daß ich ein bißchen wild war.«

»Wie wwwild ist ein bißchen, *dulzura*?«

»Ach, nicht so schlimm. Ich war nur schnell gelangweilt ... meine Freundin und ich fuhren am Wochenende in die Stadt. Dann hingen wir rum und tranken Wein und ... wir waren einfach jung. Eine Weile hat das Spaß gemacht.«

»Und Sie bekamen nie ... Schwierigkeiten? Zwei Sechzehnjährige aus Connecticut in der großen Stadt?«

»Wenn ich daran zurückdenke, kriege ich noch jetzt einen Schreck. Aber damals hatten wir ein enormes Selbstvertrauen. Ein Junge aus meinem Französischkurs hatte mir einen falschen Ausweis gemacht, und wir gingen in die miesesten Bars. Hauptsache, es gab Livemusik.«

»Aha. Damals schon.«

»O ja.«

Ein Lächeln huscht über ihr Gesicht.

»Was ist so … lllustig?«

»Nein, es ist nur… ich rede nicht oft darüber… aber ich habe in einer Band gespielt.«

»Tatsächlich?«

»Ein paar Jahre später. Im College. Baßgitarre. Damals fing ich an, mich für Reggae zu interessieren. Ich konnte kaum eine Note spielen, deshalb kaufte ich ein paar Reggaeplatten, weil jemand mir erzählt hatte, die Bässe wären cool. Ich war mit dem Gitarristen zusammen. Wir waren zu fünft. Angezogen, wie wir uns die notleidenden Künstler aus New York vorstellten.«

»Und … wie hieß die Band?«

»O Gott. Es war so hochtrabend! Wir nannten uns *Suburban Diaspora.*«

»*Wirklich* schrecklich. Und wwwas für Musik spielten Sie?«

»Ach, so richtig sind wir gar nicht eingestiegen. Wir haben uns ständig gestritten und liefen durch die Gegend und rauchten. Wir hielten uns für Punkrocker… oder New Wave… oder irgendwas. Ich wollte wie Tina Weymouth sein. Von den *Talking Heads,* wissen Sie?«

Sein Gesicht ist leer.

»Na ja, so war das eben. Einige meiner ältesten Freunde kennen diese Geschichten über mich nicht.«

Sie schaut auf die Uhr. Dann zu ihm zurück.

»Entschuldigung.«

»Nee. Das ist … in Ordnung. Aber Sie wollen weitermachen. Also … worüber rrreden wir jetzt?«

»Ich denke –«

Ihre Stimme ist nüchtern geworden.

»– wir könnten über das reden, was zu Ihrer Überweisung hierher geführt hat.«

Keine Reaktion.

»Die Briefe.«

Er sieht stumm an ihr vorbei. Stiert. Dann: »Als sie mich ins Anwaltszimmer von Moxanie brachten, war Ossery schon da. Ssssaß mir gegenüber. Genau wie Sssie. Aber dann sah ich sein Gesicht. Ich glaubte, jemand wäre gestorben. Vater Peres oder Hurricane. Aber er sagte nur: ›Sie haben sie gefunden.‹ Ich fragte: ›Was gefunden?‹ Er sagte: ›Die Briefe. Die verdammten ... Briefe an Ojos. Jeden einzelnen.‹ Er sagte, sie wüßten alles. Daß sie ... getürkt wären. Geheimsprache enthielten. Mitchell Rieber wollte mich erneut anklagen. Und ich kkkonnte nur denken: ›Was? Ausgerechnet *jetzt*?‹«

»Was soll das heißen?«

»Das soll heißen, daß ich einen ... solchen Brief das letzte Mal in Auburn geschrieben hatte. Vier Jahre früher. In Moxanie habe ich nicht eine einzige kodierte Mitteilung verschickt.«

»Aber sagten Sie nicht, daß Sie jeden Tag Briefe geschrieben haben?«

»Briefe, ja. Aber keine Geheimbotschaften. Keine Befehle, jemanden zusammenzuschlagen oder zu töten. Nichts dergleichen.«

Sein Gesicht ist ausdruckslos. Die Kassette dreht sich weiter.

»Lizbeth, ich habe ddddoch ... gleich gesagt, daß ich bei der Wahrheit bleibe, und dddas ... tue ich auch. *Verdad*. Punkt eins: Die umstrittenen Briefe stammten alle aus meinem ersten Jahr in Moxanie. Aber in meinem ... ersten Jahr habe ich mich vorbildlich geführt, weil ich nnnoch glaubte, ich würde wieder rauskommen. Punkt zwei: Hurricane wußte, was ... zu tun war. Dddazu brauchte ich Ojos keine Briefe zu schicken. Und ... Punkt drei: Ich wollte nicht mehr, daß die Royals Blut vergießen. Ich wollte ein neues Kapitel aufschlagen.«

»Aber vor dieser Zeit haben Sie Geheimbotschaften verschickt?«

»Natürlich. Seit ich das erste Mmmmal in Spofford war.«

»Und worauf bezogen sich solche Mitteilungen?«

»Sie *bezogen* sich auf jeden Scheiß … den die Aufseher nicht lesen durften. Was jemand bei seinem nächsten Besuch mitbringen sollte. Wo die betreffende Person sich … eine Waffe beschaffen könnte. Solche Sachen.«

»Wer zusammengeschlagen werden sollte?«

Nichts. Dann ein Achselzucken.

»Klar. Vielleicht. Warum … nicht?«

»Welchen Code haben Sie in den Briefen benutzt? Das System, das Sie mit Ihrem Bruder entwickelt haben? Zahlen?«

»Zuerst. Aber … wenn die Aufseher die Post aufmachen und lauter verdammte Zahlen entdecken, gucken sie natürlich zweimal hin. Also mußte das System weiterentwickelt werden.«

Er spricht nüchtern.

»Am Anfang warrr es … nicht so kompliziert. Ich verschob bei den Wörtern, die ich verstecken wollte, nur das Alphabet. Zum Beispiel fing mein Alphabet nicht mit ABC an, sondern mit BCD. Verstehen Sie?«

»Ich glaube ja.«

»Es ist ganz einfach. Jeder Buchstabe rückt einen weiter. Also schreiben Sie nicht mehr H-U-N-D. Sie schreiben I-V-O-E. Und Ihre Miezekatze? Die heißt L-B-U-A-F. In Ordnung. Sie können den ganzen Scheiß so oft nach vorne schieben … wie Sie wollen. Dann haben Sie sechsundzwanzig Alphabete. Nummer eins beginnt: ABC. Nummer zwei: BCD. Nummer drei: CDE. Nummer einundzwanzig: UVW. Alles klar?«

»Ja. Aber woher wußte der Empfänger, welches Alphabet Sie benutzten?«

»Das … Datum. Nicht ddder Monat oder das Jahr. Nur … der Tag. Ich schreibe den Brief am zwölften, also benutze ich … Alphabet zwölf. Beginnt mit LMN. Der Hund ist S-F-

Y-O und die Katze V-L-E-K-P. Sehr alte Technik. Caesar hat sie erfunden. Ein Fünfjähriger könnte sie anwenden. Aber es funktioniert. Sie würden sich wundern, wwwie viele Briefe ich so geschickt habe. Esss gibt allerdings ein Problem. Die Wörter sind … Unsinn. LBUAF, SFYO, XPTUIVG. Sieht … bbblöd aus. Nach ner Weile merkt selbst der dümmste *jarabe,* daß da was nicht stimmt. Also muß esss … aussehen wie ein ganz normaler Brief. Der Trick ist, die Buchstaben zu vergraben. In einer Botschaft, die nichts mit dddem zu tun hat, was Sie wirklich sagen wollen.«

»Okay. Aber woher weiß der Empfänger der Nachricht, wonach er suchen muß?«

»Das Datum. Immer das Datum. Wenn ich am dritten schreibe, ist … jjjeder dritte Buchstabe wichtig. Am fünfundzwanzigsten jeder fünfundzwanzigste Buchstabe. Ein Beispiel. Ich will, daß jemand Mounds-Schokoriegel für mich reinschmuggelt. Ich mag Mounds. Sagen wir, ich schreibe am neunten. Das bedeutet Alphabet neun. Und das heißt, M-O-U-N-D-S wird zu U-W-C-V-L-A. Verstehen Sie?«

»Ich glaube schon.«

»Jetzt muß ich mir nur noch etwas ausdenken … bei dem der erste und jeder neunte Buchstabe U-W-C-V-L-A ergeben. Also …«

Er blickt nicht länger an die Decke, als sie braucht, um ihre Beine übereinanderzuschlagen.

»… ich schreibe so: ›Lieber Freund, ich muß dir etwas sagen, woran ich oft denken muß – Und suche wo immer, ich habe es verloren, lange ist alles her.‹ Okay? Also, der Empfänger weiß, es ist der neunte, das heißt, er achtet auf den ersten Großbuchstaben und dann auf jeden neunten danach. ›Lieber Freund, ich muß dir etwas sagen, woran ich oft denken muß – Mounds.‹ Dann weiß er, was er dem Sapa beim nächsten Besuch mitbringen soll.«

Lizbeth notiert die Worte in ihrem Notizbuch.

UNDSUCHE WOIMMERI CHHABEES VERLOREN
LANGEIST ALLESHER

»Testen Sie mich, wenn Sie wollen.«

»Okay. Sagen wir, es ist der vierzehnte.«

»In Ordnung.«

»Und Sie wollen, daß jemand namens Joaquin zusammengeschlagen wird.«

Sie sieht, daß er die Lippen schürzt.

»Kein Problem. In diesem Fall würde ich sagen: ›Lieber Freund, es gibt etwas, dem du deine Aufmerksamkeit schenken mußt – Wenn ich an eine Begebenheit denke, bin ich elend und habe Verachtung im Herzen, vor allem eine Tat zu vergessen.‹«

Sie notiert sich wieder die Worte und übersetzt sie.

WENNICHANEINE BEGEBENHEITDE NKEBINICHELEN
DUNDHABEVERAC HTUNGIMHERZEN VORALLE-
MEINET ATZUVERGESSEN

WBNDHVA

Alphabet 14 = JOAQUIN

»›Lieber Freund, es gibt etwas, dem du deine Aufmerksamkeit schenken mußt – Joaquin.‹«

»Das war schnell.«

»Ich hatte … eine Menge Übung. Aber es gab ein weiteres Problem. Die Leute verwechselten kodierte und nicht kodierte Botschaften und suchten in meinen Briefen manchmal etwas, das gar nicht da war. Oder sie übersahen eine Nachricht. Also schrieb ich einen normalen Brief immer mit schwarzem Stift. Wenn er eine Geheimbotschaft enthielt, nahm ich einen blauen. Und damit sie wußten, welchen Teil sie entschlüsseln mußten, benutzte ich Auslöser.«

»Auslöser?«

»Signale, die bedeuteten: Jetzt kommt die Botschaft. Es geht wieder vom Dddatum aus. Nehmen wir an, es ist der 16. eines Monats. Dann ist das 16. Wort im Brief auch der Auslöser. Und wenn dieses Wort ein weiteres Mal auftaucht, weiß man, daß die kodierte Nachricht folgt. Also: Der Brief ist mit blauem Stift geschrieben, und das sechzehnte Wort ist ›Sonne‹. Wenn es dann später heißt: ›Ich wäre jetzt gerne draußen in der Sonne‹, ist der darauffolgende Text von Bedeutung.«

»Okay. Ich verstehe.«

»Bei diesem System konnte kein *jarabe* je dahinterkommen, was ich sagte, besonders wenn ich ganz banale Dinge schrieb.«

Der Stolz in seiner Stimme ist nicht zu überhören.

»Natürlich spielte ich weiter damit herum. Baute mein System aus. Paßte es an. Später habe ich verrückte Zufallsalphabete benutzt, die nur meine engsten Vertrauten kannten und die ich auswendig gelernt hatte. Außerdem gab es die Regel, daß es immer ein Auslöser war, wenn drei Wörter mit V begannen. Three Vee, dreimal V, *sabes*? Ich spielte sogar mit der Art und Weise, wie ich die Buchstaben schrieb, so daß unterschiedliche As oder Bs unterschiedliche Sachen bedeuteten ... wie die Inka mit ihren *Quipus,* wissen Sie?«

»Ich bin beeindruckt.«

»Danke.«

»Und welchen Code haben Sie ... sollen Sie in den Briefen benutzt haben, die zu der Anklage führten?«

»Das ist es ja gerade. Sie behaupteten, in einem Brief hätte ich die Mitgliedsnummer eines Royals benutzt, der in Red Hook erschossen wurde. Als könnte ich ... 60 000 Nummern im Kopf haben wie der verdammte Rain Man. Dddann soll ich auch noch den Mädchennamen der Mutter eines Jungen kodiert haben, der in Chicago ... ums Leben kam. Ich kannte ihn nicht mal. *Chicago* … ausgerechnet. Und dann der Mädchenname seiner Mutter. Völlig bescheuert! Aber die haben einfach etwas konstruiert und behauptet, ich rede über irgendeinen Scheiß, der sechs Wochen später ppppassiert ist.«

Er schüttelt den Kopf.

»Wenn Sie wollen, ist alles ein Code für irgendwas.«

Die Kassette kommt ans Ende der ersten Seite. Er macht eine Pause, während Lizbeth sie umdreht.

»Sie haben versucht, mir zweiunddreißig Anstiftungen zum Mord in die … Schuhe zu schieben. Zweiunddreißig! Das ist wahnsinnig. Aber bei Prozeßbeginn war alles geplatzt. Nicht mmmal der große Mitchell Rieber konnte mir zweiunddreißig Morde anhängen. Nur zwei Fälle blieben übrig.«

»Können Sie mir davon erzählen?«

»*Dulzura*«, sagt er, »Sie wissen es doch. Rieber behauptete, in einem Brief an Ojos hätte … ich bbbefohlen, daß ein gewisser Horace Gampas einen gewissen Felix Cruz töten soll. Aber Horace Gampas hat es versaut. Sagten sie. Also hätte ich einen neuen Brief an Ojos geschrieben und befohlen, daß beide – Felix Cruz *und* Horace Gampas – umgebracht werden. Nun konnte Ojos aber keinen von beiden getötet haben, denn an dem bbbewußten Abend wurde er den Eltern seines Mädchens vorgestellt. Also sagt Mitchell Rieber einfach: ›Wenn dddas so ist … hat er den Befehl an einen anderen Royal weitergegeben. Das heißt, er ist schuldig.‹ Auf diese Weise kriegt Ojos lebenslänglich dafür, daß ich ihm einen Brief geschrieben habe. Ojos hat ein Löwenherz, denn er hat nicht versucht, seinen Arsch zu retten. Er hat den Wichsern nicht gesagt, daß *ich* die Morde befohlen hätte.«

»Und wer war es?«

»*No sé*. Keine Ahnung.«

»In Ordnung«, sagt sie. »In diesem Fall habe ich eine Frage. Haben Sie jemals einen Brief aus dem Gefängnis abgeschickt, in dem ein Mord befohlen wurde?«

Man hört nur, wie sich die Kassette dreht. Dann: »Ich habe Millionen Sachen gggemacht. Die meisten ... bedaure ich jetzt.«

Mehr kommt nicht.

»Wilson, ich möchte Sie nicht provozieren ... aber mir fällt es schwer zu glauben, daß Sie Ihren eigenen geheimen Code mehr als zwanzig Jahre lang nur deshalb entwickelt haben, damit man Ihnen Mounds-Riegel ins Gefängnis schmuggelt.«

Sein Blick wird hart.

»In ddder Vergangenheit habe ich ... schreckliche Befehle gegeben, schlimme Dinge angeordnet. Aber nicht in den Briefen, die Mitchell Rieber gegen mich verwendet hat. Da war nix. Warum sollte ich in diesem Punkt lügen?«

Sie hat keine Antwort darauf.

»Sobald ich vor Gerrrricht stand, wußte ich, daß Mitchell Rieber seinen Fall ... gewinnen würde. Das war sonnenklar. Ich wußte nur nicht, was ... dddanach passiert. Dann habe ich es erfahren.«

Er sinkt auf dem Stuhl zusammen.

»Ich bin erschöpft. Glauben Sie ... wir können für heute aufhören?«

»Sicher. Natürlich. Das geht in Ordnung.«

»Sie sehen auch etwas müde aus, Lizbeth. Hhhaben ... Sie schlecht geschlafen?«

»Geht so. Ich habe inzwischen auch einen wiederkehrenden Traum, genau wie Sie –«

»Scheiße. Aber Sie träumen nicht von ... Limonenbäumen?«

»Nein, davon nicht.«

Sie schiebt ihren Stift in den Rücken ihres Notizbuches. Steckt es in die Handtasche. Seufzt.

»Ich sitze an meinem Schreibtisch. Zu Hause in Quince Hill. Und ich tippe – wie besessen. Viel schneller, als ich in Wirklichkeit tippen kann. Aber dann stelle ich fest, daß ich immer wieder dasselbe schreibe, egal, welche Taste ich drücke.«

»Und wassss ... schreiben Sie?«

»Ich weiß es nicht. Nicht einmal im Traum. Es ist dasselbe Wort oder dieselbe Reihe von Wörtern – aber wenn ich versuche, den Text zu lesen, scheint es nicht einmal Englisch zu sein. Im Traum macht mir das gar nichts aus. Ich tippe einfach weiter.«

Sie beugt sich vor, um den Kassettenrekorder auszuschalten, denn gleich werden die Aufseher kommen.

Wenig später ist er fort, und sie läuft mit ihrem Begleiter durch die endlosen Gänge zurück. Ein riesiger Rotschopf, der erst kürzlich sein eisernes Schweigen gebrochen hat und guten Tag und auf Wiedersehen sagt. Inzwischen kennt sie das halbe Dutzend Aufseher, das bei ihren Besuchen Dienst hat. Sie weiß, in wessen Gesellschaft sie sich wohl fühlt und wer sie nervös macht. Wer redet und wer nicht.

Der Rotschopf verläßt sie am Besuchereingang, und sie geht allein über den leeren Parkplatz zu ihrem Volvo. Der Wagen ist nicht abgeschlossen. Sie schüttelt den Kopf, blickt sich ratlos um, sieht niemanden. Dann flucht sie herzhaft und laut: »Verdammte Vergeßlichkeit!«

Das Urkoffsche Haus sieht seit ihrem letzten Besuch vor drei Jahren unverändert aus. Es ist blau und weiß gestrichen, und über der Eingangstür hängen hartnäckige Eiszapfen.

Schon von draußen hört sie den Kinderlärm.

»Du hast es also geschafft«, sagt Mame. »Ich war mir da nicht so sicher.«

Lizbeth spürt, wie sich ihr Nacken versteift, als sie ihrer Schwester ins Innere des Hauses folgt. Mitten hinein in den Lärm.

Im Wohnzimmer scheinen sich sämtliche Sechstkläßler aus Altoona unter einem Banner versammelt zu haben, das an der

Decke hängt und verkündet, daß hier der zehnte Geburtstag von Kyle Urkoff gefeiert wird, dem Jüngsten der Familie.

Er steht mit einer Gruppe von Jungen in der Ecke. Lizbeth geht auf ihn zu und macht Anstalten, sich hinunterzubeugen, um ihn zu begrüßen, als sie merkt, daß er gut zwei Zentimeter größer ist als sie. Als sie das letzte Mal hier war, pflegte er sich noch mit imaginären Freunden zu unterhalten.

Seine wirklichen Freunde zerstreuen sich.

»Herzlichen Glückwunsch zum Geburtstag, Kyle«, sagt sie und übergibt ihm sein Geschenk. Er reißt das Papier auf und findet luxuriöse Ausgaben von *Moby Dick* und *Der Hund von Baskerville*.

»Bedanke dich bei deiner Tante«, sagt Mame.

»Danke.«

»Bitte«, sagt Lizbeth.

Er starrt sie an.

»Warum steht ›Richter‹ auf deiner Hand?«

»Weil ich mich daran erinnern wollte.«

»Sieht bescheuert aus.«

Keine Beleidigung, eine nüchterne Feststellung.

»Du siehst bescheuert aus, Kyle«, sagt eine Stimme an Lizbeths Schulter.

Lizbeth dreht sich um und erschrickt. Denn hinter ihr steht eine Erscheinung aus der Vergangenheit: ihre Schwester Mame mit dreizehn. Dieselbe streng in die Höhe gereckte Nase, dieselbe kerzengerade Haltung. Das Bild stimmt bis ins Detail.

Lizbeth braucht einen Augenblick, bis ihr klar wird, daß es sich um ihre Nichte handelt.

»Hi, Tante Lizbeth. Tut mir leid, daß Kyle so ein Idiot ist.«

Die Stimme. O Gott, auch die Stimme.

»Hallo, Melissa. Wie geht es dir?«

»Danke, gut.«

Eine Geisterhand hält ihr einen Plastikbecher mit einer dikken roten Flüssigkeit hin.

»Der traditionelle Urkoff-Punsch. Absolut nicht-alkoholisch. *Fürs erste.*«

Dave Urkoff, Ehemann und Vater, unendlich liebenswürdig. Er dreht sich um und ruft durch den Raum: »Josh, beweg deinen Arsch hierher.«

Eine hoch aufragende Gestalt baut sich neben dem Rest der Familie auf. Joshua. Der Älteste. Er lächelt freundlich, wenn auch unverbindlich. Seine Augen sind leicht gerötet. Kyle klopft mit dem Fuß auf den Boden und summt dabei; er möchte zu seinen Freunden zurück.

»Es ist unheimlich«, sagt Dave.

Mame wirft ihm einen mißtrauischen Blick zu.

»Was?«

»Du und deine Schwester. Ihr seid wie Zwillinge. Ihr beugt sogar den Kopf auf dieselbe Weise. Urkomisch.«

Mame und Lizbeth schauen sich an, beide darauf bedacht, den Kopf gerade zu halten. Aber selbst als die Kinder sich vor Lachen ausschütten, können sie keine Ähnlichkeit entdecken.

Im Laufe des Nachmittages unterhält sich Lizbeth mit Dave über die Filialen, die seine Firma in Virginia eröffnet hat, und dann erklären ihr Kyles Freunde erfolglos die Regeln diverser Computerspiele. Später versammeln sich die letzten Partygäste vor dem Fernseher, um laute und bunte Filme anzusehen.

Lizbeth verzieht sich nach oben. Hinter einer Tür erklingt Gitarrenmusik, hinter einer anderen wird angeregt telefoniert.

»Da bist du ja.«

Mame sitzt im Schneidersitz auf dem Boden des Gästezimmers und beugt sich über eine Kiste.

Lizbeth setzt sich ihr gegenüber.

»Hör mal, waren die Bücher in Ordnung? Für Kyle? Du hast doch gesagt, er liest gerne.«

»Sie sind großartig. Genau richtig.«

»Er schien nicht gerade begeistert zu sein.«

»Ach, mach dir darüber keine Gedanken. Die meiste Zeit weilt er auf seinem eigenen Planeten.«

Sie wühlt in der Kiste, sichtet den Inhalt: alte Postkarten und Schulzeugnisse, Fotoalben und Eintrittskarten.

»Er möchte Schriftsteller werden.«

»Wirklich?«

»Sagt er.«

»Wahnsinn! Was ist aus dem Astronauten geworden?«

»Ja! Ich wußte, daß es hier ist.«

Triumphierend zieht Mame ein zefleddertes gelbes Notizheft heraus. Handschriftlich und in Großbuchstaben steht auf dem Umschlag: DER GEHEIMNISVOLLE FALL DES EINSAMEN EISLÄUFERS.

»O, mein Gott«, sagt Lizbeth.

DER GEHEIMNISVOLLE FALL DES EINSAMEN EISLÄUFERS ist, soweit sich die Greene-Schwestern erinnern können, Lizbeths erste vollständige Geschichte. Sie hat sie mit zehn während einer Hitzewelle im August geschrieben.

»Gott, ich war davon überzeugt, daß sie im Müll gelandet ist, als wir nach New Haven zogen.«

»Nein. Ich hatte sie.«

Lizbeth schüttelt den Kopf.

»Mann. Das ist einfach zu viel.«

»Es ist komisch, aber ich habe dich damals den ganzen Sommer angemeckert, weil du ständig Sachen erfunden hast. Weißt du noch? Einmal bist du verschwunden, und alle sind ausgeflippt. Nach zwei Stunden kamst du zurück und hast behauptet, du wärest allein zum Lake Compounce gegangen ... und in Wirklichkeit warst du bei Patty Twine. Eine von diesen blöden Lügen, die immer rauskommen. Und eines Abends hast du bei mir geklopft und diese Geschichte vor meine Zimmertür gelegt. Das fand ich richtig mutig, denn du wußtest ja, daß ich gnadenlos auf dir herumhacken würde, ohne sie überhaupt gelesen zu haben.«

»Du hast auf mir rumgehackt.«

»Ja, habe ich. Aber du wußtest, daß ich sie irgendwann lesen würde. Nur um zu sehen, ob sie gut ist.«

»Das wußte ich nicht.«

Lizbeth schaut in die Kiste.

»Sind das etwa die Jahrbücher?«

Sie sind es. Mames ramponierte Sammlung der Monkee-Jahrbücher, die sie zwischen 1967 und 1969 regelmäßig zu Weihnachten bekommen hat. Da sind die Fotos von Peter Tork in seiner Verkleidung als Scheich und von Mike Nesmith in seinem Zuhause. Mame gab die Jahrbücher an Lizbeth weiter, die sie zu schätzen wußte, bis sie neue Idole fand.

»Jetzt siehst du, wohin sie dich gebracht hat.«

»Wie bitte?«

»Deine überbordende Fantasie. Ist dir klar, daß ich es immer gewußt habe? Daß aus dir etwas werden würde, meine ich.«

»Wirklich? Ich habe immer geglaubt, *du* würdest ganz groß Karriere machen. Du hattest doch die guten Noten und die Auszeichnungen. Du warst immer so beliebt. Auch bei den Jungen.«

»Um ehrlich zu sein, habe ich das auch geglaubt. Aber dann habe ich Dave kennengelernt, weißt du, und ich wollte etwas anderes als das, was wir zu Hause hatten. Etwas, das nur mir gehört. Ich dachte, ich könnte das andere später nachholen. Und jetzt pendle ich fünf Stunden pro Tag, um Werbekampagnen für Klarsichtfolie zu organisieren ...«

»Mame, es tut mir leid. Es war bestimmt nicht einfach mit mir. Wenn ich abgehauen bin ... und betrunken nach Hause kam.«

»Du warst noch so jung. Du hattest keine Schuld. Allerdings war ich wirklich sauer, als du in New York verschwunden bist. Man kann seinen Abschlußball nicht richtig genießen, wenn die eigene Schwester schlafend von der Polizei auf einer Bank an der Grand Central Station aufgegriffen wird.«

»O Gott, wenn ich daran denke ...«

»Du konntest nichts dafür. Ich hätte besser auf dich aufpassen sollen. Aber egal – ich möchte nichts von dem hergeben, was ich habe.«

Sie steht auf, streckt die Beine, setzt sich wieder.

»Wie geht's dem Baby?«

»Allen Untersuchungen zufolge: prima.«

»Und dir?«

»Mir auch. Es fällt mir zwar schwer, daran zu denken, Schuhe anzuziehen, bevor ich aus dem Haus gehe, aber es geht mir gut. Es ist nur so, daß ich es mir immer noch nicht vorstellen kann, verstehst du? Wie es sein wird ... *danach* ...«

Eine Tür fällt lautstark ins Schloß.

»Joshua!« brüllt Mame. »Hörst du bitte damit auf, das Haus zu demolieren!«

Sie wendet sich wieder Lizbeth zu.

»Ich lüge dir nichts vor. Nichts wird so sein wie früher.«

»Das geht in Ordnung. Ich hatte mein Leben sowieso satt.«

Sie starren in die Kiste.

»Lange her«, sagt Lizbeth, »daß wir so miteinander geredet haben. Wie früher.«

»Haben wir früher so miteinander geredet?«

»Klar. Die ganze Zeit.«

»Betty, ich mag dich ... aber wir beide ... wir haben uns doch ständig gekabbelt.«

»O Mist«, sagt Lizbeth. »Das habe ich ganz vergessen. Warte hier.«

Sie kommt auf die Füße und läuft nach unten zu ihrem Wagen. Als sie zurückkehrt, gibt sie Mame eine Jiffy-Tasche.

»Das habe ich für Kyle mitgebracht, aber ich wußte nicht, ob du es gutheißt. Vielleicht könntest du einen Blick darauf werfen und es an ihn weitergeben, wenn du denkst, es ist in Ordnung. Es ist eine Geschichte für Kinder. Aber das Ende ist vielleicht ein bißchen grausam.«

Mame reißt den Umschlag auf.

»*Die bösen Geister von Gramercy Park.* Von Jim Rockford.«

»Es kommt in meinem Verlag heraus.« Von unten hören sie Jubel und Applaus. »Ich dachte mir, es gefällt ihm vielleicht.«

Ossery sitzt ihr im Venus Restaurant Diner gegenüber und spricht, als stünde er unter Betäubung. Lizbeth schaut in die Runde und entdeckt bekannte Gesichter.

Die Kellnerin kommt, und Ossery bestellt koffeinfreien Kaffee. Niedergeschlagen sagt er, sein Arzt habe ihm mitgeteilt, er sei in schlechter Verfassung. Er müsse sein Leben ändern.

Der Zeitpunkt, sagt er, könne nicht ungünstiger sein. Heute morgen habe er die Wochen bis zur Überprüfung von Wilsons Berufung gezählt. Der Termin komme immer näher. Das habe ihm einen Mordsschreck versetzt.

»Nun«, sagt er, »Sie wollten mit mir sprechen?«

Und sie schwärmt von den Fortschritten, die ihr Buch macht, wie es Gestalt annimmt, wie fesselnd Wilsons Erinnerungen sind.

»Das freut mich«, sagt er. »Außerdem bin ich davon überzeugt, daß Sie eine überaus wichtige Rolle bei der Besserung seines Zustandes spielen. Allein die Tatsache, daß jemand, mit dem er gerne spricht, so viel Interesse zeigt ... seine Stimmung hat sich gehoben ... er kann sich länger konzentrieren. Sie haben bestimmt bemerkt, wie sich seine Sprache gewandelt hat.«

»Es freut mich, wenn ich dazu beigetragen habe.«

Aber es gibt ein Problem.

»Wir haben über die Briefe gesprochen. Die geheimen Befehle. Es ist einfach so, daß –«

Ossery seufzt, bevor sie ihren Satz beendet hat. Es sei einfach so, sagt sie, daß es entscheidend für das Buch sei – für den Erfolg des Buches –, daß zwischen ihr und Wilson

Ehrlichkeit herrsche. Daß er *offen* mit ihr spreche. Ansonsten werde ihre Beziehung untergraben wie auch das Vertrauen des Lesers in die Geschichte.

»Er hat also gesagt, er hätte keine Morde befohlen.«

»Nicht die, für die er verurteilt wurde.«

»Ich hatte gehofft, er würde das nicht tun«, sagt Ossery und trinkt halbherzig einen Schluck Kaffee. Lizbeth wartet, bis er mit dem Grimassenschneiden fertig ist.

»Glauben Sie ihm?«

»Zu diesem Zeitpunkt«, sagt er, »kann ich Ihnen das nicht mit aller Überzeugung sagen.«

»Sie müssen doch wissen, ob Sie ihm glauben.«

Er schließt die Augen und summt. Dann: »Ich glaube, daß Wilsons Verurteilung auf tönernen Füßen stand. Das ist erwiesen. *Andererseits* … hat Wilson zugegeben, in der Vergangenheit Befehle verschickt zu haben, so daß Mitchell Rieber eine einigermaßen schlüssige Linie zwischen gewissen Formulierungen und späteren Ereignissen ziehen konnte. Angesichts dieser Tatsache war es für mich als Wilsons Rechtsbeistand immer schwer, den Eindruck der Schuld zu vermeiden. Salopp ausgedrückt, könnte man sagen, daß hier ein Kind mit der Hand in der Keksdose erwischt wurde. So *wirkt* es zumindest. Oh, mein Kopf …«

Er starrt düster in seine Kaffeetasse, dann ruft er die Kellnerin, damit sie ihm richtigen Kaffee bringt. Als der kommt, stürzt er ihn noch dampfend hinunter. Der Kaffee belebt ihn sichtlich.

»Er hat behauptet«, sagt sie, »daß es keine Geheimbotschaften gab. Nicht in den Briefen an –«

»In den Briefen an Ojos. Genau. Genau. Lassen Sie mich meine Position dazu umreißen. Ich denke, ungeachtet der Energie, mit der sich Wilson auf dieses Thema fixiert, sind die tatsächlichen Einzelheiten dessen, was er zugibt und was er leugnet, nicht von allzu großer Relevanz. Von Relevanz ist, ihn vor einer erneuten Isolationshaft zu bewahren, damit er seine Zukunft in einer weniger bedrückenden Umgebung verbringen kann. Ich hatte *geglaubt,* es wäre der Sinn und Zweck unserer Beziehung zu Ihnen, daß er ein bißchen Bußfertigkeit zeigt, verdammt noch mal!«

Die Hälfte seines Kaffees ist schon verschwunden.

»Aber nein. Willkommen in Wilsonworld! Wo der Boss die Belegschaft gerne nach seiner Pfeife tanzen läßt. Das ist nichts Neues. Und es ist nicht besonders hilfreich für jene, die sich für seine Interessen einsetzen. Was – offen gesagt – schon anstrengend genug ist. Sie wissen, daß Mitchell Rieber seine Kampagne zur Wiederwahl bereits eröffnet hat? Gott helfe uns, wenn er Wilson in seine Reden einbezieht, um alle daran zu erinnern, was für ein ganzer Kerl er ist ...«

Lizbeth schaut sich im Restaurant um. Jedes Mal, wenn sich die Tür öffnet und die Kälte hereinläßt, durchläuft die Gäste in der Nähe ein kollektives Schaudern. Eine stattliche Gestalt in einem Parka mit der Aufschrift ESSUSP läuft an ihrem Tisch vorbei; es ist einer der Aufseher, die sie bei ihren Besuchen begleiten. Officer Sherwin Baines. Ein Mann, dessen Kleiderbürsten-Schnurrbart und Groucho-Marx-Augenbrauen fast jede Woche im *Expositor* erscheinen, dessen Popularität und Prestige in Essenville ihren eigenen Ruhm übertreffen: Er ist Kapitän der städtischen Bowlingmannschaft, ein tapferer Kämpfer auf dem Schlachtfeld der Bowlingliga von Südwest-Pennsylvania. Auf der Main Street macht ihn das zu einer Sportlegende – in Gestalt eines übergewichtigen fünfundfünzigjährigen Kettenrauchers. Neben ihm sind seine Frau und seine halbwüchsige Tochter; er erkennt Lizbeth, nickt ihr zu und findet einen freien Tisch.

Sie wendet sich wieder Ossery zu.

»Ich mache mir Sorgen«, sagt sie, »daß seine Haltung das Buch beeinträchtigen könnte. Wenn er weiterhin jede Verantwortung für die Briefe leugnet, könnte das die Geschichte ...

unglaubwürdig erscheinen lassen. Und es macht sie zu etwas ganz anderem, als ich geplant hatte.«

»Ich kümmere mich darum. Mache ihm klar, worum es geht. Wann treffen Sie sich das nächste Mal?«

»Jetzt«, sagt sie. »Direkt im Anschluß an unser Gespräch.«

»Gut. Ich setze mich später mit ihm in Verbindung.«

Er ruft die Kellnerin und läßt sich Kaffee nachschenken.

»Ach wissen Sie, morgen habe ich dieses Interview...«

Wilson Velez hebt die Hände in den Handschellen und kratzt sich über den Augen.

»Interview?«

»Richtig. Mit der *Times*. Sie wollen mit mir über mein Leben sprechen. Ossery hat es vereinbart.«

»Tatsächlich? Das hat er gar nicht erwähnt.«

»Wann haben Sie mmmit ihm gesprochen?«

Sie braucht einen Moment, um die Mitteilung zu verarbeiten.

»Heute. Ich mußte ein paar Dinge ... klarstellen.«

»Sie klingen verärgert.«

»Ich bin nicht verärgert. Ich wußte nur nicht, daß so etwas geplant war. Aber es ist natürlich ... Ihr Leben. Sie können darüber sprechen, mit wem Sie wollen.«

»Er meinte, es wäre gut für mich. Es würde der Öffentlichkeit zeigen, daß ich ein nachdenklicher Mensch bin.«

»Er hat recht.«

»Vielleicht könnten Sie mir einen Rrrat geben? Was ich sagen soll? Wie ich mich verhalten soll?«

»Sie müssen direkt sein. Unmißverständlich.«

»Unmißverständlich. Okay.«

»Wenn man den Eindruck erweckt, daß man etwas verbirgt, merken sie das.«

»Wie die ... Bullen.«

»Genau. Aber gleichzeitig können Sie nicht so offen sprechen wie mit mir. Über Ihre Vergangenheit. Ich kann Ihre Worte in einen Zusammenhang stellen. Erklären. Reporter tun das nicht. Also seien Sie vorsichtig.«

»Also soll ich direkt und unmißverständlich sprechen … aber ich darf nicht offen sein … und soll vorsichtig sein.«

»Richtig.«

Sie holt den Kassettenrekorder aus der Tasche.

»Wissen Sie was? Vergessen Sie es. Es ist egal. Der Artikel ist sowieso fertig, bevor die Leute von der Zeitung kommen.«

»Wirklich? Ich wußte nicht, daß es so läuft.«

»Wilson, können wir anfangen?«

Sie nimmt eine neue Kassette aus der Hülle.

»Natürlich, Lizbeth.«

»Ich wäre Ihnen übrigens dankbar, wenn Sie nicht erwähnen, daß Sie und ich zusammenarbeiten.«

»Sicher. Wie Sie möchten.«

»Das wäre nett«, sagt sie und schiebt die Kassette ein. »Ich hatte gehofft, wir könnten da fortfahren, wo wir das letzte Mal aufgehört haben.«

»John Aspera. Okay.«

RECORD.

»Bevor er mich verurteilte, saß er da … und spielte mit seiner Robe. Fummelte an den Ärmeln rum. Als würden sie nicht richtig sitzen oder als hätte die Bügelfrau zuviel Stärke verwendet. Und schließlich sah er zzzu … mir herab.«

Er starrt an Lizbeth vorbei, die Augen auf die Wand hinter ihr geheftet.

»Er sagte, er habe gründlich nachgedacht und sehe nur eine mögliche Lösung. Er teilte mir mit, wie er mmmich … einsperren wollte. Er sah mich dabei nicht einmal an. Beschäftigte sich wieder mit seiner Robe. Dann sagte er: ›Ich bin zu diesem Entschluß nicht gekommen, um Sie zu strafen, Mr Velez, sondern – um andere vor Ihnen zu *schützen.*‹ Er sagte, ich dürfe nicht in der Nähe von New York bleiben, damit die Menschen, die ich verdorben hätte, meinen Schatten los würden. Dann stand er auf und ging fort.«

Er senkt den Kopf, redet aber weiter.

»Noch am selben Abend wurde ich hierher gebracht. Wir fuhren sieben Stunden. Als wir ankamen, war es stockfinster. In anderen Gefängnissen … spucken die Aufseher die Gefangenen an, wenn sie ankommen. Treten sie, beschimpfen sie. Hier aber sagten sie nichts. Taten … nnnnichts. Das war gar nicht nnnötig. Sie brachten mich nur in die Zelle. Das genügte.«

Er atmet durch den Mund ein. Hält die Luft an. Atmet aus.

»Ich war daran gewöhnt, daß sich Zellentüren hinter mir schließen. Aber hier war es anders. In der ersten Nacht habe ich gewimmert und geschluchzt, mich gegen die Tür geworfen und gebettelt, daß sie mich rauslassen.«

»Was war anders?«

»Ich will versuchen, es zu erklären.«

Je länger Wilson über seine Erfahrungen in der Isolation sprach, desto stärker quälte ihn die Erinnerung. Er krümmte sich, er schien auf seinem Stuhl zu schrumpfen. Seine Stimme: nur noch ein Flüstern.

Lizbeth liest den letzen Satz. Greift zur Maus.

Seine Stimme war nur noch ein Flüstern.

Seinem Wesen nach war der Ort seiner Einkerkerung nicht besser als das »Loch«, in das Gefangene geworfen werden, seit die Menschen sich gegenseitig einsperren. Mit neuester Technik vollgestopft, war die Isolationseinheit des Bundesgefängnisses Essenville jedoch ein Loch wie kaum ein anderes. Ein fensterloser, fast vollständig schalldichter Kasten aus Beton und Stahl, ähnelte die Zelle mehr einem Container und zielte darauf ab, die Sinneswahrnehmungen einzuschränken. Gefangene, welche die üblichen zwei bis sechs Wochen in der

Einheit verbrachten, kamen benommen und depressiv heraus. Wilson dagegen mußte fünf Jahre dort ausharren.

Der Verfall begann sofort und schritt schnell voran. In den ersten zwölf Monaten stellte er fest, daß ihm die vertraute Zuflucht des Schlafes unter den ständig brennenden Neonleuchten so gut wie versagt war. Er verbrachte Stunden damit, zu weinen oder zu schreien. Da die Mahlzeiten, die durch eine Klappe in der Zellentür ausgeteilt wurden, die einzige Möglichkeit waren, die Zeit zu messen, verlor er bald die Orientierung. Die Aufseher ignorierten seine Versuche, mit ihnen zu sprechen. Als er versuchte, den Häftling in der Zelle nebenan zu kontaktieren, indem er durch den winzigen Luftschlitz über seinem Bett brüllte, verlor er die Stimme. Wochen später erzählte ihm sein Anwalt, er habe erfahren, daß die Zelle neben der seinen leerstünde, um genau das zu verhindern. Gelegentlich bekam er Stift und Papier, aber alles, was er schrieb, wurde sofort vernichtet.

Seine Stimmungen verdichteten sich zu einer einzigen – der Verzweiflung. Er sprach von »der harten Enge des schmalen Hauses« und der »Stille, die einem alles überflutenden Meer gleicht«. Ich erkannte das Zitat – es stammte aus der Erzählung Das vorzeitige Begräbnis *von Edgar Allan Poe.*

Die wenigen Geräusche, denen er ausgesetzt war – die automatische Toilettenspülung, das Drehen der Überwachungskamera an der Decke –, erschienen ihm mit der Zeit ohrenbetäubend. Sein Körper begann, sich gegen ihn zu wenden. Die Muskeln schwanden, die Haut entzündete sich, sein Haar wurde dünner und fiel aus.

Wenn er seinen Anwalt Alan Ossery traf, war seine Sprache von Mal zu Mal abgehackter, bis sie fast unverständlich wurde. Das Stammeln und der Verlust der Fähigkeit, sich zu konzentrieren, wurden immer schlimmer. Wörter verschwanden aus seinem Gedächtnis. Auch die Sprache, sein Trost, ließ ihn im Stich.

Im Alltag waren die Aufseher die einzigen Boten der Außenwelt. In Moxanie war es in einer aufgeheizten Atmosphäre zu zahlreichen Übergriffen durch die Bewacher gekommen, und Schläge waren beinahe willkürlich ausgeteilt worden. In ESSUSP dagegen verbrachten die Vollzugsbeamten ihre Tage hundert Meter von der nächsten Zelle entfernt in einem sterilen Kontrollraum, den sie nur verließen, um die Tabletts mit den Mahlzeiten zu verteilen und einzusammeln.

Wenn es jedoch zu einem Regelverstoß kam, wenn nur eine der zahlreichen Vorschriften verletzt wurde, erfolgte die Reaktion umgehend und war gnadenlos. Sie bestand in der »Extrahierung«. Das Wort bezeichnet ganz allgemein, daß ein Insasse die Zelle verläßt, aber in diesem Fall bedeutete es, daß bis zu sechs Aufseher hereinstürmten, die den Gefangenen mit Pfefferspray außer Gefecht setzten, um ihn dann mit Schutzschilden, wie sie auch bei der Polizei verwendet werden, zu Boden zu bringen. War ein Häftling besonders aggressiv, konnte auch ein Kampfhund vorausgeschickt werden. Dann wurde der Gefangene aus der Zelle geholt und mit

Sie überfliegt die Notizen, die sie bei ihrem Rundgang durch das Gefängnis gemacht hat.

»dem gebotenen Zwang« in einen Spezialraum gebracht, wo er blieb, bis man ihn für ausreichend kooperativ hielt.

Sie erinnert sich an die Tür ohne Aufschrift, die zu diesem Raum führte. Als sie Officer Brink fragte, ob sie einen Blick hineinwerfen dürfe, behauptete er, keinen Schlüssel zu haben. Daß es eine Ewigkeit dauern würde, ihn zu finden. Deshalb könnten sie ebensogut mit ihrem Rundgang fortfahren.

So unglaublich es erscheinen mag, aber es gab Zeiten, zu denen Wilsons Gefühl der Isolation so stark wurde, daß er sol-

che Konfrontationen absichtlich herbeiführte. Es sei den Schmerz wert gewesen, sagte er, zu wissen, daß seine Handlungen immer noch Konsequenzen zeitigten – daß er in den Augen der anderen immer noch in dieser Welt existierte.

Gequält von akustischen Halluzinationen – Zahlenabfolgen, die intoniert wurden – und »Wahrnehmungsstörungen« – Erscheinungen von toten Royals oder Gestalten aus Filmen – schwankte er zwischen Apathie und Raserei. Im vierten Jahr seiner Isolation fand er eine Zuflucht in den Krämpfen und Ausschlägen, die seinen Körper peinigten: Seine Fantasien von exotischen Krankheiten boten eine gewisse Ablenkung von der zermürbenden Realität seines Verfalls.

Aber auch diese Zuflucht war nicht von Dauer.

»Es war, als würde ich verschluckt«, sagte er. »Als würde mich irgend etwas verschlingen.«

Am 15. Dezember jenes vierten Jahres teilte Ossery ihm mit, Vater Peres habe nicht die Erlaubnis erhalten, ihm zu Weihnachten »geistlichen Beistand« zu leisten und ihn eine halbe Stunde zu besuchen. John Aspera hatte es abgelehnt.

Jetzt, im Anwaltszimmer von ESSUSP, erinnerte er sich kaum noch an die Nacht, die dieser Mitteilung folgte – nur daß »eine schreckliche Macht« ihn ergriffen habe.

Als die Aufseher am nächsten Morgen mit dem Frühstück kamen – später sagten sie aus, ihre Monitore wären in jener Nacht »ausgefallen« –, lag er mit dem Gesicht nach unten nackt auf dem Boden, übersät von zahlreichen Bißwunden, und ein fingerdicker Schnitt spaltete seine Stirn wie ein blutiges Stammeszeichen. Er hatte seinen Kopf so oft und mit solcher Kraft gegen die Zellenwand geschlagen, daß er schließlich bewußtlos geworden war. Man vermutete, er habe während der Nacht einen psychotischen Anfall erlitten.

Als er sprach, musterte ich die dunkel verfärbte Narbe. Er erinnere sich daran, das Bewußtsein wiedererlangt zu haben, sagte er, bewegt zu werden und wieder in Ohnmacht zu fal-

len. Dann kam er im Krankenhaus zu sich, »überall angekettet, wo nichts gebrochen war«. Nachdem die Brüche gegipst und die Wunden versorgt worden waren, wurde er in die Krankenstation des Gefängnisses gebracht. Schon drei Tage später wurde er erneut transportiert – zurück in seine Zelle im Isolationstrakt. Er schrie so lange, bis sein Hals nicht mehr mitmachte.

Und dann, sagte er, habe er einfach den Betrieb eingestellt. John Aspera hatte ihm Papier und Stifte mit der Begründung verboten, sie hätten »offensichtlich dunkle Gedanken gefördert«. Es ist ohnehin fraglich, ob Wilson sie hätte benutzen können, denn jetzt lag er meistens still da, fast katatonisch, die Augen geöffnet, aber nichts sehend. Jetzt, sagte er, habe er endlich das Wesen der Isolationshaft verstanden. Es sei der Stillstand.

»Meine Seele war bereits fortgegangen. Sie verließ mich an dem Tag, an dem sie mich in die Zelle zurückbrachten. Ich wartete nur darauf, daß mein Körper ihr folgte. Wilson Velez? Er war ein Staubkörnchen. Ein flüchtiger Schatten, der davon geträumt hat, ein Mensch zu sein.«

Während Wilson sprach, dachte ich an John Aspera – den Mann, den er Gott nannte. Was ich über ihn gelesen hatte, ließ ihn keineswegs als blindwütigen Fanatiker erscheinen, wie es seine Behandlung Wilsons nahelegte. Er war vielmehr bekannt für seinen unabhängigen Geist, ein Opernliebhaber und Familienmensch. Unter seinesgleichen beliebt, war seine Karriere von seinen philosophischen Neigungen geprägt worden.

Ich fragte mich, ob er an Wilson Velez dachte, wenn er La Traviata hörte; ob das Gespenst des Isolationstraktes in Essenville ihn heimsuchte, wenn er mit seinen Enkelkindern Softball spielte. Falls es so war, hat es ihn dennoch nie dazu bewegt, sein Urteil zu revidieren. Auch eine Reihe von Gesuchen, die von zahlreichen Menschenrechtlern unterstützt *wurden, brachte ihn nicht von seinem Weg ab. Bis in einer stürmischen Nacht Ende Oktober eine massive Hirnblutung intervenierte. John Aspera starb im Schlaf.*

Und jetzt saß Wilson Velez mit mir im Anwaltszimmer des Gefängnisses.

Als er den Isolationstrakt endlich verlassen durfte, stand er am Fenster seiner neuen Zelle, und das Licht, das durch die Wachtürme fiel, kam ihm vor wie ein Sonnenaufgang am Pazifik.

»Alles in der Zelle war böse. Wenn man auf diese Weise aus der Welt geschafft wird … kann das niemals rückgängig gemacht werden.«

Schließlich sieht er wieder auf. Seine Augen sind rot gerändert.

»Diese jungen Männer mmmit der Tätowierung der Royals auf Armen und Gesichtern … sie stehen auf der anderen Seite des Gefängnishofes und starren mich an. Aber was sie zu sehen glauben … ist nicht da.«

»Was würden Sie tun«, sagt Lizbeth, »wenn Sie zurückgehen müßten?«

Seine Stimme ist klarer, als sie es je erlebt hat: »Ich würde sterben, bevor das geschieht.«

Corona, Queens

Die Schritte der jungen Frau sind energisch, als sie in der Dämmerung die 108th Street hinuntergeht. Sie will schnell nach Hause und eilt an den vertrauten Geschäften vorbei.

Ihr Name ist Silvia Benavidez. Sie ist zweiundzwanzig Jahre alt, und an diesem Abend hat sie eine Unmenge zu tun. Ihre Mutter hat die Grippe, ihr Vater ist bei der Arbeit, ihre Schwester und ihre Brüder warten auf das Abendessen. Sie hätte schon vor einer Stunde zurück sein sollen.

Als sie in die Roosevelt Avenue einbiegt, rumpelt die 7 vorbei. Am Zebrastreifen an der Ecke bleibt sie stehen. Auf der anderen Straßenseite sieht sie einen jungen Mann, den sie kennt. Rafael Ferrer. Tee-O nennt man ihn. Er war mal mit ihrem ältesten Bruder befreundet. Er sieht sie und lächelt. Hält sich für unwiderstehlich. Insgeheim gibt sie zu, daß er gar nicht mal so unrecht hat.

Sie sieht, wie hinter ihm ein Mann mit einem schwarzen Tuch auf dem Kopf auf ihn zurennt, dann stehenbleibt.

Er greift in die Tasche.

Ein Aufblitzen.

Tee-O lächelt immer noch, als der erste Schuß fällt. Erst beim zweiten schwindet sein Lächeln, und dann knicken seine Beine unter ihm ein.

Der Mann mit der Pistole ist verschwunden.

Silvia Benavidez steht stumm und wie angewurzelt da, als die ersten Schreie um sie herum zu hören sind. Sie sieht nach unten. Die Kette, die Tee-O um den Hals trug, ist zerrissen. Über den Bürgersteig kullern die Perlen. Rot, weiß, gold.

11

Hinter dem Hudson River ging die Sonne unter. Gleichzeitig erhob sich ein grausamer Wind. Er heulte, wie nur ein streunender Hund mit drei Beinen und einem leeren Magen heulen kann.

Die Ungeheuer von Gramercy Park sahen zu, wie die Nacht heraufzog. Wenn ihr an ihnen vorbeigelaufen wäret und die Ohren gespitzt hättet, hättet ihr vielleicht das gräßliche Knirschen hören können, das sie von sich gaben, als sie ihre häßlichen Steinklauen streckten.

Über der Eingangstür des Hauses, das sie so liebten, wandte sich Hector an Edmond.

»Wie viele herrlich schreckliche Nächte wir doch erlebt haben, nicht wahr, Edmond?«

»In der Tat. Es waren wunderbar gräßliche Jahre!«

Hector musterte das andere Ungeheuer genau.

»Edmond, ich muß dir sagen, daß zwischen deinen Fangzähnen etwas ganz und gar Widerliches steckt.«

»Wirklich?«

»Ja – und es sieht großartig aus!«

Die beiden abscheulichen Kreaturen gackerten abstoßend. Aber in ihrem Gelächter lag auch Traurigkeit. Denn sie wußten, daß sie vielleicht nicht mehr lange in Gramercy Park sein würden. Jeden Tag unterschrieben mehr Leute die Liste mit der Forderung, die Wasserspeier zu entfernen. Louis Fung – oder vielmehr der Dämon, als den sie ihn kannten – würde bald seinen Willen bekommen.

Aber das war noch nicht alles.

Seit Fung aufgetaucht war, war es keinem der Ungeheuer gelungen, einen Menschen auch nur auf einen ausgespuckten Kaugummi treten zu lassen. Alle miteinander waren sie schwach und müde und krank. So krank, daß sie in düsterer Stimmung waren, als die alte Standuhr in der Halle endlich zehn schlug und die Zeit gekommen war, die ekelhaftesten Menschen der Stadt zu finden. (Darüber hinaus war auf ihren Schuppen Schimmel ausgebrochen, was alles nur noch schlimmer machte.)

Dennoch erhoben sie sich in die Lüfte, die bösen Geister von Gramercy Park. Wie immer trennten sich ihre Wege über der Penn Station, und sie schwärmten aus, um sich von der Schlechtigkeit zu nähren, die sie in der Stadt finden würden.

Über dem Chrysler Building warfen Hector und Edmond einen Blick nach unten und sahen Greasy Joe, den Hotdog-Verkäufer. Der Anblick erfreute sie über die Maßen, denn auf die Gemeinheit und den Geiz Greasy Joes war Verlaß. Obwohl seine mickrigen Hotdogs in ganz New York berüchtigt waren, gab es stets genügend Fremde, die auf ihn reinfielen.

Und so war es. Sehr bald kam ein Tourist aus Schweden vorbei und hatte Hunger. Greasy Joe zauberte einen Hotdog hervor, der bereits in einer Papierserviette steckte. Dann nahm er dem Mann fünf Dollar dafür ab.

Der schwedische Tourist dankte ihm und ging weiter. Aber schon nach drei Schritten verzog er das Gesicht und kam zurück.

»Das hier ist ein Hotdog ohne Ketchup! Ohne Senf! Und ohne Zwiebeln!«

Greasy Joe zuckte nur die Schultern.

»Sie haben nicht gesagt, daß Sie Ketchup oder Senf oder Zwiebeln wollten.«

»Natürlich wollte ich das.«

Greasy Joe nahm den Hotdog zurück, klappte das Brötchen auseinander und spritzte wäßrigen Ketchup und faden Senf auf das Würstchen. Dann streute er ein paar Zwiebeln über das Ganze. Sie waren so klein, daß man ein Vergrößerungsglas benötigt hätte, um sie zu entdecken.

»Das macht noch einmal zwei Dollar«, sagte er.

Der Tourist schüttelte den Kopf, aber er zahlte. Dann sah er sich seinen Hotdog an. Ohne Serviette war die Wahrheit nicht zu verkennen!

»Das ist das kleinste Würstchen der Welt!« rief er. »Es ist gerade mal so groß wie mein Daumen!«

Und es stimmte. Das Würstchen war nicht größer als sein Daumen. Greasy Joe zuckte noch einmal die Schultern.

»Sie hätten Extra Large *bestellen sollen.«*

Mit diesen Worten nahm er das kleinste Würstchen der Welt aus dem Brötchen, kratzte den Ketchup, den Senf und die Zwiebeln ab und legte ein größeres Würstchen hinein.

»Das macht drei Dollar«, sagte er. Inzwischen war der Tourist so hungrig, daß er ihm wortlos das Geld gab. Nach dem ersten Bissen jedoch hätte er den Hotdog beinahe wieder ausgespuckt.

»Dieses Würstchen ist eiskalt!«

Greasy Joe fuchtelte dem Schweden mit einem fettigen Finger vor dem Gesicht herum.

»Hören Sie mal, Kumpel! Sehen Sie sich um! Gibt es irgend jemanden sonst, der sich beschwert?«

Der Tourist warf den Hotdog auf den Bürgersteig, bevor er sich umdrehte und fortging. Greasy Joe bückte sich und hob ihn auf. Ohne großes Aufhebens stießen Hector und Edmond zu ihm herab, um Schaden anzurichten.

Aber nichts geschah.

Sie versuchten, Löcher in die Eimer mit den Zutaten zu bohren; der wäßrige Ketchup und der fade Senf sollten auf Greasy Joe tropfen. Aber nichts geschah. Sie versuchten, die Bremsen des Hotdog-Wagens zu lösen, damit er wegrollte. Aber nichts geschah. Sie versuchten sogar, Greasy Joe die Pe-

rücke vom Kopf zu zerren, so daß alle das riesige rote Muttermal auf seinem großen kahlen Kopf sehen würden.

Aber nichts geschah. Wie sehr sie sich auch anstrengten, nichts glückte ihnen. Schließlich kam ein weiterer Tourist vorbei, und Hector und Edmond mußten mit ansehen, wie Greasy Joe ihm den schmutzigen Hotdog verkaufte, den er vom Boden aufgehoben hatte!

Bitter enttäuscht erhoben sie sich wieder in die Lüfte. Sie flogen bis zum Inwood Hill Park im Norden und zum Lincoln Tunnel im Osten, bis zur Williamsburg Bridge im Westen und zur Freiheitsstatue im Süden. Sie sahen alte Damen und Filmstars und Sonntagsschullehrer und Banker von der Wall Street, und alle, alle taten etwas Schlechtes. Aber zum Entsetzen der Ungeheuer passierte nichts, überhaupt nichts, was auch immer sie anstellten. Ihre Fähigkeit, Unheil zu stiften, war dahin – und Stunde um Stunde fühlten sie sich ein wenig schwächer.

Das soll natürlich nicht heißen, daß in jener Nacht nichts Schlimmes in der Stadt passierte. Im Gegenteil.

Die Fähre nach Staten Island zum Beispiel bekam ein Leck, kurz nachdem sie in Battery Park abgelegt hatte, und alle Passagiere mußten über Bord springen und an Land zurückschwimmen. In Manhattan gab es einen Stromausfall bei der U-Bahn, und die Leute, die im letzten Zug nach Hause saßen, strandeten in dunklen Schächten voller Ratten. Aber all das war nicht die Sorte Unfug, den die Ungeheuer anzustellen pflegten – diese Ereignisse waren von einem viel gefährlicheren Geist inszeniert worden.

Lange vor der Morgendämmerung kehrten Hector und Edmond um. Sie trafen mit den anderen Ungeheuern über der Penn Station zusammen, aber keines von ihnen hatte irgendwelchen Unfrieden gestiftet oder Chaos angerichtet, obwohl sie mehr als genug davon gesehen hatten.

Als die Ungeheuer betrübt nach Hause flogen, stießen sie

auf den schrecklichsten Anblick der ganzen Nacht! Denn eines der prächtigen alten Häuser am Gramercy Park brannte lichterloh. Orangerote Flammen züngelten in den Fenstern, und dicker schwarzer Rauch hüllte das Dach ein.

Die Leute, die dort wohnten, kamen herausgerannt, streckten die Arme in die Luft und schrien. Das sahen die Ungeheuer nicht gerne, denn diese Leute hatten überhaupt nichts Böses getan. Als Louis Fung seine Kampagne begonnen hatte, hatten sie sogar ein Schild im Fenster aufgestellt, auf dem stand: »Rettet die Wasserspeier!«

Aber jetzt verloren sie ihr Zuhause. Dann sahen die Ungeheuer Louis Fung vor dem prächtigen alten Haus stehen. Er stieg auf eine Holzkiste, um zu der Menge zu sprechen, die sich in Nachthemd und Pyjama versammelt hatte. Und was er bei sich hatte, war ein noch schrecklicherer Anblick als das Feuer.

Wie einen Chihuahua hielt Louis Fung das kleinste aller Ungeheuer von Gramercy Park an der Leine – Pulga. Hector und Edmond stockte vor Entsetzen der Atem. Sie hatten nicht einmal gemerkt, daß Pulga verschwunden war!

Louis Fung fuchtelte mit der Leine in der Luft herum und zeigte auf Pulga.

»Freunde!« rief er. »Ich, Louis Fung, habe die gräßliche Kreatur eingefangen, die dieses schreckliche Feuer gelegt hat. Wie Sie sehen, ist es eines der abscheulichen Ungeheuer von dem Gebäude gegenüber.«

Ohne Umschweife befahlen Hector und Edmond den Ungeheuern, Pulga zu retten. In diesem Augenblick jedoch flog ein anderes kleines Monster herbei und flüsterte ihnen das Schlimmste zu, das sie je gehört hatten.

»Pulga ist freiwillig dort«, sagte das kleine Monster betrübt. »Gestern abend hat Louis Fung ihm versprochen, ihn zu retten, wenn die Wasserspeier entfernt werden; er müsse lediglich die Schuld für den Brand auf sich nehmen und be-

haupten, wir hätten alle zusammen das Feuer gelegt. Louis Fung hat mir dasselbe angeboten. Ich habe nein gesagt ...«

Tiefer Schmerz erfüllte Hector und Edmond. Nie hätten sie sich vorstellen können, daß ein verwandter böser Geist eine so schändliche Tat begehen könnte. Traurig sahen sie zu, wie das Feuer wütete und die Leute zornig wurden.

»Wir müssen diesen Schandtaten ein Ende setzen!« schrie Louis Fung. »Ich bitte alle Bewohner der umliegenden Häuser, jetzt zu unterschreiben, damit die Wasserspeier endlich entfernt werden können! Und mit diesem hier fangen wir an!«

Hector und Edmond sahen auf den angsterfüllten Pulga. Dann beugte sich Louis Fung ganz langsam nach unten und legte beide Hände über die Ohren des Verräters.

Die Ungeheuer erschauderten. Sie wußten nämlich, was es bedeutete, wenn einem Geist eine menschliche Hand auf die Ohren gelegt wurde.

Eine Sekunde lang passierte nichts. Dann verwandelte sich Pulga blitzartig in den rauhen grauen Stein eines Wasserspeiers zurück. Und dann *– die Ungeheuer konnten sich nicht überwinden zuzuschauen – zerbröckelte er in tausend Teile, die auf den Bürgersteig fielen und vom Wind davongeweht wurden.*

Aus der Menge erhob sich mächtiger Beifall. In diesem Augenblick ertönte endlich die Sirene der Feuerwehr. Und während die Feuerwehrleute versuchten, den Brand zu löschen, rannten die Leute von Gramercy Park zu dem Gebäude mit den Wasserspeiern, um ihre Namen auf Louis Fungs Unterschriftenliste zu setzen.

George Finer, der an Lizbeths Küchentisch sitzt, sieht auf. Bläht die Backen auf und atmet aus.

Es ist Sonntagnachmittag, und vor einer Stunde haben die beiden zu Mittag gegessen. Die Teller sind weggeräumt, stehen aber noch ungespült auf der Arbeitsplatte.

»Also, das ist heftig. Ich meine, für ein Kinderbuch.«

»Nimm den Rest der Geschichte mit nach Hause, wenn du willst«, sagt sie, ohne aufzusehen. »Es würde mich interessieren, was du von dem Ende hältst.«

Vor ihr liegt ausgebreitet die *Times*. Der Artikel über Wilson. DER ÜBERLEBENDE lautet die Überschrift. Dazu ein neueres Foto, das in ESSUSP aufgenommen wurde und auf dem er gekrümmt dasitzt und die Augen zusammenkneift. Daneben ein Foto von seinem ersten Prozeß.

Ossery wird ausführlich zitiert. Der Artikel erörtert die Art und Weise, in der Mitchell Rieber den Fall benutzt, um seine Karriere zu befördern, und die Auswirkungen einer langfristigen Isolationshaft. Daß Wilson gebrochen, aber radikalisiert aus ihr hervorgegangen sei, »ein heftiger Kritiker der amerikanischen Praxis, das Gefängnis als Instrument der sozialen Kontrolle zu mißbrauchen.« *Überzeugend und scharfsinnig,* nennt ihn die Reporterin. Wer sich Sorgen um das amerikanische Rechtssystem mache, solle die anstehende Überprüfung seiner Entlassung aus der Isolationshaft verfolgen, heißt es in dem Artikel.

Sie weiß, daß sie kein Exklusivrecht auf Wilsons Leben hat, trotzdem hat sie bei der Lektüre das Gefühl, als schlafe ein Fremder in ihrem Bett.

»Er nennt sich also wirklich Jim Rockford?«

»Wie bitte? Ach so. Ja, tut er.«

George legt die losen Blätter zur Seite, beugt sich über den Tisch und wirft einen Blick in die Zeitung.

»He! Das ist er ja!«

»Ja. Das ist er.«

Er legt die Ellenbogen auf den Tisch. Überfliegt die ersten Zeilen.

»Wie *spricht* man eigentlich mit einem solchen Menschen?«

»Wir reden. Einfach so.«

»Und macht dein Projekt Fortschritte?«

»Ganz entschieden. Ich habe ein gutes Gefühl.«

George schüttelt den Kopf. Sagt, es wäre ganz erstaunlich, jemanden wie sie zu kennen, ein solches Talent bei der Arbeit zu sehen. Verschämt gesteht er ihr, er habe oft probiert, so gut zu schreiben wie sie. So fesselnd.

»Es bedeutet mir so viel, daß du mit mir über deine Arbeit sprichst. Ich selber bin überhaupt nicht kreativ –«

»George, ich habe *Siedler im Nebel* gelesen. Du kannst also mit dem Unsinn aufhören.«

»Lizbeth, bitte ... ich komme mir noch blöder vor, wenn du so etwas sagst.«

»Ich meine es ehrlich. Du schreibst sehr gut.«

Sie tätschelt seinen Arm. Steht auf. Nimmt sich eine Handvoll Fruchtgummis.

»Willst du auch welche?«

»Nein, danke. Ich werde zu dick.«

Sie kehrt zur *Times* zurück, er wendet sich wieder den *Bösen Geistern* zu. Sie wirft einen Blick auf ihn. George ist jemand, mit dem man schweigen kann.

»Ich habe über Lloyd Dreiz nachgedacht«, sagt er nach einer Weile.

»Lloyd ... Dreiz? Ich glaube, ich weiß nicht, wen du meinst.«

»Lloyd Dreiz. Den Fotografen der Stadt. Auf dem Bild, das ich zu Hause habe ...«

»Lloyd Dreiz. Ach der.«

»Es gibt etwas, worüber ich mit dir sprechen möchte. Ich möchte wissen, was du davon hältst ... mit deiner Fachkenntnis.«

»Ich habe keine Ahnung, wovon du sprichst, George.«

»Okay. Es ist so. Schon lange gibt es in Essenville Gerüchte, sogar eine *Theorie*, daß Lloyd Dreiz seine Frau umgebracht hat.«

Lizbeth schlägt die Hand vor den Mund.

»George, ich bin schockiert. Daß ein aufrechter Mann wie du so gemeinen Klatsch verbreitet!«

»Ich habe nicht gesagt, daß ich es glaube«, sagt er. »Wenn du aufhörst zu lachen, erzähle ich dir die Geschichte. Ich kenne Lloyd Dreiz seit der Grundschule. Er war schon immer ein mieser Typ. Infam.«

»Infam. *O Mann*. George, bist du sicher, daß er nur einmal gemordet hat?«

»Infam ist noch das Netteste, was man über ihn sagen kann. Er war ein ekelhafter Junge. Ein Waffennarr. Wir haben uns nie verstanden. Als ich ins College ging, ging er nach Pittsburgh. Dort hat er als Fotograf gearbeitet. Sechs Monate nach mir kam er ebenfalls nach Essenville zurück. Er war noch derselbe Mistkerl, nur daß er inzwischen verheiratet war und angefangen hatte zu trinken. Mir ist immer noch schleierhaft, wie er eine so wunderbare Frau wie Gina gefunden hat. Und sie hatte auch noch Geld. Die Familie war wohlhabend, glaube ich. Jedenfalls hat sie ihn mehr oder weniger ins Geschäft gebracht. Sie hat das Fotostudio gemietet, sie hat die Ausrüstung gekauft. Da es der Stadt damals so schlecht ging, gab es natürlich nicht viel zu fotografieren, aber dann wurden die Gefängnisse aufgemacht, die Stadt erwachte wieder zum Leben, und plötzlich hatte Lloyd ein gutgehendes Geschäft.«

Er beugt sich zu Lizbeth hinüber.

»Gina hatte es am Herzen. Einen Herzklappenfehler. Für den Notfall hatte sie immer ihre Pillen dabei. Anderthalb Jahre, nachdem ESSUSP gebaut worden war, arbeitete sie im Garten und hatte einen heftigen Anfall. Aus *irgendeinem Grund* hatte sie ihre Pillen nicht dabei. Die arme Frau kippte um und kriegte keine Luft mehr und rief um Hilfe. Aber *anscheinend* hat Lloyd sie nicht bemerkt. Nicht gehört. Er war im Keller und reinigte seine Waffen. Und Gina starb im Garten.«

Einen Moment herrscht Stille.

»Also, was denkst du?«

»Was ich denke? Ich denke, du hast mir gerade eine traurige Geschichte von einem Mann erzählt, dessen Frau gestorben ist.«

»Komm schon. Zier dich nicht so. Du weißt, daß da etwas nicht stimmt. Eine Frau mit einem Herzfehler geht ohne Tabletten aus dem Haus. Wie konnte das geschehen? Wo waren die Pillen? Na?«

»Warum fragst du mich das eigentlich, George?«

»Weil du dich ein Leben lang mit solchen Dingen beschäftigt hast. Du mußt doch zu demselben Schluß kommen wie ich. Es war Lloyd! Er hat die Pillen versteckt!«

Sie hat sich redlich bemüht, sich das Lachen zu verkneifen, aber jetzt kann sie nicht anders.

»George, es tut mir leid, daß ich dich daran erinnern muß ... aber ich denke mir das alles aus.«

Er seufzt und steht auf und schlendert zu den Fruchtgummis.

»Kannst du die Wassermelonen für mich übriglassen?« sagt sie. »Die mag ich am liebsten.«

Im Wohnzimmer läutet das Telefon.

»Verstehe«, sagt sie. Und dann: »Entschuldigen Sie bitte, aber wie sind Sie an diese Nummer gekommen?«

Gefängnisdirektor Michael Sosa nimmt einen Pfefferminzbonbon aus der Schachtel und steckt ihn in den Mund. Neben ihm ist eine junge schwarze Frau in einem perfekt sitzenden blauen Hosenanzug. Auf Lizbeth wirkt sie wie eine Joggerin. Athletisch, ausdauernd.

Ihr Name ist Alicia Mapp. Sie bietet Lizbeth einen Stuhl an, während der Direktor auf seinem Pfefferminzbonbon kaut.

»Danke, daß Sie gekommen sind«, sagt sie.

»Hatte ich denn eine Wahl?«

»Wie ich Ihnen am Telefon sagte, Ms Greene, sind Sie absolut freiwillig hier. Aber wir sind Ihnen natürlich sehr dankbar, daß Sie vorbeigekommen sind.«

Lizbeth betrachtet Alicia Mapps Gesicht und erwartet verächtliche Selbstgefälligkeit. Nichts dergleichen. Sie kann nur äußerste Höflichkeit erkennen.

»Lassen Sie mich erklären, warum ich Sie hergebeten habe.«

Alicia Mapp arbeitet, sagt sie, für die Nationale Einheit zur Aufklärung von Bandenkriminalität.

»Unser Aufgabengebiet liegt sowohl innerhalb als auch außerhalb des Vollzugssystems. Wir versuchen, im Auge zu behalten, wer wen umbringt. In regelmäßigen Abständen versuchen wir auch, sie davon abzuhalten.«

Wie dem auch sei, sagt sie, sie habe sich lediglich vorstellen wollen.

»Nun, wir haben natürlich Kenntnis von dem Projekt, an dem Sie hier arbeiten, und ich kann Ihnen versichern, Ms Greene, daß unsere Einheit Ihnen dabei viel Glück wünscht. Aber trotzdem glaubte ich, daß wir uns zumindest kennenlernen sollten. Um Sie wissen zu lassen, daß Sie sich bedenkenlos an uns wenden können, wenn Sie Hilfe bei Ihren Recherchen oder beim Überprüfen von Fakten brauchen ... und gleichfalls, damit Sie vorbereitet sind, wenn wir uns irgendwann einmal an Sie wenden sollten. Falls wir eine Luftaufnahme machen müssen.«

»Verzeihung?«

»Ach, tut mir leid. Manchmal vergesse ich, daß ich nicht im Büro bin. Eine Luftaufnahme machen: die Situation prüfen und einschätzen. Als würden wir aus einem Hubschrauber auf die Ereignisse am Boden schauen. Wirklich, Ms Greene, Sie brauchen sich nicht zu beunruhigen. Ich hätte es gar nicht erwähnen sollen. Es liegt in der Natur der Sache, daß die Beschaffung von Informationen einen weitgesteckten Bezugsrahmen braucht ... das ist alles.«

Alicia Mapp lächelt.

»Und wie finden Sie ihn, Ms Greene? Im großen und ganzen?«

»Er ist sehr... höflich. Ich meine, er ist immer noch nicht in bester Verfassung, aber...«

Direktor Sosa kaut ein bißchen lauter.

»Werden Sie auch mit den Leuten von der *Times* sprechen?«

»Das hoffe ich, Ms Greene, ja.«

Und wieder lächelt sie.

»Ms Greene, haben Sie die Entwicklungen in Queens verfolgt, seit Sie hier sind?«

»Welche Entwicklungen?«

»In Corona?«

Lizbeth weiß immer noch nicht, worum es geht.

»Es sieht so aus, als hätte es dort ein Aufflammen der Gang-Aktivitäten gegeben. Mehrere junge Männer wurden getötet.«

»O Gott... das wußte ich nicht...«

»Lassen Sie mich in aller Deutlichkeit festhalten, daß es keinen Hinweis darauf gibt, daß Mr Velez daran beteiligt ist. Wir wissen ganz genau, daß Direktor Sosa und die Vollzugsbehörde sehr sorgfältig überprüft haben, welche Kontakte angemessen für ihn sind. Ich habe es nur für den Fall erwähnt, daß Sie informiert wären. Vielleicht ist die Frage ja auch in Ihren Interviews aufgekommen?«

»Ist sie nicht. Ich wußte nichts davon. Warten Sie... bitten Sie mich darum, ihn darauf anzusprechen?«

»Nein, Ms Greene, darum bitte ich Sie nicht. Wie gesagt, ich bin eigentlich nur hier, um mich vorzustellen. Und um Sie wissen zu lassen, daß Sie mich jederzeit anrufen können, sollten Sie meine Hilfe benötigen.«

Sie überreicht Lizbeth eine Karte.

»Und ich hoffe, dasselbe trifft zu, wenn wir uns später einmal mit Ihnen beraten müssen.«

»Wenn Sie eine Luftaufnahme machen müssen?«

»Richtig.«

Alicia Mapp steht auf.

»Ich danke Ihnen für Ihre Zeit, Ms Greene.«

Dann greift sie in ihre Tasche und zieht *Die Werke der Engel* heraus.

»Ich war schon immer ein großer Fan von Ihnen«, sagt sie, als sie Lizbeth das Buch reicht.

In der Umschlagseite steckt bereits ein Stift.

Officer Sherwin Baines bringt sie zum Anwaltszimmer und redet die ganze Zeit über Bowling. Lizbeth hört überhaupt nicht hin.

»... wenn sie uns in ddden Hof bringen, holen sie unsere Abteilung aus den Zellen, dann geht es über die Galerien und ... wwwir müssen an jeder Abteilung anhalten und auf die nächsten zwölf Männer warten. Es werden immer mehr und mehr und mehr.«

Wilsons Füße trommeln auf den Boden im Anwaltszimmer.

»Essss ... dauert ewig, bis wir im Hof ankommen ... und die ganze Zeit läuft dieser Idiot Rinser neben mir her. Dieser Kerl ist ... wahnsinnig! Geisteskrank! Den ganzen Weg über jammert und schreit er. ›Ich bin ein anständiger Mann! Laßt mich hier raus! Ich bin unschuldig!‹ Direkt neben mir ...«

Er verzieht das Gesicht und läßt die Zunge kreisen.

»Allls wir gestern ... im Hof ankamen, war ich nicht nur halb taub, sondern dieser ... Rrrrinser hat mir das ganze Gesicht vollgespuckt. Ekelhaft! Ganz ehrlich, ich will ja niemandem was Böses, aber in diesem Moment habe ich gedacht, es würde mir nichts ausmachen, wenn dem *cabrón* was Schlimmes zustößt ... *He*! Hören Sie mir überhaupt zu?«

Lizbeth sieht zu ihm auf.

»Sicher«, sagt sie. »Natürlich.«

»Oh, in Ordnung. Sie wirken etwas zerstreut, Lizbeth. Na ja, ich schätze mal, jetzt wwwo Sie sich eingelebt und Freunde in Essenville hhhaben … sind Sie in Gedanken ganz woanders.«

Er erhebt sich halb vom Stuhl, dreht sich, setzt sich wieder.

»Alllso … werden Sie sich die Haare heller färben?«

»Ich glaube nicht, Wilson.«

»Na ja, das ist Ihre Sache. Haben Sie mein Interview gelesen?«

»Ja«, sagt sie.

Er hebt das Kinn. Wartet, daß sie mehr sagt.

»Ich finde, Sie haben es wirklich gut gemacht. Die politischen Sachen waren … sehr interessant.«

»Ach ja? Wenn ich hier darrrüber spreche … werden Ihre Augen immer glasig.«

Er pfeift durch die Zähne, und der Laut fegt durch den Raum.

»Wissen Sie, die Reporterin … warrr gar nicht so, wie Sie gesagt haben. Und überhaupt finde ich, daß Sie nicht das Recht haben, schlecht … über andere zu sprechen.«

Sie nimmt ihn schärfer ins Visier.

»Warum sagen Sie das, Wilson?«

»Weil Sie hinter meinem Rücken über mich reden.«

Ihr Herz springt. Ihr Magen sinkt nach unten.

Er weiß von Alicia Mapp? Wie kann das sein? So schnell?

»Ich habe überhaupt nichts gesagt«, sagt sie. »Es war nur ein ganz kurzes Gespräch.«

Er gibt einen verächtlichen Laut von sich, dann schüttelt er den Kopf.

»Sie haben mit Ossery geredet. Ich weiß, daß Ssssie ihm eine Mmmmenge erzählt haben.«

»*Ossery.* Richtig, das stimmt.«

»Und er hat mit mir gesprochen. Sie waren nicht zufrieden mit dem, wasss ich Ihnen über die Briefe erzählt habe. Sie haben die Wahrheit nicht geglaubt. Ich ssssoll also nur Sachen sagen, die Sie hören wollen.«

»Wilson, ich habe nie gesagt, daß ich Ihnen nicht glaube. Ich hatte nur das Gefühl –«

»In Ordnung. Ich wwwill doch Ihre Geschichte nicht verderben, Lizbeth. Wie käme ich dazu, über mein eigenes Leben zu sprechen? Ffffür Sie ... bin ich also in allen Punkten schuldig.«

»Wilson, das ist nicht –«

»Ich verstehe. Es ist Okay.«

Auf jeden anderen würde sein Gesicht ausdruckslos wirken. Aber sie erkennt die Wut, die sich hinter der Fassade versteckt.

Er schaukelt einmal auf seinem Stuhl vor und zurück.

»Nun, worüber ... möchten Sie heute sprechen?«

Sie versucht, die Zauberformel zu finden, die alles wieder ins Lot bringt. Die ihn beschwichtigt. Sie will ihr partout nicht einfallen.

»Vielleicht«, sagt sie, »könnten wir noch etwas ausführlicher über die frühen Jahre sprechen.«

»Die frühen Jahre«, sagt er. »In Ordnung.«

Sie greift über den Tisch, stellt den Kassettenrekorder an.

»Wissen Sie, Wilson, es tut mir leid, wenn Sie enttäuscht von mir sind. Wenn Sie glauben, ich hätte Sie irgendwie verraten.«

Verraten. Das Wort klingt absurd. Übertrieben.

»Darf ich es wenigstens erklären?«

Aber er starrt ins Leere. Bis sie schließlich seufzt und das Gerät einschaltet.

»Vielleicht könnten wir die Zeit erörtern, als andere Gangs versuchten, den Royals Mitglieder abzuwerben? Einige Details sind mir noch nicht ganz klar.«

»Ach bitte, nicht schon wwwieder diesen Mist mit dem Kerl in der Unterführung im Flushing Meadows Corona Park. Darrrrüber ... haben wir schon viel zu oft geredet, Lizbeth.«

»Also gut. Sie haben einmal eine junge Frau erwähnt, mit der Sie nach Ihrer zweiten Haftstrafe im Spofford zusammen waren –«

»Rosalinda … Peña.«

»Richtig. Und sie war einundzwanzig? Zweiundzwanzig?«

»So ungefähr.«

»Sie sagten, sie hätte nichts mit den Royals zu tun gehabt.«

»Das stimmt.«

»Deshalb frage ich mich, wie Sie sie kennengelernt haben.«

»Ich traf sie immer im Linden Park. Sie fuhr ihr Kind in einem Buggy spazieren. Nach einer Weile nickten wir uns zu und sagten ›Hallo‹. Aber manchmal hatte sie überall blaue Flecken. Ihr Freund, *sabes*? Und einmal schnitt ich Grimassen für ihr Kind … und da merkte ich, daß ihre Lippe aufgeplatzt war, und ich bbbbin einfach ausgerastet. Ich habe sie gefragt, wo ich ihren Freund finde, und dann habe ich ihn verprügelt, bissss … er keinen Ton mehr sagen konnte. Eine Woche später zog er aus Corona weg, und Rosalinda und ich wurden Freunde. Wir waren nie zusammen, aber ich konnte bei ihr wohnen, wenn es nötig war.«

Lizbeth nickt.

»Sie sehen erstaunt aus. Hat die Geschichte Sie erstaunt?«

»Überhaupt nicht. Es ist eine sehr beeindruckende Geschichte.«

Und dann überwindet sie sich und sagt: »Sie haben mal gesagt, daß die meisten Mädchen im Umkreis der Gang auf Drogen aus waren. Ich habe mich nur gefragt, ob –«

Er funkelt sie über den Tisch hinweg an.

»Ich meine nur –«

»Tut mir leid, Lizbeth. Ich hätte daran denken sollen, daß Sie mein Leben besser kennen als ich. *Dios mío*, die letzten Wochen müssen wirklich ätzend gewesen sein. Ich habe Ihnen diesen ganzen Mist erzählt, den Sie längst kennen. Wie blöd von mir. Ich hatte vergessen, daß Sie die … ggganze Zeit dabei waren. Sie *waren* doch dabei, oder?«

Seine Stimme verhärtet sich.

»Ich kann versuchen, Ihnen Geschichten zu erzählen, ddddie … Ihnen besser gefallen. Zum Beispiel, daß ich einen Mann erstochen habe, als ddddder seinem kleinen Sohn gerade ein Schlaflied vorsang? Ist das besser? Oder ich könnte Ihnen die Geschichte von dem *soplón* erzählen. Erst habe ich ihm das Herz rausgeschnitten, und dann habe ich es an die Pumas im Queens Zoo verfüttert. Vielleicht ist das nicht die Wahrheit, aber Sie finden es bestimmmmmt … spannend.«

Er ist wirklich zornig. Zum ersten Mal empfindet sie seine Ketten nicht als Einschränkung für ihn, sondern als Schutz für sich.

»Ich hätte wissen sollen, daß Sie nnnicht an der Wahrheit interessiert sind. Sie wollen … Blut. Etwas Violentes.«

Er sagt *fiolent*. Zischt das Wort durch den Raum.

Ohne zu überlegen sagt sie:

»Es heißt ›wiolent‹. So spricht man es aus.«

Es wird ganz still. Bleibt still. Dann:

»Danke, Lizbeth«, sagt Wilson. »Tut mir leid, daß ich so … ddddumm bin.«

Er fängt ihren Blick auf.

»Wissen Sie, daß die Reporterin mit mir … über Sssie gesprochen hat?«

»Wirklich?«

»Keine Angst. Ich habe ihr nichts von unserem Projekt gesagt. Nur, daß ich Ihre Bücher … gerne lese. Und dann hatttt sie mir etwas über Sie erzählt, wwwas … Sie mir verschwiegen haben.«

Er wartet. Läßt sie noch einen Moment im Ungewissen.

»Sie haben nnnie von … Leon Slocomb gesprochen.«

Sie zuckt zusammen. Der Name genügt schon.

»Es hat sich nicht ergeben.«

»Ach so ... es hat sich nicht ergeben.«

Er schlingert nach vorn, bis seine Brust an die Tischkante stößt.

»Wir wollten doch ehrlich sein, Lizbeth. Sie beschweren sich hinter meinem Rücken über mich, und dann stelle ich fest, daß ... Sie mir etwas verschwiegen haben. Wasss soll das?«

»Ich habe Sie nie angelogen, Wilson. Ich habe einfach nichts davon gesagt. Es hat nichts mit unserem Projekt zu tun.«

»Ach so? Sie sitzen hier stundenlang mmmit Ihrem beschissenen Kassettenrekorder und erwarten, daß ich mein Leben ... in allen Einzelheiten vor Ihnen ausbreite. Damit Sie mit Ihren Freunden in Essenville darüber lachen können? Damit Sie sich aussuchen können, was in Ihr Buch paßt und was nicht? Und dddann beschließen Sie einfach, daß etwas nicht wwwichtig ist.«

»Das habe ich nicht gesagt. Es ist lediglich etwas, über das ich nicht gerne spreche.«

»Also, Sie reden über den City Slicker. Sie reden über Ihre Mutter. Aber das andere soll ich nicht wissen?«

Sie verschränkt die Arme.

»Was hat sie Ihnen erzählt? Die Reporterin?«

»Daß Sie jahrelang einen Stalker hatten. Leon Slocomb. Daß er Ihnen Briefe geschickt hattt ... und Sie töten wollte.«

Sie sieht, wie sich die Kassette dreht. Wie ein Riesenrad, und die Zähne der Spulen sind die Gondeln.

»Zuerst gingen die Briefe an meinen Verlag. Der hat sie an meine Agentin weitergeleitet, wie sie es immer mit der Fanpost machen. Meine Agentin hat sie an mich geschickt, und meine Assistentin hat sie geöffnet und gelesen.«

Ihre Stimme hat sich zu einem Flüstern gesenkt.

»Keine angenehme Lektüre. Es ist unglaublich, was in manchen Menschen vorgeht. Sechs Monate lang schrieb er einen Brief pro Woche, dann kriegte er meine Privatadresse raus. Aber wenigstens gab er endlich einen Grund an. Er behauptete, ich hätte ihn für eines meiner Bücher benutzt. *Nicht in Versuchung*. Ich hätte ihm sein Leben gestohlen. So hat er sich ausgedrückt, das verrückte Arschloch.«

Sie räuspert sich, bevor sie fortfährt.

»Er hat mir mit *Federal Express* eine tote Ratte geschickt. Sie war aufgeschnitten. Dasselbe wolle er mit mir tun, sagte er auf der beiliegenden Kassette. Er warte nur auf den richtigen Moment. Ich mußte einen Bodyguard engagieren. Das Haus mit einem Alarmsystem ausrüsten. Sensoren. Kameras. Endlos mit der Polizei palavern. Und dann verschwand er einfach. Die Briefe hörten auf. Alles hörte auf. Als wäre nichts gewesen. Das dauerte ungefähr ein Jahr. Dann besuchte ich ein Restaurant in der 18th Street ... und er griff mich an. Tauchte plötzlich auf und wollte mir die Kehle durchschneiden. Der Mann hinter mir ... schaffte es, ihn zu überwältigen und festzuhalten ... zum Glück ... denn sonst ...«

Wilson ist ruhiger geworden. Beschwichtigt.

»Waren Sie verletzt?«

»Er hat nur die Haut gestreift. Erst später wurde es schlimmer ... die Sache hat mich lange beschäftigt.«

Sie hebt die Hand an den Mund. Schließt die Augen.

»Was stand denn in dem Buch, dddas ihn so wütend gemacht hat?«

»1980 oder 1981 stand Leon Slocomb vor Gericht, weil er eine alte Dame in Tallahassee ermordet haben sollte. Damals machte er Swimmingpools sauber, und es wurde behauptet, er hätte ein Herbizid ins Wasser geschüttet. Aber die Anklage fiel in sich zusammen, er wurde freigesprochen. Zehn Jahre später oder so schreibe ich eine Geschichte über einen Mörder, der den Pool seiner Mutter vergiftet ... und Leon liest sie. Er ist davon überzeugt, daß es um ihn geht. Daß ich Details aus seinem Leben verwendet habe. Seine Kindheit. Das war ... Schwachsinn. Völlig aus der Luft gegriffen. Trotzdem boten wir ihm Geld an, damit er mich in Ruhe ließ. Das hat ihn nicht interessiert. Er schrieb einfach weiter Briefe und verkündete, ich müßte dafür bezahlen, daß ich –«

»– sein Leben gestohlen hätte.«

»Genau.«

»Und? Haben Sie es getan?«

»Nein. Natürlich nicht.«

Er nickt. Sagt nichts.

»Ideen ... entstehen auf verschiedene Weise. Man stößt auf irgend etwas und greift danach. Es kann aus heiterem Himmel kommen oder in einer Talkshow erwähnt werden. Das passiert. Klar. Aber selbst dann ändert man es ab, nimmt es auseinander, dreht und wendet es ... Man macht etwas Eigenes daraus.«

»Und das ist mit Leon Slocomb pppassiert?«

Sie schaut überallhin, nur nicht geradeaus.

»Vielleicht haben Sie etwasss ... über ihn gelesen und unbewußt aufgenommen ... und garrr nicht gemerkt, daß Sie es benutzt haben?«

»Nein. Daran würde ich mich erinnern.«

»Ich habe das gemacht.«

»Was?«

»Wirkliche Mmmenschen ... in einer Geschichte benutzt. Als wir Kinder waren, hieß Hurricanes Vermieter ... Mr Fung. Er war ein Scheißkerl und hatte diese widerlichen Warzen auf der Nase ... und am Kinn. Als ich *Die Bösen Geister von Gramercy Park* schrieb, fiel er mir sofort ein. Vielleicht ... war es aber auch umgekehrt, und er hat mmmich ... zu der Geschichte inspiriert.«

Lizbeth muß lächeln.

»Ich habe den Mörder in meinem ersten Roman nach dem ersten Jungen benannt, mit dem ich je rumgemacht habe. Ich war dreizehn, und er hat in der ganzen Schule erzählt, ich hätte mit ihm geschlafen.«

Wilson schüttelt den Kopf.

»*Cabrón.*«

Dann starrt er über den Tisch und beugt sich aus der Taille heraus nach rechts und nach links.

»Ich verstehe gar nicht, warum das so eine große Sache sein soll. Sie nehmen etwasss … aus einer Zeitung oder etwas, das Sie gehört haben, oder etwas, das man Ihnen erzählt hat. Wo liegt das Problem? So etwasss passiert jeden Tag.«

»Bestimmt.«

Er beugt sich immer noch zur Seite.

»Das spricht doch nur für Ihre Kreativität, Lizbeth.«

Nach rechts. Nach links.

»Ich meine … eine ssssolche Idee … das ist es, was Sie zu der Autorin macht, die Sie sind.«

Jetzt sitzt er vollkommen still.

»Aber es *war* Leon Slocomb? Stimmt's?«

»Ja«, sagt sie.

Wilson lehnt sich auf seinem Stuhl zurück, und sie atmet aus. Stille.

»Ich informierte mich über Gifte und stieß auf den Fall in Tallahassee. Und dann hat sich die Idee weiterentwickelt …«

Wieder Stille. Eine ganze Minute lang. Dann: »Also … wie schon gesagt … keine grrroße Sache, was?«

Aber sie antwortet nicht.

»Wo ist er denn jetzt?«

»Leon? Er ist begnadigt worden. Kurz bevor ich herkam.«

»*Was*? Das war mir nicht klar.«

Er beugt sich vor.

»Tut mir leid, wenn ich aggressiv war, Lizbeth. Infam. Ich wollte nicht infam sein.«

Das Wort erinnert sie an irgend etwas. Aber ihre Gedanken sind bei Leon Slocomb; und Wilson redet weiter.

»Ich bin mir so dumm vorgekommen, als die Reporterin davon gesprochen hat und ich nicht Bescheid wußte. Wwwie … ein verdammter Blödmann.«

Seine Schultern sacken zusammen, und der Kopf fällt nach vorn.

»Es tut mir leid«, sagt sie.

»Ich hätttte nicht so hart zu Ihnen sein sollen. Aber heute … fühle ich mich beschissen. Ich kann die Spucke von dddiesem geisteskranken Rinser immer noch auf der Haut fühlen, und wenn ich die Augen zumache, sehe ich die verfluchten Limonenbäume.«

Er beugt sich wieder nach rechts und links, und seine Stimme hellt sich auf.

»Aber ich kriege raus, was sie zu bedeuten haben. Bald. Und dddann … habe ich meine Ruhe.«

Der Junge wußte, daß der Spaß bald vorüber sein würde. Jeden Augenblick konnte seine Mutter ihre Hausarbeit unterbrechen und ihn rufen. Sie würde ihn dazu zwingen, ihr beim Feuermachen zu helfen. Dann konnte er nicht mehr weiterspielen.

Zusammen mit seinem Vater und seinem Bruder lebten sie in einem strohgedeckten bohio, *in einem Dorf, das er in seinen ersten fünf Jahren noch nie verlassen hatte. Penonomé war fünf Meilen entfernt, ebenso weit wie der Mond.*

Weil er die Abenteuer des Tages noch nicht beenden wollte, machte er sich auf und davon. Barfuß rannte er über den schmutzigen Feldweg, der von der Hauptstraße des Dorfes abging. Jetzt war er ganz allein, nur er war in der Welt. Er rannte, weil er rennen wollte und weil er das Glück hatte, noch nichts von der Zerbrechlichkeit der Dinge zu wissen.

Als er bei den Limonenbäumen ankam, war er außer Atem. Die Bäume waren kaum älter als er, aber doppelt so groß. Die Früchte ließen die Zweige schwer nach unten hängen. Er streckte die Arme aus und hob den Kopf und hatte seine Freude an der Sonne.

Und schlagartig änderte sich alles. Für immer.

Zuerst ertönte irgendwo in der Nähe ein hohes, klagendes

Stöhnen. Dann kam ein anderes Geräusch: voll, ohne Echo. Der Junge war nicht allein unter den Bäumen.

Einen Augenblick später spritzte warmes Blut auf seine Wange.

Er hatte Angst, ja. Aber noch größer war seine Neugier. Er wollte wissen, wer oder was die Geräusche verursacht hatte und wie das Blut auf sein Gesicht gekommen war. Also sah der Junge zur Sonne auf, und in ihrem Gleißen erblickte er

Ihre Handgelenke sind geschwollen. Lizbeth nimmt die Finger von der Tastatur und starrt sie an. Sie sind aufgedunsen und sehen wie Würstchen aus Knetmasse aus. Die Ärztin hat sie vorgewarnt. Im fünften Monat kann das passieren. Ein weiterer fauler Trick in dem Wanderzirkus von Symptomen, die ihren Körper in Besitz nehmen und wieder freigeben. Und die ganze Zeit über wird sie runder.

Sie konzentriert sich noch einmal auf den Bildschirm.

zur Sonne auf, und in ihrem Gleißen erblickte er

Was?

Sie schließt die Augen und versetzt sich an den Ort des Geschehens. Nimmt die letzten paar Schritte auf dem armseligen Feldweg und steht zwischen den Limonenbäumen. Lädt die Sonne auf ihre Haut ein, dann das Blut, und blickt ebenfalls in die Höhe.

Aber genau wie Wilson sieht sie nichts außer der Sonne.

Sie öffnet die Augen und kehrt nach Essenville zurück. Es ist noch früh am Morgen, zwei Minuten vor sieben. Sie speichert und schließt die Datei. Öffnet eine andere.

»Honey, ich gehe in den Garten und kümmere mich um die Büsche.«

Lloyd Dreiz starrte Gina nach, als sie durch die Hintertür verschwand. Am Fuße der Treppenstufen drehte sie sich um und winkte ihm zu. Gina, mit der er etwas länger als ein Jahr verheiratet war, lächelte ständig dieses strahlende Lächeln. Immer war sie so verdammt munter.

Er dachte an den Tag, der vor ihm lag, an die öde Reihe der Kunden, die in sein Studio kamen, um sich fotografieren zu lassen. Verlobte, die nicht zueinander paßten, häßliche Babys, zänkische Familien. In Pittsburgh hatte er sie wenigstens nicht gekannt. Hatte nicht dazugehört.

Er suchte nach den Wattestäbchen, die er brauchte, um die zahlreichen Gewehre im Keller zu putzen, die er viele Jahre lang gesammelt hatte. Beobachtete Gina, als sie – die Heckenschere schwingend – am Fenster vorbeikam. Normalerweise ließ ihn der Anblick der Heckenschere zusammenzucken. Aber nicht heute.

Denn heute war der Tag, an dem er sie umbringen würde.

Sie schaltet den Computer aus. Dann zieht sie den Mantel an, nimmt ihre Tasche und verläßt das Haus. Setzt sich ins Auto und fährt nach Norden, bis sie ans Ziel gelangt: Pittsburgh International Airport.

Durch die dicken Glasscheiben der Abflughalle blickt sie über die Start- und Landebahnen auf das Airport Plaza. Im Flugzeug zieht sie die *Newsweek* aus der Tasche, die sie am Flughafen gekauft hat. Findet einen kurzen Artikel über den unaufhaltsamen Aufstieg des Kongreßabgeordneten Rieber: Was Rieber zur Kriminalität sagt, wird zum nationalen Credo. Entsprechend wächst sein Ruf. Während er sich auf die Wiederwahl vorbereitet, fragen sich gut informierte Kreise, was als nächstes kommt für

den früheren Stellvertretenden Staatsanwalt, dessen verbissenes Eintreten für Law and Order die Wähler von Gotham City so verführerisch finden.

Sie betrachtet sein Bild – kantig, streng, entschlossen –, und das Flugzeug beginnt mit dem Landeanflug. Sie konzentriert sich auf ihre Atmung. Und dann: LaGuardia.

Der Taxifahrer springt aus dem Wagen, um in der Erwartung einer lohnenden Tour nach SoHo oder Central Park West den Kofferraum zu öffnen. Er wirkt überrascht – sogar gekränkt –, als sie ihm sagt, wo sie hinwill.

Die Fahrt dauert gerade mal sechs Minuten. Als sie ankommen, dreht er sich zu ihr um und schaut sie ungläubig an.

»Ist es hier richtig?« fragt er.

Es ist richtig, auch wenn ein Teil von ihr wünscht, sie wäre nicht hier. Eine triste Aussicht auf den Beton der Waldron Street in Corona und ein zerstörtes Haus. Das oberste Stockwerk ist ausgebrannt. Ein rostiges Eisentor hängt schief in den Angeln, und ein Dutzend jugendliche Latinos zwischen elf und siebzehn starrt Lizbeth ausdruckslos an, als sie aus dem Taxi steigt. Sie steht vor wachsamen Jungen, die ihre vom Training aufgepumpten Arme bedrohlich vor der Brust verschränken. Ihre Jeans könnte man als Bettdecke benutzen, so weit sind sie. Die Mädchen haben sorgfältig pflaumenfarben ausgemalte Lippen und so straff nach hinten gekämmte Haare, daß ihre Augenbrauen den Bogen im McDonalds-Schriftzug gleichen. Lizbeth kommt sich sonderbar vor, aber nicht bedroht.

»Miss Greene?«

Sie dreht sich um, und dort steht – wie von Ossery versprochen – José Almanza.

»Ich bin Hurricane und freue mich, Sie kennenzulernen.«

Er kann höchstens drei Zentimeter größer sein als Wilson, ist aber so breit wie ein Getränkeautomat. Seine Handrücken sind mit Tattoos bedeckt, der Rest von ihm steckt in einer fleckenlosen weißen Steppjacke.

»Danke«, sagt sie, »daß Sie Zeit für mich haben. Ich freue mich, daß wir miteinander sprechen können.«

»Wenn es Three Vee hilft«, sagt er liebenswürdig, »ist es

eine Ehre. Möchten Sie vielleicht ins Haus kommen und sehen, was wir hier machen?«

Als er die Treppe hinaufsteigt, stehen die Jugendlichen auf, machen den Weg frei und klopfen als Salut zweimal mit der Faust aufs Herz.

Im Inneren des Hauses gibt es nur noch Dielen und Balken. Ein einziges Fenster ist verglast. Löcher klaffen in den Wänden und im Boden, wo jemand die Kupferrohre herausgerissen hat, um sie als Altmetall zu verkaufen. Sie zählt im ganzen elf Personen. Alle sind beschäftigt. Sie malen, bohren, sägen, hämmern. Und alle tragen weiße, rote und goldene Perlen um den Hals.

Es sei nur eines der Gebäude, welche die Royals renovieren, erklärt Hurricane. Die Teamarbeit sei wichtig – besonders die Kleinen müßten das lernen –, genauso wie der Stolz auf die Leistung. Wenn das Haus fertig sei, würde es der Gemeinde übergeben.

»Damit Familien mit vier Kindern ihrem Vermieter nicht mehr 800 Dollar pro Monat für ein einziges verwahrlostes Zimmer ohne warmes Wasser zahlen müssen.«

Als sie das Haus verlassen, stehen die Jugendlichen auf der Treppe wieder auf und klopfen sich auf die Brust.

»*Real por vida!*«, rufen sie aus.

Lizbeth und José Almanza laufen Seite an Seite. Nach einer Weile fragt sie: »Ich habe gehört, daß es in Corona in letzter Zeit zu Gewalttaten gekommen ist.«

Er seufzt. Und dann sagt er, daß es wahr sei. Das Problem seien die Jugendlichen, die neu in die Gegend ziehen und *clicas* bilden und Waffen stehlen, um Männer zu werden, und dann einen Krieg anfangen gegen jene, deren Friedfertigkeit sie als Schwäche ansehen. Aber das Töten müsse verhindert werden, sagt er.

»Jedes Mal, wenn jemand stirbt, sterbe ich auch. Verstehen Sie? Nicht nur wegen des verlorenen Lebens, sondern auch, weil alle Politiker und Reporter Aufwind bekommen, die schon immer gesagt haben: ›Ach was, die *Sacred Incan Royals* haben sich überhaupt nicht geändert, sie handeln immer noch mit Drogen, sind immer noch Killer.‹ Würden Sie mir bitte folgen?«

Sie biegen um die Ecke, und er zeigt auf einen Flachbau, der an eine gedrungene Kirche angebaut ist. Die Eingangshalle hat ungefähr die Größe einer Fahrstuhlkabine; die Wände sind übersät mit Informationsblättern in spanischer Sprache, die auf Kurse für Erwachsene und Möglichkeiten zur Betreuung von Kindern hinweisen. Ein Anwalt, liest Lizbeth, kommt jeden dritten Mittwoch und kann kostenlos konsultiert werden. Jeden zweiten Freitag kommt eine Krankenschwester.

Am Ende der Halle befindet sich eine Tür, und als José Almanza ruft, tritt ein Mann heraus und streckt die Arme aus. Er ist Anfang fünfzig, hat weißes Haar, das seinen Kopf wie eine Wolke umgibt, und einen dunkleren Bart. Er umarmt Hurricane, dann sieht er Lizbeth an.

»Miss Greene, das ist Vater Raymond Peres.«

»Ich habe Ihre Bücher gelesen«, sagt der Priester. »Sie haben einen guten Kopf.«

In dem winzigen Zimmer hinter der Tür macht Vater Peres einen unglaublich starken Kaffee. Lizbeth begnügt sich mit Wasser, während Hurricane und der Priester die Arbeit der Royals im Stadtbezirk erläutern. Wilsons Vermächtnis. Beide sprechen gleichzeitig.

»Die älteren Royals«, sagt Peres –

»Die mit Wilson zusammen waren –«

»Viele von ihnen sind in der Erwachsenenbildung tätig –«

»Geben Sportkurse und –«

»Informieren die Jugendlichen über –«

»Safer Sex. Ein Leben ohne Drogen.«

»Jeder Jugendliche, der ein Royal werden will, muß jetzt erst nachweisen, daß er regelmäßig die Schule besucht.«

»Das ist das Wichtigste für *los mancitos*. Der Schulabschluß.«

»Denn nur so haben wir die Chance –«

»Auf eine bessere Zukunft. Etwas von Dauer.«

Sie reden durcheinander, bis das Gespräch stockt. Jetzt legt sich die Stirn des Priesters in sorgenvolle Falten.

»Miss Greene«, sagt er, »darf ich Sie fragen, wie es Wilson geht?«

»Es geht ihm nicht schlecht«, sagt sie. »Ich meine, es geht ihm besser. Seit ich ihn besuche, hat sich sein Zustand erheblich verbessert. Aber Sie wissen ja, daß er viel durchgemacht hat.«

Der Priester schließt die Augen und schüttelt den Kopf.

»Es bekümmert uns, daß wir ihn immer noch nicht besuchen, ihm immer noch nicht schreiben dürfen. Wir finden das einfach ungerecht. Wilson hatte in dieser Welt keine Wahl. Er mußte Dinge tun, die Sie und ich nie tun würden. Aber er hat versucht, sie wiedergutzumachen.«

»Er hat mir gesagt, in den Briefen an Ojos hätte es keine Befehle gegeben«, sagt Lizbeth. »Keinen Code.«

»In diesem Fall«, sagt Hurricane, »hat er Ihnen die Wahrheit gesagt.«

»Wilson war ein guter Mann und immer ehrlich«, sagt der Priester. »Ich würde seine Worte nie anzweifeln. Er wurde aufgrund von Lügen verurteilt, und das System hat ihn in den Kerker geworfen, um ihn dort verrotten zu lassen.«

»Wie er von Ihnen spricht, Vater«, sagt sie, »zeigt, daß Sie ihm immer noch sehr viel bedeuten.«

»Und ich vermisse ihn schmerzlich. Aber in gewisser Hinsicht ist er auch hier. Er hat alle guten Dinge angeregt, die sich in dieser Nachbarschaft entwickelt haben.«

Hurricane zieht ein Foto aus seiner Brieftasche:

Vier Jugendliche in weißen Unterhemden und roten Sporthosen posieren kraftstrotzend in der Sonne. In der Mitte steht ein Wilson mit glatten Wangen. Daneben erkennt sie Hurricane.

»Das ist Ojos«, sagt er und zeigt auf den hellhäutigen Jungen, der links von ihm steht. Dann auf den Zottelkopf neben Wilson: »Das ist Three Vees Bruder. Eduardo. Das Bild wurde im Sommer 85 aufgenommen. Genau hier, auf dieser Straße. Ich möchte es Ihnen schenken. Damit Sie *la realeza original* sehen …«

Seine Stimme versagt, als er sagt:

»Es bricht mir das Herz, das Bild anzugucken.«

Die beiden Männer schwelgen noch weiter in Erinnerungen an die Tage Three Vees und klingen wie trauernde Überlebende. Beide schütteln ihr zum Abschied die Hand und wünschen ihr Glück bei dem Versuch, der Welt die Wahrheit über Wilson Ulysses Velez zu erzählen.

Und dann läuft sie mit dem Stadtplan allein durch die flache, bunt gewürfelte Bebauung Coronas, über die grauen Straßen. Sie überquert den Long Island Expressway, findet Apex Place, steht an der verlassenen Ecke, wo sich das Unkraut ausbreitet, und schaut auf die Wand gegenüber, auf der ein Kreis von Kronen zu sehen ist. Als nächstes sucht sie die Xenia Street auf: zwei Reihen von eng gedrängten Wohnhäusern ohne Fahrstuhl, auf deren Dächern sich die Tauben tummeln. Eine männliche Stimme ruft: »*Carmello – levántate! Vamos!*« Vor Wilsons Haus bleibt sie stehen, bis eine gehetzte Frau mit einem Buggy herauskommt und sie mit einem so bösen Mißtrauen anfunkelt, daß sie kehrtmacht und weitergeht.

Junction Boulevard. Auf der einen Seite zähflüssiger Verkehr, auf der anderen eine Reihe von Parkplätzen. Sie läuft bis zur 44th Avenue und weiter bis zur alten Glasfabrik von Tiffany. Vor deren verwitterten Backsteinen bleibt sie stehen und schaut auf den Stadtplan. Dann biegt sie in die National Street ein, wo ein Straßenmusikant vor einem winzigen Café auf eine Quintgitarre eindrischt. Sie registriert alles, jeden. An einer Wand fordert eine kunstvoll verschlungene Aufschrift: *Dé el Amor al Real.* Eine Horde Dreizehnjähriger rast an ihr vorbei, und an der Ecke Roosevelt Avenue stößt der Lärm eines Zuges der Linie 7 auf den pochenden Hip-Hop aus einem vorbeifahrenden Auto.

An einem Laternenpfahl hängt ein Poster. Ein Aufruf. Ein Mann namens Rafael Ferrer ist erschossen worden. Zeugen sollen sich melden. Sie betrachtet die verschwommenen Konturen seines Gesichts, die Pupillen, die sich in körnige Pixel aufgelöst haben. Dann läuft sie nach Süden, an Lebensmittelläden vorbei, die grüne Kochbananen und riesige Büchsen mit schwarzen Bohnen anbieten; in den Schaufenstern hängen dominikanische Flaggen. Über handgeschriebenen Schildern, auf denen *Pagamos en Dolares* steht, bieten die Telefonläden Sonderpreise für Verbindungen nach Peru, El Salvador, Ecuador und Kolumbien an. Sie erreicht das Ende der 44th Avenue und geht in den Park. Vor ihr macht eine Gruppe von Asiaten in gegürteten Roben über dicken Sweatshirts auf dem harten Boden unter den Bäumen Karateübungen. Das Unisphere, der riesige Stahlglobus im Zentrum des Parks, scheint den halben Himmel einzunehmen. Sie bleibt stehen. Atmet. Versucht, Wilsons Gefühle nachzuempfinden.

Weiter. An den Asiaten vorbei, zum unteren Ende des Sees, bevor sie in die Abgase von West Flushing mit seinem Mosaik aus koreanischen Supermärkten und chinesischen Apotheken eintaucht. Am Luck Joy Restaurant Number 1 schaut sie noch einmal in den Stadtplan, verstaut ihn wieder in der Tasche, läuft die Prince Street hoch. Bis sie Linneaus Place erreicht: eine hufeisenförmige Gasse, genau wie er gesagt hat. Löchriger Asphalt, Reihenhäuser, die aussehen, als würde der erste Windstoß sie umhauen. Allerdings gibt es jetzt Straßenlaternen. *Wilson? Wilson Ulysses Velez?* Sie versucht, die Vergangenheit heraufzubeschwören.

Aber schließlich gibt sie auf. Schleppt sich erschöpft zur U-Bahn, als die Sonne über Queens untergeht.

In LaGuardia checkt sie ein und wartet, aber plötzlich verschwindet ihr Flug von der Anzeigetafel. Als er wieder auftaucht, heißt es VERSPÄTET.

Die Frau am Abflugschalter zuckt die Schultern und macht eine Grimasse, als Lizbeth fragt, wie lange es dauern würde. Ein Problem mit der Sicherheit, sagt sie.

Sie verbringt eine halbe Stunde in der Abflughalle. Dann eine weitere. Mit ausgetrockneter Kehle macht sie sich auf die Suche nach Wasser. Alle Läden haben die Lichter gelöscht und die Gitter heruntergelassen. Endlich findet sie eine Bar oder was am Flughafen dafür durchgeht: glänzendes dunkles Holz, Bilder von Baseballspielern aus den vierziger Jahren. Nichts anderes in Sicht. Ihre Knöchel sind schon geschwollen. Also bestellt sie und setzt sich in die Nähe des Tresens. Die Männer, die spärlich über den Raum verteilt sind – fast alle in Baumwollhosen und Halbschuhen –, sehen viel zu geschafft aus, um lüsternen Gedanken nachzuhängen.

Sie nimmt Hurricanes Foto aus ihrer Tasche, betrachtet es, steckt es zurück.

Im Fernseher in der Ecke laufen Aufnahmen mit Büroangestellten, und sie versinkt in den Farben, bis ihr der Kopf schwer wird und sie ruckartig in die Gegenwart zurückkommt. Sie blinzelt. Jetzt wird Werbung für ein Haarwuchsmittel gemacht.

Sie nickt wieder ein.

Dieses Mal sieht sie eine Reporterin, als sie hochschreckt. Sie steht vor der Glasfabrik von Tiffany.

Verwundert erhebt sich Lizbeth und tritt so nahe an die Bar, daß sie hören kann, was die Reporterin sagt.

»... richtig, Ted, es sieht leider so aus, als erlebten wir einen weiteren tragischen Abend hier in Queens.«

Ein Polizist läuft durch den Hintergrund des Bildes, und

eine Männerstimme fragt: »Können Sie uns sagen, was passiert ist, Marcia?«

»Wir kennen noch keine Einzelheiten, Ted«, sagt sie, »aber wir wissen, daß auf der 44th Avenue von Corona vor etwa dreißig Minuten ein Mann hispanischer Herkunft von einem Unbekannten erschossen wurde.«

»Ist die Identität des Opfers bekannt, Marcia?«

»Wie wir hören, soll es sich um den dreiundzwanzigjährigen Armand Pichardo handeln, Ted. Mehr ist zu diesem Zeitpunkt leider nicht bekannt. Wir versuchen natürlich, weitere Einzelheiten in Erfahrung zu bringen.«

Lizbeth dreht sich um, um festzustellen, wie die anderen Gäste reagieren – aber keiner schaut hin.

George Finer dreht das Schild in der Ladentür um: GESCHLOSSEN.

Zum ersten Mal seit Wochen scheint die Sonne, und obwohl sie noch nicht wärmt, freut sich Lizbeth an ihr, freut sich, in Essenville zu sein und auf dem Weg in den Venus Restaurant Diner zu Übergeschnappten Eiern. Heute sammeln auf dem Grünstreifen keine Gefangenen mit traurigen Gesichtern Abfall; man sieht nur das gemächliche Hin und Her von Leuten um die Mittagszeit.

»Ich habe die *Bösen Geister* zu Ende gelesen«, sagt George.

»Wirklich? Und?«

»Es gefiel mir. Es hat was.«

»Sagst du das aus Höflichkeit, George?«

»Nein. Dann würde ich sagen, es wäre mutig. Aber ich verstehe deine Bedenken.«

»Das Ende ist heftig, nicht wahr?«

»Ja, aber Kinder können das vertragen.«

Im Restaurant nehmen eine hochschwangere Frau und ihre Mutter am Tisch nebenan Platz. Lizbeth und die Frau lächeln sich zu, während beide nach der Karte greifen.

Die Kellnerin fragt: »Wonach steht euch heute der Sinn?«, und nachdem die Übergeschnappten Eier gekommen sind, beschäftigen sich Lizbeth und George erst einmal mit dem Essen.

Dann sagt er: »Weißt du eigentlich, daß der erste *richtige* Schnee auf dem Weg ist? Nächste Woche.«

»Ich hab's gehört«, sagt sie. »Immer wenn ich die Nachrichten einschalte, kommt etwas über Schneepflüge.«

Plötzlich beugt er sich über den Tisch und klopft ihr auf den Handrücken.

»Schau mal aus dem Fenster.«

»Wie bitte?«

»Schau aus dem Fenster, aber unauffällig.«

Lizbeth wendet den Kopf um 90° und spricht seitlich aus dem Mund.

»War das unauffällig?«

George gibt einen vorwurfsvollen kleinen Laut von sich, und draußen sieht sie einen schlaksigen Mann mittleren Alters, der sich bückt und einen *Expositor* aus der Verkaufsbox zieht.

»Was sehe ich eigentlich, George?«

»Was du siehst, Lizbeth, ist Lloyd Dreiz.«

»O George«, sagt sie. »Willst du nicht lieber deine Eier aufessen?«

Aber trotzdem kann sie sich nicht von dem Anblick abwenden. Lloyd Dreiz hat eingefallene Wangen und sieht aus wie eine Bohnenstange.

Als sie schließlich den Kopf dreht, befinden sich Georges Augenbrauen auf halber Stirnhöhe.

»Okay«, sagt sie. »In Ordnung. Was war sein Motiv?«

»Gina wollte ihn verlassen.«

»Ach, George, das ist abgeschmackt. Was würde dein Creative-Writing-Kurs dazu sagen?«

»Aber es stimmt. Sie hat viel Zeit mit einem früheren Freund in Pittsburgh verbracht ... und obwohl ich keine Ahnung habe, ob es sich dabei um eine Affäre handelte, schien

Lloyd das jedenfalls zu glauben. Er wurde beobachtet, wie er im Supermarkt hinter ihr herlief, nach Alkohol roch und ihr Vorwürfe machte. Es hieß, sie wolle Schluß machen. Und natürlich hätte sie das Haus und auch das Geschäft bekommen. Das wußte Lloyd.«

Lizbeth sieht noch einmal aus dem Fenster und betrachtet Lloyd Dreiz, der mit dem *Expositor* unter dem Arm davonschlendert.

»Du bist neugierig geworden! Ich sehe es dir an!«

»Genau, George. Nicht etwa, daß ich nur auf eine Marotte von dir eingehe.«

»Nein, ich weiß es. Du bist neugierig geworden.«

»Also gut. Sag mir, warum er nicht verhaftet wurde.«

»Nun, vielleicht hat es damit zu tun, daß Lloyd regelmäßig mit verschiedenen Polizisten jagen ging. Oder daß er der einzige aus Essenville war, der seinen Platz im Bowlingteam behielt, als die Aufseher es reformierten.«

»Keiner kommt mit dem Mord an seiner Frau davon, weil er in einem Bowlingteam ist, George. Das ist einfach nicht schlüssig.«

»Aber was sollte man ihm denn nachweisen? Eine Frau vergißt, ihre Tabletten einzustecken, oder ihr Mann nimmt sie ihr heimlich aus der Tasche? Wie soll man das feststellen können? Und darüber hinaus kam die Stadt gerade wieder auf die Beine. Junge Leute zogen hierher. Familien. Ein solcher Mordfall kam ungelegen. Also hat keiner nachgefragt.«

»O Mist!«

»Wie bitte?«

Lizbeths Hände wandern zu ihrem Gesicht, als Officer Sherwin Baines durch die Tür des Restaurants schlendert.

»Ich müßte eigentlich im Gefängnis sein«, sagt sie. »Ossery hat mir eine Nachricht hinterlassen. Sie haben mich auf einen anderen Tag gelegt, damit Wilson zum Arzt kann. O Gott. O Scheiße!«

Die Mutter der Hochschwangeren sieht Lizbeth mißbilligend an und bittet darum, in Gegenwart ihrer Tochter von derartigen Ausdrücken Abstand zu nehmen.

Direktor Sosa erlaubt ihr, am nächsten Tag zu kommen. Als sie auf den Parkplatz fährt, sind ihre Nerven schon am Flattern, ihre Hände auf dem Lenkrad feucht.

Es ist Officer Baines, der sie begleitet. Er bemerkt ihre Anspannung nicht und plappert unentwegt. Als sie unter den Zellen entlanglaufen, sagt er: »Seit heute morgen herrscht hier eine merkwürdige Stimmung.«

Ein Häftling, erzählt er, sei eine drei Meter hohe Treppe hinuntergefallen, als die Männer in den Hof gebracht wurden. Kopfüber.

»Wir haben das Videoband überprüft«, sagt Baines, »aber man konnte nichts erkennen, weil zu viele Männer im Weg standen.«

Lizbeth läuft hinter ihm her, hört nur halb zu.

»Wir vermuten, daß ihm jemand an einer passenden Stelle ein Bein gestellt hat. Als er unten aufkam, wurde er sozusagen *niedergetrampelt*. Kein schöner Anblick, kann ich Ihnen sagen.«

Er führt sie in den Verwaltungskorridor. Schlägt den Weg zum Anwaltszimmer ein. Sagt beiläufig: »Der Mann war das geborene Opfer. Häftling Rinser.«

Lizbeth bleibt wie angewurzelt stehen. Erinnert sich an den Mann aus Wilsons Abteilung. Den schreienden Geisteskranken. Die Erkenntnis trifft sie wie ein Schlag. *Er muß … Hat er etwa –*

Baines öffnet die Tür zum Anwaltszimmer.

Sie steht ihm gegenüber.

Er starrt an ihr vorbei und sagt nichts.

»Tut mir leid wegen gestern, Wilson.«

Er starrt an ihr vorbei.

»Es war mir einfach entfallen.«

Und dann: »Ich muß mich entschuldigen.«

Nichts.

Dann sieht er sie an.

»Wo waren Sie denn?« sagt er. »Allls … Sie hier sein sollten?«

»Ich war in Essenville. In einem Restaurant. Dann fiel es mir wieder ein.«

»Mittt … wem?«

»Mit wem?«

»Mit wem haben Sie gegessen?«

»Mit einem Freund.«

»Aha«, sagt er, »ein Freund. *Claro*. Ich verstehe. Deshalb behandeln Sie mich sssso unhöflich. Wie einen Hund … den man auf der Straße anleint. Und wwwenn man sich an ihn erinnert … ruft man einfach: ›Bei Fuß‹.«

Sein Fuß trommelt auf den Boden, seine Stimme wird immer bitterer.

»Sssagen Sie es nur, Lizbeth, wwwenn … ich Sie irgendwie gekränkt habe. Behandeln Sie mich nicht so. Spielen Sie nicht … mmmit mir. Beleidigen Sie mich nicht. Kommen Sie nicht her und sagen: ›Ja, Wilson, Sie sssind … sehr wichtig für mich‹ – und lllasssen mich dann fallen. Tun Sie das nicht, Lizbeth. Weil ich es nicht dulden werde.«

»Wilson, es war ein Versehen. Ich habe einen Fehler gemacht.«

»Aber vielleicht war es gar kein … Fehler. Vielleicht fffinden Sie Ihren Freund angenehmer als mich. Vielleicht wollten Sie Ihre Zeit lieber mit ihm im Venus Diner verbringen. So heißt doch das Restaurant, stimmt's? Wo die *jarabe* hingehen. Das verletzt mich, Lizbeth. Ich gebe Ihnen alles … und Sie lassen mmmich hier warten.«

»Wilson, ich habe es durcheinandergebracht. Das ist alles. Und es tut mir leid.«

Aber er dreht den Kopf weg. Bis sie sagt: »Ich war in Corona. Ich habe mit Hurricane gesprochen. Und mit Vater Peres.«

Sie sieht immer noch sein Profil, aber seine Lippen bewegen sich.

»Wie geht es ihnen?«

»Es geht ihnen gut. Ich soll Ihnen sagen, daß Sie vermißt werden. Mehr, als alle Worte ausdrücken können. Sie haben es auf spanisch gesagt, aber mein Akzent ...«

»*Más allá de palabras*«, sagt er. »Als die Royals anfingen, haben wir das gesagt. *Amor más allá de palabras.*«

Einen Augenblick erwägt sie, ihm von dem Mord bei der alten Glasfabrik zu erzählen. Statt dessen sagt sie: »Ich war auch am Linneaus Place. Es gibt inzwischen eine Straßenbeleuchtung.«

Er antwortet nicht.

»Wie war es beim Arzt? Haben sie das Problem gefunden?«

Nichts. Aus Gewohnheit stellt sie den Kassettenrekorder auf den Tisch. Packt eine neue Kassette aus. Er hat die Augen geschlossen. Als sie auf RECORD drückt, wendet er sich ruckartig zu ihr: »Lizbeth, ich mmmuß Ihnen etwas sagen. Ich glaube nämlich, daß ich mmmeine... Geschichte selber schreiben sollte.«

Er beugt sich vor, spricht direkt in den Kassettenrekorder.

»Am Anfang, als Sie Ihr... Projekt vorstellten, glaubte ich, eine rrrrichtige Autorin müßte mmmein Leben aufschreiben ... aber jetzt bin ich selber ein richtiger Autor... und Sie interessieren sich mehr für andere Dddinge. Also sollten wir es vergessen, und ich mache allein weiter.«

»Meinen Sie das im Ernst?«

»Natürlich. Obwohl ich sehr vvviel zu tun habe. Ich muß mich um *Die bösen Geister von Gramercy Park* kümmern, bevor sie in die Buchhandlungen kommen, und ich mmmmuß mich auch ... auf die Fortsetzung konzentrieren.

Ich habe so viele Ideen, *sabes*? Und dann die Interviews. Es werden immer mehr. Diese Zeitschrift, *Don Diva* ... sie wollen, daß ich eine Kolumne für sie schreibe. Verrückt. Und dann nnnoch die Website –«

»Die Website?«

»Ja. Ossery und ich wollen, daß sich die Leute über meinen Fall informieren können. Und dann könnte man noch Geld für die Projekte der Royals aufbringen: mit dem Verkauf von T-Shirts, Aufklebern oder CDs. Außerdem brauche ich eine Mmmenge Energie für die Überprüfung der Berufung ... sie kommt immer näher.«

Er macht eine Pause.

»Wenn ich es recht bedenke ... vielleicht brauche ich doch etwas Hilfe mit meiner Geschichte. Ich weiß es nicht genau. Vielleicht sssollten Sie ... mir noch einmal sagen, warum ausgerechnet Sie meine Geschichte erzählen wollen.«

»Ich glaube nicht, Wilson. Ich denke, wir sind über das Vorsingen hinaus.«

»Sie sollen mich nur daran erinnern, warum Sie hier sind, Lizbeth ... Wwwarum Sie eigentlich über Wilson Ulysses Velez schreiben wollten.«

Er sieht sie mit weit aufgerissenen spöttischen Augen an, und die nächste Sekunde ist eine Machtprobe. Beide warten darauf, daß der andere zuerst mit der Wimper zuckt, wollen wissen, wer alles Vorangegangene vergißt, den Kassettenrekorder ausschaltet und niemals wieder anschaltet, das Anwaltszimmer in der Gewißheit verläßt, daß es aus und vorbei ist.

»Aus dem gleichen Grund, aus dem ich jetzt über Sie schreiben will.«

Sie spricht so leise, daß er den Hals recken muß, um sie zu verstehen.

»Ihre Geschichte ist wichtig. Ihre Erfahrungen sollten festgehalten werden. Die Menschen müssen informiert werden.

Ich war der Überzeugung, daß mein Name und meine Leserschaft das garantieren könnten. Ich glaube das immer noch.«

»Danke, Lizbeth.«

Seine Augen glänzen.

»Und ich habe die ganze Zeit gggeglaubt ... der Grund wäre, daß sich Ihre Bücher nicht mehr verkaufen und daß Sie keine Ideen mehr haben.«

Ihr bleibt buchstäblich die Luft weg.

»Ich wußte es die ganze Zeit, Lizbeth. Es ist ... offenkundig. Sie sind leicht zu durchschauen.«

Er beugt sich vor und flüstert.

»Genauso offenkundig wie die Tatsache, daß Sie sich gerne etwasss in die Venen spritzen.«

Er lehnt sich zurück und sieht ihr direkt ins Gesicht.

»Gucken Sie doch nicht so. Ich habe in meinem Leben wwweiß Gott genug *tecatos* getroffen. Ich sehe doch, wie Sie jedes Mal zusammenzucken, wenn ich *chiva* erwähne. Ich vermute, Sie haben damit angefangen, allls Sie ... achtzehn waren. Neunzehn? Sie haben es sich im Central Park beschafft. Im Tunnel unter der Bethesda Terrace. Und Sie machen es immer noch. Sie spritzen zwischen die Zehen, damit es kkkeiner merkt.«

»Ich weiß nicht ... wie Sie dazu kommen –«

»Keine Angst, *dulzura*. Ich verurteile Sie nicht. Wie kkkönnte ich das? Ich hoffe nur, daß Sssie nun, wo Sie das Baby bekommen, damit aufgehört haben.«

Ihr Atem kommt jetzt in einem einzigen aufgeregten Schwall.

»Ach, Lizbeth, bitte. Ich weiß, daß Sie mich für dumm halten. Aber so dddumm bin ich nicht. Sie werden von Woche zu Woche rundlicher. Tragen weite Sachen wie ein Clown. Aber Ihre Hände ... schwellen nicht mehr an, stimmt's?«

Sie sieht auf ihre Hände, als sie spricht.

»Es sollte nie ein Geheimnis sein.«

»Ach so. Ich vermute, es hat sich einfach ... nicht ergeben. Der Freund, mit dem Sie im Venus Diner waren, ist er der Vater? ... Nein. Sie sind nicht mmmit dem Vater zusammen. Sonst würden Sie nicht so *infeliz* aussehen, wenn ich nach ihm frage. Also, wer ist es? Ein reicher Kkkerl aus Quince Hill?«

Er wartet nicht auf die Antwort.

»Keine Sorge, Lizbeth. Ich wwweiß nicht ... alles über Sie. Zum Beispiel, warum Sie so *fasziniert* sind ... wenn ich erzähle, was ich früher gemacht habe. Bei Ihrem Freund aus Essenville oder dddem Vater des Babys wäre das anders, was? Ganz bestimmt. Wwwissen Sie, woran Sie mich erinnern?«

Wieder wartet er nicht auf die Antwort.

»An die Mädchen aus Jackson Heights, die in unsere Gegend kamen, als ich sechzehn war. Sie hingen immer auf dddem Spielplatz ... an der Alstyne Avenue rum. Es waren fünf, vielleicht ein Jahr jünger als ich. Richtige puertoricanische Prinzessinnen. *Muy alzada*. Sie wackelten mit dem Hintern und liefen an mir vorbei, ohne mich eines Bbbblickes zu würdigen. Aber an jjjedem Wochenende rief eine von ihnen bei mir an und sagte: ›Ach, Three Vee, Three Vee, meine Eltern sind ausgegangen ... und ich bin ganz jieprig. Kannst du nicht herkommen, Baby?‹ *Sabes*? Ich war der letzte Dreck für sie, und gerade deshalb wollten sie mich. Geht es Ihnen auch so, Lizbeth? Mache ich Sie jieprig? Sind Sie jieprig nach Three Vee?«

Sie fühlt die Stuhllehne hart in ihrem Rücken.

»Sie müssen nicht glauben, daß Sie die einzige sind, Lizbeth. Ich weiß, daß Leute wie ich Leute wie Sie heiß machen. Solange wir brav in unseren Barrios bleiben oder in den Gefängnissen, können sie vergessen, daß wir ... Menschen sind. Aber dann kommen sie doch angekrochen und sind neugierig. Sie wollen wissen, wie wir leben, wie wir reden, wie wir sind. Es ist ddder ... Nervenkitzel, *sabes*?«

Er zuckt die Schultern, so weit es seine Ketten erlauben.

»Die Geschichten, die Sie schreiben, sind blödsinnig, habe ich recht? Immer dasselbe. Ein alberner Mordfall und die Botschaft: Da draußen gibt es jemanden, einen guten Menschen, der auch dem schrecklichsten, einsamsten Tod einen Sssinn geben kann. Er findet den Grund, der Tod wird erklärt … und dddann nimmt die Gerechtigkeit ihren Lauf. Eine dreckige Lüge. Das wissen Sie auch, und das wollen Sie nicht mehr. Deshalb sind Sie hier … und glauben, daß Sie verstehen können, was ich bin. Mit einem Nachmittagsspaziergang in Corona und einem bbbescheuerten Slang-Wörterbuch.«

»Das ist unfair«, sagt sie, und ihre Stimme ist leiser denn je.

»Das ist unfair! Sie sssollten sich mal hören. Ihr ganzes Leben basiert auf Schwachsinn und Lügen, und wenn man Ihnen das sssagt, fangen Sie an zu jammern. Das ist unfair! O Mann!«

»Sie können mich mal!«

Sie bewegt sich nicht, spricht aber lauter.

»Sie halten mich für eine Heuchlerin? Und was sind Sie? Sie faseln Reportern was von Ihren Leuten vor. Mein Gott, Wilson! Meinen Sie den Dreizehnjährigen, dem man die Tattoos aus der Haut geschnitten hat, weil er angeblich mit einem Bullen geredet hat? Er gehört zu *Ihren* Leuten. Oder meinen Sie die Verlobte des jungen Mannes, dem man in die Knie geschossen hat? Auf der Verlobungsfeier? Auf Ihren Befehl? Sie gehört zu ihren Leuten.«

Ihr Zorn treibt sie an.

»Die Familien, für die Sie in der *Times* so bewegende Worte finden, Wilson, die mit sechs Dollar Stundenlohn über die Runden kommen müssen … haben die eigentlich darum gebeten, daß sich ein krimineller Drogenhändler zu ihrem Sprachrohr macht?«

Er zuckt mit keiner Wimper.

»Wwwenn Sie sich so für diese Familien interessieren … warum schreiben Sie nicht ein Buch über *sie*?«

Aber dann verschwindet die Verachtung aus seiner Stimme.

»Ich hhhabe Ihnen das schon so oft gesagt, Lizbeth ... ich habe dieses Leben hinter mir gelassen. Und Sie haben selbst gesehen, wasss aus den Royals geworden ist.«

»Klar. Nach sechs Jahren unter Hurricanes Leitung.«

Sie ist noch nicht fertig.

»Übrigens«, sagt sie, »ich habe gehört, daß Ihr Wunsch in Erfüllung gegangen ist. Diesem Rinser *ist* etwas zugestoßen.«

Er sagt nichts. Schaut sie lediglich an. Dann: »Ich habe es gesehen, ja. Ein schrecklicher Unfall. Ggganz schrecklich. Ddda habe ich gemerkt, daß ich ihm gar nichts Böses gewünscht habe.«

Er seufzt und blickt nach unten. Es dauert eine Sekunde, bis er wieder aufsieht.

»Ich gebe zu«, sagt er, »was ich gesagt habe ... wwwar unfair. Sie wissen, was Angst ist, und Sie kennen den Schmerz. Das merkt man Ihren Geschichten an.«

Er schlägt einmal mit dem Fuß auf.

»War es eigentlich schwer für Sie, Queens zu besuchen?«

»Warum das?«

»Der City Slicker. Er hattt sie doch nach Queens verschleppt?«

»Ich bin seitdem öfter durch Queens gefahren, Wilson. Das ist kein Problem.«

»Er hat Sie in den Queens Bridge Park gebracht, richtig?«

»Richtig. Auf das unbebaute Gelände daneben. Am Ufer.«

»Aber überfallen hat er Sie in Manhattan?«

»Ja.«

Sie sieht, daß er den Kopf neigt, und ist froh über den Themenwechsel.

»Mein Freund und ich hatten ein Zimmer in der Varick Street. Ich war auf dem Weg nach Hause.«

»Wwwar das der Freund, mit dem Sie in der Band waren?«

»Ja. Mein Dad bezahlte die Miete, und ich habe zwischendurch als Kellnerin gejobbt, damit es reichte.«

»Waren Sie –«

»Auf Drogen? Ja.«

»Und in der bewußten Nacht – waren Sie high?«

»Nein. Ich kam von einer Freundin; sie jobbte in demselben Restaurant wie ich. Sie hatte diese irre Wohnung in Bridgemarket. Es war spät, zwei Uhr morgens, und es war mitten im Februar – eisig kalt. Ich wollte schnell nach Hause. Und plötzlich kommt dieser Kerl aus einem Hauseingang und überfällt mich. Bevor ich überhaupt nach meinem Tränengas greifen konnte, spürte ich Metall zwischen den Rippen.«

Wilson sagt nichts. Hört nur aufmerksam zu.

»Dann hörte ich seine Stimme. Er sagte nur: ›Der Transporter.‹ Nicht: ›Steig in den Transporter.‹ Nur: ›Der Transporter.‹ Der Wagen parkte um die Ecke. Der gelbe Transporter, von dem wir alle gelesen hatten.«

»Scheiße. Der gelbe Transporter. Alle Mädchen, die ich kannte, hatten Angst ... vorrr diesem Transporter.«

»Genau. Also, da stand er. Dann kann ich mich an nichts mehr erinnern. Ich weiß nur, daß ich im hinteren Teil des Wagens aufwachte.«

Sie sieht, wie Wilson nickt.

»Es war stockdunkel. Mein Kopf fühlte sich klebrig an, und ich wußte, daß ich sterben würde. Aber er war verschwunden. Als ich aufwachte, war er nicht da. Also tastete ich im Dunkeln herum, bis ich die Türen fand, und dann habe ich mit aller Kraft dagegen gestoßen, immer wieder, bis eine von ihnen aufging. Dann war ich plötzlich draußen und rannte. Ich konnte nicht richtig sehen, weil ich eine Gehirnerschütterung hatte, aber ich konnte undeutlich die Lichter auf der Brücke erkennen und habe es bis dort geschafft. Dann kam ein Auto vorbei, aber es fuhr an mir vorbei. Die ganze Zeit über hatte ich eine panische Angst, daß er mich einholen würde. Endlich kam noch ein Auto ... und dieses Mal habe ich mich mitten auf die Fahrbahn gestellt und geschrien, bis es anhielt.«

Sie blickt an die Decke.

»Am nächsten Tag habe ich die Nachrichten gesehen. Sie sagten, ich hätte ein Riesenglück gehabt.«

»Ihr Freund muß sehr erleichtert ... gewesen sein.«

»Ich schätze mal, ja. Er war so ziemlich das größte Arschloch der Welt, aber klar ...«

»Und dann steckt sich der City Slicker eine Kanone in den Mund ... und macht Schluß.«

»Ja.«

»Hatten Sie nicht das Gefühl, daß er der gerechten Strafe entgangen ist?«

»Ich war nur froh, daß es vorbei war.«

»Ich nehme an, es hhhat geholfen ... das Buch zu schreiben, richtig?«

»Das stimmt.«

Er saugt an seiner Unterlippe.

»Aber eins verstehe ich nicht – wwwieso sind Sie um zwei Uhr morgens allein durch Bridgemarket gelaufen? Dddas ist ... einfach verrückt.«

»Klar. Aber ich war schon mehrmals dort gewesen, und es hatte immer Taxis gegeben. Immer. Auch mitten in der Nacht. Es lag nämlich direkt an der Brücke. Die Taxis, die jemanden nach Queens gebracht hatten, kamen auf diesem Weg zurück. Ich dachte, ich würde sofort ein Taxi finden.«

»O Mann! Das ist so verdammt ... dumm, Lizbeth. Selbst die dümmsten Mädchen, die ich kannte, hätten das nicht gemacht. Ich meine, es ist geradezu unglaublich.«

»Ehrlich gesagt, ich war damals ein bißchen dumm. Darüber haben wir ja schon gesprochen.«

Wieder saugt er an der Unterlippe. »Warum hat er eigentlich ein weißes ... Mädchen genommen? Vorher waren es nur Schwarze oder Latinas. Und dann Sie.«

»Er hat auch weiße Freundinnen gehabt.«

»Wirklich?«

»Ja.«

Er schüttelt den Kopf.

»Aber warum hat er Sie allein im Transporter gelassen?«

»Ich war bewußtlos.«

»Das war aber ein bescheuerter Fehler, wasss? Beinahe noch dümmer, als allein durch Bridgemarketttt … zu laufen. Man überfällt ein Mädchen, sperrt es in einen Transporter, dann parkt man den Wagen und haut ab …«

»Die Polizisten haben gesagt, daß er immer eine Zigarette geraucht hat, bevor er … es zu Ende gebracht hat. Sie meinten, er sei zu einem Laden gerannt, um welche zu kaufen.«

»*Mann*. Was für ein Idiot.«

»Nun … er wurde immer unvorsichtiger … mit jedem Überfall. Vielleicht wollte er sogar erwischt werden. Das gibt es.«

»Sicher. Wie im Fernsehen, was?«

Er hebt die Hände in den Handschellen und spreizt die Finger, bis seine Hände Seesternen gleichen.

»Ich werde noch an einem Scheißblutgerinnsel sterben, *sabes?*«

Er wiederholt die Bewegung.

»Darf ich Sie etwas fragen, Lizbeth? Was haben Sie eigentlich gedacht … als Sie von dem gelben Transporter wegrannten?«

»Ich habe an die Aussicht von meiner Feuertreppe in der Varick Street gedacht. Kurz vor Sonnenuntergang war sie besonders schön. Ich habe daran gedacht, wie ein Eis am Stiel schmeckt und welchen Spaß es macht, Kleider einzukaufen und zu tanzen, wenn gute Musik im Radio kommt … an alles, was ich nie wieder haben würde, wenn dieser Bastard mich einfängt.«

Wilson saugt an der Unterlippe. Einmal, zweimal, dreimal –

»Okay, Lizbeth, ich sage Ihnen, was ich denke. Es wäre falsch, dasss nicht zu tun. Ich denke, Sie haben mir eine Menge … Schwachsinn erzählt. Ich denke, all das ist überhaupt nicht passiert.«

Er läßt sich nach vorn fallen.

»Als Sie über Ihre Mutter gesprochen haben, war der Schmerz echt. Bei … Leon Slocomb auch. Ich weiß, wie Leute aussehen, die große Angst haben. Aber diese Geschichte? ›Ich dachte an Sonnenuntergänge und Eis am Stiel.‹ Das ist nicht echt. Das ist Kitsch.«

»Okay, Wilson, wissen Sie was? Ich habe mir angehört, was Sie zu sagen hatten. Aber das hier ist … zu viel.«

»Da haben Sie vollkommen recht, Lizbeth. Es ist Okay, wenn Sie lügen, was das *chiva* betrifft … aber vorzugeben, daß dieser Psychopath Sie überfallen hat, dasss ist hinterhältig. Die Sachen, die er mit Gabriela Linares gemacht hat … aber das wissen Sie natürlich. Sie haben das Material fffür Ihr Buch verwendet. Für das Buch, das Sie zu dem gemacht hat, wasss Sie sind.«

Sie stellt den Kassettenrekorder ab und steht auf.

»Ich lasse mir das nicht gefallen.«

»Zu blöd, daß Sie sagen mußten, er hat sie einfach in dem Transporter zurückgelassen. Dasss verhunzt die ganze Geschichte, was?«

Sie bewegt sich nicht.

»Aber sonst funktioniert es nicht. Er muß Sie überfallen, aber er darf nicht dasss mit Ihnen machen, was er den anderen Mädchen angetan hat. Den wirklichen Opfern. Sie müssen unbeschadet daraus hervorgehen. Das ist ein Problem. Deshalb *muß* er Sie im Transporter liegenlassen. Natürlich nicht gefesselt. Sssie liegen einfach da.«

Sie ist immer noch nicht gegangen.

»Aber die Leute nehmen den größten Mist hin, habe ich recht? Wenn sie etwas glauben wollen, dann glauben sie es.

Und ignorieren, was nicht dazu paßt. Und bevor irgend jemand der Sache auf den Grund geht, steckt sich der *pendejo* seine Pistole in den Mund. Superrrr. Sie hatten wirklich Glück!«

Jetzt schreit er.

»All diese Mädchen sind tot, und Sie hatten Glück. Sie haben bestimmt gedacht, Sie sind schlauer allls alle anderen. Eben etwas Besonderes. Und dann haben Sie diese Idee für das Buch –«

»Das hatte nichts damit zu tun.«

Sie steht immer noch, aber sie sieht ihn nicht an.

»Es war ein ganz dummer Fehler. Und er ist zu etwas geworden, das ich nie beabsichtigt hatte.«

Sie sieht einen Aufseher durch das Sichtfenster gucken, aber sie signalisiert ihm, daß alles in Ordnung ist.

»In Bridgemarket haben wir uns den Stoff besorgt. Der Mitbewohner meiner Kollegin war unser Dealer. An diesem Abend gingen mein Freund und ich gemeinsam hin; der Mitbewohner sollte um neun kommen. Aber er tauchte nicht auf. Also saßen wir den ganzen Abend da und warteten. Meine Kollegin und mein Freund tranken Cola mit Rum, aber mir wurde schlecht davon. Ich war als einzige nüchtern. Es wurde immer später, und mir war klar, daß nichts mehr laufen würde, außerdem mußte ich am nächsten Morgen in die Uni, aber mein Freund wollte nicht gehen. Er und meine Kollegin waren inzwischen stockbesoffen und fingen an zu knutschen, und ich sagte immer wieder: ›Adrian, laß uns gehen. Ich will nach Hause.‹ Die beiden lachten nur. Bis ich schließlich aufstand und mich anschickte zu gehen. Ich glaubte, er würde mitkommen. Schließlich wußten wir, daß sich irgendwo da draußen dieser verdammte Psychopath rumtrieb. Aber nein. Er rief mir nur zu, ich solle ihm genügend heißes Wasser übriglassen, damit er duschen könne, wenn er nach Hause käme. Und dann ging ich los und war verdammt sauer … *zor-*

nig, wissen Sie? Ich ging nach unten und starrte auf den Fluß und dachte, das wird er mir büßen.«

Ohne ihn anzusehen, setzt sie sich wieder hin.

»Also lief ich den ganzen Weg über die Brücke. Die Kälte biß mir ins Gesicht, mit jedem Schritt wurde ich wütender, und sobald ich in Queens war, ging ich zum Ufer und stieß meinen Kopf zweimal gegen eine Mauer. So fest ich konnte. Ich kriegte eine Mordsangst, weil ich glaubte, ich hätte mich ernsthaft verletzt. Ich taumelte und blutete am Kopf. Dann wartete ich, bis ich wieder sehen konnte, und rannte zur Brücke zurück. Ein Mann hielt an und suchte mit mir nach einem Polizisten. Ich dachte nur an meinen Freund und wie ich es ihm heimzahlen wollte ... Erst als ich meine Aussage machte, kam ich zur Besinnung und dachte: ›Scheiße‹. Aber da war es schon zu spät. Alles war schon in Gang. Was sollte ich tun? Etwa die Wahrheit sagen? Nein, ich blieb bei der Geschichte und erzählte sie auch den Reportern. Ich hatte natürlich Angst, daß sie Cazet verhaften würden. Was, wenn er alles gestand? Dann würde er mich ansehen und sagen: ›Wer zum Teufel ist das?‹ Als wir hörten, daß er tot war, nahm meine Schwester mich in den Arm. ›Jetzt brauchst du dich nicht mehr zu fürchten‹, sagte sie. Sie wußte nicht, wie recht sie hatte ...«

Sie sieht auf, trifft seinen Blick und schlägt die Augen nieder.

»Und allmählich eignet man sich die Geschichte an. Es ist nicht so, daß man anfängt, sie zu glauben, überhaupt nicht. Aber es wird immer leichter, sie zu erzählen. Und wenn man zwei Jahre gebraucht hat, um den ersten Roman zu schreiben, und nur 1200 Exemplare verkauft hat ... und Inchy sagt: ›Honey, hast du je daran gedacht, etwas *Persönlicheres* zu schreiben?‹, liegt der nächste Schritt auf der Hand.«

Wilson blickt sie an und ist versucht, den Aufseher zu rufen, weil sie am ganzen Körper so zittert, daß er befürchtet, sie könnte vom Stuhl fallen.

12

Die Ärztin steht über Lizbeth und lächelt: »Haben Sie sich entschieden?«

»Ja«, sagt sie. Und einen Moment später: »Ich möchte es nicht wissen.«

Dann reibt die Helferin das Gel auf Lizbeths Bauch, und Lizbeth starrt an die Decke und denkt an nichts, bis sie den merkwürdigen Druck des Schallkopfs spürt.

»Gut«, sagt die Helferin. »Wenn ich etwas sehe, was auf das Geschlecht hinweist, sage ich Ihnen Bescheid, und Sie gucken einfach weg.«

Lizbeths Augen sind auf den Monitor gerichtet, wo sie – statt der undeutlichen Mondbohne, die bislang zu sehen war – einen Kopf mit einem halb ausgeprägten Gesicht erkennt. Und Arme, Hände, Finger, Fingerspitzen.

Nichts existiert auf der Welt außer ihr/ihm.

»O Gott«, sagt Lizbeth.

Die Helferin schiebt den Schallkopf auf ihrem Bauch weiter nach oben.

»Haben Sie das gespürt?«

»Was? Was gespürt?«

»Es hat gerade seinen Kopf bewegt.«

»Wirklich?«

»Es macht nichts, wenn Sie es nicht gemerkt haben. Es war nur ganz wenig. Das Ohr des Fötus nimmt die Schallwellen wahr, und manchmal reagiert er darauf mit Bewegung.«

Lizbeth lächelt, und erst jetzt merkt sie, daß ihre Tränen fließen.

Der Kassettenrekorder steht vor ihr, ist aber nicht angestellt. Sie sieht ihre Notizen durch und starrt auf ihr Gekrakel. Sie blättert zurück und fängt noch mal von vorne an.

Seit sechs Minuten sitzen Lizbeth und Wilson im Anwaltszimmer. Während dieser Zeit hat sie weder etwas zu ihm gesagt noch ihn angesehen. Ihre Nerven flattern schon, wenn sie nur hört, daß er sich auf dem Stuhl bewegt. Dann: »Vielleicht könnten wir dieses Treffen dazu nutzen, über die Einzelheiten Ihres ersten Jahres in Moxanie zu sprechen.«

Er antwortet nicht, und sie sieht nicht auf.

»Ansonsten fehlen mir einige Informationen zu der Zeit, als sich die Royals erstmals über New York hinaus ausbreiteten. Wenn Sie es vorziehen, könnten wir noch einmal über dieses Thema sprechen.«

»Ich kann Ihnen helfen.«

Zur Bekräftigung klopft er mit den Füßen auf den Boden.

»Ich spreche von Ihren Lügen. Dabei kann ich Ihnen helfen.«

Jetzt sieht sie ihn an.

»Sagen Sie, Lizbeth, wann ... haben Sie das llletzte Mal etwas Verbotenes getan?«

»Bitte, Wilson«, sagt sie. »Nicht noch mal ...«

»Kein Verkehrsdelikt. Etwas richtig Verbotenes.«

»Keine Ahnung.«

»Das kann doch nicht so schwer sein. Sie müssen doch wissen, wann Sie zum letzten Mal *chiva* genommen haben. Oder besser, wann Sie das letzte Mal *chiva gekauft* haben.«

»Ich kaufe es nicht selber. Jemand tut das für mich.«

»Was! Lizbeth, das ist ja dermaßen ... krank. Sie haben jemanden, der das für Sie tttut? *Dios mío.*«

Er gibt einen verächtlichen Laut von sich und schüttelt den Kopf.

»Also, wie ich es sehe, sind Sie eine Betrügerin. Ihr Leben basiert auf Lügen, und Sie schreiben, ohne Ihre Charaktere zu kennen. Dasss … ist Ihr Problem. Aber ich habe eine Idee. Sie stammt sogar aus einem Ihrer Bücher. Aus *Nachtblind*. Kapitel Acht.«

Keine Antwort.

»Bitte, Lizbeth. Es ist Ihre Geschichte … Kapitel Acht. Enschell ist so verwirrt, daß er glaubt, er kann den Fffall nicht lösen. Der Atlas-Killer hat … noch jemanden umgebracht, und Enschell kann kein Muster dahinter erkennen. Er ist ssso fertig, daß er sich in einer miesen Bar betrinkt und eine BMW klaut. Mit diesem Motorrad unternimmt er eine Spritztour durch die Stadt … und dann kommt er auf die Lösung.«

Er räuspert sich.

»Um ehrlich zu sein, ich ffffand es etwas abgedroschen. Der Polizist löst den Fall, indem er zum Kriminellen wird und blah blah blah, *sabes*? Aber letzte Nacht habe ich daran denken müssen. Und an Sie. Also, hier ist mein Vorschlag –«

Er beugt sich über den Tisch.

»Darf ich Ihren … Stift bbbenutzen?«

Sie blickt ihn verständnislos an, und er wiederholt die Frage, wobei seine Augen zu der Kamera an der Decke wandern. Also reicht sie ihm den Stift und schiebt ihr Notizbuch näher an ihn heran. Er rutscht nach vorn und schreibt schwerfällig, weil die Handschellen ihn behindern.

Sie dreht das Notizbuch um und liest:

BRECHEN SIE EIN GESETZ

»Ich erwarte nichts Unrealistisches«, sagt er. »Irgendeine Kleinigkeit. Lizbeth, dasss … wird Ihren Geschichten bringen, was ihnen fehlt. Etwas Herzblut, *sabes*? Was Sie bei mir finden wollten. Hier ist Ihre Chance.«

Er legt den Stift auf den Tisch. Sie nimmt ihn wieder an sich.

»Dann weiß ich auch, daß Sie Ihre Lllügen bedauern, und brauche niemandem davon zu erzählen.«

»Wilson, ich kann nicht –«

»Bitte verstehen Sie mich, Lizbeth. Ich will Ihren Ruf nicht ruinieren. Aber ich mag keine Geheimnisse. Sie sind schlecht für die Seele. Außerdem müssen Sie bedenken, dddaß ich einer Person mein ganzes Leben erzählt habe, die nicht ist, was sie zu sein ... vorgibt. Ich nehme an, Sie möchten mir bbbeweisen, daß es Ihnen leid tut. Sie möchten mein Vertrauen ... zurückgewinnen.«

Sie senkt die Augen und blickt auf seine ungelenken Buchstaben. Er lehnt sich zurück.

»Also ... wwwas meinen Sie? Was könnten Sie tun, um das zu erreichen?«

Ausfahrten zu Städten, von denen sie nie gehört hat, tauchen auf und verschwinden, als sie im schiefergrauen Licht des frühen Abends nach Westen fährt, den Fuß auf dem Gaspedal, Essenville im Rücken, die Grenze zu West Virginia vor sich. Sie hat eine CD eingelegt (King Tubby: *Tubby Get Smart*). Mehr als einmal wechselt sie die Spur, um abzufahren, aber immer wieder sagt irgend etwas im letzten Moment: *Noch nicht.* Also fährt sie weiter, Meile um Meile.

Noch nicht. Noch nicht. Noch nicht.

Schließlich nimmt sie eine Ausfahrt. Registriert nicht einmal den Namen der Stadt, die gesichtslos ist und mitten im Wald liegt. Langsamer Verkehr quält sich durch die Straßen; an einer Ecke entdeckt sie einen Supermarkt. Zum Glück ist es kein *Sheetz* mit fröhlicher roter Fassade, dessen Belegschaft von Dave Urkoff geschult worden ist und dessen Gewinn dazu beiträgt, Lizbeths Neffen und Nichten großzuziehen.

Nur ein *Unimart.*

Sie stellt den Wagen ab. Hüllt sich fester in den Mantel und hört das leise Klappern ihrer Schritte auf dem Parkplatz.

Als ich jung war, habe ich manchmal geklaut, hat sie gesagt.

Na bitte, hat Wilson geantwortet.

Im Inneren des Ladens lungern zwei Jugendliche in der

Nähe der Snackbar herum, während zwei pummelige Verkäuferinnen mit den Augen rollen. An einer Wand steht ein Kühlregal mit Sandwiches. Ein älterer Mann steht wie angewurzelt davor und starrt auf ein Plakat mit einem Riesen-Truthahnsandwich.

Einer der Jungen fummelt in seiner Jackentasche herum, als Lizbeth vorbeikommt, und sie hört, wie die erste Verkäuferin zu ihm sagt, daß das Rauchen im Laden verboten ist.

Tun Sie es heute, hat Wilson gesagt. Dann kommen Sie her und erzählen mir, wie es war. Aber lügen Sie mich nicht an. Wenn Sie lügen, Lizbeth, merke ich es. Und dann ist alles vorbei.

Sie läuft an dem ersten Gang vorbei, er ist randvoll mit Chips und Salsasoßen. Geht zum zweiten. Die Süßigkeiten. Sieht zu den Verkäuferinnen hinüber. Der alte Mann ruft ihnen etwas zu. Er will wissen, wieviel ein Kaffee und ein Muffin kosten.

Sie weiß nicht, was größer ist: ihre Angst oder das Gefühl der Absurdität. Schokoladenriegel. Sie betrachtet sie. Welchen soll sie nehmen? Ihr Blick wandert umher und fällt auf die Mounds. Wilsons Lieblingsriegel. Hat das etwas zu bedeuten? In ihrer Hand zuckt es.

Die Schlagzeilen werden gnadenlos sein, das weiß sie. ERFOLGSAUTORIN BEIM GRIFF INS REGAL ERWISCHT. Inchy Burden wird vor einem Gerichtsgebäude eine Erklärung verlesen und den Vorfall mit Streß und einem bedauerlichen Mißverständnis erklären. Lizbeths Name wird in tausend nächtlichen Talkshows fallen, ihr Leben wird öffentlich auseinandergenommen werden.

Drei achtundvierzig, sagt die zweite Verkäuferin.

Aber es ist nur eine Frage der Nerven. Man darf nicht an die Folgen denken. Nicht anders, als ginge man im Meer schwimmen oder bestiege ein Flugzeug.

Sie tritt so nah wie möglich an das Regal heran und streckt

die Hand nach einem Mounds aus. Die Verpackung knistert in ihrer Handfläche, bevor sie die Finger schließt. Dann zieht sie die Hand zurück und läßt den Schokoriegel in der Manteltasche verschwinden. Atmet aus.

An der Snackbar sagen oder tun die beiden Jugendlichen etwas (Lizbeth ist zu weit entfernt, um mitzukriegen, was es ist), und die erste Verkäuferin droht damit, sie rauszuschmeißen.

Lizbeth geht in den nächsten Gang. Reinigungsmittel. Diesmal zögert sie nicht, sondern nimmt ohne Umschweife ein Spray mit Zitronenduft aus dem Regal und steckt es in die Manteltasche.

Der alte Mann am Kühlregal fragt, *Habt ihr auch welche mit Schokolade?*

Jetzt ist sie am Kühlschrank, der sie um Haupteslänge überragt. Hier ist sie den Blicken stärker ausgesetzt als in den Gängen. Die Verkäuferinnen müßten lediglich herübersehen. Aber inzwischen hat es sie gepackt. Es ist wie ein Fieber. Unvorstellbar, daß sie geht, ohne es versucht zu haben.

Sie dreht sich nicht um, als sie die Tür zur Seite schiebt, nach einer Büchse 7-Up greift und sie in die Manteltasche stopft, die inzwischen prall gefüllt ist.

Die zweite Verkäuferin sagt: *Nee-eh. Sind alle weg.*

Sie ist fertig. Wendet sich zum Ausgang und geht zielstrebig an dem alten Mann, dem Poster mit dem Riesen-Truthahnsandwich und den herumlungernden Jugendlichen vorbei. Die Verkäuferinnen sehen sie an, als hätten sie überhaupt nicht bemerkt, daß sie hereingekommen ist. Sie verläßt den Laden und läuft über den Parkplatz. Keine Alarmglocke schrillt, keine Hand legt sich auf ihre Schulter.

Und dann ist sie wieder im Auto.

Einen Augenblick sitzt sie ganz still, bevor sie ihre Taschen ausleert. Sie legt alles auf den Beifahrersitz. Betrachtet es, als hätte sie es nie zuvor gesehen.

Dann jauchzt sie auf. Schlägt mit den Fäusten in die Luft.

Stößt so laute Freudenschreie aus, daß sie das Telefon in ihrer Handtasche zuerst nicht läuten hört.

»Oh, hallo ... Natürlich ... Klar ... Dieses Wochenende paßt mir gut ... Nein wirklich, ich möchte mitkommen. Ich habe doch gesagt, daß ich ihn besuchen will, und –«

Sie wirft einen Blick auf den *Unimart*. Läßt den Wagen an.

»Sicher ... Ich komme Freitag abend zu euch, und dann können wir am Samstag zusammen hinfahren ... Okay ... Klar ... Genau ... Ach, du hast es zu Ende gelesen? ... Wirklich? ... Das freut mich ... Du kannst mir am Freitag erzählen, ob es Kyle auch gefallen hat –«

Als sie anfährt, wirft sie einen letzten langen Blick auf den Laden.

»Paß auf, Mame, ich muß los ... hm ... Du auch.«

In kürzester Zeit ist sie wieder auf dem Highway. Erst, als sie schon halb in Essenville ist, muß sie auf dem Seitenstreifen anhalten.

George gibt im Venus Restaurant Diner ihre Bestellung auf, und dann erzählt er Lizbeth, daß er am Abend zuvor an ihrem Haus vorbeigefahren sei. Er habe schon hereinschauen wollen, als er merkte, daß keine Lichter brannten.

»Ich war nicht da«, sagt sie. »Ich war zum Essen bei den Sosas eingeladen.«

»Ah«, sagt er. »Joan Sosas sagenhafte Fleischpastete.«

Sie wendet den Kopf zum Fenster und schaut auf die Straße. Betrachtet die Gesichter der Passanten.

»Paßt dir das?«

»Wie bitte?« sagt sie. »Ich bin heute etwas ... daneben.«

»Aber es bleibt bei heute abend?«

Sie weiß nicht, was er meint.

»Filme und Popcorn. Bei mir. Heute abend.«

»Filme und Popcorn. Bei dir. Heute abend. Klar. Sicher. Ich komme.«

»Ich muß dich allerdings vorwarnen. Ich habe alten Freunden aus Portland von dir erzählt. Zuerst glaubten sie, ich wäre völlig übergeschnappt, aber dann haben sie mir ihre Bücher geschickt und –«

»Ich stelle sicher, daß meine Signierhand geschmeidig ist –«

Ihre Stimme wird nachdenklich.

»George, hast du in deinem Beruf jemals gelogen?«

»Du meinst im Laden? Gegenüber einem Kunden? Ich glaube nicht. Nein, wirklich nicht –«

Panik breitet sich auf seinem Gesicht aus.

»Warum? Was hast du gehört?«

»Nichts«, sagt sie. »Vergiß es. Wirklich.«

Sie glaubt schon, ihre Frage näher erläutern zu müssen, als vor dem Fenster die Rettung naht.

Lloyd Dreiz wartet an einer roten Ampel in seinem silbernen Hummer, den Ellenbogen im Fenster, eine Zigarette zwischen den Fingern. Er zieht daran und schnippt die Asche auf die Straße. Das Radio plärrt.

Georges Gesichtszüge verhärten sich.

»Was hat er vor?« fragt Lizbeth. »Hat er eine heimliche Geliebte und trifft sich mit ihr in der Mittagspause? Oder besucht er etwa das Grab eines weiteren Opfers?«

»Ich würde denken, er geht irgendwohin zum Schießen und dann besäuft er sich bis zur Bewußtlosigkeit.«

Er beugt sich über den Tisch.

»Siehst du. Du tust nur so, als hältst du die Mordtheorie für Quatsch. In deinem tiefsten Inneren weißt du, daß was dran ist.«

»Glaubst du?«

»Ja. Sicher.«

Sie wendet sich wieder zum Fenster. Sieht hinaus.

»Vielleicht.«

»Ich wußte es! Ich wußte es! Habe ich also deine Erlaubnis, die Sache weiterzuverfolgen?«

»Ja, George«, sagt sie. »Du hast meine Erlaubnis.«

Die Kellnerin kommt mit ihrem Essen, aber sie bemerken es gar nicht. Beide beobachten fasziniert, wie die Ampel auf Grün springt und Lloyd Dreiz davonbraust.

Er hat sich einen Schnurrbart wachsen lassen. Ein makelloser schwarzer Strich wie der Schnitt eines Chirurgen, der sich an den Mundwinkeln nach unten biegt. Ein paar Zentimeter unterhalb des Mundes verbreitert er sich und endet.

»Hören Sie mmmir... überhaupt zu?«

Sie sieht auf, und Wilson sieht ihr ins Gesicht.

»Oh, Lizbeth. Anscheinend sind Sie ganz woanders. Schon wieder.«

Sie greift nach dem ersten besten Gedanken.

»Ich sehe, Sie haben sich einen Schnurrbart wachsen –«

»Mögen Sie ihn?« fragt er.

»Sicher. Ich meine, er ist ... markant.«

Er nickt, schließt einen Moment die Augen.

»Danke. Ein sehr guter Freund von mir hatte sssso... einen Schnurrbart, damals in Corona. Als er vielleicht achtzehn war. Es war eine Art Erkennungszeichen für diesen *sehr guten Freund.* Sie verstehen, was ich meine?«

»Sicher.«

»Nun ... eines Nachmittags überquert mein guter Freund die 99th Street und sieht einen Royal namens Miji. Und dieser Miji trägt gggenau denselben Bart. Ganz schön verrückt, *sabes*? Eine echte Unverschämtheit. Aber mmmein Freund wollte dem anderen noch eine Chance geben. Also erklärte er ihm die Situation. Daß es *sein* Schnurrbart war. Sein Erkennungszeichen. Und Miji verstand die Botschaft auch. Sagte, es täte ihm leid. Er würde soforrrrt nach Hause gehen und sich ... rasieren.«

Wilson schnalzt bei der Erinnerung mit der Zunge.

»Aber ein paar Tage später hat er den Schnurrbart immer

noch. Mein Freund ist alles andere als glücklich. Klllar. Er sagt ihm noch mal, daß er sich rasieren soll ... unbedingt. Aber es nützt nichts. Eine Woche später taucht Miji auf einer Geburtstagsfeier auf! Mmmit Schnurrbart! Steht da und streicht sich mit der Fingerspitze darüber, als wolle er alle darauf aufmerksam machen! Ddda wußte mein Freund ... daß er sein Mißfallen deutlicher ausdrücken mußte.«

Er dreht den Oberkörper nach rechts und nach links.

»Am nächsten Morgen klingelt es, Miji öffnet die Tür, und da steht mein ggguter Freund. Er tritt ein und rasiert Miji. Mit einem Jagdmesser. Da er kein Friseur war, kkkkonnte er natürlich nicht so sauber arbeiten. Man könnte sogar sagen, es warrr eher unschön. Aber eins ist sicher ... Miji hat sich nie wieder einen Bart stehen lassen.«

Er lächelt. Nicht lange, aber lange genug. Ein befriedigtes Grinsen.

Lizbeth hat ein flaues Gefühl im Magen; sie weiß, daß er von sich gesprochen hat.

Er senkt die Stimme zu einem Flüstern.

»Aber vergessen wir dasss ... und kommen wir zu den wichtigen Dingen ... Erzählen Sie mir, was passiert ist.«

Sie wirft einen Blick auf die Tür und einen zweiten auf die Kamera. Schreibt die Antwort in ihr Notizbuch. Dreht es um, damit er es lesen kann.

»Sie haben mir gar nicht erzählt, daß Sie Mounds mögen, Lizbeth. Sie sssind ... wirklich voller Überraschungen.«

Er wartet, bis sie wieder aufsieht.

»Wie haben Sie sich danach gefühlt? So gut wwwie früher?«

»Besser«, sagt sie und flüstert jetzt auch. »Es war ein echtes Fest.«

Er nickt und grinst.

»Und dann mußte ich auf dem Seitenstreifen anhalten, weil ich so ausgeflippt war, daß ich Angst hatte, in die Leitplanke zu fahren. Ich habe eine Stunde lang dagesessen und konnte nur daran denken, wie es wäre, wenn ich mein Kind im Gefängnis kriegen würde –«

»Bitte, Lizbeth. Werden Sie nicht so dramatisch. Welcher Rrrichter würde eine berühmte Weiße, die auch noch ein Kind erwartet, ins Gefängnis stecken? Weil sie ein paar Süßigkeiten gestohlen hat? Ihr Anwalt sagt, daß Sssie von den Hormonen ganz durcheinander sind ... das weiß doch jeder. Sie entschuldigen sich bei allen für Ihren blöden Fehler und sagen, es wird nie wieder passieren. Und außerdem sitzen Sie hier, stimmt's? Also, wenn wir fertig sind ... können Sie gggehen ... und noch ein Fest feiern.«

»Nein«, sagt sie. »Auf gar keinen Fall. Das tue ich nicht.«

»Aber es hat Ihnen doch Spaß gemacht?«

Sie sagt nichts. Schüttelt nur heftig den Kopf.

»Sie denken, einmal reicht? Nein, Lizbeth. Sie brauchen mehr als einmal, ummmm rauszukriegen, was Ihnen fehlt. Tun Sie es heute abend –«

Sie senkt den Kopf, schüttelt ihn aber immer noch.

»Okay. *A la chingada*. Sie und ich können nicht weitermachen. Tut mir leid, daß es nicht geklappt hat. Ich wünsche Ihnen viel Glück bei Ihrem nächsten Projekt, wasss immer es sein wird.«

Er wendet sich zur Tür, im Begriff, die Aufseher zu rufen.

»Ich habe heute abend keine Zeit.«

Er dreht sich um.

»Warum nicht?«

»Ich habe eine Verabredung.«

Er schlurft zur Tischecke zurück.

»Mit wem haben Sie eine Verabredung, Lizbeth?«

»Mit jemandem ... aus der Stadt.«

»Verraten Sie mir seinen Namen.«

»Wer sagt denn, daß es ein Mann ist? Vielleicht kenne ich ja mehr als eine Person.«

»Aha. Vielleicht sind Sie ja einer Sekte beigetreten, Lizbeth. Issst es das? Werden Sie von jetzt an in einem weißen Gewand hier auftauchen?«

Ganz plötzlich wird seine Stimme zu einem lautstarken Bellen.

»Das macht mich dermaßen müde, Lizbeth! Krank und müde! Sie haben mich angelogen und hintergangen, und ich habe Ihnen noch eine Chance gggegeben, essss wiedergutzumachen, aber Sie geben sich gar keine Mühe! Unternehmen nicht die kleinste Anstrengung!«

Seine Füße trommeln auf den Boden.

»Sie müssen sich fragen, warum Sie hier sind, Lizbeth. Sssie kommen nicht zu unseren Treffen, und wenn Sie kommen, sind Sie in Gedanken woanders. Und dasss verwirrt mich ... weil ich dachte, Sie wollten ein wichtiges Buch schreiben. Aber scheinbar wwwollen Sie Ihre Zeit lieber mit diesen Freunden verbringen. Auch ich bbbin Ihr Freund, und ich sage Ihnen, daß Sie losgehen und noch ein Ffffest feiern sollten.«

Er macht einen Schritt zurück, und ebenso schnell, wie er laut geworden ist, senkt er die Stimme wieder.

»Aber es ist Ihre Sache, Lizbeth. Ganz allein Ihre Sache.«

Er dreht sich um und ruft nach dem Aufseher.

Vom Gefängnis aus fährt sie nach Norden, ohne die Augen von der Straße zu nehmen, bis sie die sägeblattartige Skyline von Pittsburgh erblickt. In der Stadt findet sie einen Parkplatz nahe der *Heinz Hall* und läßt den Volvo dort stehen. Dann läuft sie durch die Straßen in der Umgebung des *Market Square* und betritt Geschäfte, wo sie in der Menge der Einkäufer untergeht. Niemand schenkt der zierlichen Frau mit der grauen Wollmütze besondere Beachtung.

Jedes Mal ist es dasselbe. Ein Adrenalinschub, dann eine merkwürdig distanzierte Ruhe, wenn ihre Hand zugreift. Danach Erregung und Schrecken – beides gleichzeitig.

Von einem Ständer vor einem Laden, der Koffer und Taschen verkauft, stiehlt sie eine Einkaufstasche aus Segeltuch, die sie sich über die Schulter hängt. Gleich darauf schlüpft sie in ein Geschäft mit Babywaren und nimmt eine Rassel in Form eines Affenkopfes und ein Paar elastische Babyschuhe mit. Ein Stückchen weiter wartet sie in einer beengten Boutique, bis die Verkäuferin von einem Telefongespräch abgelenkt wird, und packt zwei rosa T-Shirts und einen hellblauen Schal ein. Bei *Eckerd Drugs* versorgt sie sich mit Augentropfen, Teebaumöl, Kortisoncreme und einem unparfümierten Deo.

Dann eilt sie zum Auto zurück. Wirft alles hinein. Fährt quer durch die Stadt bis zum *Strip*. Dort parkt sie. Mit dem Geruch frischer Forellen in der Nase wandert sie an den Waren vorbei und flitzt in einen Laden mit Secondhand-CDs. Einen Moment später ist die Segeltuchtasche gut gefüllt. Sie läuft zum *USX Tower* und findet in seinem Schatten einen blitzsauberen Diner, in dem sie Tee trinkt und lustlos ein paar Bissen Käsekuchen zu sich nimmt. Bevor die Kellnerin ihr die Rechnung bringen kann, steht sie in aller Ruhe auf und geht hinaus.

Als sie die Stadt verläßt, dämmert es. Schnell fährt sie denselben Weg zurück, den sie gekommen ist: über den Monongahela, auf dem das Licht spielt.

Fünf Meilen vor Essenville biegt sie nach Osten ab und kommt an den Hinweisschildern für das Frauengefängnis vorbei. Sie fährt noch zehn Minuten, dann nimmt sie die nächstbeste Ausfahrt. Wieder ein Tal. Wieder eine Stadt. Wieder ein *Unimart*. Genauso eingerichtet wie der letzte.

Sie geht zielstrebig zu den Süßigkeiten und folgt demselben Muster wie beim letzten Mal. Steckt ein Mounds in die Tasche, dann ein Duftspray. Vor dem Kühlschrank steht ein Typ mit einem Sixpack unter dem Arm und fängt ihren Blick auf. Einen eiskalten Augenblick lang glaubt sie, er hätte sie beobachtet. Dann nimmt sein Gesicht einen anzüglichen Ausdruck an, und beinahe seufzt sie laut auf, so erleichtert ist sie.

Sie wartet, bis er sich sattgesehen hat, und sobald die Angestellten beschäftigt sind, greift sie nach einem 7-Up.

Der nächste Laden in der nächsten Stadt ist ein *Sheetz*. Aber dann folgt einer, der ist genau richtig. Alles ist Gedränge, Eile, Unordnung. Ein einsamer Teenager an der Kasse. Sie streift durch den Laden und füllt sich die Taschen.

Draußen leert sie alles auf den Rücksitz: ein Erdrutsch von Süßigkeiten.

Dann fährt sie mit voll aufgedrehter Heizung weiter nach Osten. Blickt auf die Straße und überlegt, wie es wäre, wenn sie weitermachte. Sie könnte die Nacht in einem 50-Dollar-Motel verbringen und am Morgen einfach abhauen, durch Gettysburgh fahren, an den Obstgärten der Amish vorbei und immer weiter.

Aber statt dessen nimmt sie die Abfahrt zur nächsten Stadt. Findet ein *7-11* und stiehlt noch mehr Süßigkeiten und ein Gatorade mit Fruchtgeschmack. Dann kehrt sie um. Ihr ist übel, sie zittert und horcht, ob sie Sirenen hört.

Erst zehn Meilen vor Essenville merkt sie, daß sie tanken muß. Überlegt, ob sie es mit dem restlichen Benzin vielleicht noch nach Hause schafft, aber sie hat keine Lust mehr auf Risiken.

Sie hat getankt und dreht den Schlüssel im Zündschloß, als eine Gestalt am Fenster auftaucht.

»George …«

»Habe ich doch richtig gesehen!«

Sein Auto steht an der nächsten Zapfsäule. Nachdem sie abgesagt hat, hat er einen Studenten aus seinem Kurs für kreatives Schreiben besucht, um den Abend zu nutzen.

»Ich verstehe das nicht«, sagt er, »du hast doch gesagt, du wärest völlig übermüdet und wolltest schlafen …«

Sie ringt um eine Antwort, aber sein Blick ist bereits auf

den Rücksitz gefallen. Die Süßigkeiten und die Babyschuhe, die CDs, die Augentropfen und die Kortisoncreme, die T-Shirts, an denen noch die Preisschilder hängen.

»Lizbeth ... ist alles in Ordnung?«

Er wirkt besorgt, und sie legt das Gesicht in die Hände. So bleibt sie sitzen, still und wortlos.

»Lizbeth, was ist los? Was sind das für Sachen –«

Sie hebt ihr Gesicht gerade genug, daß er sie verstehen kann, und ohne ihn anzusehen, erzählt sie, was sie an diesem Abend gemacht hat. Sie spricht nicht über den Grund.

Als sie schließlich aufsieht, nickt er. Er ist beunruhigt, aber er versucht, sie zu verstehen.

»Wie lange machst du das schon? Ich meine, machst du das ... regelmäßig?«

»Nein, nein. Bestimmt nicht.«

»Hast du ... psychische Probleme?«

»Nein, George, das ist es nicht.«

Er nickt, als würde er verstehen.

»Du bist Künstlerin«, sagt er. »Künstler überschreiten die Grenzen der Konvention. Es ist ... ein Experiment. Richtig?«

»Richtig«, sagt sie. »Ein Experiment. Genau das ist es.«

Er geht in die Hocke, streckt seine Hand aus und legt sie über ihre. Und auf dem eiskalten Gelände einer Tankstelle, über die sich dunkle Walnußbäume neigen, erzählt er ihr, daß es in der zehnten Klasse Gerüchte über ihn gegeben habe. Über seine sexuelle Orientierung. Hartnäckige Gerüchte, sagt er. Um ihnen ein Ende zu bereiten, um seiner Familie Kummer zu ersparen, verabredete er sich mit einem Mädchen aus der Theatergruppe. Karen Kelly. Süßes Mädchen. Sehr beliebt. Ihre Schwester lebt immer noch in der Stadt. An dem bewußten Abend machte er sich fein. Heute würde man über eine solche Aufmachung lachen, aber damals fühlte er sich wie John Travolta in *Saturday Night Fever*. Seine Eltern standen an der Haustür und strahlten. Er schlenderte also mit Karen in die Stadt, wo sie etwas essen und trinken wollten, als plötzlich ein roter T-Bird auftauchte. Lloyd Dreiz lehnte aus dem Fenster und bedrohte George mit einer Pistole. Er zielte auf seine Brust.

George hatte panische Angst, und sein Körper reagierte unkontrolliert. Es war schrecklich *peinlich*. Noch heute steht ihm Karens entsetzter Gesichtsausdruck vor Augen.

Die Pistole war nicht geladen. Aber das erfuhren die Finers erst später. Ein Dummerjungenstreich, sagte der Sheriff.

»Ich habe großen Respekt vor dir«, sagt er. »Und was auch immer die Gründe *dafür* sind« – er zeigt auf den Rücksitz –, «ich respektiere sie. Und ich hoffe, daß du respektierst, wenn ich sage, daß Lloyd Dreiz die Konsequenzen seines Tuns spüren muß. Nicht wegen der Pistole. Sondern weil er etwas Böses in sich hat. Ich will, daß die Leute das wissen. Ich will, daß er dafür zahlt. Damit das passiert, muß ich vielleicht auch … die Grenzen der Konvention überschreiten.«

Lizbeth fröstelt.

Gina Dreiz, sagt er, sei im Garten gestorben, während Lloyd im Keller seine Waffen gereinigt habe. Richtig? Er habe sie nicht gehört. Er habe sie nicht sehen können. Richtig? Nur, daß das nicht stimmt.

»Früher lebten in dem Haus Freunde meiner Eltern. Sie zogen nach Pittsburgh, als ich sieben war, aber vorher habe ich oft in diesem Garten gespielt. Das Fenster war zwar nur ein winziges schmutziges Viereck in der Mauer, aber ich *weiß*, daß man von draußen in den Keller gucken konnte. Also konnte man auch von drinnen rausgucken. Lloyds Alibi ist Schwachsinn.«

Diese Tatsache muß aufgedeckt werden. Und dazu ist George jetzt bereit.

»Montag abend finden im Bowlodrome die Ausscheidungsspiele statt«, sagt er. »Lloyd spielt für Essenville. Er wird nicht vor elf nach Hause kommen.«

»Ms Greene? Hier spricht Alicia Mapp. Bandenkriminalität, Sie wissen schon.«

Lizbeth hält das Telefon ans Ohr. Draußen ist es so hell, daß sie beim Blick aus dem Fenster die Augen zusammenkneifen muß.

»Wie geht es Ihnen, Ms Greene?«

»Danke, gut. Wie geht es Ihnen?«

»Mir? Gut, Ms Greene. Danke der Nachfrage. Ms Greene, es tut mir leid, daß ich Sie zu Hause kontaktieren muß, aber ich brauche eine Information. Ich komme gleich zur Sache. Wir haben die letzten beiden Videobänder von Ihren Interviews mit Velez geprüft –«

Lizbeth gerät fast ins Taumeln. Beim Gedanken an das, was in diesen Sitzungen gesagt wurde, spürt sie, wie ihre Beine nachgeben. Sie muß sich mit der Hand an der Wand abstützen, damit sie nicht hinfällt.

»– und uns ist aufgefallen, daß sowohl Sie als auch Velez in diesen Interviews ein ziemlich … *eigenwilliges* Verhalten an den Tag gelegt haben.«

Lizbeth weiß, daß sie erst antworten sollte, wenn sie ruhig und gelassen sprechen kann.

»Ms Greene? Sind Sie noch dran?«

»Eigenwillig?«

»So ist es, Ms Greene. Zum Beispiel haben wir bemerkt, daß Ihr letztes Gespräch weitgehend im Flüsterton geführt wurde, dann hatte Velez einen Wutanfall, gleich darauf bat er die Aufseher, ihn in die Zelle zurückzuführen …«

Lizbeth schweigt.

»Darüber hinaus hat bei Ihren letzten beiden Treffen jeweils einer von Ihnen etwas in ein Notizbuch geschrieben, statt zu sprechen. Könnten Sie mir den Grund dafür nennen, Ms Greene?«

Eine Pause.

»Bei der letzten Sitzung kam Wilson recht offen auf … das

Thema Sexualität zu sprechen. Er hat mir Fragen zu ... diesem Bereich meines Lebens gestellt. Ich nehme an, er hat geflüstert, damit es intimer wirkt ... «

»Verstehe. Und die Notizen? Waren die ebenfalls sexuellen Inhalts, Ms Greene?«

»In der Tat.«

»Auch die, die Sie für ihn aufgeschrieben haben?«

»Nein ... die nicht ... ich meine –«

»Ms Greene, wenn ich Sie darum bitten würde, wäre es möglich, Einsicht in Ihre Notizbücher zu nehmen? Damit ich mir eine Vorstellung von dem Charakter Ihrer Interviews mit Velez machen kann?«

»Ich ... ah ... sicher ... «

»Und Ihre Tonbänder, Ms Greene. Hätte ich eventuell Zugang zu Ihren Tonbändern?«

»Sie meinen, meine Kassetten?«

»Richtig. Wir möchten möglicherweise einige der Stellen überprüfen, an denen Sie geflüstert haben. Um zu klären, was gesagt wurde.«

»Warten Sie ... Sie möchten, daß ich Ihnen meine Notizen und meine Kassetten aushändige?«

»Nicht zum gegenwärtigen Zeitpunkt. Ich versuche lediglich herauszufinden, ob es ein Problem wäre, wenn wir diesen Weg einschlagen wollten. Wäre es ein Problem?«

»Nein ... ich meine ... natürlich nicht ... ich ... «

Dann reißt sie sich zusammen und fragt: »Wie lange überprüfen Sie die Videobänder schon? Ich meine, worüber ich mit Wilson gesprochen habe ... ist das *alles* –«

»Ms Greene, diese Frage kann ich keinesfalls mit Ihnen erörtern. Aber ich kann Ihnen eines versichern – keiner hier versucht, Ihre Recherchen anzuzapfen. Das garantiere ich. Außerdem müssen Sie wissen, daß wir kein Interesse an Dingen ... an irgendwelchen Dingen haben, die nicht unsere Untersuchung betreffen. Wir hören nur die *relevanten* Passagen ab.«

Die Sonne strahlt jetzt so hell, daß sie die Jalousien herunterziehen muß.

»Wie ich höre, waren Sie vor kurzem in Queens, Ms Greene. Und haben mit José Almanza und Raymond Peres gesprochen.«

»Das stimmt. Es ist kein Geheimnis. Für mein Buch muß ich –«

»Natürlich, Ms Greene. Natürlich. Darf ich fragen, worüber Sie gesprochen haben?«

»Wir haben über die Arbeit der Royals gesprochen, die Renovierung von Häusern ...«

»Und fanden Sie diese Aktivitäten der Gang überzeugend, Ms Greene?«

»Eigentlich schon. Ich weiß nicht. Ich ...«

»Haben Sie mit den beiden über Velez gesprochen, Ms Greene?«

»Ja.«

»Darf ich fragen, in welchem Zusammenhang?«

»Wir haben über seinen Gesundheitszustand gesprochen ... über die Briefe ...«

»Die Briefe, in denen er *keine* Befehle gegeben hat?«

»Das behauptet er ...«

»Und glauben Sie ihm, Ms Greene?«

»Ich bin mir nicht sicher.«

Alicia Mapp läßt einen Augenblick verstreichen.

»Ich nehme an, Sie haben gehört, daß an demselben Tag, an dem Sie in Corona waren, ein junger Mann erschossen wurde. Armand Pichardo.«

»Das habe ich gehört. Eine schreckliche Sache.«

Erneute Stille. Dann: »Ms Greene, wir gehen keinesfalls davon aus, daß bei Ihren Treffen mit Velez etwas nicht mit rechten Dingen zugeht. Aber in einem Szenario wie diesem müssen wir alles in Betracht ziehen ... Deshalb fragen wir uns natürlich, ob er vielleicht etwas zu Ihnen gesagt hat ... oder für Sie aufgeschrieben hat ... etwas scheinbar Unwesentliches, das sich als wichtig erweisen könnte. Und wenn wir nicht verstehen können, was gesagt wird, erleichtert das die Sache nicht gerade ...«

»Aber Sie wollen damit nicht sagen, daß ich –«

»Natürlich nicht, Ms Greene. Wie ich schon in Direktor Sosas Büro bemerkt habe, nehmen wir nicht einmal an, daß Velez selbst damit zu tun hat ... wir halten das nicht für wahrscheinlich. Es ist jedoch möglich, daß seine Entlassung aus der Isolationshaft das *Gleichgewicht* der Nachbarschaft gestört hat. Außerdem, Ms Greene, ganz unter uns, selbst wenn wir so etwas vermuteten, gibt es eine ganze Reihe von einfacheren Kanälen, die jemand wie Velez benutzen könnte.«

»Wirklich?«

»Natürlich, Ms Greene. Wenn ein Häftling über die nötige Intelligenz verfügt, ist es fast unmöglich, einen Austausch von Informationen zu verhindern. In beiden Richtungen. Häftlinge sprechen mit anderen Häftlingen. Andere Häftlinge haben Besucher. Angestellte versehen ihre Pflichten nicht in allen Fällen mit der gebotenen Gewissenhaftigkeit. Darüber hinaus, Ms Greene, sind Sie nicht die einzige Person außerhalb des Gefängnisses, die Kontakt zu Wilson hat. Zwischen ihm und den *Christian Ladies of Western Arizona* werden auf wöchentlicher Basis Briefe gewechselt ...«

Sie verstummt. Macht eine Pause.

»Aber letzteres ist so spekulativ, daß es bereits lächerlich ist. Ms Greene, zum gegenwärtigen Zeitpunkt möchten wir einfach feststellen, welche Wege für uns gangbar sind. Wir wissen, daß Sie aus einem einzigen Grund hier sind – weil Sie ein Buch schreiben wollen. Persönlich kann ich nur sagen, daß ich es mit Spannung erwarte. Allerdings sollte Ihnen bewußt sein, daß auch wir nur unsere Arbeit tun.«

»Natürlich. Natürlich.«

Lizbeth denkt an die Interviews, an das Flüstern, an die Kassetten.

»Sind Sie im Augenblick dabei, eine Luftaufnahme zu machen?«

»Um Himmels willen, nein, Ms Greene. Wir machen keine Luftaufnahme.«

Alicia Mapp räuspert sich.

»Ich führe lediglich ein Telefongespräch mit Ihnen.«

Der Schnee, von dem seit ihrer Ankunft in Essenville so ehrfürchtig gesprochen wurde – der richtige Schnee, wie es ihn nur in Pennsylvania gibt –, ist angekommen. Ein regelrechtes Treiben ist bereits im Gange, Vorspiel für den drohenden Blizzard, der morgen früh eine Kolonne von Schneepflügen und Streufahrzeugen in Bewegung setzen wird.

George sitzt ruhelos auf dem Beifahrersitz des Volvo. Er schnippt mit den Fingern, pfeift, klopft sich auf die Knie und summt. Er trägt eine schwarze Lederjacke, die sie nie zuvor an ihm gesehen hat und die einen modrigen Geruch verströmt.

Lizbeth fährt und läßt sich jedes Wort durch den Kopf gehen, das bei ihren letzten beiden Treffen mit Wilson gefallen ist. Sie denkt an unbekannte Leute, die alles hören, was sie zu ihm gesagt hat. So lange, bis George das Radio anschaltet und einen Sender sucht. Der Lärm holt sie zurück.

Sie fahren durch das abendlich verlassene Essenville. Die Stadt hat sich zu Hause eingebunkert oder ist im Bowlodrome.

Als sie am Supermarkt vorbeikommen, sagt George: »Danke, daß du mitkommst. Es ist mir sehr wichtig. Ich wollte das tun, seit Gina ... gestorben ist. Nur habe ich nie den Mut dazu aufgebracht.«

Er streicht mit der Hand über seine Ärmel, versucht, die Spannung abzuschütteln.

»Mit dir fühle ich mich so ... *wirklich*. Verstehst du?«

Sie hat versucht, ihm sein Vorhaben auszureden. Erfolglos. Ihr Anblick an der Tankstelle, hat er gesagt, habe ihm klargemacht, daß ein hohes Ziel manchmal wichtiger sei als der Buchstabe des Gesetzes. Sie habe ihn inspiriert. Er würde es auch alleine tun, hat er gesagt. Wenn es sein müßte.

Sie hofft, wenigstens auf ihn aufpassen zu können.

Er nimmt eine kleine viereckige Kamera aus der Tasche zu seinen Füßen, dann beschäftigt er sich wieder mit dem Radio. Er wählt etwas aus, das nach einer Mariachi-Band klingt, und sie zuckt irritiert zusammen.

»George, was hast du eigentlich mit den Fotos vor? Du willst schließlich in sein Haus einbrechen. Man kann also die Beweise nicht verwenden. Dafür kriegst du keine Ehrenmedaille.«

»Ich schicke die Bilder mit der Post. Dann müssen sie etwas unternehmen. Besonders, wenn auch die Zeitung sie hat.«

Im Radio erklingen klagende Trompeten und verzweifelte Gitarren.

»Ich glaube, du hast das nicht richtig durchdacht, George. Es muß doch einen anderen Weg geben. Ich meine, vielleicht genügt es ja, wenn du dich auf der Rückseite des Hauses ein wenig umsiehst?«

Aber er sitzt einfach neben ihr und klopft stumm mit der Hand auf sein Knie, bis sie die Nerven verliert.

»George, kannst du bitte diese bescheuerte Musik abstellen?«

Er macht das Radio aus.

»Ich verstehe nicht, warum du so wütend bist, Lizbeth. Du hast getan, was du tun mußtest, weil dir etwas wichtig war. Und ich mache nichts anderes.«

Sie heftet den Blick auf die Straße, während die Scheibenwischer gegen den Schnee ankämpfen.

»In welche Richtung muß ich fahren?«

Sie befinden sich im Südwesten der Stadt, in Old Essenville mit seinen unbeleuchteten stillgelegten Fabrikgebäuden und einer Reihe schäbiger Häuser dahinter. Die Straßen hier sind breiter, aber voller Schlaglöcher.

»Nimm die nächste links, und dann immer geradeaus.«

Das Lenkrad dreht sich in ihren Händen, und dann kann sie es nicht mehr zurückhalten: »George ... ich bin schwanger.«

»Genau«, sagt er und fummelt an der Kamera herum. Dann wirft er ihr einen Blick zu.

»Entschuldigung. Ich dachte, du wolltest noch etwas hinzufügen. Ich bin schwanger *und* ...«

»Aber ich habe es dir nie gesagt.«

»Was?«

»Daß ich schwanger bin.«

»Hast du geglaubt, ich wüßte es nicht? O Gott. Lizbeth, schau dich an. Du *bekommst ein Kind*. Das ist nicht zu übersehen. Am Anfang vielleicht, aber jetzt ...?«

Er schüttelt ungläubig den Kopf.

»Ich habe geglaubt, du wolltest nicht darüber sprechen. Du hast den Vater nie erwähnt, deshalb ...«

»Ich bin nicht mit ihm zusammen. Das ist offensichtlich.«

Stille.

»Möchtest du das denn?«

»Ich glaube nicht. Ich weiß nicht.«

Er sieht sie an, während sie fährt.

»Ich wünschte, ich könnte dir etwas Vernünftiges sagen. Aber alles, was mir einfällt, klingt, als stamme es von den T-Shirts in meinem Laden –«

Seine Stimme wird eindringlich.

»*Okay*. Wir sind da.«

Das Haus steht parallel zur Straße, zehn Meter zurückgesetzt. Ein gewundener Weg führt zum Vorder- und zum Hintereingang. Zwei Stockwerke, grauer und weißer Anstrich, auf der Vorderseite eine Rasenfläche und die Garage. Die

Regenrinnen bilden ein schwarzes Zickzackmuster. Dicke Schneepolster liegen auf den Fenstersimsen und auf dem Dach.

Sie sind in einer Gegend, in der die Randbezirke der Stadt in das Land übergehen. Man muß die Augen zusammenkneifen, um das nächste Haus zu sehen; das bewaldete Land dazwischen ist wild.

Außer dem Licht über der Haustür gibt es kein Zeichen von Leben.

Sie fährt an der Rückseite des Hauses vorbei und parkt in einer verborgenen Nische auf der anderen Straßenseite.

George steigt aus. Schließt den Reißverschluß seiner schwarzen Jacke und zieht seine schwarzen Hosen gerade.

»Jetzt verstehe ich, warum du so gerne Schwarz trägst. Man fühlt sich so ... flippig.«

Er greift in den Wagen und holt eine Skimütze aus seiner Tasche, setzt sie auf und zieht sie bis über die Augenbrauen.

»Ich kann immer noch nicht glauben, daß du gedacht hast, ich hätte es nicht gemerkt«, sagt er und schüttelt den Kopf.

Sie könnte schwören, daß er noch nie ein Strafmandat für falsches Parken zu spät bezahlt hat. Aber jetzt stößt er das stumpfe Ende eines Schraubenziehers in seine Handfläche, um zu üben, wie man eine Fensterscheibe zerstört.

Sie ist nicht stolz, als er sagt: »Gestern abend habe ich vor dem Einschlafen noch einmal das Kapitel in *Die Werke der Engel* gelesen, in dem Enschell in die Wohnung des Doktors einbricht. Ich habe also meine Hausaufgaben gemacht.«

Er läuft um den Kühler herum. Plötzlich sieht es so aus, als hätte er Angst.

Sie sucht nach einer eindrücklichen Formulierung, aber es reicht nur zu: »George, du mußt das wirklich nicht tun. Es ist ... unnötig.«

Er bleibt stehen und schließt die Augen, und sein Atem wird ruhiger.

»Weißt du, ob es ein Junge oder ein Mädchen wird?« fragt er.

»Nein, noch nicht.«

Dann überquert er die Straße.

»Ich brauche nur fünf Minuten«, sagt er.

Sie ruft ihm nach und wünscht ihm Glück. Sieht, wie er zur Rückseite des Hauses geht. Sich der Tür nähert. Dort scheint er zu zögern. Aber dann merkt sie, daß er sich nur die Handschuhe überzieht.

Gleich darauf kann sie ihn nicht mehr sehen.

Einen Moment später hört sie, wie Glas zerbricht.

Dann ist alles still.

Sie fühlt den Bezug des Fahrersitzes weich an ihrer Haut. Sieht auf die Straße, in den Wald. Der Frieden, der hier herrscht, ist gänzlich unerwartet.

Es schneit heftiger.

»O Gott.«

Das Flattern in ihrem Bauch ist kein Flattern der Nerven. Es ist die erste Bewegung des Babys, die sie spürt. Zart, aber nicht zu verkennen.

Eine Hand legt sich vor den Mund, die andere auf den Bauch.

»Oh Gott.«

Und dann: »*O Gott.*«

Im ersten Stock des Hauses ist Licht angegangen. Eine spindeldürre Silhouette wird sichtbar. Lloyd Dreiz.

Er steht auf und geht durch den Raum.

»O Scheiße. Nein. Scheiße.«

Er geht weiter, dann schaltet er das Licht wieder aus.

Statt dessen nimmt sie den schwachen Strahl einer Taschenlampe wahr.

Es gibt keinen Plan für diese Eventualität. Sie haben nur eine einzige Absprache getroffen: Für den unwahrscheinlichen Fall, daß Lloyd Dreiz' Hummer in der Ferne auftauchen würde, sollte Lizbeth Georges Handy anrufen oder als letztes Mittel die Hupe betätigen.

Aber das hier ist gänzlich unerwartet.

Was hat es zu bedeuten?

»O Scheiße. O Gott.«

Sie greift nach ihrem Telefon, das auf dem Armaturenbrett liegt, und ihre Finger fühlen sich an, als hätte sie sie noch nie benutzt.

Es läutet nicht mal. Nur: »Hallo, Sie sind mit dem Mobiltelefon von George Fi-«

»O Gott.«

Ihre Augen sind starr auf das Haus gerichtet, während ihr Herz in der Brust hämmert. Einen Augenblick später sieht sie das Licht der Taschenlampe an einem Fenster im Erdgeschoß, dann einen Schatten, und sie muß mit stummem Entsetzen mit ansehen, wie Lloyd Dreiz stehenbleibt. Wie er halb in die Hocke geht, dann weitergeht.

In das nächste Zimmer. Zur Rückseite des Hauses. Und das Telefon sagt nur: »Hallo, Sie sind mit dem Mobil –«

»Hallo, Sie sind –«

»Hallo, S –«

Jetzt erblickt sie den Schatten im letzten Zimmer auf der Rückseite des Hauses. Lloyd Dreiz macht vor jedem Schritt eine Pause und bückt sich, aber wenn er geht, dann bewegt er sich schnell, bewegt sich vorwärts.

Bis er verschwunden ist.

Er muß die Kellertür erreicht haben.

Das Haus ist wieder dunkel.

Sie preßt den Handballen fest auf die Hupe. Ein heftiges Schmettern in der Stille von Old Essenville. Es bewirkt nichts. Nur der Schnee wirbelt. Einen Augenblick später probiert sie es noch einmal. Drückt die Hupe ganz nach unten.

Mit einem Ruck zieht sie die Hand zurück.

»George ... bitte, bitte ... George ...«

Aber George kommt nicht angerannt.
Da ist nur Stille.
Und dann – ein Schuß.

Der Fernseher im Erdgeschoß läuft, sein Ton schallt durchs ganze Haus. Kyle Urkoff liegt im Bett; die Nachttischlampe beleuchtet die Regale voller Spielsachen und Bücher. Schmutzige Kleidungsstücke liegen auf dem Boden verstreut.

Er dreht sich auf die Seite und kratzt sich am Bein. Findet die gesuchte Stelle in der Geschichte, die seine Tante erst seiner Mutter zu lesen gegeben hat. Nicht seine Tante hat das Buch geschrieben, sondern irgendein Mann. Seine Mutter hat ihm erzählt, daß es bald herauskommt. Es sei eine Ehre, daß er es schon vorher lesen dürfe.

Er hat jeden Abend ein Kapitel geschafft. Es kann nicht mehr lange dauern, dann werden sein Vater oder seine Mutter ihm von unten zurufen, daß er das Licht ausmachen soll – das macht diese Minuten so kostbar. Er prüft, wie viele Seiten es noch sind, und fängt an:

Der Regen prasselte auf die Stadt und hinterließ auf den Bürgersteigen Pfützen wie kleine Teiche. Aber am schlimmsten war es in Gramercy Park – die Regentropfen waren so dick, daß sie jeden Passanten bis auf die Haut durchnäßten.

Den Ungeheuern schien es, als ob selbst die Himmel wüßten, was bevorstand. Denn heute war die letzte Nacht gekommen, in der sie in ihrem geliebten Gebäude zu Hause sein würden.

Ihr Schicksal war besiegelt. Als Louis Fung seine Liste dem Bürgermeister übergeben hatte, standen darauf über tausend Namen. Beim Anblick all dieser Namen – jeder einzelne von ihnen ein Wähler! – blieb dem Bürgermeister nichts anderes übrig als die Handwerker zu bestellen. Sie sollten am nächsten Morgen mit ihren Hämmern und Meißeln kommen.

Ach, das war ein Heulen und Zähneklappern! Selbst die größten, die scheußlichsten Ungeheuer, bei deren Anblick die meisten Leute einfach in Ohnmacht fallen würden, waren inzwischen so schwach von der langen Zeit ohne Unfug, daß sie sich lediglich zusammenkauern konnten, um zu husten und zu schniefen und auf den Morgen zu warten.

Hector und Edmond hockten über der Eingangstür und sahen traurig aus. Sie begannen, über die Vergangenheit zu sprechen, aber schon nach der ersten herrlich schrecklichen Erinnerung hörten sie auf. Sie wußten, daß es ihre bösen Herzen brechen würde, wenn sie damit weitermachten.

»Ich glaube, das ist das Ende, Compadre«, sagte Hector.

»Ja, alter Freund«, erwiderte Edmond. »Ich fürchte, du hast recht.«

Die beiden Ungeheuer waren sich einig, daß sie es nicht ertragen würden, die Tragödie mit anzusehen. Wortlos verließen sie ihren Platz und machten sich auf und davon, wobei sie hofften, daß die anderen Ungeheuer sie nicht sehen würden.

In diesem Augenblick öffnete sich die Haustür. Louis Fung und zwei Geschäftsleute traten heraus. Die beiden waren so fett wie Walrosse oder Sumoringer.

»Ja, ja«, sagte Louis Fung, als er sie hinausbegleitete, »wenn diese scheußlichen Wasserspeier erst einmal verschwunden sind, können wir sie durch etwas weitaus Nützlicheres ersetzen.«

»Zum Beispiel durch eine Plakatwand«, sagte der eine fette Geschäftsmann.

»Oder durch zwei *Plakatwände!« sagte der andere.*

»Das ist ja das Gute an der Situation, meine Herren«, sagte Louis Fung. »Wir können machen, was wir wollen! Schließlich wird niemand seine Stimme gegen den Mann erheben, der Gramercy Park von den Ungeheuern befreit hat.«

Die beiden fetten Geschäftsleute watschelten unter riesi-

gen Regenschirmen davon. Als Louis Fung sich anschickte, wieder ins Haus zu treten, blickte er schadenfroh in die Höhe, wo normalerweise Hector und Edmond hockten.

»So, so«, sagte er, als er sah, daß die beiden verschwunden waren. »Zu feige, um die Nacht durchzustehen. Das sind also die berühmten Ungeheuer!«

Dann hörte er von oben ein gräßliches Geräusch, so gräßlich, daß man es sich lieber NICHT *vorstellen sollte. Es war der Klang einer verstimmten Geige, die mit einem Bogen aus rostigen Nägeln gespielt wird, während als Begleitung hundert streunende Katzen mit hundert hungrigen Babys um die Wette heulen. Er schlug sich die Hände über die Ohren und brüllte: »Woher kommt dieses Geräusch? Es ist abscheulich!«*

Louis Fung rannte ins Haus und suchte alles ab, um die Ursache zu finden. Höher und höher stieg er, und dabei wurde der Lärm immer unerträglicher.

Schließlich trat er aufs Dach hinaus. Und da fand er, was er suchte.

Auf einem Sims saß der zitternde Hector. Er war es nämlich, der das gräßliche Geräusch machte; es war der Laut, den alle Ungeheuer von sich geben, wenn ihr Ende naht. Er bot wahrhaftig einen jämmerlichen Anblick: Seine Schuppen blätterten ab, und seine gelben Fangzähne bröckelten.

»Das hätte ich mir denken können«, höhnte Louis Fung. »Hier oben hockst du. Wie erbärmlich!«

Er zeigte mit einem knochigen Finger auf Hector.

»Denk dran, morgen verschwindest du mitsamt deinen Freunden für immer von diesem Gebäude, und ich mache es zu meinem Zuhause und Hauptquartier. Dann stelle ich sicher, daß die Leute von New York eure albernen Streiche vergessen – und rausfinden, wie es ist, wenn ein WIRKLICHER *Dämon Unheil stiftet.«*

Louis Fungs Stimme war immer lauter geworden, aber er merkte gar nicht, daß die Bewohner des Gebäudes auf das

Dach gekommen waren, um festzustellen, woher all der Lärm kam.

»Ihr hättet wissen müssen, daß ihr keine Chance gegen mich habt!« brüllte er Hector an. »Ich bin der älteste und mächtigste böse Geist von allen! Habt ihr wirklich geglaubt, ich würde ein paar dahergelaufenen Wasserspeiern erlauben, in alle Ewigkeit eine Stadt zu beherrschen, in der es so viel Schlechtigkeit gibt?«

Er machte einen Schritt auf Hector zu.

»Ich weiß! Warum stoße ich dich nicht einfach von diesem Sims – dann muß ich dein Gejammer nicht mehr hören und kann mit meinen Vorbereitungen für morgen fortfahren! Ich kann dir sagen, das Feuer, das ich gelegt habe, ist nichts im Vergleich zu der Verwüstung, die ich vorhabe!«

Bei diesen Worten gackerte er, und sein wahres Dämonengesicht kam zum Vorschein – so rot wie eine leuchtende Peperoni und überzogen von einem durchsichtigen, tropfenden Schleim. Den Bewohnern des Gebäudes stockte vor Entsetzen der Atem. Louis Fung wirbelte herum und sah sie.

»Verdammt noch mal«, sagte er sarkastisch. »Jetzt wißt ihr, was ich in Wirklichkeit bin. Egal! Morgen werdet ihr ohnehin alle sterben.«

Er drehte sich wieder zu Hector um, aber gerade, als er ihn vom Sims stoßen wollte, fiel ihm etwas ein.

»Warte mal«, sagte er. »Waren da nicht immer zwei von euch gräßlichen Kreaturen?«

In diesem Augenblick stieß Edmond mit letzter Kraft aus dem verregneten grauen Himmel herab und haute den Dämon, der Louis Fung war, mit einem mächtigen Flattern seiner Flügel einfach um.

Einen Moment lang schwankte Louis Fung vor und zurück, und dann fiel er mit einem Schrei, der alle erzittern ließ, rückwärts vom Dach.

»Du hast dir Zeit gelassen, alter Freund«, sagte Hector.

»Tut mir leid, Compadre«, erwiderte Edmond. »Aber der Plan hat doch funktioniert, oder?«

Sie blickten über den Sims. Louis Fung war auf den Zaun gefallen, der vor dem Gebäude verlief. Eine Spitze hatte sich durch seinen Dämonenschwanz gebohrt, eine andere durch seinen Dämonenhals und die dritte mitten durch sein Dämonenherz.

Aber er zappelte noch, öffnete den Mund und seine Zunge schnellte heraus. Sie sah aus wie eine flache Salami, hatte ein gespaltenes Ende wie die Zunge einer Schlange und war so lang, daß sie fast den Bürgersteig berührte. In diesem Augenblick kam ein streunender Hund vorbei und hielt die Dämonenzunge für einen Leckerbissen. Also schnappte er zu, rannte mit seiner Beute davon, und als er um die Ecke des Platzes bog, kehrte er den Dämon von innen nach außen!

Das war das endgültige Ende von Louis Fung.

Die Bewohner des Gebäudes wußten, daß sie einen schweren Fehler begangen hatten. Sie entschuldigten sich in aller Form bei Hector und Edmond, und am nächsten Morgen wurde sofort der Bürgermeister über die Geschehnisse informiert. Die Handwerker wurden abbestellt.

Die bösen Geister von Gramercy Park waren gerettet.

An diesem Abend regnete es wieder, noch heftiger als am Abend zuvor. Und mit dem Regen kam ein mächtig stürmischer Wind.

Hector und Edmond hockten auf ihrem Platz über der Haustür an der Ecke von Gramercy Park und hielten Ausschau.

»Was für eine gräßliche Nacht das ist«, sagte Hector.

»Du sagst es, alter Freund«, sagte Edmond.

»Ich glaube fast, es könnte die schrecklichste Nacht werden, die wir erlebt haben, seit wir hier wohnen.«

»Ich glaube fast, du könntest recht haben.«

»Wie wunderbar!«

In diesem Moment lief ein Mann vorbei, der einen Hut mit breiter Krempe trug. Er war ein richtiger Spießer. Beim Anblick von Hector und Edmond sagte er: »Igitt! Abstoßend!«

Schon beim nächsten Schritt stolperte er und fiel mit dem Gesicht auf den Bürgersteig. Als er wieder aufstand, hatte er am Kinn eine Beule von der Größe eines Golfballes.

Wie Hector und Edmond lachten!

Dann schlug die alte Standuhr in der Halle des Gebäudes zehn – und die berühmten bösen Geister von Gramercy Park erhoben sich in die Höhe, um jedes Quentchen Bosheit in New York aufzuspüren. Ihre schuppigen Flügel trugen sie hoch über die Stadt hinaus, und ihre wachsamen Augen blitzten voller Vorfreude.

Heute abend werden sie es wieder tun. Ich verspreche es euch.

ENDE

13

Beim Klang der Türglocke zucken ihre Augenlider. Aber sie bewegt sich nicht. Sie bleibt liegen und wartet, daß es vorbeigeht.

Sie hat die ganze Nacht wachgelegen und die Uhr angestarrt. Jetzt – nach einem kurzen, flachen Schlaf – ist es beinahe elf, und ihre Muskeln fühlen sich an wie feuchter Zement.

Eine Woche lang hat sie nicht richtig geschlafen. Nicht seit –

Schon wieder die Tür. Das durchdringende Summen.

Es soll aufhören.

Sie muß auf die Toilette. Schiebt die Bettdecke beiseite.

Die Jalousien sind heruntergezogen, aber es ist nicht so dunkel, daß sie ihrem Anblick im Spiegel entgehen kann. Er ist nicht erfreulich. Sie versucht zumindest, ihr Haar zu glätten. Bindet den Bademantel zu und zögert.

Noch einmal klingelt es, und dieses Mal hört es nicht auf.

Vom Badezimmer schafft sie es an die Treppe, und dort sackt sie zusammen. Bis der Lärm plötzlich aufhört und sie die Stimme erkennt, die von draußen nach ihr ruft.

Nancy.

Sie öffnet die Tür und fällt ihr in die Arme.

Auch im vorderen Zimmer sind die Jalousien heruntergezogen. Es ist nicht gelüftet. Sie sitzen stumm nebeneinander. Schließlich fängt Nancy an zu sprechen.

Mame, sagt sie, habe mehrfach angerufen und besorgt geklungen.

»Sie hat gesagt, du würdest nicht ans Telefon gehen. Daß ihr gemeinsam euren Vater besuchen wolltet ...?«

Aber Lizbeth scheint es gar nicht zu hören. Dann sagt sie: »Gestern war die Beerdigung.«

»Ach so ... ja.«

»Es waren unglaublich viele Leute da. Aus der Stadt. Seine Familie. Ich saß hinten in der Kirche, und immer, wenn ich aufgesehen habe, hat mich einer von ihnen angestarrt. Und dann haben sie sofort weggesehen. Als ob sie wüßten ...«

»Sie haben dich angestarrt, weil du Lizbeth Greene bist. Das ist etwas ganz Besonderes für sie.«

»Genau wie für George.«

Sie hüllt sich fester in den Bademantel.

»Im Ernst, Lizbeth – du hast mir doch erzählt, daß keiner weiß, daß du da warst. Richtig?«

»Ja, anscheinend nicht. Ich warte immer noch darauf, daß Lloyd Dreiz sagt, er habe eine Autohupe gehört. Aber vielleicht wird er es gar nicht tun. Ich glaube, er war ziemlich hinüber. Sie haben seinen Notruf im Radio gebracht, und er hat wirres Zeug geredet und geschluchzt.«

Sie räuspert sich.

»Jetzt, wo alles rausgekommen ist, tut mir der Mann nur noch leid. Seine Frau stirbt. Er trinkt drei Jahre lang. Das wird so schlimm, daß sie ihn am Abend vor dem wichtigsten Turnier des Jahres aus dem Bowlingteam werfen. Ausgerechnet. Also ist er mit einer Flasche Jim Beam zu Hause, nur in Unterwäsche und halb bewußtlos, und da hört er unten ein Geräusch –«

Sie verstummt.

»Aber er wird nicht –«

»Angeklagt? Nein. Es war ein Einbruch. Er glaubte, George wäre bewaffnet. Damit hat sich's ...«

»Und die Polizei? Haben sie noch einmal mit dir gesprochen?«

»Nein. Sie wußten natürlich, daß ich ihn angerufen hatte ... unmittelbar vorher. Aber ich habe behauptet, ich hätte von hier aus telefoniert. Warum sollten sie das bezweifeln? Dann haben sie mich gefragt, ob George jemals von seinem Verhältnis zu Lloyd gesprochen habe. Sie seien seit Jahren verfeindet gewesen. Ich sagte, davon hätte ich nichts gewußt. Seitdem habe ich nichts mehr von der Polizei gehört. Die Reporter allerdings ... nachdem sie erfahren haben, daß ich hier bin ... daß ich George kannte ... ich bin einfach nicht mehr an die Haustür gegangen. Auch nicht ans Telefon. Aber selbst die Reporter verziehen sich nach einer Weile. Andere Städte. Neue Geschichten ...«

Nancy geht in die Küche. Macht Tee. Begutachtet die leeren Schränke, die offenen Verpackungen, die auf der Arbeitsplatte verstreut liegen.

Als sie zurückkommt, bemerkt Lizbeth ihren Gesichtsausdruck.

»Ich bin eine Weile nicht mehr zum Einkaufen gekommen«, sagt sie. »Der Schnee und alles ...«

Und wieder verstummt sie.

»Lizbeth, du weißt, daß dich überhaupt keine Schuld trifft. Das weißt du doch?«

Aber Lizbeth antwortet nicht darauf. Sagt nichts. Dann: »In den letzten paar Tagen ... mußte ich wieder an den Strand denken. Ich meine, ich würde nicht ... nie ... aber ich denke immer wieder daran, wie es wäre ...«

Nancy steht auf und sagt: »Deine Koffer? Sind sie oben?«

14

Zwanzig schwangere Frauen liegen auf Gummimatten in der Mitte eines großen weißen Raumes, die Knie gebeugt und die Beine gespreizt. Sie haben riesige Bäuche – alle. Ihre Partner hocken neben ihnen und üben Phantomgeburten.

Die Frauen atmen im Einklang. Saugen die Luft ein und halten sie an, während sie im stillen bis fünf zählen. Atmen aus. Zwanzig Seufzer wogen durch den Raum.

Eine Sekunde später machen sie es noch einmal.

Lizbeth sitzt auf einem Stuhl an der Seite und schaut auf ihren eigenen Bauch hinunter. Er ist der kleinste hier – vorerst, aber er unterscheidet sich nicht grundlegend von den anderen.

»Okay! Das war *hervorragend*! Okay!«

Eine quirlige junge Frau mit kurzen blonden Haaren lächelt und applaudiert, und während die Schwangeren von ihren Partnern hochgehievt werden, findet sie für jede ein freundliches Wort.

Als die Frauen nach und nach den Raum verlassen, kommt sie zu Lizbeth herüber.

»Und?« fragt sie. »Wie hat Ihnen der Kurs gefallen?«

»Gut. Es scheint ... Spaß zu machen.«

Die Frau lächelt.

»Lassen Sie sich Zeit. Sehen Sie sich um. Wenn Sie teilnehmen wollen, würden wir uns freuen. Wie weit waren Sie noch mal?«

»Dreiundzwanzigste Woche.«

»Aha. Und es ... strampelt?«

»Wie verrückt.«

»Nun, Sie sollten tun, was Ihnen richtig erscheint. Obwohl ich sagen muß, daß ich Ihre Bücher liebe … deshalb würde ich Sie natürlich wirklich gerne dabeihaben.«

Auf dem Rückweg nach Quince Hill hört sie Burning Spear: *Invasion*. Zuhause macht sie Tee, und die Hunde laufen um sie herum, während sich die Küche mit Wasserdampf füllt.

Über ihrem Schreibtisch im Arbeitszimmer hängen keine Bilder mehr. Auch keine Karte, die fordert: Eine Seite pro Tag.

Sie stellt den Laptop an und versucht, an nichts zu denken. Sie sitzt und wartet.

Bis es ihr in den Fingern juckt.

Enschell starrte auf seinen Schreibtisch. Dann blickte er aus dem Fenster. Er dachte an all die Fälle, die so lange Zeit seine Tage ausgefüllt hatten. So viele Morde. So viele Tragödien.

Er starrte noch einmal auf seinen Schreibtisch.

Dann blickte er wieder aus dem Fenster.

LÖSCHEN.

Sie hat geglaubt, die Trennung hätte ihnen gutgetan. Ihr und Frederick. Hätte wiederbelebt, was immer zwischen ihnen gewesen war. Aber es scheint nicht funktioniert zu haben.

Wo, fragt sie sich, ist ihre Energie geblieben? Was ist es, das sie aus sich herausholen will?

Enschell wappnete sich gegen die Kälte. Die Leiche lag noch immer mit dem Gesicht nach unten im Keller. Eine einsame Glühbirne schwang über ihr.

Er fragt sich, was er hier zu suchen hat. Was er vor sich sieht, ist das Ergebnis eines kläglichen Einbruchs. Ein verzweifelter Junkie trifft auf einen kopflosen Hausbesitzer. Ein Fall für die Akten. Standardprozedur. Nicht seine Welt.

Und trotzdem haben sie ihn gerufen wie den Geist aus der

Flasche und gesagt, daß irgend etwas nicht stimme. Also ist er hergefahren, begleitet von karibischen Bässen und einer schmalen Mondsichel. Jetzt ist er da.

Ein zerbrochenes Fenster, gelbes Absperrband, eine Blutlache, die Leiche. Wie gehabt wie gehabt wie gehabt. Aber als er in die Hocke geht und das Gesicht sieht, weiß er, daß sie recht hatten.

Volle Wangen, glatte Haut, weiche Lippen. Das ist kein abhängiger Jugendlicher auf der Suche nach dem nächsten Kick, der auf Bargeld aus war oder auf Gegenstände, die sich leicht verpfänden lassen. Das hier ist etwas anderes.

Die Ortspolizisten, die vergeblich ihre freudige Erregung zu verbergen suchen, sagen, er habe in der Stadt einen Laden gehabt. Mit Büchern und Andenken. Kunstkram, sagen sie. Hätte keiner Fliege was zuleide getan. Und dann beugt sich einer von ihnen vor und flüstert: »War 'ne Schwuchtel.«

Also sagt Enschell, er will den Täter sehen. Oder das Opfer, je nachdem. Er ist im Polizeirevier. Hohlwangig und verhärmt. War betrunken, ist aber durch den Schock ernüchtert. Ist am Ausflippen – völlig verständlich. Das würde jedem trauernden Liebhaber so gehen.

Aber nein. Das ist es auch nicht, oder?

Irgend etwas stimmt wirklich nicht.

Sie liest, was sie geschrieben hat. Seit ihrer Rückkehr nach Quince Hill ist es der erste Text, der sie nicht schaudern läßt bei dem Gedanken, ihn unter ihrem Namen zu veröffentlichen.

Sie denkt an Georges Beerdigung und an Lloyd Dreiz' Notruf, und es gelingt ihr mit Mühe, die Hand ruhig zu halten, als sie die Passage löscht.

Auf ihrem Schreibtisch liegt *Siedler im Nebel.*

Die Schuldgefühle lassen nicht auf sich warten. Sie lauern in den Lücken zwischen ihren Gedanken. Denn die Wahrheit ist ganz einfach.

Hätte er sie nicht kennengelernt, stände George in diesem Augenblick hinter seinem Ladentisch. Vielleicht säße er auch im Venus Restaurant Diner und würde versuchen, den *Expositor* zu lesen, ohne versehentlich die Seiten in seine Übergeschnappten Eier zu tauchen.

Aber er hat sie kennengelernt.

Sie ist in sein Leben getreten und war genausosehr Ursache für seinen Tod wie die Kugel, die ihn im Keller niedergestreckt hat. Das Gesicht nach unten, die Wände blutverschmiert. Sie hat ihm ihren Segen gegeben und ihn in sein Unglück laufen lassen. Jedes Mal, wenn sie daran denkt, schämt sie sich heftiger.

Sie wird sich das nie verzeihen können.

Dann schließt sie die Augen und atmet tief. Macht die Augen wieder auf.

In der Ecke steht die Schneiderpuppe. Draußen wiegen sich die Bäume im Wind. Tork, Nes und Dolenz faulenzen im Flur, und der Geländewagen wartet in der Garage. Der Volvo wurde am selben Tag verkauft, an dem ihr Haus in Essenville wieder auf den Markt kam. Jetzt nimmt ihr altes Leben ein weiteres Mal Gestalt an. Es ist so, als betrachte man das Zerbrechen eines Glases beim Zurückspulen des Filmes. Nächste Woche ist sie sogar mit Inchy zum Mittagessen verabredet. Sie wird nach Manhattan fahren, um ihre Zukunft zu besprechen.

Neben ihrem Laptop liegt ein kleiner weißer Telefonapparat mit einer weichen grauen Taste in der Mitte. Ihr Alarmknopf. Wenn er betätigt wird, setzt er eine ganze Batterie von Signalen in Gang und sendet gleichzeitig ein SOS an die Polizei. Die hat ihr das Gerät nahegelegt. Falls Leon Slocomb noch einmal zuschlägt.

Nachts, wenn sie keinen Schlaf findet, liegt der Alarmknopf an ihrem Bett.

Nur wenige Tage nach ihrer Rückkehr hat er wieder angerufen. Die Polizei weiß nicht, wo er ist. Er ist verschwunden und nicht an seiner Adresse anzutreffen, wie es ihm die Bewährungsauflagen vorschreiben.

Die Polizei meint, daß die Hunde nicht genügen. Er könnte alle drei umbringen, bevor Lizbeth überhaupt bemerkte, daß er sich im Haus befände.

Aber der Alarmknopf ist nicht ihr einziger Schutz. In der Schublade ihres Nachttisches liegt eine Handfeuerwaffe. Eine 38er. Nancy ist mit ihr zum Waffenladen gegangen und hat ihr beim Aussuchen geholfen. Lizbeth hat die Waffe nicht angefaßt, seit sie im Haus ist, aber mindestens einmal pro Tag öffnet sie die Schublade und betrachtet sie.

Jetzt streckt sie die Beine unter dem Schreibtisch aus, und ihr Fuß streift den Pappkarton, den sie dort unten aufbewahrt. Er enthält alles, was ihre Treffen mit Wilson erbracht haben. Die Notizen und die Tonbandaufnahmen. Seit Essenville hat sie die Sachen nicht angeguckt.

Sie beugt sich seitlich nach unten, um einen Blick darauf zu werfen. Als sie sich wieder aufrichtet, legt sie die Hände auf die Tastatur.

Enschell ließ die Hütten hinter sich und marschierte den Feldweg hinunter. Er hatte bereits einen Sonnenbrand im Nacken. Die Sonne war unerbittlich. Er machte kurze, vorsichtige Schritte, war unsicher, was ihn erwartete. In seinem Rücken drängelten sich die Dorfbewohner und riefen ihm etwas zu.

En los árboles.

Der Junge ging voran. Vor einiger Zeit war er vor Angst schreiend ins Dorf zurückgerannt, die Wange voller Blut.

Der Weg verlief im Nichts, war nicht mehr zu erkennen. Unter Enschells Fuß knackte ein Zweig. Der Junge zeigte – immer noch voller Angst – nach rechts. Ein Kreis von Limonenbäumen, grünes Laub. Die Dorfbewohner blieben zurück, aber Enschell lief weiter. Drang in den Kreis vor und dort sah er

Das Baby strampelt. Sie legt die Hand auf den Bauch, und als sie ihren Gedanken weiterführen will, ist er nicht mehr da.

Sie steht auf und verläßt den Schreibtisch, bevor die Schuldgefühle an die Oberfläche kommen.

Ossery trägt erstklassige Wanderstiefel und einen tomatenroten Anorak über seinem Anzug. Seine Aktentasche lehnt an seinen Füßen.

Lizbeth steht in der Haustür. Hinter ihm zieht das Morgenlicht auf.

»Sie haben sich verspätet«, sagt sie.

»Tut mir leid. Stockender Verkehr vor Bridgeport.«

Sie fragt, ob er Kaffee möchte, aber er hält einen halbvollen Riesenbecher von Starbucks in die Höhe. Also läßt sie ihn an Ort und Stelle stehen und sammelt die Hunde ein. Als sie vor die Haustür tritt, zerren sie heftig an ihren Leinen, und Ossery gerät in Panik.

»Sind sie ... ich meine ... in Ihrem Zustand ... haben Sie sie unter Kontrolle?«

»Vermutlich«, sagt sie.

Sie bedeutet ihm, ihr zur Seite des Hauses zu folgen und dann in den Wald. Er trägt seine Aktentasche, und immer wieder nimmt er einen Schluck Kaffee. Gerät ins Schwärmen beim Anblick der Natur. Sagt, er könnte sich vorstellen, auch eines Tages hier zu leben.

Sie laufen weiter, und der Wald wird dichter, das Licht gedämpfter. Schließlich kann Lizbeth ihre Neugier nicht mehr zähmen und fragt, warum er sie sprechen wollte. Warum er am Telefon gesagt habe, es könne nicht warten. Warum er morgens um Viertel nach sieben in brandneuen Wanderstiefeln in Quince Hill aufgetaucht sei.

Sie läßt die Hunde von der Leine, und sie schnellen vorwärts, als hätten sie Sprungfedern. Sie flitzen in die Büsche, laufen ineinander oder stoßen an Bäume.

»Sie haben Essenville so unvermittelt verlassen«, sagt er. »Wilson und ich haben uns gefragt, wann Sie wohl zurückkommen? Um mit dem Buch weiterzumachen.«

»Ich weiß es nicht«, sagt sie, und dann zögert sie. »Ich glaube, ich muß Abstand von dem Material gewinnen.«

»So«, sagt er. »Ich dachte, der Grund wäre vielleicht ...«

»Was?«

»Der Mann, der erschossen wurde. Ich habe gehört, daß Sie ihn kannten.«

»Ach wirklich?«

Sie läuft weiter. Weg.

»Entschuldigung«, sagt Ossery, als er sie einholt. »Ich wollte nicht ... Miss Greene, er möchte Sie einfach wiedersehen. Unbedingt wiedersehen. Nichts anderes. Darum bin ich hier.«

Sie hält ihr Tempo, sagt nichts. Also fährt er fort.

»Im Augenblick geht es ihm nicht gut. Er ist deprimiert. Die Interviews fehlen ihm ... er wirkt regelrecht *erloschen*. Und er spricht ununterbrochen von Ihnen, sagt, die Begegnung mit Ihnen wäre das wichtigste Ereignis seines Lebens. Sie müßten sein Gesicht sehen, wenn er Ihren Namen ausspricht. Vielleicht könnten Sie ein einziges Mal zurückkommen? Ich bin sicher, seine Stimmung würde sich heben ...«

Sie antwortet immer noch nicht.

»Er würde sich gleich viel besser fühlen.«

Sie merkt, daß der Spaziergang sie anstrengt, daß sie kurzatmig wird. Schließlich dreht sie sich zu Ossery um.

»Ich muß tun, was das Richtige für das Buch ist«, sagt sie, »aber vielleicht ... in ein paar Tagen ...«

Die Hunde springen in großen Sätzen voran.

»Mir war nicht klar, daß er deprimiert ist.«

»O ja. Die Atmosphäre in ESSUSP verschlimmert sich zusehends. Er hat Probleme mit den Aufsehern. Sie schikanieren ihn. Lassen ihn mit den Geisteskranken duschen. Verunreinigen sein Essen. Sie haben auch hellere Lichter in der Zelle angebracht, und davon hat er ständig Kopfschmerzen …«

Er nimmt einen Schluck Kaffee.

»Außerdem kommt der Termin für die Überprüfung der Haftbedingungen immer näher. Er hat schreckliche Angst davor, in zwei Wochen möglicherweise wieder in Isolationshaft zu sitzen.«

Als Lizbeth nach Atem ringt, verlangsamen sie ihr Tempo und bleiben stehen.

»Er sagt, wenn das passiert, wird er einen Weg finden zu sterben …«

»Das hat er auch zu mir gesagt.«

»Ich möchte Ihnen etwas zeigen.«

Er stellt seine Aktentasche auf den Boden, zieht die *Times* heraus und gibt sie ihr. Und sie liest über eine *von beiden Parteien getragene Kampagne, die darauf abzielt, die Rechte von Häftlingen, gegen ihre Haftbedingungen Berufung einzulegen, drastisch zu beschneiden.*

Es gibt auch ein Foto des Kongreßabgeordneten Rieber. Er sei, so der Artikel, der Sprecher der Initiative. Und habe sich voll und ganz dem Ziel verschrieben, *»diesen schamlosen Zirkus zu beenden, der unsere Justiz lahmlegt und die Anwälte reich macht, während er die Opfer verhöhnt«.*

Das Gefängnis, sagt er, könne kein Ort des persönlichen Wohlbefindens sein.

Und dann spricht er von dem

Fall des berüchtigten Gangsters Wilson Velez, der wegen Anstiftung zum Mord verurteilt wurde, während er bereits eine lebenslange Haftstrafe wegen Bandenkriminalität verbüßte. In Einzelhaft und ohne Besucher verbrachte Wilson die nächsten fünf Jahre damit, gegen diese Bedingungen Berufung einzulegen, was ihm vor fünf Monaten schließlich glückte. Aber trotzdem waren die verantwortlichen Richter so skeptisch, daß eine formale Überprüfung des Urteils gleich eingeplant wurde. Sie wird Anfang nächsten Monats stattfinden.

»Wieder einmal wird der Steuerzahler die Rechnung begleichen müssen«, sagt Rieber [der darauf hinweist, daß Velez' Rückkehr in den regulären Strafvollzug mit einer spektakulären Mordserie in seinem heimischen Queens zusammenfällt]. »Wenn die Justiz es mit einem solchen Mann zu tun hat, sollte man ihr auf jeden Fall gestatten, die Öffentlichkeit so vor ihm zu schützen, wie sie es für richtig hält.

Als Nation müssen wir Kriminelle daran hindern, den Gang der Justiz aufzuhalten – und unsere Richter müssen die Botschaft übermitteln, daß ständiges Kritisieren und Mekkern vor Gericht nicht belohnt wird.«

»Sie sehen, was auf uns zukommt«, sagt Ossery. »Ich erzähle Wilson nichts von solchen Artikeln, aber Sie kennen ihn ja – er nimmt die Stimmung seines Gegenübers in einem Pulsschlag wahr.«

Lizbeth reicht ihm die Zeitung, und er steckt sie in die Aktentasche zurück.

»Miss Greene, er meint, bei allem, was Sie verbindet –«

»Was meint er damit? Bei allem, was uns verbindet?«

»Die Erfahrung, zusammen an dem Buch zu arbeiten. Er meint, daß es eine Schande wäre, wenn nichts daraus würde. Denn, ehrlich gesagt, Miss Greene, sollte die Überprüfung schiefgehen – was Gott verhüten möge – und sollten Sie dann weiteres Material benötigen oder noch einmal mit ihm sprechen müssen …«

Aber sie rückt nicht weiter von ihrer Haltung ab. Also marschieren sie stumm durch den Wald zurück.

Erst als sie wieder vor dem Haus stehen, greift Ossery noch einmal in die Aktenmappe. Er überreicht Lizbeth einen Stapel Blätter, die von einem Schreibblock stammen.

»Er würde gerne wissen, was Sie darüber denken.«

In Wilsons Handschrift steht da: *Die bösen Geister von Gramercy Park und der seltsame Zauber.*

»Es ist das erste Kapitel«, sagt Ossery. »Er möchte Ihre Meinung hören, bevor er weiterschreibt ...«

Sie starrt auf die Seiten. Eine Notiz ist beigefügt. Sie lautet:

Lizbeth, ich weiß, es ist schwer, die Geschichte zu beurteilen, ohne das Ende zu kennen, aber ich hoffe, Sie können sich trotzdem eine Vorstellung von meinen Ideen machen. Und ich hoffe mit jeder Faser meines Herzens, daß Sie bald nach Essenville zurückkehren. Ich kann meine Gefühle nicht anders ausdrücken als so: Bitte, Lizbeth – kommen Sie zurück.

Er unterschreibt:

Mit der allergrößten Hochachtung – Wilson Ulysses Velez.

»Außerdem könnte es eine Weile dauern, bis wir wieder etwas aus dem Gefängnis nach draußen bekommen ... also habe ich ihm gesagt, er solle die Gelegenheit nutzen ...«

Lizbeth sieht ihn fragend an, und er erzählt, daß die Einheit zur Aufklärung von Bandenkriminalität Druck mache. Daß sie Sosa dazu gebracht hätten, die Briefe der *Christian Ladies of Western Arizona* so streng zu zensieren, daß die Hälfte geschwärzt sei. Als nächstes würden sie verlangen, das Urteil bis zur Überprüfung auszusetzen. Als Vorsichtsmaßnahme. Sie müßten etwas unternehmen, sagt er. In der letzten Woche seien in Corona drei Personen erschossen worden. Darunter ein vierzehnjähriger Junge, der für seine Mutter Medikamente gegen den grünen Star in der Apotheke abgeholt habe. Keine Festnahmen. Und wenn etwas geschehen müsse, aber keiner wisse, was zu tun sei, würden sie sich an Wilson halten.

»Sie werden eine Schau abziehen«, sagt er, »um ihren Vorgesetzten vorzumachen, sie wüßten, was vor sich geht.«

Lizbeth fragt: »Und – wissen sie, was vor sich geht?«

»Sie machen Witze. Machen Sie Witze? O Gott. Ich kann nicht glauben, daß Sie mich das gefragt haben. Die wollen lediglich, daß ein Kopf rollt. Um ihre Existenz zu rechtfertigen. Das ist doch klar. Miss Greene, Sie kennen Wilson, Sie wissen, daß er sich geändert hat. So etwas könnte er einfach nicht tun. Und Sie waren in Corona. Sie haben die Jugendlichen gesehen, die jetzt bei den Royals sind. Die Jungen, die letzte Woche erschossen wurden, waren ungefähr neun Jahre alt, als Wilson nach Moxanie kam. Er hat keinerlei Bezug zu ihnen. Er kennt sie nicht einmal. Glauben Sie wirklich, er würde riskieren, wieder in Isolationshaft zu kommen? Wofür? Ich wüßte das jedenfalls nicht. Und wer, glauben Sie, würde ihm dabei helfen? Ich? Glauben Sie etwa, ich würde meine Familie gefährden? Das ist totaler Schwachsinn, den sich diese Dilettanten ausgedacht haben. Das letzte Mal, als diese sogenannte Einheit zur Aufklärung von Bandenkriminalität überhaupt einen Fall von Bedeutung vor Gericht gebracht hat, saßen die Angeklagten samt und sonders schon um die Mittagszeit bei Burger King, und dann haben sie alles auf zwei Beinen wegen Freiheitsberaubung verklagt. Es war die *Insane Stone Brotherhood* in Sacramento. Informieren Sie sich über den Fall. Mehr brauchen Sie über diese ... Schwachköpfe nicht zu wissen.«

So wütend hat sie ihn noch nie gesehen.

»Sie müssen wissen, daß die Einheit die Vollzugsbehörde dazu veranlaßt hat, fünfzehn weitere Latinos nach ESSUSP zu verlegen, nur damit Sosas Aufseher sie auf dem Hof zu Wilson rüberschicken können. Sie stellen sich beiläufig zu ihm und erzählen, daß sie nächste Woche Besuch bekommen, um ihn dazu zu bringen, sich selbst zu belasten. Selbst mein fünfjähriger Sohn würde das durchschauen.«

Lizbeth hört sich fragen: »Kennen Sie Alicia Mapp?«

»Ach«, sagt er. »Sie haben es also tatsächlich bei Ihnen versucht. Ich habe mich das schon gefragt.«

»Sie wollte wissen, ob die Einheit meine Kassetten überprüfen könnte.«

»Und?«

»Sie fragte, ob sie das *könnte*, nicht, daß sie es *wollte*.«

»Sie wollen Ihnen nur zeigen, wo es langgeht, Miss Greene. Wenn sie Ihre Gespräche mit Wilson abhören wollen, dann können sie Ihre Gespräche mit Wilson abhören.«

»Genau. Die Kamera im Anwaltszimmer. Sie sagte, sie hätten unsere letzten beiden Treffen aufgezeichnet ...«

»Mit Sicherheit.«

»Aber ich weiß nicht, ob alles drauf ist ... ich meine, wenn man die Stimme senkt oder –«

»Richtig. Aber sie haben nicht nur die Kamera. Das wußten Sie doch?«

Die Hunde verziehen sich ins Haus, während sie spürt, wie sich ihr Hals zusammenzieht und ihre Haut zu kribbeln beginnt.

»Überall im Raum sind Wanzen verteilt. Und draußen auch. Ich nehme an, Sie werden abgehört, seit Sie das erste Mal in ESSUSP waren. Es ist kinderleicht. Sie merken überhaupt nichts davon. Man kann überall eine Wanze anbringen. Am Telefon. Im Büro. Im Badezimmer. Im Auto. Wirklich, alles wird von irgend jemandem abgehört –«

Er macht die Autotür auf und wirft seine Aktenmappe hinein.

»– die Frage ist nur, von wem.«

Dann dreht er sich wieder zu ihr um.

»Nun, Miss Greene, ich hoffe, morgen mit Wilson sprechen zu können. Was soll ich ihm sagen?«

Sie steht in der Tür und läßt sich die Frage durch den Kopf gehen.

»Sagen Sie ihm, was Sie wollen. Ich kann nicht einfach so hopphopp nach Pennsylvania kommen. Ich werde darüber nachdenken und gebe Ihnen Bescheid.«

»Okay, Miss Greene. Das werde ich ihm sagen.«

Er zögert, bevor er ins Auto steigt.

»Wissen Sie, Miss Greene, Wilson erzählt mir nicht, was zwischen Ihnen beiden vorgefallen ist … worüber Sie gesprochen haben … aber Sie haben ihn wirklich sehr beeindruckt … und er könnte im Moment weiß Gott etwas Trost gebrauchen.«

Noch bevor er den Motor anläßt, hat sie sich umgedreht und ist ins Haus getreten. Durch ein Fenster im Erdgeschoß sieht sie ihn davonfahren.

Die bösen Geister von Gramercy Park und der seltsame Zauber. Von Wilson Ulysses Velez.

Lizbeth starrt auf den Titel, und dann läßt sie die Blätter in die Schachtel unter dem Schreibtisch gleiten. Sie liest nicht einmal die erste Zeile. Wenn sie nur seine Handschrift sieht, kommt alles wieder hoch.

Sie betrachtet die Kassetten. Denkt an seine Stimme und an ihre. An all die Unbekannten, die ihre beschämenden Enthüllungen gehört haben. Die sogenannten Spaziergänge am Strand, die Nacht im Queens Bridge Park. An ihrem Fußgelenk hängt eine Kette mit einer eisernen Kugel, und sie schwimmt im tiefen Wasser. Das Gewicht wird gleich –

An diesem Abend öffnet sie die Haustür noch einmal, aber jetzt ist es nicht Ossery, der sie besucht, sondern Ed. Er hält Orchideen in der Hand. Seine Haare sind etwas länger, reichen fast bis zur Schulter.

Sie lächelt gegen ihren Willen.

»Mein Gott«, sagt er. »Bist du …«

»Rund?«

»Ja. Aber du siehst gut aus. Rund und gut.«

Sie holt eine Vase für die Blumen, und als sie ins Wohnzimmer kommt, steht er am Kamin, die Arme auf dem Rücken, unruhig, als wäre es ihre erste Verabredung.

»Bist du zurückgekommen?« fragt er. »Ich meine, bleibst du jetzt hier… ?«

»Ich weiß nicht.«

»Verstehe.«

»Ed, setz dich doch bitte hin. Du machst mich ganz nervös.«

Jeder von ihnen setzt sich auf ein Sofa. Sie sprechen über sein Geschäft und die Nachtfalken, die auf dem Dach seines Hauses ihr Nest haben. Zweimal lacht sie über seine Witze und tadelt sich insgeheim dafür.

Dann teilt sie ihm energisch mit, es sei ihr Wunsch, daß er die Vaterrolle für das Kind übernehme. Was immer in Zukunft auch geschehe: Er solle ein richtiger Vater sein.

»Das wollte ich immer. Es war nicht nötig, mir durch deinen Anwalt eine Mitteilung zukommen zu lassen«, sagt Lizbeth. »Du solltest mich besser kennen …«

Es täte ihm leid, sagt er. Aber er habe so lange nichts von ihr gehört und sich Sorgen gemacht.

»Ist alles in Ordnung …?« fragt er.

»Mit dem Baby? Sicher.«

»Aber du weißt nicht, ob es ein –«

»Nein. Das weiß ich nicht. Im Sommer werden wir es beide erfahren.«

Sein Blick fällt auf ihren Bauch, bevor er schnell wieder nach oben wandert.

»Und«, sagt er, »warst du je wieder beim Zahnarzt?«

Sie steckt einen Finger in den Mund und schnippt ihren Zahn heraus. Hält ihn in der Handfläche, während sie sich ansehen.

Später, als er fort ist und nur sie und die Hunde im Haus sind, geht sie durch die Räume, um jedes Schloß zu kontrollieren und noch einmal zu kontrollieren; und als sie schlafen geht, wirft sie einen Blick auf die Pistole in der Nachttischschublade und vergewissert sich, daß der Alarmknopf neben ihr liegt.

15

Lizbeth ist im Arbeitszimmer, als Alicia Mapp anruft, deren Stimme etwas kratzig klingt, als habe sie mit einer Erkältung zu kämpfen.

Sie sagt, gewisse Ereignisse in letzter Zeit hätten die Einheit davon überzeugt, daß Wilson die Lockerung seiner Haftbedingungen mißbrauche. Folglich sei man dabei, die Lage zu prüfen und einzuschätzen. Gewissermaßen eine Luftaufnahme zu machen.

»Das Kinderbuch«, sagt sie, »sollte unter einem Pseudonym veröffentlicht werden, soweit wir wissen. Wir haben den Verlag darum gebeten, es aus dem Programm zu nehmen … vorübergehend. Innerhalb der Einheit wird die Vorstellung geprüft, daß das Buch ein Vehikel für einen irgendwie gearteten Code sein könnte. Uns ist vollkommen klar, daß es vor Jahren geschrieben wurde, aber wir würden es trotzdem gerne unter die Lupe nehmen, bevor es … eine größere Verbreitung findet. Darüber hinaus gibt es einige Unklarheiten bezüglich der Empfänger der Gelder, die Ihr Verlag für das Buch gezahlt hat. Es geht dabei um die exakte Natur der Wohltätigkeitsorganisationen, welche die Zuwendungen erhalten sollen.«

Außerdem habe man Direktor Sosa gebeten, den Briefwechsel mit den *Christian Ladies of Western Arizona* auszusetzen – zumindest bis zur Überprüfung der Berufung (in dreizehn Tagen).

Es handele sich dabei nicht um endgültige Schlüsse, sagt sie. Die Einheit wolle lediglich Vorsichtsmaßnahmen ergreifen.

Ihre Stimme versagt mitten im Wort, sie fängt sich aber sofort.

»Ms Greene, ich muß Sie fragen, ob Velez irgend etwas zu Ihnen gesagt hat, das seine mögliche Beteiligung an ... unerwünschten Aktivitäten nahelegt?«

»An unerwünschten Aktivitäten? Nein... ich glaube nicht.«

»Es muß gar kein direkter Hinweis gewesen sein, Ms Greene. Vielleicht haben Sie etwas auf diese Weise... *verstanden*?«

»Ich bin mir wirklich nicht sicher. Warten Sie. Ist diese... Unterhaltung ... offiziell?«

»Hätten Sie damit ein Problem, Ms Greene?«

»Nein ... natürlich nicht.«

Die Hunde machen sich hektisch hinter der Tür bemerkbar, und Lizbeth nimmt das Telefon mit in den Flur.

»Ms Greene, haben Sie mit jemandem über den Inhalt Ihrer Gespräche mit Velez gesprochen? Mit irgend jemandem?«

»Nur mit seinem Anwalt. Und mit Ihnen.«

Alicia Mapps Stimme hat wieder einen Aussetzer.

»Ich gehe davon aus, daß Sie noch alle Notizen haben, die Sie bei Ihren Besuchen im Gefängnis gemacht haben, Ms Greene? Und die Tonbänder?«

»Natürlich.«

»Dann wäre es gut, wenn Sie diese Aufzeichnungen jetzt ordnen würden. Damit sie bereitliegen, falls ... wenn wir sie überprüfen müssen. Damit nichts fehlt.«

Sie sagt okay, aber sie weiß, daß sie einen Herzschlag zu lange gewartet hat.

»Soweit wir wissen, befindet sich außerdem ein neueres Manuskript von Velez in Ihrem Besitz. Wenn das der Fall ist, wären wir Ihnen für eine Kopie sehr verbunden.«

» Okay. Soll ich es zu den Notizen legen?«

»Nein, Ms Greene. Das würden wir gerne gleich sehen ...«

Alicia Mapp nennt eine Faxnummer, dann fragt sie, wann Lizbeth nach Essenville zurückzukehren plane.

Lizbeth überdenkt die Frage. Versucht zu entdecken, welche Absicht dahintersteckt. Herauszufinden, ob man mit ihr spielt. Aber es ist wie das Lesen im Kaffeesatz.

»Ist das von Bedeutung?«

»Warum sollte es nicht von Bedeutung sein, Ms Greene?«

»Nun ... wenn ich ihn nicht besuchen darf, hat es keinen Zweck zurückzukehren.«

»Warum sollten Sie ihn nicht besuchen dürfen, Ms Greene?«

Alicia Mapp fängt an zu husten.

»Ich weiß nicht ... ich dachte nur ...«

»Nein, Ms Greene, die Einheit würde einen derartigen Schritt nur dann tun, wenn vermutet würde, daß Sie Velez die Übermittlung von Botschaften ermöglicht hätten. Das ist jedoch eindeutig nicht der Fall.«

Wieder einmal verrät ihr Tonfall überhaupt nichts.

Die Hunde kommen und legen sich zu Lizbeths Füßen, und sie fragt, was der Anlaß für all diese Maßnahmen gewesen sei. Habe es etwa wieder eine Bluttat in Corona gegeben?

»In Corona ist nichts passiert, Ms Greene. Es betrifft Ignacio Solis.«

»Ojos?«

»Ojos. Richtig. Er wurde gestern abend tot in seiner Zelle aufgefunden. Mit dem Gesicht nach unten und Stichen in den Hals und ins Herz, Ms Greene.«

Sie fügt nichts hinzu. Hustet. Dann geht Lizbeth ein Licht auf. »*Wilson*? Sie glauben, daß Wilson das angeordnet hat? Das ist ... lächerlich.«

»Sie mögen das glauben, Ms Greene. Wir halten es für eine vielversprechende Hypothese.«

»Aber es ergibt keinen Sinn. Wilson vergöttert ... hat Ojos vergöttert. Er würde das niemals tun ...«

»Auch nicht, wenn er glaubte, es würde ihm die Isolationshaft ersparen?«

»Ich verstehe nicht ... wieso ...?«

»Und wenn Ojos im Begriff stand, doch noch zuzugeben, daß Velez in seinen Briefen die Morde an Horace Gampas und Felix Cruz befohlen hat? Oder – noch entscheidender – zu enthüllen, daß Velez in letzter Zeit zu bestimmten Anhängern in Kontakt stand und die Ereignisse in Corona gelenkt hat?«

»Das wollte Ojos tun?«

»Es erscheint möglich.«

»Sie wissen es nicht?«

»Wir halten es für eine vielversprechende Hypothese.«

Sie macht eine Pause.

»Man hat ihm die Tattoos der Royals aus der Haut geschnitten, Ms Greene.«

Die Worte bleiben zwischen ihnen stehen. Unverrückbar.

»Ich denke, Ihnen ist klar, was das zu bedeuten hat. Nur Velez kann –«

»– das Entfernen von Tätowierungen befehlen.«

»Genau. Deshalb halten wir ein Szenario für möglich, in dem er diesen Mord angeregt hat. Und daraus folgt: wenn er derartige Botschaften übermitteln kann, könnte er auch die Probleme in Corona herbeigeführt haben.«

»Aber wer ... ich meine ... wer ist am anderen Ende? In Corona? Hurricane? Almanza?«

»Das wissen wir nicht, Ms Greene. Wenn ich ehrlich bin, muß ich allerdings sagen, daß es mich überraschen würde. Wir glauben zwar nicht, daß die Royals durch und durch die Chorknaben sind, als die sie sich gerne ausgeben, aber trotzdem waren die letzten Jahre auffallend frei von solchen ... Vorfällen. Es ist einfach etwas, das wir nicht mit Almanza assoziieren. Genaugenommen gehen wir im Moment von der Annahme aus, daß die fraglichen Episoden in Corona Teil einer Auseinandersetzung zwischen einzelnen Fraktionen sind … daß Velez vielleicht meint, Almanza müsse durch einen anderen Royal ersetzt werden … wie immer das zu bewerkstelligen ist. Haben Sie jemals den Eindruck gewonnen, daß er dieser Überzeugung ist, Ms Greene?«

»Nein … wirklich nicht. Keineswegs.«

Einer nach dem anderen stehen die Hunde auf und trotten nach unten.

»O Gott.«

»Alles in Ordnung, Ms Greene?«

»Ja. Es ist nur … ein bißchen viel, um es zu verarbeiten.«

»Ms Greene«, sagt Alicia Mapp, »mir ist klar, daß Sie in den letzten Monaten viel Zeit mit Velez verbracht haben. Der Three Vee, den wir kennengelernt haben, sieht aber möglicherweise anders aus. Er ist ein Mann ohne Gewissen. Ein Mann, der Verletzungen zufügt. Wenn er sich bedroht fühlt, wenn etwas seinen Zorn erregt, löscht er gnadenlos Leben aus. Natürlich liegt es mir fern, einer Autorin von Ihrem Rang Ratschläge zu erteilen, aber sollten Sie auch die *Opfer* ins Blickfeld rücken wollen, könnte ich Sie mit Leuten bekanntmachen, die ziemlich wüste Geschichten zu erzählen haben.«

Lizbeth beobachtet Tork, der in den ersten Stock zurückkommt und sie fragend ansieht.

»Deshalb ist das Ergebnis der anstehenden Überprüfung von entscheidender Bedeutung. Ich meine, es ist ganz erstaunlich. Der Mann wurde erst vor etlichen Wochen aus der Isolationshaft entlassen, und gucken Sie mal, was er bereits angerichtet hat.«

Plötzlich wirkt ihr Tonfall unbeschwert: »Aber wir sind zuversichtlich, daß sich das Bild für die Richter bei der Verhandlung in knapp zwei Wochen sehr viel deutlicher abzeichnen wird …«

Noch einmal wird Alicia Mapp von einem Hustenanfall gequält.

»Entschuldigung. Tut mir leid. Ms Greene, ich will Sie nicht länger aufhalten. Es wäre nett, wenn Sie uns das fragliche Dokument faxen könnten … und vielleicht auch die Tonbänder bereithalten.«

Alicia Mapp macht eine Pause, und dann sagt sie: »Übrigens, die Sache mit Ihrem Freund in Essenville tut mir leid. Sehr traurig. Ich fühle mit Ihnen.«

Sie erleidet noch einen weiteren Hustenanfall, bevor sie sich verabschiedet.

Lizbeth wundert sich über den Schock, den Alicia Mapps Anruf ihr versetzt hat. Sie fragt sich, warum sie nicht felsenfest von seiner Schuld überzeugt ist.

Denn das ist sie nicht.

Sie sitzt im Schneidersitz auf dem Boden ihres Arbeitszimmers. Der Pappkarton steht vor ihr, und sie ordnet die Kassetten nach dem Datum, das sie auf jeder Hülle vermerkt hat. Sie weiß genau, auf welcher er sagt: *Genauso offenkundig wie die Tatsache, daß Sie sich gerne etwas in die Venen spritzen.*

Ihr wird schwindlig, wenn sie daran denkt, wer was weiß und wohin dieses Wissen führen könnte.

Darauf hat sie keinen Einfluß. Es verselbständigt sich.

Aber trotzdem tut man, was man kann. Was sonst?

Sie schiebt die Kassette in den Rekorder, hört das Flüstern und drückt auf RECORD. Auf dieselbe Weise löscht sie auch alles andere, das die Welt niemals erfahren sollte. Sie durchforstet ihre Notizen und stößt auf seine Worte: BRECHEN SIE EIN GESETZ, gefolgt von: *Duftspray, 7Up, Mounds* in ihrer Handschrift. Diese Seite reißt sie raus, trägt sie in die Küche und verbrennt sie über der Spüle. Als sich die letzte Ecke des Papiers kräuselt und zu Asche wird, muß sie an George denken. Und dann an Ojos. Mit dem Gesicht nach unten auf dem Zellenboden.

Vor ihrem inneren Auge erscheint Wilsons zorniger Mund, als er von Ojos' Verrat hört. Sie malt sich aus, wie sich sein Zorn steigert. Und obgleich da immer noch dieser winzige Zweifel ist, läßt sie ihrer Fantasie freien Lauf und stellt sich vor, wie er zu seinem Entschluß kommt. Und dann findet sein grausamer Wunsch den Weg in Ojos' Zelle.

Mit dem Gesicht nach unten. Beide lagen mit dem Gesicht nach unten.

Sie denkt: Er brauchte nur einen Kanal. Einen –

Kurier. Sie greift nach einem Stift und schreibt auf ihren linken Handrücken: *KURIER*.

Auf dem Schreibtisch läutet das Telefon. Ossery. Seine Stimme kämpft gegen den Lärm vieler schneller Autos an. Er sei, sagt er, auf der Interstate 78.

Er möchte wissen, ob sie darüber nachgedacht habe, nach Essenville zurückzukehren. Er wolle sie nicht drängen, aber er sei heute im Gefängnis gewesen. Es werde immer schlimmer. Die Aufseher würden Wilson ständig beschimpfen. Dann hätten sie ihm den »Klumpen« gegeben, genau wie in der Isolation. Er habe sich geweigert zu essen. Deshalb sei er zwangsernährt worden. Jetzt könne er wegen des Schlauches, den sie ihm in den Rachen geschoben hätten, kaum reden. Seine Ticks kehrten zurück. Seine Haut sei übersät mit Ausschlägen.

»Außerdem«, sagt er über den Lärm der Motoren hinweg, »ist er ziemlich verzweifelt. Er hat gerade eine schlechte Nachricht bekommen –«

»Ojos.«

»Genau. Ojos. Woher wissen Sie –«

»Alicia Mapp hat angerufen.«

Osserys Stimme zittert vor Empörung.

»Ach wirklich? Dann haben Sie sicher diese hübsch erfundene Geschichte gehört. Ojos wird die Tätowierung herausgeschnitten, also ist Wilson dafür verantwortlich. Ganz schön dreist. Was sie wohl tun, wenn das nächste Mal jemand von einem Mann in einem Anzug erschossen wird? John Gotti exhumieren? Aber bitte schön. Die können es gerne so haben, wenn sie wollen. Wir reichen Klage ein, und die ganze Welt erfährt, was für Schwachköpfe das sind ... wir können eine solche Lawine von Scheiße lostreten, daß die Affäre um die *Insane Stone Brotherhood* nach einem Triumph makelloser Detektivarbeit aussieht ...«

Er macht eine winzige Pause. Dann: »Es ist dermaßen *krank*. Wissen Sie, daß ich heute die ersten Exemplare von *Die bösen Geister von Gramercy Park* bekommen sollte? Jetzt liegen sie in einem Lagerhaus der Bundesbehörde in Newark. Und ausgerechnet jetzt, so kurz vor der Verhandlung. Natürlich haben diese Idioten überhaupt nichts in der Hand ... aber die Botschaft, die damit übermittelt wird –«

»Ich würde sagen, die Botschaft für Ojos war schlimmer.«

»Natürlich. Aber all das, Miss Greene, *richtet Wilson zugrunde*. Heute haben wir eine Stunde zusammen im Anwaltszimmer gesessen, und der Mann hat die ganze Zeit geweint. Wie ich ihn seit Jahren nicht habe weinen sehen ... also wenn diese Alicia Mapp behauptet, er wäre irgendwie *verantwortlich* ... um ihre Karriere zu befördern ... dann kommt mir die Galle hoch ...«

Lizbeth erinnert sich an etwas.

»Hat er Ihnen jemals von Rinser erzählt?«

»Entschuldigung?«

»Ein Geisteskranker. Im Gefängnis. Wilson ... nahm Anstoß an ihm.«

»Ich weiß nicht, worauf Sie hinauswollen, Miss Greene. Nein, ich kann mich nicht an den Namen erinnern.«

Der Verkehrslärm erreicht einen Höhepunkt.

»... Hören Sie, Miss Greene, ich wollte nur wissen, ob Sie sich entschieden haben ... aber wenn das nicht so ist, haben wir beide anderes zu tun ...«

Er bittet sie noch einmal inständig um einen Besuch in Essenville, bevor er auflegt.

An diesem Abend greift sie in die Schachtel unter ihrem Schreibtisch und findet in einem der Notizbücher die Fotografie, die Hurricane ihr in Corona gegeben hat. *La realeza original.* Sie betrachtet Ojos. Die Gesichtszüge verströmen jugendliche Energie, und auf einer Wange hat er einen fast schwarzen Leberfleck.

Lizbeth hat den Anblick noch vor Augen, als sie im Bett liegt, aber beim Einschlafen sieht sie plötzlich Georges Gesicht. Eine Stunde später wacht sie auf. Das Baby strampelt, und ihr Mund ist völlig ausgetrocknet.

In dieser Nacht schläft sie überhaupt nicht mehr. Schließlich geht sie ins Arbeitszimmer. Sieht den ordentlichen Kassettenstapel und die Notizen. Sie setzt sich auf den Boden und zieht den Karton unter dem Schreibtisch hervor. Nimmt den Deckel ab und starrt auf Wilsons Geschichte.

Aber sie liest sie immer noch nicht.

Als sie wieder zu sich kommt, geht am zwölften Tag vor dem Verhandlungstermin die Sonne auf, und vor der Tür lärmen die Hunde. Sie verlangen ihr Frühstück.

Die Tage werden länger. Sie vergehen ereignislos, und Lizbeth arbeitet nicht. Wenn Ossery anruft, erreicht er nur den Anrufbeantworter. Die Nachrichten, die er hinterläßt, klingen immer verzweifelter.

Neun Tage vor der Verhandlung wartet sie in der Küche auf Nancy, die ihr Lebensmittel aus Quince Hill mitbringen soll. Sie sitzt am Tisch, vor sich die Zeitung.

Titelseite: nichts von Interesse. 2, 3, 4, 5. Auch nichts. Seite 6: Das Gefängnis. Ein Foto. Die Schlagzeile:

PENNSYLVANIA: KORRUPTIONSSKANDAL IN: HOCHSICHERHEITSGEFÄNGNIS

Noch ein Foto. Es stammt aus den Personalakten der Vollzugsbehörde: Officer Sherwin Baines. Er wurde am Vortag verhaftet. Ergebnis einer langwierigen Ermittlung. Sein Vergehen ist

der Handel mit eingeschleusten Waren und die Übermittlung von Nachrichten für eine Reihe von Häftlingen, die als besonders gefährlich eingestuft werden.

Ein Bankkonto ist entdeckt worden, auf dem die Einkünfte aus den illegalen Tätigkeiten lagern. Die Zeitung nennt sie

verschiedenste Dienstleistungen für eine Reihe von ausgewählten Insassen.

Offenbar pflegten die Netzwerke von inhaftierten Dealern Drogen zu beschaffen, die dann ins Gefängnis geliefert wurden. Aber es ging auch etwas hinaus, zum Beispiel das Sperma von Häftlingen. Und die Adressen von Opfern und ihren Familien, die an Killer und Vergewaltiger weitergegeben wurden genauso wie die Anschriften von Anklagevertretern beiderlei Geschlechts. Häftlinge erfuhren die Namen von Informanten innerhalb der Haftanstalt oder die Wohnorte von Belastungszeugen. Sie konnten auch den Aufenthaltsort von Gangmitgliedern innerhalb des Vollzugssystems und geplante Verlegungen in andere Gefängnisse ermitteln lassen.

Bei jeder neuen Zeile des Berichts wartet sie darauf, daß der Name Wilson Velez erwähnt wird. Aber er taucht nicht auf. Statt dessen heißt es:

Lance Szletat, ein früherer Versicherungsdetektiv aus Pittsburgh, wurde ebenfalls verhaftet. Es heißt, er und Baines hätten im Auftrag von Häftlingen illegal Personen beschattet.

Mißtrauische Ehemänner ließen die Autos ihrer Frauen auf dem Besucherparkplatz mit Abhörgeräten ausstatten. Auch wenn ein Häftling einen Groll gegen einen anderen hegte, ließ er dessen Familie überwachen. Selbst Aufseher wurden abgehört, gelegentlich sogar zu Hause. Die auf diese Weise erlangten Erkenntnisse wurden an Häftlinge weitergegeben und führten in mindestens einem Fall zu einer Erpressung.

Ein Mitglied der Vollzugsbehörde, das anonym bleiben möchte, gibt zu, daß *die Behörde sehr genau prüfen muß, wie so etwas geschehen konnte.*

Gefängnisdirektor Sosa gibt keinen Kommentar ab.

Lizbeth liest den Bericht noch einmal, achtet auf jedes Wort und versucht, die Informationen zu verarbeiten. Ihr Erstaunen ist grenzenlos.

Wie viele Male ist sie mit Officer Baines durch die endlosen Korridore gelaufen?

Dann schließt sie die Augen und sitzt im Venus Restaurant Diner. Sie sieht, wie Sherwin Baines mit Frau und Tochter das Lokal betritt. Hört, wie er und die Kellnerinnen abgedroschene Witze machen, wie er das Essen bestellt. Wie ihm jeder stolze Einwohner der Stadt, der an seinem Tisch vorbeikommt, bei den kommenden Ausscheidungsspielen im Bowlodrome Glück wünscht. Der erste Wurf gehört dir, Sherwin, sagen sie. Danach begibt er sich wieder ins Gefängnis. Benutzt die Stechuhr und macht sich einen Kaffee. Sein Becher steht in der Personalküche und trägt die Aufschrift: CAPTAIN. Während der Kaffee durchläuft, raucht er eine Zigarette. Quatscht mit einem anderen Aufseher, wenn er gemächlich zu den Abteilungen hinaufsteigt. Und wenn er allein ist, klopft er an eine Zellentür. Vergewissert sich, daß er nicht beobachtet wird, und tritt ein. Holt eine flache Papiertüte aus seinem Schuh und legt sie auf das Bett. Geht wieder und sucht eine andere Zelle auf, in der er langsam eine Adresse vorliest. Ein

Insasse mit öligen Haaren und grimmigen Augen notiert sie und nickt vielsagend mit dem Kopf.

Bei der dritten Zelle klopft er mit seinem Schlagstock gegen die Tür. Und wenn er sie öffnet, findet er –

Wilson?

Osserys Telefon ist besetzt. Bei Alicia Mapp hat sie mehr Glück.

Sie entschuldigt sich, Lizbeth nicht vorgewarnt zu haben. Aber Lizbeth könne sicher ermessen, wie heikel die Verhaftung gewesen sei, zumal sich verschiedenste Dienststellen mit dem Vorgang befaßt hätten.

Die beiden – Szletat und Baines – hätten meisterhafte Observierungen durchgeführt. Jede Wanze sei aus dem Verkehr gezogen worden, sobald der Auftrag erledigt war. Dieser Szletat, sagt Alicia Mapp bewundernd, sei ein echtes Talent.

Baines, sagt sie, habe in bezug auf Wilson bislang noch nichts zugegeben. Aber die Einheit sei zuversichtlich, daß er das noch tun werde. Ojos. Corona. Bald werde alles ans Licht kommen.

Einen Laufburschen, so nennt sie Baines. Er habe Dinge in Erfahrung gebracht und weitergegeben. Wenn die Information eine Reaktion erforderte, habe er gehandelt. Im Auftrag.

»Man muß natürlich eines bedenken, Ms Greene. Ein normaler Mensch, der genau wie Sie und ich Verpflichtungen hat und Rechnungen zahlen muß, wird um gewisse Gefälligkeiten gebeten. Diese Person ist vielleicht der Ansicht, daß ihre berufliche Hingabe und Erfahrung nicht ausreichend gewürdigt werden – vor allem nicht finanziell. Deshalb sollte es uns nicht allzu sehr erstaunen, wenn jemand einem solchen Ansinnen zustimmt.«

Natürlich, sagt sie, werde sie alles in ihrer Macht Stehende tun, um Lizbeth von jetzt an auf dem laufenden zu halten.

»Vielen Dank übrigens«, sagt sie, »für die Notizen und die

Kassetten, Ms Greene, und für das Manuskript. Natürlich konzentrieren wir uns im Augenblick auf Baines, trotzdem wird sich das Material bestimmt als außerordentlich nützlich erweisen.«

Als Nancy um elf kommt, erzählt Lizbeth ihr nichts. Später verbringt sie eine Stunde am Pool und hält die Füße ins Wasser. Sie denkt an Ojos und dann – wie immer – an George.

An Wilson.

Bis sie plötzlich von dem Verlangen überwältigt wird, gegen das sie sich seit Osserys Besuch gewehrt hat. Sie trocknet ihre Füße ab und geht ins Arbeitszimmer, wo sie die Pappschachtel unter dem Schreibtisch hervorzieht. Sie greift hinein.

Die bösen Geister von Gramercy Park und der seltsame Zauber.

Sie liest.

An dem Abend, als wieder alles schiefging, hockten Hector und Edmond über der Eingangstür ihres Gebäudes am Gramercy Park. Eine Gruppe elegant gekleideter Menschen kam vorbei. Sie trugen Juwelen und waren auf dem Weg zum Abendessen in einem teuren Restaurant. Mit einem gräßlichen Knirschen seines abscheulichen Kopfes wandte sich Hector an Edmond.

»Weißt du eigentlich, was ich an den Menschen am liebsten mag, alter Freund?« fragte er.

»Nein, Compadre«, antwortete Edmond. »Was magst du an den Menschen am liebsten?«

Hector sagte: »DAS HIER!«

Und dann stieß er einen markerschütternden Schrei aus, ließ seine schrecklichen Augen hervorquellen, bleckte seine spitzen, fauligen Zähne – und die herausgeputzten Leute schrien vor Entsetzen und rannten weg!

Oh, wie die Ungeheuer lachten! Zumindest, bis Hector die seltsame Frau erblickte.

Da war sie wieder. Sie stand vor dem Gebäude, wie sie es an den sieben vorangegangenen Abenden getan hatte.

Sie hatte außergewöhnlich blasse Haut, die fast durchsichtig war, so schwarze Haare wie ein Rabe um Mitternacht, und sie war klein wie eine Elfe. Aber das war nicht der Grund, weshalb Hector sie bemerkt hatte. Während alle anderen Menschen, die am Haus vorbeikamen, beim Anblick der Ungeheuer zurückschreckten, zuckte sie mit keiner Wimper. Deshalb war sie ihm aufgefallen. Sie stand einfach da und hielt ein großes, in Leder gebundenes Buch in der Hand. Darin steckte ein Stück Papier.

Aber schließlich drehte sie sich um und ging. Gleich darauf schlug die alte Standuhr in der Halle des Gebäudes zehn, und die Ungeheuer erhoben sich in die Lüfte. In dieser Nacht war New York so voller Bosheit, daß es zu bersten drohte! Also trieben die Ungeheuer nach Herzenslust ihren Unfug und verbreiteten Unordnung und Unheil.

Als sie nach Gramercy Park zurückflogen, waren sie hundemüde. »Ach«, sagte Hector, »war das wieder eine herrliche Nacht in der ekelhaftesten Stadt der Welt!«

»In der Tat, alter Freund«, erwiderte Edmond. »In der Tat.«

In diesem Augenblick begann über dem East River die Sonne aufzugehen. Jedes Ungeheuer auf dem Gebäude – und davon gab es bei der letzten Zählung nicht weniger als 5843 – fiel in einen zufriedenen, tiefen Schlaf. Und keines schlief tiefer oder zufriedener als Hector.

Aber dann hörte er etwas.

Er öffnete eines seiner schuppigen Augen.

Die seltsame Frau mit der blassen Haut und den schwarzen Haaren war auf eine Holzkiste gestiegen, die sie auf die Stufen zum Eingang des Gebäudes gestellt hatte, so daß sich ihr Kopf auf Hectors Höhe befand. In der Hand hielt sie das riesige, in Leder gebundene Buch und das Stück Papier, von dem sie etwas vorzulesen begann.

Unerhört! Hector traute seinen gräßlichen Fledermausohren nicht. Denn die Frau sagte einen Zauberspruch in der uralten Sprache der Dämonen auf – eine Beschwörung, über die es Gerüchte gab, die aber keines der Ungeheuer je gehört hatte. Hector erkannte sie sofort.

Einen Augenblick später öffnete er sein zweites schuppiges Auge, und die Frau war verschwunden. Dann ging die Sonne über dem Hudson River unter, und die anderen Ungeheuer begannen sich zu regen. Keines von ihnen war aufgewacht, als die seltsame Frau den Zauberspruch vorgelesen hatte, nicht einmal Edmond.

»Guten Abend, alter Freund«, sagte dieser, gähnte, schüttelte den Staub aus den Flügeln und streckte die scheußlichen Klauen.

»Auch dir einen guten Abend«, erwiderte Hector.

Er war jetzt davon überzeugt, daß er geträumt hatte. Das war die einzig mögliche Erklärung für die seltsam blasse Frau und den Zauber. Hector seufzte erleichtert auf, und ein dicker Regentropfen fiel auf den Bürgersteig. Und noch einer.

Schlag zehn verließen die Ungeheuer die Fassade ihres Gebäudes und flogen in eine Nacht voll köstlicher Unordnung. Inzwischen regnete es, als würden die Wolken ganze Ozeane bergen, und mit dem Regen kamen Donnerschläge, so laut wie Kanonenfeuer, und grelle Blitze. Alles in allem war es eine Nacht, die wie für Ungeheuer gemacht war – auch wenn Hector in seinem Inneren ein merkwürdiges Gefühl verspürte, als er mit Edmond über die Penn Station glitt.

An der Ecke West 57th Street und Broadway entdeckten sie einen wirklich bösen Menschen.

In dem strömenden Regen versuchten die Leute, die leider keinen Schirm hatten, sich im überdachten Eingangsbereich eines riesigen Bürogebäudes unterzustellen. Aber jedes Mal, wenn jemand auch nur einen Fuß ins Trockene setzte, kam ein schäbiger Wachmann mit schlechtem Atem brüllend ange-

rannt und verscheuchte sie mit dem Schlagstock, den er in der Hand hielt. Und dabei war der Eingang so breit wie ein Haus, und die Leute suchten Schutz vor dem Regen, sonst nichts.

Zuerst glaubten Hector und Edmond, er wäre ein Wichtigtuer. Aber dann entdeckten sie noch etwas. Wenn er nicht gerade Leute verscheuchte, setzte er sich an seinen Schreibtisch in der Eingangshalle des Gebäudes und schrieb Briefe an berühmte Persönlichkeiten. Und was für scheußliche Briefe das waren! So scheußlich, wie nur ein Mensch sein kann, das heißt: böse und gemein und abstoßend.

Aber gerade als Hector und Edmond herabstoßen wollten, um Chaos zu stiften, erblickte Hector das Seltsamste, was er je gesehen hatte – die blasse Frau mit dem schwarzen Haar war an seiner Seite. Sie flatterte mit ihren weißen Armen und flog durch die Luft!

»Na so was!« sagten Hector und die Frau wie aus einem Munde. »Es hat geklappt!«

Sie konnten es beide kaum glauben, aber sie wußten trotzdem, daß es so war. Denn der Zauberspruch, den die seltsame Frau aufgesagt hatte, setzte alle Naturgesetze außer Kraft – es war ein Zauberspruch, der einem Menschen die Kräfte eines Ungeheuers verlieh.

»Ich war in der Bibliothek«, erzählte die Frau, »weil ich eine Geschichte über Wasserspeier schreibe. Und dabei habe ich ein altes, in Leder gebundenes Buch gefunden, in dem ein Stück Papier steckte. Ein alter Mann – noch seltsamer als ich – kam auf mich zu und erzählte mir, daß ich die Worte nur einem echten Ungeheuer vorlesen müsse, damit passiert, was jetzt passiert ist. Ich habe aber nicht daran geglaubt.«

»Komm schon, alter Freund!« rief Edmond. »Wir wollen diesem bösen Menschen einen kleinen Besuch abstatten!«

Und da wurde Hector klar, daß nur er die seltsame blasse Frau in ihrem gegenwärtigen Zustand sehen konnte. Nur ihm hatte sie den Zauberspruch vorgelesen. Er stieß mit Edmond hinab, und die Frau folgte ihnen, für alle unsichtbar außer für Hector.

Unten auf der Straße entdeckte der Wachmann soeben ein altes Ehepaar, das im Eingang des Bürogebäudes Zuflucht suchte, und trieb sie mit seinem Schlagstock davon. Dann ging er in die Halle zurück, um mit seinen gemeinen Briefen weiterzumachen.

Plötzlich jedoch wurde die Tür des Gebäudes aufgestoßen, und ein gewaltiger Wind blies herein. Der Wachmann kam blitzschnell auf die Füße und rannte zur Tür, um sie zu schließen, aber der Wind war so heftig, daß er mit ganzer Kraft gegen ihn ankämpfen mußte. Als er sich wieder hingesetzt hatte, stürmte ein noch stärkerer Windstoß durch das Gebäude – der Wachmann folgte ihm in den ersten Stock und mußte feststellen, daß dort alle Fenster offenstanden! Er hetzte von einem zum anderen, um sie zu schließen, aber immer wieder ging ein neues Fenster auf. Auch in den nächsten beiden Stockwerken passierte dasselbe.

Bald mußte der Wachmann feststellen, daß jedes einzelne Fenster im Gebäude geöffnet war; Regen pladderte herein, Vögel flogen in den Büros umher. Er schrie vor Ärger und rannte in die Eingangshalle zurück, wo zu seinem Entsetzen die Tür weit offenstand und die Leute von der Straße hereinkamen. Als er aber versuchte, sie mit seinem Schlagstock zu vertreiben, ergriff der heftigste Windstoß von allen seine bösen Briefe und wehte sie hinaus.

In Panik rannte er ihnen nach, doch inzwischen wurden sie in sämtliche Richtungen geweht. Kaum war er fünf Schritte von dem Gebäude entfernt, gab es einen gewaltigen Donnerschlag, und ein mächtiger Blitz kam vom Himmel und schlug direkt auf dem Kopf des Wachmannes ein. Er zappelte, als würde er eine verrückte Gigue tanzen, seine Haare standen zu Berge, aus seinem Kopf stieg Rauch auf, bis er schließlich davonrannte, wobei er stammelte und schrie. Was gerade geschehen war, hatte ihn um den Verstand gebracht.

»Gute Arbeit, alter Freund!« rief Edmond anerkennend. »Solche Blitze haben wir seit Jahren nicht mehr benutzt.«

Aber Hector wußte, daß er überhaupt nichts mit dem Blitz zu tun hatte. Es war das Werk der seltsamen blassen Frau gewesen.

»O Mann«, sagte sie und flatterte mit den Armen. »Das war ganz schön aufregend!«

Wo immer sie während der Nacht halt machten, war es dasselbe: Für jeden schlechten Menschen, den die Ungeheuer ausfindig machten, fand die seltsame Frau eine andere Methode, um die Bösewichter zu quälen. Hector hatte sich noch nie so gut amüsiert!

Über der Penn Station wandte er sich der Frau zu, um sie zu fragen, wie sie hieß. Aber plötzlich war sie verschwunden – als wäre sie nie dagewesen. Als sich die restlichen Ungeheuer sammelten, um zusammen nach Gramercy Park zurückzukehren, rief Edmond ihnen zu: »He, Jungs! Der alte Hector war heute nacht wie neu geboren.«

Zu ihrem geliebten Gebäude zurückgekehrt, fielen die abscheulichen Ungeheuer in einen tiefen Schlaf, der Regen ließ nach, und die Sonne ging über dem East River auf. Auch Hectors Augen wurden schwer und begannen zuzufallen … aber einen Augenblick später stellte er fest, daß er keineswegs schlief, sondern sich auf dem Bahnsteig der U-Bahn-Station 23rd Street befand.

»Du schon wieder!«

Die seltsame blasse Frau stand direkt neben ihm. Aber obgleich sich hundert weitere Menschen auf dem Bahnsteig drängelten, sah keiner von ihnen Hector auch nur an – er war ebenso unsichtbar für sie, wie die Frau es für die anderen Ungeheuer gewesen war. Da wußte er, daß der Zauber vollständig gewirkt hatte. Nicht nur konnte die seltsame Frau jetzt mit den Ungeheuern fliegen, auch Hector konnte sich unter den Menschen aufhalten! In Wahrheit mußte er das sogar, denn der Zauber verlangte, daß er von jetzt an seine Tage in der Welt der Menschen verbrachte, während seine Kollegen in Gramercy Park schliefen und schnarchten.

Aber wißt ihr, was das Merkwürdigste war? Als er seine Flügel zusammenfaltete und die Ohren anlegte und wie eine Kröte in den überfüllten U-Bahn-Wagen hüpfte, freute sich Hector auf den Tag, der vor ihm lag. Insgeheim hatte er schon immer wissen wollen, wie es war, ein Mensch zu sein – und jetzt war er ganz aus dem Häuschen, obwohl er wußte, daß der Zauber sehr gefährlich war und daß Menschen und Ungeheuer niemals *gemeinsame Sache machen sollten.*

Bald gelangten sie an den Ort, an dem die seltsame blasse Frau arbeitete. Sie hieß Lenore Tamerlane. Das erfuhr Hector durch ein Namensschild, das auf ihrem Schreibtisch stand.

»Also, was soll ich jetzt tun?« fragte Hector.

»Ich weiß nicht«, sagte die Frau. »Vielleicht könntest du mir die Heftmaschine rüberreichen.«

Und das tat er. Er fand schnell heraus, daß er hier keinen Unfug anstellen konnte, aber – merkwürdig genug – das machte ihm nichts aus. Er saß einfach still unter Lenore Tamerlanes Schreibtisch, und später machte er ein paar Fotokopien für sie und zog schreckliche Grimassen hinter dem Rücken ihres Chefs. In der Mittagspause hüpfte er neben ihr her, als sie sich auf der anderen Straßenseite ein Sandwich kaufte. Er öffnete ihr sogar ihre Getränkedose mit seiner schärfsten Kralle. Normalerweise flößte sie den Menschen eine panische Angst ein.

Als er am Ende des Tages das Büro mit ihr verließ und sich der Himmel über New York verdunkelte, drehte sich Hector um, und plötzlich war sie verschwunden. Er selber aber hockte im Handumdrehen wieder über seiner Haustür in Gramercy Park.

In der Nacht jedoch, als er und Edmond durch die Lüfte flogen und in der Stadt nach Schlechtigkeit suchten, tauchte Lenore Tamerlane wieder an seiner Seite auf; am nächsten Morgen erwachte er in der U-Bahn-Station 23rd Street, und sie war seine Gefährtin in der Welt der Menschen.

Mit jedem Mal gefiel es ihm besser. So ging es eine ganze Woche, bis die achte Nacht hereinbrach. Hector wartete auf seinem Platz; es begann zu regnen, und dann drehte sich Edmond mit dem üblichen gräßlichen Knirschen zu ihm um.

»Guten Abend, alter Freund«, sagte er. »Paß auf, wir machen uns einen richtig häßlichen Abend. Freust du dich schon?«

Das tat er wirklich. Aber er erzählte Edmond nicht, warum – er freute sich nämlich, weil er Lenore Tamerlane wiedersehen würde. Er war fast ein bißchen nervös, als ihn seine großen häßlichen Flügel über die Stadt trugen. Dann fanden er und Edmond über einer Eisbahn den ersten schlechten Menschen: Es war das Mädchen, das die Schlittschuhe ausgab. Sie schmierte klammheimlich Vaseline auf die Kufen, wenn eine andere hübscher war als sie (und das waren viele). Als Hector sich anschickte hinabzustoßen, sah er sich suchend um, aber Lenore Tamerlane war nicht da.

Sie erschien auch nicht, als sie ein paar Minuten später den nächsten schlechten Menschen auf Roosevelt Island entdeckten. Sie war nicht über dem Verdi Square und auch nicht über dem Apollo Theater.

Hector war traurig und machte sich Sorgen. Schließlich flog er kurz nach Mitternacht allein davon.

»He!« rief ihm Edmond nach. »Hector, wo willst du hin, Compadre?«

Das wußte Hector nicht genau. Aber er setzte seinen siebten Sinn ein (den Sinn, den nur Ungeheuer besitzen), um Lenore Tamerlane zu finden. Und es glückte – bald hatte er sie aufgespürt.

Sie wohnte in einer winzigen Wohnung ganz oben in einem schönen alten Haus, das dem Gebäude in Gramercy Park glich. Hector sah, daß Licht brannte. Deshalb schlug er mit den Flügeln und schwebte vor dem Fenster, bis er sie entdeckte. Sie saß in einem hübschen, mit Pailletten bestickten Kleid an ihrem winzigen Küchentisch und aß zu Abend – mit einem Mann! Er sah unbeholfen aus und kriegte eine Glatze. Entsetzt betrachtete Hector die Szene, als der Mann schließlich aufstand und ins Badezimmer ging. Dann näherte sich das traurige Ungeheuer dem Fenster und klopfte mit derselben widerlichen Kralle an die Scheibe, mit der er Lenore Tamerlanes Getränkedose geöffnet hatte. Als sie ihn erblickte, schrie sie fürchterlich und hörte gar nicht wieder auf.

Obwohl Hector nicht wußte, warum, *wußte er,* was *geschehen war. Lenore Tamerlane hatte ihre Seite des Zaubers gebrochen – sie konnte kein Unheil mehr mit den Ungeheuern stiften, und sie hatte vergessen, daß sie einmal keine Angst vor ihnen gehabt hatte. Deshalb schrie sie bei Hectors Anblick.*

Er flog alleine und verwirrt und unglücklich nach Gramercy Park zurück. Aber das Schlimmste sollte noch kommen. Denn als all die anderen Ungeheuer einschliefen, schlossen sich auch Hectors Augen – und wieder fand er sich in der U-Bahn-Station 23rd Street. Er sah sogar Lenore Tamerlane, aber im Licht des Tages war er jetzt für sie genauso unsichtbar wie für alle anderen.

Also verbrachte Hector den Tag, indem er traurig durch die Welt der Menschen lief. Zu seinem eigenen Entsetzen wünschte er sich sogar, selbst einer zu sein. Denn auf ihn wirkte der Zauber noch. Er stand vor dem Schaufenster eines Elektrogeschäfts und sah sich dämliche Fernsehsendungen an. Die Passanten aßen fettige Hamburger – und er fand den Geruch göttlich. In einem Stau drückten die Autofahrer auf die Hupe, und Hector jammerte und stöhnte mit ihnen, nur um dazuzugehören. Aber es hatte keinen Sinn. Hector hatte sich niemals niedergeschlagener gefühlt.

Und so ging es in der nächsten Nacht weiter, am nächsten Tag und in der Nacht, die folgte. Es war, als wäre die seltsame blasse Frau nie mit dem Ungeheuer geflogen. Aber trotzdem wollte er die Hoffnung nicht aufgeben. Er kehrte von einer weiteren trübseligen Nacht des Unruhestiftens zurück, und als er kurz vor der Morgendämmerung über die Stadt flog, schloß er die Augen. Wenn er sie wieder öffnete – würde sie dasein. Ganz bestimmt. Sie würde in Gramercy Park stehen und darauf warten, daß er sie bemerkte.

Aber sie war nicht da. Sie kam nicht. Also gab es nur noch eine Lösung. Am nächsten Abend erzählte er alles Edmond.

Edmond tätschelte die scheußlichen Klauen seines alten Freundes.

»Mach dir keine Sorgen, Compadre. Ich kann dieses Problem lösen.«

Es sei ganz einfach, erklärte er. Lenore Tamerlane habe den ersten Zauberspruch an Hectors Seite vorgetragen, ihn jedoch allein aufgehoben. Sie sei also von dem Zauber befreit, aber Hector – ganz offensichtlich! – nicht. Er müsse lediglich Lenore Tamerlane dazu bringen, den Vorgang in Hectors Gegenwart zu wiederholen. Dann würde auch er davon befreit werden.

Wie gewöhnlich trennten sich die beiden gräßlichen Ungeheuer über der Penn Station von den anderen. Aber anstatt sich auf die übliche Suche nach Unheil zu begeben, machten sie sich zur Wohnung Lenore Tamerlanes auf.

»Gut«, sagte Edmond, »nun mußt du sie nur noch darum bitten, den Zauber wieder aufzuheben.«

Indem er versuchte, so wenig ekelhaft wie möglich auszusehen, flatterte Hector zur Wohnung hinauf – aber als er dort ankam, war der unbeholfene Mann mit der beginnenden

Glatze schon wieder da. Er stand mit dem Rücken zum Fenster, so daß Hector nicht an ihm vorbeisehen konnte.

Eines allerdings sah er ganz klar: Lenore Tamerlane hatte darauf verzichtet, mit den Ungeheuern Unheil zu stiften, weil sie ihre Abende lieber mit diesem Mann verbringen wollte.

Jetzt hatte er nur noch einen Wunsch: sich von diesem idiotischen Zauber zu befreien. Deshalb flog Hector um das Gebäude herum zur Rückseite der Wohnung. Als er dort ankam, zog der Mann mit der beginnenden Glatze gerade die dicken Samtvorhänge zu, als wäre er der Herr im Haus! Also schlug das Ungeheuer mit seinen gräßlichen Flügeln und kehrte zur Vorderseite zurück – und jetzt sah er sie. In ihrer ganzen seltsamen Blässe saß sie da. Ganz vorsichtig klopfte Hector mit seiner Klaue an das Fenster, aber sie sah nicht auf. Da rief er ihren Namen. Er versuchte, seine Stimme so sanft wie möglich klingen zu lassen – das Ergebnis lag irgendwo zwischen einem Krächzen und einem Stöhnen.

»Oh, Lenore«, schrie er. »Lenore!«

Dann jedoch legte der Mann mit der Glatze romantische Musik auf, und Hectors Stimme ging darin unter.

»O weh!« murmelte Hector. »Wenn ich diesen idiotischen Mann nicht aus dem Weg räumen kann, werde ich niemals wieder Frieden finden.«

Schließlich stand Lenore Tamerlane auf, um ins Badezimmer zu gehen. Als sie fort war, sah Hector, wie der Mann mit der Glatze in die Jackentasche griff und etwas herauszog, aber dabei verschüttete er eine Flasche Rotwein auf dem Tisch. Erschrocken sah sich der Mann im Zimmer um und griff nach einem Stück Papier, das auf dem Kaminsims lag, um damit den Wein aufzuwischen.

Es war der Zauberspruch!

Völlig erstarrt sah Hector zu, wie die Tinte auf dem Stück Papier zerfloß und der Zauberspruch – der viel zu kompliziert war, als daß ihn jemals jemand hätte auswendig lernen kön-

nen – unlesbar wurde. Als Lenore Tamerlane zurückkehrte, knüllte der Mann mit der Glatze das feuchte Papier zusammen und stopfte es in die Jackentasche.

Hinter Hector kam Edmond angeflattert.

»O je«, sagte er. »Es gibt nur eine Möglichkeit, eine solche Notlage zu beheben. Du mußt diesen unbeholfenen Mann mit der beginnenden Glatze verzaubern, um das Wissen wiederzuerlangen, das er gerade zerstört hat!«

Dann erklärte Edmond, was ein solcher Zauber beinhaltete.

»In Ordnung«, sagte Hector. »Wenn es das ist, was ich tun muß, dann muß es sein.«

In diesem Augenblick hörte die romantische Musik plötzlich auf, und als Hector seine riesige Ohrmuschel ans Fenster legte, vernahm er furchtbare Neuigkeiten. Seine Schuppen wurden so blaß, daß sie der Haut der seltsamen Lenore Tamerlane glichen.

»Was ist los, alter Freund?« fragte Edmond. »Was hast du gehört?«

Entgeistert drehte Hector sich um.

»Sie verreisen. Der Mann mit der Glatze hat ihr gerade ein Ticket für eine Kreuzfahrt gegeben. Sie brechen schon morgen früh auf!«

Bei diesen Worten sahen sich die beiden Ungeheuer entsetzt an. Hector würde sie begleiten müssen. Einer der bösen Geister von Gramercy Park würde New York verlassen müssen!

Sie bewegt sich nicht. Sitzt still, als wäre sie aus Wachs. Ein kalter Film überzieht ihre Haut.

Kann das sein, was es zu sein scheint? Kann das wirklich bedeuten, was es ganz offensichtlich bedeutet?

Aber was denn sonst?

Es war nicht nur Ojos. Nicht nur Corona.

O Gott, Wilson. Was hast du getan?

Sie blättert noch einmal zurück, und es ist so offenkundig, daß sie aufschreit.

Oder etwa nicht?

Denk logisch, sagt sie sich. Analytisch. Spiele es durch.

Sie ruft sich die Erinnerungen an die letzten Wochen ins Gedächtnis. An die letzten Monate. An alles, seit sie zum ersten Mal den Fuß ins Gefängnis gesetzt hat.

In der Stille ihres Arbeitszimmers schließt sie die Augen und macht sich ans Werk. Hauptfiguren. Motive. Gelegenheiten. Sie sucht nach den Schnittpunkten von »Warum« und »Wie«, die sie an diesem Schreibtisch so oft für Detektiv Enschell festgelegt hat: ein langsamer Prozeß, der nach und nach die banale Abfolge von Ereignissen abträgt, um das darunterliegende versteckte Muster an den Tag zu bringen. Die wahre Geschichte.

Und es paßt. Alles fügt sich ineinander. Ihre gräßliche Intuition bestätigt sich, wird zur Wahrheit.

Sie blickt noch einmal auf das Manuskript und erkennt, was es wirklich ist. Sein Geständnis. Mit ausgestreckten Beinen sitzt sie auf dem Boden und sichtet jedes Indiz. Sie fühlt sich wie ein Pilot, der im Nebel landet.

Mit dem Bild, das er für sie gezeichnet hat, sitzt er im Anwaltszimmer, und sie überprüft den Kassettenrekorder, während er spricht. Sie sieht auf, er funkelt sie über den Tisch hinweg mit einer solchen Wut an, daß es ihr kalt über den Rücken läuft.

»Es ist okay«, sagt er und schmollt wie ein verwöhntes Kind. »Wirklich. Ich weiß, warum wir hier sind.«

Wann immer sie unaufmerksam war, war es dasselbe. Er spuckte Gift und Galle.

»Sie wirken etwas zerstreut, Lizbeth.« Und weiter: »Na ja, ich schätze mal, jetzt, wo Sie sich eingelebt und Freunde in Essenville haben, sind Sie in Gedanken ganz woanders.«

Eines allerdings sah er ganz klar: Lenore Tamerlane hatte darauf verzichtet, mit den Ungeheuern Unheil zu stiften, weil sie ihre Abende lieber mit diesem Mann verbringen wollte.

Alicia Mapps Stimme klingt ihr in den Ohren: »Wenn ein Häftling über die nötige Intelligenz verfügt, ist es fast unmöglich, einen Austausch von Informationen zu verhindern. In beiden Richtungen ... Angestellte versehen ihre Pflichten nicht in allen Fällen mit der gebotenen Gewissenhaftigkeit.«

Officer Sherwin Baines schlendert durch die Tore von ESSUSP, als Alan Ossery ihr an einem frischen frühen Morgen sagt: »Es ist kinderleicht.«

Alles, sagt er, wird von irgend jemandem abgehört.

Sie denkt an das Haus in Essenville, in das man so leicht einbrechen konnte, denn die Terrassentüren hatten kein anständiges Schloß, und das Badezimmerfenster war nicht gesichert. In der Küche dieses Hauses hat George zu ihr gesagt, daß Lloyd Dreiz schon immer ein mieser Typ gewesen sei. Infam.

»Infam. *O Mann.*«

Und dann sieht Wilson über den Tisch zu ihr herüber, seine Züge werden weicher.

»Tut mir leid, wenn ich aggressiv war, Lizbeth. Infam. Ich wollte nicht infam sein.«

Das Wort erinnert sie an irgend etwas. Aber ihre Gedanken sind bei Leon Slocomb; und Wilson redet weiter.

»Infam ist noch das netteste, was man über ihn sagen kann«, sagt George. Lloyd Dreiz war ekelhaft. Ein Mistkerl. Ein Trinker.

Im Anschluß an das verpaßte Interview ist Wilson wieder ungehalten.

»Wo waren Sie denn?« sagt er. »Allls ... Sie hier sein sollten?«

In Essenville, sagt sie. Mit einem Freund.

»Aha«, sagt er, »ein Freund. Claro. Ich verstehe.«

»Man kann überall eine Wanze anbringen. Sie merken überhaupt nichts davon«, hat Ossery gesagt. »Am Telefon. Im Büro. Im Badezimmer. Im Auto.«

Sie sieht den braunen Volvo vor sich. Baines schleicht sich auf den Besucherparkplatz des Gefängnisses. Vielleicht hält er vorher noch mit dem diensthabenden Aufseher ein Schwätzchen, sie reden über das anstehende Bowlingturnier oder klatschen über den Direktor. Dann geht Baines zu ihrem Auto. Die Wanze in der Tasche. Den Dietrich in Bereitschaft.

»Was ist los, alter Freund?« fragte Edmond. »Was hast du gehört?«

George steht auf dem Gelände der Tankstelle und starrt auf den Rücksitz. Hinter ihm ragt schwarz der Wald auf. Und er sagt ihr, was er tun muß.

»Montag abend finden im Bowlodrome die Ausscheidungsspiele statt. Lloyd spielt für Essenville. Er wird nicht vor elf nach Hause kommen.«

BAINES WILL ES MURRYSVILLE ZEIGEN, heißt es im *Expositor*.

Ein Laufbursche, so nennt Alicia Mapp Officer Sherwin Baines. Er habe Dinge in Erfahrung gebracht und weitergegeben. Wenn die Information eine Reaktion erforderte, habe er gehandelt. Im Auftrag.

Wie üblich trinkt Lloyd Dreiz ein Bier oder vielleicht zwei, bevor er sich ins Bowlodrome aufmacht, und natürlich ist er etwas aufgekratzt, als er dort ankommt. Was macht das schon?

Es ist gut für seine Nerven. Das wissen alle.

Nur trifft der Captain dieses Mal eine Entscheidung, zeigt Führungsqualitäten.

»Lloyd, es muß sein. Denk an die Mannschaft.«

Ausgerechnet an diesem Abend.

Die Stadt versammelt sich bei den Ausscheidungsspielen, und Lloyd Dreiz steigt wieder in seinen Hummer.

»Also ist er mit einer Flasche Jim Beam zu Hause, nur in Unterwäsche und halb bewußtlos, und da hört er unten ein Geräusch –«

»O Gott.«

Wilson ist ein Mann ohne Gewissen, hat Alicia Mapp gesagt. Ein Mann, der Verletzungen zufügt. Wenn er sich bedroht fühlt, wenn etwas seinen Zorn erregt, löscht er gnadenlos Leben aus.

Im ersten Stock des Hauses ist Licht angeschaltet worden. Eine spindeldürre Silhouette wird sichtbar. Lloyd Dreiz steht auf und geht durch den Raum.

»In Ordnung«, sagte Hector. »Wenn es das ist, was ich tun muß, dann muß es sein.«

Sie hört Georges Atem, bevor er die Straße überquert und in dem Haus verschwindet.

»Ich brauche nur fünf Minuten«, sagt er.

So hat er George Finer getötet. Er war es. Eifersüchtig und bösartig. Er hat George aus dem Leben gerissen, als hätte er die Hände um seinen Hals gelegt und zugedrückt.

Sie sieht auf seine Notiz.

Ich hoffe, Sie können sich trotzdem eine Vorstellung von meinen Ideen machen.

Wie hat sie sich einreden können, sie hätte es nicht gewußt? Sie hat es die ganze Zeit gewußt. Sie hat im Anwaltszimmer gesessen und gewußt, was er ist, das Wissen war immer da – wenn sie den Kassettenrekorder angestellt oder ihr Notizbuch geöffnet hat. Sie hat es nur nicht an sich herangelassen. Hat es nicht gespürt.

Jetzt spürt sie nichts anders.

Er wollte ihre Aufmerksamkeit. Er hat sie. Alles, was er ihr genommen hat, was er von ihr weiß, kettet sie an ihn. Ihr sind die Hände gebunden, während er sich seiner Tat brüstet. Ihre Geheimnisse sind seine Rückversicherung.

Armer Rinser. Armer Ojos. Armes Corona.

Armer George.

16

Noch sieben Tage bis zur Berufungsverhandlung. Lizbeth hebt die Serviette an den Mund und hinterläßt ein wenig Lippenstift darauf.

»Jedenfalls haben sie den Buchhandlungen erzählt, Jim Rockford wäre krank, vielleicht hat er Lyme-Borreliose. Alles läge auf Eis, bis die Ärzte sich Klarheit verschafft hätten.«

Inchy Burdens Stimme treibt auf der Oberfläche der Geräusche im *Fifty Seven Fifty Seven* zur Mittagszeit dahin. Lizbeth legt ihre Serviette auf den Tisch.

»Also, sei ehrlich, Honey. Ist dieses ganze Theater ein Problem für uns? Für das *richtige* Buch?«

»Das wird in Ordnung gehen«, sagt Lizbeth. »Alles wird in Ordnung gehen.«

Sie starrt auf die Reste auf ihrem Teller. Kann nicht essen, ohne sich im Venus zu sehen. Kann sich nicht im Venus sehen, ohne daß George ihr gegenübersitzt.

Inzwischen ist alles verschwommen und überschattet.

Während der Kellner die Teller abräumt, sagt Inchy, sie verspüre ein solches Kribbeln. Immer wenn Mitchell Rieber den Mund aufmache, stehe ihr ein Stapel mit fünfzig Büchern in einer Flughafenbuchhandlung vor Augen. Und schon wieder werde ein Exemplar von *Gottes einsamster Mann* verkauft.

Inchy wählt Rieber, das weiß Lizbeth.

Auf der Straße umarmen sie sich, und Inchy nimmt das erste Taxi, das vorbeikommt.

Auf dem Rücksitz des nächsten starrt Lizbeth auf ihre Hände, während der Fahrer Manhattan hinter sich läßt. Sie hebt den Kopf und sieht in die Stahlkonstruktion der Queensboro Bridge.

Der East River schäumt unter ihr, und das Gesicht Richard Cazets sitzt auf den Schultern eines jeden Fahrers, den sie überholen. Aber sie verdrängt diesen Gedanken, und als sie das Ufer erreichen und über den Queens Boulevard rattern, denkt sie nur noch an die unbekannte Stimme, die sie letzte Nacht am Telefon gehört hat, und an die Worte, die gesagt wurden:

Sturmwarnung – bei Hurricanes besteht Gefahr.

Sie fahren durch das elegante Sunnyside, durch Woodside mit dem überfüllten Himmel, bis sie die Martense Avenue und die 103rd Street erreichen: Corona.

Von hier aus läuft sie. Heute stehen keine Royals Wache vor dem baufälligen Haus in der Waldron Street, und als sie die Stufen zur Haustür hinaufsteigt, schallt ihr von innen kein Baulärm entgegen.

Die Kirche von Vater Peres ist verschlossen. Auch der Anbau ist verlassen, wie sie feststellt.

Nirgendwo Royals. Nur ihre Graffiti.

Doch als sie weitergeht, erblickt sie eine Gestalt mit weißen Haaren, die in einiger Entfernung steht und sie anstarrt.

Peres. In Sekundenschnelle überquert er die Straße und eilt die 108th Street hinauf.

Sie ruft ihm nach, aber er hält nicht an, und als sie an die Kreuzung kommt, ist er vierzig Meter vor ihr und wird immer schneller.

Er sieht sich nicht um. Überquert noch einmal die Straße und verschwindet im Park.

Sie folgt.

Zwei Jogger in Sweatshirts und runden Kappen keuchen am alten Karussell vorbei. Liz versucht, mit dem Priester Schritt zu halten, aber der flitzt voran, und sie wird mit jedem Schritt müder.

Sie ist immer noch weit abgeschlagen, als er die *New York*

Hall of Science erreicht. Er biegt nach rechts und verschwindet. Als sie an dieselbe Abzweigung kommt, ist sie völlig erschöpft und überzeugt davon, daß sie ihn verloren hat. Aber nein. Er ist am Ende des Weges und gerade dabei, um eine weitere Ecke zu biegen.

Dann aber bleibt sein Fuß eine Sekunde zu lange in der Luft, und als er versucht, das Gleichgewicht zu halten, fliegen seine Arme in die Höhe. Sein Bein knickt ein, und einen winzigen Moment später stürzt er vornüber zu Boden.

Als sie ihn erreicht, sieht sie, daß sein Gesicht und die Hände aufgeschürft sind.

»Es war glatt«, sagt er, als er mühsam auf die Füße kommt. »Eine vereiste Stelle.«

Sie stellt zwei Dinge fest. Er hat eine solche Ginfahne, daß ihre Augen beinahe tränen; und außerdem war es seine Stimme, die sie am Telefon gehört hat. Er hat angerufen und etwas von Hurricanes gesagt.

Er muß der Kontaktmann in Corona sein und hat sich gemeldet, bevor sich das Netz zuzieht.

»Alles in Ordnung, Vater?«

»Ja. Danke.«

Sie nimmt seinen Arm, um ihn zu stützen, und führt ihn zu einer Bank.

»Ich hätte wissen müssen, daß Sie kommen«, sagt er. »Ich hätte das wissen müssen, als ich den Hörer in die Hand nahm. Ich vermute, ich wollte es so. Aber die Wahrheit ist, ich hatte schon ein Gläschen getrunken, um mich aufzuwärmen ... und deshalb habe ich übereilt gehandelt. Jetzt, wo Sie da sind, wünsche ich fast, ich hätte diesen Anruf nie gemacht. Denn ich habe Angst vor dem, was ich in Gang gesetzt habe.«

»Es war gut, mich anzurufen. Mutig. Vater, ich möchte helfen. Deshalb bin ich gekommen. Wenn Hurricane in Gefahr ist ... durch Wilson ... dann müssen Sie ihn beschützen ... auch wenn es Ihnen wie Verrat erscheint.«

Der Priester wendet sich fassungslos an Lizbeth.

»*Hurricane* beschützen? Vor *Wilson*? Miss Greene, ich dachte, Sie würden die Lage durchschauen.«

Er versucht aufzustehen, aber es gelingt ihm nicht.

»Wilson ist keine Gefahr für Hurricane. Hurricane bedroht Wilson. Das war schon immer so. Wußten Sie das nicht?«

»Vater«, sagt sie, »ich weiß, daß die letzten Wochen hart gewesen sein müssen ... aber wenn Sie trinken, hilft das auch nicht weiter ... es bringt lediglich alles durcheinander.«

»Ich wünschte, ich wäre durcheinander. Das wäre ein Trost.«

Er schüttelt den Kopf, und seine Stimme senkt sich zu einem Flüstern.

»Tut mir leid, Miss Greene. Ich war der Meinung, sie würden die Bedeutung meines Anrufes erkennen. Ich muß mich deutlicher ausdrücken: Das Blut, das in Corona vergossen wurde, geht auf José Almanzas und Mitchell Riebers Konto –«

»Rieber? Ich verstehe kein –«

»Die beiden haben alle Morde der letzten Wochen befohlen.«

Er sieht Lizbeths Verwirrung und seufzt.

»Um alle Welt glauben zu machen, Three Vee wäre es gewesen. Und um zu bewirken, daß er wieder in Isolationshaft kommt.«

Auf einem verrosteten Motorkarren fährt ein Angestellter der Parkverwaltung in einem blauen Overall vorbei. Der Priester spricht erst weiter, als er außer Sichtweite ist.

»Sie müssen wissen, daß ich nicht daran beteiligt war, Miss Greene. Zu meiner Schande kenne ich die Wahrheit und habe nichts dagegen unternommen ... aber ich hatte nichts damit zu tun. Erst als Hurricane diesen Slinky zur mir brachte und mich bat, mit ihm zu sprechen ...«

»Slinky? Ist das nicht –«

»Der *soplón*, der in Wilsons Prozeß ausgesagt hat. Damals fing es an. Jedenfalls für mich.«

Er legt den Kopf in die Hände. Sitzt einige Sekunden lang bewegungslos da. Dann: »Ich weiß nicht, wer sich an wen gewandt hat. Rieber an Hurricane oder Hurricane an Rieber. Ich weiß nur, daß ihre Vereinbarung lange in Kraft war, bevor ich davon erfuhr. Rieber erhielt Wilson Velez auf dem Silbertablett, und im Gegenzug konnte Hurricane seine Geschäfte ungestört abwickeln, sobald er die Royals übernommen hatte. Es war einfach.«

Eine Taube stolziert vorüber.

»Sie fanden Slinky in Elmhurst. Er gehörte zu den dortigen Royals. Ein *tecato* und ein Dieb. Unsympathisch. Jedenfalls kam Hurricane zu Ohren, daß er sich mit Männern traf ... um seine Sucht zu finanzieren. Eines Nachts suchte er ihn auf und brachte ihn auf einen Schrottplatz. Vermutlich machte Slinky sich auf Prügel gefaßt ... aber die beiden waren ganz allein. Hurricane verlangte von Slinky, daß er gegen Wilson aussagte. Slinky hatte keine Wahl. Denn sonst hätte Hurricane alle wissen lassen, was er wirklich war. Hurricane versprach ihm, ihn zu schützen und ihn zu belohnen, wenn er seine Aussage machte. Er sollte am nächsten Morgen zum Polizeirevier auf der 43rd Avenue gehen und nach Mitchell Rieber fragen. Am selben Tag wurde Three Vee verhaftet. Ich erfuhr erst eine Woche vor dem Prozeß davon.«

Er starrt vor sich hin, als wäre Lizbeth gar nicht da, und seine Stimme bleibt immer noch gedämpft.

»Ich war zu Hause und schlief, als es läutete. Zwei Uhr nachts. Hurricane stand vor der Tür. Daneben Slinky, dem er einen Müllsack über den Kopf gezogen hatte. Ich glaubte schon, er würde ihn an Ort und Stelle – in meinem Haus – umbringen. Ich sagte: ›Nein, nein, nicht hier. Das kannst du nicht machen.‹ Hurricane jedoch schleppte den Jungen in die Küche und ging mit mir ins Wohnzimmer. Dort erzählte er mir, was geplant war. Was er und Mitchell Rieber sich ausgedacht hatten. Aber Slinky hatte kalte Füße bekommen und wollte einen Rückzieher machen. Deshalb sollte ich mit ihm reden und ihn davon überzeugen, daß es Gottes Wille wäre, wenn er die Aussage machte. Außerdem sollte ich ihm versprechen, mich persönlich darum zu kümmern, daß Hurricane seine Zusagen einhalten würde. Also ging ich in die Küche ... und tat es.«

»Aber«, sagt Lizbeth, »Wilson hat Sie vergöttert. Ich meine ... warum?«

»Damals meinte ich, gute Gründe zu haben.«

Ein ganz in Weiß gekleideter chinesischer Jugendlicher läuft an ihnen vorbei. Er hat riesige Kopfhörer auf den Ohren, und die Musik ist so laut, daß das *Tsstsstsstss* auf zwanzig Meter zu hören ist. Als es aufgehört hat, sagt Peres: »Manchmal muß man eine Wahl treffen, Miss Greene.«

Er schließt die Augen, bevor er weiterredet.

»In jenen letzten Monaten schien Wilson kein Ziel mehr zu haben. Er ließ sich treiben. Ich weiß nicht, warum. Ich weiß nur, daß er von Jahr zu Jahr verschlossener wurde. Er guckte sich den ganzen Tag Filme an. Lief unrasiert und barfuß herum. Er ging gar nicht mehr aus dem Haus, nicht einmal zum Einkaufen, sondern schickte ein paar von den kleineren Royals los und ließ sich Kaffee und Erdnußbutter holen. Er dachte nur noch an die Vergangenheit. An die wilden Anfangsjahre. Er dachte so viel an früher, daß er nicht mehr sehen konnte, was vor ihm lag ...«

Sie betrachtet ein Flugzeug, das sich vor den Wolken abzeichnet und dann in ihnen verschwindet.

»Am Ende, müssen Sie wissen, hörte ich, wie die Jungen in Corona Witze über ihn machten. Hier, in seinem eigenen Viertel, verstehen Sie? Sie machten sich darüber lustig, wie er aussah. Noch ein paar Wochen zuvor wäre das ... undenkbar gewesen. Er hatte all das aufgebaut, aber dann schien er einfach das Interesse zu verlieren. Und die Jüngeren wußten nicht mehr, warum sie diesem barfüßigen Mann, der unentwegt in seiner schäbigen Wohnung hockte, gehorchen sollten. Ich hatte so oft mit ihm über seine Pläne gesprochen, die Royals zu einer positiven Kraft in der Gemeinde zu machen, zu einer Quelle der Veränderung ... aber daraus wurde nie etwas. Und als Wilson mir eines Abends eröffnete, daß er nie wieder für einen Gewaltakt verantwortlich sein könne, wußte ich, daß alles vorbei war. Er sagte, der Gedanke verursache ihm Übelkeit –«

»Was? Aber Sie wollten doch sicher –«

»Ach, Miss Greene, in einer Welt zu leben, wo das möglich ist, wäre wunderbar. Herrlich. Aber hier in Corona wäre innerhalb von Stunden jemand gekommen und hätte alles an sich gerissen. *Tecatos* überfielen Lebensmittelgeschäfte in der Nähe meiner Kirche ... Ortsgruppen der Royals in Bushwick und Washington Heights drohten abzufallen ... und er rührte keinen Finger.«

Der Priester fängt ihren Blick auf.

»Deshalb bin ich mir sicher, daß er auch jetzt keine Gewalt veranlaßt hat. Diese ... *Fähigkeit* hatte er schon damals verloren. Als ich das erkannte, wußte ich, daß es vorbei war. Er hatte Corona eine Ordnung geschenkt, Miss Greene. Keine vollkommene Ordnung. Aber eine haltbare. Ein Sapa jedoch muß mehr tun, als Domino zu spielen. Nur allzubald wäre jemand von außerhalb gekommen, und Wilson hätte in einer Blutlache auf seinem Sofa gelegen ... dann wäre Krieg ausgebrochen.«

Er schüttelt den Kopf.

»Was gab es für einen Ausweg? Die Royals mußten ihre Überlegenheit behalten, Wilsons Pläne für eine bessere Zukunft mußten in die Tat umgesetzt werden, und Wilson selbst mußte am Leben bleiben. Um als Ikone verehrt zu werden. Als Hurricane nachts um zwei diesen Jungen zu mir brachte und mir von seinem Plan erzählte, fügte sich alles ineinander.«

Ein Augenblick vergeht.

»Ich weiß, daß ich eines Tages nach meinen Taten beurteilt werde. Und ich leugne nicht, daß meine Kirche und ich dafür belohnt wurden. Ich habe aber auch dafür gesorgt, daß Hurricane die Vorhaben verwirklichte, über die ich so oft mit Wilson gesprochen hatte. Das war meine Bedingung ...«

Er legt die Hände auf die Knie und steht langsam auf.

»Eine Woche nach dem nächtlichen Besuch in meinem Haus sagte Slinky vor Gericht aus. Macht es Ihnen etwas aus, ein Stückchen zu laufen, Miss Greene? Meine Gelenke sind nicht in Ordnung, und in dieser Kälte muß ich mich bewegen.«

Auch Lizbeth steht auf, und sie gehen durch den Park.

»Natürlich gelingt die Umsetzung von Plänen nicht immer vollständig. Ganz offensichtlich war die Erinnerung an Wilson stärker als der Respekt, den die jüngeren Royals für ihn aufbringen konnten, als er noch in Corona war. Die Gang war in einem völligen Chaos. Obgleich Hurricane Wilsons Stellvertreter war, akzeptierten viele seinen Aufstieg nicht. Andere beanspruchten, der wahre Nachfolger von King Three Vee zu sein. Viel Blut wurde vergossen. Dabei hatte ich gehofft, das würde nicht passieren. Und Slinky machte Ärger. Die Regierung hatte ihn mit einer neuen Identität nach Minneapolis geschickt. Damit kam er nicht zurecht. Er rief immer wieder bei Hurricane an, beklagte seine Einsamkeit und drohte damit, nach Queens zu kommen und alles zu gestehen. Er wollte die Royals um Vergebung anflehen. Uns würde er dabei nicht erwähnen, sagte er, aber so könne er nicht mehr weiterleben. Einmal machte er sich sogar auf den Weg. Er trampte bis nach Indiana, wo ihn das FBI einfing. Sein Verhalten wurde immer problematischer. Ich versuchte, eine Lösung zu finden, aber Hurricane und Rieber verloren die Geduld. Slinky muß das geahnt haben, denn als Hurricane in Minneapolis auftauchte, war er schon verschwunden.«

Sie kommen am *Queens Museum of Modern Art* vorbei. Eine alte Frau führt eine Promenadenmischung an der Leine spazieren.

»Hurricane kam nach New York zurück, aber er schickte einen anderen los, um Slinky zu suchen. Der Name des Mannes war Ramon Carvajal. Er wohnte in der 102nd Street. Nicht die Art von Mensch, die Sie gerne kennenlernen würden. Jedenfalls brauchte er zwei Wochen, um Slinky zu finden. In einem Motel in –«

»Jerome, Idaho.«

»Das ist richtig.«

»Und sein Kopf war –«

»Ja. Aber es gab keine große Untersuchung. Auch ohne Beweise nahm die Polizei an, daß Wilson dahintersteckte ... und da er ohnehin eine lebenslange Haftstrafe verbüßte, war Slinky schnell vergessen –«

Zum ersten Mal unterbricht Lizbeth: »Warten Sie. Das verstehe ich nicht, Vater. Wenn geplant war, Wilson die Schuld in die Schuhe zu schieben, was sollte dann die Sache mit Slinkys Kopf? Warum hat man ihm nicht lediglich die Tattoos herausgeschnitten?«

»Das hätten sie ganz bestimmt getan, Miss Greene. Aber soweit ich weiß, hatte Slinky nie mehr als eine kleine Sonne und eine Krone auf dem rechten Arm. Nachdem er zum *soplón* geworden war, rieten ihm die Leute vom Zeugenschutzprogramm, die Tätowierung verändern zu lassen. Also drang Ramon Carvajal mit gezücktem Taschenmesser in das Motelzimmer ein, schob Slinkys Ärmel nach oben und fand ein Bild von Snoopy ...«

Er zuckt die Achseln und läuft weiter.

»Nun, mit Ojos haben sie nicht denselben Fehler gemacht.«

Lizbeth merkt, daß sie etwas zurückgefallen ist. Mit dem Wind im Rücken geht der Priester jetzt schneller, und er ist immer noch am Reden, als sie ihn einholt.

»... Jedenfalls«, sagt er, »machte es keinen Unterschied. Alle hielten es für das Werk Three Vees. Aber in einer Hinsicht erschwerte es die Dinge. Denn obwohl Hurricane Slinky jetzt los war und für seinen Tod auch nicht verantwortlich gemacht wurde, erhöhte die Angelegenheit Wilsons Ansehen bei den jüngeren Royals. Fast war es so, als hätte der Mord an Slinky Wilsons Ruhm neu belebt. Jetzt war er eine allmächtige, aber unsichtbare Hand, verstehen Sie? Das Werben um seine Gunst wurde noch stärker. Keiner nahm Hurricane als Sapa ernst. Man fing an, ihn *la canguro* zu nennen. Den Babysitter. Auf der Straße wurde ganz offen gefragt, warum nicht Ojos oder dieser oder jener andere Royal Sapa werden könne. Ich vermute mal, das wurmte Hurricane ... und dann kamen auch noch die Briefe aus Moxanie hinzu.«

Der Priester geht mit jedem Schritt schneller, und seine Worte werden immer abgehackter.

»Er mußte einerseits die Erinnerung an Wilson bewahren ... als Symbol ... sich aber andererseits als Sapa behaupten. Und Wilsons Briefe aus dem Gefängnis machten ihn mehr als alles andere zu *la canguro*. Denn sie bedeuteten, daß sich viele Royals immer noch ratsuchend an Wilson wandten. Sie verlangten nach Three Vees Führung. Für Hurricane war das eine Beleidigung. Also wollte er Wilson daran hindern, seine Briefe zu schreiben. Die Idee, wie das zu bewerkstelligen sei ... kam von Mitchell Rieber. Er gab Hurricane grünes Licht, und die Gewalt nahm ihren Lauf. Wer schlecht über ihn geredet oder ihn als Sapa in Frage gestellt hatte, wurde niedergemetzelt. Dann führte das FBI eine Hausdurchsuchung bei Ojos durch und beschlagnahmte Wilsons Briefe ... Wilson und Ojos wurden beschuldigt, die Morde begangen zu haben. Kurz vor dem Prozeß schien alles in sich zusammenzufallen ... die Anklage hielt nicht stand, Hurricane und Rieber stritten sich und gaben sich gegenseitig die Schuld an dem Desaster, aber zwei Anklagepunkte kamen vor Gericht –«

»Horace Gampas und Felix Cruz.«

»Ja. In Wirklichkeit hatte Ramon Carvajal die beiden getötet. Aber Wilson wurde für schuldig befunden. Ich glaube nicht, daß Hurricane oder Rieber auch nur im Traum damit gerechnet hatten, daß dieser Richter das bewußte Urteil verhängen würde. Für sie war es wie Weihnachten. Ich blickte zu Hurricane hinüber, als es verkündet wurde ... und sah, daß er sich das Lachen verkneifen mußte. Er tat so, als weine er. In den Wochen nach Three Vees Isolierung begannen die Royals langsam, Hurricane als Sapa zu akzeptieren. Wilson wurde natürlich verehrt. Aber er war nicht mehr da. So daß schließlich und endlich Ordnung einkehrte ...«

Sie sind beim Unisphere angelangt. Lizbeth geht auf eine Bank zu und setzt sich. Peres folgt.

»Haben Sie ihn *wirklich* vermißt?« fragt sie. »Oder war das auch eine Lüge?«

»Nein. Natürlich nicht. Wann immer ich daran dachte, was ich getan hatte, mußte ich weinen. Jedes Mal. Aber oft ist Gottes Rat nicht leicht zu durchschauen ...«

Er seufzt noch einmal.

»Auf diese Weise ging es in unserer Gegend weiter ... bis der Richter starb. Rieber erhielt die Nachricht vor den Reportern. Und als er Hurricane davon erzählte, gerieten die beiden in Panik. Wilson war wieder in Kontakt mit der Welt. Würde er eines Tages die Punkte miteinander verbinden und die Spur zu den beiden zurückverfolgen? Vergeltung suchen? Sie hatten viel zu verlieren und mußten reagieren. Rieber ließ noch am selben Tag Ramon Carvajal töten. Vielleicht haben Sie davon gehört. Er arbeitete inzwischen als Hausmeister und kam aus einer Bodega. Der Polizist, der dafür verantwortlich war, ist nicht belangt worden. So stellte Rieber sicher, daß Ramon sich nicht verraten konnte. Sobald die Richter Three Vee aus der Isolationshaft entließen, faßten Rieber und Hurricane den Plan, so viele Todesfälle zu veranlassen, daß jeder Richter Wilson in die Isolation zurückschicken würde – auch ohne Beweise …«

Er zieht ein nicht ganz taufrisches Taschentuch hervor und putzt sich die Nase.

»Natürlich haben sie damit lediglich bewirkt, daß die Kinder von Corona eine noch größere Verehrung für Wilson empfinden. Er ist zur Legende geworden. Und Hurricane ist wieder *la canguro*. Deshalb glaube ich, daß sie Wilson niemals in Frieden lassen werden … weil seine Existenz Hurricanes Autorität untergräbt. Das beste für Hurricane und Rieber wäre, Wilsons Existenz zu vernichten. Und das würden sie tun, ohne mit der Wimper zu zucken, denn Hurricane ist einfach … *demente*. Außer Kontrolle, verstehen Sie? Er hat die Gelegenheit genutzt, jeden auszulöschen, der ihn in den letzten fünf Jahren irgendwie verärgert hat. Es sind so viele. So viele, denen er aus nichtigstem Anlaß das Leben genommen hat. Als ich Sie anrief, konnte ich nur an eines denken … das muß beendet werden. Ich wollte, daß es jemand weiß, daß man mir die Sache aus der Hand nimmt, daß man einschreitet … eines ist nämlich klar: Wenn ich all das vor Gericht wiederholen müßte, würde ich es leugnen.«

Und er brüllt in den leeren Park hinein: »Weil ich ein Feigling bin!«

Dann sackt er in sich zusammen.

»Miss Greene, haben Sie wirklich geglaubt, Wilson hätte all die Morde in Corona veranlaßt?«

»Vielleicht«, sagt sie, »war *ich* durcheinander. Schon vorher war alles sehr merkwürdig. Aber jetzt … nachdem Sie mir das erzählt haben …«

Es stimmt. Sie kann jetzt nur eines denken: Wie konnte ich mich so irren?

Für eine Weile schien alles so klar. Jetzt ist sie nur noch benommen. Verwirrt.

Der Priester starrt wieder in den leeren Park.

»Miss Greene ... da Sie Wilsons Fall so gut kennen ... möchte ich Sie nach Ihrer Meinung fragen. Was wird die nächste Woche bringen? Die Verhandlung? Glauben Sie wirklich, daß die Richter ihn in die Isolationshaft zurückschikken?«

»Ich weiß es nicht.«

»Verstehe. Ich kann den Gedanken nicht ertragen, daß er wieder so schrecklich leiden muß.«

Sie sitzen in gebührendem Abstand auf der Bank und schauen beide nach vorn.

»Vielleicht ...«, sagt er und stockt. »Wenn eine Person von Ihrem Rang vor Gericht für ihn eintreten würde ...«

Sie dreht sich zu ihm um, aber er schaut immer noch in den Park.

»Wenn jemand wie Sie sich für ihn verwenden würde ... Das könnte das Gleichgewicht wiederherstellen. Er würde vielleicht auf humane Weise behandelt werden. Ich denke, das könnten Sie bewirken.«

Ein kalter Windstoß trifft ihre Wange.

»Vermutlich«, sagt sie. »Daran habe ich ... nicht gedacht.«

Kaum hat sie die Worte ausgesprochen, erscheint auf der anderen Seite des Unisphere eine Gruppe von Jungen in Rot, Weiß und Gold und stellt jugendliches Imponiergehabe zur Schau.

Unvermutet steht der Priester auf. Sagt nichts. Eilt davon.

Aber nach fünf Schritten kehrt er zurück.

»Bitte, Miss Greene«, sagt er, »lassen Sie ihn nicht im Stich.«

Und ist verschwunden.

Sie legt die Handflächen auf die Oberschenkel und bleibt noch eine Weile sitzen. Dann verläßt sie den Park und geht zur 111th Street, wo sie die Linie 7 nimmt.

Ein Latino mit einer Baseballkappe der Mets steht mit katzengleichen Bewegungen auf und bietet ihr seinen Platz an. Sie merkt es erst gar nicht, dann lächelt sie entschuldigend und setzt sich. Immer noch versucht sie zu erfassen, was sie gerade erfahren hat.

Während der Zug durch Queens rattert und die Fahrgäste ins Leere starren oder dösen, geht sie in Gedanken die Geschichte des Priesters durch.

Armer Ojos. Armer George. Armer Wilson?

Sie denkt an ihn und sieht die Narbe auf seiner Stirn, seine geschundenen Handgelenke in den Handschellen, die Augen, die unruhig hinter den Brillengläsern flackern. Aber wenn sie versucht, zurückzutreten und das ganze Bild zu betrachten, gelingt ihr das nicht. Sie hat immer nur Fragmente vor Augen.

Wie kann sie sich so geirrt haben? Wie?

Aber nein. In Wirklichkeit muß die Frage lauten –

Kann sie sich so geirrt haben?

So konzentriert ist sie, daß sie den Kopf senkt, während sich die schaukelnde Bewegung des Zuges auf sie überträgt. Als sie aufsieht, sind sie am Times Square, und der Zugabfertiger verkündet, daß die Endstation erreicht sei.

17

In Quince Hill ist ein Milchwagen umgekippt. Die ganze Stadt ist ein einziger klebriger Stau. Nancy steht in Lizbeths Küche und schüttelt den Kopf, als sie erklärt, warum sie vierzig Minuten zu spät gekommen ist.

Aber obgleich Lizbeth nickt und in regelmäßigen Abständen *genau, hm, Wahnsinn* sagt, ist sie im Grunde gar nicht anwesend. Statt dessen ist sie bei Wilson Velez. Und versucht herauszufinden, warum sie die Geschichte des Priesters immer noch nicht ganz verarbeitet hat.

Sie hat ihm aufmerksam zugehört und sich überzeugen lassen. Aber als sie in dem Wagen der Linie 7 saß, hat sich irgendwo der Zweifel eingeschlichen. Sie wünschte, es wäre nicht so. Inzwischen will sie nur noch, daß irgend etwas wahr ist.

Nach dem Mittagessen sieht sie im Wohnzimmer mit Nancy die Nachrichten im Fernsehen. Lizbeths Hand liegt auf ihrem Bauch, als die Bilder von der Anklageerhebung gegen Sherwin Baines über den Bildschirm flimmern. Dieser Film wird jedes Mal gezeigt, wenn von dem Fall die Rede ist. Baines steht in Handschellen und einem orangefarbenen Overall vor Gericht.

Drei weitere Aufseher von ESSUSP seien verhaftet worden, heißt es im Off. Ihre Fotos werden gezeigt, aber Lizbeth kennt keinen von ihnen.

Im Zuge dieser Verhaftungen ist behauptet worden, Baines habe einem Häftling geholfen, verschlüsselte Anweisungen für einen Auftragsmord weiterzugeben.

Aber als das Gesicht des betreffenden Häftlings auf dem Bildschirm erscheint, erkennt sie auch diesen Mann nicht.

Das Telefon läutet. Nancy schaltet den Ton ab.

»Wie geht es Ihnen, Ms Greene?«

Alicia Mapp. Lizbeth fragt sich, welche Rolle sie eigentlich spielt.

»Ich habe gerade die Nachrichten gesehen ... Baines.«

»Ach tatsächlich? Nun, ich muß sagen, Ms Greene, daß selbst die ermittelnden Beamten ziemlich schockiert darüber sind, was er angestellt hat. Aber wir glauben, da kommt noch mehr ... und der Name Velez wird mit Sicherheit auftauchen. Ich kann nur sagen, daß unsere Arbeit im Moment richtig aufregend ist.«

Sie nimmt einen dieser tiefen Atemzüge, die Lizbeth schon kennt. Sie signalisieren eine Wendung des Gesprächs.

»Ms Greene ... waren Sie kürzlich in Corona?«

Lizbeth braucht ein paar Sekunden für ihre Antwort.

»... Haben Sie mich beobachtet? Ich habe nichts Unrechtes getan.«

»Bitte beruhigen Sie sich, Ms Greene. Das behauptet niemand. Und man ist Ihnen auch nicht gefolgt. Nein, es ist längst nicht so geheimnisvoll. Wir haben einfach angenommen, daß Sie hinfahren. Wir haben etwas mitgehört, das diesen Gedanken nahelegte ...«

»Ich verstehe nicht ganz ... was Sie meinen.«

»Ich spreche offen mit Ihnen, Ms Greene. Unsere Einheit hat in letzter Zeit sehr häufige Kontakte zwischen Vater Peres und Alan Ossery festgestellt. Letzte Woche haben sie achtmal miteinander telefoniert, um genau zu sein. Und jedes Mal wurden brandneue Mobiltelefone benutzt. Es war recht mühsam, das alles im Auge zu behalten ...«

»Ich wußte gar nicht, daß sie sich so ... gut kennen.«

»Peres und Ossery? Aber sicher. Peres hat Ossery ursprünglich mit Velez zusammengebracht. Der Priester war schon immer ein hervorragender Stratege ...«

»Ich verstehe nicht ...«

»Ms Greene, die beiden wollen dasselbe. Nämlich das richtige Ergebnis bei der Überprüfung der Berufung. Es wäre natürlich unprofessionell, Einzelheiten preiszugeben, aber lassen Sie mich sagen, daß ein großer Teil der Gespräche, die wir abgehört haben, Sie betrafen … «

Sie senkt die Stimme ein wenig.

»Nur soviel. Dürfen wir annehmen, daß Sie einen merkwürdigen Telefonanruf erhalten haben? Daß dieser Anruf Sie dazu bewegt hat, Corona aufzusuchen? Dort haben Sie möglicherweise eine ausgefeilte Geschichte zu hören bekommen … eine Geschichte, deren Wahrheitsgehalt wahrscheinlich nie vor Gericht überprüft werden kann, die Ihnen Velez aber trotzdem in einem positiven Licht gezeigt hat … Und dann hat man Ihnen möglicherweise den scheinbar spontanen Vorschlag gemacht, daß Sie eventuell bei der Verhandlung für ihn aussagen könnten. Habe ich recht, Ms Greene?«

Aber Lizbeth hat gar keine Chance zu antworten, denn Alicia Mapp fährt schon fort.

»Ms Greene, da alle Indizien dafür sprechen, Velez umgehend wieder in Isolationshaft zu nehmen, wäre es für diese Männer von unschätzbarem Wert, wenn eine berühmte Persönlichkeit Ihres Ranges öffentlich für ihn eintreten würde. Und was wäre besser geeignet als eine raffinierte Geschichte, die ihn als Opfer darstellt, um Sie zu diesem Schritt zu motivieren? Zumindest müssen wir ihren Einfallsreichtum bewundern …«

Alicia Mapp macht eine Pause. Dann sagt sie: »Ms Greene, das sollte Sie nicht weiter erstaunen. Auf diese Weise verdient Ossery sein Geld. Er ist sehr gut. Sollte ich jemals wegen Bandenkriminalität vor Gericht stehen, würde ich ihn ganz bestimmt als Anwalt nehmen. Und Peres? Er ist ein Virtuose.«

Lizbeth sieht auf und merkt, daß Nancy ihr einen besorgten Blick zuwirft.

»Jedenfalls, Ms Greene, wenn Sie im unklaren sind, was Sie

glauben sollen, muß Sie doch eigentlich überzeugen, was Sie in Corona gesehen haben …«

»Was ich gesehen habe?«

»Ich meine, daß niemand erschossen wurde, Ms Greene. Eine wohltuende Folge der Tatsache, daß Velez keine Informationen mehr übermitteln kann.«

Nachdem Alicia Mapp aufgelegt hat, steht Lizbeth da und preßt den Hörer ans Ohr.

Seekrankheit. So fühlt es sich an. Der Boden, auf dem sie steht, schwankt und schlingert.

Sie erinnert sich genau an jedes einzelne Mal ihres Lebens, als sie die Leichtgläubige, die Getäuschte, die Betrogene war. Solche Kränkungen vergißt man nie.

»Alles in Ordnung?«

Nancy erhebt sich halb vom Sofa.

»Ja. Es war nur … alles in Ordnung.«

Jetzt erst legt Lizbeth auf, und der Fernsehton wird wieder angestellt.

Eine Stunde später schickt Nancy sich zum Gehen an, aber vorher zieht sie ein Bündel Post aus der Tasche.

»Hätte ich fast vergessen«, sagt sie.

»Ach so, die Post«, sagt Lizbeth. »Danke.«

Nachdem die Fanpost vom Verlag weitergeleitet und von Nancy gesichtet wurde, händigt sie Lizbeth einmal im Monat jene Briefe aus, die nicht einfach mit einem Formbrief und einem Autogramm beantwortet werden können.

Einen Umschlag hält sie gesondert in der Hand.

»Ich nehme an, du möchtest das lesen …«

Lizbeth überfliegt den Inhalt.

»Danke.«

»Möchtest du, daß ich noch etwas bleibe?«

»Nein, nicht nötig«, sagt Lizbeth.

»War es in Ordnung, dir diesen Brief zu zeigen? Ich wußte nicht, ob …«

»Natürlich. Das hast du richtig entschieden.«

Sie wartet, bis die Haustür ins Schloß fällt, bevor sie den Brief noch einmal liest. Er kommt aus Portland, eine Katherine Cash hat ihn geschrieben, und er beginnt ganz typisch: Die Schreiberin berichtet, wie ihre Begeisterung für Lizbeths Romane entstanden ist, und schwärmt von Enschell.

Im zweiten Absatz nennt sie den Grund für ihren Brief.

Ich war eine langjährige (und gute) Freundin des verstorbenen George Finer.

Sie haben sich im Frühjahr 1986 kennengelernt, als beide Vertretungslehrer waren, und eine dauerhafte Freundschaft sei entstanden.

Ich habe Sie bei der Beerdigung in Essenville gesehen, heißt es in dem Brief, *und hätte gerne mit Ihnen gesprochen, aber es schien mir nicht passend.*

Deshalb möchte ich auf diesem Wege sagen, was ich Ihnen damals gesagt hätte. Obgleich Georges Tod ein unersetzlicher Verlust ist, sollten Sie wissen, daß die letzten Wochen seines Lebens zu den glücklichsten gehörten, die er je erlebt hat.

Und auf den nächsten drei Seiten erzählt Katherine Cash, daß George, dem sie eine beispiellose Freundlichkeit bescheinigt, oft darüber gesprochen habe, wieviel ihm die Begegnung mit Lizbeth bedeutete und wie sehr er sich über ihre beginnende Freundschaft freute. Seine größte Sorge sei gewesen, daß er Lizbeth langweile oder in Verlegenheit bringe.

Er sagte, Sie seien genauso, wie er gehofft habe.

Bitte entschuldigen Sie meine etwas umständlichen Ausführungen. Ich vermute, ich möchte damit ausdrücken, daß wahrscheinlich niemand je erfahren wird, was George in jener schrecklichen Nacht zu seinem unerfindlichen Tun getrieben hat, aber Sie können sich einer Tatsache ganz sicher sein – daß er stolz darauf war, Freundschaft mit Ihnen geschlossen zu haben.

Dem Zusammenbruch nahe, faltet Lizbeth den Brief zusammen und steckt ihn wieder in den Umschlag. Eine Welle der Trauer schlägt über ihr zusammen und rührt mit ungebetener Vertraulichkeit an alles, was sie ist und war, was sie sein will und je sein wird.

Dann ist es vorbei. Verschwindet einfach. Und läßt sie mit der Erinnerung an George Finer zurück und mit der unwiderlegbaren Überzeugung, daß die Hand, die ihn aus dem Leben gerissen hat, einen Namen hat.

Wilson Velez.

Aber sie empfindet keine Wut. Nur Verwunderung, daß sie je daran gezweifelt hat.

Beinahe muß sie lachen.

Dann greift sie nach dem Telefon, und so ruhig, als bestelle sie chinesisches Essen, ruft sie Alan Ossery an.

In seiner Stimme vernimmt sie einen Anflug von Zorn.

Wilson sei gestern in Isolationshaft zurückgebracht worden, sagt er. Für vierundzwanzig Stunden. Nur bis heute morgen. Angeblich habe er einen Aufseher beleidigt.

»Ich habe es gerade erst von Sosa erfahren. Er sagte, Wilson sei *bedrückt* gewesen, als sie ihn rausholten. *Bedrückt.* Mein Gott, Miss Greene, können Sie sich vorstellen, was er durchgemacht haben muß?«

Schweigen auf Lizbeths Seite.

»Miss Greene?«

»Richtig. Ich meine, Gott ... es ist furchtbar ...«

»Gott allein weiß, in was für einer Verfassung er wirklich ist. Ich werde hinfahren und ihn besuchen müssen. Aber in ESSUSP ist der Teufel los ... nach der Sache mit Baines versuchen die anderen Aufseher zu beweisen, daß sie knallhart sind. Und Sosa kämpft so verzweifelt um seinen Job, daß er sie dazu noch anstachelt. Aber mein Gott ... ihn einfach in Isolationshaft zu stecken ...«

»Es ist schrecklich«, sagt sie.

Sie legt ihre freie Hand auf den Küchentisch. Läßt sich nicht vom Kurs abbringen.

»Ich rufe wegen der Verhandlung an.«

Ossery läßt eine Sekunde verstreichen, bevor er antwortet.

»Ja?«

»Ich würde gerne ... wenn Sie denken, daß es von Nutzen ist ... würde ich gerne für Wilson sprechen. Vor Gericht.«

Eine weitere Sekunde.

»Ach, du heilige Scheiße.«

Sie versucht, den Tonfall zu interpretieren und die genaue Bedeutung dieser Worte zu ergründen, aber erfolglos. Dann fährt sie fort.

»Ich möchte helfen. Ich weiß nicht, ob Sie glauben, daß mein Name etwas bewirken kann, aber –«

»Meinen Sie das ernst?«

»Ja. Und was gerade passiert ist, bestätigt mich in meinem Wunsch. Der Gedanke, daß er auf Dauer dorthin zurückgeschickt wird ... Ich meine, wenn Sie denken, es wäre hilfreich ... dann würde ich es tausendmal tun.«

Noch einmal versucht sie zu ergründen, wie überrascht er *wirklich* ist, als er in einen begeisterten Redeschwall ausbricht.

Das sei einfach fabelhaft, sagt er. Seine Stimme klingt nach heller Freude, als er ihr dankt und noch einmal dankt. Die Bedeutung ihrer Anwesenheit im Gerichtssaal, ihre Bereitschaft, sich für Wilson zu verbürgen, die Wirkung, die das auf die Richter haben wird – all das wird von ihm angesprochen und gepriesen.

Er dankt ihr ein drittes Mal, dann zögert er.

»Und werden Sie zurück nach Essenville kommen?« fragt er. »Werden Sie mit ihm sprechen?«

Sie wußte, daß es kommen würde.

»Ja«, sagt sie.

Jetzt denkt sie an ihn, den heiligen King Three Vee. Sieht seine Freude darüber, daß er etwas gegen sie in der Hand hat, daß er *sie* in der Hand hat. Sie denkt an die anstehende Verhandlung und wie sie an einem bestimmten Punkt in den Zeugenstand tritt, den Anwesenden Namen und Beruf mitteilt und ihre Beziehung zu Wilson Velez erläutert.

Wenn Ossery und Peres das wollen, dann können sie es haben.

Sie wird erscheinen und eine vorbereitete Erklärung verlesen, in der sie sich von ihren dunklen Geheimnissen befreit. Sie wird ihm seine Macht über sie nehmen und alles zugeben. Die Diebstähle in Pittsburgh; die neunzehn Jahre, in denen sie Rauschgift genommen hat; die Tatsache, daß sie *nicht* von Richard Cazet entführt wurde. Und wenn sie reinen Tisch gemacht und bewiesen hat, daß sie nur noch ehrlich sein will, gleichgültig, um welchen Preis, wird sie sich an Wilson Velez wenden und – in Ojos' und Georges Namen, im Namen der jungen Männer von Corona – in aller Deutlichkeit erklären, daß er ein Schläger, ein Lügner, ein Despot und ein Mörder ist. Ein Mann, der es nicht verdient, unter Menschen zu sein.

Sie wird zusehen, wie sie ihn in Isolationshaft zurückbringen, und der Anblick wird ihr Freude bereiten.

Für George.

In dieser Nacht schläft sie fester, als sie es seit Wochen getan hat.

Noch drei Tage bis zur Verhandlung.

Ossery ruft um neun aus seiner Wohnung in Essenville an. Erzählt, daß er Wilson endlich sprechen durfte, nachdem er Sosa heftig bedrängt habe.

»Als ich sagte, daß *Sie* kommen wollen, war es natürlich ganz anders«, sagt er. »Da wurde Sosa plötzlich zum liebenswürdigen Gastgeber. Egal. Hören Sie, Wilson geht es nicht gut. Die Isolation hat ihn mitgenommen. Seine Sprache ist wieder total gestört. Er zuckt ständig zusammen. *Aber* er weiß, daß Sie kommen ... und das hat ihm Auftrieb gegeben.«

Sein Tonfall wird sonniger.

»Außerdem weiß er, daß wir zuversichtlich sein können. Als Baines verhaftet wurde, da war ich ganz schön nervös. Klar. Aber das ist eine Woche her, und was haben sie in der Hand? Bei dem Taifun, den der Kerl zu erwarten hat, hätte er Wilsons Namen inzwischen bestimmt erwähnt, wenn er ihm irgend etwas anhängen könnte ... Das werden die Richter genauso sehen. Und dann –«

Es klingt, als trinke er einen Schluck Kaffee.

»– haben wir auch noch die Zusage einer Gastrednerin. Habe ich recht?«

»Wie gut kennen Sie Raymond Peres?«

Die Worte sprudeln aus ihr hervor und überraschen Lizbeth nicht weniger als Ossery. Sie hängen zwischen ihnen, als Ossery sich Zeit nimmt für seine Antwort.

»Den Priester?«

»Ja. Den Priester.«

Sie hört, daß er noch einen Schluck Kaffee trinkt.

»Nun, Miss Greene, wir haben im Laufe der Jahre natürlich hin und wieder miteinander gesprochen. Über Wilson. Aber nicht in letzter Zeit.«

Es summt in der Leitung – nur einmal.

»Wir spielen nicht Golf miteinander. Wir planen auch nicht, zusammen ins Theater zu gehen.«

Wieder das Summen.

»Darf ich fragen, warum Sie das wissen wollen?«

»Ich war einfach … neugierig. Mir ist aufgefallen, daß ich es nicht wußte.«

»Verstehe. Okay. Nun … so ist es.«

Nach dem Gespräch bleibt sie im Arbeitszimmer am Schreibtisch. Ihre Augen heften sich auf den Bildschirm ihres Laptops, während ihre Finger die Worte formen wie ein Pianola, das seine Melodie heraushämmert.

Dort ist es. Hunts Point. Die Bronx. Was nicht abgebrannt ist, ist Schutt. Was nicht Schutt ist, wird es bald sein.

Das Datum? Der dritte Januar 1983. Die Stadt kehrt langsam zur Normalität zurück – noch ein bißchen verkatert und übelriechend.

Ein schönes neues Jahr, New York City.

Der Junge wartet hinter dem hohen Stahltor am Ausgang.

Das Jugendgefängnis Spofford. Ein Ort, an dem es keine Vergebung gibt.

Er atmet tief ein, und das Tor öffnet sich kreischend.

Niemand wartet auf der anderen Seite. Keiner ist gekommen, um ihn abzuholen. Sein Bruder ist wahrscheinlich mit irgendeinem Mädchen in Queens zusammen. Seine Mutter? Sie ist in Florida. Liegt neben einem Pool und trinkt Rum.

Also ist er allein.

Er ist zwölf Jahre alt. Sein Name ist Wilson Ulysses Velez.

Wilson Ulysses Velez aus Corona.

Durch das geöffnete Tor sieht man einen weißen Himmel von der Farbe schmutziger Wäsche. Eisregen prasselt nieder.

Wilson Velez bewegt sich nicht. Ein Aufseher brüllt: »Willst du wieder reinkommen, Velez? Komm schon, setz deinen kleinen Latino-Arsch in Bewegung.«

Also macht der Junge einen Schritt nach vorn. Dann noch einen.

Ein zweiter Aufseher ruft: »Dann bis bald, mein Lämmchen.«

Mit ihrem Gelächter im Hintergrund nimmt er die letzten Schritte und läßt das Tor hinter sich.

Vierzehn Monate. Er war vierzehn Monate hier.

Aber jetzt ist es der dritte Januar 1983, und er betritt die ramponierten Bürgersteige der South Bronx.

Mit gesenktem Kopf wendet er sich nach rechts, und innerhalb von Sekunden sind seine Haare klatschnaß. Seine Kleider – die Kleider, die er trug, als er eingeliefert wurde, und die er vor einer Stunde zurückerhalten hat – passen ihm nicht mehr. Die Ärmel seines Parka enden ein paar Zentimeter über dem Handgelenk, seine Jeans reichen nur noch bis zu den Knöcheln.

Die schäbige rote Sporttasche hängt vor seinem Bauch.

Sie haben seine 10 Dollar genommen. Die Aufseher haben seine Tasche durchsucht und die 10 Dollar gestohlen, die Vater Peres ihm für den Notfall gegeben hatte und die in einer Seitentasche versteckt waren. Mit der U-Bahn wird er schwarzfahren müssen. Oder er könnte einfach weiterlaufen, durch den Eisregen über die Triboro Bridge marschieren, unter ihm der Kill und Randall's Island, weiter nach Astoria und dann – nach vierzehn Monaten – nach Hause.

Es ist egal. So oder so. Sie haben ihm sein Geld geklaut, aber was er in der Tasche hat, ist viel mehr wert. Ein zerfleddertes Ringbuch. Darin befindet sich, was er in den letzten vierzehn Monaten für diesen glorreichen Tag vorbereitet hat:

Das Manifest.

Kurz nach eins hört sie auf. Sie steht auf und macht sich Tee. Sitzt in der Küche und versucht, einen klaren Kopf zu bekommen. Kehrt ins Bett zurück. Und beginnt endlich einzuschlafen.

Bis:

Was zum –

Lärm. Von draußen. Ein Klappern an einem Fenster im Erdgeschoß. Heftig. Hartnäckig.

Teufel?

Ihre Augen sind geöffnet. Die Hunde knurren.

Es hört auf. Dann fängt es wieder an. Dann hört es wieder auf. Eine Sekunde später ein unbestimmbares Poltern und – *sind das Schritte?* – etwas, das klingt, als versuche jemand, eine Tür aufzubrechen.

Ja, das sind Schritte.

Sie bewegen sich zu einer anderen Tür.

Im Handumdrehen wird das leise Knurren der Hunde zu einem lauten Knurren und dann zum Bellen, während sie in wilder Flucht nach unten stürzen.

Lizbeth kauert unter der Bettdecke, und ihre Finger schließen sich um den Alarmknopf, der glatt in ihrer feuchtheißen Hand liegt. Sie drückt auf den weichen grauen Fleck in der Mitte, und sofort erstrahlt eine Unmenge von Lichtern im ganzen Haus, begleitet vom Heulen der Alarmanlage. Die Hunde geraten in Raserei.

Sie zieht die Nachttischschublade auf. Nimmt mit zitternden Fingern die Waffe heraus.

Richtet sie auf die Schlafzimmertür und wartet.

Aber nichts passiert. Die Hunde bellen weiter, die Alarmanlage schrillt, und nach dreieinhalb Minuten kündigen ein blaues Licht und eine Sirene die Ankunft der Polizei an.

Obwohl sie das Haus und den umgebenden Wald absuchen, finden sie niemanden. Nicht einmal irgendwelche Spuren.

Lizbeth entschuldigt sich. Die Polizei sagt, es sei absolut richtig gewesen, sie zu rufen. Und durchsuchen das Grundstück noch einmal.

Als sie gehen, ist es fast Morgen.

Sie ruft Nancy an, und Nancy kommt, und dann packt sie. Um die Mittagszeit ist sie in LaGuardia.

In Pittsburgh, als die Sonne untergeht.

Es ist der Tag vor der Verhandlung.

Mame fährt, wie sie ihr ganzes Leben lang gefahren ist: Der Zeigefinger klopft genervt aufs Lenkrad, und immer wieder läßt ihr Enthusiasmus nach, dann nimmt sie den Fuß vom Gaspedal.

Sie holpern über Pennsylvanias Highways voller Schlaglöcher; vom Schnee sind nur noch matschige Restbestände übrig. Der Sicherheitsgurt liegt unter der Wölbung von Lizbeths Bauch wie ein Schnürsenkel unter einer Grapefruit.

Es ist noch früh, vor einer Stunde haben sie gefrühstückt, vor vierzig Minuten Altoona verlassen, nachdem sie sich ausgiebig gestreckt und gegähnt haben. Sie konnten sich nicht auf eine Musik einigen und haben keine CD eingelegt und auch das Radio nicht eingeschaltet.

Aus dem Seitenfenster sieht Lizbeth die verschwommenen Silhouetten stillgelegter Schornsteine, und Mame tritt aufs Gaspedal, als sie einen braunen Pick-up überholen.

Mame fragt, ob Lizbeth an diesem Tag wirklich noch nach Essenville fahren will. Die Fahrt dorthin sei doch recht anstrengend. Aber Lizbeth erwidert, daß es sein müsse.

Morgen, sagt sie, finde die Überprüfung der Berufung statt.

»O Gott«, sagt Mame. »Das war mir nicht klar. Das könnte also die letzte Gelegenheit für dich sein, ihn zu –«

»Genau.«

»Paß auf. Wenn wir fertig sind, essen wir etwas. Und dann fahre ich dich hin.«

»Auf gar keinen Fall, Mame. Das dauert Stunden. Wenn wir wieder in Altoona sind, nehme ich mir ein Taxi.«

Aber Mame sagt: »Keine Widerrede, Honey.«

Nach weiteren zehn Minuten fahren sie von der Autobahn ab. Die Straße windet sich bergab und verengt sich dabei.

Obgleich Lizbeth erst einmal hier gewesen ist, kommt ihr der Anblick unmittelbar vertraut vor. Ein eingezäuntes Gelände mit einer langen Reihe von Bungalows in Hanglage. Die

Bäume am Straßenrand sind so nahe, daß die Zweige im Wind an die Fenster klopfen.

Mame fährt weiter, ohne zu reden. Langsamer.

Dann kommt noch eine Abbiegung, und danach geht es geradeaus. Ein zweistöckiger Gebäudekomplex aus rotem Backstein mit einem schwarzen Dach und Rasen auf der Vorderseite.

Nachdem sie angehalten haben, sitzt Mame da und umklammert das Lenkrad mit beiden Händen, bevor sie den Motor ausschaltet. Lizbeth hört sich schlucken.

Eine noble Messingtafel am Eingang sagt:

HERITAGE MANOR.

Im Inneren erwartet sie der typische Empfangsbereich: ein flauschiger königsblauer Teppich, mit hellem Holz getäfelte Wände, zarte Aquarelle.

Sie laufen weiter, und der Teppich wird zu Linoleum, aber noch sind keine *Gäste* zu sehen, wie man hier zu sagen pflegt. Ein mondgesichtiger Arzt kommt um eine Ecke gesaust. Er begrüßt Mame, dann wendet er sich an Lizbeth. Er wartet nicht darauf, vorgestellt zu werden, sondern streckt die Hand aus und sagt, daß er Lizbeths Bücher liebe. Gleich darauf verschränkt er die Arme und berichtet.

»Nun, es geht ihm recht gut. Gestern abend haben wir uns ein bißchen … *aufgeregt.* Wir hatten einen regelrechten … Wutanfall. Aber ich war vor einer Stunde in seinem Zimmer, und heute morgen ist alles in Ordnung. Also gehen Sie einfach nach oben …«

Jetzt begegnet Lizbeth zum ersten Mal einem Gast: einer gebrechlichen Frau, die an ein Hühnchen erinnert. Sie trägt ein dünnes Nachthemd und ist unglaublich alt. Wandert umher. Sieht auf und kreischt. Hört nicht wieder auf.

Der Arzt entschuldigt sich und ruft nach einer Schwester.

Mame und Lizbeth laufen weiter. Sie nehmen die Treppen und passieren eine Doppeltür. Dahinter liegt ein Korridor. Noch mehr Linoleum und Wandvertäfelung. Mame geht einen halben Schritt voraus. Aus einem Zimmer hinter ihnen ertönt ein dumpfer Schlag. Mame geht weiter, hält vor einer Tür an. Fragt, ob Lizbeth bereit sei, und als diese bejaht, tritt sie ein.

Ihr Vater sitzt in einem Kunststoffsessel am Fenster.

Lizbeth kann nicht anders: Sie starrt ihn fassungslos an. Sie hat nicht erwartet, daß der Verfall so schnell voranschreitet. Bei ihrem letzten Besuch schwanden seine Kräfte. Aber das hier? Dieser Alien im Schlafanzug, haarlos und nuschelnd?

Er scheint ihre Anwesenheit gar nicht wahrzunehmen, sondern sitzt zusammengesunken in seinem Sessel und unterhält sich angeregt mit einem unsichtbaren Gegenüber, die Haut fast durchsichtig, die Fußnägel lang und gebogen.

Lizbeth und Mame treten einen Schritt näher.

Sie haben ihm nichts mitgebracht. Es gibt nichts, womit er etwas anfangen könnte.

»Aber ich möchte gern ins Rivoli gehen«, sagt er. »Ich will ins Rivoli, Daddy.«

Lizbeth mustert ihn.

»Er spricht mit Großvater«, sagt Mame. »Das macht er jetzt häufig.«

»Es kostet nur zehn Cent«, sagt er.

Lizbeth sieht sich im Zimmer um. Ein Bett, eine Matratze – die Bettwäsche wurde vor kurzem abgezogen –, ein Einbauschrank, ein Waschbecken, ein weiteres langweiliges Aquarell. Der Plastiksessel, auf dem er sitzt und immer weiterredet.

Sie fühlt, wie etwas ihre Hand streift, und merkt, daß sich Mames Finger mit ihren verschränken.

Die nächsten paar Minuten stehen sie so da. Betrachten ihren Vater.

»Bobby Tait geht hin«, sagt er. »Claude Lavery auch.«

Als sie gehen, ist die kreischende Frau verschwunden, statt

dessen begegnen sie einem korpulenten Mann, der ihnen mühsam entgegenkommt und sie mit hängender Kinnlade verwundert anstarrt.

Weder Mame noch Lizbeth sprechen, als sie losfahren. Aber als sie wieder auf der Autobahn sind, macht sich ausgelassene Erleichterung im Auto breit. Sie lachen, unterhalten sich angeregt. Sie legen sogar Musik ein, nachdem sie sich kurz gekabbelt haben, stellen sie aber schnell aus.

Erst fünf Minuten vor Essenville verstummen sie.

18

Wilson Ulysses Velez stützt sich an der Ecke des Waschbekkens ab und beugt das Knie. Setzt einen nackten Fuß aufs Bett. Dann den anderen. Streckt den Rücken.

Er reckt sich, bis sein Gesicht auf die Höhe der Lichtquelle unter der Decke gelangt. Ein Streifen aus Plexiglas, mehr als einen Zentimeter dick.

Durch seinen Atem beschlägt die Oberfläche. Er wischt mit dem Ärmel darüber, aber sie ist immer noch schmutzig. Allerdings kann er hindurchsehen, und wie immer erblickt er:

den Beobachtungsstand eines Wachturms. Darin ein Posten.

Aber dann verlagert er das Gewicht nach vorne und stützt sich mit den Händen gegen die Wand. Und als er den Kopf so weit wie möglich zurücklegt und nach oben blickt, erscheint – über dem Flachdach des Turms – Himmel.

Verwaschen und großartig.

Wenn er das tut, glaubt er hin und wieder, weit oben am Himmel ein Flugzeug zu sehen, einen glänzenden Jet auf dem Weg zur Ost- oder zur Westküste und von dort in noch weitere Fernen. Manchmal jedoch weiß er, daß es nur eine Mücke ist, die auf der anderen Seite des Plexiglases herumspaziert.

In dieser Position kann er jeweils nur eine Minute ausharren, bevor sein Hals steif wird und nicht mehr mitmacht.

Aber das ist nicht so schlimm. Die Minute hat gerade erst begonnen.

Auf dem kleinen, ordentlichen Friedhof am nordwestlichen Rand von Essenville wartet Mame im Wagen, während Lizbeth am Grab von George Finer kauert.

Sie hat weiße Chrysanthemen mitgebracht, aber der Grabstein ist noch nicht fertig. Es gibt nur eine Markierung. Ein flaches Namensschild aus Metall mit seinen Lebensdaten.

Sie beginnt zu sprechen, die Worte gehen jedoch in ihrer Befangenheit unter. Deshalb legt sie nur die Blumen auf das Grab, die Hand auf dem Namensschild.

Ins Auto zurückgekehrt, zeigt sie ihrer Schwester den Weg zu der Umgehungsstraße, die zu den Hochspannungsmasten und dem steilen Anstieg vor dem Bundesgefängnis führt.

»O Gott«, sagt Mame, als sie das Gebäude erblickt.

Lizbeth sieht dem mißmutigen Aufseher an der Sperre zum Parkplatz ins Gesicht und tut dasselbe mit seinem Kollegen am Besuchereingang. Der nimmt wie üblich den Telefonhörer in die Hand und sagt: »Sie ist da.«

In der Kontrollzone wird sie abgeklopft. Hände streichen über ihren Bauch, Lizbeth starrt die Männer an und erblickt nichts als routinierte Teilnahmslosigkeit.

Als hätte es Sherwin Baines nie gegeben.

Den Aufseher, der sie begleitet, kennt sie nicht. Sein Gehabe ist militärisch, er trägt einen Schnurrbart und Brille.

In seinem Büro öffnet Direktor Sosa seine Schublade, nimmt einen Pfefferminzbonbon aus der Schachtel und sagt, er habe das Gefühl gehabt, sie sollten sich wiedersehen, bevor sich Lizbeth zum Anwaltszimmer aufmache.

»Nun«, sagt er. »Wie ist es Ihnen ergangen?«

»Ach, Sie wissen ja«, sagt sie. »Alles war ziemlich verrückt.«

»Das habe ich gehört«, sagt er.

Er schiebt den Pfefferminzbonbon in die Wange und lutscht. Sagt nichts weiter. Bis: »Wie geht es Joan?« fragt Lizbeth.

»Gut. Als ich ihr erzählte, daß Sie zurückkommen, hat sie mich gebeten, Sie wissen zu lassen, daß Sie in unserem Haus jederzeit willkommen sind. Eigentlich war es ein Befehl.«

Er rutscht auf dem Stuhl hin und her, reibt sich die Augen.

»Nun ... ich nehme an, ich habe den Auftrag erledigt.«

Dann reibt er sich noch einmal die Augen.

»Tut mir leid, Miss Greene, ich wollte nicht unhöflich erscheinen. Aber die letzten Tage ... ich kann nicht behaupten, daß sie einfach waren. Mir ist klar, daß sich die Leute außerhalb des Vollzugssystems über die Unzulänglichkeiten dieser Strafanstalt den Mund zerreißen ... über *meine* vermeintlichen Unzulänglichkeiten. Ich weiß nicht, vielleicht auch die Leute innerhalb des Vollzugssystems. In solchen Zeiten greift man schnell zum ersten Stein ... «

Sein Gesicht erstarrt zu einer Maske des Selbstmitleids, bevor er den Pfefferminzbonbon zerbeißt. Dann spricht er das Buch an. Fragt, wieviel sie bereits geschrieben habe. Wann er eine Kostprobe zu Gesicht bekäme.

»Es gibt nichts zu sehen«, sagt sie. »Ich habe meine Notizen noch nicht ausgearbeitet. Ich will den morgigen Tag abwarten ... erst dann weiß ich, worüber ich eigentlich schreibe.«

»Ein vernünftiger Ansatz«, sagt er. »Und man sollte niemanden für seine Vernunft tadeln. Solange wir uns beide über die Position des jeweils anderen im klaren sind.«

Er steht auf und bringt sie zur Tür.

Wilson steht auf der Rampe seiner Abteilung, den Kopf gebeugt, wie es der ältere der beiden Aufseher verlangt (*Dallow* steht auf seinem Namensschild). Dann greift der jüngere (*Lundersen*) nach der Kette an seiner Taille, und die Fesseln zerren an Wilsons Armen und zwingen ihn auf die Zehenspitzen – eine lebensgroße Tanzpuppe.

»Komm schon, Elvis«, sagt er. »Wir bringen dich zu Priscilla.«

Sie nehmen ihre Position hinter ihm ein.

Währenddessen nähert sich Lizbeth auf den stillen Korridoren von ESSUSP dem Anwaltszimmer. Im Gehen macht sie ihre Tasche auf, um sich zu vergewissern, daß sie den Kassettenrekorder dabeihat. Und eine frische Kassette, die noch in Folie verschweißt ist.

Sie hört nur ihre eigenen Schritte.

Der Aufseher, der sie begleitet, geht voraus und öffnet das Tor. Trägt seinen Namen in die Liste ein, die an der Wand hängt. Bittet sie, dasselbe zu tun.

Wilson dagegen manövriert sich die endlosen Treppen hinunter – Dallow und Lundersen in seinem Rücken. Beide sind mindestens fünfzehn Zentimeter größer als er.

Er summt beim Gehen. Sie sagen, daß er damit aufhören soll.

Als Lizbeth sich dem Anwaltszimmer nähert, verspürt sie den dringenden Wunsch, stehenzubleiben, sich umzudrehen und das Gefängnis auf direktem Wege zu verlassen. Aber sie bleibt, wo sie ist. Sie ist gekommen, um die Angelegenheit zu erledigen. Um ihm die Wahrheit zu entlocken. Um Frieden zu finden. Schließlich ist es ihre letzte Gelegenheit, mit ihm zu machen, was er auf so meisterliche Weise mit ihr gemacht hat.

Deshalb tritt sie ein, als der Aufseher die Tür öffnet. Setzt sich an den üblichen Platz. Blickt auf und in die Kamera.

In diesem Augenblick biegt Wilson in den letzten Korridor ein, und er weiß, daß seine Fußknöchel inzwischen blutig sind. Dallow greift nach seiner Schulter, damit er stehenbleibt, und Lundersen tritt vor, um die Tür zu öffnen.

Lizbeth wirbelt herum und sieht zu, wie sie ihn hereinführen und auf den Stuhl stoßen.

Dann sind die Aufseher verschwunden.

Sie stellt fest, daß er mitgenommener aussieht als das letzte Mal. Noch dünner. Auf der Kopfhaut sticht eine runde entzündete Stelle hervor. Er krümmt sich, die rechte Hand zittert.

Ihre Blicke treffen sich, flattern, jagen durch den Raum. Treffen sich wieder.

Die Welt außerhalb des Raumes verschwindet.

»Also … hhhaben Sie schon … einen Nnnamen fffür das Baby?«

»Noch nicht. Aber ich denke darüber nach.«

»Und Sssie wissen … immerrr noch nicht … obbb es ein Junge oderrr ein Mädchen issst?«

Sie schüttelt den Kopf, er hebt das Kinn.

Stille. Jeder hört den anderen atmen. Schließlich: »Esss ist … bbbescheuert. Ich hhhabe immerzu … daran gggedacht, wasss ich Ihnen alles sssagen würde, wwwenn Sie wiederkommen … aber jjjetzt …«

»Ich weiß, was Sie meinen.«

Sie greift in die Tasche und holt den Kassettenrekorder heraus. Stellt ihn auf den Tisch.

»Ich wußte nicht, ob Sie einverstanden wären … Wenn Sie nicht wollen, muß ich nicht –«

»Aber sssicher. Ich hhhabe mmmir das gewünscht. Genau wwwie früher, oderrr?«

Also nimmt sie die Kassette und wickelt sie aus.

»Fffahren Sie heute abend nnnach … Quince Hill zurück, Lizbeth? Oderrr –«

»Ich übernachte in Manhattan. Dann kann ich direkt zur Verhandlung kommen …«

»Nnnatürlich. Verstehe. Und wo wohnen Sssie …?«

»Im *Four Seasons.*«

»Oh, das *Four Seasonssss*. Okay.«

»Und Sie? Wann –?«

»Ach, dddie holen mich in aller Frühe ausss meiner Zelle … esss ist eine lllange Fahrt.«

Er rutscht auf dem Stuhl hin und her, um so bequem wie möglich zu sitzen.

»Wwwissen Sie«, sagt er, »ich hhhabe in der Zwischenzeittt oft an Sie gedddacht …«

Sie aber schiebt die Kassette ins Gerät und drückt auf RECORD. Beginnt zu sprechen, bevor ihr Finger die Taste losläßt.

»Wie geht es Ihnen, Wilson? Ich habe mir Sorgen gemacht … als Sie wieder in der Isolation waren.«

Er schließt die Augen, lauscht dem Rollen des Bandes.

»Esss war dieselbe Zelle. Wußten Sie dassss? Dieselbe Zelle – allls hätte sie nnnur auf meine Rückkehr... gewartet. Nnnachdem sie mmmich eingeschlossen hatten... vvversuchte ich, mich selbst dddavon zu überzeugen, daß es... ein Hirngespinst wäre, *sabes*? Die Idee von mirrr in der Zelle. Und diese Idee wäre in der Zeit hängengeblieben wie ein Stückchen Stoff annnn einem Nagel. Aber gggleich würrrde sie sich losreißen, und ich wäre wiederrr da, wo ich *wirklich* war. Nur... das passierte nicht.«

Seine Augen öffnen sich.

»Das Ggggute daran ist, daß esss mich daran erinnert hat, was... der morgige Ttttag bedeutet. Was mich erwartet, wwwenn ich verliere. *Sabes*? Ich bbbin auf diese Mmmöglichkeit vorbereitet und wwweiß... was ich tun muß.«

Ihr Blick streift ihn, als er die Finger streckt.

»Wilson ... es tut mir so leid, was mit Ojos passiert ist.«

Sie blickt ihm ins Gesicht. Forschend, aber unauffällig, wie sie hofft.

Er starrt zurück. Dann nickt er.

»Mir... auch«, sagt er.

Sie versucht es noch einmal.

»Sein Tod muß besonders hart für Sie gewesen sein ... er war ja nur Ihretwegen im Gefängnis.«

»Ja«, sagt er fast tonlos. »Nnnatürlich, Sie haben rrrecht.«

Ein Moment vergeht.

»Kkkaum zu glauben, daß diese... *cabronada* mein Buch nnnicht erscheinen lassen, oder? Nnnach all den Hindernissen, die esss überwunden hat... wirrrd es jetzt einfach *unterdrückt*...«

Er sieht zur Seite. Seine Konzentration scheint nachzulassen, driftet ab. Dann fängt er sich.

»Mmmochten Sie den Anfang der nnneuen Geschichte? Ich

warrr so gespannt auf Ihre Meinung. Glauben Sie wirrrklich, daß essss was taugt?«

Sie mustert ihn eindringlich, sucht nach jedem noch so kleinen verräterischen Hinweis.

»Natürlich«, sagt sie. »Ich fand die Geschichte faszinierend.«

»Oh, das freut mich. Denn allls ich ... sie schrieb, hatte ich Angst, sssie könnte zu perrrsönlich werden ... sie würrrde ihre Reinheit verlieren ... und Sssie würrrden das ablehnen. Aber dann dddachte ich: ›Wilsonnn, es ist in Ordnung. Sie weiß, daß essss nur eine Geschichte ist.‹«

Er lehnt sich zurück. Sein Gesichtsausdruck verrät nichts.

Sie läßt ihn nicht aus den Augen. Denkt an den Grund ihres Besuchs.

»Wilson«, sagt sie, »es tut mir leid, daß ich so überstürzt abgereist bin. Ich kann verstehen ... wenn Sie sich darüber geärgert haben.«

»Essss ist nicht wichtig«, sagt er. »Jetzt ... sind Sie da.«

»Ich war völlig durcheinander... zwischen uns beiden war so viel schiefgelaufen... und dann ist auch noch ein Freund ... ein Freund aus Essenville gestorben.«

Sie zieht ihre Pause in die Länge, und dann: »Wußten Sie das, Wilson?«

»Ja. Kkklar. Ossery ... hattt es mir erzählt.«

Er sieht sie direkt an.

»Esss tut mir leid für Sie ... Lizbeth.«

»Danke. Ich habe gesagt, er sei gestorben. In Wirklichkeit ist er erschossen worden. Es war wohl ein ... Mißverständnis. Ein verhängnisvolles Mißverständnis.«

»Dasss ist ja schrecklich.«

»Ja, das ist es.«

Seine rechte Hand zittert immer noch.

»Ich binnn so froh, daß Sie zurückgekommen sind, Lizbeth. Dddas meine ich ehrlich.«

»Natürlich, Wilson. Das weiß ich.«

»Aberrr ich muß zugeben, daß ich erstaunt warrr... als Ossery mir erzählte, dddaß Sie für mmmich aussagen wollen, Lizbeth. Ich kann gggar nicht sagen, wie dddankbar ich bin. Wieviel esss mir bedeutet, daß Sie das tttun wollen –«

»Das ist in Ordnung, Wilson. Es scheint mir notwendig.«

»Aber es issst unglaublich«, sagt er. »Jemand wwwie Sie – dddas könnte alles entscheiden. Dddas wissen Sie doch, oder?«

Sein Kopf neigt sich zur Seite, als er sie über den Tisch hinweg anblickt. Und ihr wird klar, was sie in seinen Zügen erkennt – dasselbe, was auch auf ihrem Gesicht zu lesen ist. Gespannte Aufmerksamkeit. Erhöhte Wachsamkeit.

Er beugt sich nach vorn, den Blick immer noch auf sie geheftet.

»Aufrichtigen Dank, Lizbeth. Ich werde nie vergessen, was Sie für mich tun wollen.«

Er erlaubt der Stille zu wachsen, sieht aber nicht weg.

»Allerdings, jetzt wo Sie es erwähnen ... Eine Weile habe ich tttatsächlich geglaubt, daß Sie mirrr hätten schreiben können ... ein paar Zeilennn nur... eine Arrrt Erklärung für Ihre Abreise. Aberrr Sie haben nichts geschickt. Sie haben nichts getan. Sogar als Ossery Ihnen von meiner... Verzweiflung erzählt hat, haben Sie nurrr gesagt, Sie würden darüber nachdenken. *Oh, ich werde darüber nachdenken. Sagen Sie Wilson, daß ich darüber nachdenken werde ...*«

Plötzlich ist sein Gesicht gerötet. Der finstere Blick ist zurückgekehrt.

»Ich fühlte mich einfach bbbescheuert... und ein Teil vonnn mir sagte: Wilson, das mußte ja passieren. So issst sie nun mal – egozentrisch und selbstsüchtig. Und dieser Teil vonnn ... mir war sehr überzeugend.«

Das Band dreht sich weiter. Bis seine Stimme schlagartig weicher wird. Bis alle Verbitterung geschwunden ist.

»Ich weiß, daß esss falsch war. Esss war nur... ich fühle mich wie ein Idiot, wenn ich dasss sage ... ich hatte solche Angst, daß Sie schlecht vonnn mir denken würden. Daß ich meine Entlassung aus der Isolation mißbraucht hätte. Aber innn meinem Herzen wußte ich, daß Sie einen triftigen Grund fffür Ihr Fortgehen hatten ... zummm Beispiel, daß dieser Freund aus Essenville auf so schreckliche Weise gestorben ist ...«

Sie merkt, daß sie die Zähne zusammenbeißt, die Schultern hochzieht.

»... je länger Sie wegblieben, desssto größer wurde meine Angst. Daß Sie mmmich nach allem, wasss ich Ihnen über mich erzählt habe, für wertlos und verabscheuungswürdig halten könnten. Und daß es Ihnen egal wäre, ob man mich wieder in dddiese Zelle steckt. Ich hatte auch Angst, daß wirrr uns nie wiedersehen würrrden ... «

Er wendet den Kopf weg.

»Es tut mir leid, Lizbeth ... Mein Verrrhalten war nicht in Ordnung ... und die Dinge, die ich vonnn Ihnen verlangt habe ... darauf binnn ich nicht stolz ...«

Als er ihr das Gesicht wieder zuwendet, sieht sie ihre Chance.

»Wilson«, sagt sie, »es war nicht Ihre Schuld. Ich weiß, was ich an Ihnen versäumt habe. Ich habe Ihnen nicht die Höflichkeit erwiesen, die Sie verdient haben ... ich bin zu spät gekommen ... ich bin überhaupt nicht gekommen ...«

»Nein. Nett von Ihnen, das zu sagen, Lizbeth. Aber Sie hatten keine Schuld.«

»Doch, Wilson. Mir war gar nicht klar, wie furchtbar ich mich benommen habe. Ich habe meine Zeit mit anderen verbracht und ganz deutlich gezeigt, daß ich lieber mit diesen Leuten zusammensein wollte als mit Ihnen ...«

Seine Füße beginnen zu klopfen. Seine Lippen schürzen sich. Er wendet den Blick ab und starrt auf den Fußboden.

Dann zuckt er die Achseln und schüttelt den Kopf.

»Zwei bemerkenswerte Menschen wie wir ... da mmmußte

es ja kreative Differenzen geben ... Aber dasss ist in Ordnung. Jetzt sind wir hier und sprechen als Freunde miteinander, habe ich recht?«

Und er lächelt, zieht langsam die Mundwinkel nach oben.

»Sein Name war George«, sagt sie. »Der Freund, der gestorben ist, hieß George Finer.«

»Ach so.«

»Ich war an seinem Grab, unmittelbar bevor ich ins Gefängnis gekommen bin.«

»Oh. Ich – ... verstehe.«

»Ich muß immer wieder an die Beerdigung denken. Das war ein so trauriger Tag, Wilson. Er war nämlich noch jung, müssen Sie wissen. Jedenfalls jünger als ich. Er war nicht berühmt ... hatte keine riesige Fangemeinde oder so ... aber den Leuten, die auf der Beerdigung waren, konnte man ansehen, wieviel er ihnen bedeutet hatte ...«

»Sicherrr.«

»Es ist so ungerecht, Wilson ... ein Mensch wie George ... wird einfach aus dem Leben gerissen ...«

»Sicherrr.«

»Ein Mensch, der niemals irgend jemandem etwas zuleide getan hat. Niemandem.«

»Sicherrr. Klar. Ich mmmeine –«

»Und es ist merkwürdig«, sagt sie, »... also eigentlich nicht, aber ... ich glaube wirklich, daß Sie gut mit ihm ausgekommen wären ... unter anderen Umständen ... wenn Sie sich je getroffen hätten ...«

»Oh. Sicherrr.«

»Ich meine ... Sie hatten so viel gemeinsam. Er war auch Schriftsteller. Wußten Sie das?«

Er nickt, kaum merklich.

Lizbeth versucht, ihre Enttäuschung zu verbergen. Macht weiter.

»Er hatte nicht einen einzigen infamen Zug an sich.«

»... Nein?«

»Nein. Er war kein bißchen infam.«

Sie meint zu bemerken, daß er sich verspannt.

»Wissen Sie, ich war so oft hier und habe Sie nie gefragt –«

Er zieht die Augenbrauen in die Höhe.

»Haben Sie eigentlich gerne Bowling gespielt? Als Sie noch in Queens waren?«

»Obbb ich ... gerne gebowlt habe? Nein. Nichttt besonders, Lizbeth.«

Er blinzelt hinter seinen Brillengläsern.

»Ich mmmuß sagen ... ich bbbin ein bißchen erstaunt über diese Unterhaltung ...«

»Tut mir leid, Wilson. Es ist nur... nach allem, was hier kürzlich vorgefallen ist ... habe ich mich vermutlich gefragt, was *Sie* wohl gehört haben ...«

»Was ich gehört habe? Worüberrr?«

»Nun, ich weiß nicht ... eigentlich alles, was Sie so aufgeschnappt haben ...«

»Ach so! Genau! Sie meinen ... Baines. *Claro*. Der hattt immerzu in meine Zelle reingeschaut ... wir haben jeden Tttag miteinander geplaudert ... errr hat mir von seiner Frrrau erzählt ... die hattt nämlich Ischias ... und wir haben auch überrr Kunst gesprochen, *sabes*?«

Er sieht, wie sie ihn anfunkelt.

»Lizbeth, was wollen Sie? Wasss soll ich sagen? Baines – errr ist der Grund, aus dem die beschissenen *jarabe* ihr Scheißspiel mit den Insassen spielen. Dessshalb haben sie mich wieder in diesen Sarg von einer Zelle gesperrt. *Dasss* ist meine Verbindung zzzu Officer Sherwin Baines.«

Seine Füße klopfen auf den Boden – schnell und hart.

»Mir issst nicht klar, worauf Sie hinauswollen, Lizbeth –«

Sie beugt sich vor. Hält das Band an. Schiebt ihr Notizbuch und ihren Stift auf die andere Seite des Tisches, so daß er danach greifen kann.

»Ich werde morgen für Sie sprechen.«

»Wie bitte?«

»Es ist okay. Ich spreche vor Gericht auf jeden Fall für Sie. Aber sagen Sie mir die Wahrheit. Hier. Ins Gesicht.«

»Wassss soll ich Ihnen sagen? Hier? Ins Gesicht?«

»Sagen Sie einfach die Wahrheit. Ich will sie von Ihnen hören. Es ist okay. Wirklich.«

»Lizbeth, ich habe kkkeine Ahnung, was Sie von mir ... hören wollen, aber ich möchte versuchen, Ihnen so weit wie mmmöglich entgegenzukommen –«

»Wilson, verarschen Sie mich nicht wieder –«

Er reißt die Hände in den Handschellen nach oben.

»Aber Lizbeth. Ich weiß nicht, wassss Sie –«

»George. Ich spreche von George.«

»Oh, *George*! *George*! Natürrrrlich! Okay. Und warum ... sprechen Sie vonnn George? Esss tut mir leid um Ihren toten Freunddd, Lizbeth, aber –«

»Gut. Dann sprechen wir eben nicht über George. Lassen Sie uns über andere Leute sprechen. Sprechen wir über Rinser. Was ist mit Rinser, Wilson? Das war ein schlimmer Unfall, den er auf der Treppe hatte, stimmt's? Und warum sprechen wir nicht über Ojos? Das ist *Ihr* toter Freund, verdammt noch mal. Oder ... warten Sie ... ich finde die Namen gleich –«

Sie holt sich ihr Notizbuch zurück, schlägt eine bestimmte Seite auf und liest die Namen der Mordopfer von Corona vor.

Als sie fertig ist, hebt sie den Kopf. Er sieht ihr seelenruhig ins Gesicht.

Sie verliert die Beherrschung. Ihre Stimme ist fast ein Kreischen.

»Sagen Sie es! Erzählen Sie mir, was Sie getan haben! Packen Sie es nicht in eine verdammte Geschichte ein! Sagen Sie es! *Hier! Jetzt! Erzählen Sie es mir!*«

Stille. Nicht einmal der Kassettenrekorder läuft.

»*Dios mio*«, sagt Wilson schließlich. »Morgen stststehe ich vor Gericht und erfahre, obbb man mir mein Leben wieder wegnimmt … und Sie sssitzen hier und schreien. Dddas nenne ich verkehrte Welt.«

Er wuchtet sich nach vorn, bis er an die Tischkante stößt.

»Okay, Lizbeth. Ich erzähle Ihnen jetzt etwasss, das Sie vielleicht lehrreich finden. Sie solltennn es jedenfalls wissen. Zu einer bestimmten Zeit habe ich eine Menge Geschichten geschrieben, *sabes*? Vielleicht wwwaren sie nicht besonders gut, aber trotzdem habe ich eine nach der anderen geschrieben. Und dabei habe ich gggelernt, wasss eine gute Geschichte ausmacht: nicht, wasss drin ist, sondern wasss ausgelassen wird.«

Lizbeth sitzt mit gebeugtem Kopf da.

»Esss ist manchmal sehr schwer zu entscheiden, wasss unnötig ist, finden Sie nicht auch? Und dann entsprechend zu handeln. Nehmen wir eine Nebenfigur. Eine Perrrson im Hintergrund zum Beispiel, die *Sie* vielleicht interessant finden … die aber bei genauem Hinsehen ein Hindernis für die *eigentliche* Geschichte ist. *Sabes*?«

Er dreht den Kopf zur Seite, dann zurück.

»Und dasss müssen Sie sich dann eingestehen, Lizbeth. Daß diese kleine unbedeutende Figur, die Ihnen irrrgendwie ans Herz gewachsen ist, daß dieses *Staubkörnchen* für die Geschichte gar keinen Wert hattt. Richtig? Weil die Geschichte am wichtigsten ist. Die Geschichte und die *eigentlichen* Figuren. Ist dasss nicht so, Lizbeth?«

Sie blickt weiter zu Boden.

»Aberrr bei einer so *bemerkenswerten* Autorin wie Ihnen, Lizbeth, wird sich die eigentliche Geschichte *immer* durchsetzen. *Sabes*? Wie auch immer, diese unnötige Figur, die der Geschichte im Weg steht, wwwird letztlich verschwinden. Dddas ist der natürliche – … Lauf der Dinge. Mmmit dem größten Respekt und voller Bewunderung ssssage ich Ihnen, daß so etwas *einfach passiert* ... und es ist besser für Sie, wenn Ssssie sich keine Gedanken darüber machen. Verstehen Sie, was ich meine?«

»Nein«, sagt sie, ohne aufzublicken. »Das tue ich nicht. Wollen Sie damit sagen –«

»Esss ist einfach so, Lizbeth ... manchmal, wenn ich eine Geschichte geschrieben hatte, wurrrde mir klar, daß ich das Unwichtige selbst entfernen mußte ... und es war immer ein furrrchtbarer Kampf ... schmerzhaft. Aberrr am Ende wußte ich, daß ich – und nur ich allein – diesen Schritt getan hatte. Es war mein Wille gewesen, *sabes*? Aber manchmal war esss auch so, als hätte die Geschichte ... das Problem selbst in die Hand genommen. Ich schaute mir dddie Seite an ... und brauchte keine Entscheidung zu treffen – es war bereits passiert. War essss nun das Werk Gottes, oder hatte das Schicksal eingegriffen? Oder war es eine andere merkwürdige Macht gewesen? Aufff jeden Fall hatte diese andere Kraft die Entscheidung getroffen und gehandelt. Verstehen Sie jetzt? Manchmal war ich verantwortlich. In anderen Fällen hatte ich überhaupt nichts damittt zu tun. Es war diese Kraft. Schicksal, *sabes*? Aber das Ergebnis isssst ... dasselbe. Die Geschichte wird dadurch besser. Verstehen Ssssie?«

Aber sie antwortet nicht. Nur ihr Kopf senkt sich noch ein bißchen tiefer.

»Okay, Lizbeth. Ich glllaube, Sie sollten darüber nachdenken. Aber da Sie hier sind ... esss gibt etwas anderes, das ich Ihnen erzählen muß. Etwasss, das sehr wichtig für mich ist.«

Endlich sieht sie auf. Sie ist benommen und schaltet den Kassettenrekorder automatisch wieder an.

»Alsss ich wieder in der Isolation war ... ist mir etwas gekommen. Eine Vision. Ich war wach, aber ssssie überkam mich wie ein Traum. Zuerrrst fand ich es absurd. Hielt es für Unsinn. Aber jetzt erscheint esss mir von Tag zu Tag wahrscheinlicher ...«

Er zögert.

»Ich glaube, ich habe endlich die Bedeutung der Limonenbäume erkannt …«

Er nickt aufgeregt mit dem Kopf.

»Ich kann esss kaum glauben … aber seit diesem Traum habe ich nicht mehr an die Bäume denken müssen … allls hätte ich endlich die Antwort erhalten, *sabes?*«

Er atmet durch und dann:

»Ich trrräumte, ich wäre nicht Wilson Ulysses Velez, sondern ein anderer Junge, der auch in dem Dorf Nolteros an der *Interamericana* in der Nähe von Penonomé wohnte … An den Namen dieses anderen Jungen kann ich mich nicht erinnern, es ist zu lange her. In dem Trrraum lebte ich mit meiner Mutter … und meinem Vater in einem ordentlichen *bohio*. Er stand neben der Hütte der Familie Velez. Aber mmmeine Eltern wollten nichts mmmit ihnen zu tun haben, denn es waren keine anständigen Leute. Julio Velez, der Vater, warrr ein Trinker unnnd ein Schläger. Meine Mutter verabscheute Nina Velez so sehr, daß man sie nicht mal erwähnen durfte. Mein Vater und ich sollten uns von ihr fernhalten. Die beiden hatten zwei Söhne, Eduardo und Wilson. Obwohl meine Eltern dagegen waren, spielte ich oft mit Eduardo. Wilson war so alt wie ich. Die Leute in Nolteros nannten ihn *vacía cabeza*. Strohkopf. Er war … zurückgeblieben, *sabes*? Den ganzen Tag starrte er in die Luft, oder er lachte, und keiner wwwußte, warum. Immer wieder aß er das Gras vom Wegesrand und kotzte sich voll.«

Lizbeth zuckt zusammen.

»Die Kinder waren offft gemein zu ihm, aber die Erwachsenen beachteten ihn nicht weiter. Nur sein Vater war ein *cabrón*. Wenn er mit seiner Schrottkarre vvvon Lastwagen nach einer Fahrt über Land zurückkam, war er normalerweise so betrunken, daß er nicht mehr gerade gucken konnte … aber nüchterrrn genug, um Wilson mit dem Gürrrtel in der Hand durchs Dorf zu jagen … und wenn er ihn erwischte, zerrte er ihn in ihren *bohio*, und ganz Nolteros konnte Wilsons Schreie hören …«

Er schließt kurz die Augen, bevor er fortfährt.

»In dem Trrraum war es der Abend meines fünften Geburtstags. Alle Leute im Dorf waren heilfroh, weil die Familie Velez am nächsten Morrrgen nach Amerika gehen wollte. Julio Velez hatte einen Geschäftsmann aus New York City kennengelernt, der ihm einen fabelhaften Job und eine Luxuswohnung in einem schönen Stadtviertel angeboten hatte. Ihre Sachen hatten sie schon in den Lastwagen geladen, und am späten Abend kkkonnte man Julio Velez hören, der vor seinem *bohio* saß, trank und unanständige Lieder sangggg. Trotzdem wachte ich am nächsten Mmmorgen vor meinen Eltern auf … ich zog ein Paar alte kurze Hosen an, und als ich rrrauskam, war es schon so heiß, daß die Hunde hechelnd auf der Seite lagen. Außer mir waren nur ein paar alte Frauen wach, sie wuschen in aller Frühe die Wäsche. Aber damals war ich so voller Energie, daß ich selbst in dieser Hitze losrannte. Ich rrrannte und rrrannte und hatte gar kein Ziel. Ich rannte durchs Dorf, bog in den Weg ein, der in die Felder führte, und rannte immer weiter, bissss ich zu den Limonenbäumen kam. Dort hörte ich ein merkwürdiges Geräusch. Zuerst dachte ich, es wäre ein Ara. Aber als ich näher herankroch, sah ich Wilson Velez … er schien sich zu verstecken … und dann kam sein Vater von der anderen Seite und ergriff ihn am Arrrrm. Er verfluchte ihn und schimpfte. Vor einer Stunde hätten sie aufbrechen sollen, aber Wilson sssei weggelaufen, habe sich versteckt und alles verdorrrrben. Wilson kicherte, als wäre alles sehr komisch … und dann spürte ich plötzlich einen warmen Regen auf meinem Gesicht … ich sah auf, und die Sonne blendete mich. Ich konnte nichts erkennen. Aber einen Moment später war das vorbei … ich sah Julio Velez mit einem Messer in der Hand, und dasss Messer war voller Blut. Wilson lag leblos auffff dem Boden. Jetzt rrrrannte ich den Weg zurück ... ich hatte schreckliche Angst ... meine Lungen brrrannten ... ich wußte, daß ich nicht schnell genug war. Da wurde ich auch schon eingefangen ... und in das hohe Gras am Wegesrand geworfen. Julio Velez stand mit dem blutigen Messer über mir. Ich wußte, ich würrrde sterben. Aber dann sah er mich an und nickte. Und anstatt mir den Hallls durchzuschneiden, zog er sein T-Shirt aus, zerriß es in zwei Teile und fesselte mich an Händen und Füßen. Dann verschwand er. Ich weiß nicht, wie lange ich dort gelegen habe. Aber schließlich hörte ich einen Motor. Es war der Lassstwagen, der über den Feldweg fuhr. Julio Velez stieg aus und warf mich auf die Ladefläche. Im Führerhaus saßen Nina und Eduardo ... ich hörte Julio sagen, sie hätten keine Zeit mehr, um Willlson zu suchen, sie müßten jetzt los ... und mich müßten sie mitnehmen, weil er dem Mann in Amerika vier Paar Hände versprochen habe ... das sei die Bedingung. Sie sollten froh sein, denn jetzt würde sich eine liebe alte Frrrau aus dem Dorf um Wilson kümmern ... Eduardo habe einen Bruder, für den er sich nicht schämen müsse, und Nina ... einen Sohn, auf den sie stolz sein könne. Die beiden schrien trotzdem, und Julio wollte gerade zuschlagen, da schrie auch ich. Er hielt an und knebelte mich ... und ich glllaube, ich bin ohnmächtig geworrrden ... Denn in meiner Vision sah ich mich erst am Linneaus Place wieder ... ich war in einen warmen Herrenmantel gehüllt, der nach Paraffin stank ... und Julio Velez schob mich zu René hinüber, dem Besitzer des Sweatshops. ›Das ist Wilson‹, sagte er.«

Jetzt erst lehnt er sich zurück.

»Das war also ... mein Traum.«

Lizbeth macht viermal einen Anlauf zu sprechen, bis sie etwas hervorbringt: »Sie ... Sie glauben ... das könnte –«

»*No sé*. Ich habe keine Ahnung. Wie soll ich jemals die Wahrheit rausfinden? Das ist unmöglich. Und ich schätze mal, dasss ist eine wichtige Lehre, *sabes*? Zu akzeptieren, daß man die Wahrheit nicht immer erfahren wird ...«

»Aber Wilson ... ich meine ...«

»Ich weiß. Vielleicht ist es nur Müll. Bestimmt ist es nur Müll. Aber andererseits habe ich seither nicht ein einziges Mal von diesen Limonenbäumen getrrräumt ... ein idiotischer Teil von mir muß es also glauben.«

»Aber dann –«

»Dann – was? Es ist egal, Lizbeth. *Es macht keinen Unterschied mehr.* Das ist es, wasss ich Ihnen zu sagen versuche.«

Er scheint wieder wütend zu werden. Die Wut steckt in seiner Stimme, ohne sich auf seinem Gesicht bemerkbar zu machen.

»Sie sind schließlich auch nicht die Perrrson, für die Sie von der Welt gehalten werden. Und Sie haben diesen Irrtum nie aufgeklärt. Warum sollte ich das tttun? Obwohl ich vermute, daß Sie sich selbst immer mit einem anderen Maßstab gemessen haben als mmmich. Aber *egal*, morgen vor den Richtern werde ich Wilson Ulysses Velez sein ... nichts anderes ist von Bedeutung.«

Er zuckt die Schultern, als wäre das alles nicht weiter ungewöhnlich.

Sie legt die Finger an die Schläfen und schüttelt den Kopf. Er lehnt sich so weit vor, wie es seine Fesseln erlauben. Sieht ihr direkt in die Augen.

»Sagen Sie ... welche ggguten Dinge werden Sie dem Gericht morgen über mich erzählen?«

Sie erwidert seinen Blick, aber ihre Stimme ist kaum hörbar.

»Ich weiß nicht ... ob ich ...«

»Nein, Lizbeth. Ich wwwill, daß Sie sprechen. So wahr ich hier sitze: Ich wwwill, daß Sie morgen dort sind und dem Gericht sagen, wasss Sie wirklich von Wilson Velez halten.«

»Aber ich ... ich meine ...«

»Es ist mir ernst, Lizbeth. Was immer Sie glauben sssagen zu müssen, sollten Sie sagen. Sie kennen mich inzwischen so gut, daß kein Richter sich eine bessere Zeugin wünschen kann.«

Sein Blick ist niemals eindringlicher gewesen. Er sieht sie mit einer solchen Intensität an, daß sie es nicht aushält und wegsieht.

»Nun … ich schätze mal … wir werden sehen, wwwie es sich entwickelt.«

Und ohne jede Vorwarnung marschieren die Aufseher herein und übernehmen den Raum. Wilson wird befohlen, sich zu erheben. Also erhebt er sich, dreht sich geschickt um die eigene Achse und schlurft auf die Tür zu.

Einem inneren Drang folgend steht Lizbeth auf und versucht, auf ihn zuzugehen. Einer der Aufseher streckt einen Arm aus und hindert sie daran.

»Wilson«, sagt sie, »wir sehen uns morgen.«

Er nickt, während die Aufseher ihn hinausmanövrieren. Er ist schon durch die Tür, als sie ihn sagen hört: »Esss war schön, Sie wiederzusehen, Lizbeth.«

Sie preßt die Kopfhörer auf die Ohren und hört noch einmal, was sich gerade abgespielt hat. In 27 000 Fuß Höhe atmet sie aufbereitete Luft. Bittet die Stewardess um ein Extrakissen, das sie sich hinter den Kopf schiebt, sieht aus dem Fenster. Hört ihre Stimme, dann seine: »No sé. Ich habe keine Ahnung. Wie soll ich jemals die Wahrheit rausfinden? Das ist unmöglich. Und ich schätze mal, dasss ist eine wichtige Lehre, *sabes?*«

Sie spult die Kassette zurück. Hört sich noch einmal die Geschichte über den anderen Wilson Velez an. Neue Verwirrung schichtet sich über die alte. Sie wirft einen Blick auf ihre Armbanduhr. 8.45 Uhr. In etwas mehr als zwölf Stunden wird sie vor Gericht aussagen.

Eine Stewardess klopft ihr leicht auf den Arm und deutet auf den Hinweis, sich wieder anzuschnallen. Während die Maschine langsam ihre Flughöhe verläßt, setzt sie die Kopfhörer ab. Plötzliche Stille. Sie schließt die Augen und stellt sich auf LaGuardia ein.

Im *Four Seasons* ißt sie auf dem Zimmer. Das Tablett steht etwas unsicher auf dem Bett, und sie sieht geistesabwesend auf den Fernseher.

Bei laufendem Fernseher liest sie den Anfang ihrer Geschichte. *Gottes einsamster Mann*. Sie denkt darüber nach, was bei den Limonenbäumen geschah. Ein kleiner Junge aus Nolteros, den man um sein Leben betrogen hat. Und jetzt liegt sie hier auf den feinen Laken und ist dabei, ihn ihrerseits zu verraten. Eine Welle der Scham durchflutet sie.

Es ist fast zwölf. Neun Stunden – und der Countdown läuft.

Sie liegt im Dunkeln im Bett und blickt nach oben an die Decke. Sieht sich im Gericht. Die Hände damenhaft in den Schoß gelegt, sitzt sie da, während die Richter ihn wieder in die Isolation schicken. Sie sieht den Schmerz in seinem Blick. Sie fragt sich, wie lange sie mit diesem Gesicht vor Augen aufwachen wird, wie lange der erste Gedanke des Tages ihm gelten wird. Und ihr eigener Ruf wird zerstört sein. Lizbeth Greene: Junkie. Lizbeth Greene: Diebin. Lizbeth Greene: Betrügerin.

Es wird der schwerste Tag in ihrem Leben werden.

Dann aber kehren ihre Gedanken plötzlich zu George zurück. Sie stellt sich den Friedhof vor, wenn sein Grabstein fertig ist. Wie lange wird es dauern, bis er von Pflanzen überwuchert wird? Gelegentlich kommt vielleicht eine Cousine mit einem Strauß welkender Nelken vorbei. Möglicherweise nervt Katherine Cash den Friedhofswärter so lange, bis er das schlimmste Unkraut beseitigt. Aber das wird alles sein.

Kleine unbedeutende Figuren, die aus der Geschichte entfernt werden müssen, weil sie wertlos sind.

Sie dreht sich auf die Seite, um die Zeit auf dem Wecker neben dem Bett abzulesen.

2.10 Uhr. Sechs Stunden und fünfzig Minuten.

Sie steht auf, geht ans Fenster und zieht die Vorhänge zurück. Sieht auf die Stadt hinab. Auf die verlockenden Lichter. Dann strampelt das Baby, und das Karussell ihrer Gedanken beginnt sich wieder zu drehen.

Im Kreis. Rundherum.

Sie kann das nicht tun. Sie kann es unmöglich *nicht* tun. Sie muß es tun. Wird es nicht tun.

Sie wird es für George tun.

5.10 Uhr. Drei Stunden, fünfzig Minuten. 5.45 Uhr. Drei Stunden, fünfzehn Minuten.

Sie starrt auf die Seiten ihres Manuskripts, aber die Wörter lösen sich einfach auf. Sie bedeuten nichts mehr. Sind leere Zeichen auf weißem Papier.

6 Uhr. Das Telefon neben dem Bett klingelt.

Der Weckruf. Noch drei Stunden.

Sie legt ihre Kleider zurecht. Was sie tragen wird, wenn sie im Gericht steht und sagt –

Sie nimmt eine Dusche. Denkt an nichts anderes als das Wasser auf ihrer Haut. Kehrt ins Zimmer zurück.

Das Telefon läutet schon wieder.

Es ist 6.15 Uhr.

»Ich wurde bereits geweckt«, sagt sie.

»Miss Greene ... hier ist Alan Ossery.«

Mit ausdrucksloser Stimme teilt er ihr mit, daß Direktor Sosa ihn gerade angerufen habe.

Wilson ist heute morgen gestorben.

Ihr Hals zieht sich zusammen.

Es ist in seiner Zelle passiert.

Als die Aufseher kamen, um ihn abzuholen, weigerte er sich mitzukommen. Sie haben seine Zelle betreten, und er hat sie angegriffen. Hat einen Zusammenstoß provoziert.

Wie ein Derwisch ist er auf sie losgegangen. Behaupten die Aufseher.

Seine Leiche liegt in der Leichenhalle des Gefängnisses. Über die Beerdigung ist noch nichts entschieden worden.

Keiner von beiden spricht, bis sie sich verabschieden.

Nach dem Anruf sitzt sie bewegungslos auf der Bettkante.

Dann zieht sie sich an und verläßt das Zimmer. Nimmt den Fahrstuhl in die Halle und läuft durch den makellosen Luxus an dem lächelnden Empfangschef und den nickenden Portiers vorbei.

Es ist noch dunkel. Die letzten Minuten der Nacht. Jeder Schritt, den sie nimmt, ist eine in sich abgeschlossene Handlung, getrennt von dem, was vorangeht und was folgt. Sie geht die Park Avenue hinunter, die Straßenlaternen leuchten noch; sie begegnet Leuten, die in aller Frühe mit dem Hund rausgehen, Portiers mit roten Augen am Ende ihrer Nachtschicht, Büroangestellten mit entschlossenen Gesichtern auf dem Weg ins Fitnesscenter. Sie kommt an den Wahrzeichen der Stadt vorbei, die in jedem Reiseführer zu finden sind, den hochragenden Monumenten der Gier und der Erfindungskraft. Biegt nach rechts und sieht das prächtigste von allen, das Chrysler Building. Hier stößt sie auf die Lexington Avenue.

Sie läuft immer weiter, achtlos und wie benommen, einen Block nach dem anderen, ohne zu wissen, wie weit sie gelaufen ist und wo sie sich befindet. Vergitterte Ladenfronten tauchen auf und die schäbigen Markisen von Lokalen, die durchgehend geöffnet haben. Bis die Erschöpfung sie völlig unerwartet überkommt – und sie weiß, wohin sie geht.

Sie winkt dem nächsten Taxi, das vorbeikommt, und läßt sich den Rest des Weges fahren.

Als die Farbe des Himmels langsam von blauschwarz zu perlmuttfarben wechselt, gelangt sie an das Ende der Lexington Avenue und kommt an den Platz mit den eleganten Stadthäusern. In der Mitte liegt die Grünanlage, hinter Eisentoren verschlossen. Gramercy Park.

Sie legt die Hände um die Gitterstäbe, und ihre Beine fühlen sich an, als wollten sie jeden Moment einknicken.

Dann dreht sie sich um und stolpert zu einem Haus aus grauem Sandstein. Dort sinkt sie auf der untersten Stufe nieder. Und während sich die Welt um sie herum in die Ferne erstreckt und ihre schlaflosen Augen verschwimmen, späht sie in die Dämmerung. Ihr Blick hebt sich über die Gebäude und erblickt im Mittelgrund hoch über der Stadt einen Schwarm dunkler Formen, die auf den Park herabstoßen. Gleich wird sie sich eingestehen müssen, daß es Vögel sind. Natürlich. Heimische Tauben, zähe Spatzen.

Aber für den Augenblick braucht sie das nicht zu tun.